我是陀螺我是烛

创业妈妈 23 年手记

潘艳菊　著

中国出版集团　现代出版社

图书在版编目（CIP）数据

我是陀螺我是烛：创业妈妈23年手记／潘艳菊著
. － － 北京：现代出版社，2021.9
ISBN 978－7－5143－9433－7

Ⅰ．①我… Ⅱ．①潘… Ⅲ．①随笔－作品集－中国－
当代②短篇小说－小说集－中国－当代 Ⅳ．①I267.1
②I247.7

中国版本图书馆 CIP 数据核字（2021）第 180625 号

我是陀螺我是烛：创业妈妈 23 年手记

作　　者	潘艳菊	
责任编辑	杨学庆	
出版发行	现代出版社	
通讯地址	北京安定门外安华里 504 号	
邮政编码	100011	
电　　话	010—64267325　　010—64245264（兼传真）	
网　　址	www. xiandaibook. com	
电子信箱	xiandai@ cnpitc. com. cn	
印　　刷	北京荣泰印刷有限公司	
开　　本	710 毫米×1000 毫米　　1/16	
印　　张	24.5	
字　　数	420 千字	
版　　次	2021 年 9 月第 1 版　　2021 年 9 月第 1 次印刷	
书　　号	ISBN 978－7－5143－9433－7	
定　　价	80. 00 元	

目录

任思绪飞奔

（1998—2006）

我是陀螺我是蜡烛

(2007—2015)

生命最爱是孩子，死而无憾

(2016—2020)

附　录

任思绪飞奔

（ 1998—2006 ）

夜深人静，思想的精灵悄悄溜了出来。它浑身透明，闪着智慧的光芒；它把我的从前、现在和未来梦想串起来，跳跃着去敲击画面。过往的一幕幕毫不遮掩向我冲来，无法抵抗，只能任思绪飞奔，跨越黑暗，奔向理想。

早就想写下我的故事，可是一直没有找到足够的时间；我的经历坎坷，成功和失败就像一对孪生兄弟，在生活中交替做着鬼脸和笑脸，相互追逐，轮番上阵，令我措手不及，侵扰和考验着我的心。

记得上小学三年级的时候，我喜欢上了体育运动，它让我兴奋，让我的双手和双脚在自由的空间释放能量；每一次的训练和比赛，肌肤、韧带、关节"痛苦"地去挑战运动极限，才让我感到我的存在。

9 岁，我进入了田径队，由于成绩好，是个苗子，加之刻苦勤奋，又被选进洛阳市新成立的标枪体训班，从此训练、比赛和学习成了我的全部生活。

冬练三九，夏练三伏，一练就是十年。

直到 1989 年，我参加了全国青少年运动会中的五项全能，在跳远比赛中，意外扭伤膝关节，造成半月板撕裂，去北京做了手术。愈后运动能力受损，无奈之下，我忍痛放弃了心爱的体育事业。

在选择工作的时候，妈妈的一句话让我再也不敢留恋那五彩的塑胶跑道："不要再干体育了，你哪一天残废了躺在床上，还要妈妈去侍候你吗？"

为了不让妈妈为我担忧，我在一家大厂下属的"三产"公司上班。在公司，我先后从事了勤杂员、仓库保管员、营业员、业务员等四个岗位工作。我每天努力地做好各项工作，还积极要求入党，直到离开单位前，我写了三次入党申请书，最后未能成为党员。

由于我年轻气盛，性格固执又不甘寂寞，看不惯"国营人"的某些工作态度，于是我不想继续上班，遂去一所私立学校当老师，干了一段时间，妈妈又催我回单位签劳动合同，说什么不签就没有正式工作，结婚不能分房，以后孩子入托、上学的问题就不好解决。我不敢违背妈妈的意愿，极不情愿地回到单位，我像一只因在笼中的鸟儿，一直寻找机会展开翅膀想飞出去……

终于，一个像是机会的事情来了，从此，我的人生路发生了改变。

我弟弟的一个朋友约他到广州番禺做生意，弟弟打电话叫我去帮忙。在我生日的那天夜晚，我和爱人为"继续工作还是要出去做生意"这件事发生了激烈的争吵，事后我思来想去，还是决定去帮助弟弟，于是我写了份停薪报告，独自一人坐上到广州的火车。

在火车上，当我告诉同座说要去番禺时，周围的人都说不要去了，那边都是搞传销的，我惊呆了！次日凌晨，我不知发生了什么事情，自己竟然坐在车厢的地上，一位好心的阿姨叫醒我（我的意识才慢慢清醒）——我在哪里？去广州，找弟弟！回家吗？不能回了，我的工作没有了！

到了广州，我被传销的人员淹没了，因为事态变化，传销大军转移到湖南的南岳，又在那里度过了七个月。

1998 年 4 月我回了家，在这个 998 "就就发"的年里对于我来说真不是什么"财"年，只是这一年发生的和今后的八年有关。

1998 年 5 月，我和爱人去上海婆婆家住一阵子，说起来是看看城市的繁华，实际上我们都失去了工作，心情低落，游览风光的事情只是想想而已。我在上海还找了一份临时工作，那真是临时，只干了两天（赚了 30 元）。我学过医疗按摩，想先找个工作赚点钱，结果家人全体反对。

5 月底，我们回到洛阳，我开始找工作，第一个工作是到一个化学厂应聘一般员工，因条件不符，没被录用；第二个送广告单，回家跟父母一讲，他们说太辛苦不让干，工作了几天后也放弃了；最终我选择到一家私立幼儿园做保育员阿姨，这次工作经历还挺长，从六一到八月中旬，一共有七十多天。

第一个月的工资是两百，什么都做，上课、洗衣服、刷碗、清洗所有玩具、整理床铺、给全托的孩子洗澡等。全园职工只有我一人，园长教大班，我带托班，孩子们的平均年龄是两岁半。

园长的爱人除了买菜做饭，还在一个单位上班。我在幼儿园虽然很辛苦，但非常快乐。每当和孩子们接触的时候，我就觉得他们很可爱，于是就不停地带他们变着法儿做游戏、唱歌、讲故事。这些美好的回忆至今留存。

我经常观察园长如何接待家长，如何管理幼儿园。我想，我并不比她差，她能办，我也能办！有时我和她闲聊，问一问办园手续方面的话题，她总是敏感地回避，只说她的关系多，后门广，可我在她的幼儿园里也没有见过什么证件。

离开幼儿园是一次偶然事件，并且我知道在这里也不长久，因为这个园长脾气古怪，有时笑容可掬，有时歇斯底里，孩子们都特别怕她，她很会与家长们说话。但是她一上课，门就紧紧关上，我很少听见孩子们的欢笑声，孩子们要么读拼音，要么鸦雀无声。我从来没有见她开门上课，从未听到过琴声。

每天午休时，她总是和乖孩子或大孩子睡在大寝室（有两排小床，一层蓝色花底的单子，看上去很舒适），她命令我带十个左右特别调皮的孩子，在教室的桌子上睡，孩子们在间隔开的课桌上躺着，有的盖上自己家的毛毯和浴巾，有的什么也没有盖；每次我都会等孩子们睡着后才躺在桌子上休息，如果听见孩子有什么动静就下"床"看看。

7月的天气很炎热，但园长不让开风扇，说是怕吹着孩子，是省电吧？我猜到了她的意图，不揭穿。我在静静的中午，开始如饥似渴地看幼儿专业的书。

最后一天上班的午休，我照例看着调皮的孩子在教室休息，她和爱人又吵架了，她爱人很生气，走进我们午休的教室，搬了一条长凳准备休息，园长发现了就大声骂起来，说了一些不堪入耳的话，指着我说："真不要脸，你不要干了，现在就给我走！走！"我当时莫名其妙，对她的误会和极端的言行感到气愤！

我回家后把情况告诉了爱人，过了几天，爱人拿回了我的工资。我一辈子也不想再见那个园长。

同年7月底，爱人到兴隆寨（村名）附近上班，我在8月底办起了自己的学前班，地点就在村里，我租了一套房子，并取名"龙凤学前班"，当时我没有资金，就向姑妈借了2000元，买了桌椅板凳，买了黑板书本，在学前班安了家，这样既可以给爱人做饭，也可以做喜欢的工作，我的心飞起来，变成一只自由的鸟。

我乐观地承受着一切，启程更为艰难，"我要做妈妈了！"10月份检查，我已经怀孕三个月。"创业刚起步，我一个人教学前班，又要照顾肚里的宝宝，爱人刚有工作，父母离我家远，照顾不方便……"我的困难真多呀！

我不想考虑太多，一心要办好这个班，经过半年的努力，付出有了收获，我的思绪开始飞扬，向前奔！我的步伐像一只坚实的钟，走个不停。

我的亲人，我的孩子们，我的老师们，我的家长朋友们，我没有忘记你们。

大地沉睡，时光倒流……

1999 年日记

★ **1999 年元月 1 日**　　　　**接受打击**

自 1998 年 9 月学前班开学以来，每个月收的学费有五六百元，有时达到七百元，除去房租和生活费，我的纯利润有 150 元至 350 元左右。到了这个月，临近年底，快要过春节了，因此有的孩子提前回家，生源从原来的二十多名下降到了七八名，收入少了很多。

虽然我的工作是教学，但更像生意，这两个月的收入下降了一半，刚开始的几天，我的心里有些不如意，总觉得自己应该再做些什么，增加点收入，但因体力不支没有做出决定。不管怎样，我不能因一些客观阻碍自己，前进的路总会有险滩，我不会害怕，更乐意去迎接一些小打击。

★ **1999 年元月 5 日**　　　　**开心教学**

在教孩子们的过程中，发生了许多事，有趣的，可笑的，苦恼的。前天的一个上午，我给每个孩子出一道题让孩子回答，谁回答正确就可以到电视房看电视。

我问三岁的聪聪："聪聪，妈妈给你买了四个包子，你都吃完了，你还有没有？"

"……"聪聪瞪着眼睛望着我，没有回答。

"你都吃完了，还有没有啦？"我又问了一遍。

"没有了。"聪聪回答。

"对！没有了应该说什么？"我用手指在空中画了个圈，聪聪没有理解我的数字"0"的意义。

"还有个塑料袋！"聪聪笑着大声说。

一个名叫张天的小朋友，他的作业本写成了这样：$10 - 6 = \mathcal{t}$，$5 + 5 = 01$，5

$-2=\varepsilon$，4 字倒着写，3 字反着写。有一次，我问他："张天，你姐姐喜欢什么颜色？""知不道。""不是知不道，是不知道。"

　　每个孩子都是不同的个体，他们都有不一样的特点。在教他们的时候，最初几个月我的脾气确实有些大，后来教学方法逐渐提高了，我对每个孩子采用了不同的教育方法。

★ 1999 年 2 月 11 日　　　　自定未来

　　"梅花香自苦寒来"，我相信这句话。

　　从开办学前班以来，我找到了追求的目标，一步步地走下去，不管这条路上有怎样的冰雪和荆棘，我绝不害怕。路是自己走出来的，不是别人给你铺好的阳光大道，什么都得靠自己去争取，放弃的是自己，争取的也是自己，幸福和苦难由自己决定。

　　我怀孕已有六个月，我懂得孩子的成长靠父母培养，但绝不能娇惯、纵容、放任和溺爱。

★ 1999 年 3 月 10 日　　　　家访体会

　　上午，我和母亲去单位交养老和保证金，领导提出，我自己要向公司交240 元的每月保证金。我听后，认为不合理，"怀孕期间的妇女不能交，并且单位又没有给我安排工作岗位。"我与领导争执了一会儿，还讲出一位与我的情况相似的同事，她也没有交费，后来领导就不再要求我了。

　　从这件事情上我得到一个启示，某些利益是你该争取的，不必顺从他人的说法。

　　晚上，我有空去学前班的孩子（王天）家坐坐，与他的父母聊起来。我才知道穷困的地方实在太多了，很多孩子到了上学的年龄却因学费太贵付不起而无法读书。王天的姐姐 12 岁了才上小学三年级，按 7 岁正常上学的话，现在也应该小学毕业了。她的父亲说："如果两三年内钱的问题紧张，就做好回老家的准备。"看着他家的两个聪明懂事的孩子，我的心里升起一个想法，想在三年内办一个小学，解决外出打工子女入学难的情况。

★ 1999 年 4 月 2 日　　　　鼎盛时期

第二个学期到了，我的学生已达到 30 名，包括 2 个一岁半的"小学生"和 1 个 9 岁的"大学生"，小高（我的好朋友）在这儿教学已有近一个月了，各方面都有长进，不足之处也有，人无完人嘛。我要求的不过分，该讲的地方我也对她讲，如对待孩子的态度一定不要粗暴，对待学生要像对待自己的孩子那样，去爱他们，去关心他们。

很快我就要有自己的宝宝了，我相信我会很好地对待他，把他培养成人，成为国家的栋梁。

不管事物如何变化，我始终相信自己的路可以越走越宽。

★ 1999 年 9 月 17 日　　　　劝我放弃

八月里，整整一个月都放了假，一个原因是太热，孩子们上课一直在出汗，有的孩子到下午三点半才来，影响了上课质量；另一个原因是我的身体有些支持不住，每晚总有些乏累；9 月开学，孩子们一共才来了 10 个，到了中旬，有时才来五六个。教室里冷冷清清的，此时我面对几双眼睛，心情低落，无法有兴致地讲学。

妈妈和爱人劝我放弃学前班，走回单位的退路，我没有同意，仍然坚持办学。我不知道这种坚持以后会发生什么事情，但我总让自己乐观地看问题，不能半途而废，现在的阶段最困难，只要挺过去，一切都会慢慢好起来的。

★ 1999 年 9 月 27 日　　　　左右为难

这一个月下来，孩子们没有增加反而又少了两个。9 月 22 日那天，物价局来检查，说要罚款 1000 元。如果与他们讲道理，诉说办班的曲折艰辛是没有用的，因为他们也是履行工作，一定是要查的，如果这样，我就停办，过几天办个证照；如果他们同意不罚款，我就再办下去，为了保住我的学前班，我这样想。

近几个月，学前班的情况很不好，从 6 月开始计算，6 月 14 人，7 月 12 人，8 月放假，9 月 9 人，收入顾不住房租了，以后怎么办呢？继续，也许情况还是如此，因为本村的小学也有学前班，村里又开了一家幼儿园；若改为幼儿园，我想效果会好些？如果停办，也不清楚能不能上班？如果上不了班，又要想其他主意。

还是挺过这一段吧。

★ 1999 年 10 月 15 日　　　喜忧参半

我的孩子已经五个月大了，长得越来越讨人喜欢，小小的脸儿，胖嘟嘟的身体，还挺壮实；他已经知道要东西玩，见东西吃了。如果你把他手里的玩具"抢走"，他就急得由小哭变号啕；如果我们端了饭碗来，在他的面前晃一下，他的两只小手就不停地抓碗，特别是他的那双小豆眼，一个劲儿看着碗里的饭菜，他呀，长大也是"吃嘴才"。

儿子给我们带来了更多的欢乐。白天，我没有时间给他织毛衣，只好晚上见缝插针；到了夜晚 10 点，孩子睡着了，我就抓紧时间一边织毛衣，还一边看书呢。

学前班的情况不理想，9 月、10 月仍然是 9 个孩子，总收入除去房租，还剩 160 元，我已经向单位领导请求回来上班，领导说尽量安排；单位效益也不好，我心里知道。只是因为孩子太小，需要人看护，妈妈答应看孩子，我计划等孩子再大一些，再出去干。

★ 1999 年 10 月 18 日　　　母亲住院

星期天，我和爱人回到妈妈家，一进家门就感觉气氛不对，我看到了送饭的提盒——妈妈住院了。最后一次妈妈到我的学前班照顾孩子的时候，气色就不太好，这次住院还是心脏的原因。

妈妈不知道住了几次医院，几十年来她把身体全都"送"给别人，为别人操心，特别是想着我和弟弟，其次是她的弟妹们、同事和一些与她有过交道的人。这次她的身体不如从前了。

我到医院的时候，她说话都很费劲儿，拿一杆笔的力气都没有；我看着她，心都碎了，她的想法我知道。可是，我的心里清楚，我不能全部都依顺她，依了她，我的处境会令妈妈有操不完的心；如果不依着她，也许我做的事，妈妈会在几年后理解我的。我担心她总是不停地往坏处想，妈妈有时太敏感，我说话要保留一点。

祝愿妈妈早日康复！

★ **1999 年 11 月 1 日**　　　　**难解近忧**

这个星期天，因天气不好，我们没有回妈妈家。原本想把班里的桌椅便宜卖给附近的幼儿园，谁知他们都不要。

昨天，爱人的同事介绍了一个老师来，我告诉她接着干也行，全部转让或承包也可以，谈后她说考虑一下，后来没有消息了。今天房东大嫂来要房租，其实我不想拖欠，只因这几个月来收入真的很不好（也许是我带着孩子不便讲课吧）。孩子出生后 6 个月，学生们都是八九个，我们仅仅顾着吃饭，收支还没计算，也许还不够，雇一个老师更用不起。

正因为考虑周全，最差的最好的方面都已经想到，不管遇到什么情况，都不会让我忧虑和烦恼。

事在人为，人不可改变天地，却可以改变自己。

★ **1999 年 11 月 7 日**　　　　**不甘寂寞**

小肖老师（应聘的）在班里教了一天的课，星期六那天没有来，不知是什么原因。她给我留了言说"肖女士不上班"，她的这种做法是因为教不了，还是真的出了什么事？

今天我去朋友家见一个想当老师的女孩儿，可是不巧，那个女孩儿没有来，朋友与她通了电话，大概了解了她的情况：市区，大专会计专业，比较喜欢孩子。说下周一到学前班试试。

现在是夜里 10 点 15 分，在孩子睡着之后，时间才真正属于我，孩子今天过了半岁，确切说是昨天，这几天，他有些咳嗽，我给他灌药两三天了，咳嗽轻了点儿。他现在又长大了些，谁说话就瞪着眼睛看，有声音响时，他很快地去找去看。在床上他也能自己坐一会儿玩耍，向前倒的次数不多，经常左右倒。

我明天要去单位上班了，自从 1997 年 9 月 27 日离开单位后，这是第一次去上班，这两年在广州番禺和湖南南岳的经历就像是一场梦，这场梦，我身在其中，很累，每天都在忙碌，为着一个理想在奔跑，马不停蹄。我在这个久长的梦中见到了许多人，他们给了我许多"心"，许多心中都包着同一个秘密；在这个梦里，我经历了高山流水，冰山雪地，春天和冬季，痛苦和感激；逼上梁山的感受不言而喻，接下来的我不甘寂寞，又在私立幼儿园里忍受了常人不能忍受的三个月。

我是不会让自己寂寞的，时间老人，我要与您一起奔走，再不走，我就和您一样两鬓斑白了。

★ 1999 年 12 月 1 日　　　　水厂新兵

我正式到单位（纯净水厂）上班的时间是 11 月 24 日，那天正好是周三。这几天我和职员送水，自己扛水最高上六楼，又跟刘师傅学怎样制水和灌装水。

最大的感触是新鲜，忙忙碌碌的；虽然在同事中有看不惯的事情，但我这时的处事也见怪不怪了。制造纯净水需要速度和力量，刚开始学习时，我一看到水哗哗地流心里就怵，经常手忙脚乱，不是水桶装得满登登，就是瓶盖没有盖紧；几天之后，我已经成了"老手"。

上班才一周，孩子就开始发烧，拉肚子，我非常着急，光药费就花了五六十，以后我再也不给孩子乱吃东西了。真是得病容易，恢复好难啊。

★ 1999 年 12 月 25 日　　　　往事回味

在水厂上班，工资发了两个月，一共是 394 元，两个月发了近 400 元，我很知足了。

这两个月中，我从不多说一句话，干好我的工作（灌装水和接电话）。这两样说起来容易，做起来难：制造纯净水需要持久的速度和力量；接电话回答用户需要不厌其烦地耐心解释。在水厂，我还发现有许多问题，但是我也猜到提出后会有怎么样的结果，国营单位，我只能不问不闻，低头做自己的事。

现在的我与原来不一样，可以不为，我一不争二不靠，在近两年的日子里，不愿多事，把想学的本事学到手，做好一切从头开始的准备。

时间就像流水一样，流过珍珠，流过泥沙，我要把握每一刻时光。

孩子睡了，我翻开日记，追忆往事，组成一幅幅图画。

想起在湖南做传销的生活：早晨起来后，到冰凉的厨房打火烧饭，有时早上不做饭，就到大街上吃米线，或是吃方便面，或是吃开水泡馒头；弟弟他们起得更晚，因为每天晚上要去别的"网络"（部门）沟通，这叫"串网络"。

上午一般是看书或是"串网络"时间，下午大部分时间是去大课堂听课，听课的人是老朋友带着新朋友买 5 元或是 10 元的票，到电影院似的大厅里听"讲师""主任""总裁"等人讲解产品功能、健康理念、奖金分配制度，听所谓的"名人"演讲，气氛热烈，煽动性强，妈妈也被我们"牵挂"进去了，这样的阵势不亚于小型"明星会"。晚上，我们到"有名"的网络开分享会，大家情绪激动，又唱又跳；如果是人群多的地方，分享会上一定有讲师级别以上的人演讲，主要讲自己转变的过程和使用产品的经历。

说说看书吧，在我买的一些书里，讲的全是振奋人心的激励语言，教你如何介绍陌生朋友，教你如何回答各种问题，"串网络"就是本部门成员与其他部门成员之间的聊天，每个网络里都是"邀请"自己家的亲戚、朋友、同学、同事等，甚至把自己的父母也叫了去；若有新朋友刚到，网络内部的人还要装作生意人，热情招待，假戏真做一番；如果新朋友已经加入了传销组织，那么大家就不遮掩，话题就更多了。

我所在的网络不发达，一共才二十几个人，每个人的手上没有太多的资金，年轻人多，我们都过着只有自己知道的艰苦生活，每个人都做着一个飞黄腾达的梦。

2000 年日记

★ 2000 年元月 12 日 　　　　　**探望学生**

学前班已交接给一个姓肖的老师管理，我偶尔去那里看看。

今天，雪开始融化，路上有冰冻，我照常去学前班，并没有因为道路的艰难而放弃今日的计划。我带了几件衣服到张涛（班内的孩子）家里，他才 4 岁，家境不太好，他和姐姐、爸爸、妈妈、爷爷住在一起，看到阴暗的屋子和一些破旧的家具，我的心里一阵阵颤动。

这是平民百姓的家，虽然一间屋子，简陋却温暖；许许多多城市的孩子，玩具食品一大堆，有着自己单独的房间，父母有一套像样的住房，装修豪华，宽敞明亮，而我学前班的孩子只是这样。

我要珍惜现在，好好地为自己的一生安排，为他人多添衣增暖，用自己的价值给别人的家庭带去温暖。

★ 2000 年 4 月 21 日 　　　　　**脱开烦恼**

只觉得天气越来越热了。时光荏苒，孩子一天天大了，我也"大"了，多了几分忧愁，多了几分沉稳，少了一点浮躁，我这样评价自己，其实有的人反对。

正如在单位，说起接电话，同事挑我毛病，有人评论我说"语气上扬，像个刚毕业的学生"，有人说"话多，啰唆"，有人说"太热情，还以为是个套儿"。他们说得多了，我心里有些不高兴，但我还要感谢各位的逆耳忠言。

这两年来，钱物没得多少，经验倒还剩点儿，每个人都会对你的话持反对态度，"会讲话的人想着说，不会讲话的人抢着说。"这是妈妈告诉我的。

什么事情只要自己头脑清晰，就会逐渐了解社会和人，我的智商不高，因此烦恼就很少。

★ 2000 年 6 月 10 日　　　　　**学前班消失**

又不知不觉过了许多天，孩子的生日也在平淡中度过，几天里孩子发低烧，白天烧退了，晚上又热起来。我心不在焉地工作，上班紧张，下班后更紧张。

爱人出差了，肖老师在龙凤学前班也不干了，她说因为父母身体不好，再加上收不来孩子，房租和生活顾不住，有好几天没有给孩子上课了；过了"六一"，她就开始摆地摊。

有一天，我请假去兴隆寨村，在去学前班的路上，我看到肖老师高大修长的身影，她正蹲在地上摆放自己穿成的手链和项链，她在做小生意。看着她，想想我，觉得生活有时挺难的，我没有打搅她，默默地走开了。

我把桌椅板凳处理给了兴隆寨村幼儿园，床和部分家具暂时放在了亲戚家。

我的"龙凤学前班"彻底消失了。

★ 2000 年 7 月 10 日　　　　　**国营思维**

只有这个时候才是属于我的时间，那是孩子睡着以后，大脑才真正属于我自己。

在每个晴朗或是阴暗的上下午，没有停止过的电话铃声将我的岁月无情地占去，打电话、接电话，安排客户要纯净水的名单，一系列活动都围绕水转了起来。刚到水厂的三个月，我很喜欢这个工作，每日不知疲惫，对新地点、新用户接触后，我才知道洛阳很大！和同事们相处久后，他们的言语把我的积极性抹杀，由主动接电话到被动接电话，主动的热情被冷漠代替，同事的不按时送水，互相扯皮推诿，拉帮结派的工作"方法"令我越来越不想在单位待了，所谓的多劳多得成了空谈，送水的小伙子们因为经验丰富而越发"老成"，数落我一套一套的。

我觉得自己就像是一个"附属物"，没有任何权力，几乎事事上报。剖析原因，在"国"字当头的地方，大家干好干坏都一样，说是"有福共享，有难同当"，还是做"难得糊涂"好吧。

什么是"滑"？我曾经还傻傻地请教别人！"真心"看不到，"假心假意"敞露在外。在某些企事业单位，有的人戴着假面具，谁也不了解谁。

★ 2000 年 8 月 31 日　　　　　**我儿一岁三个月**

爱人到上海工作近一个月了。每天时间过得很快，上班、下班，没有星期天，没有节假日，我像机器人一样，天天重复同样的动作，讲同样的话，一点儿变化也没有。我有时心烦意乱，想逃离这个沉闷的地方，感觉生活工作没有新意，鬼使神差地让别人牵着走。

孩子这时候睡着了，打着均匀的鼾声。我在写着字，脑海里，他的小脸儿清晰地印了上来，长长的睫毛，弯弯浓浓的眉毛，特别是他的小嘴儿像我，微微地向上翘，还有那胖嘟嘟的小身体蜷缩着，一想到这些便让人觉得可爱。一岁三个月的他，有很多的会，会在大街上毫无顾忌地走来走去，会学着大人的样子用筷子夹菜；会看着你主动咧开嘴笑！会用手在嘴上拍一下，说是飞一个；会把认为不用的东西或脏东西扔进垃圾袋；会在大人抱着的时候挣扎着下地自己走。

孩子，你不知道妈妈为你想了很多吗？做了许多吗？你将来长大才会懂呀。

★ 2000 年 9 月 10 日　　　工作生活

又有一段时间没有写东西了，这些天里发生了一些事情。一是单位的同事在讲话中带着粗俗的词，我真听不惯；他们对我的偏见，我也不愿意提。

二是昨天晚上，同事们都在六点整按时下班走了，我还要等一名送水师傅回来，6 点 20 分他回来了，我在下班前接了四家用户需要送水的电话，我安排他送三户，另外一户可以明天送去，他执意不送，我只好把这两桶水告诉了正在市区内送水的汽车司机，情急下，我带上一桶水，在街坊内寻找用户，送完后我直接回家了。

到了晚上 10 点，厂长打来电话说办公室的门没有锁住，我这才回忆起是因为走得太急忘了上锁。第二天，我不想受批评，坚持说锁住了，后来觉得不应该这样，于是就承认了自己的错误。

三是我一直想做一个有益于他人的人，我喜欢帮助别人，解决别人的一丝困难我也很快乐。做什么呢？

早上，听妈妈讲，楼下的小妹考上了医科大学，需要五六千的学费。她的家境很困难，姐姐得了癫痫病，又在一次意外中烧伤了身体大面积的皮肤，家里除了给姐姐看病和供她上学用钱外，我很少见她家人出去买东西，就连馒头也不常买，她和姐姐的衣服年年轮换着穿。我给了她 300 元和一件新毛衣。

★ 2000 年 11 月 25 日　　　独立而思

刚才想写日记，爱人打来电话，我接了竟然不知道要与他说什么，他离开我四个月了，没有他在我身边就像少了什么！没有依靠就靠自己；我的心里一阵颤动，不由自主地鼻子一阵发酸，哭又能怎么样？哭能解决问题吗？回忆起以往的生活和带孩子的感觉，苦的滋味就淡了，泪水的闸门被意志挡住了。

见到有的人过着舒适的生活，见到有的孩子吃穿应有尽有；我想改变自己的现在，但赚钱又不知道路在哪里，没有方向。

我怎么为孩子创造条件呢？应该为自己定个目标了！

★ 2000 年 12 月 9 日 　　　　梦想启航

12月初，孩子因发烧到方大夫那儿，打了三天针也不见好转，爸妈带孩子到东方医院和老城医院看病，开了药，吃了也不管用，没办法又到本厂医院化验，一检查白细胞指标高达三万五，大夫当即要求在门诊室输液，一连输了四天后，再次检查降到了一万九，只好又输了三天。

中午时，父母出去到一个阿姨家串门，我在单位完成工作后，回到家（当时我们结婚后一直没有房子，和妈妈住在一起，一共是一个九平方米的大房间和一个六平方米的小房间，我和爱人、孩子住在小间，父母和弟弟住在大间），随便吃点面就骑车到附加村里看看，想了解幼儿园情况，准备自己开办。

这个村里有三个幼儿园和两个学前班，如果我再办可以说是在夹缝中生存。办！我要办幼儿园！我为什么要这样做，因为我想自己做事。单位国有，你积极就会有人"拔气门芯儿"，有人没事"牙痒"，"找事儿"说风凉话，给你"穿小鞋"，工资不高，不想办法怎么行呢？孩子的一场病花了一两百，我一个月的工资已经垫进去了，以后的路还长，我的岁月不长。

2001 年日记

★ **2001 年元月 25 日**　　　　**积聚力量**

今天是大年初一，家人五口都去舅舅家过年了。我下班回到家，一个人安安静静地打算今年。

爱人是 12 月 31 日那天下午回来的，他的模样很沧桑，说在上海干得一般，钱没挣多少。有谁不想多拿钱呢？何况我们连个窝都没有，我一边安慰他一边安慰我自己，暗地里给自己打气。他人的生活你主宰不了，自己的命运自己才能把握。

我的工作繁忙，但是再繁忙也要挤出时间学一些东西，我不在乎别人对我的看法。把心放得再低些，愿望小些，那么宏志迟早会实现！

★ **2001 年 5 月 8 日**　　　　**内心平静**

4 月 8 日至 5 月 8 日，整整一个月我都在筹备幼儿园。我的幼儿园起名为小龙小凤幼儿园，这个名字我很喜欢，之前的学前班名字是龙凤，幼儿园的小宝贝是小龙小凤，哪个父母不是望子成龙、望女成凤啊！筹备期间，我有条不紊地按照计划做事、购物，自始至终我没有激动过，一切顺其自然发展。今天一个孩子也没有来报名，我的内心依然很平静，没有情绪低落，认为事情本该就是这样，要耐心地去等待。

★ **2001 年 5 月 13 日**　　　　**走上阶梯**

幼儿园租的房子很大，很明亮，每个地方我都相当满意。原定于 5 月 7 日开业，今天已经 13 日了，只有两个孩子报名，一个是两岁五个月的孙楚楚，一个是六岁的李鹏，我并没有因为孩子少而灰心，创业难是我早已预料的。从纯净水厂自愿下岗的时间并不长，我只知道我梦想的第一个阶梯已经登上，我要努力坚持下去，遇到任何困难绝不能惊慌失措，没有人干不了的事，其他幼儿园孩子多，条件好，我不羡慕。

★ 2001 年 5 月 21 日　　　　开园受挫

今天早上 6 点我就起床了（我的家紧挨着幼儿园，虽然只有六平方米，但很温馨），我像前几天一样等着艳艳六点半送来，到 6 点 35 分了，她的妈妈也没有送。我想这会儿幼儿园也没有孩子，就去把她接过来吧！

没想到她家里冷冷清清的，敲门后，她妈妈出来说："艳艳已经送回老家了。"这个小女孩儿在我的幼儿园里托管了四天，该缴费的第五天却没有来。

我总结经验，孩子免费体验幼儿园生活最多两天。

2002 年日记

★ 2002 年 2 月 24 日　　　　**谦虚前行**

　　幼儿园开办已经近 9 个月了，最高人数达到 25 个孩子，苦日子也总算熬了过来，我信心十足，虽然月纯收入仍不能达到千元，但已远远超过期望数目。这么长时间来，我认为自己的知识远远不够用，不能深入给孩子们讲，还不能彻底了解孩子们的心理。我要多多鼓励自己，把幼儿园扩大起来。

★ 2002 年 6 月 26 日　　　　**连锁设想及实施**

　　开园快一年了，我租的房子和附近的村民家里都被丈量了土地面积，听说要规划成商品房，拆迁日期不定，我心里有些着急，担心干不了几年又要换地方（因此想再办一个），于是就寻找可以长期办园的场地。

　　这几天，我在一个小区里问到了一处场地，物业公司主任带我去看了看，这栋小二楼是框架结构，一层楼内有 160 平方米左右，3 根柱子，地上积存了厚厚的尘土，窗户栅栏已经生锈，天花板上悬挂着老式电棒，室内很明亮，唯一的缺憾是这栋楼距离前后居民住所太近，只有不到 20 米的距离。

　　这个地方本身要用作居民娱乐休闲场所的，因为没有人承包，小区也缺少一所幼儿园，因此我和物业经理经过谈判后，租下来，办成了我的连锁幼儿园，名字是龙凤幼儿园。

2003 年日记

★ 2003 年 11 月 3 日　　　　育儿小结

孩子这几天有所进步，早晨不赖床，清醒得很快，晚上自己高高兴兴地玩，玩的方法也是自己决定，想象力发展快，比如，自己动脑筋编说"奥特曼"的故事，提一些太空的问题。我借机给他买《蓝猫淘气三千问》的书，还买了谜语书。他对猜谜语不感兴趣，原因是他猜了几个，没有猜对答案就认为很难。我没有放弃，用其他方式来调动孩子对猜谜的兴趣，并且在他兴趣提高的时候限制数量，这样他就喜欢猜谜了。

三岁半时，孩子养成的习惯有：按时刷牙，洗脸，洗脚，自己做作业，看书，折纸，不贪吃零食，不随便拿别人的东西，吃别人的东西前先问妈妈，有礼貌，爱护弟弟妹妹，能分辨对错，自己在家不随便乱翻柜子，看完书或玩玩具后整理干净，摔倒后不管多重也不哭，看电视碟片的时间每次不超过四十分钟。

★ 2003 年 11 月 28 日　　　　要走何路

以前，确切说是在做幼儿园之前吧，我总是抱有这样或那样的幻想，现实和理想总是不切实际，生活也很苦闷，"事业"建立后老想着追求金钱上的富足，对任何事情不满足，有些事儿也看不惯，也曾一度迷茫，一度思想混乱。

每天我都在想前想后要走一条什么样的路？又想学本科，又感觉力不从心，自卑感时时有。今晚，我重新审视自己，不能生活在别人规定的框子里，走出自己，找到适合自己的路，做一件有益于别人的事！

2004 年日记

★ 2004 年 5 月 10 日　　　　**父母必学**

　　现在，我越来越深刻地体会到知识对于人的重要了，不过成年人的成熟更重要。如何教育成人呢？我发现，现在很多父母不懂得教育自己的孩子（包括工薪阶层和外来打工或做生意的父母），他们的教育可以说是养活，供孩子吃喝玩，大部分的家长不知道应该怎样正确教育孩子，父母自身的缺点影响孩子，造成孩子形成一系列问题。

　　我认为成人应该接受品德行为上的再教育。

★ 2004 年 5 月 11 日　　　　**端正方向**

　　我们教育孩子的同时也是在教育自己，教他如何做人、处事，那么自己也能找到其中的答案；孩子在做事时，我们看着他的眼睛对他说："不错！""很好啊！""做得对！""你真棒！""真能干！""妈妈（爸爸、妈妈、爷爷、奶奶……）最喜欢你！""好孩子！"赞美、夸奖、鼓励的表达要及时，这样孩子的自信心一点点在积累。

　　教育事业是国家大事、家庭大事，孩子得到良好教育的重要因素之一是父母，身心健康的父母培养的孩子是出色的，是可以独当一面的。成人如果自己还没做到品行端正，自信心不足，坏习惯无数，那么他们怎么能要求自己的孩子做到？强制、纵容、娇惯等不科学教育方法都会造成心理畸形或行为反常的孩子。

　　小龙小凤幼儿园的情况不是很好，重要原因在于地理位置不佳和我最近没有加强管理，我的教职工个个都是优秀的，她们认真、踏实、活泼向上、善解人意，我感谢她们！我不是一个处处追求完美、追求金钱的人！我认为，只要真心奉献爱心，回报会不请自来！

　　我很想做出更多的努力来回报我周围的人，善良的和需要帮助的人，我正朝着这个方向努力!

我相信自己能行!即使在前进的道路上遇到了坎坷,我要不断地克服它,不能忘记奋斗的方向!

★ 2004 年 6 月 2 日　　　　六一节目演出成功

5 月 20 日以后,我一直在紧张筹划六一节目,虽然没有经验,但是性格决定我不畏惧,我借来演出用的服装,租来音响。

29 日小龙小凤幼儿园六一节目演出成功!

31 日龙凤幼儿园参加了社区举办的节目演出,孩子们表演得也很好,只是主办单位的音响没有调好,杂音很重;六一儿童节当天下午,龙凤幼儿园节目演出成功!

四天内,我主持了三场演出,兴奋而激动,教师和孩子们配合默契,场面热烈。

★ 2004 年 6 月 28 日　　　　忏悔改正

今天是个特别的日子,一年前我把别人没有上锁的自行车骑回了家(因为我的车子没有锁放在幼儿园门口丢了,后来在小区门口询问才知道是门卫骑走了),我做了一件不光彩的事情!这个污点在我的心里始终有很深的印记,我不愿成为我曾经鄙视过的人。当天晚上,我骑上曾是别人的车带着孩子,把车子又放回原处,平静回家,在路上我告诉孩子事情的真相。此时,我像一条徜徉在大海的鱼,无所牵挂,我敞开心扉,我是最勇敢的。

我越来越发现自己的优点多了起来,只是知识越来越少了,我渴望吸收和填充;我更加珍惜自己的时间,爱护宝贵的生命。生命是有限的,我要多奉献一些。

★ 2004 年 7 月 4 日　　　　清纯的荷

也许是腿伤的缘故,我失去了很多展示自己能力的机会。每当我看到有些人跳舞、踢毽球、快速跑、滑冰时,我的心底始终有针扎般的痛,泪水在眼眶里打转,我不敢再多看他们,就连我心爱的体育节目也不想看,怕掉入伤心的记忆中。

我真的不能和他们一样了!我不敢相信现实,受伤之后经过几年的恢复,我试图做些技术动作都因腿部不适而放弃。

每个夜晚，我辗转反侧，心里有个声音在不停地问，又在不停地答："如何，我的生命灿烂？如何，我不让生命黯淡？如何，我为别人做些什么？如何，我不光阴虚度？"

我不再乞求他人给我安慰和施舍，我要勇敢地挑战一切，面对一切！做一株坚韧的藤，笔直的树，清纯的荷！

★ 2004 年 7 月 15 日　　　　举办讲座

我准备在 7 月 15 日至 8 月 15 日开设龙凤家长课堂，现在已经有十三个家庭预约了。

在开设课程之间，我经常和家长谈孩子的各个方面，发现家长的思想存在教育方面的误区，如果想达到尽快改变家长的教育误区，必须讲解和引导。

我认为，方法之一是从自己身边的人开始引导（比如：孩子的正反教育，教职工，亲朋好友等）；方法之二是针对思想开放进步的家长进行引导。

★ 2004 年 7 月 21 日　　　　失去梦想之痛

昨晚我又在梦中哭醒，同样是与腿伤有关的情景，我一想到这辈子不能够尽情地跑、跳、投了，对于我是一种巨大的痛苦。

我上小学，从 9 岁一直到受伤时的 16 岁，那些年中最大的向往是尽情飞奔，为父母，为学校，为老师争光！没有休过礼拜天，没有休过寒暑假，每天都在进行一日两次的训练。

16 岁的花季在那年没有开放就走向"凋落"。1989 年 4 月，我代表河南省去长沙参加全国第二届青少年运动会，灾难接二连三地落在我的身上，第一项百米栏时心里紧张，"上肢触碰栏板"犯规；第二项标枪发挥一般，成绩是37.5 米；第三项跳高超水平发挥，跃过 1.63 米；第四项跳远，在第二跳的成绩是 5.85 米（最好成绩），最后一跳由于小腿进入沙坑太深，在转动身体向旁边落地瞬间，听到膝盖里"咯嘣"响了一声，我受伤了！这一跳彻彻底底地砸碎了我一生的梦想，也就是不能在运动场上自由奔跑了！

在返回郑州的列车上，我携带的唯一旅行包也成了盗窃者的猎物，里面有我心爱的跑鞋，跳远项目比赛钉子鞋、跳高项目比赛钉子鞋，还有妈妈给我留的钱（给我了 50 元，我只花 2 元买了瓜子，剩余的都在包里），真是祸不单行！

归队后，教练没有与我推心置腹地交谈，只是告诉我，对我很失望，你自己做计划训练；也许运动员受伤很常见，他们已经司空见惯，"千里马"的腿折了，无所谓，再去挑一匹，再继续出成绩，但是受伤的运动员还是个 16 岁的孩子，她的人生路怎么走啊？这可是一个人命运的改变啊！

记得我被挑选入队，我妈妈用期待的眼神望着教练，好像我的命运吉凶在教练手里一样。

经过北京手术后，我的腿没有完全治好，韧带拉长，关节经常交锁，发生肿胀，于是就烤电熏洗消肿，我还是要练体育，心不甘，因为这是我的梦想，我要守住。

受伤后，我的情绪非常低落，不想和任何人说话，连走路也是低着头，看到队友，眼睛就很自觉地转向别处，隐隐听到，"她受伤了，不能练了，教练没给订计划"，"快要离队了吧"。

由于我不能再练跳远项目，长跑队的李教练挑中我，（原因是他发现我训练很刻苦，踏实，练练也许能出成绩），但我毕竟不是专业练长跑项目，加上腿伤，几乎每次训练都是跑在最后一名，每次都是最后一个回到宿舍，最后一个去吃饭，尽量避免和队友们、教练接触，见到大家我不敢大声讲话，甚至不敢笑，每天生活在自卑里。

训练了几个月后，我的成绩一直不好，教练一句委婉的话让我走："来了个新队员，没床位，你先回到洛阳好好练，成绩好了再选拔你来。"离队以后，这种腿伤和心伤对我的生活影响非常大。有谁会给我疗伤？只能自己让它慢慢愈合。

★ **2004 年 7 月 30 日**　　　　**助人心愿**

16 日后我在龙凤幼儿园设立课堂，给 14 个家庭上家庭教育课，每节课中，我非常投入地讲解，家长也听得津津有味。

回忆从单位自愿下岗到现在，从做传销的失败到私立幼儿园的打工经历，在兴隆寨村办学前班，又开办小龙小凤幼儿园，又筹建龙凤幼儿园，这几个阶段的过程。我认为，人是可以改变的，从艰难的打拼到幸福的追求，这都是由你的思想决定的，思想可以在合适的条件下创建一切，扭转一切。

我们只要每时每刻抱有乐观的心态，不断给自己鼓励，增加自信，潜在的力量就会慢慢显露和显示它的威力。不管你的地位如何，平民还是富人，不管身体是否残疾，只要思想的火花闪亮下去，自信的力量坚持到底，你就和别人不一样。

★ **2004 年 10 月 24 日**　　　**入不敷出**

幼儿园开始进入淡季，我的心情也由此沉闷了些；特别是"龙凤"这边情况不是很好，孩子才 40 多个，除去房租、工资、管理伙食费等，所剩无几。经营两年来，成本投入六七万，没有收回多少，怎么会这样呢？家人分析，管理不严格，工资制度上没有精心的计算，我在幼儿园付出太多，如：设备投资多；教职工培训，投入精力过多；伙食质量好，成本较高，入不敷出；等等。

我的性格固执，家人有时劝告我也听不进去，总觉得他们说得不对。

现在我明白了，应该听进忠言，要减少不必要的开支。

★ **2004 年 11 月 9 日**　　　**境况堪忧**

10 月底，两名保育员轮休，11 月初两名厨师轮休；孩子们的数量一直在下降，由 10 月的近 50 名降到 30 多名，情况非常不好。

我很着急，于是我只好在小龙小凤幼儿园和龙凤幼儿园及厨房之间，来来回回跑，身兼多职，既当老师，又当厨师，还要管理幼儿园；好好想想，着急也没有用，也许起了副作用，我的做法无形中给老师们带来压力，工作情绪不稳定。我应该改变态度，注意带好大方向，不要抓太多细节，放手让教职工负责，让每个人负起应有的责任。

2005 年日记

★ **2005 年 4 月 18 日**　　　　**内心忧伤**

4 月 16 日、17 日，我参加了高等教育自学考试，出乎意料的是看到考场上作弊的人还真不少！我为他们的行为羞愧，为他们在考试时被监考老师的暗示仍然不以为然的姿态气愤！

他们有的穿着西装，有的衣着笔挺，还戴着眼镜，像个单位干部，只是他们的行为卑劣。主考官监管不严，睁只眼闭只眼，随意让这种风气蔓延，我更为"老师"的作为感到伤心，这是合格的监考老师吗？

考试不仅是考文化理论知识，更重要的是考察一个人的正与邪！如果人人都遵纪守法，如果人人都在各自的职责范围内执行到位，那么我国的优秀人才不至于被大量埋没！

靠抄袭得到高分的人遮住了多少人的双眼！害人害己的虚伪知识分子迟早会走上自欺欺人、作茧自缚的道路。

★ **2005 年 5 月 7 日**　　　　**旧伤复发**

昨天，我感到伤腿有些异样，蹲下时关节胀痛，挤压膝盖后发现果然有积液，这几天并没有扭伤关节，我判断是膝关节经常摩擦的原因（五一放假期间，我和爸爸把幼儿园的栅栏涂上了两遍油漆）。我的右膝关节自从受伤后到现在已经有 17 年的病史了，许多活动受到限制，而且一不小心就会"交锁"，真的好痛！

痛得瞬间直冒冷汗，我感到一个四肢健康的人有多么的快乐！晨练时，我只能跑几圈，做简单的体操，不敢做加速跑，不敢踢毽球。

因为我有伤，所以我的心底一直有强烈的奔腾欲望——让我痛快淋漓地跑一回，跳一次吧！

★ 2005 年 5 月 21 日　　　　**把握当下**

5 月 19 日上午，我和爱人到三院咨询骨科李主任，我向他询问膝关节积液和韧带的问题，他告诉我如果手术治疗，积液次数会减少，关节就稳固，但治疗期较长，需要四到六个星期打石膏；如果不做手术，就用护膝保护着，当有积液的时候吃些消肿的药。

哦，我不会选择手术了，一是我放不下幼儿园，二是经济上较难，三是不想让爸妈担心。近一段时间，膝关节的韧带很松，稍稍左右摆动就卡住，我走路很小心；在爸妈面前我表现得很轻松，快乐得像个孩子，让自己的脸上不挂着一丝忧伤。其实不是这样，我在慢慢地领悟，要做该做的事情，做想做的事情，做正确的事情。

人的一生非常短暂，有的人觉察不到，不管怎样评说，只是人的经历不同，感受就不同。我能管的只有自己，首先不能让生命中的每一天虚度，多散光和热；其次对幼儿园、我的亲人和孩子，要友善相待。

★ 2005 年 6 月 20 日　　　　**骨干离去**

6 月 2 日过后，学前班老师提出离开我去别处工作，我当时很吃惊，没有想到相处三年的老师要走，我真舍不得！但是我没有阻拦，人各有志，而是祝愿她今后工作生活更好；接着，又来了一位曹老师，干了三天后认为自己不合适也走了；周一，又有一位刚毕业的师范生——刚入职五天，忽然打电话来说不干了，接连地换老师让我意识到，培养一个好老师不容易，稳住一个合格的老师也不是简单的事情，以后在用人方面要注意，新老交替成熟后再上岗，新老师试用后就签合同，彼此要有约束。

★ 2005 年 7 月 31 日　　　　**可怜伤者**

今天上午我和爱人带着孩子一起到洛浦公园玩，在途经王城大桥时，我看到一个衣着普通的人坐在路边，他赤裸着双臂和双腿，敞开着上衣，两只手摆弄着什么，头部深深地向一侧低垂，等我路过他身边时，才看清他的身上有个"大包"已经溃烂。他很瘦，黑红的皮肤包着骨头，正用手拨弄着伤口，红红的，令人触目惊心！

真可怜哪！许多体力劳动者干的活都比一般工人苦、重，他们吃的东西更简单，没有营养，只能叫充饥。我们的国家文化教育、医疗还非常落后。

★ 2005 年 10 月 1 日　　　一丝悲哀

这几日来一直阴雨绵绵，9 月中旬，我倡议全体教职工和家长为灾区捐献衣物，后来统计有十几个人捐出，包括妈妈和我，还有大部分的家长无动于衷。真正有爱心的人不太多，我感到一丝悲哀！甚至有些人口头上说捐，却没有实际行动。

目前，小龙小凤幼儿园的租地可能在三四年内拆房，龙凤幼儿园的位置也不长久，我只能暂时维持下去，再寻找出路。

我经常对自己说："你要坚持做你自己喜欢的，做有益于别人的事情；即使失败了，也不要心痛，只要身体好就行！"

★ 2005 年 11 月 2 日　　　面临危机

时间过得真快！不知不觉到了冬天，我这忙忙碌碌的人也该歇歇脚了！我真想大睡三天，再到"世外桃源"玩上一星期。我的想法很多，始终还想做教育行业，看看周围的世界；行业种类更加专业庞大。我觉得，只有教育工作最神圣，教育者是引导人走出误区的光荣使者，教育幼儿比教育中学生、高中生甚至大学生的责任还要重大、艰巨。

育儿前先教育父母，父母的言行可以改变孩子一生的方向，只有父母和幼儿老师才能够让社会的最小细胞健康生存。

"十一"前，我听物业公司经理说，龙凤幼儿园的四周居民对孩子们唱歌、读书和玩耍时的声音大很不满意，以"扰民"为由反映到区信访局，要求幼儿园停办；我的心里非常着急，竭力和居民代表协商；我知道选择位置不当会导致幼儿园灭亡。

但是我一张嘴怎么与众口论理呢？社会上有许多不合理的事情最后都有了理，有道理的却成了歪理，不承认。还听说某居民与市领导认识？物业公司与居民有矛盾？真是搞不清楚。

我喜爱幼儿教育，投资八万办幼儿园，辛辛苦苦、勤勤恳恳，还与物业公司签订了五年租赁合同，办了卫生许可证、消防安全证等，现在幼儿园里还有40 多个孩子呢，怎么能马上停办呢？有许多在家属区附近的幼儿园、小学、中学也要因影响居民休息必须停办吗？

2006 年日记

★ 2006 年元月 6 日　　　　岌岌可危

从去年 10 月到现在，我几乎不知道我的目标在哪里。发生了一些不愉快以至于近乎悲哀的事。

国庆节前，物业公司通知我与业主谈判，业主代表要求我的幼儿园在 11 月份搬离，后来我在总公司、幼儿园、物业公司和业主家之间奔波。这段时间有个 50 多岁的阿姨连续在幼儿园的窗户栅栏上敲敲打打，还说些令人生气的话。我一直压抑着情绪，知道自己的处境痛苦，在老师们面前也要"表现"得像往常一样乐观、快乐和有办法。

我到信访部门反映真实情况，那儿的同志只是理解和同情，他们对此无能为力。我和总公司谈判如果搬走后赔偿的事情，对方一口回绝了，我去问律师，她说有利于幼儿园的证据太少，打官司不会赢，我几乎绝望了……

11 月时，我感到自己无力挽回幼儿园，不想就此停止继续"奋斗"的脚步。我竭力说服爱人接手一家"少儿感觉统合训练馆"，这次我向姨父借了 25000 元，比第一次办学前班时借用姑妈的整整多了 10 倍。训练馆在西工区，当时生意也不太好，房租每月 3000 元。我自信地认为自己能够挽回局面，事实上，我的乐观在一点点变质。

★ 2006 年 2 月 14 日　　　　孤立无援

刚过完新年，接二连三的打击又来了。

幼儿园突然来了一行十几人，有信访部门、物价局等，他们到幼儿园查看，最后又到物业公司临时开会；第二天，我在公交车上又接到了卫生防疫部门的电话，而且那人还说其他部门还要一个一个来查。各种各样的压力、问题接踵而来，想想自己有时真是渺小，你改变不了别人，只能改变自己。整个社会的理儿好像翻了个儿！也罢！该检查的要取缔的迟早不会存在。

东流的水毕竟奔腾过，放弃吧！

★ 2006 年 3 月 3 日　　　　心如刀割

龙凤幼儿园的关闭对我打击很大。

2 月下旬，我找了好几个部门说理，最终也没有好的答复。在我跑东跑西的时候，李履冰老师协助我去了几个部门找领导，她今年已经 76 岁了，曾经是光华私立学校的校长，她不断地安慰我、鼓励我，帮我出主意，想办法，我从心底感激她。

前几天，爸妈、园里的两位老师和我一同把物品准备拿回家时，物业公司门卫不让出门（因为房租还欠两个月），当时我的心情糟透了，妈妈劝我又交了 1000 元才了结。整整一个星期的"折腾"，我的"成功"全都没有了，从创业时从无到有，到失败时从有到无，亘古不变的实事在我的身上表演了不可回头的剧情。

每当我面对老师、家长和孩子们时，每当在家里看到堆放一起的幼儿园物品时，心如刀割。

我要吸取沉痛的教训！潘艳菊你太自信了，你不知道社会如此残酷？你不知道人心如此叵测？

★ 2006 年 3 月 12 日　　　　情绪多变

我的整个人都变了，快找不到从前活泼乐观、开朗自信、幽默从容的自己了，情绪忽冷忽热；歇斯底里了，甚至痛恨无政府管理的幼儿园"市场"。我觉得，越是接触社会内部，越认为有必要进行教育改革！

生活在继续，活着就要让创业不停止，在西工的早期教育感觉统合训练中心（简称感统训练），竟然有许多家长不重视儿童的早期教育。目前，感统训练的房租因生源少交不起，我只好急于处理幼儿园物品顶账，我积极宣传早期感统训练教育，开设家长教育课堂，每天的上下午守在中心给家长讲一些教育知识，可是效果还是不明显。

★ 2006 年 3 月 19 日　　　　夹缝寻找希望

今天发出的邀请加盟信件已有 20 封，我准备在市区的大幼儿园开设感统训练中心。昨天，一位做玫琳凯的偃师朋友介绍来了一位新园长，她听了介绍，了解了新型教育模式，非常感兴趣。我告诉她在市区已有几家感统训练点，向市郊发展是必然趋势，关键是选择地点，选好重视教育的园长。她同意了！

我的心中有了一丝光亮，再亮一些吧，再亮些！我要扑向阳光，我的痛多一些也无妨。

★ 2006 年 3 月 20 日　　　　悲伤自责

3 月中旬我开始到市区内、孟津、偃师的幼儿园给家长做宣传和讲课，在台上我一点儿也不害怕，就像是与我的朋友在交谈。

真正的我，似乎藏得很深，不愿把忧伤写在脸上让别人看到（包括爱人）。

其实，我现在过得很苦，是一个负债累累的人：现在的状况是一要退学费，二要退还学生书费，三要交房租等。除了正常的一日简单三餐，我几乎停止了一切开支，像个僧人，终日的生活目标是八个字：减少开支，还清债务！唉，幼儿园我选择停办，实际上"官方"的逼迫是一个方面，重要的原因是楼间距太近，孩子们爽朗的笑声，欢快的歌声倒成了"多事之门"，我不愿意让近邻的长辈得不到舒适的休息而怨恨自己。

放弃是最好的选择，牺牲的财务权当铺垫我未来的征途吧！

★ 2006 年 5 月 12 日　　　　逃避痛苦

又是一个令人悲伤难忘的日子，人说"祸不单行"，实在是逃脱不掉了。

今天，早教感统训练中心因为经营困难，填不完的房租"坑"宣告转移，我把所有的器材运到了偃师市，开始了新的起飞。这期间，我简直成了搬运工和谈判员，在 3、4、5 月内谈论房租费用和合作条件，谈论处理物品等；从黎明到深夜，就连做梦也是这些事情。此时的我认为，最需要帮助的我快睡着吧！睡着后什么都可以不去想了，逃离了！

只是睁开眼，我孤单、无助，无法倾诉！我心里明白，在世界上，除了自己救自己外，其他的人对你的帮助由你决定，航线的方向别人不会决定你，你才是舵手。

★ 2006 年 9 月 26 日　　　　谁是重要的

直到现在，我明白了有知识对一个人是多么的重要！在你青春年少时，你看到的书是宝贵的精神营养，你吃进的食物是你维持机体保持最佳状态的优秀食物；你听到的声音应该是温和的、悦耳的、快乐的呢喃；它们一切的一切送给你的应该都是这样的。可是，有谁会给你或不给你提供这些呢？在你出生后的六年中，是环境，是母亲给你提供和培养的一切，是母亲给你的。你的母亲给你这一切了吗？

如果你感到幸福、快乐，你应该感谢你的母亲。

如果你感到痛苦、烦躁，你应该立即感谢你的母亲，不可以怨恨。

一个人只有经历了磨难和数不尽的伤悲时，才会明白一些道理。我们每个人都或多或少地"继承"下来，也可以说是遗传了父母亲的优点和缺憾。

直到现在，我明白了一个人对另一个人是多么的重要！一个母亲对孩子，一个妻子对丈夫，一个老师对学生，一个领导对职员等；一个人的存在决定对另一个人的存在，一个人的观念思想对另一个人的观念思想，一个人的行动对另一个人的行动，它们相互的反应在于强影响弱。例如，母亲强势孩子弱势，他们的正向发展是母亲弱势孩子强势——母亲强，子强；反向发展是母亲强，孩子弱势——母亲强势，子弱；妻子强势，丈夫弱势——正向为妻子强，丈夫强；反向为妻子弱势，丈夫弱势。强者分为两阶段（指妻子的强势），一是弱者从客观条件上不如强者时称为暂时弱势阶段，二是弱者经过历练后可以达到同强者标准或是超越强者阶段。

第一个九年后记

2006 年 9 月 30 日，我在小龙小凤幼儿园送走了最后一位孩子，轻轻地灭了灯，用力地锁上门。

从 1998 年到 2006 年，九年间，我成了"孩子王"，是五百多个孩子的"妈妈"。我一直在做着自己喜欢的事情——带孩子。带自己的，亲戚的，朋友的，同学的，厂矿的，打工的，大老板的和做小生意的。

我愿意用全身心的爱付出劳动，投入孩子们的教育上。我觉得，一个人喜欢一件事，就应该为它痴迷，为它奉献，哪怕为它死；不管是摸索地探还是深浅地走，必须有一个就算磕得头破血流也不半途而废的决心。这件事是追求理想，是一个人心中永不熄灭的灯。

我的最终愿望是：我是一名幼儿教师，我要让每一个孩子健康、快乐地迎接知识的沐浴！让每一位家长了解教育好孩子的深远意义！

路还长，岁月却短；我的心重新生长，一个母亲的思绪任其飞奔，追梦在路上……

我是陀螺我是蜡烛

（2007—2015）

把自己比作陀螺，不停旋转释放能量，珍惜时间珍惜生命。

把自己比作蜡烛，心甘情愿，燃烧自己照亮他人。

一个人为什么变成现在这样，都是有原因的，经历的件件事情中，那些冥冥之中，若干次事件的反复刺激，的确会影响一个人的命运，你我他都一样。

思潮汹涌，又一个九年。

人的生命中黄金时光能有几个是能够全身心投入的九年呢？我想应该不多吧。特别是一个女人，一个妈妈。

上小学三年级后，我遵从人的天性，喜欢得到表扬和鼓励，因此爱上了体育，爱上了比赛，爱上了得奖后的阵阵心喜，也因在父亲倾听我的拙作后送上响亮的掌声和他的大拇指，我爱上了写文章。

记得我开始坚持写日记是16岁，那年花季的4月突发了人生路上的第一个转折，终身会忘记吗？

1988年春，我代表河南省田径队跳远组参加全国第二届青少年运动会的五项全能比赛（100米跨栏、标枪、跳高、跳远和800米），在湖南长沙贺龙体育馆进行跳远比赛时，右腿膝关节半月板撕裂受伤，拖着颓废的心情和伤病又遭遇了火车上的被偷窃，比赛的"武器装备"和48元钱（被小偷儿掳去）——妈妈给我50元，我不会买东西，只买了2元钱的瓜子。花季是美好的梦想开始，我却在这美好中感受到冷落。

受伤后，我到北京做了手术，不能按照正常计划训练，教练"放弃"了我，不再让我跟着他训练，我自己制订训练计划，腿伤带来膝盖积液，我每天用直径约25厘米的砂锅熬药，热敷肿胀的膝盖，每天两次从一楼端到7楼宿舍熏蒸伤腿，气味弥漫房间，队友都出去了。

后来我就开始每天写日记，厚厚的四本日记承载着我的心路和行动历程，那里有我的诗歌、我的初恋、我腿伤的痛苦和我的训练感受。不巧的是，我在2001 年办幼儿园的时候，搬家时整理书籍资料，我看到了那四本日记，伤心的往事不想再提起和翻阅，于是我做出了一个决定，重新开始，日记烧掉。

习惯决定一个人的生活和工作，还影响和决定着每个人的思想。我重拾写日记的习惯，经过整理和略微修改，于是这第一部日记姊妹篇和大家见面了。

2007 年日记

★ 2007 年元月 1 日　　　　母亲和我

我的母亲从农村走进城市，经过自我奋斗，有了现在的三居室，子孙满堂，退休后操劳子女工作，带孙子带孙女。旁人看说我的母亲幸福，殊不知，我的母亲是痛苦一辈子，因为她的思想痛苦，心灵痛苦，归根结底，文化水平低，读书少。

我的成长磨难与母亲的教养有关，懵懵不懂事，为人母前从心底恨我的母亲，她的思想观念没有让儿女读书成才，她倔强的性格影响了我，我性格的最大特点是头"犟牛"。在选择兴趣与读书上面，母亲依我 9 岁时的兴趣顺从了我的体育梦想，母亲的观念是姥姥遗传的，个性要强，吃苦耐劳，脾气倔强，我至今也保留了她们的特点，不过，我依靠读书纠正了过度的"倔"！

我的母亲缺乏一种重要的性格特点，就是温柔，她太刚，一折就弯曲，伤心欲碎。我的父亲弥补了母亲的温柔，畸变成了懦弱，得了抑郁症。

我的童年残缺不全，虽然有父母，可是他们不懂得教育的意义；我当年逃避痛苦的方式就是不想回家，父母的态度没有改变，也不可能改变，我在改变自己，也在保持自己。

★ 2007 元月 2 日　　　　我知我心

我现在一直存在着后悔的念头，可是这种后悔没人能够体会到，文化基础知识的匮乏时时备受羞辱，我痛心，我奋起！

怨恨无从谈起，只有提醒和告知下一代，我因此不再浪费时间，去做一些事，一些大事，一些理智筑起的事件！

我周围的人不知道我的原因，本人也不必不想告诉他人，我的情况只有爱人知道，但他也不理解我的做法。

★ 2007 年元月 3 日　　　　勇敢人与庸俗人

人的情绪纵然有千变万化，也不会离开大脑思想的控制。一个人的培养，先天靠父母创造和提供环境，后天是个人的奋发或随波逐流，也可以说是个人思想的指引。

知道耻辱，有人会向前，有人会后退；向前者是勇敢的人，向后者是庸俗的人。

★ 2007 年元月 4 日　　　　思想的多面

一个人的时候，总想着过去，沉醉和心痛，越往开心处想越高兴，激动；越往苦处想，凄惨的一幕幕就会映照上来。

人的思想有时很伟大，有时很渺小，有时很肮脏，有时很纯净，是什么在引导你伟大，渺小……是理智。

我的思想在 15 岁前是别人的吗？不，是自己的！独立的，走极端的！本该引导的人却没有引导，没有自知和知人的引导……

15 岁以后引领我的人是神圣的——实践和书籍！

我喜欢读书，喜欢不与别人走相同的路，我要做伟大的自己，伟大的人物，慢慢来吧！

★ 2007 年元月 5 日　　　　观察日记

早晨 7 点 40 分，一个挂着铁拐没有了右腿的人正趴在地面上，利索地铺开他的商品——液化器灶具上的零件，他在自己谋生，谋求有价值的生活，展现有价值的生命。身体残疾，生命完整，只要能活下去，就要找办法。

两个女商贩在吵架，互不相让，有两个劝架的阻拦都很困难。她们俩涨红了脸，扯着嗓子对骂，手舞足蹈，像两只斗架的公鸡，说着贬低对方的话。

至于吗，有什么事情不能心平气和地解决，你们是在做生意？"和气生财"的道理是否忘了，为了自己的利益，做人起码的道德素养浑然不顾。

★ 2007 年元月 6 日　　　　变革教育

中国 20 世纪 70 年代后的独生子女问题是一个严峻的社会问题，到了独生子女的第二代，他们就不可能更好地赡养父母、努力工作。改变这种种社会问题，要求对这一代子女进行历史教育，在学校中开展有各类式样的挫折考验教育，从幼儿园到中学，应联合各个家庭，将这样的办法实施。

★ **2007 年元月 9 日　　　　最好的妈妈**

了解一个人的语言，就可以得到这个人的思想，一个人思想水平的高低将直接影响到下一代的成长、工作、家庭和事业。

我要做世界上最好的妈妈，严格要求自己，尊重了解周围的人，明善恶，懂道理；与一切人性的弱点做斗争，战胜自己。发扬民主，让孩子有言论自由，让孩子有自我选择，不辱骂孩子，不鄙视孩子，不讽刺孩子，不强迫孩子的选择，不在孩子面前诉苦，不在孩子面前哭。

★ **2007 年元月 27 日　　　　难过的心**

前一段儿，听母亲说，她去探望父亲，他说不想出院，等过了年再说；母亲有些失望，当然，她盼望父亲病愈出院后，好好生活，过日子；可父亲的话犹如浇了一盆凉水，为什么父亲不愿意回家？

我分析原因有三，一是时隔数日，再见到老朋友、老邻居，他不知如何述说，本来他就属于言语比较简单木讷的；二是他想避开母亲，和母亲在一起他觉得不自在、不自由，找不到自尊和价值感；三是他在那里找到了感觉，生活有规律，有尊重，有安慰。总而言之，父亲的精神和物质生活在医院得到了满足。谁想生活在痛苦中？

★ **2007 年元月 28 日　　　　读书为了什么？**

我愈是读书，愈是感到有许多感悟和乐趣。今天，我读了有关毛主席的养生及处世的方法一书，其实是一家医疗器械单位做的宣传手册，小册子里介绍了伟大领袖毛主席的事情，让我感受到人生存在的价值和目的。毛主席的一生都在不断地追求之中，他以读书为一大爱好，读书为了救国救民，毛主席树立了崇高的人生方向后，他的身体、言行、信念都围绕这个中心旋转和运行，达到和谐。

我要不断学习像毛主席一样的人，做这种人。

★ **2007 年 2 月 1 日　　　　坚强的儿子**

孩子入院已有三天了，是因为鼻内的腺样体肥大。这时，孩子已经做完手术躺在床上睡着了。

元月 29 日，我带孩子到三院检查，严医生说 X 光片中显示的腺样体未切除是因为主治医生没有切除干净，还需要再做一次手术。我上网查了有关资料，发现有两种说法，一是腺样体有增生的可能，二是未切除干净。孩子一直很懂事，很坚强，我爱孩子，更爱身边人。

★ 2007 年 2 月 7 日　　　孩子好，我也很好

孩子出院已有三天了，他又恢复了往日的活泼可爱。我高兴的是，他的呼吸正常，不再有鼻塞和打呼噜的现象了。回想这几年的日子，孩子的变化非常快，进步大。4 岁时，他还在学前班上学，那一次的手术后经常出现鼻塞和咳嗽，还有流鼻血的情况，但是他在学习上始终不退却，偶尔出现厌烦和急躁的心情。不过，我相信孩子，相信自己的能力，一定会帮助孩子顺利成长。

这次手术后，孩子恢复得挺快，看着他的崭新面貌和饱满的精神，我真欣慰。

★ 2007 年 3 月 5 日　　　没想到，孩子认错

上午，孩子开始动手做手工，安装模型飞机，他把所有的零件散开，依次按照说明书上的步骤一步步进行，我收拾好家务准备看书。儿子叫住我，向我展示已经基本成型的"战斗机"模型，并且带有愧意地说："上次我错怪爸爸了，小导弹是放进前面舱内的，我……"听了儿子的话，我就引导他说："没关系，你向爸爸道歉就行了，有时不要太固执，可以听听别人的意见。""嗯！"他又开始专心地"工作"了。

回到书桌旁，我就写下了这件小事，如果孩子能够主动承认错误，且是很早以前所犯的错，说明孩子的心智在不断成熟，有了搜寻记忆，找出有联系的事件，他的心理在成长。

★ 2007 年 3 月 8 日　　　犹如涅槃的凤凰

自不办幼儿园之后，自撤掉西工区的感统训练馆以来，我仅在偃师和河柴幼儿园（"河南柴油机集团幼儿园"的简称）两个教学点办公，日子既清闲又充实，没有了往日孩子们的嬉闹和忙碌的脚步，没有了与家长无休止的攀谈，没有了与小商贩你来我往的讨价，没有了惊魂的讨债日子和"房租！房租！"

我的心变得宁静而致远，思想也成熟了许多，不再有什么脸红心跳，担惊受怕的体验，我知道，登上一座高峰跌倒之后，滋味苦涩，感受凄凉！身外之物没有了，可脑子里却装了许多许多，还可以装许多许多。

我的精神又开始充满阳光，我的细胞又开始注入活力！黑暗过去是光明！痛苦过去是快乐！失败过去就是成功！我坚持，我奋进，我不害怕！我就是一只凤凰，一只已经涅槃了的凤凰！我有了新的生命，更加顽强的生命！

★ 2007 年 3 月 9 日　　　心有所指，力必所趋，行必达

孩子从元月 30 日至 2 月 5 日做完手术之后，一直用药水滴鼻子，10 日后去安徽奶奶家，倒未用药水，这是我的错，我忘了带。大年初九去复查，确诊为鼻窦炎，医生给开了药，医生问手术后有没有吃消炎药，我说您没有开药，只让用滴鼻子的药水。

医生的这类失职，我们如何去辩解？

假期里，我和孩子徒步从耐火厂车站走到七里河交叉路口，往返行程估算了一下是七公里，步行约三小时。

正月十七，我骑脚踏车到大姨家，翻山到达目的地，往返大约三小时，坡长我推车上山，骑车下山，近四十分钟。

今日感悟，只要自己想去哪里，做什么事情就会——

心有所指，力必所趋，行必达！

★ 2007 年 3 月 10 日　　　偃师家长会

从偃师教学点开完家长会回到家。

总结如下，上午有 10 个孩子的家长参加，我按照计划开会，首先分析了家长性格，又提出了家长在家中如何教育孩子的 4 个建议，最后让家长填写了问卷，家长们交口称赞，一一咨询孩子的问题及解决办法。

我在回家的车上看了家长填写的情况，有一部分家长的字体不工整，还有错别字；大部分家长的理想都很远大，但实践后，在生活中却没有做到，有的家长的理想没有太大的变化，有的家长愿望是受老一辈的思想影响一生的。

学前时期的教育就是教孩子"复制"自己，复印机的质量、内容由父母决定，最好拥有及时充电、自学和灵活的思想，并且"复制"出来的结果应超越"原生态"，否则，家族和个人的命运将不会顺利。

★ 2007 年 3 月 19 日　　　　**妈妈这面镜子**

不经历坎坷的孩子不会长大，不受一点约束的孩子自制力就得不到发展，成人后一事无成。

遇到生活中的难题时，要帮助孩子分析问题，找出解决的方法和对策，帮助他克服困难的勇气和信心。

一个孩子的勇气和自信 80% 来自父母的给予。

让孩子学会勇敢和坚强，自己先要有这等勇敢和坚强。

中午，我让孩子自己去澡堂洗澡，告诉他时间掌握在 30 分钟至 50 分钟就可以洗完，上学一定不会迟到，但是，事情发生了变化，我在 1 点左右买完菜回到澡堂门口等他，过了约定的时间了，孩子还是没有见到，我有些着急了，就请别人到男澡堂大厅去喊孩子的名字，希望他能够听到并答应，以便督促他早些出来，约了三四个人去叫他，都无回应。我猜想他应该是自己出来早，没有看到我就独自上学了吧。于是我赶往学校，进教室问说他不在。我又返回澡堂，工作人员称没有见到孩子，于是我第二次又飞骑到学校，还是没有见到孩子。我开始胡思乱想起来，打电话到母亲家，又打电话到自己家还是没有消息，情急之下，又让弟媳出来寻找。又过了几分钟，家中打电话来说孩子自己回了家，电话中孩子呜咽着说，1 点 25 分时没有见到我就自己往家走了，我也给他解释找他的情形。后来，他说不想上学，怕老师批评，我为了不让他太委屈和害怕，就"说谎"已经与老师请假了，可以晚一会儿到校，老师不批评，这才带他回了学校。

分析今天的原因，我认为是在教育孩子方面有了不妥之处。之前有一次他自己在澡堂洗澡，我情急之下找到澡堂叫他，孩子就没有应声，是我给孩子讲过，不要与陌生人搭话，要有防备心理，在家中有人叫门也是如此。这个事情我问孩子当时的想法，他说，我听见有人叫我，我不认识他就没有答应。因此，教育孩子还要教他灵活应变。

★ 2007 年 3 月 22 日　　　　**21 岁的爹**

从偃师教学点上完课回家，需要坐一趟蹦蹦车，俗称三轮车。闲来无事，我在车上同车友聊起来，乍一看他，身材消瘦，穿一身黑衣黑裤，戴一副长方形近视镜，怀中抱着一个 2 岁左右的男孩儿，我当时以为他们是兄弟俩，了解才知道，他们是父子关系，他 21 岁，小孩妈妈 20 岁，两人不到年龄还没有办结婚手续，这次出来是要把孩子送给他的妈妈，分手前两人吵架了。父亲21岁，儿子将近2岁，他的言语透出几分老成夹着幼稚，他说，他初中没有毕业，学习成绩偏科，会的课程不想听上课睡觉，不会的课程听不懂上课也睡，我的孩子可聪明了，教什么就学会什么。他一直在说，后来，他开始给孩子剥橘子吃，他伸出大手把几瓣橘子一起塞进了孩子嘴里。

听了他的故事，我一阵心痛，像这样的青年社会上还有很多，他们这样美好的时光白白浪费了，好可惜！20岁上下正是在大学做研究做学问，追求理想的年龄啊！可他们却背上了拖家带口到处打工的重担。

年少无知呀，早恋，早育是谁的错误？不是孩子，而是父母的错误的思想和教育啊。

我要说，我要到处宣扬，重视教育吧！重视父母的素质吧！父母你们应该知道自己的影响是深远的，是家庭延续兴旺或衰败的源头！

许许多多个孩子的故事，许许多多人为的教育失误，造成了多少人才的浪费和幸福快乐的消失！

★ 2007 年 4 月 5 日　　　　自我激励

今天是清明节，我早已对某些节日淡忘了（特别是这样的节日），我要过好珍贵的每一天，做着自己认为非常有必要的事情。

不知从什么时候开始，我始终认为自己是在 16 岁那年受伤后，开始觉悟的，其中的岁月中也很彷徨，也有更多的挫折；喜悦的相伴是很少的，不曾有过彻底的、那种满满的幸福感。

近二十年来，我饱受腿伤的困扰，多少次回忆往事，多少次在梦中哭醒，我知道，只要自己不下决心做腿伤手术，我的“困”将带入坟墓。

我强令自己欢笑，强令自己学习上进，过积极的人生，我要自己过积极的人生，追求更加完美的生活！思想上，我要自己多多带给别人幸福快乐！激励别人，激励自己，去拼搏！去争取！

我要把不喜欢的变成自己喜欢的！

我要把自己的理想实现！

我要尽力争取！不怕困难！尝试失败，走向成功！

★ 2007 年 4 月 6 日　　　　激动营销

这几天，我正与中侨艺术幼儿园谈合作的事情，真可谓一波三折。我联系了几家幼儿园，它们的情况都不符合条件，没有单独的大教室，联系上"中侨"也是一次偶然的机会，我和园长谈得很好，今天下午5点多，我们基本谈成了，但是李园长在6点多的时候又打电话说，目前幼儿园在排练，课程安排得很满，无法合作。

营销工作真是太激动人心了！它就像一个导演，不停地安排悲喜剧，我这几年也被生活这个无形的"表演者"戏弄和操控，已经赶上初级演员的水平了。

我没有沮丧和失望，这次看似失败了，我却得到了经验，内心经受了磨炼。真乃祸中有福，福中有祸啊！刚才我还在为如何上120个孩子的课程发愁呢！

★ 2007 年 4 月 11 日　　　　定下目标

有人说，年轻是一个人的资本，"留得青山在，不怕没柴烧"，而我认为一个人的自信才是资本，没有自信、勇敢、勇气，那么这个人就等于没有立足于社会的资本。

自信从哪里来，是通过自励而来。

短期目标：

争取在三年内学完学前教育本科。

发展和稳定两个教学点，以点带面，开展成功母亲培训班。

培训班开设在5月19日后，一个月两次，积累演讲经验。

★ 2007 年 4 月 14 日　　　　人生跑道转个弯

经过这两天的考虑，我决定在朋友开办的校外辅导中心做教学管理工作。另外，偃师教学点的课程还要继续进行，到协议期满，我就不再去了。我在这个校外辅导中心可以一边从事教学管理，一边开展少儿成功训练，另外再挤时间学习本科，探索自己发展的道路，一步一个脚印地做喜欢的事情；前面的路还很长，我的梦想越来越多，我想一个一个地实现，不悔人生。

★ 2007 年 5 月 8 日　　　　幸福人生就是不断圆梦

1998年第一次到新星幼儿园打工，直到2007年和朋友一起合作办辅导学校，感触至深。从打工到老板再到"高级打工"，自认为是不断地升级改版，其实不是。转念想想，我并不认为有太多的自豪感！近十年的打拼，我没有后悔，成功和失败，正面和反面，得到和失去，好像——应该的确是同时而来，越是接触孩子多，就越觉得教育的重要和关键，父母的观念束缚了孩子的成长与成才。

经过十几天的宣传和考虑，我计划，统合训练班要招收 6 个 3—9 岁年龄的孩子，周期为三个月，我自己来训练孩子们，一是运用我的教法，二是掌握一手资料，为举办"成功母亲训练班"做准备。3 个月 6 个孩子，一年是 24 个孩子，如果一对一或一对五地教课，对孩子和家长都有最大的收获。

我的痛苦中有深深的青少年回忆，成人后我要圆梦！

★ 2007 年 5 月 9 日 　　　　妈妈的痛

今天，我为孩子的事情难过和心痛！

孩子从 3 月份转入新学校以来，至今已经有四次不愿意上学的反应，前两次是讲老师打学生的事，第三次反应很强烈，他说他很害怕老师；这次说，有学生在班里要抄他的作业，他不给，另外两名同学合伙"抓挠"他，并扬言要打他。

我的孩子上了××二小，我的心里一直在悬浮，从不了解老师到已经接触的三次里，我对孩子班主任印象不好，首先是第一印象，说话结巴，声音沙哑；其次，他的谈话中有些道理我不认可。只有他的字写得不错，这点值得学习。

孩子的表现这段时间很反常，作业量很多，有时写到晚上 10 点左右，中午 1 点 10 分就去上学，而且不喜欢英语课和语文课，其中包括他们班主任的课。

今晚孩子更加特别了，回到家见到我就提出不上学，不做作业，有一种解放的感觉，好像自己下定了什么决心，豁出去了。我给他讲了很多道理，他始终坚持不上学。

听了孩子的话，我有一种说不出的烦恼和心痛！的确，孩子的不适应是正常的，他的家庭教育和原河柴集团学校的教育是正确的，顺应孩子的心理发展，而原先学校的环境和××第二小学的教育环境是强烈的反差，两所小学学生人数相差很多，内外环境也不一样，第二小学是区里的重点小学，家长挤破头掏高价送孩子进去，每个班级人数达到六十人，河南柴油机厂小学班级才三十人，加上孩子的家庭教育主要在我，我带给他的独立、民主、善良、积极和同情心恰恰在第二小学成了弱势，因此，孩子的心理就出现了反抗。

第二天早上我悄悄地去了他们学校，在孩子们下课的时候，我找了两个孩子问：

"你们老师打过你们吗？"我问。

"打过。"两个孩子一齐说。

"那你们为什么不告诉爸妈呢？"我又问。

"老师不让说，谁说了还要继续打，会找理由批评我的。"其中一个孩子说。

我听后，心中非常愤慨。

我找到他们的班主任了解情况，班主任让我说说孩子在家里是谁抚养孩子，爸爸是什么工作，以前的班主任是男是女等，他总结说："你的孩子有心理问题。"还告诉我，英语老师打学生的事情校长已经处理了，现在收敛多了。

收敛多了是什么意思？难道收敛就可以做到停止发泄的欲望吗？

难道也可以有不收敛的时候吗？

作为班主任语文老师和任课老师不打骂学生就管不住孩子吗？

我想了想，难道我的教育出了问题？没有教给孩子要适应这种不良的风气？孩子从小在我的教育中成长，有风和日丽，也有阴云密布，我的教育没有错，而是听他爸爸的强烈建议，屈服于他爸爸，为孩子选错了学校。

"妈妈，我还回我原来的学校上学。"孩子这样告诉我。经历了一晚上的思考，我给孩子原来的学校班主任打了电话，

"欢迎孩子回来，坐在原来的位置！"这是老师的回答。

我把老师的话说给他听，孩子一骨碌从床上爬起来，洗脸刷牙，吃饭，背上书包，骑上自行车开心地上学去了。

老师指责学生，学生蒙羞、害怕；老师接纳学生，学生积极、向上。

两种老师，会种下孩子不同的人生！我们要给孩子什么样的人生，靠的是自己心中的天平！

父母和老师是孩子的指南针，是孩子的方向盘，是孩子确立自信、认识世界的镜子，我们能够做到正确地指引孩子，你的幸福就会从此开启！

天下妈妈为谁心痛，为谁焦虑，是血脉相连的儿女啊。

★ 2007 年 6 月 26 日　　　　　　家长是孩子真正的老师

在我到辅导学校上班的日子里，我接触了很多家长，同他们谈论了自己的孩子和他们的孩子。感统训练，全部都是一对一教学，父母都选择一对一的教学，他们认为这种方法针对性强，效果快，而且更乐意和盘托出孩子的坏习惯，让我去纠正；有大部分的孩子改正了不少坏习惯。其实，分析结果是，家长才

是真正的老师，可他们都不去改正自己，因此教育的责任都落在了老师身上，这是条很难的路啊。

★ 2007 年 7 月 10 日　　　　**再谈性格**

近段时间，工作生活方面都很忙，感统训练安排的课程也比较紧张。我本打算学习的本科也因工作繁忙而放弃了，但我不放弃阅读专业书籍，依然想办法和找时间来看书，我不能放弃学习。

我亲戚家有一位姐姐今年 43 岁，因受不了下岗的"待遇"而寻死，我的父母参加了她的火化仪式，听她的父母说，她性格内向孤僻，不苟言笑，不喜欢和人打交道，因而早已有厌世情绪和反常的举动！可悲啊。一个人如果没有战胜生活、战胜自己的自信心和勇气，如果没有良好的性格，即使是儿童，他的生活也是充满委屈和痛苦的！

我选择儿童教育行业的决心来自童年的经历，间接的是源于训练体育的感受，产生伤病的本质在于父母、教师没有引导好我的人生起点。我逐步走向成年，逐步实现我的人生目标，就是要改造某些父母和教师在教育道路上对孩子无知的引导。

父母哇，你们也许永远不知道女儿为何要选择教育？是我认为生命的宝贵！教育可以挖掘出宝贵的生命，让生命在各个地方闪亮！

★ 2007 年 7 月 20 日　　　　**9 名焦虑的妈妈**

在 7 月里，我的感统训练班又招收了 9 个孩子，看着他们父母焦急的心情和期盼的目光，我的心情始终好不起来。培养和教育孩子其实是父母亲应该懂得和做到的事情，千差万别的孩子中，父母亲种种挑剔的眼光令孩子们清澈的眸子不敢去接触。我想创办一个以培养和引导母亲的培训班，以自己的亲身经历为例子告诉爱自己孩子和不懂得家庭教育的母亲真实、简单的道理——教养和引领自己孩子成长起来！

★ 2007 年 7 月 31 日　　　　**和 8 岁孩子谈生死**

自上次写日记的这段时光里，我过得非常充实，生活幸福，工作呢？顺利！而且收入也很高，到昨天下午我又领取了 1018 元感统训练分成，我粗略计算了一下，这个月应该有 1500 元了吧，我心里非常高兴。可是命运往往就是让人悲喜交加。我患了妇科疾病，医生说不是炎症就是癌症！听了医生的话，我有些害怕，真有那么严重吗？现在是早晨6点40分，上午9点后检查结果才能出来，如果我没有得癌症，我要更好地保护身体，劳逸结合；如果我得的真是癌症，我要积极治疗，更加努力地工作，把我有限的时间充分利用起来，坚强地走下去。

人早晚都要死的，昨晚我和孩子谈到了死。

我说："妈妈死了，你高兴吗？"

孩子说："当然不高兴了，死了就没有人照顾我，就不能给我买枪了。"

"你想让妈妈活到多少岁再死？"我问。

孩子说："我们一起死，我们要活到220岁、250岁！"

孩子很懂事，我很高兴。不管怎样的结果，我都要坚强和勇敢地面对！

★ 2007 年 9 月 15 日　　　　日久见人心

学前班开学了，我的感统训练紧锣密鼓地安排了最后的时间，把孩子们的课程都上完了。我担任一个学前班的班主任，同时还要教语文课。上课时、下课后我始终关心照顾着孩子们的学习，有时备课到晚上十一二点，有次写教学计划写到晚上1点多，我喜欢做各项事情，我快乐地生活着，心底平静；虽然也起过风浪，但我一定会把它们平息。

在辅导学校的日夜里，我好好地完成工作，认真负责，对待学生像对待自己的孩子一样，我要当第二妈妈，我知道，当一个好妈妈是多么的重要！与王老师相处的日子里，我认为她的确是一位能力很强的人，她身兼数职，非常繁忙。但是今天下午，我们在一起谈话，她又告诉我一些事情，使我非常不愉快，一是她不讲信用，二是无原则，她说了一些话，无非有一个目的，说我的语文课上得经验不够，错误较多，想调我离开班主任和语文课的岗位，让我一直带感统训练，这样一来，第一她可以降低我的工资支出费用，第二可以离开一个虎将。唉，我有些想不通，这发生的事情是人之常情吗？

我的心态很好，对此一笑了之，象征性地辩解，与她掏心掏肺的交谈已经不可能了，她把我当作了一个棋子，任其摆布。我是会做出理智的事情的，我不求功利，只求我应该得到的劳动报酬。

★ 2007 年 9 月 28 日　　　　训练智障儿童

我与辅导学校独立出来，我和王老师的租房协议已经商量好，这个结果让我感受到人性的邪恶与自私，我服从了。

房租是 600 元,水费是 20 元,电费按电表计算,正式租房从 10 月 8 日开始,每月 5 日交费。

从 9 月 18 日开始,有一位姓章的小朋友在我这里训练了,他是一个因生产时脐绕颈导致大脑缺氧的智障儿童,今年 6 岁,每天训练 4 个小时,收费 50 元,我对他的康复训练很有信心,只是完全达到正常儿童的水平几乎不可能。

我的下步计划是:(1)学生每月的训练费为 800 元至 1100 元,可以保证房租和最低收入 500 元;(2)在每天的上午 10 点 30 分至 11 点 30 分之内再招一名儿童训练;(3)过后到附近幼儿园宣传成功母亲培训班;(4)查看房子,自己办龙凤家庭教育学校及感统训练、学前班和母亲教育为一体的教育公司。

★ 2007 年 10 月 9 日　　　　确立梦想

"十一"放假结束后,我需要详细做好我的计划,每天都是在不断变化的。但是,我相信一个有成功思想的人会做好充分的准备去面对突如其来或者意料不到的变数!

昨天,我去了凯西思维学校和洛阳市听力康复中心,在回来的路上又到了"午托班""补习班"等形式的民办学校。从整体看,我认为私立的学校环境优美,工作人员的主动性和积极性都很高,而且服务到位;公办的听力语言康复中心,教室小,物品摆放一般,工作人员的主动性和积极性也一般,自我宣传能力没有私立学校好。

"一个人应该为这个社会做点什么?"这样有目的地活着才更有价值、更值得,在这个世界上没有白白经历,我是这样想的,也要这样做下去,不管前方的路途有多么坎坷,多么泥泞,我要用自己的智慧和力量一步步实现!

我想做一名老师,做孩子和家长的老师!

我要踏实地做,谦虚地做,百折不挠!

★ 2007 年 10 月 10 日　　　　再谈合作

今天,凯西学校的教务长约我见面,我们说了一个多小时的话。她这个人很健谈,行为举止给我留下的印象非常好,二十八九岁的样子,瓜子脸,长得清秀耐看,一身休闲装更显干练。我们谈得很多,我也如实地讲了我的想法,她对我的处境和为人有了进一步的了解,为以后的相处少一些障碍,多一些理解。谈后结果是,2008 年 3 月合作,分成为六四,(还没有完全敲定),因为她还要去和校长谈。

只有等待了。

★ 2007 年 10 月 11 日　　　　闲时不闲

那个小朋友不来训练后，每天的上午和下午都是属于我的时间了，如果是在两年前，我一定会被这样无所事事的状况、被寂寞击倒，一定会烦躁地出门找事情做，去"逛街"，找人"闲聊"，或是做其他与所达目标相差较远的事情。

现在，我感觉有许多事情要去做。但是，我要把它们适当地安排，以便我能够保持精力旺盛，保持心态平和，保持坚强的韧性，在事物的千变万化中，我积极地调整和适应变化，做好充分的准备，以求按照大计划进行。

少一些浮躁与妄想，多一点慎行与思考，凭自己的热忱和能力走下去！

上午在我的训练教室，在我修改教案与看《庄子》的间隙中，我把家具擦了一遍，权当体育运动了吧，又看了一个小时的书。

我忽然想打打乒乓球，索性对着墙练习起来，右手熟练，我就用左手打，左手确实生疏，打不了二三十下，乒乓球四下乱钻，偶尔还打了五十几拍，哈哈，有了大进步后，我就产生了不打到 100 下不罢休的念头。

第一场打了 15 分钟，最高是 82 下，到了第二场，我计划打 5 分钟后就开始用左手打，在打球时，我告诉自己不管打多少，记住打好每一个球，"82、83、84……"超过最高次数了，"98、99、100……"达到目标了！乒乓球还在拍子和墙面之间有节奏地回应着，我继续打，"哇！185 下！！"，真没有想到！超过目标 85 下！

今天，我用行动再次验证，你定下一个目标后，就去执行，大胆尝试，目标梦想是可以超越的！

只要你认真对待每一个细节每个当下，就一定有意想不到的收获！

★ 2007 年 10 月 23 日　　　　观察我儿日记

吃早饭，8 岁的他还在使用 5 岁时的碗，喝一碗玉米羹，半个鸡蛋煎饼，吃几口想想事情，想说话但见到我的眼神又止住了。

中午放学回家，自己开门进屋，把书包放在长椅子上，径直走到厨房见到父母问，能不能看会儿电视？得到允许后他就去看电视了，午饭好了，我叫他，该吃饭了！他有些不情愿地离开电视机，洗手到餐桌前吃饭，他用饺子蘸花生酱，孩子特别喜欢吃花生，大约吃了八九个饺子喝了半碗汤，就又去看电视了。

在我的提醒下，下午1点左右关电视；之后，他有些无所事事了，我就让他在电脑上画画，他问我画什么，我说你想画什么都行，奥特曼、机器人等，他说要画机器人，我说当然可以。他的画法熟练，只是机器人的身体某部分中有一两处不对称，需要修改的部分在我的建议下修改了，到了1点25分，他说要去上学了，说完就穿好鞋子走了。

晚上，他告诉我，英语和数学作业已经写完了，就剩语文了，需要写一段话，是打草稿，不用我来修改，当时是7点。我们吃过晚饭，我准备在电脑中输入文字资料，因U盘出现了问题，不能使用，我和爱人商量着去楼下散步，让孩子可以安静地写作业。他的反应很强烈，大声问，你们去哪儿？什么时候回来？我写完作业干什么？我们回答了他的问题，就开门出去了，听到他在屋里喊了几声。我们大约过了30分钟回家，见他情绪很平静，我告诫他：家人出去不能大叫，自己做好自己的事情。

★ 2007年12月23日　　　　人生路上又一个转弯儿

我已经有一个月的时间没有记下我的思想行程了，我仍然每天都在做计划、行动和反思。很多人都不理解我为什么要选择做保险，我的计划定了这么多，不是白定了吗？我说话不算话吗？我觉得真的很难讲清楚，是命运的安排还是其他？这个选择的确不是我的初衷和理想。在一个月以前，我这10年的体育运动，9年的办幼儿园经历，从事少儿教育依然是我的追求，而且信心十足；任何艰辛都阻挡不了我对体育和教育的喜欢，我一直辛苦并快乐地生活，生活也很充实。

自从我和朋友合办学校以来，层出不穷的事件让我感到人性的丑恶和阴险，我始终抱着一颗积极、乐观、合作、团结的心情去与她们融合，工作努力、辛勤管理、友爱同事，但一个个结果却令我雪上加霜。她以一种令人不齿的手段让我退出了少儿感统训练场地，我无法容忍，令我一生难忘这段耻辱！她用莫须有、诽谤和欺骗手段玷污了我的清白。我想了许久，心灵的创伤一旦触碰，心情就激动，悲愤由此而生！艳菊，你不要太过于自卑和无助，也不要过于悲愤。

我要继续努力，珍惜自己现在所拥有的全部美德！既然保险是关爱他人，帮助他人的事业，我选择了保险事业，也等于同化了我的理想，有何不可，爱它就一定会做得好。

2008 年日记

★ 2008 年 9 月 21 日　　　**纠结与矛盾**

　　翻看日记后，才发觉有半年没有写下什么东西了。不是没有事情可写，而是真的没有时间。我也不知道我这条路走得对不对？能不能走得长久，只是每天都有压力，看看听听已从事保险人的状况，个个都不理想，都在带着压力和烦恼走下去，成功的人士不多；成功的人物付出都非常巨大，时间和精力都在一点点消耗，我在这里看不到希望和光明；我约来参加笔试的人不下 20 个，只留下 1 人——杨弟；还有一位杨姐已经转正，但是她离开了保险公司，这令我很失望和无奈。不签单就没有工资，不去拜访就做不成业务，就什么也没有了，我该怎么办？

2009 年日记

★ 2009 年元月 7 日　　　　少儿保险和家庭教育

时间过得很快，转眼又过去了 4 个月，我的想法（随着环境和时间）发生了变化，所在的保险公司与我的组成员杨弟失去了联系，也不再做保险工作了，我约来的几个有意向的朋友都因为各种原因没有留下。在保险公司，每天都在心动中度过，每天都在压力中生活，周围的人又开单了，又开了大单，上万元的保费，×××的中奖，这些激动人心的场面不断上演，而且是真实版。不要迟疑了，我要确定我的目标！

我的腿伤一直困扰着我，肿胀的感觉这几天严重了，感统训练已经开办两个月了，一共有 5 个孩子，我又从零开始；保险方面我没有放弃，从少儿保险入手。

★ 2009 年 6 月 25 日　　　　孩子的反常

在孩子即将进行期末考试的 6 月，他有两次逆反的表现，究其原因，一是听不进去逆耳的话，二是也听不进去顺耳的话。我感觉真要进一步对孩子说说为人处世的道理了。

考前的一段时间，孩子说不上学就不上学，态度很坚决，"闭门不开"，给我发短信说要休学、自学等，在我与班主任老师谈了两次后，及时疏通了他的心理障碍和思想上出现的极端问题，并且我也反省了这两年由于工作繁忙疏忽了孩子，对孩子关心少。当孩子接二连三出现问题后，我停止了周六日的感统训练，陪伴孩子和爱人。放弃也是一种成功！虽然我渴望在工作和事业上取得成就和赢得更多人的认同，可退回来想想，如果孩子和爱人没有照料好，事业即使成功了，那家庭的幸福真的会丢掉的，甚至会失去更多。我不想得到这样的结果。

我的境况容不了用大量的时间放在工作业务上，我的性格也不可能在朋友面前夸夸其谈。我还是要用诚实、理解、真诚、坚持的性格来告诉其他人，时间可以证明我的能力，什么是要守住的，什么是要放弃的。

我的长期目标是要做优秀的保险代理人和家庭教育讲师。

2010 年日记

★ 2010 年 3 月 2 日　　　　我心换了方向

虎年的冬天，我起起落落了 300 天，在思绪纠结的时候，找了一个出口走进来。也许是学了心理学的缘故吧，心换了一个方向，走远了焦躁和无所谓，丢下了得失的记忆。仿佛注入清泉，感受每一寸光线的柔和，只看到斑驳的大理石，尽是流光溢彩；晴日的天空，阳光灿烂……

★ 2010 年 3 月 20 日　　　　今儿给心情放个假

星期天了，给心情放个假，我说了算。日本地震了，伤亡一两万！那天开会知道，日本人的自救和危机意识真的比我们中国人强，保单人均 7 件，我们中国人 10 人中还不足 1 件。日本国力在此次损失很多，但是他们的实际状况好像于灾后能够给予弥补一定数量。美国以及欧洲等国家，他们的保险意识都比我国强，所以若发生突发性的风险，总是可以坦然处之。每天都听到有不好的消息，去拜访朋友的时候总能听到一些病痛别离的事，我听着听着心也痛了，听着听着安慰的话跟着来了，说着说着坚定的语言追上了，要在有经济能力的时候办保险！醒醒吧，朋友！不要再等待了！生命可贵，健康更可贵！给心情放个假吧！好好生活！随时！

★ 2010 年 6 月 28 日　　　　初心不变

艳菊呀，打开你的日记本看看，已经有一年没有记下什么事情了，怎么，没有事情发生吗？那是不可能的，这一年发生了许多事情，2009 年 7 月我停止了孩子们的感统训练，把教具低价卖给了"小雨点"启智学校的古老师，从 7 月至今做了 3 个月的"钻石"级别，在今年的开门红中，我自己销售了 9 件保单约 7 万元保费，4 月和 5 月又销售了 5 件少儿万能保单 6 万元保费，6 月又销售了 1 件成人万能保险，算起来这 10 个月的战果很大！现在，我明显感到客户资源减少了，我自己每天都很累，很想好好休息一下。马上又到暑期了，公司对外公布"成人万能保险"要停售，想想我每天出去拜访六七个人真有些"怕"，因为他们不接受我，对我和保险都不了解。近日来，我有了新的想法，做出业绩确实很累，又增不到好"员"，曾经说自己要干一辈子保险行业，要实现不断增员，靠团队才能留下来。其实，我的心告诉自己，不愿意这样干，我的理想是办一所教育学校，帮助家长，使他们懂得教育孩子的方法，帮助孩子指导前方的路。

★ 2010 年 11 月 21 日　　　心理咨询考试

11 月 20 日这一天，我去郑州参加了国家二级心理咨询师的考试，上午 8 点 30 分至 10 点是理论知识，10 点 30 分至 12 点 30 分是技能考试，下午 3 点 30 分是论文答辩，考完了试，我长长松了口气，同时心情也放松了很多，虽然这次考试感觉有一门考得不好，担心达不到 60 分，但是，经过今年 6 月底到 11 月这几个月的工作和学习之后，我知道了，我的水平不是很低，我的各方面能力都在不同程度地提高。

考试回来之后，我思考最多的还是我今后的路该如何走，走向何方？6 月底接连发生的事情让我感到工作不顺利，朱哥的去世，队友的不理解，加上公司对我附加险的销售停售，这让我认清，保险不是我后半生工作的追求。初到保险公司时，我的梦想是成为一名讲师，时隔三年，我还没有被公司评上讲师。但是，在此期间，我收获很大，懂得与各种人交流，解决不同的问题。我要学习的榜样有经理、主管、徐姐、邢姐和娜娜妹妹等许多，还有其他部门的人员；我进步的地方在于，参加了部门晨会主持，成为部门训练组成员、执勤组成员；我学会宽容、等待、理解，克服了不自信，知道仪容仪表对职业女性的重要，学了心理咨询更觉得是自由坦荡。"最好的医生是自己"，忽然想到这句话，"不抛弃，不放弃"是人生的追求，是目标的向往。

2011 年日记

★ **2011 年元月 8 日**　　　　**我心无定数**

自心理咨询考试过后，我忽然不知道自己的方向了。原打算在平安公司维持考核到 3 月离职（很想离开公司，因去年开门红时至今会有 1 万元的续期佣金），还是钱阻挡了我离开的决定。我的心空荡荡的，何去何从？保险公司内的热烈氛围已点燃不起我内心的激情，我彷徨、不开心，到底自己的梦想和计划是什么？保险公司讲师？心理咨询师？我打听了心理咨询师的情况，是要不断地学习、听课，最起码要三年左右你才可以给别人做咨询，还要投资，并且每个周六周日都要上课，甚至晚上还有沙龙聚会，我的家庭情况不允许。

"市场营销讲师"这个职业倒挺适合我，每天上午上课 2 小时，只是工资少一点，1000 元左右，也可以到外地做培训（企业内训）。我大致选择了这个职业，打算 6 月到公司具体了解，事有不巧，联系了两三次老板的电话都联系不上，在去年 11 月我决定去那个公司看看，结果在写字楼里也没有找到。正巧恒安标准人寿公司也在这栋楼办公，我去了，继续我的保险之路。我没有完全放弃我的客户，我担心如果离开保险业，客户会怎么看我呢？我真不知道我选择的路是不是正确的，只知道在走投无路的时候，选择一个最适合我现状的再说吧！

目前，新人已有三个，元月 2 日，公司为我举办了客户答谢会，到场近百人。

续上保险之路，我选择在恒安发展，前途一定光明，路上坎坷万千，不甘心，不放弃，坚强走下去，一定成功！

★ **2011 年 8 月 7 日**　　　　**爸爸，你托个梦给我吧**

爸爸，爸！有一段时间没有喊你了，你听见了吗？你走了以后，我们伤心极了，但不知道如何接受……我知道你心里不开心，我当然知道的，可是你难以开口。

　　爸爸，你知道女儿有许多话想对你说，这些话中有些是我已经说过的，为什么我还要重复？是因为人的日子要重复过，对我们有用的话要重复地说。我多想再听听你叫我的名字，可是我一听到别人喊爸爸，我的心都碎了；当我看到你的衣服在墙上挂着，我就感觉你在家，随时会回来，坐在沙发上看着电视，在厨房里帮我盛饭。

　　爸爸，我原先的日记里好多都是写你的，你知道吗？还有妈妈，你们都爱我，但是从来都不讲出声音。我有次听到了，你说，乖乖，不哭，不哭。我那时怎么能不让我的眼泪掉下来，你在医院哪，刚刚苏醒啊！爸爸，你托个梦吧，女儿想你了！……

2012 年日记

★ **2012 年 5 月 25 日**　　　**八角楼的街道**

奶奶家我们每年过年是必须去的。大年初一的上午，我和弟弟穿了新衣就和父母出发了。

新衣裤，妈妈从来没有给我们买过，她的手灵巧，每年的新年前都给我们做衣服，说这样最合身。

现在的八角楼热闹极了，川流的人群在购物的天堂挑选自己的物品，各自谈论着感兴趣的话题。

奶奶家要经过八角楼，走过一条长长的街，左拐再左拐就到了。她和我的六伯父住在一起，一直到老去。通常我和弟弟进家门后，见到谁就赶紧抢着叫人，生怕在妈妈面前表现不好，回去挨剋，而且声音要大，谁都能听见最好。连同巷子的邻居都知道我们是谁家的孩子了，见到我们就夸奖。特别是我，很爱表现，听到好听的话就美得不得了。

争气、争光的愿望在我的心里落了根，发芽的时候快到了。

见了长辈拜年是最大的任务，他们给我们发压岁钱的时候也就到了，奶奶发了一块，上交妈妈；伯伯发了五角，上交妈妈，说是交学费。

我拿着压岁钱毫无要花钱买东西的冲动，钱对于我来说不知道有什么用处，压根就没有什么买头儿，包括什么零食和漂亮玩具的欲望，这就是 20 世纪 70 年代孩子单纯的可爱。那时爸爸妈妈的工资 36 元，直到我上体工队 15 岁时才涨了起来。

中午饭后，大人们就围在一起谈论家常事情，陆陆续续几个姑姑伯伯先后拜年，而后先后离开到其他亲戚家串门去了。我和弟弟妹妹在街道上玩耍，玩那种抓石子游戏，我们蹲在地上，把大小差不多的石子散在地上七八个，找一个扔在半空的同时抓地上的一个，然后再扔一只再抓地上的一个，看谁的手里石子多谁就赢。

街道的宽度大约能过一辆现在的小轿车，只是在当时觉得跑过去要挺长的路；街道上过路的人不多，只是偶尔传来啪啪的爆竹声。

我有一个弟弟，除了拜年磕头和吃饭时在一起，其他时间他喜欢放鞭炮，或和其他男孩子玩。有时我会一个人在奶奶家门口的街道左右观看，喜欢找点事情做做。

一个拉煤的爷爷过来，我看他弯着腰，步履艰难地拉着一车煤球，唉，为什么在过年的日子里他还没有和家人团聚和休息。悄悄地，我跟在车子后面用力地帮他推，他始终没有向后看，依旧低着头拉着，浑然不觉有双小手在帮他。走着走着，来到了不熟悉的街道，我有些怕了，撒腿照原路跑回……

如果在过年的时候，奶奶家的街道旁还有车需要推一把的时候，相信我还会走上前的，不会犹豫。

那是人的本能吧！助人之心童年最多。

★ 2012 年 5 月 27 日　　　　**行为前后，少思量**

晴朗的周日，约好了客户郑叔叔一起到公司参加答谢活动。

我骑着单车飞快地行驶在熟悉的大道边，街上的美女帅哥真是如云，仔细看看别有一番享受。

呼吸着送来的清新氧气，透过遮阳帽余光扫过男男女女，如今的生活像天堂般舒适。

感觉自己娴熟的车技又缩短了到公司的时间，还有十分钟就可以在车站见到客户了。

客户一直没有认可保险，我也一直理解客户，没关系，我会很耐心地解释和等待的；我是不会气馁的。

路过天天过的七里河桥，桥上的骄阳开始慢慢燃烧，似乎行人也不愿意在这里多停留一会儿，匆匆地来往，目光坚定地向前。

骑上桥的中段，我被一个小盆子吸引，怎么孤零零的一个；盆子旁边似乎还躺着一个人，只看到脚，还看不到全身。

近了，我这好奇心来了，只见一个 20 多岁的人直挺挺地躺在地上，身体在间断性地抽动，嘴里在吐着白沫，两只胳膊和手放在身体两侧好像在用力撑着想坐起来。

看到这一幕，我的心揪起来了，"救救他"的念头闪现了一下：他真可怜，应该是癫痫病发作了，我该怎么办？

四周看了一下，周围的行人从他的身边过往，没有什么事情可以阻挠他们前进的脚步……人行道上，一个人一个人过去了；自行车道，一辆车一辆车过去了。

我也行驶路过了他，这段路我的心不停地忐忑和纠结。

如果是老人过马路，我就去搀扶了；如果小孩儿找不到父母了，我会去帮他找找；如果……如果……我回头看了看那里，依旧没有人驻足。

我看了看表，差八分钟会议开始了！

不能等了，我拨通了120，能救他就好，能救他就好。

我放下电话，心情的鸽子飞到了天空，轻盈地欢呼，妈妈，我没有做错事。

★ 2012 年 6 月 1 日　　　　赚了一生的童年

记忆中的童年是吓着长大的。曾经写过自己的人生经历，因为内容太长了，请审查论文的老师给指点着一二，被删除了好多好多字，这样也好，让他们知道自己的秘密越少越好！

童年里的有些事可以说出来，有些要放进很久或不知在什么时候的"小盒子"里也不能说吧。就像人们常说有秘密的孩子会有趣似的，看上去一直不会老的样子；不像国外有位文学家还把自己的事情写到书中去忏悔。我不知道自己能不能做到，也许红颜逝去的时候，也许老态龙钟的时候，也许对人生没有依恋的时候，也许孤独时想帮助别人的时候……我会写出来。

我的童年没有什么可玩的东西，沙包、手绢、一根麻绳或者看看蚂蚁搬家，或者和邻家的孩子一起玩打沙包就非常开心喽！我小的时候很爱学习也很爱玩，因为听话，老师喜欢；因为懂事，亲戚喜欢；只是没有博得父母的喜欢，大概还是做得不够好，一直到很大很大的时候，妈妈也没有告诉我做得好不好，偶尔表现不错的时候，妈妈的眼睛好像也没有正视过我，唉，童年的赞美好期待哟！

最开心的是和孩子过每个六一，给放自己一个假，美美地补一补小时候的童年，算算和孩子过的节，嗯，还划算，自由空间是属于我们的！再加上成人之后又"不过瘾"，办了两所幼儿园，几百个孩子，足足让我过了几辈子的"六一"也用不完的。

哇！我这一生的童年赚了！

★ 2012 年 6 月 8 日　　　　无 题

再过两天就是我最想念你的日子了，为什么别人都可以好好地走，而你不能，你走的时候为什么对我们一点留恋都没有。几年前我就有预感，现在还是发生了。我不想叫出你的名字，我怕别人说；只有在自己心里默默地想。老师说一个人正常的寿命是120岁，可是你还有好多好多年要来陪我的，或是我去陪你的。今天我午休时一直难以入睡，想你对我的好，想你对我的关心。长大之后觉得，你的不好没有了，有也是很正常，我不会觉得有什么不合适的。人都会有缺点的，即使做到完美也会被别人挑出毛病。你不坚强我理解，因为你遇到了更坚强的人，你被比了下去。但是我不在乎呀，我当然不会不在乎你。

最后的岁月里，我见你日渐憔悴、没有精神，我的心里更难受了，不敢对你多说什么，我怕我再次伤害你的心，我怎么办？我不知道，我看着你，不知道如何是好。没有人教我，我很无助，这个话题实在难以开口。周围的人不理解你，还在埋怨你，我的心好痛！回家后只有自己默默流泪，我该如何拯救你！你还是走了，到现在快一年了，我不敢在人面前提起你，只有安慰受伤更重的人；如果有谁再问你，我只有编造个理由了，好累，好辛苦！这个月是你的节日，你会过得很好的！我相信！在那边常惦记我啊。

我想你的时候会和你说话。

★ 2012年6月10日　　　爸爸今天走了，想我爸

这几天一直觉得不舒服，做保险五年了，没有像最近这样难受。昨天莫名其妙地发烧，晚上似乎好些，可是今早又开始发烧。

是不是爸爸来看我了，让我不要忘了他。爸爸，我怎么会不记得您呢，每次想念您的时候，我总是在默默地流泪，不想让亲人知道。不知道弟弟和妈妈的感受如何，但我失去亲人的滋味品尝起来好苦呀！两年前的今天，你不打招呼就走了，你去哪儿了？过得好吗？希望您想想您的女儿，或者捎封信来也好，或者您只要开心就好！

头很晕，我还是要记下我的想法——爸爸，我不想让自己停下来，感觉与其那样痛苦不如好好和您说说。我不知道您走之前是什么想法，我觉得您很清醒，挑了一个日子，一言不发地就找不到了，人间蒸发。我们不是名人，武则天留下无字碑，您也和她一样爽快。

我在前几年的时候，内心痛苦，写了东西留着，压在层层书本下面，您永远看不到。翻看着您的日常记录本，您没有写出您的心里话，记的是工作笔记或名言名句，还有些佛家词句。爸，您的字很漂亮，我好羡慕，我永远看不到续篇了，也永远学不会了！

我去躺会儿，累了，支持不下去了，改天我们再聊啊。

★ 2012 年 7 月 16 日　　　　思绪飞奔

最近两天心静了许多，慢慢地恢复了往日的生活。曾经的酸甜苦辣努力控制自己不去想起，即使想到了，我也会抓紧了积极地做一些事情，让凌乱的思绪从脑海中走开，走开！不要来影响我的情绪。我会看书，看新闻，给别人帮忙做事，或者开心地笑着讲话，真好！

会调节自己，会安慰自己，会计划自己，会安排生活的时间。成长在心中生长，惊涛骇浪地来，无声无息地走！

每个人的心中应该都有这样的感觉吧？或早或晚，或多或少，或轻或重，风来了，有些凉气，慢慢地清醒，回到现实。

这样行吗？任思绪飞奔，往事如脱缰的野马，无所顾忌，自由放松，令人兴奋和向往！现实却是如此无奈，不敢跑出轨道；痛苦是一种感受，是一种人生体验，叫人无法拒绝，叫人体会深刻；掩盖也许是明智的选择，工作是驱除剂，放下吧，会迎来自由！

★ 2012 年 12 月 24 日　　　　再次让梦起飞

这一次，不知道是不是真的能让我的梦想实现，不管怎样，我也要去试试！

有个网友在说，去追梦，即使跪着也要等到春暖花开。看到这句话，我的心里不禁一震，这不就是以前的自己吗？五年前、十五年前的自己，好久没有做自己了，不是怕，而是没有人来鼓励和陪伴，感觉很孤单。

这一次，不知道所要追逐的梦会不会破灭，告诉我自己要什么，写在日记里要什么，告诉他要什么。每每看到书，看到孩子，听到老师，听到爸爸的字眼我都有失落感，同时还有兴奋！失落在于我喜欢孩子但不能和他们在一起，或者不能为他们做什么。失落在于爸爸，唉，让我心痛的感觉，他很累，很不自由，生命没有足够的释放就走了。兴奋的渴望一直在我的脑海里不停地撞击，什么时候我还可以再"拼搏"一次？应该快了，不要等到我的时间不多的时候，我不愿意要这样的结果！应该快了，我不停地在找机会，不甘心呀。

"梦想是心灵的呼唤，跟着感觉走，什么都会有！"追求自己的理想和梦，脚步不停是正确的作为！一个人在寻梦和追梦的途中是快乐兴奋的，同时也是痛苦的，也许到头来是两手空空；不过如果想开了，也没有什么，人这辈子，走向天堂的时候，手里还要拿些什么呢？最好留下"你这个人真好！"这样的评价就够了。

2013 年日记

★ 2013 年元月 13 日　　　　从送挂历想到的

一个人走在大街上散步，想事情。

每天晚上几乎都是这样的散步规律，40 分钟的时间，8 点左右到家，看看书，上上网，再计划明天做什么。

嗯，今天想了些什么呢？周五我去关林买了 63 套挂历，然后就计划给客户每天送点，尽快送完，好让一桩心事了结。这段时间公司一直不停地抓业务业绩、开会、开客户答谢会等。

是啊，总经理要保费是为了年薪和个人荣誉，公司要保费是为了有更好的行业业绩和做更大的发展推广，业务员要保费是为了有更多的收入。我呢，也需要钱，但是我并不是要得那么迫切。与客户接触，他们都觉得我是保险公司的，来找他们买保险的，我真的不想让他们有这样的直觉，我想用我自己坦诚的方式，让他们都了解我，讲讲保险的好处；真的，不是在逼迫他或她，好的东西每个人都应该拥有。我相信自己，只要我好好地做下去，顺其自然，活在当下，就一定会有好的收获。

★ 2013 年元月 14 日　　　　收废品的客户

到了谷水的客户家里，他们是靠收废品起家的，做得很辛苦，幸好还比较赚钱，去年他弟弟买了 30 万元的房子，之前还买了出租车，他们一家人很能干，知道吃苦耐劳是致富的路子，依然是收废品，在家里挑挑拣拣，然后把值钱的东西拿出去卖。我和他们聊了很多，以前也说过，谈得最多的是孩子的教育。

真的，我觉得现在的家长只会生孩子，不会教育孩子；她们自己也像个孩子似的，遇到问题了，不知道怎么办。有时我真替她们着急，很想把自己的经验告诉她们。我知道她们很喜欢听，妈妈大部分都希望孩子好，听话、懂事、聪明、伶俐，妈妈们也希望自己有所改变。但是改变自己就要付出很多，谁又愿意付出呢？谁不想在冬天的被窝里多睡一会儿，谁不想在精彩的电视剧里多感受一些，谁不想在周末的日子里逛逛市场。陪孩子是要付出代价的！

陪未成年的孩子有意思吗？我知道，很多大人都不想这样做，认为这些事情都可以等等再做。只是，人有惰性，而且惰性是很会缠人的，等等，可能就一直等下去，错过孩子最佳的教育时机。孩子在小的时候，你看他们像个小动物或玩具，觉得很好玩、很逗人、很听话。其实，孩子一出生就要给他教育或者规划了，爸爸妈妈都要提前做好准备。不是车到山前必有路，有些路必须提前规划，有些事情必须提前做。

★ 2013 年元月 15 日　　　**计划制订于每一天**

计划要执行下去，要不然的话好似今天里浪费了生命，虚度了时间啊。

不知道从什么时候开始，养成了制订计划的习惯，拿个本子或纸张记录下明天要做的事情。第二天啊，做吧，用心地去做完这些事情，好心情会有整整一天，并且晚上的睡眠也好。上午去了一个客户家里送挂历，下午见了四个客户，还认识了一个新朋友，经营卫浴的女老板。见到什么样的人，我依旧诚恳亲切，不管他们当时对我的态度是怎样的，我只知道对他们尊敬和诚实，我觉得只要你的心正了，行为可以说明一切。

有人说我虚伪，我真的很委屈，难道诚实的人说话和做事就被看成虚伪吗？如果是这样的话，这个社会不就退步了吗？我相信在这个社会和我一样的人很多，只是某些人还有些怀疑而已，用一些听起来刺耳的话说你，让你觉得有些愤怒和委屈。我的最亲的人也说过这样的话，我感觉很寒心，解释了没有用，只有做到了，一遍遍地去做他才会信，只是在口头上还没有称赞你的语言。

亲人啊，朋友啊，不要吝啬您鼓励和赞美的话语，它们像冬日的暖风，它们是夏日的空调，舒适着对方的心灵，你尽管去做吧，会有好运等着你……

★ 2013 年元月 16 日　　　**人生缺憾**

哪个人没有人生缺憾啊？一个人出生之后，跌跌撞撞地走了起来，遇到了许许多多的事情，追求完美，追求卓越，在追求的过程中又在丢失着什么东西。

25 岁之前我好像是一个孩子，没有长大，虽然身高标准，体重符合，只是心灵的年纪还像十几岁，想法简单、天真，做事诚意十足，我行我素，好像这世界都是我去主宰一样。

父母没有在我的耳边留下太多的语言和记忆，和他们几乎没有交谈，空白的家庭教育，让我的未来充满了艰辛和坎坷。义务教育的停顿是由于我的喜好体育而中止，对书籍的渴望成了我八小时之外的享受。没事了的时候我总会抱着一本书看，细细地品味，有时还会看远方，思考里面的话，好有意思，好有意义。

和一个成功的大哥谈了3个小时，他是我曾经敬佩的智者。在我的感受里，他的话好像是泉眼，不断地流出耐人寻味的细流，让我看清了很多东西，启发我的心智。

我经常和他聊，话题很多，几乎是我想到哪里就问到哪里，十几年了，我们一直有不间断的联系。

他是一个成功者，讲话有条不紊，待人和蔼可亲。就是这样的一个人，在别人的眼里他很成功的，只是家中的妻子不让他满意。他给我说起来的时候，我很替他委屈，这么好的一个男人，怎么啦？

年轻的我傻傻而倔强地逃避没有温暖的家，百米速度似的找个认为差不多的人嫁了。找朋友时就挑独立能力强的，学习比我好的，结果是找到了，而且强我十倍，其实是想逃离不温暖的家。后来不幸福的生活是自己选择的，不敢向父母诉说，说了不是打自己的脸吗？

我努力地做好自己和妻子，迎合他，顺着他，其实我的心不是这样的，我违背了我的意志，终于好多次战争爆发，我又无力反抗。

感情的事情都可以讲清楚，两个人的想法不一致就会相互对立。感情淡漠的开始是对立的存在，不让步的结果是各自做着各自的事情，不指挥对方的战场。我不会讲他的工作该如何，讲过被否定了，谁还想去接受他的否定。

我会习惯对方的淡漠，默默地争取更多的独立。在没有爱的家里，我会把爱洒给别人（客户或者朋友），更多地给了孩子。人与人交流少了，谈的话题有局限；接触多了，话里就有了彼此的秘密。

每个人都会有不如意，如果感情不如意会去寻找同样有这样感受的人倾诉。

人生苦短，何必委屈自己，发泄和放松心情，低俗有低俗的方式，高雅有高雅的渠道。

知道了有关家里的事情和那个历史，我理解了现在的父母，说出来会怎样？不说会怎样？

性格决定命运，随着身边几个亲人的离去，发现性格是主宰他们命运的因素。人生都是不完美的，正是由于这样的不完美，每个活着的人才会去弥补，才会去追求以达到平衡。

★ 2013 年元月 18 日　　　　耽误的爱拾不起来

晚上孩子写作业到 10 点 20 分，这段时间里他的功课很多。因为是初三，起初有些怨言，说老师留的作业太多，这也要背诵那也要复习什么的。过了几日，渐渐地也不提这件事情了，他很自觉，每当烦躁的时候，他就会在床上躺一会儿，或者听听手机里的歌放松一下，然后就又开始做题。

我一直很欣慰，孩子的现在让我有了一点成就感，十几年的付出没有空收获。即使自己的事业和工作不顺利，也没有感到气馁。他 13 岁了，又大又小的年龄，说着又大又小的话。昨天，他让我猜物理的考试分数，我说猜不到，孩子没有讲出来。今早吃饭的时候，又告诉我他在电脑上测了智商是 120，测评结果显示他是右脑开发很好的一类，很适合学理科。我说智商不低呀，比我强多了，我还不敢测评呢，估计初中数理化都不会做。临走的时候他说物理考了99 分，满分 100 分。

是孩子让我们年轻的父母成熟了，有了孩子的人不能耽误对孩子的引导。付出一定会有收获，我们不能马上去索取。孩子终究会离开我们，展翅飞出我们的怀抱。只是在他振翅之前你梳理好他的羽毛了吗？你有没有提供给他强健的身躯？更为重要的是，他的思想意志是否符合大道？当孩子委屈的时候，我们有没有疏导？当孩子有疑问的时候，你的回答是否让他满意和领悟。

看了许多教育方面的书，听了许多成功家长的故事，感受了许多好孩子的经历，我有了一个答案。凡是把孩子教育好的家长，他们的自我教育是成功的。是不断自我修炼，自我改进，在不求回报的时候，花结了果。

耽误的爱不容易拾起来，活在当下，爱在当下。爱孩子就要更爱自己的现在，好好地修炼自己。培养自己完美的同时和孩子真正心心相印，不放纵，不溺爱，适度适当，在给孩子一片天空的时候，你会发现自己有了一片海洋。

★ 2013 年元月 20 日　　　　钓鱼群网友聚会

昨日是腊八节，我到了聚会的饭店才想起来。

和朋友一起坐在餐桌旁，我向四周张望，看着每个人的表情。这次聚会是邻居朋友的钓鱼网网友组织的，他把我拉进微信朋友群，说是因为我的职业原因（保险推销），想介绍我认识更多的朋友。钓鱼群里男同胞居多，到了 7 点多，才有五六个女士，看样子也不像职业钓手，有的是家人，有的是开渔具店的，还有的像我是个喜欢热闹的旁观者。

从单位出来第一次参加这样类型的聚会，感觉很好奇。现在网络很发达，牵头组织个微信群，就会有一些兴趣相投的人聚在一起聊。每当打开电脑，有些群里就叽叽喳喳地好不热闹，不到一个小时时间，消息提醒竟然有几百条，真是物以类聚，人以群分。从未见过一面的人会根据自己的兴趣高谈阔论，促膝而坐，频频点头，好像是久别重逢的好友。他们年龄差别很大，有的看上去才二十出头，有的已过六十，只是年龄大者越发看着年轻，举止大方。上台领奖和抽奖是主持人开涮的焦点。发言的钓鱼友发言，经过自我介绍，十几秒或几十秒的时间足可以把此人的性格掌握得差不多了。我接触的人很多，什么类型的人只要说上话或认识一阵子就可以判断出他的性格或血型，只是"城府很深"的人需要时间的考验和相处才能有结论。

大凡给每桌敬酒的人要么是头头儿，要么是性格开朗的，要么是锻炼一下胆量的，要么是自己的职业或生意原因需要大家都认识自己的，总之各有各的目的。

人生何尝不是这样，每个人做事都有自己的目的，达到目的的方法各异，价值观、人生观、爱情观、教育观、性格等都促使每个人的不同和相同，缤纷的世界缤纷的世人。

过来的人总是爱指点没有经过世事的人，不管他年轻也好，不管他年长也罢，好像师傅老师谁都愿意当，应该是愿意当的，因为人性里有这一条。年轻终归会变老，年老一定会走远，没有经过的事情到了一定时候就一定会经历。留下自己的美好回忆，记载自己的思想小花，是有智慧的人愿意去选择的途径。让自己的人生不留下遗憾，让自己的回忆多一些美好。年轻人啊，多多地经历和实践，不要瞻前顾后，不要郁郁寡欢，不要好高骛远，踏实地做事，计划好你的计划。时间在指尖上溜走，时间在杂乱的脚步中匆匆失去。你喜欢什么就去做什么吧，尝试一下，未必会成功，失败也是成功的一种，因为你经历过！

说给我听，也给你听，心情的感受印在纸上，会留下痕迹。

★ 2013 年元月 22 日　　　**有梦想真好**

每个人一出生，到 3 岁就有自己的梦想了吧。不管他幼稚与否，思想里总会有所期盼，是好的还是不好的，能不能够实现，总之都想试一试，体会自己有没有这样的能力或机遇。

和许多人聊过，和许多不同年龄的人谈过。天南海北、从古至今，能聊到的话题或是可以说出来的话都愿意说说。特别是遇到很能说的人，有时你会发现你和他聊，越聊越尴尬，想找话题也找不到，心情自然也沉闷下来。这是怎么回事？有时你也会发现你和他聊，越聊越有话。源源不断的词汇不知从哪里冒了出来，拦截不住哇，时间在不停地走，我们的话不断，不想分离说再见。这是怎么回事？

其实有答案。

有些人性格相近，有些人兴趣相投，有些人性格互补，有些人的知识多，有人爱听，有些人说话有方法，有些人懂点心理学，有些人有魅力，有些人的人品才能俱全，总之，对方喜欢听你讲，对方喜欢讲你听。

有梦想的人更吸引人，因为他的言谈举止都散发出无形的光芒。有活力，感染着周围的事物和你，和他在一起，你的小宇宙被激发起来，让你不自觉地靠近他，想和他一样。同步，进步，跑步追上他，你有吗？我有，我想你一定也会想有的，因为我们有梦想……

★ 2013 年元月 30 日　　　　伤心事不提也会触及

又看了一遍《长江七号》，记得三年前看过，感觉是给孩子们看的，没有什么太深的印象。里面的情节多是与孩子们、七八岁的年龄有关的事情，并且还有些童话的感觉，科幻的意境。却不知今日看时，泪流满面。

爸爸与小迪闹了矛盾，因为孩子考试得了零分。自己为了讨爸爸的高兴，改成了 100 分。爸爸和孩子约定，如果考及格，孩子就永远不用让爸爸管了。小迪用功地学习终于考了 68 分，爸爸却在上班时意外去世。孩子很想爸爸，哭着哭着睡着了，不停地说着想爸爸的话。那个高科技的玩具使用自己的功力救了爸爸的性命，让父子重逢，牺牲了自己变成了普通的玩具。让小迪非常想念，一直挂它在胸前。

看到这些片段的时候，我想起了我的爸爸，如果我的爸爸能起死回生，我将有多么高兴！他不能借助高科技的力量回来，我也遇不到这样的事情，内心的渴望只能在纸上记录。我从小受到爸爸的宠爱，长大了和爸爸的接触少了，只有关爱的语言，谈心的时候没有多少次。好害怕听到"爸爸"两个字，好希望爸爸能够重新出现在我的面前，做梦的时候有时近有时远。看到其他的伯伯就想起我的爸爸，甚至有的人脸庞真的像爸爸，我忍不住多看几眼。真希望是我在茫茫人海中找到了他。

只有在我的家里存放着爸爸的照片，年轻时的他帅气和沉稳，以至我喜欢上了我的爸爸。这是什么呀，病态吗？我反复地分析爸爸的性格、血型，还反复想着如果我是妈妈，我该如何去爱他。

只有在我的家里放着爸爸的日记本。他的字体潇洒漂亮，摘抄的句子我也很喜欢。我反复地想当时爸爸为什么要写这些？他的内心到底怎么了？有励志的文字，有关于健康的知识，后来更多的是摘抄了佛家的句子。

只有在我的家里收集了爸爸的书，关于人性的优点和弱点的，健康杂志还有佛教书籍。

人的思想出了问题，好像中了毒，伤了肉体和精神。自己用一种方法是解脱了，他的亲人被禁锢了，思念的痛很深，很久！解决思想问题需要理解，需要换位，需要包容和善待。我不想让很多人再被想不开而阻挡勇敢活下去的念头！

总是不想想起伤心事却在不经意时被灼伤。哭一哭，笑一笑，这就是人生让自己感悟的一组电影镜头吧。

★ 2013 年 2 月 2 日　　　　一辈子的朋友

请问你，谁是你一辈子的朋友？个人有个人的答案，怎么说都可以，每个人的想法不同，或说知己，或说爱人，或说孩子，或说某某人。

谁能保证做你一辈子的朋友呢？万事皆会有变。

那么有人问我，谁是你的一辈子的朋友？（至今还没有谁问过我）自己问过自己，考虑了好久后，终于有了答案，不是以上谁谁，是书啊！

我喜欢读书，我爱读书。当然是指好书啦！当你快乐的时候，书籍会接着再给你精神的愉悦；当你心烦意乱的时候，书中的哪句话或哪篇故事可以消除你的忧愁，可以分担你的顾虑。

当你一个人的时候，静静地找一本自己喜欢读的书翻看，你会发现自己的内心火焰正在一步步被点燃，向往的事情在脑海中逐渐清晰起来，这时，你会迫不及待地拿出笔和纸，抄写下来，嗯，这些字句怎么说得和我心中想的一样，是巧合吗？这时，困倦悄然而去，再看一页就睡、再看一页就放下的想法会放弃，直到脖颈酸痛才恋恋不舍地合上书本。

你有过这样的感觉吗？如果有，请多多回味书中的语言。它多像朋友，在我的耳边讲话，讲故事给我听，比谁讲得生动、感人。我读书常常会落泪，被故事中的人所感动，被故事中的情节引得思绪万千。特别是品读励志的书，让我感受生命的顽强，信念的力量无边！一个人的潜力被激发是会发生多么大的变化——天和地之别啊！

我想，这世界上最伟大的最无私的朋友就是书籍了，我从中品尝吸收甘露和营养。物质生活可以差些，可以再差些，我不能没有书看。它是我一辈子的朋友，一辈子的陪伴……

拥有书籍我一辈子会幸福！快乐！

★2013年2月22日　　　　人生是个螺旋

从事保险的五年里，我总有心不在焉的感觉，每天都在忙忙碌碌，好像是在播种，将来要收获，这些理由在别人看来似乎不那么充足。五年的时间，我为客户跑东跑西，参加公司的各项培训，唯恐拉下哪个。每个晨会，每次面谈，我总是专心备至，笔记本尽可能去多多记录有用的知识。

好，非常好！这是我的习惯，我努力地找寻实现自己的价值，努力为他人贡献更多的资讯和服务，也为了自己能够每天开心和快乐！每天都好好把握！

是的，是好习惯！在此当中，有谁会不经历烦恼和失败，有谁会不接纳它们，你如何接纳？每个人都会有不同的方式，我欣然接受。这种不适应不愉快的感受越来越短，从当初的十几天到现在的一眨眼。到厂矿做营业员，自己办幼儿园，给朋友学校做管理，到私企做人寿保险，经历的好多好多，数不胜数，故事一麻袋，几天几夜讲不完。我还在学习，还是个学生，我要终身做学生和实践者！

2008年至2013年元月18日，且把日子这样定下，从听过的话（你不要为了别人的理想而努力奋斗！你现在的工作是在为他人增加资本）中领悟，找到你的梦想了吗？

偶然一个机会，我想通了，我的梦想确定了！曾经的梦想和这次雷同，只是没有找到切入口。蛇年我找到了自己，不想不愿再为别人做事，为什么不自己做呢？

为别人做事，为自己做事，人生是个螺旋，起点到终点，终点又回到上升的起点！

我的本性就是做我自己，实现自己的价值，我在本子上写下我的梦想……干吧！

★2013年2月25日　　　　人与人之间的关系微妙吗？

从单位上班直到从事现在的自由职业，接触到的人实在太多了，只留真朋友几个，该增添的增添，该删除的删除，需要"润色"的帮一帮，不需要搭理的暂时保留。

有段时间觉得社会好复杂，自己怎么也不能把它简单地处理，想不通的时候，就还是按照自己的理解去处理。

听人讲话，经常会听到说自己小时候如何如何，以后如何如何，只是不说现在该怎样！

记得我在小学一年级的时候，班里要选少先队员。我觉得自己一定行，各方面都做得很好，就和我的同学小声说，你选我吧。结果她把这件事告诉老师了，老师批评我说不能这样！需要同学选！当然这个打报告的同学是个女生。

哦，现在不知道当时那个小女生是怎样想的，也许年龄小，什么事情都要和老师讲一下。现在呢，如果有类似的情况，我想我的同学一定会选我的。再说啦，现在毛遂自荐的事情也很多，一个人的能力大小，够不够格都可以在实践中去验证的嘛。

世界很大，要我们做的事情太多了，你愿不愿做是你自己的事情。如果当时的环境不能如愿，当然，在以后的机会中，我们还是会找到一个合适的机会表现自己，发挥自己的能力，以证明你我的存在，以证明你我的价值。如果你从来就不是这样想的，那么你只有任人摆布了。

很喜欢听张韶涵的歌《隐形的翅膀》，其中的语言代表了这一类人。这类不甘心、不愿寂寞的人，默默去走自己的路，痛苦的过程也是快乐的享受。很多的不在乎，简单的饭菜，朴素的衣着，痴痴地等待和埋头于电脑前的孤单。他们这类人是每天都在滋润着自己的心灵，朝着自己的梦想一步步走下去的蜗牛！直到某年某月的某一天，有一天有形的翅膀为他们振翅，人们看到了他们的高飞，啊！惊叹！惊奇！为什么？怎么会？

是呀，怎么会是这样的？我知道他呀，我了解他呀，他看上去一直懦弱，他给我的印象内向，他办事我看不惯，他太固执，他总是赚不到钱……在人们的眼中，这类人的最初就是这样！

是什么改变了他们这类人，人们也许可以猜到！

是一句话，是一个人，是一本书，是一段录音，是一件事情！最好的答案是自己梦想的确定！

改变自己！就会改变人们对你的看法！不必在乎别人对你的看法，不要活在别人的口舌之下，你就是你！做你本来的自己，完善你的不足就好！

从此，人和人的关系不再微妙，相信那只是借口，也是无知的理由。

★ 2013 年 3 月 18 日　　　　人生精彩从什么时候开始?

多少次地问，什么时候才能够做真正的自己？什么时候才是成功的时候？什么时候才可以想做什么就做什么？什么时候才能得到周围朋友的认可？

很多很多问题，不断地产生，不断地解决，不断地重复又不断地被否定。每个人的心里都会有这样类似的问题吧，有些人思考，有些人暂时放弃，有些人边思考边行动。所以造成了人与人的不同。

我喜欢看有关心理方面的文章，听有关某人的故事。了解人就要了解他的行为，他的语言，这样你和他们或她们之间会有更好的默契和相处。不会轻易地伤害对方，给对方一定的空间和自由，包括精神的愉悦。

谈"人生"这个词，在十几岁的时候听别人说总是觉得遥不可及，什么人生？什么一辈子？好像很远很远，当时的我总是在心中窃笑，早着呢，何必那么伤感。

二十几岁的时候听别人谈人生好像有了一点感觉，哦，是要考虑一下自己的人生该如何走的问题了，觉得时间老人看上了你，注意了你，你也就被注意了。经常会问别人，你做什么呀，你有什么打算呀，你为什么要这样想啊，等等，好奇地又回到了童年，问的不再是知识方面的话题，更多的是对人生的态度和思考。因此就开始追求自己所谓的年轻的奋斗！

到了三十几岁，奋斗的途中遭遇冰雪，遭遇雷电，被无情地打击，这个时候，你的路还会经常是康庄吗？又开始问别人，又经常思索书本，人生的精彩是停止了还是开始要继续表演？我的正确答案是，重新开始！

很多人都愿意做那百分之二十的一群，你究竟是还是不是，能不能成为那类人，就要看你的行动了，而不是说出去！

如果一定想说要说，那就要做出来让大家看看，用一次不急不躁、不慌不忙、坦坦荡荡的行动去实行，精彩——不管你的年龄是多少，只要你的大脑思考的所有都是精彩的篇章和想法，你的四肢会帮你完成，你的朋友会帮你完成精彩的人生世界！

朋友们，精彩从现在开始吧！让我们的精彩来得更早一些吧！

★ 2013 年 3 月 29 日　　　　人生路程多坎坷

曾经的我，具体说是在我的两个幼儿园和美国智多星感统训练馆一个个解体之后，找不到方向了，跌跌撞撞地凭着一个想法——做讲师，走入了中国平安保险公司的大门。在此之前我写了我的一篇手记，（九年的经历），之后就没有好好地总结了。和一个朋友的合作（办学校），导致了我的命运转折。连我自己都想不到会如此狼狈，教具没有落脚之处，上不完的课程退费给家长，被人辱骂和责备，那时我自卑到了极点，不想在人前讲话，只有默默地给自己打气，默默地给孩子做榜样。因为我不能放弃我自己，（我曾经是运动员，太倔强），老公一直不支持，欠债的日子好难熬啊！

到保险公司后，我开始变得更加谦虚和谨慎，一边做保险，一边做教育——感统训练；我将我的自信和曾经的自豪埋在谷底，充分的自信和自豪在众人面前稍一露头就被我的意志打击下去，直到做到六个月"钻石"荣誉。我的自信回来了，我重新找到了自己。一年、两年、三年，这期间，我好好地努力工作，笑容和力量在一点点积聚。同时更大的麻烦来了，父亲的事情让我有了担忧；他的精神状况越来越不好，时而大喜、时而大悲。看医生，甚至两次吃安眠药，去了精神病院，我看在眼里，难过在心里，每天都在考虑着怎么样帮帮父亲，想着父亲如何才能回到从前的状态。终于，一切都没有往好的方面发展，父亲还是走了，没有留下任何话语，不知道去了哪里。

2009年7月，在爱人的催促下，我放弃了感统训练，处理了教具，专职做保险。在这段专一做保险的岁月里，直到2010年5月，因为客户理赔的原因渐渐让我对保险行业失去了兴趣和信任。另外，虽然参加了公司讲师培训，但是一次正规的讲课也没有安排我，只是在业绩好的时候分享过好多次。于是同年6月，我报名学习二级心理咨询师，白天服务客户，晚上到12点后才睡觉。我参加了考试，差三分拿到证书，为此我还检查出心肌缺血，我不后悔，我很满足。

我离开了平安，经过苦苦思索，总惦记着客户的承诺，2011年1月经过介绍来到了一家外资保险公司。在这里做了9个月的主管，因这里的"基本法"和公司之间的相互挖墙脚、领导的急功近利，我失望地离开。然后选择了中国人寿，到这里我还是怀着一颗想做讲师的心，最终评上讲师，但我辞职选择再次从事教育行业。

当我选择做一名运动员的时候就想成为奥运冠军，当我比赛受伤之后就想成为一名教练或者老师。未来的岁月里，我创办幼儿园，办感统训练馆，我的经历都与老师有关。我很想讲出来有关我的学生、我的孩子、我的父母以及客户们的故事。到了这样的年纪，难道我真要在保险公司做一辈子业务主任吗？不！我要做自己喜欢的事业，要做自己喜欢的事情，要帮助更多的人，实现自己生命里最大的价值！

★ 2013 年 7 月 7 日　　　　随心感悟

近半年来，我找到了自己的梦想，以往都有，只是不知道从什么地方入手。

人生一次，好好地计划和实施，才不枉此生！

孩子考完了试，我也考完了"试"，女人好累啊！

成婚之后不管婚姻是否完美，都要先以孩子为主，这些我早就考虑到了。只是，在我的人生中，孩子和我都要成长，都要培养。我的童年没有父母的培养，今后做什么，父母只是让你顺其自然，很少谈心和教导。到了我的孩子这里，我就会给孩子一片天，发挥他的特长，指导他做人处事。

那么我呢？我不会在家做个家庭妇女，也不会在单位做个好职员。我要做我自己，努力做自己想做的事情，把我的人生释放最大的精彩，努力延续我的生命，努力拓宽我的生命宽度，努力让我的价值体现到最大！这样做也许会很累！但是我早就不怕了，没有什么可怕的！疾病和伤痛对于我来说已经无所畏惧了！更何况，那么多的伟人比我更艰难，他们不都是自己挺过来了吗？

至于婚姻中的感情，只要他不强烈反对就好。如果反对，我们看缘分，缘分也有尽头啊。

★ 2013 年 7 月 19 日　　　　走在前锋——宣传小记

去年的 7 月 6 日，我的演讲与口才班，只来了一个同学，我给他安排了十节课，每天从上午八点半到十一点半，我给他制定了课程。

梅同学给我的印象不是那种很内向，在较多的交谈中，一节节的课程训练之后，我教给他了一些方法，如看着对方的眼睛讲话、声音的大小适当、吐字清晰；演讲时要大方、兴奋、微笑，有热忱、有激情。

他完全变了！

我发现，一个人只要愿意去投入，给予对方的表扬会逐步增加他的自信心。每次进行后的课程帮助梅同学加足了油，他的演讲和待人处事越来越娴熟了。我从他的变化中看到了我的成绩，我真的很开心！

一个人的课程上完后，我就开始制订宣传计划。

我和一个伙伴名叫涛涛（一个大二的学生），每天上午在西苑校区门口发宣传页，每次看到大学生我就主动上前介绍，积极的心态促使着我的每个行动，我知道这是我的又一次创业，态度必须积极！必须有所行动！

下午有时我带着涛涛、波波一起去写字楼里的教育机构谈合作，我指导他们怎么配合，怎么说等，更多的时候是我自己去面对。

几天下来，我们谈了好多家，还好有几家比较有意向，但至今还没有完全达成合作。不过，我不会放弃的！我还会不断地去宣传，不断地开拓！我知道，创业很艰难，但是前途很光明！我寄托的每一天都有希望！我是妈妈，我要培养孩子成功！我是创业者，我要培养我自己成功！纵有千辛万苦也不会放弃我自己最深爱的事业！

没有什么比我喜爱的事业更值得我去追求的了，我将追求它一直到生命结束……

★ 2013 年 10 月 26 日　　　　一对一训练观察日记

（三年级男孩儿 A，寄宿，只有周六日在家，特别活泼好动）他的第一节课基本上是在讲着条件下进行的，没上课多久，他就说要回去，我说为什么，他说他饿了，我以为他撒谎，也觉得中途下课不好和家长解释，毕竟这是他的第一节课，一直到下课时间结束了，我们断断续续地完成了课程内容。

前半部分和 B（一个来试听的同岁男孩儿）共同完成半个小时的训练，试讲部分结束后，麦克经常和我讲一些条件。

他说，做完游戏看小电影，我说行。

看的视频是励志的，我问他："那个孩子叫什么名字？"他回答上来了。

我问他："额吉是什么意思。"他说："不知道。"

我问他："乌达木在台上表现如何？"他说："不清楚，没看仔细。"

我说："再看一遍好吗？"他说："嗯。"

到再看视频时间的时候，他又说不看了，等等，好几次反复不守信用。完成的项目有自我介绍、做游戏、看小电影、朗读等。

朗读项目进行了一半，他不愿意继续读，想回去吃东西，到四点半的时候，我带着他去买了一个汉堡给他送到作文班，他又继续上作文课。（一下午孩子好辛苦，因为妹妹生病，在医院住院了，妈妈没办法陪他。）

第二节课是上午，A 到达训练教室时间为 8 点 50 分，他手里拿了两个大包子和一杯奶茶，经过我的讲解和沟通，课程进行得比较顺利。

我发现，他有说谎的习惯，不讲信用，某个环节做事不诚实，变化很快。在我的指导下，我用坦诚和用心及诚信，带着他走到了我感到最感人的环节！

他朗诵："我是最勇敢的……"全部正确 100 分，又看了一遍"乌达木梦中的额吉",然后我们表演节目。我先表演唱歌,我说:"大家好,我叫……潘是……艳菊的含义是……我的爱好……优点是……梦想是……"然后我给 A 唱了一首歌《隐形的翅膀》。他上场了,他学着我的样子,模仿台词,唱了一首《跪羊图》,歌词很长,非常感人,我听得热泪盈眶。

我们看了一段视频,是约翰库提斯的故事,他讲得比较到位,说明他认真看了想了,我感到了孩子的变化。最后,在他的要求下我们玩了扑克牌,四局,我输了三局!真没想到,我会输给一个三年级的孩子。

我做了 40 个深蹲,他只输了一次,痛快地做了 20 个。在制定惩罚措施的时候,他说起他被学校班里的老师罚了半蹲 3 分钟,还做了无数个深蹲。

我说:"为什么?"

他说:"不好意思说。"

我说:"怎么啦?老师为什么罚你这么多?"

他说:"因为在寝室说话,不听话,老师才罚的。"

孩子本质是纯洁的,顽劣的品行其实浮在表面,并且是不固定的,只要有好的教育方法,有真正好的老师去引导,任何孩子都可以成才!

2014 年日记

★ **2014 年 7 月 14 日**　　　　**左膀和右臂**

说到这个话题，大家一定想到的是你的得力助手吧？没错。就在昨日上午上完训练课，主持人赵小弟，他是我的助教，提出辞职。虽然这样的结果我早有预料，大学毕业生工作不稳定、情绪不稳定、想法多的特点，我很熟悉和了解。但是，一个得力助手要离开确实令我有些心痛，培养人不容易，培养出一个人才更不容易。

脑海中清晰地记得，我们一同下楼时，两个人默默不语。说再见时，我竭力让自己表现得坚强，来掩饰内心有无数个不愿意，挥了一下手，我迈开坚定的步伐，快步走向我的电动车，小弟有怎样的心情，我也能够猜得到。

十几年前，我办幼儿园，老师们是我的左膀右臂。一个团队要发展，骨干就是左膀右臂。一个企业要生存，员工就是左膀右臂！如果左膀右臂统统失去，还要一个人继续走下去！在人生这条大路上，再去发现你的有缘人，生生不息！

★ **2014 年 7 月 16 日**　　　　**成熟的意义**

小时候，我认为成熟就是指苹果、香蕉、麦子等长大，能够吃了，口感好，没有酸涩的感觉。随着年龄增长，看了一些书，听到一些人再讲"成熟"这两个字的时候，才知道"人"也是这么回事，由青涩到成熟。

昨天，我看了一本书《成熟法则》，讲的是如何察言观色，如何在生活工作中与人相处，如何从面部表情、声音、动作判断种种行为背后的人的性格和心理，犯了错误后如何讲话、讲什么话，介绍如何自信工作、交友等方法，详尽而完整，很厚的一本书，在我的快速浏览中结束了。——"我这是在完成任务啊！"完成自己给自己规定下的每天一本书的任务，没有细细揣摩书中的含义，没有真正领悟书中介绍的项目，我的行为是"猪八戒吃人参果——囫囵吞枣"啊！不成熟的表现啊！

以后我要认真读完每一本书，不能重数量，要看重质量。每天读书一小时，真正领悟直到成熟！

★ 2014 年 7 月 17 日　　　　**心中的决定**

一个人决定一件事情很难吗？今天的我看来已经没有什么困难了，只要条件成熟，只要自己想要，只要内心的那个想法足够强烈，强烈到想象实现后的你自己的样子、开心的样子、讲课的样子，看到同事们和孩子们兴奋的表情，大家都没有皱起的眉头，展示给你的是兴奋的表情和一双双坚定的目光！

和李老师合作开公司虽然只持续了五个月。今年 3 月，我们各做各的项目，创业打拼不容易，没有知名度，买账的人就很少！但是我不会犹豫和担心，我深深地知道：坚持不懈，终会成功！

二十年来，一次次的决定和执着选择教育培训，我没有后悔，即使成不了伟人，我也要用尽我的生命去点燃孩子们的心灯！

我能走多远就走多远，能带多少人就带多少人！

★ 2014 年 7 月 18 日　　　　**"天之骄"公司成立**

周五早晨 6 点 45 分写下这个名字时，我的内心已经非常平和与淡然。去年的 6 月，"大学生梦想训练营"偃旗息鼓，没有继续维持办下去。原因是人员不稳定，大学生的功课时间不定，参与率不高，只有少数几个学生经常来。更重要的是费用收不起来，他们这个群体需要父母给生活费，自己缺乏赚钱的能力，而父母不会给他们过多的费用。

望着"天之骄"三个字，我考虑以后怎么办。"天之骄"，我能做些什么？命名"天之骄"，是我一生的心愿。我也是天之骄子，没有真正走进大学里的"年轻人"，青少年们就是家庭的未来和民族的希望。我要用我的力量一点点去改变中国不合理的家教观念，一步步把"天之骄"做下来，不管前方有多大的困难，也要想办法由小变大，成为中国乃至世界人民知晓的天之骄！

★ 2014 年 7 月 19 日　　　　**绝不伤害他人利益**

把我们的课程渗透进洛阳市各大教育机构里，是我实现目标的第一步，目前有意向的有培根教育、学吧教育、绿泡泡教育三家，但是都还没有开始启动，绿泡泡教育开了一次成功母亲课程，只有四位妈妈参加。

若想达成自己，必先助人。

和李老师合作失败之后，我更加坚信，在与任何人、任何机构和单位合作的时候一定要多了解对方。如果对方人品不好，唯利是图，和对方共事的结果也是掉入"陷阱"。如果一个人只知道索取，满足自己私欲，怎能做大做强啊。

赠人玫瑰手留余香，不付出如何索取！

付出时间，付出金钱，付出物品，付出感情，一切都源于自己内心的博大和以爱示人。

爱人就不要伤害他人利益，不剥夺他人利益，只有这样才能双赢、多赢、共赢！

★ 2014 年 7 月 20 日　　　**改变教育体制随想**

有了一个想法，是关于中国教育体制改革的，能否把自信心训练或情商课融入小学教育中。

家庭教育的问题，独生子女的问题，使"天平失衡"。一个人拥有了自信，犹如人生有了方向灯——无论是孩子还是成人。为什么我们的学校课堂不安排这样或类似的训练课呢？从我自己的经历可以得知，从无数伟大的人物经历中也可以总结出，情商训练、自信训练、挫折训练、赏识教育是一个孩子在走向青少年发展乃至成人道路中不可缺乏的教育！只关注文化课成绩的家长归根结底是学校体制问题，学校体制是中国教育体制引导出来的结果。

让孩子们真正成为孩子，解脱沉重的课业负担，就要改变！改变国人思想，改变教育体制，需要更多相同观念的教育人士共同做这些事情！

★ 2014 年 7 月 23 日　　　**我拥有图书馆**

从小有个梦想，将来自己开个书店，既可以在这里卖书赚钱，又可以天天看书。

但是，这个梦想一直未能实现，在我的心里埋藏了四十年，终于有一天，我们搬到了新区。这里是开发区，紧邻几座体育场，道路宽阔，绿化合理，空气格外清新。我们小区街道有十几家门面房，但只有三五家开业，由于新区刚开发几年，居住人口不多，显得比较冷清。渐渐地，东边一家开始装修，又过了一段日子西边一户也开始清扫和安装门头，叮叮当当，四周热闹起来。"漫咖啡"餐厅入驻了，我和爱人晚上散步，一天天观察新邻居的"成长"，二层休息间，每层都有几十张两两相对的木椅或五人一排的沙发。每个组合温馨浪漫，柔和的灯光，别致的吊台，舒适的白色靠背，天籁的音乐，更吸引我的就是一排排的书香味了！粗略计算，也该有上千本书了，人文、励志、管理、爱情、人生、服饰等书籍，应有尽有。

哇，我好开心啊，稍有不足就是书架太高，我只能享用低排位的精神食粮了。

人生好奇妙，想什么来什么，早晚等得到！

★ 2014 年 7 月 25 日　　　艰难的爬行

从今年的 3 月底开始到现在，我感觉到公司运作不是那么简单，需要经历无数的拒绝，心愿是美好的，结果总是很残酷。今天上午的训练课只来了一个新同学，这样的场景我已经见得很多了。工作老师和我都要不停地打电话邀约家长，每周都要打上近四百个电话。他们都是陌生人，通知让孩子来参加一次自信心培训，是免费的，并且还送礼物，但是，效果微乎其微。有很多次一周就来一个新同学。

成功之路好难走！特别是我的现在，第十二次创业了，搁置了六年又重新开始，之前是失败的。学前班失败，大幼儿园失败，小幼儿园失败，感统训练馆失败，偃师幼儿园训练失败，河南柴油机厂幼儿园训练失败，辅导学校失败，保险工作失败，小区感统训练班失败，大学生梦想训练营失败，数码大厦演讲口才机构失败，今天成立的"天之骄"如何呢？一个接着一个失败而来，而我不甘心认输，要屡败屡战。

没有退路了，不留退路了，前进吧！慎重与挑战并行！41 岁从头再来！

★ 2014 年 7 月 27 日　　　信心来源于自己

一个人有没有信心，能否看出来呢？答案是能！

相貌、眼神、声音、穿着、走路、坐、立的样子都可以判断这个人有没有信心。

信心是与生俱来的吗？答案不是。

环境培养，父母教导，老师传授，耳闻，目睹，自己实践而成！

信心是能够传递的吗？

答案有两个。一是不一定。如果你面对一类自我价值低的或是找不到自我价值的人，与他们交流，你的话他们是不接受的，你传递不了信心。

二是面对和你有相同相似价值观的或者是青少年儿童（价值观不定或正在

形成）的人，通过交流、疏导，信心能够传递，相互会发生好的作用。

你有信心吗？我不知道，交流沟通我们就可以见分晓。简言之，信心的发源地和传输点是自己本身！

★ 2014 年 11 月 26 日　　　三件事三个启发

一件事，公司员工小吕今天上午联系邀约电话不成功，十几个下来几乎全部被拒绝，我听着她打电话的状态，感受到了有负面情绪。

每个人做事情和工作，一定会遇到困难的。能否挑战成功和顺利进行下去，就是考验你的时候，你要找到自己问题的症结。找到后，调整情绪再出发！

第二件事，公司股份转让之后，我还欠李老师 1600 元。当他说要算清我们合作期间的账目时，此时我只有不足 800 元，根本拿不出 1600 元。于是，我提出李老师上公开课一定需要用投影设备、音响吧，在公司内开课一天只需 120 元，比起到外面租场地便宜多了。人数少的时候可以在公司上课，人多时到外面租场地。我给李老师这样讲后，他觉得很划算，就把我的欠款抵作他的提前预交使用租金，因为我买下了公司的投影设备和音响，所以我就不必付给他了。

这件事告诉我，任何事情都会发生变化，只要动脑筋就会变被动为主动，就能解决困难。

第三件事，公司来了一位面试者，我们招聘的岗位是家教。她来后，我们双方谈了一会儿，她说她要改做销售，为什么变化这么快呢？交谈中她告诉我，她的父母让她考大学学医，自己却很喜欢销售，但她不愿让父母生气就顺从了父母。学医要五年，明年就要毕业了，她内心很排斥学医，学校的课程学得很不好。她气质高雅，文静端庄，讲话清晰，还做过主持人。

让我们每个人听从内心的需要，随心而行吧，快乐自己，幸福别人。当你的梦想和现实冲突了，和亲人解释沟通，相信他们都会理解，何必用五年光阴换来对父母的一个听从，而痛苦了自己的 1825 天！

★ 2014 年 11 月 30 日　　　一次小动心

翻开日记本，找到我的梦想单，啊！列了三十多项，有的已经实现，大部分还在进行当中。忽然发现，自己要做的事情太多太有意义了！甚至觉得有些梦想偏离现实。人是个奇迹，人是个大宝藏！我就是个奇迹！我也是大宝藏。只要用心朝向目标去做，伸展自己无限能力的枝干，向天空去索取，我坚信就一定能够实现自己列的梦想单。

29 日上午我和几个学生参加了一部电视剧的海选,认识了一位于先生。艳萍也在接待,来面试的人陆续有二三十个,当初我的想法是推荐几个小演员,给孩子们提供这样的机会。其间,自己也想挑战一下演员梦。记得在 2007 年的时候,我在西工区中泰商务大厦办事的时候,碰巧遇到了一家影视机构在海选演员,当时我参加了面试,后来还递交了照片。因为做演员要经常到外地拍摄,不能照顾孩子和家里,我放弃了。

这次的演员海选,我初试通过,我的计划是顺其自然,只要不影响公司孩子们的训练,我愿意再过一把瘾。

★ 2014 年 12 月 3 日　　　　财富丢失后继续前进

房款全部押在了表妹的投资中,周围亲戚朋友的钱都不见踪影,"套牢"了,这个结果是全部与之有关系的人所不愿听到和面对的。别人的惨事发生在自己的身上,之前的侥幸心理变成现场版!期待解套吧!

辅导班里,我在组织孩子们做游戏,有个叫雷雨的学生做好的手工被另一名学生无意间弄断了一根带子,雷雨之前状态就不好,此时怒气冲天,扔了铅笔橡皮,推掉作业本!李老师在旁边好说歹说,也难以让他恢复正常。"冷处理",我也不怎么讲话,问了李老师和那个学生大概的情况,继续组织学生进行猜谜语游戏。活动结束后,我给雷雨建议再做一个,帮他做好后,就骑车送他回家,在路上我开导他,说了我的心里话,孩子才心平气和地回家了。总结:善待每一个孩子,耐心等待之后终会雨过天晴。

★ 2014 年 12 月 5 日　　　　三件事感受

第一件,上午和徐哥电话联系,两人一同去见新艺博教育机构的校长。一个月前徐哥告诉我,这个校长是他的同学,目前他的学校里有两千多个学生,主要是教奥数,学校办得很大!我听后非常期待和这所学校合作。

但是,徐哥在电话那头说,他们那个学校里有类似自信心的课程,并且也有家庭教育讲座。听出了他的话外音,我非常失望,这次见面肯定泡汤了,以后也不会有合作机会了。

徐哥让我和新艺博学校认识的这事情已经一个多月了。我多次提醒他,要和学校负责人先见个面,只因为徐哥事业很忙一直没有时间撮合双方,没想到今天他说了这样的话,唉!

我想,徐哥很了解我的情况和为人,如果新艺博学校有自信心的课程就不要和我提了，让我"激动了好一阵子"，天天盼着这好事。如今，是一场空欢喜。算了，不论心里怎么想，还是要感谢徐哥的，毕竟让朋友操心了。

第二件，我到地方税务所去交税务登记表和填房产税表，一问才知道，填好的税表要交给专管员，"房产税"到期就要准备交钱等，工作人员是没有给我讲清楚还是我没有听明白，办这件事我跑了三趟。这类场所让我们做什么就做什么，你就要听他们的安排，因为有国家规定。

那个办事的小伙子，从第一次见面至今，算起来有五六次照面了吧。就是不会笑，语言冷冷的，轻声慢语，说话就一个调儿，听他说话很费劲，要竖起耳朵听，还要拿纸笔记下来，一点儿也没有积极活泼、热情阳光的样子。也许舒适的温室房展露不出他的本事，平静的湖水练不出精湛的水手吧。

我认为国家机关的工作人员对待人要主动热情、说话清晰，重要的地方要重复一下，可以用便签写一下需要什么资料等，让我们感到亲切和开心，办事效率才会更高。

第三件，辅导班这里我和李明辉同学联系上了。他今年初三了，到辅导班学了一个月，第二个月就不来了，他的回答果真和我考虑的一样，"自愧不如人，自己放弃复习中考，走一步说一步"。孩子们想放弃自己美好的梦想非常容易，他们的世界观、人生观、价值观都还没有形成，意志很薄弱，我们做家长和老师的就需要经常点拨他们、激发他们内心最深处的潜能！人人都是畏惧困难的，总想在短期内飞黄腾达，其实，这是幼稚的想法，都是做梦！没有勤奋的耕耘和迎接挑战的勇气，哪里会有你梦想的实现！

想起一首诗，《劝学》：

三更灯火五更鸡，正是男儿读书时。

黑发不知勤学早，白首方悔读书迟。

★ 2014 年 12 月 7 日　　　　我选择做"小火苗"

今天下午有 3 个辅导班的孩子和家长到我们的训练场参训，加上已经报名的学生一共 12 名，在进行体能训练的时候，训练场显得拥挤和热闹。小主持人角色我选择主动报名的孩子，一是让孩子们锻炼，二是省一个助教费用。经过几次学生的主持，我发现孩子们想参与的愿望很强。9 个孩子除了一个一年级的小朋友之外，其他八名都愿意做主持人！求知、冒险、主动、积极、勇敢、尝试！我非常了解和理解孩子们，我愿意做一个火苗，把一群火种点燃，让这些火种生生不息，发光散热。用我的生命时光来证明，每个孩子都是独一无二的!

★ 2014 年 12 月 22 日　　　　我进了"爱国教育促进会"

今天是冬至，上午给妈妈打了电话，到十点半就离开公司，匆匆赶回家。电话里，妈妈说她 10 点就准备包饺子了。上周忙碌，我没有回妈妈家，今天过节就回去看看她。妈妈坐在沙发上，茶几上摆着盆子和箅子。看妈妈的样子没有精神，问了才知道她咳嗽的老毛病又犯了，三年了，还是不习惯冬天的暖气。

下午两点半我如约到了张主任的办公室，就青少年培训事情又深入和他交谈了一下，他说爱国教育促进会下属要成立爱国青少年培训部，联系各中小学进行宣传，并让家长或单位入会，由培训部组织训练。

★ 2014 年 12 月 31 日　　　　例行年总结

今天是 2014 年的最后一天，也是爱人的生日。上午九点半我就来到政和路附近，看看有无合适的蛋糕，主要是关注价格。看了一家，其实这附近只有一家——安德丽亚蛋糕房，有一种蛋糕标价 30 元，不打折。

来到盛德美大张店，在二楼我看到了儿子小时候吃过的零食——那是奖励他或特别的日子才买给他享用的——"米老头""果冻""薯片"等。想想，好几年都没有给孩子买了，今晚孩子和爱人都要回来了，并且是喜乐的日子，买回去！高兴！

回家了，我满载而归。

每年都会自己写个总结，回顾今年的工作、生活、得与失，再计划新年。

2014 年，冬天不冷，新家安了暖气。事业刚起步，辅导班和自信心训练的孩子总共有近三十个，虽然离我定的目标"儿百人"相距很远，但步子已经迈出去了，达到目标只是时间的问题。今年开办了自己的公司，一个人的公司。夏季全家人一周双飞了香港，旅游珠海和澳门，我买了一块上千元的手表。小说也完成了三篇，开始计划和知识产权公司合作；开始讨论和培根教育机构合作，爱国教育促进会也会合作；明年还要不断地招收新生，帮助更多的青少年拥有自信心，拥有自己的梦想。

从小学生开始，定位了就要执行到位，好好地做好小学生教育培训这个专业，专注十年！切记心劲合一。

加油！WE CAN！

我的财富是孩子的阳光笑脸。

2015 年日记

★ 2015 年 3 月 10 日　　　　　**真心换来善行**

昨日，在我办的文化课辅导班里，一位学生的妈妈说起他的孩子作业中有几个错字，我们这里的老师没有检查出来，作业本上就签了"已查"二字，我听后，立刻向学生家长道歉，并感谢她对我们工作中出现的问题提出建议。

今天下午的夕会，我提起了这件事，"犯错老师"主动承认了工作中的粗心，还提出来好几条建议！

昨日，我坦然接受家长的不满，真诚向这位家长道歉，找到老师单独沟通了此事，话语中没有批评和指责，理解她辅导很多孩子修改大量作业的难处。今日，在工作总结会上，她竟然还提出了几条好建议！

哦，是的，由真心带来善良，带来理解，由宽容带来进取！

一位新同学今天第一次到辅导班写作业，妈妈说他很调皮。我和这个男孩接触后，他的可爱、活泼、懂事和反应灵敏让我对这个孩子格外喜爱！

在我和他聊天的时候，他拿起一个塑料小风车说："我对它比较感兴趣。"他的眼睛一直盯着这个玩具，看得出来他很想据为己有。

"你从哪里拿的？"我问。

"就在这张桌子上放着。"他说。

"他是你的东西吗？"我又问。

"不是。"他回答。

"不是你的东西，它再好玩也不能拿，是吗？"我开导他说。

他说是，我又说了他几句鼓励的话，并建议他考虑自己的梦想。十几秒钟时间，他说我已经想好了，长大当博士或律师，我说好！说完后，他停顿了一会儿，说："那我去写作业了啊。"

我心中一阵颤动！

孩子需要指导和引领，只要引领的方向正确，尊重孩子、重视孩子，从其他角度去鼓励他，那么这棵幼苗的根就会逐渐粗壮起来，向着他梦想的方向努力!

你的心散发着真诚和理解,你的收获就会意想不到!

★2015年9月20日　　　百日心情总结

很高兴,我的生活恢复了往日的平静。

掐指算来,离上次写日志已有快四个月了。100 天的日子里我有了新的成长,先说说这段时间我经历了什么吧。

今年 3 月 8 日我去了爱国教育促进会。负责人张主任是个热心的"假大空"专家,他的想法很多,也在"东南西北"的几个方向做了一些事情。但这些事情仅仅是开个头,比如:设立"某某基金会",办"爱国主义教育基地"、"我爱祖国"征文大赛、"抗战英雄授旗"仪式等。

十几个项目纷纷出台,这些项目刚刚露出个头就搞不下去了,不是经费有问题,就是相关领导日程敲不定。张主任很能说,表达能力极好,我在其中也被他的"诚意"装得信心满满。

张主任特别告诉我,让我以我的公司的名义与他合作进行,还不止一次悄悄"耳语"我,这个会就是"我们"的,话语中充满了不可捉摸的含义。我本想好好地在爱国促进会工作,配合秘书的计划,当然是有自己私心的——打开学校市场进行青少年的素质培训,结果努力近三个月,宏伟壮志的计划梦想一个都没有成功,全部"阵亡"。

此情此景,合作无望了,在他那里工作了三个月后,我离开了。工资只给了 1000 元,他没有兑现他的诺言。对于他这种人,我无语。

回家继续寻找我的路,6 月 8 日在赶集招聘网上,经过筛选,找到一个家庭教育指导中心做培训师,和老总面谈了三次,我们都觉得志同道合,我就去上班了,说好基本工资是 2000 元。

之后,我工作很积极优秀。

我参与了宣传页制作,领导满意。

我招了两个讲师学员,每人都交了近 5000 元学费,我培训我指导,领导满意。

前往木扎岭配合夏令营的青少年素质拓展训练,我策划方案,开训典礼和结训仪式我来主持,领导满意。

公司做了一个以我的名字命名的"中国培训师讲师"工作室牌匾,我很满意。

老总从北京学习回来，带回来一个新的直销运作模式，学习了三天，核心团队需要九个人，内部除了 20 岁左右的"小老师"，我们都认可了，就差缴费共同干了。

等等，一切都在朝着预定的目标顺利进行。

天有不测风云！这句话用到此处真是恰当啊。让我意想不到的且终生难忘的事情发生了。8 月底有一位家长通过网站找到我，让我给他的孩子做训练治疗，我见了她们，并谈好了费用一共是 2000 元，每次上一个小时课程，每周两次。我把收入的 20% 给了管财务的张总，竟是这 20%，在我们的新型模式开始的前三天，她提出不让我在公司干了，理由是说我干私活，呵呵，现在想想很好笑，她扣下了我的基本工资。

此时，在我记录日记的时候，忽然那个管财务的张总给我打来电话，让我把我朋友圈的信息，有关她的单位招牌及授权培训照片删掉。唉，斤斤计较的人啊，就是这样考虑问题的！是否管得过宽啦？

在我生日的这天，我离开了我曾经想要一直工作下去的机构，那是多么地适合我啊，人随天愿吧，我的离开并没有显示我的软弱可欺，而是更加坚定了我要迈向我人生阶梯的又一个高度。

我可以没有房子，可以没有金钱，但不可以没有自己的梦想！

我相信，人生百年，每天精彩！

★ 2015 年 11 月 3 日　　　　人生中，谁是你的长久过客？

今天自己忽然想到一个问题："在你的生命中，除了父母亲人，还有谁是你人生中的长久过客？"

我想了想，这样的人真的很少。

童年时候，小时候的玩伴有几个，现在大都失去了联系；小学期间有很多一起参加校队的，毽球队、排球队、田径队，现在基本上也不联系了；青年时代，上班奋斗忙忙碌碌，那些并肩作战完成了一个个的工作任务的"拼命三郎"们以及我的前十次创业期间，结识的很多家长、学生、客户们，大都各忙各的，也联系不多了。

由此总结，在我的生命当中，除了父母亲人，去寻找与我相识相交相处时间长久的过客真的不多，过往的成百上千的名字是和他们的生命交叉有因，是你的需要他的需要才拥有共同的时光。

几十年的过客，大家算算有几个？有人算算没有，有人说是一两个。深思量，哦，过客，短暂的、长久的，我也是别人生命中的过客呀。或许短暂，或许长久，短暂的时间交叉里，我是否给别人留下了深刻的印象？长久的时间里，我是否给别人留下了终生难忘的烙印？

好印象是无法磨灭的，不好的印象也无法磨灭。我的脑海中出现的名字，出现的人，他们的脸庞，他们的声音，他们给我带来的感受就是一刹那或者持久的停留，停留越久的那个过客就是你生命里的长久过客！

过客终将离去，在你的生命终结时。

★ **2015 年 11 月 8 日**   **习惯转化命运**

前两天，我看了一本书《知道更要做到》，书中的内容带给我的工作和生活新的方向。

作者是周士渊，他是一个曾经想到过自杀，尝试过自杀经历的一个大学学子。在内心挣扎和得到身边无数人关爱之后，觉醒了，获得重生，并且通过几十年的研究，得出自己的研究成果——一个人的成功来源于好的习惯！

书中举例非常多，记忆深刻的是一个足球守门员把母亲抛过来的孩子稳稳地接住，又抛起一脚踢飞的故事。我们大家都不敢接受第二个行为，不能相信，这个足球守门员的心这么狠！

理解他的行为背后不难得知，他是一个足球守门员，他的职业习惯是接球和踢球，他已经把任何物品包括一个生命当作足球了。因为他的这个行为，这个习惯，促使他做出了伤天害理的事情。我想他一定很懊悔，周围的人一定对他进行严厉的指责。这是一个足球守门员的习惯导致的悲剧！

另一个是富兰克林·本杰明，他的伟大来源于，他给自己制定了具体详细、可操作、有目标、量化的生活、品德、修行习惯。他计划自己拥有十三项美德，在表中写下项目、时间，每天进行总结和评价，并且给自己制定了言行，用励志文来勉励，用祈祷文来祈福自己，日日反省，日日反观对照自己，生命有多长，执行到多久！这是富兰克林的习惯决定了他的命运！

读了这本书，我明白自己还有很多欠缺，执行力不够，有拖延的习惯，贪图享受，放任自己的行为，有侥幸心理等。

于是，昨夜，我给自己定了一张工作和生活的习惯表，学习成功者的方法，纠正自己的言行，每天反省自己有无做到，坚持 21 天，直到真正养成好习惯，为我的梦想筑垒，为我的梦想插翅！

好命运从好习惯开始！这句话是真理！

★ 2015 年 11 月 14 日　　　　**自由从内心开始**

好好地认真想想，我们身边发生的每一件事情都可以总结和学习，都能够得出结论和发现问题并改正自己。

我切切实实体会到了，并由衷地感谢自己，放下了很多，当然又收获更多！

从昨晚睡觉开始，我在床上戴耳机听"微信课堂"，讲解五种食物的功效和搭配，讲解水果的功能和吃法，受益了；在睡梦中，我的学生们又出现在了足球场，其中还有一个印象清晰的范同学，哈哈，愉快而激烈的比赛梦境让我回味无穷，醒来的内心就有满满的幸福感！

5 点 40 分，听到隔壁楼栋传来阵阵弹奏声，听到不远处的体育广场上，啪啪的甩长鞭的声音，我不想再睡了，一年的时间里我没有这么早起床，经常在六点半以后，但是今天我要改变自己，充分利用好时间，想做更多的事情。这就是走在时间前面，这就是和时间赛跑。

照例几十年的习惯，我出门晨跑。

我喜欢晨跑，喜欢运动，在跑步时会思考很多事情，想到童年经历，想到昨天发生的事情，想到还有什么要做，想到快乐，想到幸福等画面。啊！自由，内心真正的自由来源于人的思想，你想得到什么就要想什么！

比想什么更重要的是去做，去实行，去执行！在行动中去检验自己的思想。

★ 2015 年 11 月 15 日　　　　**看人长处，减少彷徨**

拜访郭总是前两天约好的，我们见面就是要谈谈进一步合作的事情。

他为人热情、积极，军人出身的性格在他的言行中体现得淋漓尽致，当然也有一些负面的言论，说他不讲诚信，把别人的成果自己独吞了等。我有所耳闻，当然某些事情也亲眼所见。不过，我认为，人都是要从多方面去看待的，人无完人。

见到郭总本人，他笑眯眯的，嗓门大，精神好。这次拜访在他办公室里，我坐在沙发上，他快步走到办公桌旁，拿起笔和纸，认真严肃地看着我，边写边问。

"你的课程是什么名字？"他问。

"我们一起来合作招生办班，你的课程非常有吸引力，我很喜欢！"他继续说，称赞我。

"我们想想办法，如何请家长和孩子们来参加？"他和我商量。

"你的课程很有创意，你给我提提建议？"他谦虚咨询。

"看我们的活动该如何搞？体育游戏比赛如何进行？"他问题很多，征询意见。

我和他的每次交流。他总是问一些问题，让我帮他提些建议，在工作上总是有种不断学习的劲头！我非常欣赏他这点。有很多时候，他会因为工作忙而忘了某些事情，但是见到他，感觉依然很精神，很有信心，看不出来他会被什么事情所打倒的消极情绪。

我们的沟通愉快顺利，有笑声，有争论，有相互鼓励和打气。真的，我感觉和这样的人在一起共事，即使出现了某些失误我也会理解和原谅他的！

是因为对方的态度，是因为我了解人性。我们每个人都是因为经历了太多的事情而成熟起来，不再埋怨，不再推脱，不再趋炎附势！

用真心换真心！用真诚换来相知战友！

★ 2015 年 11 月 18 日　　　　宁静看世界

前一段我在微信上看到一篇文章这样说，当你心烦意乱的时候，不妨去自然环境中走走，看看落叶，看看流水，看看踏过足迹的草地；当你因为事业，因为销售任务压力大而不开心时，不妨去听听音乐，读读圣贤书；当你在紧张忙碌的时间中打发完一件件客户的投诉，心急如焚时，不妨去村庄或小树林走走，看看农舍，看看桂花枝。

难道我被压得喘不过气的时候，必须逃离到其他环境吗？是不是只有放弃或躲避才能赶走心中的焦虑和种种压力呢？

随着年龄的增长，随着工作环境的变换，随着大事小事的经历，又随着读书量的增多，我明白了，绝不是必须换环境才能换心情的。

在单位，在家中，在商场，在任何地方，你都可以做到用宁静的心，用镇静的眼睛看待世界。

花开也会有花落，恐惧也会被征服，社会有阳光的一面也有阴暗的一面，我们的思想有正面也有负面……世界、事件都是两面性的，你怎么看它，它就怎样！

我们周围有太多的信息传递，我们的需求会随着自己的私心膨胀；万千年来，人都是一样的，谁也逃不过欲望和贪婪，谁也逃不过要离开这个纷扰缤纷的社会。

纯洁我们的心灵在五色的环境中是可以做到的。我不能左右你的，我只能告诉我自己和你，想要就能得到，想要当下就能体会。

适当降低对物质的追求，扩大对精神世界的装扮就行了。

★ 2015 年 11 月 27 日　　　　不要让感恩成为一种形式

11 月 26 日是感恩节的第二天，早上七点半我在一个微信群里碰巧收到一个红包，收了 4 角 5 分，我习惯性地在领取红包时留言："感恩感谢!"每逢领取红包，我都会留言表示感谢。大约 10 秒后，发红包的朋友向我发出加微信好友的信息，我随即就添加了她。

她的微信名是"郁"，郁和别的朋友不同，没有发什么开心、握手、微笑等表情图片，也没有说"您好"或"见到你很高兴"等文字，但是她的一番话却给我带来了启发和写这篇文章的冲动。

她写了三段话与我分享：

"从昨晚到今早，有 31 个人领到红包，只有 5 个人表示了感谢。昨天才过完感恩节。你说，剩下的没有表示感谢的，是不是很可笑呢!"

"我顺便做了一下民意调查，在我向你发出好友邀请的时候，我就知道你会通过我的好友请求的。我把表示感谢的那 5 个人名字都记了下来。而且，我把剩下的领了红包没有表示感谢的也记了下来。"

"其实，人与人之间的差别，还不完全是技能上的差别，是人与人的做人水平上的差别。我是信佛的，我施恩与人并不是一定要他报答我。如果为了回报而施恩与人不如不施恩。几块钱发出去的红包和抢红包那几分钱，对于双方来说真的不值得什么，但是却暴露了一些问题。现在的人们即便是举手之劳，他们也觉得是理所应当不举手，我倒是很想认识这些表示感谢的人。"

是啊，感恩节那天，我们手机里的微信上 QQ 上，不断发感恩祝福语和祝福词，化成行动真正做到的人又有几个，表面上说得好听，实际行动里做到的人极少。

前一段有一次，我在微信群里发了 30 个红包，在领红包留言处只有一个龙哥打字"谢谢"，我很感动，感动之余也为没有表示感谢的朋友遗憾和羞愧。

今天我统计了一下自己从发红包的日子起至今，一共发出 1071 个红包，共计 95.92 元，表示感谢的次数是 60 次，占总数量的 0.06%；表示感谢的朋友是三十六位，占总数量的 0.03%；也就是说领了别人的红包，没有表示感谢的人次是 1011 个! 好恐怖的数字!

啊，人们之间的礼貌素质真的很低了，传统文化真的该好好学学了。

悲哀，遗憾，伤感……

大家在争抢红包的同时，请不要忘记，将您的尊严和应有的现代人的高素质体现出来！一分钱更能看懂你！

"谢谢""感谢"，奉上的两个字虽然少，足可以展示你的人品了！

勿以善小而不为，勿以恶小而为之！三国时期刘备的告诫您忘了吗？感恩应每天每时每刻，不在于说什么，而在于你是否做到了？

作为父母不做到，何以要求孩子呢？作为领导不做到，何以要求员工呢？作为朋友不做到，何以影响他人呢？

★ 2015 年 11 月 30 日　　　　微信圈的故事

自从有了手机，问个事儿谁都很方便，不用东奔西走了；自从有了微信，朋友圈大了 N 倍，认识些人都不成问题了，不像我在 2012 年前要去大街上"扫"人"扫楼"，寻找潜在的客户，收集客户的名单电话。

你现在只要打开微信，就会有不太熟悉的人邀请你入群，这个群聊里有几十个，那个群聊里有上百个，你足可以"狂"加好友了。

这时，你会发现一个问题，大家彼此都没什么话说，只是简单问问，你叫什么名字，在做什么行业或者你是哪里的人等。你如果是做销售的，那么就会觉得新认识的每一个人都是你的"客户"。

那么，你的业务就好做了吗？

非也。

通信媒体的进步让一部分人业务量剧增，当然，也会有很多人觉得业务越来越不好做。大家之间，人与人之间，显示出来的迹象都好似别有用心了。

每天打开微信不知道有多少次，好像成了习惯，一拿手机就上微信，一上微信就开始到群聊里发表情、点赞、转载文章、发一段好句。真好像一天不上微信就快与世隔绝，不知哪月哪天了，几天不上微信 QQ 就不是"地球人"了。

看看朋友圈，看看 QQ 主页，80% 的打广告，晒照片，服装饰品化妆品，教育培训孩子活动，五花八门的商品宣传"统治"了每个白天。

我在找寻，我找寻的是文章或故事。这就是各求所需吧。

感觉，几乎每个人的微信号都带有销售的意义，商品等于人名，人品不同于商品；每个人的言语传递着不同的含义，我和你和他互动后就知道你的用意了。

一个朋友我们已经认识有一年了，她见我总是很热情，嘴巴也很甜，一见面就叫姐姐啊，老师啊，说你说得真对啊！我们见了几次面，有一次我咨询她的产品（她是从事化妆品直销行业的），我问她问题，她特别热心地回答，她目不转睛地看着你，好像你不购买她的东西，她的眼睛就该立刻无神了。那次我只是咨询，后来比较了其他产品就没有买她的。

之后几次见面，是她找我们单位的另一个人说听课的事儿，她淡淡地和我打了招呼，给了我浅浅的一个微笑，眼睛就再也不看我了。最近，她在微信里给我发信息，让我给她的儿子投票，她参加了一个"最萌宝贝"摄影大赛，告诉我她要冲进本市的前50名，让我坚持20天每天给她儿子投票。我真的不愿意和她说实话——你也太"利益"了吧。于是就委婉地告诉她，妹妹，我想起来就给你投票啊。

我们身边认识的人太多了，哪个是真正的朋友都需要我们自己去观察和思考，我选择朋友的标准是，不仅要听其言，更要观其行。

在我们的手机微信群里，你看到哪个朋友多次发的文章你感到特别心动和赞同，这个朋友值得交往；你看到哪个朋友在和你留言或打招呼的时候很有礼貌，尊重你，这个朋友值得交往；你看到哪个朋友关心你的往事或主动提出需要帮忙就告诉他，这个朋友值得交往。

我们的科技发达了，生活水平提高了，同时，人与人之间的交往方式更多了，真正的朋友更需要我们甄别！

如果你想达成更多的销售量，请把你的人品指数提高，注意言行，你的一个眼神、一个笑容、一个表情、一句礼貌的话都会给你的人品增加价值指数，那么商品也会增值和有人问津！

拥有一颗真诚的心，不以现场成不成交为目的，到哪个年代，任凭发展到未来多少年都不落单！这样的话，你的人品指数和商品价值有谁看不见呢？

朋友圈里你有多少好友？

★ 2015年12月2日　　　　我来世上走一遭，准备留下些什么？

茫茫人海，芸芸众生。我来到这个世界上时，是20世纪70年代，国家和平发展，生活条件一天天变化，父母亲对我很好，我和我的亲戚朋友同学同事相处很好。年少年轻时，不曾经历的事情总想经历，尝试过后不后悔，不是因为财富增多、事业发展，而是经历了想经历的，得到了想得到的，不能得到的也接受了。

做的行业和岗位很多，心理上兴奋过恐惧过，幸福过痛苦过；生理上饥饿过饱胀过，疼痛过舒适过。过往了世事，看到了未来，我不止一次在想。

我来世上走一遭，准备留下些什么？要留下什么？

给爱人，留下爱意和支持，留下理解和关心，留下照片和视频。在他想我的时候，看看我，幸福的感觉满满填在他的时光里。

给孩子，留下期待和梦想，留下鼓励和支持，留下日志文字和保险单。在他想我的时候，不会忘记父母的爱永远在他的身边。

给妈妈，留下温暖和尊重，留下宽容和希望，留下陪伴和不声不响地做家务。在妈妈想我的时候，她不会因为孤单而悲伤。

给我的朋友，留下关注和赞美，留下礼节和诚恳，留下经验和教训。在他们想我的时候，听到我的课程讲授和自己的孩子进步，不会说我这个人没用。

时间是多么的宝贵！我真的好喜欢好享受时间带给我的种种体会！

时间是多么的稀少！我越来越感觉，我的生命在点点流走！

我要怎样利用时间，我要怎样延续我的时间，唯一的路——好好把握现在，做好该做的每一件事情。

我来世界上走一遭，百年的一次机会，千万年的一次机会，亿万年的一次机会，离开世界不能也不会再有轮回！

我这一来，不知何时走，也许现在，也许明天，也许后天。

时间有限，梦想无限！只要人还活着，就会有梦想，就会有梦想实现的时候！

梦想再多，梦想再宏伟，不去做，不去行动，就是白来世界一遭！

★ 2015 年 12 月 6 日　　　　**珍惜每次学习机会**

今天我应邀参加一个公司 9 点的新员工销售培训，8 点 30 分我就到了指定的场地，好期待啊，又一个学习的机会。

早晨喝了碗豆腐汤，化了淡妆，准备了本子和三支笔，静静等待开课。

我有强烈的好奇心，我爱学习，喜欢接受新知识和观点。多了解一点新事物，我的感觉就像生命中多了一笔光彩和快乐！屈指算来，自 2013 年 5 月参加了一场"走火大会"后，在现场我被激烈沸腾的气氛再次点燃学习的劲头，加上多年来内心当中一定要向高层人物学习的、埋藏已久的念想，我当场毫不犹豫地刷卡，交了有史以来最昂贵最值得最令他人"钦佩"的一笔学费 3 万元，导师是亚洲销售女神徐鹤宁和"中国走火第一人"徐嘉庆夫妇的课程，啊，激动！

想想 3 万块学费，好心疼。

二十多年前，1993 年我刚上班的时候，月工资才 100 元出头啊。单位很少组织培训学习，我在买来的书和借来的书中找寻我需要的知识力量。现在，为了实现自己的梦想，钱算什么，生不带来死不带走的东西。交完以后，我只参加了一次广州两天的学习，千里之外我更加认真听讲，积极发言。后来因为家中出了变故，近两年中我无法听后期的课程。

这次难得的机会来了，我当然期待。

凡是遇到学习开会的时候，我总是坐在前排，这样可以听得清楚和专注，只是这次因为临时要填表和开部门小会，耽误了到前排找座位的时间，差两分钟开始，我到会场只能坐最后一排了，不过也挺好的，幻灯片和老师写的字我能看清。

会场里，黑色靠背椅和穿深色服装一百个左右的职员占满空间，中间夹着几个不协调的颜色，每个人手里都拿着手机和水笔、手册（公司发的），培训开始了。

课程从一段视频开始，老师先让大家看一个小品，名字是《卖拐》，之后从分析销售者和客户的心理并娓娓道来，讲到了卖家的表情和语言，讲到了买家的需求和所期望的价值；讲到了销售人员的第一印象如何表现？讲到了和客户谈话最吸引人的前 15 句话该怎么说？讲到了每个销售者应该对自己定高位；讲到了职员要有团队精神，不能太自我等。

这天有两个老师教授我们，我学到了很多东西，不仅有知识上的，还有他们传递给我的教学技能。

一、和顾客对视第一眼的 8 秒至 15 秒后，说最吸引人的 15 句话原则是，不会引起对方紧张，不会有思考，不会有防备，从问话开始，先做发问者再做聆听者。

二、任何一个小小的职位，比如服务员、业务员、销售员、卖早餐的、卖小饰品的，你从事此工作的时候就一定要给自己定高位，如健康专家、职业规划师、营养师等。

三、老师授课态度真诚，幽默，让学员引发思考和提问，讲学员想听的话题，轻松中接纳了枯燥的专业知识。

说到课程中令人不给力的地方就是学员的表现了，有 25% 的人依然玩手机、打瞌睡、交头接耳和自由出入等，我的心里真为这些年轻人的未来担忧啊！你的工作态度认真吗？你珍惜时间和机会吗？

社会竞争激烈，人人在追求物质满足的时候，精神力量的作用尤为重要，它决定了你的进和退，它主宰着你的幸福和痛苦，你的精神你的素养和人品体现在哪里呢？

你是否有在领导面前自信的语言？你是否有在同事面前坦诚的对话？你是否有在年长的老伯面前谦虚的礼让？你是否在孩童面前呈现一个灿烂的微笑？

人和人的不同就在于此啊！人和人的距离在于你的心有没有珍惜对方啊！一个人是否功成名就在于你的思想有没有积极的态度啊！

没有谁比谁更聪明，只有谁比谁的做事态度更端正。

不懂得珍惜时光，不懂得珍惜机会的人最后终将后悔和遗憾！

千万次的机会在每个人面前都是相同的，不同的是你如何去做和面对！

学习了，执行了，你的珍惜就无价！从自己做起！

★ **2015 年 12 月 11 日**　　　　**点燃生命**

我们一生工作的时间是有限的，算起来很多时候都是在忙着杂七杂八的事情，我这个人是非常珍惜时光的，从小就深受小学课本中的名句影响。

一寸光阴一寸金，寸金难买寸光阴，生命是时间组成的，你浪费时间就等于浪费生命！

很多人困惑，如何在自己的生命中能够最大限度地好好利用时间、发挥价值呢？

其实有时候，一个人在环境的影响下，内在的能量是会被激发出来的。

一个人如果不断地受到正能量、积极语言的影响，心中有强大的触动，感受到自己对生命的意义，就会从内在迸发强大的力量，实现在自己的行动中！

有这样的一群人，那是我们。

我们不是随波逐流的，我们不是人云亦云的，我们不是活在别人梦想中的那个角色的，我们不是随意过活的，我们不是看了连续剧又接着看另一部连续剧的，我们不是擎着手机玩游戏的，我们不是在微信圈里转来转去、发现有红包去抢而不说谢谢的，我们不是上班时候聊天、看小说的，我们不是说人闲话、道人长短的。

我们中的这个我是怎样的变化呢？

我的信念随着环境的变化和生活的经历，一步步一点点在变化，在巩固，在加强！我不敢肯定自己的未来能够达到怎样的高度，现在我敢于肯定了！我不敢设定高远的目标，现在敢于设定了！我不敢要求他人，不敢争取自己的权益，现在敢于要求了，也敢于争取了！

在周围的培训行业中，在周围的优秀企业中，有大梦想和大目标的人在各种公众演说里不断地演说，他们自信！他们坦然！他们渊博！他们激情！他们在台上大声而肯定，温和而幽默，乐观而自由，轻松而坦诚，或者参加他们的演讲会，或者在网站上看他们的视频，或者在微信中听他们的语音，我学习了！我成长了！我用到了！

因此，生命被次次点燃！生命被次次超越！感悟更深！

行动中我开始打开自己，接纳他人，不再对自己的未来迷茫！

我愉悦地接受每件事，开心而平和地说每一句话，微笑地面对每个同伴同事朋友。

今天为大家送上一段话，请我们共勉，请我们天天读一遍。

"啊！多么美好的一天！充满热情和希望，充满成功和活力！我要珍惜这美好的一天，也要珍惜自己健康的身体！我是最棒的！我是最优秀的！我喜欢我自己，我爱我自己！我是人际关系的大师，我是说服专家，我是谈判的高手，成交的巨星！

我要思利及人，换位思考，心怀感恩，我要做好事，说好话，存好心，我要永远给人信心，给人方便，给人希望！我拥抱神圣的使命，我拥有伟大的梦想！我要做到时间、财富、精神的三平衡，我要做到家庭、事业、健康的三富足！"

做生命的主宰，做最好的自己！真正点燃生命完全靠自己！

★ 2015月12月21日　　　　加一点感悟多几分成长

想到从12月8日到一家公司给员工做培训到18日停止，短短的10天中培训了八场，我为自己认真负责，有乐观的工作态度和宽容而欣慰。

在这八场培训课中，我主要讲专业化销售流程、前奏的真诚铺垫，和新学员谈自己、谈工作、谈做人与处事。课程中我和他们一边互动，一边带领和启发学员了解每个环节步骤，尽心尽力地为学员解答销售流程中的知识点，举例、示范、放映相关视频，目的是让学员更好地掌握技能。

把商品销售出去的精髓不在于我们说的话多么好听，言词多么华丽和时髦，重要的是我们要把心交给客户，真诚奉献，是客户自己自愿选择商品的。

我欣赏的学员是按时来参加培训，不迟到；在课程中积极主动参与和回应老师；提前做好手机静音，把本子和笔放在桌上；不看手机；积极做笔记；双眼看着老师，有适当的微笑。这样的学员只有不到一半，他们非常优秀！

张经理就是其中的一个。刚到公司的时候，为了能尽快了解产品情况和熟悉同事，我在职场里走走看看，发现墙面上张贴的宣传页，有的文字内容让我很费解，正巧张经理走过来，我就向他询问，他很善谈，面带微笑，不紧不慢地给我介绍公司和产品，言语中透露出自信和专业，让我听了很舒服。和我这个只有一面之交的"陌生人"讲解了近20分钟，若不是我有其他的事情要做而打断他的话，张经理估计还要给我一直讲下去。因此，我对他的印象很深很好，听说他的业绩也很好很稳定，再加上培训课上，他专心听课积极回应的表现说明，一个人的业绩不是靠投机取巧或运气得来的，靠的是平时点滴时光的为人善良与敬业真诚。

学习是无止境的，也是没有边界的。任何领域你都不可能全部学会学通，我们要承认自己的短板，不在他人面前夸耀自己，在未知领域里做个谦卑的人，提前放空自己的心灵，拥有一个空杯心态，如此，没有哪个人不接纳你，没有哪样商品销售不出去。

留意身边发生的每件事，总有细微的动作和语言让我们受益和成长！

还有，不要忘了感谢自己。

★ **2015 年 12 月 22 日**　　　　　**初遇"灾难"**

这次经历应该算是平生第一次和最后一次了吧！

回想起来真有些后怕。

调休的 21 日这天上午，家里的暖气管道一点也不热了，我以为是小区里的供暖设备出了问题临时要修才停的气；于是我在 QQ 里问了句：是不是停暖气啦？过了几分钟，有人回应，我的家里才十七八度，一直不是很热。还有一个朋友回道，那"死物业"又在克扣流量！

我想要不再等等吧，看下午会不会来暖气。下午五点半，家里依然很凉，我给物业打了电话说了情况，电话那头说话很客气，说物业的暖气服务人员一会儿来，我就放心地看书了；果然，服务人员来了，在楼梯间检查了控制各家的总阀，他告诉我说总阀门没问题是热的，是你家里不热，看看什么原因，说如果管道里有垃圾没有清洗堵住热水也会不热；他在楼梯间打开我家的进水阀，只见瞬间冒出一股铁锈水，然后果断地说，你家里水管要清理！

哦，我明白了，原来是暖气管道中的脏水淤堵了。非常感谢这位服务人员，我想让他帮我清一下自己家里，但又一想，这不是人家工作范围；刚才我提出请他帮我清一下的要求，他也没有接我这话，勉强人家不礼貌，于是我道谢了服务人员。

接连打了三次给我家安装地暖的小温电话，想让他来清理管道，但他一直没有接。我想，既然联系不上他，我自己也可以试试呀，可以学着那个服务人员用扳手放点水出来，自己动手解决就不麻烦别人了。

于是，我拿了一大一小两个扳手，在卫生间里的地暖设备里找到出水口，小心翼翼地分别打开了两个直径约2.5厘米的口，里面冒出来的水比较热，但不是铁锈的水。

那就只剩一个水口了，它的位置在最下面，我把红色的进水阀关掉，用小扳手拧开堵水阀门一条缝，此时，冒出一丝白色水柱，我觉得出水小，又拧了一下，过了一会儿，就流出铁锈色的水了，我当时心里一阵高兴，终于解决问题了，这些铁锈水流掉之后，家里就可以暖和了。于是，我准备把阀门开大些，让铁锈水快点流出！结果！出事了！

哗哗、哗哗、哗……水口开了！霎时一股铁锈红的水冒出来！冲掉了堵水阀门，瞬间，源源不断的热水从出水口喷出！我呆了！不知所措！

还好，水温不是很烫，我快速在地上找到堵水阀门，按在出水口处，然后拧上去堵住口子！我一开始不以为然，觉得只要拧上堵水阀门就可以解决问题；但是，这样做根本无济于事，水压太大！阀门压不上去！

堵头掉了两次捡了两次，第三次找不到了，我的衣服裤子都湿了，水越流越多，那个下水道口小，卫生间里很快就积满水，我急了，身上开始出汗，家里没有别人，老公出差，孩子在住校，我从来没有如此慌乱过……打电话叫人！电话此时又不管用，"手上很湿，手机屏幕怎么也打不开"，我慌张中跑出门，下电梯，19层啊！

我直奔小区门口，大声喊："我家的暖气漏水了！你们赶快给服务人员打电话！"我见到一位保安大哥就一把拽住他的衣服，拉着他就往家跑："大哥，快！快帮帮我！"

大哥六十多岁了跑不快，我松开手。我一边跑，一边回头呼喊保安大哥，快点！快点！

他紧紧跟着我一路小跑。

我们上电梯，冲进屋，啊，家里地板上到处都是水，大卧室里，孩子卧室里，客厅里，甚至阳台上也是水。

我蹚着水跳进卫生间，看到水口依然哗哗地流，蒸汽遮住了我的眼镜，我机械式地用手堵出水口，不停地问大哥："物业来人了吗？物业来人了吗？赶快打110！"

此时此刻，救我帮我的只能是物业部门，希望他快点来，关上水闸。

我用大拇指摁着出水口，手臂开始酸沉、麻木，也没力气了。

"物业来人了吗？"我急切地问。

"快了！"大哥说。

"打110了吗？"我又问。

"打了，你不要急，马上就来啊！"大哥安慰我。

我坚持着，坚持着，终于等了10分钟左右，出水口的水小了，停了，我长出了一口气，好了，太好了！

我开始收拾残局，保安大哥帮我整理屋子，那个修暖气的大哥也在一旁安慰我。擦干地板是体力活，一趟趟的清理让我的腰部酸痛无比，我担心地板被水泡会变形，所以打扫期间一刻也没有休息。

一场惊心动魄的"水灾"终于结束了，地板差不多全干了。

和老公联系了，和销售地暖管道的老板小温也联系上了。

小温问清了前后情况，才知道，是我犯了两个错：一是不该自己去清洗，因为你不知道方法。第二，如果自己清洗，要把家里的所有暖气阀关掉。正是我没有这个常识，才导致"水漫金山"的！

真的没有想到我会碰上这样的事情——一场灾难，它是我导演的！我以怎样的心情来总结这件事呢？

遇到事情要积极想办法，能自己解决就自己解决，不能解决就要求教他人；自己有把握的事情自己去做，没有把握的事情不能图方便，而应找人来做。

告诉自己家人和亲人发生紧急状况的常识，在家里遇水关水阀、发生火情关电闸等其他，最好亲自做一遍。

★ 2015年12月23日　　　　遇到一个搬运工

我办完事情回家要坐电梯上十九楼，人还没有进入楼内大厅，就从玻璃门外看见近十根长长的木板，有序地靠在一楼大厅的墙面上，一个身穿蓝色工作服的人正在往电梯里搬运包装好的木板。

每根木板都有三米长，外面用厚厚的纸板紧紧包裹着，看样子价格不菲。

我说你先上吧，你的东西多，我随手按了一下另外一部电梯，想坐另一部电梯上楼，等了一会儿，那部电梯一直没有反应，我才知道，这部电梯上去，那部才下来。我赶忙帮这个师傅拦着电梯门，让他把剩余几根搬进电梯里。

他的动作很快，看上去很有力气，我没有看清他的脸，听他的声音很沙哑，感觉也有小50岁了，当他把一根最长的木板放进来后，他为我腾出了一个位置，我站进来，用手指按了"19"。

我问："你到几楼？"

他说："二十六。"我又按了"26"。

"你几楼？"他问我。

"我十九楼，这是要安装门的门板吗？"我问他，打量了这个人。

这是一张劳动人民的黝黑偏黄色的脸庞，他小平头，寒冷的天气里头上冒着汗，深深的皱纹布满额头，小眼睛显得很疲惫，嘴巴干瘪起了皮，个子本来就不高，一米五左右，因为搬重物看上去更低了。

他说："嗯，还有家具的板子。"他的声音不大不小。

我问："你一个人搬，没有人帮你吗？"

他说："我一个人，还有两根板子太长了，放不进电梯里。"

我问："那怎么办呢？"我以为需要从外墙面用绳子吊上来的。

他停顿了一下说："我想要背上去。"

我说："二十六楼啊。"

他说："是啊，就是要背上楼。"

我很惊诧。

他说："给钱就背，一层10块。"

我好震撼！如果两根都要背的话是五十二层楼，且不说赚钱520元，那需要多大的力气和坚持啊！

到我家楼层了，我对这位师傅说，背不动就不背了，别太累了。

他笑了，默默无语。

我知道这句话是安慰的，但是他会怎么做呢？也许生活所迫还要背吧。

想想自己和刚才那位师傅，都是为了更好的生活在承受不同的重量，而他的重量似乎比我要大得多。

想着二十六楼的房主把几百元交给这个搬运工的时候，希望痛痛快快地给他，不要讨价还价，你可曾知道他走的每一层阶梯之重呢？

想起几年前的一个早晨，我在小区门口买鸡蛋饼，见到一个衣衫破旧、像是做苦力的人也在等着买，我就问他："你好，买鸡蛋饼呢？"他开始结巴和兴奋起来，高兴地说："哎呀，像你还和我们说话呢，有的人见我们一句话也不说，见我们穿成这样还躲着，站远些呢。你能和我们说话太好了！太好了！"

我仅仅就问了他一句"你好，买鸡蛋饼呢？"真的没有想到，他竟是如此开心和高兴。

关心和同情每一个用体力养家的人，我们的幸福家园离不开他们的建设和辛苦付出。

只要人人都献出一份爱，一句问候，一个招呼，我们的世界将变得更加美好！

朋友，您好！

★ 2015 年 12 月 28 日　　　　睹物思人

围巾，一个手链，两顶帽子，一件毛衣和短衫；今年的圣诞节我又收到了蒋老师寄给我的礼物——摩托车小闹钟。

看到这些物品我不禁眼眶湿润，她对我的感谢不仅仅是一段段语言，还送给我礼物。她是谁？她是我 77 岁的蒋老师。

10 岁的时候，我选入洛阳市标枪单项体校，在教练耐心的训练之下，我的各项成绩发挥很好，还是第三号种子选手。直到遇到她，一个当时快 50 岁的蒋老师，才懂得什么是"认真""责任""亲切"和"关心"这些词语的意义！

三十年前，训练时蒋老师的严厉，我可以感受到，于是刻苦练习；蒋老师的语言铿锵有力，我的小心脏受到激励，于是比赛只争第一。

一段时间里，蒋老师让我和几个苗子队员在每天的清晨去她的家门口训练，她指导我们的标枪技术动作，经常给我们做示范，当我们做得对时她大声地说："好！太棒了！"甚至把我们搂在怀里，我们高兴极了，通常会更加认真地练习。

我长大了，但每年都不忘在春节时去看望一天天变老的蒋老师。她见到我们这些队员，表扬这个夸赞那个，依然神采飞扬，特别是嗓门又大又亮，哪里像得过心脏病的人啊！我每次见蒋老师都特别地高兴，因为从她的嘴里总是能听到安慰我祝福我提醒我温暖我的话语，她是一位模范妈妈和老师，她的故事经历印证了坚强、耐心、勇敢与担当。

后来，我在保险公司工作，她购买了保险产品，我年年赠送她和她的老伴意外伤害保险，有一次，蒋老师骑三轮车办事回家，过马路时被一辆小货车撞了，车逃逸了。

她给我打了电话，我赶忙去医院处理事情，后来看望她两次，100 元的意外保险理赔了近 7000 元。蒋老师很感激我，我告诉她这是我应该做的。

后来，她因心脏问题进行搭桥手术，我也去看望她几次，她和老伴的医保报销我也帮助她办理。蒋老师很感谢我，我告诉她这是我这个学生应该做的。

后来，蒋老师一家搬到西安去了，她的医保报销等事情我抽空仍然帮她去办。蒋老师很感谢我，我告诉她这是我这个学生应该做的。

老师的爱无边，是老师在那时那地倾注了对学生的真情和爱！

现在，所有的给蒋老师的帮助，我认为都是我作为她的学生应该做的，因为想起她这个人，她对学生好，亲自为学生做饭、盛饭，为学生指点迷津，为学生排忧解难，还为学生在报答师恩的时候赠送一个围巾、一个手链、两顶自己亲手织的帽子、一件毛衣和短衫……点点滴滴的回忆围绕她展开。

前几天的圣诞节，一个摩托车小闹钟寄到了我家。电话那头："记住争分夺秒，好好把握时间，不要虚度光阴！你家的孩子快要考大学了，多鼓励孩子啊！他将来一定是了不起的！代我向你家人问好！"蒋老师的声音振奋我心。

我要以蒋老师为榜样，培养更多的有爱心和善良的学生。

睹物思人，情真意真，温暖我心！

第二个九年后记

  2007—2015 年，又一个九年，2920 天 175200 分钟 10512000 秒，每一天我是怎么生活的，怎么思考的？点滴事件让我懂得了许多许多，迷茫彷徨失落意外同情理解过，就是没有后悔憎恨唾骂伤心欺骗过，走一步有一步的理由，行一程有一程的收获；物质财富没有增添多少，精神世界丰富充实，愈加清晰和单纯。我要的就是这样的结果，求求的就是心安。

  我是陀螺我是火烛，自己旋转自己燃烧，旋转的动力源于我的心，我周围的世界，眼睛耳朵皮肤看到听到和触摸到，心感受到了，心要去做的事情无法阻拦。生命的灵魂是用来燃烧的，内在力量穿透人生路程，不仅仅是一个人的，四面八方并连，无际无边，宇宙的分子中有我的存在真好！

生命最爱是孩子，死而无憾

（2016—2020）

　　当一个人找到他人生使命的时候，他是开心的幸福的。这样的人算我一个。每个晚上，我都会想，我这一天有没有虚度，还有什么事情需要明天去做，如果想到了，就立即写到手机备忘录里，今日事情完结的感觉正如生命结束，次日重生。白昼里生龙活虎，黑夜里养精蓄锐，找个安静的时间记下我的心思与感悟，问心无愧地过好每天，向着自己的使命前进，也就死而无憾了。

2016 年日记

★ **2016 年元月 2 日**　　　　**两个孩子 100% 的爱**

元旦刚过，新年贺喜祝福的文字还在微信圈中飞转。越是假期越是忙碌，我在工作中生活，生活中工作。

面对两个孩子的训练，我依然如初，依然按照训练流程进行，面带微笑，言辞激情，开场白，感谢词，引导语，一遍遍，一句句，似曾相识，绝不相同。

教室里座位满满，或教室里只有一人、两人、三人，这些情况都有过。老师会受谁的影响，在传播知识技能的时候会减少爱的释放量呢？给予 100% 的爱，决定因素是学生的人数吗？是否学生多了老师状态就好，才思泅涌，表达超水平发挥吗？是否学生少了老师状态就差，没有了激情，眼神无光，语言词汇量贫瘠吗？

NO！NO！不是的。

我的观点是，作为一个老师，既然选择了教育行业，不管你的学生有多少，哪怕只有一个人，也要像对待全班同学满满座位的情景中去教授！那是你真正的梦想！你有真正的梦想就不在乎环境有多么恶劣，不在乎在外人的某些事情看来是多么的不可理解，因为在你的内心中，有他人不可知并且人人不同的意念——她们不是你，她们不是你的未来，不知你的过往经历！你只需要去好好行使你拥有梦想的权利！

两个孩子 100% 的爱，一个孩子 100% 的爱，他们不是我的孩子，他们是我的学生，因为我有梦想，我有爱！

愿天下师长爱天下每一个学生，不论多少人数！不论家庭背景！不论贫富地域！因为你的热爱使孩子更可爱！因为你的热爱使孩子的父母更爱孩子！

★ **2016 年元月 3 日**　　　　**铃铛嘹亮**

徐徐清风，暖暖晨曦。丝丝摩挲，潺潺水流。

迎着光，沐浴着七彩色，徜徉在冬日的"春"下；左边松枝满绿，右边柳树枯枝，前方水泥道路，孩童划动双人踩踏车；父亲追逐顽童赛跑；打球的情侣寻着空中翻飞的绒球跳跃；几个练拳的老人舞动腰肢在路边小块空地娴熟伸展。耳畔传来银铃笑语，登登脚步，宠物狗急促的呼吸，空中光秃秃的枝丫随风相绕，沙沙擦擦。

万物低声倾诉，千般姿态自由，百般妩媚动人。

轻风白云，黄草土地，老人儿童，自然一体，心情相依。

仰天望去，一片蓝。放眼眺，征途远。

低头默想，我的铃儿是否叮当响。

人生百年，眨眼瞬息；人生百年，遥遥无期；兴奋、焦虑、期待、忧愁、快乐和愁苦充斥心灵，我们的疲惫身心是否在自然界里找到对应的影子？可以找到，可以呼应。

我的铃儿响叮当，什么时候响？我的铃儿响叮当，该响的时候一定要嘹亮！

当我的铃儿无法嘹亮的时候？

听，心灵的声音；品，身体的感觉，思，内心的期盼。

让我再来感受一遍。

徐徐清风，暖暖晨曦。*丝丝摩挲，潺潺水流。*

舒适，轻松，有力量！

叮当！叮当！叮叮当当！

★ 2016 年元月 4 日　　　　小伙儿的眼神

单位的年轻小伙儿被骗了一万多。

昨日下班等电梯的时候，恰巧碰见单位年轻小伙儿，我们比较熟了。

我说："走，吃饭去。"

他回："不吃了。"

我故意又说："你不吃饭，中午饭啊，很重要的。"

他回："我不想吃，我被骗了一万多……"

"什么，怎么回事？怎么被骗啦？"我惊奇地问。

我非常诧异，他只说了一句："我兑换积分……"我还没有完全听明白，电梯就来了，中午时间很紧张，要出去吃完饭再赶到单位只有 40 分钟，我在电梯里直接问了句："报案了吗？"

"报了，只是……"不等他说完，电梯即将关门。我告诉他，钱不重要，心态要调整好，钱能再赚。

是呀，他的钱损失好多啊！一个年轻人，出来只身打拼挣钱养活自己不容易，唉，不知他有没有想开，我感觉他很无助，很想找个时间和他谈谈，开导他一下。

单位里有很多年轻人，但是我对他的印象深刻，他个子不高，穿着一般，长相一般，看上去憨厚老实像个外乡人，只是那双大眼睛特别有神。第一次培训的时候，他来了，认真地听和做笔记，嘴角带笑，话也不多，下课时问他什么他说什么。后来见了几次面，他看见我就很认真，学生一样地打招呼，喊潘老师好。

这次我中午回单位就招呼他到会议室来。

他把经过一点点地告诉了我，不太标准的话语哽咽着，大眼睛很红，布满血丝，面无表情。年轻小伙儿一定是哭过了。男儿有泪不轻弹，可是遇到这种情况，谁又能忍住难过心痛和悔恨呢？

原来是对方冒充大银行给他发短信链接网址，他登录后输入号码，钱就被对方取走了，小伙儿说这是信用卡透支的，还要还款的。我非常同情他，年轻人社会经验太少，受到利诱却不明白，还一步步中了所谓的聪明人"骗子"的圈套。我们很多人都被骗过，就算是把骗子抓过来千刀万剐也不解气，但是想想，我们是否也有过错呢？

芸芸众生趋利避害，人性的特点逃不脱的。吃一堑长一智，从年轻到成熟的人谁不都是被骗过来的或成为过最糟糕的倒霉蛋的呢。

我安慰着小伙儿，说我们大家帮你想想办法，你要好好工作，努力赚钱，即使钱没了，也要有希望，重新再来继续生活！讲完话，我的脑海里一直闪着这个小伙子无助和期盼的眼神，布满的红血丝，哽咽着的声音。

如果他是你的姐妹兄弟，我们要帮他吗？怎么帮？

今夜漫长，今晚他是不眠的，明日更惆怅。何时有良方？

★ 2016 年元月 19 日　　　要好好活着

忙碌了几天终于有自己的时间了。

久违的内心寂静让一阵阵汽车轰轰声惊扰，今晚我端坐在电脑前，听着路上的喇叭和耳边嘀嗒的小闹钟，想到每天的生活非常充实，想到每天有做不完的事情，想到遥远的梦想接近实现，就有一种体会——能活着真好。

由于工作的原因，我接触到了许多身体不健康的人，也看到了因为身体原因离开这个世界的人；想想自己曾经为芝麻大的事情痛苦，想想自己曾经为别人说的话生气，想想自己曾经为一件事情而担忧吃不下饭睡不着觉，真是不值得！

我们都曾经有过这样的想法，不是吗？

要怎样才能体会到幸福和知足？和那些在菜市场捡拾着菜叶吃不上热粥的大姐相比，和那些还在医院看病的阿姨相比，和那些冬天穿着工作服跪在地上铺瓷砖的小兄弟相比……我们幸福了、知足了，有吗？

我们在家里享受着卧室的温暖，我们出门享受代步工具的方便，我们在超市里带着孩子东走西逛挑选物品，我们完成工作看看微信圈里的消息和满满的正能量。我们很幸福。

可是，还有很多人感觉不幸福，不满足，不知足。我为什么要这样说呢？

告诉您一个令我感慨和亲历的事吧。

一个英俊的单位同事，我们认识有 12 年了，他工作积极负责，每次见到他，总是语速很快，他的声音哑哑的很有磁性，脸上的笑容从来没有消失过，他很敬业诚恳，在劳资科一直没有换岗。

在我从事保险推销的时候，他为自己办了一种理财型大病险，他告诉我，他办保险是冲着我的为人，我也告诉他保险可以作为保障也可以理财；他离婚了，需要攒钱用，所以大病额度办了两万，我告诉他额度太低，但他说他身体很好，到 50 岁后再办多些。两年后，他的肠胃不舒服去检查身体，被检查出肝癌！

晴天霹雳的消息啊，我前后只见了他三次面。

第一见他在洛阳大医院，精神很好，头发乌黑，拿着好几张单子排队要做好多检查；第二次见面，他在厂矿医院，头发没有了，但他非常认真而有力量地告诉我，这次的病是给了他第二次生命，他要好好地活着；第三次见面，他躺在病床上，四肢肌肉萎缩，脸庞消瘦，皮包骨的样子，只有胸腹部鼓鼓的，像个大面包。我看到他时很想哭，心痛得不敢再看他，更不知说什么话。他给我打了招呼，说了几句就没力气了。

他的母亲把我拉到一边，说他快不行了，他在家最小，有六个姐姐，他离了婚，又找了一个准备结婚呢，没想到这样了。

不到三个月，他走了。

感受到年龄越大，经历事情就越多，生死无常。

听到消息看的新闻都会对我们的人生触动，我们的身体还好，工作就在；

孩子的身体还好，发展就在；我们的父母身体还好，关怀就在。体会不到幸福的人啊，体会不到满足的人啊，总有一件事会让你顿悟，看透人生，领悟活着的意义。

好好活着吧，只要你好好的！身边的世界，美好就存在！

★ 2016 年元月 21 日　　　　**心静如水，幸福味道**

单位因为系统故障的原因，全体员工放假，当晚近 11 点了，通知说还没有修好，继续放假。

这两天里，我也没有闲着。

回母亲家看看，感觉好久没有回去了。来这公司前，我每周至少回去一次，现在半个月也没有回去一次，天天上班。周六日也是如此，还有训练课。

不见妈妈有一周了，我给母亲打个电话问长问短，母亲也变了，不像以前，打电话就像打仗速战速决，只说回不回家吃饭的事儿，不回，啪，挂机了。

母亲说，要省电话费。

从去年开始，母亲说话不是那么急了，也不急着挂电话了，电话的我这头，总会给母亲说说这几天的情况，外孙的学习情况和我的工作。

母亲的性格变了，时间就是医生，曾经发生的事件就是药物，母亲经受了太多的痛苦，接受就是解脱。看着母亲的面容，听着她的话语，家里的摆设虽然没有变化，幸福和满足已经悄然弥漫在空中了。

★ 2016 年 2 月 3 日　　　　**重温梦想**

重新浏览了我写下的 49 个梦想，完成了 4 个，还有 45 个没有达成，我不怀疑我能不能达成，在自己进进退退的路途上，我只有一个目标，那就是努力去做，向前去走。周围的朋友很多，他们各自有各自的梦想，好意邀请我加入他们的队伍和事业，我笑着婉言拒绝，谢谢朋友，谢谢伙伴，谢谢我的兄弟姐妹。

每个人的使命不同，每个人都有属于自己的未来，我尝试了许多，经历了许多，选来选去，在我的生命路途中最吸引我的还是教育培训，我愿意给别人帮助，就是沟通就是训练，把我的失败和成功说给他人听，做给自己看，最终的目的是做最好的自己！

★ 2016 年 3 月 8 日　　　生命中的 56 天

一个人的经历不会重来，不会重演度过的每个时光，所以我的决定不后悔。2015 年注定"不平凡"，我写下的"不平凡"三个字，当然也会在 2016 年中出现，只要全力以赴做了，每一件事情都是终生难忘，都是注定不平凡的。

自己的公司因投资失误，资金停滞，暂停运作。去年至今，我先后经历了四家单位做培训工作：6 月份到一家家庭教育中心做培训师，因内部合作出现分歧而离开；9 月份到一家教育机构进行内训，因那里的员工流失无法进行下去而离开；11 月份到一家金融机构进行员工培训，因互联网金融出现一次危机，波及此机构导致全国机构业务停止而离开；12 月底至今年 3 月初到一家保健品销售公司做培训师，因领导指出新人出单率和留存率过低，建议我从电话销售开始做起，还不确定未来是否调到培训师岗位，这不符合我的职业发展规划，我选择离开。

一年经历四家单位，来来走走有客观的原因，也有主观的意志，在这些时光不断轮回的日子里，我每天都做好自己，全力以赴地完成应做的工作任务，不断地学习成长，挫折越多越不怕，挑战越多越开心！

学到了"国学者"赵总的儒雅与善良，"家庭读心术"王老师的认真负责，"军队上校"张总的执着与乐观，"学百家"苹果老师的坚持与可爱，"金融算盘"庄总的淡定与温柔，"女强人"吴总的泼辣与专业；领教了什么是深藏不露，感悟内讧终将分散团队；体会了什么是唯利是图；验证了伴君如伴虎！信任你的终将是你的老友，激发你成长的一定是挫折！

生命中的这 56 天是我最后离开的一家单位工作的时间，每天上午 8 点 15 分出门，晚上 7 点左右到家，中午 1 个小时的吃饭和休息时间，其余时间工作学习讲课打电话备课，满满的正能量！

之所以把它放在最后的段落里，是想告诉我自己，此阶段的工作量是我有生之年最大的，讲课最多的，每次讲课都是激情满满的，是目标最明确的，因为我知道——一定要努力工作！我要行动！

当我看到这么多的年轻人初来乍到一个公司，他们的眼神充满了期待同时也充满了迷茫，我要告诉他们路在哪里？该如何走下一步？方法是什么？因为我知道——一定是爱的力量！我行动！

当我进入一个新的知识领域，我会报以好奇心和求知心态，人的身体为什么会得病？中老年人为什么会有慢性病？学习得知，预防大于治疗，一切疾病的大部分根源是我们人体的最小的组成单位——细胞营养不均衡和血液中的垃圾毒素堆积过多造成的。因为我知道——一定要爱自己才能爱别人！我行动！

一分一秒一时，一花一草一树，一人一事一生！不管我们的路平坦或是坎坷，在这条路上，你遇到的任何一件事都值得我们欣赏和领悟，多总结少抱怨，规划自己的人生，做一个有故事的凡人，做自己命运的主人和守护神！

★ 2016 年 3 月 30 日　　　　午后思量

这是 3 月的倒数第二天，没有了往日的忙忙碌碌，没有了职场中的喧哗，生活又开始看似平静起来；而我的内心依然汹涌澎湃，还有好多梦想没有实现！

孩子高三了，一周七日只在家里休息半天，这个时候离高考只有 2 个月了，他每天早晨 5 点 50 分就起床一直学习到晚上 11 点，学校的学习生活真的极其规律。高考是人生中的一次大考验，我看孩子倒没有什么烦躁情绪，比较淡定。孩子从小到大，我一直以来非常重视他的心理情况，如何排忧、如何倾诉、如何交友、如何消遣等，指导他方法。孩子小的时候，父母要多用心，遇到事儿沉着冷静，做好准备。

一切都准备好了，什么大事小事都能过去。准备不好或是体力透支都会影响将来的路。

要把生活当作一根皮筋，有弹性有韧性，不可以绷得太紧也不可放得太松，该松就松，该紧就紧，空出一些时间思考，空出一些时间调整。

看遍人间冷暖和伤痛心酸，要做出多大的成就掌握在自己手里，山外有山人外有人，和别人比会把自己比下去，何必呢？

自己认为对的事情好好做下去，不需要看别人的脸色，不需要受别人思想的影响，你的人就是你的梦想现实版！

活得更健康，活得更久远，你就是最大的成功！

★ 2016 年 4 月 5 日　　　　**你要给孩子什么**

约了家长去我们的店里，答应给她 18 岁的孩子办理大学学籍证明，以便征兵时提供资料。见面之前我和她说好去郑州找人办理，需要打点费和带上孩子的身份证户口本等，她在电话那头非常爽快地同意了。

见面谈的时候，这位姐姐说，交的这笔钱是想要一个大学毕业证，哪怕假的也行，不过条件是让对方看不出来是假的，在网上也查不出来是假的，没想到你只是托人给孩子办理大学证明。

我听后很惊讶，内心翻腾……

我对面的姐姐是个生意人，她的孩子学习成绩好不好没有关系，她有钱，为了达到目的什么事情都想用钱"摆平"。她的孩子相貌英俊，头脑聪明，电玩高手，两年前训练指导他两次，接触后我发现孩子心态有问题，做事情顾虑很多，总是认为自己能力不行，很向往做那种不用吃苦学习就能让别人敬佩和羡慕的人，他的母亲就在给他铺这条路——当兵，她的大女儿也因此保留学籍去当了兵，都是初中没毕业啊。

了解他们的情况，我笑着告诉她，你的孩子才大一，三年后经过考试自然会发证书，办假证是有人可以办的，但是我不会给你办，何况孩子年龄不大，好好学习，学些本领，为什么要去办假证混个文凭呢？虽然假证可以以假乱真，但是，真才实学早晚会见分晓，学籍证明你们可以去郑州学校去开。

看到孩子表情木然，18岁的年龄13岁的心，孩子是不快乐的。

我们之间的谈话就像在谈条件，无意义，对孩子来说，他的未来掌握在他的母亲手里，我作为旁观者无能为力，一番解释之后各奔东西。

做母亲的人啊，你是教育者，你要好好想一想，你要给孩子什么？你要给孩子带到哪里？你的话他在听着呢。我当时特别想问问这位姐姐，你要给孩子铺一条什么样的路？是靠勤奋、诚实、勇敢、坚强、独立，拼搏自己美好人生的路，还是靠虚假、偷懒、逃避、利诱，依靠父母走一步算一步的路！

有钱能保护孩子一辈子吗？有钱能让孩子的路走得更平坦吗？

这句话始终没有问出来。

因为他的孩子在，我还要保留母亲的面子。

2017 年日记

★ 2017 年元月 6 日　　　　心中阴霾何时消散？

人很奇怪，还是我很奇怪？也许人人都有这样的过程吧。

在走了一段路之后，找不到方向了，忽而想退出，忽而想前进，忽而停下来发呆；是否走进了死胡同，自己的意识左右摇摆不定，忘记了目标，失去了方向。对待我的学生，我非常清楚我要做什么，面对自己好像不知所以然了。

自己想了想，总结了一个结论，是否在逢到带有 6、8 的数字年份里"倒霉"多，好笑吧。1988 年一次比赛发烧，1989 年腿受伤，1996 年自学考试有一门考了两次，1998 年去做传销，失去工作。去年 2016 年呢，住院伤了元气。思考再三，不是倒霉，是客观发展的规律，人都会遇到各种顺境和逆境，只是在逆境中痛苦的体会大于快乐而已。

我在这里提到痛苦的感觉，不是身体出现了什么疼痛，比如说碰伤或摔伤这样的肉体刺激；而是，思路的模糊，目标的摇摆不定，不知道到底要朝哪个方向走，是这样的感觉很痛苦，踌躇满志，就像当下的雾霾，如烟如雨，前后一片白蒙蒙，视线模糊，容易迷路，认错人，办错事。

那么心中的阴霾呢，心中大脑里仿佛和雾霾一样了，思想混沌，想做此事又想做其他事，犹豫不定，心乱如麻，找不到出路。此时此刻我的心霾最严重浓度最高，压得我透不过气来，我需要阳光啊！我需要空气啊！我需要自己找到阳光和空气！

不靠别人，别人不可靠。

心静下来，需要清静心。

去年，很多担保公司出事，我也因为贪心办错事情，发生经济危机，自己开办的公司保不住，先后转让了辅导班、搬离了培训场地，最后只剩我一个人给孩子们和家长们上课了。后来为了继续维持经营，我四处找工作做培训，与其他单位合作，可是情况不太理想都没做长久。偶然事件我接触了做完美的老总，在他的开导下，我认真了解了完美事业，还接触了细胞检测，对此技术我很有兴趣，通过看细胞的形态就能提前查到对方的身体情况和未来几年要发生的病症。老总从事完美 14 年，他经历太多风云变化，达到过自己的人生辉煌，我受很多完美人的影响，参加了几次会议，激动兴奋后很快平静下来，我懂得要结果需要付出什么。令我感兴趣的细胞检测投入的学费和购买产品又花了不少钱，邀请朋友检测细胞和推荐使用保健品是我每天要做的工作。

接下来又一次意外。我到外地学习，因餐桌上的饭菜和自身原因，反胃呕吐，十天内没有怎么好好吃饭，每天课程紧张，专家教授讲学后又参加考试，晚上做实验，运动员出身的我"硬"坚持下来了，回家后身体又不适，住院近二十天，接着恢复用了近两个月。

都说雾霾的城市如仙境，我从医院出来过正常生活，宛如神仙下界。雾霾的天，靠的是国家政策调节、整顿治理和老百姓的紧急预防。自己这颗雾霾的心，他人是无能为力了，需要自身调节了，调不好身心会出大问题的。

阳光在哪里？空气在哪里？

渐渐的，我闭上眼睛，回忆经历，拨开迷雾，找到发心，找回最初的愿望。

渐渐的，云开雾散，柔光四射，心明如镜。

雾霾此刻散开了，心结打开，笑容浮现……原来阳光和空气是给予他人自己最擅长的优势！

每个人露出真正的笑脸，是内在心灵的纯洁干净，是不忘初心，继往开来，是新的一年不断地印下自己的脚步。

★ 2017 年元月 18 日　　　　　**活在当下，踏实做事**

急于求成的心不能有，急功近利的事情做不得。

近三个月来，我经历了一些人和事，忙忙碌碌中，影响了家人，染病了自己，愈是想多赚钱，愈是适得其反，自省之中，是自己做得不对，违背了规律。

一向认为我已经成熟，稳重不会再犯错了；自信、果敢，优势很多，想想还是高估了自己啊。毅然决然地停止与人合作，不过停止是对的（那人不遵守合同，不守信），这事我不后悔，毅然决然去学习细胞检测也不后悔，这是技术，熟能生巧，帮助他人检查身体要找未病。只是这几个月，我一意孤行，不顾爱人的感受，不和爱人商量，频繁而固执地用保单贷款和透支信用卡，购买完美产品和学习中级检测师、高级检测师等课程，算了一下，花掉近 4 万元，我真的，唉。

平时我花钱很省，省吃俭用的，但在学习和发誓要完成业绩上，我一而再再而三地充大款，总以为以后会好，以后会什么都有，最终负债累累，现在连小钱也拿不出了，住院是老公付的医疗费，还款是老公主动付的，我没什么说的，真心感谢老公和家人母亲！他说我心太大了，做事容易冲动，说我什么事情也做不好！我认了，不再去争辩，好好反省一下自己，确实这几年没做成什么事情，瞎忙活，瞎折腾。

活在当下，踏实地做点事情吧，先生存下来，"空中楼阁"好看不能用！

★ 2017 年元月 19 日　　　回家看妈

住院回到家调养已经两个月了，上午坐车和孩子一起看我的母亲。

五十分钟左右路程后，我们远远看到母亲经营的小麻将室开着门，母亲在里面打扫卫生。我要扫地，她不让扫。

我说："妈，看见你的门开了，想着你就在这里。"

妈妈说："我去买了点冬瓜回去煮汤，就过来扫扫地，马上就好了啊。"母亲边说边干活。

一头的银发，微微的驼背，年过七十的母亲步履有些蹒跚了，我们一起慢慢走着聊着，回到五楼的家里。她又走进厨房，忙活起来准备中午的饭菜，我在旁找活干，她摆手不让我做："这几天累得我腰疼，厨房就抹抹擦擦干了三天，这膝盖里也是又困又酸，唉，明年真是干不动了！"我在一旁听着，心里也不是滋味，父亲不在了，弟弟干活母亲又觉得不放心，弟妹也是上班忙，还有他们的房间也要抽空打扫，母亲一生操劳，从不喊人干活，只要自己能干动，就不叫孩子去做。这几年来，更加了解母亲了，因此就由着她吧。前几年，我还因为做家务的事情和母亲拌过嘴、生过气，父亲之前也有过，大家都不愉快，现在想想也不值得了，母亲年纪大了，多顺她的心吧。

孩子这次回来见姥姥，表现甚好，主动说话，谈话自然多了，和姥姥聊天那会儿，说到学习和学校的事情，不骄不躁，感觉像个大人一般。他上了大学之后，从开学到寒假时间里，平均一个月回来一次，在学校里需要自己照顾自己，适应力逐渐增强不少。我心里放不下的还是他的身体，他也经常回信给我，身体挺好的。

下午回家后午休了一小时，配送生牛肉的师傅如约在 3 点左右送来了，今年过年我买了过年用的四斤牛肉，本想多买些其他的肉和什么礼包，想到自己还没有固定的收入，就少准备点年货，以后等收入高了可以再丰富些，就可以稍稍随心所欲了。

★ 2017 年元月 20 日 　　　　**多想回到过去**

好久没有像今天痛快的锻炼身体了，以前的习惯是每天早晨出去跑步，拉伸韧带，做仰卧起坐、俯卧撑等，晚上则是到大路边的人行道上去散步。

今天我运动很多，感觉比较兴奋，早上跑步约 2 公里，回来后做了拉伸躯体韧带，60 个仰卧起坐，25 个俯卧撑，下午爱人回来又和他去外面打篮球，活动了约 40 分钟，又跑了 15 分钟，运动的感觉真好，我好似回到了运动员年代。

当年的我，步履轻快，身体轻盈，爆发力好，动作灵活，有使不完的劲儿，跑跳投样样拿得出手，全能运动员啊。回忆以前，我心好畅快，不由得会加快步伐，摆动双臂，像一只空中的燕子上下翻飞。

多想回到过去，体会那个年月，那个酱红色的塑胶跑道；

多想回到过去，抚摸一下凉丝丝的银色标枪，用力掷出去，银光在空中滑翔；

多想回到过去，腾空而起伸展，挺胯，摆腿，后仰，身体落在软软的跳高垫上；

多想回到过去，三步上栏跑百米，一个一个地突破障碍；

过去是多么美好的感觉，过去的一幕幕如电影般闪现，想起什么就演什么，只需轻轻地一闭眼；只需安静地穿越，如同身临其境。

想什么就体会什么，想象美好就来，想象痛苦就到，美好到不愿回到现实，痛苦到泪流满面。

不会回到过去了，我坐在家里，酣畅的感觉离开后，觉得浑身冷，有点头晕了，于是小憩一会儿，哦，是否运动过度啦？身体还没有完全恢复好，就来个"大运动量"，好吧，暂且休息一下，晚上散步锻炼的计划只好取消。

时间不饶人啊！年少无知，年长顿悟。

★ 2017 年元月 21 日 　　　　**不交这样的朋友**

微信圈里认识了一个朋友，是做企业团队培训的，有一两个月的时间，我们只是在微信里简单地打个招呼，偶尔问候一下。这几日，他经常在微信上联系我，问我的工作情况、细胞检测的情况，说要见面好好聊聊，谈合作项目；但是见面的时间一推再推，听他的行程确实很忙，今天说要见个外地朋友，明天说要去登封参加个会议。

昨晚，我在微信上告诉他，有什么项目怎么合作，可以在微信电话里谈谈就行，后来，我们就在微信语音里聊了近 40 分钟，如果我不和他说结束的话，他再讲半个小时都有可能。他说他接触了一个高端科技新项目，用中草药制成，不吃不喝，一抹后几秒或几十秒就有效果，特别对一些病症或常见病，非常神奇，癌症病人用了也会有效果。我说我是细胞检测，只做检查，不管什么治疗方法，他又说他的项目很好，又能帮助人，又可以赚钱，还提到参与的话会员要缴费 9800 元。

我婉言拒绝了他，一是要遵守年后去幼儿园工作的诺言，二是新项目，我不会再参与。如同优秀前辈所说，一个人一辈子做好一件事就成功了。时间对于我这样的年龄来说，要利用好，并要发挥好，前面的几十年我几乎都在浪费，东奔西走，像一个孩子追蝴蝶，追不上又转身去捉蜻蜓一样，结果双手空空而归。

做好眼前的事情，踏实地走好每一步吧。

★ 2017 年元月 22 日　　　　期待的队友聚会

昨晚去参加队友聚会，我很期待……

组织的头儿说下午 6 点到地方，我刚过 5 点就推车进电梯下楼了，骑车经过王城大桥，直行再右拐就到了，路线不复杂，只是"征途"较遥远，按照自己的行驶方式，不紧不慢地骑了 40 分钟，不紧不慢是因为我在路上想起了一位总统说的一句话，"余生很长，何必慌张"——自己住院了一段时间，更要注意身体不要太累了。到站了，我一看时间还早，便从容地给我的山地车找了个安全的地方锁起来。

头儿比我早到，专心地看菜谱，他是我们队里唯一的热心哥，乐于奉献，勤于吃亏，舍得付出，不仅是财务，还有真性情；比我大几岁，这几年头发白了不少，奔波抱负，心态极好。十几个老队员陆续来到，大家兴奋不已，你一言我一语，"跳出"不少话题，"手舞足蹈"开心得不得了，我在旁边听着很好笑，仿佛回到少年时代，回到训练场。我们的聚会也不多，一年平均一次，聚会的身份也很特殊，曾经都是运动员，现在时过境迁，做什么工作的都有，老师、教练、公务员、饭店老板，年龄相差上下七八岁，不是同学比同学还亲密，不是同事比同事玩的开。谈论的话题大都是有关训练、比赛、专业技术的点滴回忆，谁谁被罚了，谁谁考进什么院校了，谁谁成绩打破纪录了，谁谁被利用了，谁谁受伤命运悲惨了，东拉西扯，敬酒罚酒，说说笑笑，喝喝闹闹，队友们干掉了六瓶白酒啊。

我看着大家一个个说得眉飞色舞，兴奋得也按捺不住，本打算不喝酒的我，也被队友贬低了几次，架不住喝了几口白酒，还好，两数不多，没醉。我们运动员的性格就是开朗、豪爽、说话嗓门大，唱歌不用麦克风，女孩像男孩的性格，一群到哪里都能嗨起来。

时光如梭，一晃，少年变中年了，声音大都没什么变化，只是体型和相貌变化巨大，男孩儿变男人，肚子大腿细了；女孩儿变淑女，皮肤和形象注意多了；还有，多添了世故，多添了贫嘴，多添了亲情，多添了令人烦恼的慢性病。

夜晚过了 10 点了，平时这个点儿我都要上床休息，加之身体原因，于是我向大伙儿告辞，他们一脸的不情愿，唉，有聚就有散，我何尝不想大家经常聊聊叙旧呢？

同学队友之情是绵长的，是醇厚的，是暖暖的。真心想告诉头儿，保存长久的情谊基础是大伙的聚会能否以茶代酒，看到你的酒量惊人，我着实怕了。

★ 2017 年元月 23 日　　　蹲下身子，温柔吐字

幼童真是家庭的产品啊！古人说，"养不教，父之过"。这里的父应该是父母吧。什么样的父母教出什么样的孩子，孩子的言行都是从父母身上所学，自古到今，一点儿也不差。

这个小儿 1 岁 9 个月，好奇心极强，充满活力，爬桌上凳，抓起纸就撕起来，随地大小便，真是个不好带的"小鬼儿"。递给他一个橘子，他边剥皮边扔地上，一分钟时间，嘴里塞满橘子瓣，手里沾满黄色的橘子汁。他的母亲没有对他乱扔果皮的行为进行指责，撕纸、随地便溺等的坏习惯恐怕是已经教训过还没有纠正过来吧。小儿的父母经常逗孩子玩，也经常数落孩子的蛮横行为，但无济于事，晚上睡觉也折腾很晚，父母好苦恼，一脸的无奈。

我见到这个孩子确实为父母感到头疼，其实原因很清楚，孩子的问题出在父母身上，话是父母教着说的，行为是天性，不好的方面需要父母耐心引导，好的方面需要肯定和鼓励，说话声音温和，动作不可粗暴简单。家庭成员自身的原因也要分析和有错必改。父亲是个事业心极强、性格极好的人，因为工作到处外出讲课，见客户而无暇照顾孩子，早出晚归，出门孩子未醒，进门孩子已睡着。父亲也知道孩子的问题，但苦于相聚时间太短，有时间相处了，孩子的一些坏习惯也形成了，再改好难。母亲呢，年龄尚小，在家庭教育知识上懂得不多，不懂得如何带孩子，自己脾气也焦躁，孩子不听话或哭闹，母亲还严厉地训斥孩子，不理孩子，任由他哇哇哭叫妈妈，也不动声色。如今孩子大些，

就想把孩子赶快送到幼儿园里让老师教他，这样的想法不太合适的，父母才是孩子一生中最重要的人，老师即便再用心，也代替不了父母对孩子的影响力。

天下的父母都不要小视养育幼童，不要图省心而不去好好用心地管教孩子。每个孩子都需要用心引领，用自己正确的德行引领，先从自己修炼，蹲下身子，温柔吐字！

★ 2017 年元月 24 日　　　　喜欢就是喜欢

除了喜欢看书、听音乐以外，我最大的兴趣就是运动了。在没有受伤之前，运动是我的"职业"，从喜欢的业余运动到一步步成为专业，那内心的自豪感无法形容，一边是训练后肌肉的酸痛，累得上气不接下气；一边是转回头展示给同学一个"怪笑脸"。哇，细算，16 岁受伤后至今就再没有这样的体验了！

在职场上，生活里"摸爬滚打"二十年，一提起运动，不管是什么项目，我已经从内心的反感、害怕、恐惧中慢慢恢复到跃跃欲试了，从看到竞赛场面到现在的直面参与，跑步、打球，其实就是一个心态的转变，见过了太多的惨烈都比我严重，一一对照我的"案例"似乎不值得一提了，心态改变，思想转变，不能参加的项目不参加，不能做的动作不做，哪样自己行就去实践好了。慢跑、垫上运动、乒乓球、羽毛球、篮球、瑜伽等运动我都可以做，哇，这么多啊！我心快乐！

下午爱人说去球场打篮球，我欣然接受。想当年，我还是小学生篮球队的一员，只参加训练了一次，那天我一个人按时去了篮球场了，其他同学未到，教练带着我训练了，他很生气，于是取消了篮球队的训练。我是迄今为止入选篮球队训练时间最短的一个人，想必还能入选吉尼斯世界纪录吧？

今天是腊月二十七，因快过年和空气中度雾霾的缘故，出来的人不多，我们在家里待得手痒脚痒，索性不管害人的空气了，出门，直奔运动场。新建的运动场所很大，有 6 个篮球场、12 个篮球架，地面铺的是硬质塑料网格，红绿相间，瞬间有一种想蹦跳的感觉。这里活动的人很少，只有三两个人，不管人多与否，挡不住心情的愉悦。

我们来这里打球是第三次了，像回到少年时代，跑着拍球、"三步上蓝"、抢篮板、投三分球等，想到的技术我们都来个遍。我们比赛 1 次投 10 个球，谁投进的少就是输家，罚原地跳 30 次，几个回合下来，不分胜负，我的投篮命中率不亚于爱人。别看他经常打球，到比赛的关键，我还胜出了，心中窃喜，自信倍增。

每投中一次，我的笑声就嘹亮一次，双手自动成了两个剪刀，即使输了两次，就连被罚跳的 60 下，每一跳都是那么轻快无比。

究竟是什么让人如此开心和愈加成熟，是为了迎接新年吗？是又有了什么新希望吗？是经历了太多的种种坎坷，人生不惑了吗？我清楚地知道，要每天开心并不容易，也许是病情好转如重获新生的缘故，也许是前方有五彩希望，由那丝丝缕缕引着我走向心花开放的缘故吧！

★ 2017 年元月 25 日　　　滑雪经历

孩子大了，大的你不知道他的脑子里下一步会想什么或会说什么。他上了大学，比我还高一头，和他讲话我都要抬头看着他，想起他小时候，和他说话时我要蹲下来，与他平视，真是鲜明的记忆啊！

在家里有时会突然想看孩子小时候的照片，因为快乐在里面，看一张就会想起那旧时的一幕幕，我是个喜欢回忆美好的人，当然，也是一个喜欢笑的妈妈。逗孩子开心是我的强项。

"妈，我们去滑雪吧。"孩子说。

"好啊！"我马上回应。

他提出这个建议，我欣然同意，更愿意自己也尝试一下，微微担心的是，自己的腿不能自如地伸展，因为受过伤。不过，这都不是问题，关键是放假了，陪孩子开心地玩玩。

滑雪场有个长坡，在洛阳冬日里，积雪是保存不了几天的，伊川的滑雪场都是人工造雪，雪白的宽宽的滑道吸引了很多年轻人驱车来这里玩，10 岁以下的小孩子也有，7 岁以下很少了，这里不是他们来的地方。

我们换上滑雪靴，拿上滑雪板和手杖，我是第一次穿上这些东西，新鲜还害怕。孩子比我动作快，他一边自己穿一边教我，想不到孩子长大了都可以照顾妈妈了，我真为他欣慰。穿着滑雪靴走进滑雪场需要几十米的距离，我小心翼翼。进入滑雪场，更大的担心来了，"要穿滑雪板"，孩子已经在场内工作人员的指点下穿好了，他吃力地走过来教我如何"装备"，可是当我把左脚放进滑雪板上的时候，身体的重心好像没有了，如果两只脚都踏进了滑雪板里，我的膝关节就更不稳了，因此我下了一个决定，不滑了！雪地很滑，我真担心会受伤，我要自己保护好自己，不能因为一时冲动，不小心受伤而连累家人，以后工作也会受影响的。我对孩子说，你去滑雪吧，注意安全，我的腿有伤不方便，妈妈在外面等你。孩子懂事地点点头。

我走出了滑雪场，让他爸爸进去看着孩子玩。我独自在场地的外围走动。这里，远处有两座山，不高，雾霾比较重，山雾重重。四处走走看看吧，于是我走入了一条黄土铺的小道，小道显然是土坡挖开后铺的路，道边围墙高过两米，干枯的灌木丛堆，小道比较松软，应该是挖土机铺成的便道。沿着小道往上走，右边就可以看到滑雪场的年轻人在自娱自乐，广播里的音乐声听得很清楚，节奏感强得我想跳舞了。

左边小坡上种了麦子，青苗出土有十厘米左右了。看着绿绿的麦苗，心情好似春天，一垄麦地一畦菜，庄稼人随意种点什么，怎么看怎么就是一幅画。再远些，我看到田地荒着的多些，就猜测着，这里不久就要被开发做成其他的项目了吧。

冬日的风吹着干冷，午后的阳光不刺眼，直视也不难受，很舒适。这里的风景不算美，在农村也许处处可见，只是城里孩子的目光不会留恋些，他们关注的是会动的杂耍、五色的食物、跳跃的音乐。只有像我这样的人，这样的年龄才能感受，自然的美是那么接近透彻的领悟，自然的美是那么一想起就能记住的回忆。

回家了，不知何时才能再来这里？

保存了，眼睛和心灵留下的照片。

★ 2017 年元月 26 日　　　　过年就是过好日子

快过年了，新年马上来临！

到大张超市买什么年货呢？听说超市不放假，天天开门，我们也就不急着大包小兜地购物搬家了。年龄越大越是能心平气和地过日子，没有了像小时候过年时见人不会说话的紧张，没有了像少年时只想着找同学玩不想串亲戚的逃避，没有了像青春时到伙计家聊男朋友时的尴尬，没有了像结婚后这家不去不礼貌那家去了要买什么礼物的前后思量。

过个年，大一岁，过个年，兴奋越来越少，零用钱多了哪一天都可以买到自己想吃的，生活条件好了哪一天都像过年，不再盼着大年三十的晚上搬个小凳，托腮支在床边等着看春晚，不再盼着大年初一一早准备的新衣裳，也不再盼着七姑八姨发的压岁钱，一毛一毛乐得数不过来，不再盼着手举着香火到楼下放鞭炮。

自己的孩子都很大了，他思念年的味道也在慢慢变淡，何况我的呢？呵呵呵呵。

家已经搬了几次，旧照片里也找不到过年的气息，我不喜欢到新年前把房间里里外外打扫一遍，喜欢每天做一点，每天保持干净整洁，每天都是新年！今天和孩子一起擦了玻璃，把里面的擦干净就好，外面的危险够不到，19层啊！

上午我和爱人出去买了面和油，出门时交代孩子把他自己的房间和客厅玻璃擦擦，回来的时候，孩子说已经擦过了。

嗯，挺好，一切都很好！什么是过年？什么是好日子？每个人心平气和地度过每天二十四小时，没有争吵，团结合作，各司其职，就是过年，就是过好日子。

★ 2017 年元月 27 日　　　　发火事件

今天是除夕，我发火了。

第二天就是新年的第一天，正月初一，今天上午吃完早饭，我就开始在家里准备做炸红薯和炸丸子的食材。煮粉条、拌鸡蛋、调酱料，一边做一边上百度看如何做，忙得很开心，心想着过年了要为家人好好做点好吃的。

粉条馅儿已经弄好了，如果要节省油和时间需要两人配合，万事俱备，我几次催促爱人来一起做炸食，他一直不来配合，还依旧看手机、发微信，尽管嘴上答应了，但还是没有行动。我忍无可忍，拿起手中切好的半块红薯，照着厨房门口的地上摔了下去！红薯摔成几块，"怎么还不来！说几次了！"听到声音，孩子赶快过来，老公也跑过来连声说"好好好，我来我来。"

后来他就很负责地配合做完事情，我回头想想我发火这事情，该发火吗？不发火生气行吗？如果不发火，爱人还是依旧搪塞，好话坏话他都知道我要说什么。发火呢？当然对我身体不好，血气上冲，容易犯心血管问题疾病，当然不合适。

两者对比，如果我假装发火的话，也许就可以不影响身体了，自己把这个气给消了吧。所以说，如要解决问题，有时发火也是一种办法，只是自己要明白，对事不对人，要理解对方，不可把气藏在身体里。

★ 2017 年元月 28 日　　　　今天来个自省吧

每天都会发生很多事，在没有决定给自己定计划每天要写日记的时候，时间走得很快，一上午不知道做什么了，过去了，一下午忙忙碌碌不知道干什么又过去了，就这样，一天一天，过了一个月又一个月，只觉得自己有很多事情要做，但是细细想来，也不过是东边画一下西边描一笔，没有清晰的计划。

一直很清楚生命短暂，浪费可耻，所以有固执的性格，心气很高，总想做点什么事情的我，要做既能帮助他人又能赚得盆满钵满的事情，就一刻不闲，脑子里只想冲冲冲，四肢就会干干干，一年下来盘点，结果得不偿失，说好坚持的又因种种原因放弃，身体出问题，学费交了一大笔，真的是不及格的成绩啊！

我必须静下心来好好想想自己的路了，因为人生路看似漫长，实则短暂。大喊着发誓着要在某某时间得到什么，大喊着发誓着要在某某地点接受什么，大喊着发誓着要在某某国家享受什么，还大喊着并发誓着要在未来某某年赚到几位数……安静的时候，或入睡前我自省，我不是一个这样的人，不是一个总把大梦想挂在嘴上，说一些辉煌荣耀富贵之类话的人，但到了一定的环境场所，就不得不逼迫自己说这样的话，如古代的将军要接了军令状一般，即使只剩单枪匹马，也要冲进刀山火海……

去年的4月到11月我就在这水深火热之中，日日饱受煎熬，跳进自己烧的油锅默默地承受，却要在家人面前装得信心满满，在准客户朋友面前大谈前途光明无限……终于有一天我发现自己连自己也养活不了了，钱包扁平，生活用品能省就省，还款用信用卡周转，自卑的心态"战胜"自信，从前拥有的骄傲和活力在一点点消耗。这是我吗？我怎么变成这样了？

改变，要改变，再这样下去，只能自欺欺人；实践是检验真理的唯一方法，纵使坚持是对的，但是，先生存下来才能谈稳定和发展。所以，一个人要先看清自己的现状，不要生活在白日梦的想象中，不要画饼充饥，要踏实地做事，空想和盲目自信都是肥皂泡。新年了，制订具体计划，坚持点滴行动，落地目标才是最重要的。

★ 2017 年元月 29 日　　　又是一年逛庙会

家在四年前搬到新区的五环街，这里属于开发区，居住人口较少，距离各类体育馆近，如游泳馆、自行车馆、田径馆、篮球场地等，附近还有宽阔的活动场地和秀美的林荫小道，的确是个锻炼身体的好处所。

家离隋唐遗址公园步行约15分钟，公园里平时免费，到了节假日公园里布置一番，收取少许门票，里面有常绿植物及各种四季花草，我认识的花甚少，梅花、菊花、月季、牡丹，其他的认不全，自愧这方面知识太少了。

自从遗址公园建成以来，每逢过年这里就有了庙会，看微信圈发布的消息，里面的"新鲜内容"还不少。大年初二这天，我们一家三口就兴致勃勃地来了，来看看第八届河洛文化新春庙会里都有啥。

由于要修立交桥，步行二十五分钟才走到公园附近，车一辆辆排成了队，人们三五成群，带孩子的爸妈、小情侣们、被儿女搀扶年纪较大的父母，来来往往，看到手拿新玩具的、掂着装小鱼的盒子的以及头戴长缨的孩子或大人，就知道他们已经从公园获得"战利品"出来了，我们是要进去的，看他们有说有笑的样子就知道里面"真热闹"。

一阵阵散发着海鲜的香味飘过来，一缕缕冒着热气的煮玉米的味道钻进鼻子，到了到了，看那公园门口做小生意的老板忙得不亦乐乎，看那身着《西游记》服装的三个和尚在大门口站着，"猪八戒"和"沙和尚"这会儿不知怎么回事，面无表情不开心，"傻傻"地站在原地四处张望，是不是"猪八戒"中午没有吃饱？是不是"沙和尚"找不到师傅？这"孙悟空"很识趣儿，乐在当下，游人给他照相，他就变换姿势，抢起金箍棒，抓耳挠腮，还发出嘿嘿嘿的"孙猴子"的笑声，不停地摆POS，那几个动作还真像原版孙悟空呢。

公园里人潮涌动，指示牌上，偌大的公园分成了几个展示区，刚进大门的左边安排了舞狮和吹唢呐表演，右边安排了敲鼓队和踩高跷表演；顺着主干道，南边内容更丰富，有儿童游玩区、稻草人展示、河洛大鼓、兵马俑模型展示、民俗巡游等，北边有人工湖、石山、花园、古树、野鸭、小桥、流水。

我们一开始也不知道要先看什么，那就走着看着吧，于是顺着主干道前行，过了一个大拱桥，只听得一阵阵笑声、歌声、喇叭声传了过来。我们明明知道是小孩子的游戏，本说不去看的，但听着那声音，孩子们的清脆笑声和当前耳熟的流行音乐就引得我们的双脚踏进了游乐场。

套圈、打气球、进"鬼屋"、弹簧床，一个个场都围了好几个人。特别是套圈，里面摆的东西都是年轻人和孩子们喜欢的，比如存钱罐、宠物玩偶、小鱼、小兔，还有那什么"荷兰猪"——豚鼠，年轻人特愿意试手气，到春节就更乐意参与。套圈如果一次没套住物品，可以再套一次，好像赌博，这次手气不好，再扔钱一试，没中！再来！没中！再来！哈哈，30元套了个装了鱼的鱼缸心里也美滋滋的，2元一次套中的也有，这生意人是了解心理学的，他们可不会吃亏，耳麦喇叭广播着，说一些让你不费力气就能中奖的话，专门吸引游客"上钩"。话说回来，这种把戏自古就有，想必你也玩过，我也玩过。

一看到小孩子玩的项目，比如转转火车、蹦蹦床、打气球，就想起我家孩子小时候玩乐的情形，那时候，这些都是他的最爱，特别是充气蹦蹦床，他爬上滑下，翻跟头，打滚儿，爬上来钻下去，一玩就是一身汗。此时，他看到这些都一笑而过，没有向我抱怨说，妈妈，我小时候你都很少让我玩，也没有带我玩。他不会说的，因为他的童年是真正的童年。我很幸福，也很满足，对孩子不愧疚。

最热闹的地方除了游乐区就是饮食区，这里天南地北的小吃荟萃，好多叫不上名字，如开封包子、糯米烧麦、麻辣烫、炸臭豆腐、烤串儿等等还认识，虽然我们没有买，但是每到一家我都驻足看一下。呵呵，我对吃的兴趣不大，我的好奇心重。

走来走去，该看的都看了，只是前面的高跷和舞狮没有表演，挺遗憾的，应该是他们要按点进行吧，我们去的时机不合适。公园里的南边是一片人工湖，湖边凉风徐徐，吹得人很清醒。还差几天就是立春了，春天到了，冬天渐渐远离，一年的庙会一年的热闹，仿佛在迎接新春的到来，仿佛在唤醒沉睡的大地。瞧，十几只野鸭子在湖中心戏水，它们听到了孩子们的笑声和追逐声，忽而轻松地摆尾排成一列，有秩序地游着，忽而自由散开，钻进水里洗个澡，扑棱扑棱翅膀，又围在一起。天下的生物都是追求自由和快乐的，谁都会想办法远离孤独和不安。

是呀，我们每个人何尝不是，辞旧迎新，在春天希望升起，在年末细细反省。不管是儿童、少年、青年、老人，簇拥着，都关心着彼此，参与着活动，祝福着亲人。公园里，一年一个景；庙会上，一次一群人；人心上，一家一种祝愿，这祝愿就是平安、健康和幸福。

★ 2017 年元月 30 日　　　　篮球飞翔

曾经认为自己在运动场上是不会再露面了，因为几十年的伤痛让我暗下决心与体育运动决绝；可是，我的这种决心太不坚定了，小范围的项目从慢跑到健身运动渐渐扩大，慢慢地放纵了自己，只有个别的激烈项目不敢接触，比如速度跑、滑雪滑冰、球类比赛等。内心向往运动的兴奋与生俱来，我的性格就是这样，真的没有办法，不练不行！

最近两个月，我又爱好了一项运动——篮球。说起来像我的个头 162 米，体重 103 斤，都不是打篮球的料儿，我的运动除了慢跑和在家进行的仰卧起坐、下蹲、俯卧撑等练习以外，就是简单的小区健身器材锻炼，喜欢的乒乓球、羽毛球等需要预约，场地十分紧张，一小时 20 元。比较之下，篮球方便，既无费用又不用预约，场地多，只要不下雨，天天都可以打，还不限时间。

爱人这么多年由于工作繁忙，没有运动时间和场地，体形有些走样，所以一到周六日就去球场打篮球，有时和球友打完比赛后，不是被人顶撞背就是自己扭伤脚，不参加比赛吧，自己打没有意思。我也不忍心他的身体被"摧残"，等他说一起打球去吧，我爽快地说行！没想到，我的球技也提高不少，哈哈。

今天大年初三，我们换上运动衣又出发了。寒冬季节没有打春，冷风飕飕的，我怕冷，套了件羽绒服。篮球就一直在爱人车里，新买的没到一个月；以前的那个太旧了，长时间不使用，它就"跑气"了，还有一个重要原因就是买得便宜了。

远远望篮球场上，运动的人还真多，几个球场已经自由组合打比赛呢，鞋与地面的吱吱声，枯燥有劲儿啊；看，有一个场地没人，我们真幸运！等走进一看，原来这个场地中间有两摊水，怪不得没被"占领"，原来有"瑕疵"啊！

"我扫一下，等会就干了，跑的时候注意点，不要滑倒了。"爱人说。

"嗯，好的，我们打扫一下就行。"我应和着。

有个年轻女孩儿这时也走到这里，从背包里拿出一个篮球，小心地拍打着，我对她笑笑说，来吧，一起玩。

"我不会打，你们玩吧。你练过吗？"年轻女孩笑着说。她显得比较腼腆，在我的鼓动下，试着投了几次，她一次次练习，尝试着接受失败，尝试着体会成功，一直有不间断的笑容。

"我练过一段时间，多练习练习就会了。"我边拍球热身边回答她。

好冷啊，我开始围着篮球场跑圈，五六分钟后我参与投球，球在我的双手中变得灵活多了，虽然不是专业篮球运动员，不过，我坚信只要经常练习，技术和准确率一定提升。

球在空中画着美丽的圆弧，有的不偏不倚中篮筐，有的还没有碰到篮筐就提前下落，有的砸在篮板上嘭嘭响，有的在篮筐上打了几个转又飞出篮筐外。进球，兴奋不已；不中，告诫自己要注意用力，瞄准……

球场上，空气流畅。

球场上，篮球飞翔。

球场上，喝彩飞扬。

忙中偷闲了一分钟，见有个年轻的小伙子穿着单薄的外衣，持球在队友中运球，他轻盈得像条鱼在池中穿梭，转身过人，溜到篮板下，一个腾空跃起，篮球稳稳地掉入篮筐中，只听唰的一声，空心进入！

好球！

那边，一个大约 60 岁的老人也在打球，他的头发已经白了一半，整个球场里和他年龄相仿的人不多，虽然没有玩伴，但是自己可以任意远近距离投球，随意自如。

昨天我的状态极好，创最高纪录，二分投球十个中六个，今天没有达到目标，最多命中两球，爱人次次胜出，我甘愿受罚。不过，后来我们场又来了五个年轻人，场内共有四个球在空中飞，真是下了个"篮球雨"啊。我们不分彼此，得到球就传给同伴，谁得到球就投篮，我们自觉谦让，相互友好协作，俨然像默契的队友。

粗算一下，我发挥最好，带球助跑，停下驻足，怀中抱着篮球，双肘托起，随着一声声"走！"，一条条饱满的弧线抛出，"漂亮""好球"赞美声不断。二分球的命中率节节攀升，我心好爽！许是找到感觉了吧，许是我的运动天赋被发掘了吧，许是几十年后的今天又显现我运动员的特点，擅长超水平发挥吧。

走了！篮球场，我喜欢这种感觉，以后我会经常光顾的。当然，我的爱人也会陪着我，常来运动场，不是仅仅为了自己，也是为了家人。

★ 2017 年元月 31 日　　　　今年的拜年不一样

春节不变的风俗"串亲戚"自打我懂事就知道了，每年都要去舅舅家、姨妈家、姑妈家、伯父家拜年，只是三年前发生了一件大事，因为这件事，与我奶奶家所有血缘关系的亲戚就断了春节相互拜年的"喜庆之礼"，姑姑、伯伯、表哥、表嫂等都不见面了，我的心里不是滋味，高兴不起来。

什么事情呢？什么事情能有这么大的能耐冰冻了亲人的笑脸，锁住了祝福的话语？唉，还不是因为钱，还不是因为票子，还不是因为那生不带来死不带去的东西。投资担保前几年坑害了数不清的老百姓，我们家族也陷入泥潭，这天大的事情由家人引起，高额的利息把奶奶家的一串亲戚朋友和同事卷进去，包括我们自己家，得到好处再投入，然后一传十，十传百，总认为自己人不会有事，总认为自己是幸运的那一个。可偏偏人算不如天算，出事了，财富不翼而飞。接下来的可想而知，妈不是"妈"，爸不是"爸"，哥不是"哥"，妹不是"妹"，彼此抱怨委屈，冬日的寒风变得更加冷酷无情，血缘感情荡然无存。

过新年，是全国人民奔走祝福的日子，我想见见大伯大娘，我想看看姑姑姑父，可是，他们都说年纪大了，想清静，都说，不要来了，来了不开心。好吧，我理解，我不去见了，虽然他们都说那东西是身外之物。

今年就只去了一家拜年。

大年初四到大姨家，大姨 50 多岁，性格开朗，手脚勤快，她和我姨夫年轻时辛苦赚钱，任劳任怨，通过双手点滴积累，终于过上了好日子，夏天热去乡下住，冬天冷到市里的"双气"楼房住。她家的三个孩子已经 20 多岁了，孩子们非常孝顺，现在两个女儿都做了妈妈，一个在外旅游，一个添了宝宝在家带孩子，一个儿子春节放假在家里帮助父母做事。

我们一家和我兄弟一家与姨夫围坐在一起，一边喝茶一边聊电视节目，聊聊网球赛，聊孩子的前途。大姨忙里忙外做午餐，很开心，做了一桌子的菜，丰盛无比。餐桌上，谈着健康养生，谈着菜的口感，谈着新年的设想，谈着工作的进程，其乐融融。

看到他们开心吃饭的样子，我在想，一年一岁人，亲人相见亲加亲，不管工作赚钱多少，不管预测前途多么辉煌，不管有多大的诱惑利益，我们只要把握好尺度，亲朋好友之间只要相安无事，少与金钱生气，少些贪念，只要年年几次相见，聊聊你好、我好，聊聊你的兴趣、我的爱好，就是这样的节日相聚，真的很需要。

★ 2017 年 2 月 1 日　　　　过节拜访朋友

大年初五，爱人提议去他的一个朋友金家坐坐，还说带我和孩子到灵山寺看看，我没有拒绝。按照我以前的性格，我肯定是有些不情愿，或者不同意，一是这两天的读书学习计划没有完成，二是对他的那个朋友印象不好，那家伙特爱喝酒，爱人也被带的每天也要小酌一杯，有点肉菜就要配酒。但为什么我同意去他朋友那里了呢？过年亲朋好友一般都要聚一下，相互走动，感情更深；自己制定的计划可以抽时间补一补，必定是爱人的面子要给的，心情愉悦最重要。

想起我父亲的朋友，母亲都不赞成他们经常在一起小聚，母亲担心父亲的朋友欺负我父亲，其实也没有那么严重，父亲的朋友一个个都被我母亲拒绝了，有电话找我父亲时，母亲就数落朋友的不是，弄的朋友和父亲都没有面子，慢慢地朋友也不来找父亲了。父亲没有了好友，心情也越发不舒畅。

每个人都需要与亲友的来往和沟通，作为家人要理解对方的感受，不可用自己的观点擅自评价朋友的好坏。

我们驱车约一个小时来到朋友家附近，这里是个村子，楼房基本都在两层以上，家家户户贴的大红对联，条件好的门口还挂了灯笼，走一段就见一片"大地红"。我们也不知道朋友金家的门牌号，家家大门又比较相像，于是爱人边打听边打电话，路边有几个年轻人很热情地指着一百米外的房子说在那边，原来朋友居住的村庄比较大，我们找错了街道。驱车又前行了约5分钟，看见朋友在街口等着我们。

朋友是一个精干利索的人，咖啡色的短款羽绒服，皮鞋擦得很亮。他常年在外地工作，做大型设备的售后服务，十几年来靠自己打拼，房车俱全，并且家里家外安排得井然有序。我们见过几次，朋友为人豪爽，视客户为朋友，沟通能力极强，他说，现在压力太大，不干没办法，不喝没办法，不干养不活全家老小，不喝对不住客户同事。

朋友的母亲来了，个不高，瘦瘦的，脸上布满深深的皱纹，一见我就说，孩子你们辛苦了，来坐这里歇歇。我说，过年好，阿姨，我们来给您添麻烦啦。不一会儿，朋友的父亲也来了，老人家步履蹒跚，快80岁的人，身体还硬朗，话不多。朋友的三个男孩子都很懂事，一个职高毕业，一个身体不好在家调养，最小的孩子也上了高中。

午餐时，孩子们端菜端饭，懂得尊老谦让，家教很好。朋友的家人说，他在年轻时候主动学习技术，吃苦耐劳，不怕麻烦，认真解决技术难题，帮助客户解决了不少头疼问题，从一个小小的技术员走上了售后服务总经理，由于工作出色，他有了经验资本就到更好的单位任职，赚钱能力越来越强，一家人的生活一年比一年好，父母很高兴。

我看到并感受到这个朋友是一个孝子，一个好父亲，一个好丈夫，理解他的处境，改变了我对他的看法。

★ 2017年2月2日　　　　踏实就争气

家人总是觉得处处都是为你好，多说一句，多问一声，言语在你的心里会留下痕迹。可是，有些话说得不入耳，当时心里确实不舒服。

上午10点妈妈打电话，让我们回家吃饭，也正巧，说来我家做客的一位朋友也因为事情改天再约了，我就告诉妈妈说好，我们等会儿回家，其实家中也备了午饭，我们不愿扫妈妈的兴致就答应了。

收拾一下到家快11点了，到家我就下厨房帮妈妈做中午的菜，妈妈也没有说什么要准备的，说炒两个素菜就行，我剥了蒜，妈妈看见了就埋怨我说，用那么多蒜头干啥，蒜很贵啊。我听了，解释说一个菜配两个蒜瓣，不多啊，说话时心里不太舒服，然后我又马上调整心态去准备鸡蛋，鸡蛋打进碗里放了盐。妈妈又说放点盐，我说放过了，语气稍微重了些，妈妈就不高兴了，说话带点气。

过一会儿，妈妈就炒了菜，没有喊我做。本来说好是让我做的。吃饭的时候，我给家人盛饭，最后却少了一个碗，我没有？东找西找后，有个放着几瓣蒜的玻璃小碗，我就拿来用了，自诩说，这个碗最漂亮，专门留着给我用的。弟弟边吃边和我聊，他的兴致最好，前段时间买了车，然后就评价我的工作情况，评价我几十年的职业功过，俨然一副不满意的态度，我的心里有很多不舒服，只是这个时候，我必须要接受，听得进去。

的确，忙忙碌碌几十年，"一事无成"，确实与我的不踏实干有关系，家人说什么我还是做教育培训的，还是先做好自己吧，把自己管理好培训好，在我没有成功之前，什么都不是！

★ 2017 年 2 月 3 日　　　　今天是立春

转眼到了正月初七，今天是立春。

眼瞅着，身子感觉着，天便暖和起来了。一大早又见雾霾，楼宇间似云似雾，一向喜欢运动的我又按捺不住要天天晨练的坚持，穿上运动衣，蹬上运动鞋，穿过圆形车道，路过吉彩游泳馆，耳畔传来汪峰《怒放的生命》，一路小跑来到湖边。

湖边水荡漾，轻薄的水气飘在半空，贴满整个水平面，棕红色的步道已有三三两两的晨练者，他们踏着乐点绕行，有的跑，有的走，有的牵着狗歇歇停停。

步道约有两公里，一排 LED 灯侧弯"俯视"锻炼的行人，灯光洒下的"白光"聚成一股圆柱形的弧，像舞台灯光的聚焦与扩散，歌曲轮换钢琴曲，一段行程一段心情，一首歌儿一种怀念，一点风景一丝遐想。

那个红衣少年，那个草地上的甩空竹老者，那边健身器材上锻炼的两位大姐，人们各自选着自己喜爱的项目，随心所欲，是为了有一个更好的身体去享受生命体验的经历。

我，晨跑，下午学习，晚上录下诵读，用中间的空闲时间去工作、读书、写日记，这件件事情串成了我的生活图画。每个人的画面都不一样，最后成为的电影主题也被分成了三类——喜剧、悲剧、肥皂剧。

每个人都是自己人生电影中的主角，自导自演，自生自灭。你是我的配角，我是你的配角，你是我的观众，我也是你的观众，纷杂交织，能够把人生电影演得最丰富和最精彩的，必须是一个拿得起放得下，想得开走得远的人。

★ 2017 年 2 月 6 日　　　　10 年后又走进来

自己真的没有想到，十年后又重操旧业。

这旧业曾几何时是我年轻时许诺给自己的终身职业，"我要干一辈子"，那时难道是我的轻狂许诺吗？不是吧，那时我已经深深爱上了幼教事业，我是那么的爱孩子，爱所有的孩子，甚至用我的一生做赌注！

结果，结果呢？不让干，必须搬走；扰民，打举报电话。最后，我真的真的无助了，以放弃全部为代价，以放弃幼教行业为代价。

2007—2017 年十年时间，保险干了 5 年，大学生培训、青少年培训、青少年儿童训练、保健品新人岗前培训等又做了 5 年，最后自己狼狈得身无分文，选来选去，还是选择幼教行业，在一家幼儿园做业务园长，负责招生。

又是看到孩子，心底敞亮；又是看到家长，感受到父母对孩子的珍爱。

好好地工作下去，做个深挖井的工人吧。命运的密码在自己的心里，我是怎么想的就怎么去做，不要异想天开赚大钱，别人是别人，我是我。

要做就做本来的我。

★ 2017 年 2 月 12 日　　　　要经得起考验

今天是正月十六，幼儿园开学的第一天。昨天元宵节，幼儿园总园长安排我和另一位老师值班，心中的不快在一分钟左右就过去了。

接连几天工作很累，回到家就只想坐在凳子上，最好躺在床上，在幼儿园里不是收拾教室大厅，就是接待家长，两条腿从上午的快节奏交替不停，到下午 5 点钟后如灌铅般沉重；好久没有这样上过班了，上班的七天中早上 6 点 20 分起床，7 点 40 分出门。今天不同，因为 7 点 20 分前就要到单位，我 5 点 30 分就起来，6 点煮稀饭，6 点 20 分吃饭，6 点 40 分就出门，到单位是 7 点 15 分，十几年了，从来没有这样紧张过，我简直有点不适应，但是好好想想，还是坚持下去吧。

自己制定的每天写日记也没有坚持下来，从第一天上班到今天是第八天了，没有天天写，只是今天是上班后第二次记录我的心情和工作。

出院快两个月了，我担心身体受不了，过了几日，感觉还好，就是晚上经常做梦。年前找了幼儿园园长的工作很是兴奋，年后上班小有失望，每天发宣传单，不过，我的心态调整得很好，发宣传单也是重要工作，不招生怎么行啊。我是一个不怕苦和累的人，想从小事做起做好，将来一切都会好起来的，不要对眼前的事情失望，踏踏实实认认真真工作，这点困难不算什么，我经得起考验。

★ 2017 年 2 月 14 日　　　　一份欣喜

情人节夜晚，我收到老公的 5 元 2 角红包，一分欣喜吧。

自从去了幼儿园工作，生活变得有了希望，这是我想踏踏实实的工作，我想每月拿到稳定的工资，不想再来回折腾了，已经到了不能折腾的年龄了。

原先谈的做园长，工资 4500 元的这一档我实感拿不下，毕竟离开了十年，现在重新开始做，很多东西要学，要改变才能成长和进步。

我不怕苦和累，教育行业我会做一辈子。

这一段时间我宣传，"扫楼陌拜"，也为的是好好工作，为自己铺一条进取之道。

★ 2017 年 2 月 15 日　　　　喜欢小宝贝

父母都爱自己的小宝贝。看着天真可爱、嫩嫩的脸蛋儿，水灵灵的眼睛，谁看谁喜欢，对吗？回答都是对的。不过，当你的宝贝到了该上幼儿园的时候，与父母分离的心理"疼痛"让宝贝真的好难受。

眼睛红了，肿了，鼻涕一串串地不停流，不送幼儿园了吗？双手死死地抱住妈妈的脖子，小腿紧紧地夹住妈妈的身体，甚至当老师不得已抱走宝贝身体的时候，那双胖嘟嘟的小手还把妈妈的头发攥得紧紧的，不愿妈妈离开。目光相连时哭喊，目光断开时撕心裂肺，这样的场景您是不多见的，而幼儿教师习以为常了。

宝贝和父母分离都是双方心灵的成长，爱孩子，让孩子慢慢学会长大，自立自强，必须要经历这道坎儿，这道关。妈妈先过关，宝贝随之更顺利；妈妈不忍心，宝贝下一步痛苦多多。

父母先行成长，孩子更坚强！

★ 2017 年 2 月 16 日　　　　连续工作，我可以

今天是我去单位工作的第 12 天，连续工作没有休息，明天还要再工作一天就可以休息两天了——周六和周日。

我知道我的动力来源于哪里，所以没有怨言，只有无尽的感恩。

从刚进这家幼儿园我就知道,我需要学习很多很多,毕竟 10 年前的办园经验搬到这里是一点用处也没有的,根本无法衔接,我需要重新学习,学习用最短时间适应,学习专业的幼儿一日流程,学习和实践宣传幼儿园,扩大招生。

我现在的工作主要是招生宣传,哪里有孩子我就去哪里,我就在哪里。不再逃避任何工作,只要能够留下来,我就能够好好发展。

今天我自己拿着宣传页和气球到宝龙广场的儿童滑梯旁宣传,一天共收集电话名单 28 个,加油,保持下去!

记住自己的工作目标,踏实,勤奋,努力,谦虚,积极,乐观,宽容,严谨。

★ 2017 年 2 月 17 日　　　妈妈的心啊

眼前浮现一幕幕离别情景,父母送孩子上幼儿园,6 岁上小学,12 岁上中学,15 岁上高中,18 岁上大学……细数评选一下,痛苦分离之最莫过于送孩子上幼儿园。

即将分别时刻,孩子抱着妈妈的脖子,手紧紧抓着妈妈的头发,泪水哗哗如泉涌,声嘶力竭不停地喊:"妈妈,我要妈妈!"妈妈此时心情如何?心碎了也没有办法,只能狠狠心跑掉,为了孩子,妈妈不得不!

即将分别时刻,见到老师还是仰着粉粉的小脸庞微笑着,转手由老师抱着时,两行小珠泪扑簌簌流下来,嘴里不停地叫着:"妈妈,我要妈妈!"妈妈此时心情如何?妈妈的心也在痛,但为了工作,没有办法,只能转身骑车离去,在离开的一刹那,扭头还要再看一眼玻璃门内的孩子。

自己曾经的经历和世上的妈妈一模一样,分别是一时痛苦,相聚是幸福的欢笑,妈妈需要一颗坚强的心。

孩子在一次次与亲人的离别中长大,变得不哭了,变得主动和妈妈再见,接受分别,接受了和痛苦的那一刻说不再相见!

随着日月更替,时间的揉搓,越来越少有哭泣,可能是所有的泪水都倾洒到幼儿园的草坪上了吧,笑声代替了哭泣。妈妈此时的心啊,像蝴蝶在花上飞舞,幸福地和老师说笑,眼睛里含着柔和,声音里藏着对自己的感动,那时的坚强迎来了质的飞越,痛苦的煎熬终于过去了。

★ 2017 年 2 月 18 日　　　我的心情

这段时间里,我每天都在反省。确切地说,是从去年 11 月 29 日住院以后吧，想想自己这 43 年，真真正正没有好好地做好一项工作，总是心气儿高，很想做出一番事业，但总是不随我愿，只是让我欣慰的是从年轻时候开始就喜欢孩子，喜欢教育这个行业，20 多年了，对孩子方面的工作我没有间断。兰鹰公司的销售，私立学校的辞职，幼儿园的放弃，保险公司的停止，断断续续地做了几种工作，并且在完美也花了不少精力和学费，到此今天，我想想，从终点回到起点，还是要重新开始。

好，那就重新开始吧，不要再三心二意了，经常给孩子们讲小猫钓鱼的故事，我倒成了小猫，那就可笑至极了！

★ 2017 年 2 月 19 日　　　　一件大事

从来没有下过决定把十几件"珍藏"多年的衣服扔掉，昨日终于包裹起来丢弃在垃圾箱旁。

衣服没有破，只是有的样式过时，有的因为当时太喜欢，经常穿而变得旧了，有弹性的地方没了弹性。每年我都会挑拣几件不穿的衣服放到一格衣柜里，有我的，有爱人的；孩子的衣服大都已经送人，"拿不出手"的用来垫脚或用来擦地板。

这几年我东跑西奔，忙忙碌碌，我赶着时间，时间也赶着我，一段人生路下来，什么也没有"落着"，有时在家里有两下没两下地打扫着，总是不彻底。这些衣服放在柜橱里沾了灰尘，软塌塌的，看着心里也很烦躁。思来想去，首先还是自己的心没有打扫干净，思路不通畅，忘记了自己的这辈子要做什么，目标模糊，梦想多，脚步不实在的结果。

有一天我读到一篇文章，说的是"清理衣柜，鼻炎没有了"的故事，这主人公常年鼻炎，痛苦不堪，每天精神不振，咨询了一位医生，医生和她谈话后，建议她把家里的衣柜好好清理一下，她接受了建议，结果把几十年的衣柜彻底打扫，后来没多久，这位主人公的鼻炎就慢慢消失了。

人也会得病，心理和身体里都会"惹上"这样或那样的疾病或问题，病的原因有时自己发现不了，看书，听别人的话或主动问有经验的人，常常自省就会发现这些问题的根源。

我几十年都下不了决心扔掉旧衣服的原因，想想也是自己的问题，思路不清，"目标"不坚定，思想包袱如同这些旧衣服一样背负着，沉重陈旧，扔了舍不得，总想以后留着用，还占用了很多空间，真的好累！

终于，终于想通了，不舍不得，我整理了衣柜，腾出了空间，半个小时后，愉悦的心情如同洗了个澡，轻装可以上阵了！

房屋要清扫，心房更需要定期打扫。

★ 2017 年 2 月 21 日　　　　我喜欢什么

挂在嘴边经常问孩子的一句话是：你喜欢什么？

你喜欢什么颜色？

你喜欢什么玩具？

你喜欢什么食物？

你喜欢什么样的书包？

那我喜欢什么呢？我不是孩子了，不会像他们一样回答以上的问题。

我要总结一下，这种总结与我的未来有关，与我的幸福相连；我喜欢孩子，喜欢他们的天真、可爱、活泼，喜欢他们有无尽的探索欲，喜欢他们清澈的眼睛和无邪的心。

我喜欢读书，喜欢书中的故事感化我的灵魂，喜欢书中的知识扩充我的视野和认知，喜欢书中的优美语句让我浮想联翩。

我喜欢诵读，喜欢边读美文边用自己清脆温柔的声音应和着，喜欢听我诵读后的作品，感觉着文章与声音的完美结合。

我喜欢听音乐，音乐带给我快乐，带给我兴奋，带给我美好的回忆，带给我无穷的动力，带给我温暖和天堂般的享受。

人生百年，明白了我所喜欢的事情，我就要去做我喜欢的，享受我所喜欢的，最大的喜欢就是孩子，我要和孩子们在一起，永远有好奇心，永远可爱、活泼，永远有一颗儿童般的心。

★ 2017 年 2 月 22 日　　　　我为此片刻停留

有好些日子没有去看母亲了，于是盼到周日休息就乘车上路去看望她老人家。

父亲走了五年，母亲年过七十，身体还算硬朗，虽然常年吃着降压药，每年偶尔有几次会因血压高头晕，腰部劳损过度，膝盖也痛过，但是在儿女面前，她从不"嘴软"，还坚强地劳作，默默无闻地承受着生活和身体带来的不适。

我回家总要给母亲做做按摩的，从肩膀到手臂，只要能减轻母亲的疼痛，我到家里都不愿闲着，能找些事情就多做一些，她若是生气不让做，我才会停下来。

我坐在车上，想着家里的这些事情，也盘算着今天回去要给母亲说什么新鲜事，好让老人家放心开心。

汽车站站停停。沿途的商铺每到春节后就会更换一批新老板，华丽的、张扬的、醒目的外观煞是招人眼。

车窗外，我为此片刻停留。

一位身穿黄红相间的清洁工大伯和女同事在谈话交流，我听不到声音，只见大伯的脸上始终保持一种微笑，瘦瘦的脸上刻满深深的额头纹、深深的嘴角纹和深深的鱼尾纹。

他到底有什么高兴的事情啊？

他在说些什么呢？

他的神态自然，散发阳光的脸上好像一位智者在开导对方。

生活在社会底层的劳动人民竟然笑得这样开心！神色不如富豪，不像领导，更不是我们意外得到宝贝般的兴奋。

这笑容一直保持到车开始启动还没有消失。

看到此时，我的内心掀起一阵波澜。

车厢内，我还为此片刻停留。

我的母亲家快到离终点站很近，车内的乘客越来越少。

我的座位斜前方有一位乘客，他把鞋子拿起来，鞋口朝下抖动了几下，我没有在意，觉得没有什么，也许鞋里有硌脚的小东西需要清理吧。

红绿灯的时候，车停下来，这位乘客站起身，胳膊上背了个长方形的大袋子，很不协调，他啪啪地用手击打扶手上的广告拉手，像个孩子一样在玩玩具。

"玩"了一会儿，他坐下了，嘴巴里嘟嘟囔囔。他五十多岁，皮肤较白，干净，穿戴整齐，头戴一顶青白色帆布帽。他坐在车上左顾右看。

车到了一站停下，从车头上来一位年龄偏大的大叔，这位乘客赶快坐到里面座位上，让出了一个空位。

大叔回应说，我坐到后面，座位多，谢谢。

看到此时，我的内心掀起一阵波澜。

辛苦这位乘客的"家人"了，他虽然精神有问题，但他本性善良。

爱是世界上最美的语言，爱可以撒满人世间，人人得到爱，拥有爱，感受爱，怎么不令人幸福，感动，快乐呢？

片刻的停留就能感知爱无处不在……

妈妈，您爱我那么多，儿女永远记得。

★ 2017 年 2 月 23 日　　　　工作无小事

我曾经做过的工作有很多，大部分属于销售，在销售中最多的是"扫楼""扫街""扫游乐场"，统统算作发宣传单招揽生意。

我见过宣传单两三张合并塞到业主门上的、车子里的，甚至把纸张随意地窝在一起插到门口，从地上塞进门缝；名片是黏的，粘在漂亮的大门上也煞风景……"开锁""卖房子""银行贷款"等宣传，五花八门。

扪心自问，我没有浪费过宣传单和名片。在我心里，如果把宣传页或者名片随意丢弃，在良心上过意不去。一是因为你在这家单位付出时间取得工作成绩获得报酬，要感恩用人单位；二是宣传页是用人单位花钱做的，你随意散发或丢掉就是浪费，财物没有尽其用；三是因为你的随意，证明你这个人工作不认真负责，领导在时一个样，领导不在一个样，不珍惜工作机会，工作态度不正确，早晚会影响自己的职业生涯；四是别人见到随意丢弃的或感官不喜欢的宣传页，会产生这家单位的产品也不好或管理不正规的想法，直接影响对单位的印象，如有需要也不去考虑你这家单位了。

发宣传单或者名片这件事看似小，实则大。

工作之中无小事，小处见人品。工作凭良心，糊弄别人亦害了自己。

★ 2017 年 2 月 26 日　　　　我喜欢的词

有人问我你最喜欢的词是什么？

我告诉他，我最喜欢"每天"这个词，如果再让我多喜欢一个词的话，我立马把"坚持"加上。

源于从小是体育生，我每天早晨要训练，三九三伏天年年如此，训练之余就是上课；训练和上课的时候，教练和老师对我们说得最多的就是"每天""每次如何如何""坚持""坚持干啥干啥"。懵懂少年，我听教练的话，于是我的成绩领先于我的队友；我听老师的话，于是我的学习态度端正，即使会因比赛耽误考试，成绩不理想，我也要勤奋去弥补，以取得心中的安宁和老师的认可。

一年一岁，一岁一年，年龄增长，青春最迷茫。

老师的教导，父母的督促，学习生活工作交织如网，做人处事，"三观"的建立跌跌撞撞。

这么多年，养成的好习惯很多，难做的是每天啊！

曾经写下每天的计划并信誓旦旦去执行，其中有一项是每天晚上走6000步，坚持了一个月，因为这样或那样的事情放弃了；其中有一项是每天晚上抄写好词好句，坚持了一段日子，不知什么时候忘到九霄云外。

这么多年，养成的好习惯很多，难做的是坚持啊！

那天，在街上看到"七天书法速成班"宣传，于是一时兴起就刷卡交了800元学习费，每周一次，我只坚持了三次，因为家离课堂距离远就放弃了。那次，看到书中写的一个大善人，经常做好事，后来得到众乡亲拥护，长命百岁，于是想学他的做法，萌生了筹建爱心捐献站和准备今后多做好人好事。前几天我在朋友圈宣传，用微信号发布捐献消息，搞得好不热闹，咨询的人也有好几个。后来，因工作事情多，这件好事也没有坚持，半路夭折了。

曾经制定的事情大多没有好好去坚持完成，要么是累得不想动，要么是自己的计划被其他事情打乱，索性找个理由不做，要么是一本书没有好好读完就去读另一本，要么是一件事没有认真做完就去做另一件事，要么是一个工作想法还没有完全考虑周全就去实行。

慢慢地，岁月磨砺，几十年后的我，终于养成了三个每天坚持的习惯——

每天读书；每天写日记；每天早晨锻炼。

说真的，每天坚持这三个好习惯，我的内心无比充实和自信，感到身边流走的时光没有虚度，感到自己存在的价值是那么大，感到在这个世界上生命是多么的重要！

对身边接触的人和经过的事都充满感恩，充满感动，仿佛自己的每个细胞都在感受着滋养熏陶，健康的成长和代谢。

好好反省过去的经历，由于自己想做的事情太多，时间精力经常撞车，把自己"搞"得精疲力竭，都是因为贪得无厌、好高骛远这两大缺点。

自从某天转变想法，整理生活，筛选习惯，我选择最喜欢的词留下两个，一是"每天"，二是"坚持"。每天坚持的虽然只有三个，不多，但是我知道，这喜欢的事情背后是什么——

是自省，是鞭策，是惜时如金，是对生命的尊重和无限的爱恋。

知道并且做到，喜欢足矣，人生乐矣！

★ **2017年2月27日**　　　　**值班读书**

今天值班，我带来一本书看，书名是《自控力》，我喜欢利用闲暇时间多学习一些知识，虽然这本书以前看过，但是间隔得时间久了，内容就还给作者了——这样可不太好，于是，重新读书。重新复习温习加深了印象，给我的生活增添了乐趣，为我的工作提高了效率。这样挺好，好习惯我要继续延续下去，只要做得对，内心就丰足。

自控力就是管好自己的时间，知道和明确自己的目标，不要拖延，专注于自己该做的事情，拒绝一些与目标无关的诱惑，充分利用有限的生命做出更多有益的事情，得到应得的好的结果，让自己的人生丰富多彩！

★ **2017 年 2 月 28 日**　　　　**谁都值得我学习**

曾经年少轻狂，曾经不知愁滋味，曾经视自己为英雄的我历经是非，历经风雨，历经内外的伤后，才真正懂得自己不过是沙漠中的一粒沙，大海中的一滴水，树上的一片叶子。

我是他们中的一员，是大大的圆中的一个点，凭个人去转动轮子，要撼动强大的物体是万万不能的。

置身其中低头思索，我以前太傻，总觉得什么事情只要自己能，一切都可以做到，天真得像个孩子；遭遇反常，遭遇意外之后，坏事变成好事，我不再空谈空想，于是，不骄不傲、少说话是我的信条。

明明知道我能做的事情，到了一定时间我不去做了，多做越级；明明知道我能说更多的话了，到了一定时候我不说了，多说伤人；明明知道她不会去擦玻璃，总是一推再推到明天的时候，我就坦然接受，她让我擦拭玻璃的事实，明明知道卫生打扫不干净需要多扣工资的时候，我多以先提醒老师为主。

我学了理解对方，学会了总结经验，学会了从不同的人身上找他的优点以弥补我的不足，学会了不生气的方法，学会了什么都可以接受不去立即反驳，学会了时刻展露笑容。

是四十不惑真正到了的时候，把激情放在心底，把平静拿出来让他们看见，这是成熟，这是次次受挫后的不屈服、不服输。认真地做好每件事，接受一切，不怨不悔。

★ **2017 年 3 月 1 日**　　　　**心存感恩，接纳一切**

欣喜地发现，自己无论什么都可以接受了，只要自己心存喜欢，就可以喜欢身边的每个人，去欣赏他们；只要自己心存感恩，就可以和身边任何一个人沟通和交流，成为朋友。

以前的自己不是这样想的，很浮躁，心沉不下来，总想一口吃个胖子，总想一付出就要有回报，事实证明，没有这样简单，没有这样快。

现在，我接受了一切，不好或者好的结果，我都可以接受，心不再着急；静静地做事，认真地听话，仔细地观察身边的事情去学习自己不会的知识，受益匪浅。

★ 2017 年 3 月 2 日　　　　我在幼儿园的一天

早上的闹钟定在 5 点 40 分，在网易云的一首首歌中完成洗漱，早操和给自己做上一顿完整的早餐。6 点 20 分开始吃饭，一边听"荔枝"里的职场管理语音，每天新闻播放，看公众号里的文章，一边嘴巴不停地"吞咽咀嚼"，我要在 6 点 45 分前化妆完毕，穿戴整齐，带上包包，推上山地车下电梯上路去单位。

每天骑车约 25 分钟到达单位，指纹打卡，如果迟到要罚一百多元，然后到接待台填写今日早会内容及事项。于 7 点 25 分召集老师们开晨会、整队、问好、宣誓等五个项目进行完毕后，检查大厅和户外场地；7 点 40 分左右就有孩子入园，进行一套流程"晨检"，量体温，消毒洗手，检查嗓子有无红肿，发健康绿卡后由老师带到各班，迎接孩子的工作会持续到 8 点 40 分；八点半孩子们开始早餐，这之后甚至到 10 点依然还有少数孩子入园。

从八点半之后园里会有家长参观，我和另外一个老师分别去接待，带领家长参观和不停地介绍，并及时回答家长提出的任何问题，直到家长满意，最短的时间有 20 分钟，最长的一次会有一个小时给家长介绍并陪伴，有时家长和孩子一起来，需要分别接待。9 点 40 分的时候我会去各班清点人数，报到厨房里以按量准备下一餐。10 点钟各班孩子会到户外活动，天气不好的话在室内做操或做游戏，我多数会变成卡通动物"大公鸡"或者"机器猫"，来到孩子们身边逗他们开心，老师会及时拍照，把孩子们开心自在玩耍的样子拍下来，发到微信中让家长们看。20 分钟的活动结束后，我要么打电话邀约家长参加公开课；要么到托班带一下新生，他们往往情绪不稳定，找妈妈哭闹不停；要么去外面的小区里发宣传单。

12 点多会到班里抱抱哭闹的孩子让他们入睡，大部分孩子稳定下来我才去厨房吃饭。中午休息时间为 12 点至下午两点半，这段时间里，我会把工作再检查一遍，登记一些名单或加上新家长的微信号，到下午 1 点 30 分时会休息一会儿，有时遇到班里的老师做"环创"手工我就去帮忙。

下午两点半了，孩子们该起床了，轻拍唤醒，放音乐，穿袜子、衣服，梳头发，一系列的活动又开始了，我会到新生最多的托班帮忙直到孩子们吃上加餐。孩子们起床也会哭闹一段时间："我要妈妈，我要妈妈!"一个孩子哭闹会带动几个孩子同时哭泣，只好把最难带的孩子抱出班里再次稳定情绪。

下午三点半后我的工作是或者到外面宣传，或者打电话继续邀约家长参加公开观摩课，或者家长参观园所我前去接待做介绍，总之，什么事情重要先做什么。4点多孩子们开始吃晚餐了，我呢，还是以带好哭闹厉害或不听老师指挥到处乱跑的孩子为主，用办法引导他们吃饭，然后擦干净孩子的脸和手，整理衣服等待家长来接他们回家。5点整"离园音乐"响起，孩子们在老师的整理下，一个个穿戴整齐，年轻的老师一个个紧张而有序地给孩子们穿衣、梳头，装好各自孩子们的书包，等待家长的接应，一旦被叫到孩子的名字，老师就要拉着孩子的手，亲自送孩子到家长手里，并且简单说一下孩子的情况。我的工作是到班里叫一下某某宝宝的名字："你的爸爸（妈妈）（爷爷）来了……"

下午5点30分左右孩子们陆续接送完，我就要和所有老师一样打扫自己分管的卫生区。6点10分，我带上卫生检查表到各个班和楼梯检查，这检查报表细致得很，每班都有16个项目，如果一个项目做得不好，打个×号，就要扣钱，有老师说，卫生这项一个月罚款100元了。6点10分遇到开会就会更紧张，每周三个会，周例会、教研会、保教会，每次会议基本上要开到8点，老师们有时开完会还要写教案或写什么资料。

今天周四是大扫除，每周两次擦玻璃，每天打扫自己的卫生区，大扫除更是严格，需要三个班主任一起检查挑毛病，有时我就带上一个班主任检查，其他老师都忙，要做其他事情。检查完今晚又是周例会，总园长来了，问各班新生情况，又布置一项作业，要求老师写《新生入园情况观察》，每个新生都要写出来，最"痛苦可怜"工作量最大的老师是托班，本月来了12个新生，保育老师又不会写，我说，我帮你承担一部分，给你打印。还布置了开家长会的任务，每个班主任要写老师发言，从教师介绍、新生介绍、本学期授课重点到每个孩子的园内表现等几个项目，字数我估算了一下，需要1500字吧。

终于开完会了，一看表，妈呀，8点50分了，回家，又是披星戴月，今晚到家9点20分。

★ 2017年3月3日　　　　　一对一教"大宝"

大宝今年2岁3个月，到幼儿园算是比较小的孩子，他特别淘气，怎么哄就是不进班里，一到班里就开始说"找奶奶"。

他的皮肤白净，打扮时尚，一看就是有钱人家的孩子。我带他几次就和他有了感情，比较黏我，还好，我会哄他。

昨天在大厅，引导他吃了火腿肠，喝了酸奶，看他喝酸奶"馋"的样子，好可爱，鼻子上、脸上都沾满了乳白。大宝说："我还吃，还吃。"我回应："没有了，下次给你吃。"他学着我的话说："没有了，下次吃。"

带他到楼上的阅读区，我引导他看书，讲故事给他听，讲到"乌龟奶奶"，他特别喜欢听；讲到"熊妈妈带小熊洗澡"，他也听得非常专注。

到多媒体教室，我们重温了脸上的五官名称，照着镜子指着说，他全部答对。

孩子都是一张白纸，没有教不好带不好的孩子，方法比什么都重要。

★ 2017年3月4日　　　　侄女12岁宴会

侄女今年12岁，弟弟张罗着给她办个生日会，日子选在今天周六，一个洒满温暖阳光的日子，我这个姑姑当然要去参加了。

宴会举办得很隆重，门口喜事接待，红包袋子整齐摆放，记账先生忙得不亦乐乎。大厅中央的屏幕上设计了动感祝贺词，动感音乐环绕着整个大厅。15桌酒宴楼下楼上都有，亲友之间开心地聊天，几个小宝贝兴奋不已走来走去，他们的妈妈跟在后面在座位间穿梭。

有好多亲友也是几年未见，大堂哥老了许多，腿脚也不太方便，二哥家又添了个孩子已经5岁了，妹妹们的孩子几个月的，一岁两岁的不等，一个个都有变样，不经常见面，名字想不起来，我也不好意思问，只能对着孩子笑。

这次聚会，12岁的侄女似乎长大了许多，她化了妆，长长的眼睫毛和抹了亮粉的眼影格外出众，她跟随爸爸妈妈一起到每桌接受亲朋好友的祝福，微笑的内心充满幸福和长大的快乐！

想起我家孩子，他的满月和12岁都没有办宴会，我们没有给孩子庆祝，不免有些遗憾，不过我倒也不苛求这些，只要孩子身心健康，适应力强，办与不办这些形式的事情都行。

12岁是人生的一个转折关键，正式进入了青春期，青少年的学习视野将逐渐扩大，各方面的能力会逐步提高，孩子需要懂得更多道理以适应学习和生活。

生日是母难日，孩子第一要感谢母亲，要让孩子明白尊敬和孝顺父母，与同学好好相处的道理；第二要有自己的人生梦想，是该追求目标、制订计划的时候了。

我的小侄女，在你的生日会上，你在想些什么呢？

★ 2017 年 3 月 5 日　　　你为什么要走

春季开学不久，单位要招聘保育老师，上午一下子来了两个，巧的是一个45 岁，一个 25 岁，年龄相差 20 岁。

小老师白净的圆脸，一身利落的打扮，说话快，做事快；大老师面色偏黄，说话稳重，一字一句。她们分别被安排到托班和小班辅助班主任工作，主要任务是安抚孩子情绪、减少哭闹、盛饭刷碗、哄孩子睡觉等。

幼儿园里的工作是良心活儿，需要耐心、细心、责任心强，这两个新来的保育老师也懂得这个道理，特别是那个年龄小的老师，当时面试的时候，她信心满满地说想从保育员开始做，半年之后做老师，说自己特别喜欢孩子，我听了面试老师的话对这个小老师印象很好。

一天的工作快要结束了，所有老师都需要开个总结会，在此之前，单位的几个管理人员不停地通过视频看这两个新老师的工作情况，暗自里讨论留谁不留谁的事情，初步意见是让年龄大的老师走，说在视频里看到对孩子不是那么尽心，做事情动作慢。

当晚的总结会，主管老师没有让年龄大的老师参加，我在园门口碰到了她，打了招呼说了再见。

用人单位也在不停地挑选优秀者，想工作的人没有如愿"好遗憾"，这就是优胜劣汰。

第二天一上班，我们开了晨会，迎接孩子入园时间到了，有老师问我那个董老师怎么没来？我一看时间果然已经超过了保育老师的上班时间，于是我连忙给她打电话，连续打了两个电话，她也没有接，后来也没有回电。

这个小老师其实是很优秀的，但是为什么不继续工作呢？她的工作态度已经得到了同事们的认可啊。后来听一个认识她的朋友说，她那天听说园里要从两个老师中选择一个，于是她就想把机会留给那个年龄大的老师，主动退出了。但是后来的结果她万万没有想到，那个年龄大的老师不符合条件，两个人都没有留下。

所以，在机会面前人人均等，有些事情不是你能做主的，这里没有谦让，单位用人需要观察，不看年龄，单位更不是慈善机构。小老师的想法固然好，有同情心，以为自己是做好事，殊不知，世事难料啊，"断送"了自己喜欢的工作机会。

★ 2017 年 3 月 6 日　　　　**劳累的一天**

今天很累，从早忙到晚。

单位有两个老师请假，我"奉命"去托班帮忙，这个班最难管理，2 岁至 2 岁 10 个月不等，一群小不点儿，和他们在一起，一个头两个大，真正能够体会到"崩溃"两个字的含义。

新来了一个小朋友，长得像男孩儿，我也一直以为是小男生：他身穿黑色大衣，里面的衣服也是灰色，声音哑哑的粗粗的。中午上厕所的时候，我把"他"的裤子脱下来想让"他"对着便池小便，一看不对劲儿，原来是女娃。

从上午 8 点钟孩子入园开始，托班就开始哭哭啼啼，特别是刚入园没几天的孩子，转眼就是鼻涕眼泪一起流，老师刚安抚好他，安静了两分钟，就又开始哭泣。对付这样的孩子只能不停地说话，转移他们的注意力。到中午又是一大难题，孩子们都不好好睡觉，一会儿拿玩具，一会儿穿鞋在床间走，一会儿躺在床上又要去拉臭，一会儿又摸摸旁边小朋友的胳膊，还有哭着不睡要出去玩的，唉，真是比菜市场还热闹。

我在班里，膝盖蹲得酸软，抱孩子腰疼，一直在坚持着，快了，快了，快熬到头了。直到孩子们全部安全接回家，我的心才彻底放下了。

接下来是不累的工作了，擦玻璃。

接下来是记录的工作，开周例会。

接下来是检查各班卫生。

最后，饿着肚子回家，晚上 8 点 10 分。

工作就是这样，累并快乐着，人在哪里，心在哪里，踏实干谁都对得起。

★ 2017 年 3 月 7 日　　　　**心情新情**

写下这四个字就明白，自己的心情是造就好心情或是坏心情的根本原因，并且这个原因仅有一个。

迷茫的日子，焦躁的时光，争先恐后的年龄里，我的心情随波逐流，受外界的干扰太多，没有深深的自省。

在经历了人生风云和起伏跌宕之后，彻底明白掌管心情阴晴雨雪的是自己，心沉下来，不急不躁，即使有做的不当之处，也会学着改变和直面现实，不欺骗自己的内心。

初到新单位不足两个月，我愿意像小学生一样，好好学习老师们的专业，学习每个人身上的优点，改正自己的不足。

我出现错误的地方可以这样纠正，在孩子哭闹进班的时候，抱着孩子，轻抚后背，说"好的，好的"。

在班里指正孩子需要手掌伸平，不能用手指着孩子，应说"请某某小朋友坐到指定位置……"

带孩子出去玩，不能让孩子和你一起走出大门拿东西，可以用其他方法。

带孩子不能着急，态度要平稳，讲话平和，有礼貌。

蹲下来，要求孩子把物品归位，老师不能从孩子手中拿走物品，要给孩子讲道理。

以后我还会犯错误，但是我不害怕，只要做到遵守原则，出现错误立即改正就是进步。

被人指正批评是不舒服的，何况我还是一个比单位领导年长很多岁的大姐。

你不能这样对孩子说话！

你给我立刻马上抱着孩子进来！

你现在给我看住这几个孩子！

孩子离开座位，你要快速去抱起她，然后把他放到座位上！

……

有时感到脸面挂不住，转念一想，人家说的也对，于是我随即调整好心情，创造出新情，投入下面的"战斗"。

★ 2017 年 3 月 8 日　　　过三八妇女节

今天是过节的日子，朋友圈里有过节的气氛，而我和往常一样，从早到晚忙得不可开交。

我今天还在托班，还在照顾 15 个 2 岁多的孩子，他们热热闹闹地在园里嬉闹，4 个老师围着她们长大一天，过完今天的"妇女节"。

快下班的时候，我觉得自己的膝盖有些不舒服，接连几天的劳累，源于和孩子们讲话时经常蹲着，关节积液的旧伤又犯，膝盖里感觉肿胀，蹲不下去，身体重量主要由左膝盖承担了。我知道会是这样的结果，但是我现在这份工作不能放弃，眼泪在眼圈里打转，随时会流下来，那一刻，我像孩子似的想哭。不行，我不能这样，我是坚强的，我是 18 岁孩子的妈妈了，我不能就这样放任自己。

只是今晚，我在读《致母亲》这首诗的时候，哭了一场。

★ 2017 年 3 月 9 日　　　哄孩子午休

今天是我进入托班工作的第四天了，看着一个个的小不点儿，跟着他们欢喜和烦忧，孩子们可爱的样子会让你非常喜欢和开心，当然，他们有时也把你气得鼓肚子。

特别是午睡，小不点儿们上完厕所，和老师拥抱一下行午安礼，一个个来到自己的床边，有的开始坐在床上发呆，有的在床上脱袜子，有的来到老师身边呜呜地哭着"找爸爸找妈妈找奶奶"。

抱着被子哭着找妈妈的女孩儿叫晗晗，在刚来幼儿园的时候我带过几次，当时她的情绪不稳定，哭哭停停，不过晗晗的语言表达能力很好，一问到小鸡在哪里的时候，她就开始左看右看找小鸡玩偶，我就说小鸡睡觉了，等小鸡起床我们去找它，然后晗晗就不哭了，很好安抚。

今天中午，晗晗情绪不太好，这几天新小朋友多，老师都没有多关注晗晗，她受了冷落，抱着被子哭了。

我看到了好心疼，抱起晗晗说："来，老师抱着睡啊。"

晗晗小声说："嗯，老师抱着我，我抱着小熊被子。"

我说："晗晗，你闭上眼睛，老师抱着你睡，你不闭眼睛，老师就去抱其他小朋友了，他们也想让老师抱着睡啊。"

晗晗听懂了我的话，嗯了两声，马上闭眼睛了。过了一会儿，她又开始自言自语，睁开眼睛，我假装生气说："闭上眼睛，说话算数啊，再睁开，我就把你放到床上了。"

晗晗说："好。"马上又闭上眼睛。

可是，孩子毕竟是孩子，她又忍不住睁开了，我就把她放到床上，她很听话什么也没有说，她明白老师说话是算数的。过了大概十分钟，她就睡着了。

★ 2017 年 3 月 11 日　　　今天补日记

自己的习惯是每天写日记一篇，而这次不得已成了周记了。我还是要抽时间补上每日一篇。

"两个老师请假一周"，这个消息对于一家幼儿园来说无疑是意料之外的事情，昨日没有接到任何通知，今天一大早才说，这意味着两个班没了主心骨，需要替补。班内的配班老师成了班主任，这两个配班老师都是才到单位的新人，属于实习老师，这次大任降临，着实紧张焦虑不已。

　　我被安排到了最小年龄的托班，做配班老师，主要任务是配合班主任上好课，看管情绪不好的孩子，喂饭，中午抱着新孩子哄睡觉，离园时帮着孩子穿衣洗脸。一整天基本上就待在班里，在班里真的是"乱糟糟"的。新班主任也是有些手忙脚乱，安顿一个又跑一个，一边维持秩序一边讲故事，我们五个老师看管十六个孩子，眼睛要顾全四面八方啊，发现哪个孩子要动手，就立即把他抱住，看到哪两个孩子要抢玩具就立刻跑过去拉开他们，还要及时教育。

　　特别是到了户外活动，我真想变成孙悟空拔根汗毛多变些小悟空，看住这些小调皮，特别是新来的几个宝贝，他们一会儿骑到小车上，一会儿坐到动物跷跷板，一会儿又跑到大厅里的滑梯上头朝下出溜，哎呀，我也是服了。

　　这几天从早到晚一直在忙着，每天晚上下班还要开会、检查卫生，有时工作没有完成要回家做，好累啊。

　　离开幼儿园工作已经十年了，那时精力充沛，班里孩子我不用带，有老师看管，我负责管理就行，如今重新上阵还真有些受不了呢？着急上火了，膝盖又积液了，肌肉酸痛了等，不过我想这累不倒我，注意休息就能恢复，在班一分钟就好好照顾孩子，宝贝不要受伤就是幸福和快乐！

★ 2017 年 3 月 12 日　　　　　"点亮"一颗星

　　18 岁的高三姑娘按时来我家上课了，她遵守约定，提前了几分钟到，我很欣慰。

　　她不像是三个月前的她了，初次见面时，白白净净，齐耳短发，一脸的灵气，说话细细的，怯生生的，双手抱肩，目光无神。妈妈和她的奶奶一直看她的脸色，不停地向我解释。我了解到，孩子曾经发生的事情令她痛苦万分，不上学多日，她的父母在寒冬季节奔波市区求医问药。

　　如今，她已经去学校按时上课两个多月了，依然按照我们的课程计划进行，她若没有特殊情况，周六或周日都来我这里上咨询课；我和她说话保持着一分谨慎，更多的是引导和解释，谈的更多的是与人相处、情感交流等话题。

　　今天我们谈的关键词是释怀、放下、改变和原谅。

　　谁没有经历过痛苦的事情呢？都经历过。如果你放不下，痛苦就会在你的脑海里不断地折磨你，让你寝食难安。谁没有无意中伤害别人呢？都伤害过，如果你不想原谅自己，内疚就会一直住在你的心里让你自卑无助。选择过什么样的生活不是别人说了算，而是你来做主，改变当下的心境也许就给自己指出了一条活路。

世间的人啊，都是一人一条路，不重样；世间的人啊，就像宇宙中的星星都有自己的运行轨迹，都可以发出自己的光，光芒的大小是自己决定的，也许你刻意去透支自己的光，那就很有可能早熄灭。所以，对于未成年的孩子来说，父母、老师和身边的环境都能够影响孩子的未来，都能影响孩子未来所发出什么样的光，我要做"未来星"的指引者和点燃者，把一颗颗星星点亮。

★ 2017 年 3 月 13 日 　　　　为一句话而哭

我一向是个无比坚强的女汉子，自己曾经骑自行车去菜市场买好多蔬菜，因为车子重，失衡摔倒，一路单骑回来没有哭过；自己曾经在五一劳动节放假的几天里，一个人把幼儿园栅栏刷了一遍油漆，很累很累没有哭过；自己带着孩子到关林商贸城购买了好几袋子的物品，辗转好多路回到目的地也没有哭。这几年不知怎么回事，看一段视频、一部电影，读一本书或是看到什么场景，眼泪就控制不住地落下来。

十几年后，我在幼儿园工作的这段时间里，却因为一句话眼泪便涌出眼眶。这是一份大班孩子的每周快乐分享调查表，这表格主要是老师填写，有老师写给孩子的话，有孩子对老师说的一句话，表格背面是家长写给老师的一句话：

"希望老师多多关怀孩子！"

仅此一句，看到"关怀"二字，我仿佛看到了家长的一双期盼的眼睛，这双眼睛看着老师，目光中有一种长久的等待，包含着对老师的信任：孩子还小，父母不常见孩子，老师，请多关照！

我的心被感动，更感到我们做幼儿教师责任的重大，我们对孩子的一个动作、一个眼神、一句话，决定孩子的心是否温暖和喜乐，决定孩子的前途是否光明，我们就像一盏灯在时时为孩子照亮路程。

★ 2017 年 3 月 14 日 　　　　凡事认真，不会错

做什么事情都要认真对待，不要去投机取巧。

在幼儿园里，琐碎的事情很多，早会总结，给每个孩子做入园晨检，三餐两点拍照留存"餐饭"样品，到各班清点人数，打电话邀约家长参加课程，还有去教室里巡班，给孩子穿戴衣服、整齐梳头等。

每天都忙忙碌碌地做事，做好这一件接着下一件，时间在赶人跑，事情在人身边催促。

我要不急不躁，好好完成每一件事情。当然也有因为着急做错事情的，比

如，那次一个家长的电话号码抄写错误给老师增添了麻烦；比如，今天来晚的孩子，我听从了家长的话去给孩子送进班里，想等家长走后再晨检，没料到，张老师一问晨检了吗，我说没有，她纠正说孩子一来就要晨检不可拖延。

我和其他老师不一样。有的老师把从厨房端给孩子的（没有吃完的食物）吃掉，有的老师随意吃掉给孩子加餐的水果，我不能这样做，我是在工作，不可随随便便；再亲近的同事，说话也要注意；再烦琐的事情，我也要认真对待，不可草率。

我非常清楚自己的性格和我的目标。

★ 2017 年 3 月 15 日　　　春雨淅沥

下班了，我走出大门，风吹过来带着丝丝凉意，好爽，下雨了。

哦，是洗完树叶和草枝的味道，苦苦的，好久没有下雨了，记得前一阵儿是一场雪，预报暴雪，我还怀疑晚上不能回家呢！后来天公照顾我，在骑上车的两小时前，雪停了，十厘米厚的雪地小心翼翼，安全伴随了一路啊。

此时，小雨淅沥沥，温柔地扑向我，不打眼睛不打脸庞，一点儿也不痛。我工作了一天，劳累全无，思绪却更加清晰了。

车轮转动在回家的路上，新区的道路亮如白昼，春雨遮盖了整个路面，撒上一层春意，水滋润着大地万物。在明亮的灯光下，雨点沙沙从天而降，千千万万的，亮晶晶。虽然夜幕已降临，看得出来，春雨是欢喜的，它们不管飘向何处，落入何地，总是欣然前往，有风就随风去吧。

我的心如春雨。

★ 2017 年 3 月 16 日　　　路重新开始

今天是大扫除，每周一次，老师们很辛苦，又上课，又照顾孩子起居，又要打扫卫生。

保教负责老师安排各片区卫生，整个幼儿园里除了三个人不打扫卫生外，其余的老师都要打扫卫生，这三个人一个是投资人之一，一个是园长，还有一个保教负责。我的卫生区是大厅及其他门窗带玻璃，前台办公桌及"晨检角"，卫生区不大，但代表门面。

我不再像以前干工作那样别人较真儿了，自己干好自己的分内事情，不出纰漏，和小姑娘们好好相处，她们做不好，我点到为止就行，不愿意办难看。我每天要检查卫生，在这一点上要认真，该说的话一定要说，该记录的不足要登记，不是我故意要为难某个老师，而是要实事求是。

从练体育开始，到后来的学习和工作，我一向是认真的，如果哪个地方不认真去做，我的心里就过意不去，会重新再来一遍。又一次，我检查完四班的卫生，忘了检查三班的就下了楼然后又一次上楼去班里检查，我不能瞎胡编个理由说哪个地方没有做好，而是不怕麻烦去做，对得起自己良心。对就是对，错就是错。工作不能儿戏。

在这家幼儿园，每天要做的事情很多，仔细想想，这些都是该做的就不必烦恼了，并且，我现在的心态非常好，不管事情简单还是复杂，我都愿意和乐于去接受，越麻烦越开心，想着忙碌起来是多么的充实，是对自己的全面修炼。

潘艳菊，你的路重新开始，好好把握吧，不急不躁地走下去。

★ 2017 年 3 月 17 日　　　　意外之喜

这怎么不能称作意外之喜呢？我拿到了健康证，不影响工作了。

这个证件得来不容易啊。

自从去年 11 月底住院二十天，自己的身体情况不好，肝胆出现了问题，原因在于去北京培训水土不服，回到家后就出现就身体不适。

在治疗期间，我的指标一直不太正常，真正是一个病人，一天要输液四瓶水，躺在床上需要八个小时；起床后都不会走路了，东倒西歪的。家人还很忙，我需要早晨自己出去吃饭，晚上还要自己回妈妈家吃饭，吃完后还要回到病房。

特别是出门吃饭，看到行人走路很有劲儿的样子我都特别羡慕，什么时候我才能和他们一样雄赳赳气昂昂的呢？直到出院前，我的身体指标还没有完全达到正常，当然比刚入院时好得太多了。但是我实在不想住院了，这里的气味不好，晚上各种声音影响着我睡不好，呼吸机、呼叫器、打呼噜声音等。

回家的第一天我又发了烧，真是祸不单行啊。我在家继续调养，为了养肝保肝喝中药，为了尽快止住嗓子疼做雾化，为了保证营养增加保健品和营养素，到了今年 2 月初，身体才慢慢恢复好，于是特别想去上班。

我这个人不喜欢在家待着，喜欢忙忙碌碌，过有规律有意义的生活。

挑选几家教育机构，后来我应聘到一家幼教机构做宣传招生和园内管理，紧张的工作生活开始了。早出晚归的，出门 6 点 50 分，到家就已经 8 点后了，是比较辛苦，还好和孩子们打交道喜忧参半。

到单位半个月，领导说要办健康证，我还真有些担心呢！害怕检查完身体后不合格，证件办不下来就上不了班了，心怀忐忑的又工作了三十天，一个月后我提着心去了卫生防疫部门。

"您好，我来取健康证。"我说。

"来，把收据给我。"工作人员说。

"好，给您。"我回答。

我看见工作人员在一个盒子里对照收据编号寻找证件，当时，我拿了四个老师的收据，前两个找到了，我的和另外一个老师的编号在一张单据上。

工作人员继续在找。

我的心在怦怦跳，如果没有我的，我还要去找其他工作，还要重新开始，近50天的工作就会打水漂，不管了，听天由命吧！

他拿出来了，两张！我一眼就看到了我的照片，我的名字。

啊，太好了。我如释重负！欣喜若狂！

我带着节奏感走出了卫生防疫部门的大门，深呼吸，好舒服啊，生活真美好！

我平静下来，告诉自己要理智，不冲动。我稳定了一下情绪，看看头发是否乱了，于是走到一辆车的后面，对着车玻璃转身照照，用手把头发向上捋了捋。

有健康真好！这次喜悦来得很意外，我给自己一个甜甜的微笑，告诉自己：你要好好的，继续爱孩子们吧。

★ 2017 年 3 月 21 日　　　　我要长命百岁

爸爸，昨晚我又梦到你了，你笑着对我说话，内容记不得了，你的音容笑貌和以前一样清晰。

爸爸，我有五年没有与你说说话了，你不知道女儿的情况，我也不知道你的感受，我们是不是真的阴阳两隔？

我不希望是这样，你还没有亲眼看到外孙上大学，还没等到我们全家合影，那张合影里有你和妈妈，有我和你的女婿和你的外孙，有你的儿子儿媳和孙女。你怎么不等着我们合个影就藏起来了？让我们找了你好久，怎么也找不到，你想让我们一直找下去吗？

爸爸，你离开家的时候，那几天我发现你是最开心的，一如我在梦里看到的样子。

我常常对别人说我的爸爸字写得最漂亮，我模仿不来的，你经常写的本子我在保留着，特别想你的时候我会拿出来看看，这种感觉最亲近。我抚触着你的笔迹，用心感受你写字时的心。

爸爸，你好年轻，才 64 岁，是谁抢走了你 20 年的存在，我好心痛！你不该藏身这么早，给孩子太早太久的期待。

我想把你的 20 年给你！

当我 80 岁的时候，我的日记里一定会写下：爸爸，你的时光女儿不会忘记！

★ 2017 年 3 月 22 日　　　　可以重新开始

预料之中的事情发生了，我和爱人比较淡定，还好，所有的不良情绪已经发泄了，其他的办法也试过，只能接受。

工资扣留，房子拍卖，银行账号不能使用。

想哭，想哭个不停……

早知如此何必当初！

好吧！

我最希望每天都平平安安的，过无人打扰的生活。

我最希望每天都没有欠任何人的债务和情意，拿自己该拿的报酬，安安静静，平淡地过自己的生活。

爱人的心情我也很理解，我们相互安慰着，以便可以承受将来心理上的痛苦！

我决定：

坦然面对现实，不悲观，不埋怨，好好地爱自己，只要我们饿不死，钱一定能还上，并且还要过上更幸福的更和谐的生活！

我们重新开始，不要怕！

★ 2017 年 3 月 23 日　　　　今天我休息

工作了 50 天，我调休一天，好快乐啊。但是我发现，想睡懒觉的时候反而睡不着，还醒得早；上午晨跑，回来后又修改了两篇日记，9 点半去了社保中心问我的养老金，11 点到达工商所问我的公司注销如何办？中午去"米知味"吃了一顿，下午回家又钻进被窝睡了两个小时，晚上读书，写日记。啊，好惬意，今天我的 24 小时全部属于我，我喜欢这样一张一弛的生活。

★ 2017 年 3 月 24 日　　　　**家长会**

一个学校开家长会是很常见的事情，一般会在开学前或学期末或有重大通知的时候举办。

我们幼儿园比较特殊，开园 7 个月了第一次举办家长会，原因是园长负责两个园，事情很多，这才放到了今天。

这次家长会的目的主要是和家长说说家庭教育的事情，孩子的成长重要的作用在于家庭，在幼儿园里孩子所发生的情绪问题大部分是因为家庭教育方法不合适，为了让孩子更好地度过童年生活，健康平安地在幼儿园度过每一天，老师和家长顺利沟通，共同配合才可以达到目的。

我在办幼儿园的时候经常开家长会，一般是每月一次，融合家庭教育课堂，每次效果都很好，家长比较配合，只要和家长沟通顺畅，孩子在家在园问题就不是很大了。

现在的幼儿园生活教育和以前不太一样，因为是加盟园所，有重点培养项目，我的幼儿园里没有，重视孩子的品德教育，全面发展，没有那么多的艺术课，两者相比，相差甚远。硬件软件都不能比，现在的这家幼儿园正规得多，从一日流程系列、课程方面、晨检、午休、户外活动等都有定时安排，环环相扣，我在这里学到了更多的知识和道理。

虽然今非昔比，我同样要用崭新的姿态和端正的工作态度来面对每一个时刻，我知道，分分秒秒都要利用好，都不能浪费掉，不枉此生！

★ 2017 年 3 月 25 日　　　　**做好辅助工作**

今早单位同事来电话，说她有事来不了，原计划是我和老师们要出去收集新家长名单的，那就临时安排我在幼儿园里，辅助公开课，拍照片和介绍家长参观园。

我按时来到单位，陆陆续续小姑娘老师们也到了，她们三三两两的，有坐到椅子上吃东西，有坐在沙发上看手机，有化妆，有相互聊天。我已经在家里吃过饭，化过妆了，听她们聊的内容无非是昨晚去哪里了，或是评价人家老公什么的。我不喜欢闲聊，换上工装，准备好签到表，打扫一下大厅，这时来了一个家长和孩子，我热情地接待，主动地做好该做的工作。

老师们年轻，主动性和积极性也都有，她们都是 20 岁左右，对很多事情有着很多好奇；我不一样了，经历了太多风雨，更多的是做该做的事，慎言、谦虚、大度和从容。

上周约了 19 个家长，这次只来了 3 个家庭，但是孩子比较多，有 6 个，只因一个叔叔带了 4 个孙子和孙女。课程进行得很顺利，我带着家长参观了幼儿园，介绍得很详细，其中一个家长对我园感觉良好，了解得很彻底，她还有一个孩子才半岁。

送走了最后一个家长，已经 11 点 30 分了，我的心平静下来，我知道，工作需要用心和认真，不能急于求成，我要好好地度过每一个时刻。

★ **2017 年 3 月 26 日**　　　**隋唐赏花**

早就想到隋唐植物园来看花了，自从搬到新区以来，我们就会时时想着隋唐公园的什么花该开了。

春天是开花的季节，盘算着周日休息去隋唐植物园逛逛。上周天气阴凉，人儿都不想出门，阳光躲进云层好久也不出来；今天是晴天，温度上升到 17 度，春风拂面，阳光暖暖，我们驱车来到这里，临走时我还特意打扮地漂亮一些，想着这样才配上和花姿合影留念呢。

植物园里已经来了好多人，一片片花海中，男女老少三三两两簇拥着，不约而同聚在最美的那一棵棵树下留恋，春光里，梅园、竹林、海棠园、牡丹园、花香飘逸，翠绿色的叶子在太阳的照耀下油亮发光。

五六岁的小女孩儿拿着手机对着开满梅花的枝叶咔咔着，还有小学一年级的小妹妹趴在地上，在本子上画着涂色，她的家人在旁边耐心地等待，父亲慈爱的眼神望着女儿嘴角露着幸福，这也是一道风景啊。有几位身着大红色短衣大姐在梅花树下说说笑笑，有的在系丝巾，有的戴着墨镜，有的指挥要去哪个花园，不亦乐乎。

最幸福的要数这对老夫妻了，阿姨身材极好，一头银色短发，紧身的红色超薄鸭绒衣配上长长的直筒裤，一举手一投足都是一张张"美照"。身边还有几位与她年龄相仿的阿姨，唯独她的脸上皱纹极少。离她三米左右的地方，她的老伴正在安放摄像机的三脚架，镜头对着的她，端庄稳重，安静地看着叔叔，她知道最美的一刻就要到来，急什么，人生的美好要慢慢享用。

海棠园令我惊奇，粉色的、大红的、白色的海棠花竟然如此绚烂，不管是低矮的小树还是三米高的老海棠，枝干中层层叠叠的花竟然比叶多，一簇簇，含苞的是红豆，绽放的是红花，娇艳怡人。最喜欢的是每朵花中全是黄色的花蕊儿，嫩嫩的，细细的，不舍得触碰，害怕破坏了这大自然的妆容。我心花怒放，我的每个细胞正如这鲜花朵朵。

牡丹园倒是安静得很，牡丹还没有到完全盛开的花期，不过在每株的枝头我们看到了花骨朵，有的如核桃，有的如无花果，还有的如鸡蛋，甚至有些花骨朵已经绽开了，露出一点淡紫色的红。植物园里牡丹花株最多，每年的4月到5月初是洛阳牡丹花会，到那时可应了我们那句"洛阳牡丹甲天下"的美称，全国各地的宾客会聚这里，洛阳牡丹真的要"开遍"各地了。

此时，每一株牡丹正悄悄地聚集力量，把最美的时刻留存在那一刻——盛开时分！今天我们稍有些遗憾，因为还没有看到一朵盛开的牡丹呢。就在这时，不远处几个白色塑料棚有热闹的人头攒动，哦，那里一定有全开的牡丹，带着期待和开心的预感，我们快步走过去，果然，寻寻觅觅中发现了两朵盛开的紫色牡丹。哇！爱人拍照我闻香，心满意足。嗯，终于先睹为快了，不虚此行！

每个人都有开花的季节，不早也会不晚，该绽放的时候一定会展示自己的美丽，急也没有用；若你要速成或是你要求你的儿女亲人去提前盛开，大部分的宿命往往会以失望或遗憾告终。

人的成功和失败是要遵循规律的，瓜熟蒂落，能守住寂寞，能守住焦躁，你的人生之花一定绚烂夺目。

明年的隋唐植物园该是什么景象呢？期待吧。

★ 2017 年 3 月 27 日　　　　今天发工资

今天发工资，2681，吉利的数字。

我很平静，没有过多的欣喜，当然，非常知足。昨晚还和爱人说自己一辈子不给别人打工，没料想，自己的职业生涯坎坎坷坷，创业多次，起起伏伏凭着自己一腔热情闯荡了多年，最后自己失败而归，还要重新开始，在一家幼儿园打工养活自己。

不管是家人原因还是自己，生活依然对你该哭就哭，该笑就笑，顺其自然的，笑了也哭了，一家人有什么好埋怨的，我可是一个重感情的女人啊。对于我的工作或者说事业，我偏偏会逆流而上，不会像别人一样好说话，由着性子来，当然摔得"惨"，过得累，经常肉疼！

最好的药是时间，现在我明白了，只要看看书、听听音乐、写写日记，和朋友聊聊，不再逼自己。

★ 2017 年 3 月 28 日　　　　孩子是一张白纸，任何人都是画笔

和孩子接触你会感受到纯真、善良和透明，从他们的嘴里吐出的字句是单纯的、直接的，你和孩子是最容易交流的了。

今天在幼儿园听同事说，有个班的老师把一个犯了错误的 2 岁多小女孩儿放在教室内柱子上，离地面有一米多高。我们在视频上看到了，孩子直挺着背紧紧靠坐在圆柱台的一圈沿边上，一动不动，有些吓呆了。老师还离开她几分钟，孩子孤孤单单，一动不动，能想出孩子的恐惧和不安，我真有些不敢看，希望老师早些抱孩子下来……

听说这个老师把一个特别情绪化经常闹的孩子用儿童床围起来，把她关在里面，不想让她再哭闹。这种方法真能管住孩子吗？孩子一定有什么不开心的事情，老师需要和孩子耐心沟通，不可以用粗暴简单的方法。

这两个事件让我深深地体会到，真正爱孩子的老师是不会这样做的，幼儿教师是一份良心的工作，长久下去，你的真正态度会表现出来，你到底是不是真的爱这种工作，你到底是不是真的爱孩子，如果是，请好好爱孩子，如果不是，请离开这里。

孩子是幼小的生命体，他们遇到的每个人，经历的每件事情都会在大脑中留下痕迹，这些痕迹，孩子会过滤，哪些是好的舒服的。哪些是不好的不舒服的，特别是我们幼儿园教师一定要用正确的"画笔"，在每个孩子心上画上最美最温暖的画，这些画只能体现三个字：真、善、美！

★ 2017 年 3 月 29 日　　　　不眠时的清醒

凌晨 3 点我醒了，很难再睡着。

最近两三个月不知是受那些事情的影响，还是因为到了一家新单位，换了新环境，也许二者兼有吧，有好几次半夜醒来，再也无法入睡。

周围不是寂静的，窗户东边传来一阵阵机器隆隆声，这里要建立交桥，从早到晚工人不停地换班干；外面有白色的灯光，"漫咖啡"厅昼夜五彩灯，对面是"胡桃李"休闲屋，点了暖暖的光，这里与乡村的夜晚比起来缺少了星星和虫鸣。

忽听得一声声鸟鸣，委婉而镂空，我独自欣赏这自由的"歌声"，想起非洲总统曼德拉因在小屋 27 年，他用平常和宁静心对待一切，那我呢，我要幸运千倍了。

我要以曼德拉为榜样，幸福和愉悦地接受一切，把心事放下，只要我健康活着，什么事情都难不倒我，因为我学习在坎坷面前更坚强，我实践在绝望时更清醒！

★ 2017 年 3 月 30 日　　　"水淹"事件

我在幼儿园什么都干，好像快全能了。不过我很乐意的。

昨天先是一班卫生间里的两个地漏溢出了水，后有老师说成人老师厕所里也积了水，我们马上把水闸关了，然后张老师拿出来一个粗铁管让我用，试试通下水道。

我以前从来没有做过这件事，这次我学着专业人员的样子，把疏通管子塞进下水管道，进去三分之二后就下不去了，于是我就搅动手柄；试了两次后下水道慢慢不积水了，通了！我感觉还没有使什么劲儿。

今天下水道又堵了，并且"来势汹汹"，特别是成人厕所水漫出来很多，马上流到二班门口。我和张老师赶忙拿拖把头和簸箕把积水一点点装进桶里，整整四桶积水啊，我们在焦急地等待修管道人员，一个半小时后终于来了，十分钟左右就修好了。

我把拖把洗了几遍，用 84 消毒液拖地，消除难闻的气味，把厕所和二班的门口一遍遍拖干，然后再去检查清理，直到满意了才放心。

工作虽然辛苦，但是我的内心很平静和快乐，我喜欢主动做事，不怕有问题，更不怕累和脏。

用心做事，坦荡做人。

★ 2017 年 3 月 31 日　　　快乐的人在工作

全身心投入工作的人是快乐的，健康的，充满无限活力的，尤其是那种你喜欢的工作，你会觉得更有动力。我就是这样的人，不喜欢赚钱的工作，只喜欢我喜欢的工作，工资够用就行，没有想着要发大财，在家人和自己够用的前提下，做一些帮助别人的事情，我会更高兴。

我在工作周里，每天 5 点 40 分起床，音乐伴随我洗脸、锻炼；新闻广播和管理分享语音伴随我吃饭、化妆；晚上 8 点到家，看 30 分钟电影，然后是朗读和写日记用一个半小时，九点半左右开始洗漱，进入梦乡有时要到 11 点了。

在单位我做什么事情都乐于接受，心里非常平静，不急不躁，慎言慎行，内心是快乐的，不求别的，只求健康平安！

★ **2017 年 4 月 1 日**　　　　**清明前感恩**

明天清明节，今天是上班的最后一天。

阳光明媚，中午暖暖的，这两个月上班养成了在单位写日记的习惯，午休前后园里比较安静，大部分的孩子都正睡得香，用 30 分钟的时间写一篇文章足够了。

平日里我一般晚上写日记，下班回家吃完饭就 8 点多了，加上读书录音、做做家务整理，时间更紧张，我在单位中午有休息，因此可以补上。

孩子们今天上周一的课，实际上是周六，视频不能看，我就去班里拍照，下周食谱还没制作出来，就临时安排准备。昨天的晚餐由于临时改变了一个主食，我仍然按照原计划的食谱制定，没有及时改正，张老师指出了我的问题，我下次一定要在工作中更认真和细心！

感谢所有给我成长的人！

★ **2017 年 4 月 2 日**　　　　**清明节放假三天**

假期休息三天，我终于可以好好地睡觉了，真的好开心，平常每天都要 5 点 40 分起床，然后紧张地洗脸、做饭、运动，这三天的假期，最大的愿望就是补充睡眠。

今天是第一天，一大早就醒了，看表 5 点 40 分，好准时啊，还是老习惯，过了一会儿肚子咕咕叫起来，还是再躺一下吧，放假了啊。

上午步行去大张买菜，孩子和老公说好今天上午回来的，我准备给他们做一顿好吃的，买了大虾、芹菜、青椒、牛肉、莲藕等，全都是营养食品啊。为家人准备这些，我非常乐意，有健康就有未来，幸福常在。

孩子按计划时间回来了，中午我忙完了，等爱人到快 1 点，他还没有回来，我的肚子又开始咕咕叫了，好吧，我和孩子只好享用大餐。给爱人打了电话，他说路上堵车，估计还要一个小时才能到洛阳，后来直到下午四点半，爱人才风尘仆仆地回来了。

★ **2017 年 4 月 3 日**　　　　**回家看妈**

清明放假的第二天回家看妈妈，说好的上午十点半左右到家，没料到爱人 9 点半出去了，他到移动营业厅开发票，又赴约见朋友取加油票。算一下时间，等他回来再出发是不可能按时到家的，我有些生气，埋怨爱人不早些出去或改天去办，我不愿让母亲等得着急，因为妈妈做事总是提前，从不拖延。

在路上我给妈妈打电话，解释回家要晚一些时间的原因，电话那头，她只是轻轻地应了声："好。"我的心情随之升起"乌云"。

路边有一车上好的香蕉，又大又喜人，我让师傅挑了一把，有快20斤了，给妈妈带去，让她多吃些水果增加维生素。

见到母亲，我的心揪了起来。

我问："妈，怎么回事？"

母亲有气无力地说："唉，还是在上个月孙女的生日上，那天临时换了件衣服，坐着坐着，回来腰腿就疼了，走路不舒服。"

我说："你到小张那里按摩了吗？"

母亲说："去了按摩也不管用。"

母亲皱着眉头，看上去确实疼得很，她一边说一边炒着菜，有西红柿鸡蛋、蒜薹肉丝、生菜和我们最喜欢的油炸花生米，母亲做的饭菜色香味俱全，她没有因为自己不舒服就随便做点打发一下。

孩子放假回来了，他一进门就到厨房里，和姥姥说起话来。

妈妈很喜欢外孙懂事听话，每次回来都要嘱咐安慰他，在学校要注意身体，好好照顾自己。

这次，妈妈提前告诉我给孩子留了5万元，让他在大学期间备用，也把这事情告诉了孩子。我心里不知什么滋味，说不出什么话来，妈妈生活十分节省，不舍得吃好用好穿好的，爸爸不在了，妈妈什么事情都要自己扛着，还资助我和孩子……

中午12点妈妈下了楼，行走约200米来到两间小平房里，这是她在八年前租了间屋子做老年麻将室，挣点微薄的收入补贴家用，我下楼去打水，来到母亲这里，看到她腰疼的样子我就难受，她在给牌友烧水，倒水，母亲说："忙过这一阵你给我按摩按摩腰腿吧。"

母亲的腰背很硬，肌肉没有弹性，连接胯部的地方深深的凹了下去。母亲趴在床上一动不动，好像力气已经用完，我默默地帮她从肩膀到脚部一点点地用力按着；平时我给母亲按摩她都说这里痛那里痛，而这次母亲没说什么，她的心情好像很平静，话不多，只是默默地感受。

半个小时后，爱人打电话说该回家了，我从床上扶起母亲，临走时我说："妈，你去小张那里再按摩一下，我礼拜天回来再给你按摩啊。"

母亲说："他那里不管用，还没你的劲儿大……"

"嗯，嗯。"我急忙回应她，感到心里暖暖的，眼眶也暖暖的。

妈妈，我知道，您总是惦记着我，您也知道，我总是惦记着您。

★ 2017 年 4 月 4 日　　　假期最后一天

今天是清明假期的最后一天，4 月 4 日清明节，在我印象中，每逢清明天上都飘着雨，老天会使劲儿地下一阵子，是悼念逝者，宇宙同悲，我也同样如此。自从爸爸离开，我的哀愁哪里都会有，哪里都会让我想起我的亲人，都会把我的眼泪打落。

我是一个非常容易被感动的人，只要看到感人的故事，听到感人的歌，或是今天中午的电视节目《春天的思念》，讲到离别、牺牲、抗战等我都会落泪，尤其对我爸爸的想念，好多次心里流泪不断。

我爱人不是这样的人，他看上去很坚强，不曾见过他伤心和哭的样子。是呀，每个人都不同，你的感受不是人人都懂，你只能好好地过好自己的生活，哪怕同床共枕也是千差万别。心情是自己调整的，想哭的时候谁也拦不住，想笑的时候芝麻蒜皮的事情你都会在心里乐。

不要去要求别人，做好自己吧，不要去讨好别人，讨好自己吧。人生不长，何必给自己找麻烦。

★ 2017 年 4 月 5 日　　　珍惜每一个考验

今天是清明节后第一天上班，按照习惯，5 点 40 分起床，签到《为你诵读》，在我的微信群问好，在公众号里选择一篇合适的文章，发到朋友圈，之后一系列的事情做完后，6 点 50 分准时出发。

到单位 7 点 14 分，我见到每个老师都会问好，见到保安叔叔我更要问好，见到他就像见到我父亲一样，好亲切。不管老师们对我如何回应，看不看着我回应，我依然心平气和，我懂得道理，尊重他们每个人。

在单位该说什么就说什么，我不多嘴，不会多嘴，决不搬弄是非，道人长短，做好自己该做的，做好充分准备，不临时抱佛脚，不应付了事。

我要珍惜时光，珍惜每一个考验，牢记谦虚、勤奋、慎言、乐观！一步一个脚印，坚定和诚实地走下去！

★ **2017 年 4 月 7 日**　　　　**贪婪和惰性来了**

这几天我要好好地反省自己了，原订计划在晚上九点半准备洗漱休息，后来忙于琐事拖延到十点半，次日早上不想起床，好像还在梦中似的。

原因在于自己的贪婪和惰性萌发出来了，没有认真地把时间利用充分，对自己过于放松，吃饭时又听新闻，又接着写工作计划，一心二用，经常是事情临头才去做。从今天开始，我要在周日至周四期间的晚上九点半就开始准备休息，生活规律，营养全面，保障身体健康，决不拖延，做生活主人！

我计划每一天多读有关幼儿的书籍和学习有关幼儿方面的知识，如美术、讲故事、儿歌歌曲、儿童心理学、家庭教育知识等。

不要拖延。

★ **2017 年 4 月 8 日**　　　　**美好不是等来的**

今天休息，单位原计划是周六上午要举办少儿亲子运动会，因为天气不好，阴有小雨而延期举办，那好，周六周日就照常休息了。

周一到周五早上 6 点 50 分出门上班，晚上 8 点左右下班回家的工作规律我已经习惯了。这半辈子再也没有这样心安过，可现在的我所期待的就是这样的心安和做自己喜欢工作的生活。

自从 27 岁办幼儿园以来，我曾经发誓不去打工，要给自己打工做老板以来，除了那五年的保险生涯，历经的太多坎坷，一路走来没有平稳过。如今，一无所有的我重新开始，努力地做好每一件手头工作，争取不出差错，为的是要稳定的生活和未来美好的发展。

我知道，我当然知道，未来的美好不是等出来的，不是想出来的，不是怕不是靠，而是好好地干一件事，坚持下去。我已经失去太多，好似小猫钓鱼故事里的小猫，因为贪婪最终一条鱼也没有钓到。我这只猫必须要改变，变成蜜蜂，通过辛勤劳动采到花蜜；变成乌龟，坚持不懈跑过兔子。

重新学习古人的诗来勉励自己：

竹　石

[清] 郑板桥

咬定青山不放松，立根原在破岩中。

千磨万击还坚劲，任尔东西南北风。

★ 2017 年 4 月 9 日　　　　**怨恨的病根难除**

我怎么也成了刀子嘴豆腐心的人啦？最近这两年抱怨的话特别多，但说完后，也有些后悔，不该说这么重，伤了爱人的心。

也许是太怨恨他了吧，一切所有的物质金钱都不够他还的。

有时心里确实很痛，可是又有什么办法呢？是无力回天的，既然错误已犯，那就接受和顺其自然吧。如果因为心情不好，恼怒之下离开家，自己如果生气病倒，那岂不是更悲凉？爱人和孩子呢？他们也会更伤心的。

所以，我尽力让自己忙碌起来，喜欢平平安安的生活，喜欢付出，喜欢诚实待人，讲真话，这样我的心里安详和幸福，哪怕让我此刻离开人间，我也愿意。

我不喜欢负债，不喜欢说谎，不喜欢占人便宜，不喜欢虚度时光。

昨天的事情发生了，今天要承担事情的后果和注意不再发生不好的事情，明天才能够减少麻烦。

我决定，从现在开始，不说抱怨的话，不对爱人说以前发生的错误，不再埋怨他过去的不是。

★ 2017 年 4 月 10 日　　　　**一次介绍幼儿园**

这段时间每天都会有家长来幼儿园。这不今天又来了一个家庭，在园门口等我们开门的时候，我就认出孩子的妈妈来。

"您来看过一次了吧？"我微笑地问。

"是呀，我让他爸爸来看看。"妈妈回答。

"好的，好的，欢迎你们。"

"请你们换上鞋套吧。"我高兴地说。

我微笑着迎接他们一家人，爸爸、妈妈和 2 岁半的儿子。

我们的幼儿园分上下两层，中央冷暖空调，是北京电视台卡酷少儿频道和七色光艺术团合办的官方幼儿园……

"你给我爱人好好讲讲，主要让他了解一下。"妈妈特地叮嘱了我。

我耐心讲解，和家长讲到了家庭教育，和孩子也玩了一会儿。

他们临走前都很满意，我也非常开心。

★ **2017 年 4 月 11 日**　　　　**捡了 5 元钱**

昨天我在单位大厅的桌子旁捡到 5 元纸币，问了几个老师她们都说不是自己的。

遇到这样的事情，在外面大街上或在其他场所捡到钱，只要不是大钱，我都自己拿着了。

我告诉单位的财务老师说把这钱给她，她说，你自己拿着好了，我笑笑，还是放在单位吧。晚上，开完会我忘了把钱给财务就揣进自己兜里，想着要么就自己拿着吧，就说钱在小筐里，不知被谁拿走了，后来，转念一想，我已经答应给财务了，要诚实守信。

今早开会前，我准备在会上问一下是谁的钱，结果又忘了。好吧，我干脆直接就把那 5 块钱放在了财务桌上。

这件事说明，我自己内心还存在私利，喜欢占小便宜。

今天我要做出改变，不是自己的物品财务绝不能有占为己有的想法，还要好好修炼自己。

★ **2017 年 4 月 12 日**　　　　**"故事阿姨" 来了**

幼儿园安排两个老师上午去小区里讲解绘本故事。

9 点 15 分我把头发扎好，衣服换成了运动套装，脸上也涂了腮红，整个人看起来更有精神了！我和钢琴李老师在九点半就出发了。

到了地点是 9 点 40 分，那里的大姐小妹带着小不点儿说已经等了好长时间了，我们好开心，这种活动挺受欢迎的。我们铺好垫子，轻轻招呼了几个孩子，

"大姐，您好，我们来讲故事啦……" 我笑着和她们打招呼。

"我们早都来了，就等着你们呢……" 几个带孩子的阿姨回应着。

我戴上麦克风，脱了鞋子，拿出准备好的绘本故事书，跪在垫子上，这时已经有几个孩子坐在我的周围了。看到一个个天真可爱的孩子，他们静静地坐着，妈妈或者奶奶姥姥在旁边陪伴着，我的内心欣喜，讲故事，做游戏，传播知识和快乐，这是一件多么有意义的事情啊！

故事讲了四个，每个我都耐心和富有表情地读着，孩子们听得很专心，当然也有两个宝宝好奇心很重，一会儿站起来走走，一会儿来拿我的故事书，很正常的嘛。

这次大约有 15 个孩子来听，下午我们还会来这里的。

★ **2017 年 4 月 14 日　　　　幼儿园外出实践课**

今天的安排中有一项重要的事情，就是带宝宝班和小班进行社会实践——认识银行。

上午早饭后，小班的孩子们上完了一节课，大约 10 点，小王老师和班主任老师们就准备好带着孩子出发了。

我呢，被安排在下午辅助宝宝班的老师们即兴拍照。社会实践行程是这样的，从幼儿园大门出发向右走，来到社区里，沿着社区内的路前行到第二个大门口再右转，沿途经过一排商铺后，约 80 米来到中国邮政储蓄银行。

下午两点半孩子们起床后，穿衣整理，如厕后吃加餐——小饼干和酸奶。班主任老师整队，临行前再三叮嘱孩子们，排成一队，小手拉着前面小朋友的衣服不可以松开。

我们安排了 7 个老师一路看护着未来的希望（14 个宝贝），阵容可谓"强大"。孩子们一出去就非常兴奋，小嘴巴里就开始不停地说话，这个说说，那个讲讲。老师了解孩子的特点，在路上引导孩子们说儿歌，一首接着一首，孩子们愉快地应和着。有三四个特别淘的孩子，老师就各自分别抱着走着。

孩子们边走边看，我随机抓拍，出园门、路过花丛、经过小区大门、边唱边走的视频，和银行保安爷爷问好、工作人员耐心地给小宝宝们讲解等，一幅幅画面保存下来……

我们安全开心地回到了幼儿园，孩子们意犹未尽，和老师们在说路上看到的小蚂蚁，举着捡拾的花瓣让老师们看，老师们看着孩子们可爱的小脸，心里可高兴了。

日子一天天在过着，孩子们每天都有新的收获，那么，我们成人呢，是否也要和孩子一样，拿出好奇心去探索新的知识。

★ **2017 年 4 月 17 日　　　　无邪的孩子**

幼儿园里总会有几个特别淘的孩子，很正常。

上周末我们的保教会上老师提出了几个孩子的名字，后来园长说可以带到大厅里安抚和再教育一下。

今天上午小班陆续送出来三个孩子，他们都是 3 岁左右，平时在班里坐不住，跑来跑去，停不下，带动其他孩子也坐不住，老师管不住，自然课程活动也不好进行。

老师送出来的孩子我个个看着都喜欢,仰着小脸,一副天不怕地不怕的样子,他不认为自己有错。孩子都是无意识地犯了错,或者说他们的规则意识不强,当然自己的控制力基本为零,需要老师想办法解决。

孩子坐 3 分钟到 5 分钟是没有效果的,对孩子用这样的方法无济于事,需要各个"击破"。我和每个孩子聊天,"你想听故事吗?你想玩玩具吗?你想吃饭吗?如果想的话你就好好听老师的话,不到处跑,行吗?"我让孩子坐在我面前,我告诉他,静静的,坚持到底,只要我数到 30 下,你还保持好你的姿态就可以回到班里了。

反复几次后,这三个孩子都做到了,我伸出双臂说,来抱一下。那时,我的泪水即刻涌出。

孩子不顽皮,用心就可以得到一个个感动和乖巧。

★ 2017 年 4 月 18 日　　　清除负面想法

思想的河流自己引导,千万不能有污浊和颓废的念头植入了,一旦有类似的负面想法就要把它们坚决清除。

一个个的坏消息我抵挡不住,每晚的梦境千奇百怪,有时半夜起来还翻翻百度,解梦呢。想来想去,烦也没有用,该怎样生活工作就怎样继续吧。我只想健康地活下去,不想让自己活得太累,身体上或精神上的都不愿意太累,适可而止。

我是一切的根源,我真正明白了。

外在身边任何其他与我无关的,我选择的标准是真、善、美。尽力而为,开心生活,全力以赴工作!

★ 2017 年 4 月 19 日　　　做宣传员

一个人一生中有些事情是无法预料的。没有人希望什么事情不发生它就不会来到,你也许可以阻挡一部分,但阻挡不了全部,就像我自己,我阻挡了我的,却挡不住家人的。

雄心壮志不只是男人有,女人同样也有,都是人,什么想法都会有类似的,没有什么可奇怪的。

把不好的结果都想到,我只选择和保留活着,活下来。

其他的暂时都无所谓了。

就连今天的遭遇,让别人看来没有一点意思,也许就此为止,撤退回去,我呢？和孩子、老人搭话，微笑着问问题、唠家常，招呼孩子来听故事，于是，三三两两地来了，故事活动在进行比较顺利的时候，小区的物业人员制止我们发宣传页，制止我们给宝宝们讲故事，我没有因此而生气。

遵守诺言，我们来到了另外一个小区，这里的孩子更少，只有一个 1 岁多的孩子和奶奶，其余两个才几个月大，我们聊聊天，等待了近 20 分钟，来了三个比较大的孩子，我接着进行，全然不顾孩子少和氛围不好的原因，依旧声色并茂地讲故事。

中午 1 点 30 分我骑车到达一个课堂，去听"母亲大学"的老师讲座。在骑行的路上，虽然是逆风前进也没有打消我的积极性，按时到达，参与活动，有感而归。

情绪是自己调整的，烦恼再多，我一一接纳，相信一切都会好起来的，一切都会过去的。

★ 2017 年 4 月 21 日　　　　"心病"引起发烧

早上起来就觉得不舒服，晚上没有睡着，半夜醒了好几次，看表，12 点……看表，2 点……看表，4 点……22 日来评估房子，我们要搬家，几十万还债还不够，什么时候才能还清？

这种折磨还要多久？唉，想想就闹心。

上午单位在宝龙广场举办亲子运动会，我 7 点 10 分出门，风呼呼的，好冷啊！

老师们提前来到广场准备物品，运动会正式开始后，我在现场拍照，看到家长和孩子们乐哈哈地参与其中，一组组开心的镜头定格，我真有些羡慕了，羡慕这无忧无虑的生活。我呢？强迫自己欢笑，强迫自己和孩子说话，强迫自己和家长聊天，自己感觉都不自然。

心中有事写在脸上。

这种事情是大事。

中午午饭后回到家，腰腿酸软无力，头晕发热，身上觉得冷。

蹒跚着来到医务所，发烧了。

★ 2017 年 4 月 25 日　　　　风太大，宣传失败

上午我按照原计划到小区讲故事，9 点 20 分出发，9 点 30 分到。

天气有变，气温骤低，感受骤冷，我把棉背心、毛裤添上了。

带上所需用品，我骑车出发，风在耳边呼呼而过，街上的孩子很少，几分钟到了小区里，来到广场上一看，哦，没有孩子。偶见一个家长带着孩子来，我上去说，我们要在广场上讲故事，来吧。

风太大了，孩子待不住。

★ 2017 年 4 月 27 日　　　　幼儿园家访活动

昨日家访去了三个孩子家，回到自己家已经九点半了。

申可心，一个看上去乖乖的女孩儿，在家里有些"小粗野"，拉着老师的手看她的玩具，妈妈又怀孕了，她坐在桌子旁的沙发上和班主任聊天，爸爸在房间里走来走去，有些不自然。可心把她喜欢的玩具都拿了出来，似乎还不过瘾，兴奋地在沙发和桌子间跑来钻去，来回穿梭。

离开可心家已经快 8 点了，我们三个老师饥肠辘辘，只好顺路买点东西填填肚子。

元宝，一个三岁的小男孩儿在家等着我们，一按门铃看见老师，马上光着脚跑回沙发上，拿出作业本，笑着问老师作业题怎么做，班主任用了一分钟的时间指导，他很快做完了。他的爷爷和奶奶在另一间客厅里忙活着，过了好一会儿，伯伯端出来一大盘水果招待我们。爷爷奶奶还邀请我们吃饭，我们几个老师赶忙谦让说还有一家要去访问呢，谈谈孩子谈谈家庭教育等习惯，元宝家人对我们幼儿园的教育管理很满意。

★ 2017 年 4 月 28 日　　　　孩子的纯真如白纸

小女孩儿若细来了，她和妈妈走进幼儿园大厅里。

我当时刚打完一个回访家长电话，看见孩子便立即走过去，准备给她做晨检。

"若细，今天怎么来晚啦?"我问道。

"昨天老师说要来家访，孩子就不吃饭，一直等到 10 点，老师也没来，晚上睡得晚了。"妈妈解释说。

孩子站在那里一动不动，脸上很失望的样子。

"和另一个家长联系，说老师在他们家都快 10 点了，我给老师打电话也关机了。"妈妈又说。

"啊，原来是这样啊!"妈妈理解了，马上回答说。

"很不好意思，老师们去另一个小朋友家时已经很晚了，怕影响你休息，所以就没有去，今晚第一个去您家，好吗？"园长从办公室走过来说。

孩子和老师的感情如此之深！一直在等。

我带孩子进到中班里，告诉老师情况，班主任温柔地看着孩子，轻轻地说："昨天太晚了，怕影响你休息，今天第一个去你家。"若细点点头，露出了微笑，老师紧紧地抱住孩子，千言万语汇成一个词：爱你宝贝。

我的鼻子酸酸的，再一次感受到孩子的天真无邪。

★ 2017 年 5 月 1 日　　　　放假第三天

女孩儿来了，我的心情很好，虽然鼻炎不舒服，不停地流鼻涕，偶尔咳嗽，但是不影响我们交流。

说起她的烦心事，一个是眼睛疲劳，有酸困的感觉，还看到"小泡泡"在眼前飘；一个是痛苦的往事忘不掉。

接受和理解女孩儿的想法，我道出了同样的感受，和她讲了我之前的类似经历，和她分享自己是如何解决这些问题的，眼睛用多了都会疲劳，自己要学会调整和保护。痛苦的往事折磨自己的精神，必须想办法忘掉，因为想也没有用，去做一些开心的事情或是该做的事情，用时间来忘却，活着为什么要让自己痛苦呢？

开导别人，也在清扫自己的心灵尘土，人生苦短，好好把握，能活多久活多久。

★ 2017 年 5 月 3 日　　　　感动时刻

身残志坚的例子我经常听说，在电视里、文摘报纸上也都看过，虽然记不起他们的名字，但是每个人的面孔清晰印在脑海里。

我身边出现了这样的人。在单位门口，他骑着一辆三轮车，刚过完春节天还很冷，他给幼儿园送食物。我见他在幼儿园大门口还没离开，便说："叔叔，你到里面坐一会儿吧？"

"不用，等会儿我就走了。"他回答。

我看到他的两条小腿没有了。

在厨房里的时候，他来送菜，厨房姐姐拿不完，我过去帮忙，看到他的手指两个两个连在一起，畸形。

他自信，乐观，嗓门儿大。

他家做着国外的生意，投资了两家幼儿园，孩子做装修，附近居民一提起他的名字都知道，赞叹不已。

远方坚强的人我没有亲眼看到，此时的一刻对我内心有深深的触动。想想自己身体上的健全，想想自己曾经所说的怨言，看看身边的他，这种感动直入内心，没有腿，手指畸形，有一种无所畏惧的精神，有一种什么事情都难不倒的派头。

人生是一条漫长的路，当然也是一片快乐的海洋，这段征途，这片海洋你怎么看她就是什么，路难走还是好走，海的味道是苦还是甜，全由你的心来判断和决定。

★ 2017 年 5 月 4 日　　　　辗转多年，童心未泯

今儿个我来到紫金风景线小区已经是第四次了，是计划中的最后一次。说实话，这里的孩子我已经比较熟悉，还有熟悉的叔叔阿姨，每当我看到新面孔更要对他多多地微笑。我不忍离去，还想每个星期来到这里和孩子们见见面，和叔叔阿姨聊聊天儿，我是一个见到谁都特高兴的人，我是一个合格的幼儿老师！

仔细算算想想，我 1998 年办的学前班和 2001 年办的幼儿园的孩子，现在已经有 20 岁了，小一些的也有十六七岁了，长大的模样我一定认不清了，是该高兴呢还是忧伤呢？我思量着，唉，当然是要高兴了！至少她们的爸爸妈妈认识我这个潘老师啊！

这么多年，我是那么的喜欢孩子，大大胜于喜欢成人，在儿童世界里真善美极多！我喜欢真善美！正如我喜欢孩子般的心情！辗转多年，童心未泯。

★ 2017 年 5 月 5 日　　　　挨家挨户去宣传

这天，天气起风了，按照原计划我去关林市场散发宣传页。

没错，我没有打乱计划，照常出行。只是在临走时单位领导让我去市场上买些需要的东西回来，我欣然答应了。

关林市场很大，从单位的路口走出去就是定鼎门街口，沿街的南边就是关林钢材市场，几十米上百米的钢材齐齐地码放在指定的市场两侧。我决定沿街到每个店铺宣传，并且看到女同志再开口介绍，因为凭经验，太多的男士对孩子上幼儿园的事情大部分都不关心。

"老板您好，我是幼儿园的老师，我们幼儿园是刚开的，请问您家有没有宝宝，有的话可以带孩子来玩。"

几乎是挨家挨户，只要里面有女士，我都会上前微笑，大声地问。

他们对我的印象非常好，有的客气地说，没有孩子；有的说孩子已经大了，上学了；还有的正好要询问幼儿园的情况，我都一一耐心的回话和介绍。

还真有三个孩子想要去幼儿园呢，他们想换一个幼儿园，我详细地介绍给他听，家长还挺满意的，说过两天有空了去看看。

一看时间已经快 11 点了，单位的东西还没有买。

风开始大起来，太阳也凑热闹的热，我没戴帽子，眼睛这几天也老是又酸又干涩，很不舒服。

我开始找卖刷子和挂牌的地方，走啊走啊，不是，不是，还不是。我有些气馁了，我对这买东西的地方不熟，还不如他们来买得快呢。

不就是这两样小东西嘛，我就不信我找不到。

穿过马路，我来到芳达市场，往里走进不到十米的商铺，一看，哈哈，全都有。

★ 2017 年 5 月 10 日　　　心有多大，市场就有多大

记得 5 月 5 日那天中午，老板找我谈了话，说这三个月没有招来几个学生，成绩太不理想，准备给我降工资，我也和她们说了这三个月的工作情况，每天也不闲着。

当然做宣传就要招进学生，招不进说什么干什么吃苦受累都是零！我和老板说每月招聘三个试试。我是个不服输的人，也是个什么事情都想做得尽善尽美的人，但是这次，我知道，老板要的是结果，要的是有人来报名。我不想再解释什么，只有全力以赴去做。

当天下午我就出去宣传了。

周六日在家发烧了，但我不想休息，一心想着招生的事情，也在和家长展开联系。

只要来上班，我就想办法宣传，这两天到关林市场，哇。市场好大啊！

只要有人的地方就有市场，幼儿园附近都可能成为客户！

★ 2017 年 5 月 11 日　　　年轻人喜欢聊八卦

年龄越大越觉得时间的宝贵，越来越追求精神的食粮。

时光匆匆，明明还是早晨一下子就来到了夜晚，度过的每分每秒细细算来，有抓紧时间做事的，也有躺下休息流走的，有看了一篇故事度过的，有听了一

首曲子溜走的；在众多的文章中选择自己喜欢看的话题，怀揣着期待获得了超值的给予，这就是真心的感受。

在单位，周围的同事大部分都是比我年龄小十几岁二十几岁的人，她们经常闲聊，说八卦算命运等。我已经不再对这些感兴趣了，如果和她们说起来也会讲得头头是道，但，觉得好无聊。

我只想做该做的事情，偶尔和她们开开玩笑，大部分时间就是联系家长、宣传单位。回家后，好好总结今天，有没有浪费时间，有没有没有完成的事情，也会听听音乐，看看电影，让自己开心点。

★ **2017 年 5 月 12 日**　　　　**全身心工作**

进行幼儿园宣传招生工作，从正式开始全力以赴已经有 10 天了，好有压力啊！一周五天的时间几乎都在市场上泡着，每个上班和休息的日子我都在想着招生的问题，想着如何和家长沟通，尽快相互了解，让家长把孩子送进我们幼儿园。

在市场上，我几乎挨家挨户地去"打搅"老板，只要店里有女同志，不管年轻还是年龄大些，我一家也不愿意错过，听见或看见宝宝就非常开心，尽力把幼儿园的基本情况告诉对方，临走送给孩子气球玩耍，给家长留电话微信，送 3 岁以上孩子免费测试项目等，做到尽善尽美！

走过一条街又一条街，我仔细地观察着一家家商户内外，然后从容地走进去说……

"老板，您好，我是幼儿园的老师，是新开的幼儿园，请问您家有没有 2 岁到 6 岁的宝宝？"

进门第一句。

此句说了有一百遍，进了有一百家吧。

我觉得我已经很努力和细心了。

家访市场，童车市场，窗帘市场，茶叶市场，一排排一间间，人们在忙碌着。

在走街串店的时候，我看见一个人，不知道是伙计还是老板，面前支着一个大筐子，里面有半筐子大颗粒的茶叶，紧挨着他的身子下有一个大麻袋，他在一个一个地检查挑选茶叶！他聚精会神坐在店门口的旁边，低着头，一个一个地查，一个一个地挑，他把成色不好地挑拣出来，放在筐子里，把优质的放在身子底下的袋子里。

看他身边的袋子装了一半，没有半天的静坐是完不成的，只见他旁若无人，还在细心挑选。

我默默地走过去，想起路过那么多的茶叶店，有的在看手机，有的在看电脑，有的在打扫卫生，有的在接待客人，这样静静地坐着挑拣茶叶，我还是第一次看到。

原以为老板把茶叶购进回来，放到展示柜上就可以卖了，原来，要卖个上好的价格让客人喜欢，还要重新挑选，不厌其烦。

努力工作，更要用心。

不要以为你已经很努力和用心了，其实在你的身边还有比你更用心的人，感受看到的情景去思考，我还要努力前行。

我就这样告诉自己，不愧对每一天的时光。

★ 2017 年 5 月 18 日　　　沉稳的心

日子一天天过去，心态更加平和。

每天的工作和生活不管如何变化，依旧自律和从容。

和同事在一起是开心的，源于对她们的理解；和孩子相处是愉快的，源于我喜欢孩子。不论她们做得对还是不对，不论孩子发生什么事，我宛如一池静水，理解接受，做好应做的事。不再有忐忑，不再有怨言，不再有愤怒的情绪。

经历和自省让我成熟简单。

越经历越沉稳，越简单越快乐。

★ 2017 年 5 月 24 日　　　"六一联欢"要邀约

中午 1 点至 2 点 30 分在幼儿园中班值班，由于没有网络，我看不成文章，坐在小凳子上也睡不成，因此，想想事，伴随着孩子们甜甜均匀的鼾声写写日记，倒还好。

此时班里是最安静的，会持续一个半小时，老师们去练舞了，六一前老师们都非常辛苦，上下午教孩子们排练，中午和晚上还要抽出一个半小时练习，这些接近 20 岁的姑娘们我真的很佩服她们。

孩子们这段时间也在马不停蹄地排练，我参与一个情景剧的旁白，今天也帮着训练小主持人背台词。

"六一"节目是幼儿园一年中盛大的风采展示，到那时从上到下园长老师的水平一览无余。

招生宣传也不例外，打电话要约 30 个家庭，我也不停歇！至今约了 20 位了，还有 10 位，加油！

★ 2017 年 5 月 25 日　　　　**喜欢孩子，理解家长**

今天邀约打电话的家长已经有 40 个以上了，耶！

这十天里上午和下午除了该做的工作做好以外，就是不停地筛选名单，从最开始的十名家长邀约成功外，后面的邀约难度越来越大，有时一个电话需要讲六七分钟，不过我一点儿也不灰心，反而信心越来越足。

"您好，请问您是某某的妈妈吗？我是卡酷幼儿园的潘老师，您现在说话方便吗？有两个好消息想告诉您。"

"是这样的，我们幼儿园在六月一日当天晚上 6 点在宝龙广场举办大型表演，欢歌热舞庆六一活动，我们要邀请 50 位嘉宾宝宝参加观看节目和参与抽奖活动，奖项有特等奖……今天给您打电话是邀请您作为嘉宾参加，我这里给您预留一个名额好吗？到时候您来幼儿园领取邀请函就可以参加了。第二个好消息是……"

电话打得多了，说话就很顺畅了，不再有停顿。

哪个宝宝我都愿意让他来我们幼儿园，哪个家长我都愿意把园内情况介绍清楚。

一句话，喜欢孩子，理解家长。

★ 2017 年 5 月 26 日　　　　**补充一次日记**

今天由于忙没有写日记，这篇算是我补的吧。之前给自己定的每天要坚持做的事情，会有遗漏，我内心也有不安，认为自己没有兑现承诺，有时确实太累了，回到家里还真想休息或看看文章或喜剧小品什么的，就会把日记漏写。我给自己一个折中的方法，那就是在休息的周六日中，把日记全部补上，一年 365 天坚持下去，坚持下去。

每天发生的事情、遇到的事情、想法、美好的一瞬，一定能够从中找出来有意义的或需要反省的地方。不能再找借口原谅自己，说到这里，我想起去年的住院日子，没有写，怎么办？补，补，补，这就是办法，挤时间也补出来。

★ 2017 年 5 月 27 日　　　　**宝贝们，我们一起加油！**

明天就是端午节了，今天周六继续上班。

园长通知下午 2 点 30 分全体节目到宝龙广场彩排，我这里也做好了准备，去服务孩子和老师们。

中午我休息了一会儿，躺在大厅中央的圆形沙发上，我不挑地方休息，只要能躺下一会儿，闭目养神就可以；一点半我就起来收拾好，听到宝宝班的孩子有哭声，就知道孩子们也要起床了，准备好物品等车来了出发。

今天的气温很高，特别是中午 12 点至下午 3 点之间，35 摄氏度多的天气，阳光挺毒辣的，孩子们的兴致很高涨，特别是外出坐车，兴奋不已。本来安排我去现场做服务工作，后来又说不让我去，在园里看家。

我服从安排。

四点半前，各班孩子们陆续回来了，园长说这次的彩排有两个班较好——二班和三班，其他班需要再次练习，到 31 日再彩排一次。我没有去现场看挺遗憾，不过期待六一，那天我绝不会错过！

卡酷宝贝加油！孩子们听指挥，大胆表演，不要怕！

★ 2017 年 5 月 29 日　　　　端午假期

早就惦记着妈妈的腿疼，她膝关节疼痛，我回家一次就给妈妈按摩一次腰和腿，年纪大了，关节就会出问题。

朋友群里一个贴膏药治腿疼的人，和她联系买了 5 盒膏药，花了 100 元。感谢朋友。

27 日上班最后一天，单位还给员工每人发了一盒粽子。感谢领导。

今天上午又带孩子去医务所看了病，一家人开车回了妈妈家。

妈妈在厨房忙着做午饭，每一种菜都是我们最喜欢的，她的气色看起来很好，前几天和一些老人去了南方五个城市旅游，是买了一种治疗腿疼的营养保健药品赠送的五日游，空闲的时候给我们讲着出去看到的景色和感受。

感觉到妈妈身体好了许多，我们做子女的真的很开心，更多的是幸福！

临走时，妈妈让我们带了些吃的，有鸡蛋、土豆、牛奶，还有旅游回来买的特产，天下父母心，满满的都是爱啊……

★ 2017 年 5 月 30 日　　　　孩子的"小插曲"

昨晚孩子从郑州回来了，说好今天去姥姥家的，我们一家都去了，只是去姥姥家前有了个小插曲。

对孩子的身体我一直有个担忧，就是他有哮喘病，昨晚回来他告诉我，计划第二天去卫生所看看，这几天有点不舒服，我一口就答应了，因为病是不能等的。一早起来后，我就带着他去了社区卫生所，正好是给我看病的老医生坐诊，经过望闻问切，老医生给孩子开了药，还让孩子做雾化（之前孩子做过雾化，说效果不错，能够尽快消炎）。我们认可了医生的治疗方案，拿了药，孩子去做雾化了。我们说好，他在卫生所雾化，我骑车回家充电，做完雾化后他到小区门口找妈妈和爸爸，然后一起去姥姥家，孩子做到了。

到了姥姥家里，孩子的状态不是特别好，问他，说做雾化又开始喘了。我赶忙电话联系卫生所，说好下午再去做一次，再检查一下心率等，调换药方。结果孩子自己去的卫生所，在那里用的还是原先的药，孩子又说不舒服了。

孩子的身体我们比较了解，只是觉得这次治疗医生有些大意，以为他的病是一般的着凉有炎症，其实不然。第二天，我们又来到卫生所，我和另一位医生沟通，给孩子又调整了药品，吃后孩子觉得好多了。

不对症的药对身体有损害的，每次检查治疗都必须认真和及时询问，不可麻痹大意。

★ 2017 年 5 月 31 日　　　　我的孩子关心爸妈

今天是放假的最后一天，感觉许久没有一家人到外面去吃饭了，我正好在米知味饭店还有钱，早就商量着一起去享用呢。

就今天中午了，我骑电动车带着孩子，老公骑着共享单车出发了。

在路上，我们一路惬意地行驶，我和孩子聊着，不紧不慢。本以为老公骑自行车会晚到，我们会先到，没想到他已经坐在饭店里等我们了。

"你真快啊！"我看着满头大汗的老公说。

"哪像你们干什么事情慢慢悠悠的，我走最快的路线，红绿灯少。"老公是个聪明人，做事情动脑筋，办事效率确实比我高，我不得不服。

我们三个人点了 35 元的饭菜，有鱼、有肉、有菜，挺好的，米知味的碗菜很精致，量不多，但是每道菜都特别有味道。我们一家人边吃边聊，孩子不断地告诉我们："爸爸妈妈你们多吃些，平时生活不要太省，要多注意身体……"

看着他们开心的样子，我也特别高兴，孩子长大了，知道关心我们，懂道理，知礼仪。

我和老公内心的愿望是孩子平安就好！

★ **2017 年 6 月 1 日   联欢节目"出炉"**

今天是六一儿童节，老师和孩子们准备了一个多月的节目终于要出炉了！

几十天的辛苦付出今晚要换来掌声和笑声。很多孩子们还小，还不懂得儿童节日是具有什么样的意义，枯燥的排练让许多孩子站也不是，坐也不是，一个个串起来的舞蹈动作不知练了多少遍，老师用鼓励、表演、发糖等方式来激发孩子好好练习，在园里排练两次，到表演场地彩排两次。老师们紧张激动，老板更是紧张，万一砸了怎么办？万一现场出现混乱怎么办？万一万一……

是呀，毕竟是开园的第一次，邀请了幼儿园里的家长和有计划想送孩子到我们幼儿园的家长，另外宝龙广场的人流量也很大。

总园长在开始前开了几次会，工作部署详细到每个时间段都安排了事情，每个人都有了具体的分工，只等今晚。

按原计划晚了半个小时进行，家长们陆续到达，节目现场直至表演结束，出乎我们的预判，特别是几个调皮的孩子临场发挥极好，平时"表演"得很好的孩子此时却出现在舞台上意外大哭。每个节目都有掌声响起，父母在台下看得也是激动不已，心随孩子，孩子好，父母笑容满面，孩子不好，也有两口子吵架，把孩子抱走到附近兜圈的，好像是没有面子待下去吧。

我呢，最奇葩，有节目不露脸，只"贡献"声音，在大班情景剧开始前旁白一句话，这句话，我诵读两次，完胜无差错，这也是我平时喜欢练习的结果。

一切发生得都那么自然，一切的发生好坏都是有原因的，总之，做好准备心里有底就会更加自信自如。

★ **2017 年 6 月 2 日   幼师不够**

昨晚大家回到家里都很晚了，我看表是 11 点 30 分，老板请吃了饭，爆炒小龙虾、烤鸡翅、羊肉串，还有很多小菜等，大家异常兴奋。

第二天，小老师们一个个没精打采的像是松了劲儿的皮筋。我还好，因为没有太多辛苦的排练和压力吧，不觉得累，倒觉得老师们的确非常辛苦。

在工作上也有安排不均的时候，特别是小班有 20 多个孩子，只有 3 个老师，其中两个老师很年轻，一个刚从托班调过来的配班老师，一个是实习老师，还有一个年龄较大的保育老师。班里经常乱哄哄的，咬伤最多，特别到了吃饭前后，孩子们很乱，东跑西跑。园长领导下了"死命令"，班里就安排三个老师，不会多配一个。有时她们忙不过来就让我去帮忙，我抽出时间过去，也认为确实少了一个老师。大概有一个月前吧，其他班里除了托班是四个老师，属于正常配班外，三班和四班各有四个老师，班里只有十几个孩子，老师们确实很"闲"；小班老师却忙得焦头烂额，24个孩子啊。

为什么不在小班临时调一个老师帮忙？六一还要排练节目？我觉得也挺说不过去的，但是没有办法，只有这样下去了。小班先后有近五六个孩子被咬伤，三四个孩子被抓伤，我真心希望园领导在小班最需要老师的时候补充一把。

★ 2017年6月3日　　　意外扭伤腰部

我的腰好痛啊，一大早躺在床上不能翻身，抚摸整个腰部都疼，我要找找原因，是为什么啊？

没有扭伤啊？没有忽的抬重物啊？在紧张的六一准备的前几天，我虽然搬东西、抬东西，但只是比较轻的物品，就连周五那天下水道堵着，我用垃圾斗和扫把一下下地清理积水，也不是很累的，在地上蹲着我用拖布一次一次地吸干积水也还是能够承受的，怎么会腰疼呢？

哦，我终于想起来了，在上周六我和老公去跑步，到了健身的场所，他在下腰，看他使劲地向后弯的样子好可笑，觉得他不如我的腰部"柔软"，于是那天，不知怎么一时兴奋，半年没有下腰的我，竟然扶着杆子下到了底。我的天哪，我都不该相信，好久不练，我的腰还如此"柔软"。

于是，过了一天没感觉，过了两天没感觉，不知不觉，今天早上起不来了，应该怨自己，没有活动开就鲁莽做下腰的动作，唉，这就是逞能的下场。

怎么办，颤悠悠地起床、吃饭，慢吞吞地走路去了按摩店。

★ 2017年6月4日　　　好心办坏事

每周一次去看妈妈，目前是雷打不动的，除非我有事。

今天预报有雨，并且上午必须早出发，因为我答应给一个朋友送去四支芦荟胶。雨下得挺大，我也要出门，穿上雨披，戴上遮阳帽，踏上我那旧电动车——小偷都不会要的，安全系数最高。骑车约10分钟，我就来到一家店，礼貌地打招呼，买到物品，十几句话的交流之后，这位漂亮的姐姐就成我的微信好友了。

来到朋友家的大门口，她一袭睡衣出来，电话里她还没有起床，我看了表已经10点了，朋友的生物钟显然和我的不一样啊！见了面，我们也没有多聊，关键是这位妹妹怀孕7个多月，想和她说话我也要照顾她的身子。把东西给她了，用我的卡给她打了最高折扣，我就是这样的人，中间如果赚钱就不是我的性格了。

到妈妈家是十点半，和我预计的差不了几分钟。弟弟也在家，一进门就被弟弟叫了去，说要和我再谈保险的事情，他说保险没有用，还说服务人员说话不好听，他真想把保险退了。问题还是蛮多的，我呢，脾气性格早已磨得差不多了，细致且耐心地给他讲解，不清楚的地方我又翻翻他的保单，告诉他，还是保留下来，冷静做事。

妈妈为我们做了米饭，在厨房里忙活。我的心愿就是给妈妈按摩一下，好好让妈妈享受。只是上次给妈妈按摩的时候用力稍微重了一些，妈妈的腰部响了一声，当时我觉得没啥，后来听妈妈说，她的胸廓有点疼，我才意识到是重了些。这次回家，我跟妈妈说，如果不舒服就去医院拍个片子检查一下，妈妈说有空再去。

唉，有时真是好心办坏事，以后按摩可不要太用力了，并不是用力使劲才好，适度才是爱。

★ 2017 年 6 月 5 日　　　教养不同，言行不同

过了"六一"，正常开课，孩子们不用天天排练，中午和晚上老师不用练舞蹈，一切都是那样的平静有序。

只有新生入园不适应的哭闹"打扰"，今天有两个新宝宝入园并且还是同一个班，一个叫迪迪，一个叫泽泽，同样是两岁半左右的孩子，入园后的反应全然不同。

迪迪的父母来送，迪迪在托班好奇地玩了不足半个小时就开始哭闹，断断续续到中午 11 点 30 分左右，班里孩子该睡了，他哭得更厉害。园长让我抱一会儿，我很有耐心，他尿湿裤子，我给他用风机吹干，情绪好些就抱进班了，结果又开始哭闹了，直到累了睡了。

泽泽的妈妈来送，从上午到中午一直没有哭闹，就是中午不睡觉，之后听从老师指挥和安排，也好好吃饭了，也好好玩了，适应能力很好。

这两个宝宝就看明天如何了。仅从今天的表现来看，的确是孩子在家中因为教养不同，言行不同啊！

★ 2017 年 6 月 6 日　　　做个不生气的人

昨天在微信里看到一篇文章，题目是《不生气，你的人生就赢了》，今天

中午在单位发生的一件事过后，我再看这篇文章就更加豁然开朗。

听人说，人都是气死的，不是病死的，这句话我挺信的，目睹过几个例子，历史到现在那就更多了，所以我不能生气。

单位里总有某类人带着情绪来，总有某类人特别擅长贴面领导，还特别爱表现，狡辩，出尔反尔。对于这样的人，正常人都深恶痛绝，今天我遇到了。我去吃饭，临走前告诉她看着大厅里玩耍的孩子，结果孩子跑出了大厅，园长问起这事，她却说没听见孩子的名字，我直言告知园长，强调说了，并说她当时在看手机电视剧。

事情来了要正确面对，不可逃避，不可软弱，不可生气。

再说那两个孩子吧。父母早晨送来了迪迪小朋友，他哭闹依旧，到班里断断续续哭着说着，要爸爸，要妈妈，要爷爷，哭累了休息会儿，再哭着说着，到了下午5点，妈妈来了，不哭闹了，情绪稳定下来。我想明天还会如此，也许会好些了。

那个泽泽小朋友是笑着进到幼儿园里，让老师做晨检、量体温、洗手、看口腔等，非常配合。老师和父母都很高兴，认为泽泽这个孩子很乖。

每天都有很多事情发生，每件都不同，心情也会不一样，坦然接受和面对是最好的选择。

★ 2017 年 6 月 7 日　　　　心好，事就做对了

上午9点30分左右我去市场宣传，到宝龙广场3楼，这里是儿童服装及内衣市场，和往常一样，一进门我就向老板开门见山："老板您好，我是幼儿园老师，是新开的幼儿园，您家有2—6岁的宝宝吗？……"

这次的介绍和前段时间不一样，自信自然，自如流畅，见到任何人遇到任何情况，我都有办法把沟通进行下去，遇到不适合的孩子或家长认为价格高的情况下，我依然会很好地处理……

打搅了，祝您生意兴隆！

我们可以有空聊聊孩子的教育。

心情好身体好，其他一切都随意！

……

工作是枯燥，每天做的工作内容都差不多，晨检、拍照三餐、外出宣传、外出讲故事、打电话邀约、打电话回访等。要把枯燥无味的工作有兴致地做好，你必须爱这样的工作，爱孩子，喜欢和孩子对话交流，喜欢和家长谈话。

心情由自己调节，好也行，不好也行，要会真正做自己，不做他人语言的奴役，做好事做好人，不后悔，不自傲！

★ 2017 年 6 月 8 日　　　改变"邪气"

很想说，单位有"邪气"！

我是个希望工作环境优美干净的人，不仅是硬环境，也包括软环境。

我想难得糊涂，但在我喜爱的工作中，出现了这些，领导在不在单位是不一样的状况。我特别不喜欢看到同事懒散消极的样子，脸上没有笑容，物品丢三落四，头发和服装不利落，一大早睡眼惺忪的样子，做事不认真不彻底的样子。不喜欢听到老师议论家长的八卦，不喜欢听到大声吼叫孩子和像机关枪扫射似的声音，不喜欢说夸张的话，更不喜欢听到脏话和脏字……

这里有，经常发生，我很不自在！

我们这里是什么地方，是幼儿园，是幼苗一天天长大的地方，要有和暖的阳光，要有美妙的声音，要有天天绽放的老师的笑脸。

如果不好的地方没有改变，我的心就很难受，有刺痛感，就不快乐！

真心希望改变园风，唤回幼儿园本应有的朝气，人人做好自己，都充满热情地积极工作，好好地爱本班的孩子，想办法让孩子快乐地在园生活，这才是真正的合格的幼教工作者！

★ 2017 年 6 月 9 日　　　说话显露人品

昨晚开了全体老师会，我发给老板的总结建议得到采纳，我很欣慰。

今早，老师们的状况大不一样，淡妆很精神，口号很响亮，气质很优雅；只是小丹老师的一段话让我听着不舒服，"你们所做的每件事都与我有关系，做好你们该做的事情，不要给我打小报告，你们背后都有一双恶魔般的眼睛"。唉，好吧，她这样的人我领教过了，好毒辣的嘴巴。还是敬而远之吧！

一个人的人品可以从说的话中判断，可以从做事中判断，是敌是友，交往是深是浅，自己一定要把握，我在各种环境里都体会过，风雨尝遍，做好自己的事。

坚持下去好的工作习惯，这个单位未来就不一般。

★ 2017 年 6 月 10 日　　　师傅带徒弟

今天上午按照园里计划是，有三位老师在园里负责上课和服务听公开课的家长，我和其余十名老师到宝龙广场宣传，收集名单。

9 点左右，我这边准备宣传页、帽子、气球、填写单、水笔等，安排三个小组，每组四人，由组长负责骑车到目的地，到地点的时候又告诉大家，今天的名单最少要完成十个。

采集电话名单方面我是最有经验的，老师们有的是新员工，有经验的不多，那就老带新。分开行动后，我们一组四人进展倒还顺利，到 10 点 20 分的时候，有老师告诉我们，这里的保安不让在这里宣传。我和那个保安队长交流了一下，她的态度很坚决，并让我们立刻离开这里。于是我们便绕道而行，老师们的积极性打消了一些，有个别老师依然不放弃和家长的宣传，有的老师开始说天气太热，把卡通的服装脱了一半，见此情景，我对她们说要坚持一下，继续宣传到 11 点。

我们一路走着，老师们在后面走着聊着，只要有孩子我就上前宣传，我的目标是一定要达成十个，一定把握好每分钟的时间。天气很热，太阳毒辣，但是工作起来的我不会因为这些原因而阻挠我的工作态度，我依旧热情礼貌和耐心。

回到幼儿园里，我们把物品整理好，单子集中到我这里，一组五个名单，一组六个名单，我的这组十四个。

生活和工作都在时间中度过，每个人是如何行事的？我们每个人心知肚明，我不愿评价他人，做好自己向前看。

★ 2017 年 6 月 11 日 　　　　朋友相聚就是缘分

我微信群里的朋友今天下午小聚了一次，地点就安排在我家临街的漫咖啡。

昨天在群里临时约聚会，有几个响应的朋友要来，我在群公告里发了三遍，中午的最后统计结果是带上我七位，挺好，不多不少。

朋友们陆续来了，一共来了五位，大家聊得很好，当然也有话题的讨论，党、于、秦、张和我，哈哈，从自我介绍的工作开始，谈了保险、性格、美容、职业、人生追求，还有找对象的话题，什么都有，很有趣。更有趣的是五人中有三人在做保险行业，具体说是四人，我曾经做过五年的保险，现在的工作都不好做，朋友们谈自己的过去都是从事过好几种职业的，现在从事的都是当下喜欢的，或者是不得不去做的事情。

人生无常，变化中有定数，我自己也是深有体会，有激动地追求，有平静地接受，有坚强地抗拒，最后还是要坦然地接受。

有聚有散的人生，有聚有散的宴会，我和你们的相识都是人生中的必然，我和你们的离开也是将来的必然。但是，享受相聚的欣喜，期待相聚的兴奋，学习相聚的语言，挺好，很好，我喜欢。

★ 2017 年 6 月 12 日　　　不以年长而自居

觉得生活艰难，是一种常态。因为人生正如爬山一样，爬上了这一级台阶，还有新的台阶要上，还有新的难处要克服。什么时候才能不感到难呢？应该是原地不动或退步的时候吧。不抬脚，就不会累，这一刻的困难，咬牙走过去了，才能看到下一刻的风景。

每天早会我都会给老师们朗读一段励志文字，这样的坚持应该有两个月了，年轻的老师们，你们听了有感悟吗？

如果有，你的人生将在你的世界里悄悄发生改变，这是向上的力量，向前的脚步，越来越有思想的工作和生活是进取者的特质。

如果没有，你站在那里，没有动脑筋的领悟，虽然自己察觉不到，但是在同龄人中你已经落后了。

我是最年长的同事，虽然来此单位有五个月了，不懂的地方我还要学，做错的地方也要承认和改正，不要因为年龄大而自居！

选择了就要好好工作，不是浪费每个时刻，无愧于自己的心和健康的生命！

★ 2017 年 6 月 13 日　　　亲人的温暖

今天我调休一天。

幼儿园规定，周六的值班天数可以积攒起来用来调休，这样挺好，可以根据个人情况办一些事情。除去今天，我还有两天可以调休。

难得在工作日休息，在没有调休之前，我已经安排了今天的计划，一个是到社保中心问一下养老金和医疗保险金，二是我最近颈椎有点儿不舒服，到按摩店里推拿。昨晚，爱人打来电话说，他的车要交罚款的事情要我办一下，需要拿着罚单到邮政银行缴纳，我说没有问题。

爱人给我打电话的时候，我正在家里看电影。周日来了一个师傅给我们家装了一个机顶盒，我对这件事无所谓，装不装都行，总认为是将来需要交费的，结果，出乎我的意料，这里有好多节目，我是最喜欢看电影的。爱人说，这个机顶盒就是给我办的，专门让你在家看电影，我当时的心里听得暖暖的。

自从今年 4 月底的事情发生之后，也就是房子被评估后，我的心态有了 180

度的大转变，一开始听到这个消息真的接受不了，茶饭不思，失眠多梦，还去看了中医，吃了半个月的中药，现在想想，要接受现实，改变心态，不要留恋过去和后悔爱人做的事情，一切都需要顺其自然。爱人一直在努力地工作，也在做补偿，做事更加小心谨慎，在生活上对我关爱多了，我对他由怨恨变成了感谢。这件事情也考验了我们的感情，是的，宽容和理解是给爱人最好的安慰，不能去打击和埋怨他。我们是一家人，孩子大了之后，我们两个人还要好好地生活下去，相互照顾陪伴到老啊。

★ 2017 年 6 月 14 日　　　　做一个简单的人

身处这样一个焦虑且快速的时代，我们都怕走弯路，担心付出了得不到收获。可是，谁的人生不是由无数弯路，再配以数不清的意外组成的呢？人生没有白走的路，每一步都算数。我们需要做的就是，脚踏实地地前进，把弯路走稳了。别让怕走弯路的胆怯，让你丧失了出发的勇气。

平安和内心的静是我最大的追求，身处在幼儿园的环境里，孩子们的玩乐和哭泣司空见惯，我不再因为外界的干扰影响正确做事。

和同事们想聊就聊，不想聊就闭上嘴巴，我知道自己要什么，要做什么。性格有了改变，不再刻意去追求，不再刻意去表现。

看到晨会上同事们有不开心的，我从心底希望她们笑笑，才一大早哇，不开心的情绪就来了吗？笑一笑吧！调整好自己的心情，不要让自己不开心！也许是她们的年龄小，经历的事情少，脸上就可以看透她的心。

我的目标是好好工作，珍惜当下，活在当下，少言慎言，给他人快乐、轻松、方便。不求职位，不要心眼儿，做一个简单的人！

★ 2017 年 6 月 15 日　　　　我是生命的主人

正如没有静止不动的河水，我们生命中的每一个时刻，都联系着过去与未来。唯有心中时时有着想要抵达的地方，才能顺着时间之流的力量，在不确定性中有所把握、有所坚持，一点一点地笃定向前。

向前，一直向前，时间不会停止，更不会倒流。生命既然存在就不要幻想，一步一个脚印地去做。

我喜欢读书、看文章、看电影，只要有新意或是给出建议的文章，或是任何题材的电影，我都喜欢看。

书、文章、电影等都有很多很多，多得几辈子都看不完；生命是有限的，我必须挑选！我必须管理我的生命！

这时，时间定格在中午 12 点 50 分，中班的孩子们大多都睡着了，我坐在小板凳上看着孩子们午休。还有两个没睡，一个在床上辗转着，嘴里小声嘀咕，我笑着对他说，眼睛闭上，睡吧；另一个去卫生间蹲了，我告诉他过会儿来给你擦屁股。

活在当下，真有意义！认真地工作，不去想太多，自然就会觉得一身轻松！

多少次在回家的路上，停止在红绿灯口处我仰望天空，广袤无边；高楼大厦耸立，渺小的我还要在意琐事纠结吗？

放下一切不属于你的东西，不争不要，不急不躁。

在生活中应该保持健全平和的心态。正确地树立前进的目标，让目标成为生活的向导，而不是沉重的负担。只有心态与行动达成一致，合理地安排时间，充实地生活而不是疲惫地挣扎，你才能更好地体会生活的价值。

宝剑锋从磨砺出，梅花香自苦寒来。

★ 2017 年 6 月 16 日　　　爆粗口的人一定不幸福

今天我打电话邀约家长参加公开课。

"您好，是王某某的爸爸吗？"我拨通了一个家长的号码，说。

"什么乱七八糟的电话，真他妈的××……"电话那边传来一阵吼声，语言不堪入耳。他说完了，直接挂断。

嘟……嘟……嘟……

有史以来，我第一次听到这样的话，第一句以这样的方式开始！当时我心里很不舒服，几秒钟过后就想开了，原谅了电话那头的人。

爆粗口的人一定不幸福！

每个人都希望自己过幸福快乐的生活，这样的生活需要自己掌握，别人给不了你。你不认识我，我不认识你，你的幸福与不幸福不在于你拥有多少财富，在于你是否有一颗能感知他人的心。也许我们的一个举动令你生气，那你是否应当想想，这是不是自己的心胸过于狭窄，容纳不了芝麻蒜皮的小事骚扰。你的心理如此脆弱，不宽恕自己也不宽恕别人，那么结果是你会遭遇更多的不幸！

在我的想象中，你是一个面目狰狞的人，不爱笑，长相太过显老，不修边幅，说话嗓门儿大；好朋友不多，妻子和孩子很怕你，你是一个不讨人喜欢的人。

好吧，我们没有见过面，但是，我希望你改变！

★ 2017 年 6 月 17 日   迎接失望

今天上午计划临时有变，园长电话通知我去参加区教育系统食品安全专项会议，我 8 点 30 分就到目的地了。

会场里有几百人，到会的都是小学和幼儿园的法人代表，还有园长和厨师，小小的会议厅挤得满满的，有的人站在过道里。会议内容主要讲食品卫生安全方面的知识，进入夏季，食品容易腐败发霉，各种传染病、蚊虫老鼠等很多需要防范，在全国发生了十起安全事故，五所幼儿园五所学校，有死有伤，国家和地方都非常重视。一位资深食堂管理人员讲解他们的工作制度和厨房卫生情况，我听得深受启发，管理必须严格，工作和生活都需要养成好习惯，有些细节不可忽视，一个环节出错或者没有按照流程去执行，事后极有可能会发生安全事故，最后背负责任就非常大了。

会议结束时是 11 点，我认真做好笔记和录音，因为我的手机昨日放在单位同事那里忘拿回来了，所以会议结束后就骑车到幼儿园取。

到园里一看，好冷清啊，今天上午是家长公开课，我上周邀请了十三位家长，不知今天来了几位？

"丹丹，今天来了多少家长？"我问值班老师。

"走了，早就走了，来了两个。"她说。

啊，才来了两个。

我的心里沉了下来，怎么会这样，我不能理解，上周我认真地联系家长，他们有十三个确定要来的啊，怎么？

不知是什么原因？结果会这样不好，我有些失望。我的工作成绩好差啊！我不禁有些自责，想不明白究竟问题出在哪里？

电话打了近六十个，从周一开始打回访电话，周二休息，周三、周四都在不断联系，周四下午和周五上午我还到小区附近和宝龙广场继续发宣传页，最后竟然……

我不后悔，我没有对不起自己，也许是给家长联系得太早，或者我应该在周五的时候再给已经确定的家长打个电话提醒，这样第二天的参加率就会提高了。

★ 2017 年 6 月 18 日   不做一瞬的烟火

"父亲节"，我已经有六个年头没有给父亲祝福了，最后一次是 2011 年 6 月

11 日，那天，父亲走了，不知走到哪里，至今没有回来，但是，在我的心里，他一直都在。

总是在梦里见到他，他还是那样慈祥和蔼，没有凶凶的样子，从小到大，父亲我是不怕的，我怕我妈。父亲没有对我凶过，在我的记忆中，他没有打过我一次，打过弟弟，妈妈打过我和弟弟，这些都不说了，父母都是为我们孩子好，一定是我们做错了什么事情。

我在我的愿望中写道，我要帮我父亲多活 20 年，因为他走得早，才 60 多岁，年龄不算大；我想，父亲在天堂上也乐意，看到女儿能够在人间度过很多苦难，而后依然乐观坚强，相信父亲是自豪的。在父亲眼里，我是一个令他欣慰的孩子，不让父母过多操心，懂事、自觉、勇敢、坚强，还经常和父亲谈心，谈到父亲的心里，是世界上最理解他的人，所以，他走了之后，女儿是最伤心的一个。妈妈和弟弟对父亲还有一丝怨，而我没有，不是我的宽容心大，而是我和父亲谈心多，理解他内心的苦楚，不得不走，"走"是父亲最后的选择和解脱，要不，他在世间会痛不欲生，没有出路吧。

应该说，每个人的选择都没有错，做了什么事情是当下最好的一种，后悔是没有用的，即使后悔，来不及来得及都可以有解释，但生死的抉择，是许久的想法，积雪成冰，于是就把自己冷冻了，"冰冻的心"难融啊，我的父亲就是。我无力回天，只得眼巴巴看着父亲受苦……

所以，我是喜欢思考的人，喜欢和年长 70 岁以上的人聊天，喜欢看历史书，学习生命如何长久；学习展望未来，不做冲动的事情，不说伤人的话语。没有什么解决不了的事情，没有什么痛苦欲绝，既然生了，就要慢慢老去，尽最大的限度去活，去活下去……

我不做一瞬间的夏花、烟火，我要做蜡烛，有多长的命就燃烧多久的光。

★ 2017 年 6 月 19 日　　　　**时间管理就是管自己**

怨天尤人、得过且过只能让自己的生活愈加苦痛，唯有起身行动、改变，才有可能扭转不好的情势。当我们开始去做自己力所能及的事时，世界或许不会因此而一定发生改变；可如果我们什么都不去做，事情只会朝更加糟糕的方向发展。

越来越觉得听书是一件多么有意义的事情，以前我听《逻辑思维 60 秒》《冯站长之家三分钟新闻》《人民日报新闻》等都有不同程度的受益，最近我又听《朗读者》《TED 演讲》和叶武滨说《时间管理》，受益很大，我还要继续听下去。

小结一下收获，时间管理就是管自己，美好的一天从如何起床开始，今天我5点20分起床；成功人士都有每天写日记的习惯，我们大脑的主要功能不是记忆，而是思考；管理时间的核心是事件的分类，有日程分类，就是必须要做的事情，有时间限定的分类，就是在哪个时间内必须要完成的事情，有机动灵活的事情分类，就是在某个时间段内要完成的事情等。

在喜马拉雅这个平台里，我可以听到很多大师讲的课程，当然有付费和免费的，我目前就在免费的课程中听，也可以学到不少知识，用到工作和生活中。

虽然我注销了公司，但是我的身心依然爱着我的事业，不忘记自己的初衷，慢慢积蓄力量，从头再来。加油，艳菊！保重身体，艳菊！

★ 2017年6月20日　　　　一次开会感悟

昨天下午园长开会，除了厨房师傅，全体教职工参加，参会后内心大赞。

说到工作态度问题，有些老师说工作累，托班不好带，带着负能量和情绪上班；说到做教具不允许让家长帮忙完成；说到上班迟到问题和工作时随意聊天等。一个好的幼儿园出现负面情绪问题应该越少越好，情绪会传染，连园长也觉得园里的气氛不好，我觉察得更早。

一个单位或企业，一定是团队合作，积极进取，互帮互助的集体；一定是上行下效，微笑工作，充满阳光的集体！这样大家在一起才更加快乐，才喜欢来上班，喜欢自己班里的每一个孩子，努力解决问题，创新的教学方法才会越来越多。

我的主要工作是宣传，别人的事情我管不了，也不用我去管，我只做好自己的工作，尽力去团结同事，尽力去帮助同事，从不说工作累和烦琐，我明白道理。

★ 2017年6月21日　　　　快乐工作，认真完成

与其回忆过去，不如迈开腿走自己的路，坚定地走下去。我有我自己的生活和思路，有自己的目标，不要去幻想，多学习，就像我这两天听到的内容，学习时间管理，并且我在慢慢地改变自己。

我要运用所有的工具，发掘自己的潜能，不让自己的人生虚度。

安全检查工作是保安要完成的，单位的保安叔叔刚来一个月，他已经年过七十，不识字，填写安保检查的工作应该由园长完成，园长填了几天安全表格，

说"事务"忙交给我来做，说了一句，应付检查；看得出来，这项工作其他人都忙，做不了，不忙的人又不敢"惹"，有时给老师安排工作好像在求她们似的，于是我接替了这项工作。

我的主要职责是招生，当然也有许多细碎的工作，如晨检、三餐两点的拍照、去市场小区宣传招生、值班、打扫卫生等，填这个表一个月半天就编好写上，园长让我来做这项工作，我没有推脱就接下了。在填写的过程中，发现只写了正面没有写反面，于是，我要重新填写，从三月抄到六月。总结一句话，别人的工作我要替他做，错了自己要负责！

我要吸取教训，别人的工作一般不代劳！但是接受了也要认真负责到底！

★ 2017 年 6 月 22 日　　　想好自己要做什么样的人

算上今天早起是第四天了，周一爱人要出差去郑州，我在 6 点前起床，还有点儿不知所措，不过按照以前的习惯是洗脸，仰卧起坐等床上锻炼 10 分钟左右。这几天，我在听老师讲时间管理的课程，非常好，非常实用，我慢慢地吸收知识，扩充自己的知识，树立职业目标信心。

去年在完美直销公司工作的近一年里，我有损失也有收获，不管成果多少，也不要再去细算了，我要重新开始，牢牢咬紧一个目标，就是把幼儿教育培训宣传做好。

每天在工作和生活中都会发生不快乐的事情，每个人都会碰到。那我们去应对的方法只有两种，一是影响自己情绪，继续"踢猫"做二传手；二是乐观对待，调整心情。

要做个什么样的人，自己要好好考虑清楚，当然犯错误是肯定的，年龄增长，经历丰富，时间会越来越少，谁都逃不过。

适当清空自己的大脑，简化一些不必要的事情，找到自己的目标和方向，一步一个脚印地去走，不急不躁地去达成！

喜欢一个行业，就会认为在别人看起来很辛苦很累很枯燥的工作，做起来是多么有趣和有意义！越早找到自己喜欢的就越快乐！活的每一天都有奔头！

★ 2017 年 6 月 23 日　　　"难不倒人"的办法

"天才来自刻意的练习""重复 8 遍艾宾浩斯记忆规律""利用碎片时间学习"。今日完成项目"1. 收集文章题目"；"2. 提炼话术"；"3. 读《道德经》"；"4. 咨询学前教育本科"。

真正的热爱不是叶公好龙式的表里不一，也不是朝三暮四般的反复无常，而是在喧嚣嘈杂的环境中坚守内心的那份安宁，是"弱水三千，只取一瓢饮"的执着和专一。找到自己认为对的那件事并为之努力和付出，你的人生从此会豁然开朗。

每天都会发生很多事情，每件事情你都可以从中学到一点东西或有所感悟。

晨会上的老师们，面带微笑一人，面无表情六人，表情严肃三人，头发凌乱一人；背诵中声音大者三人，一般发声五人，其余像蚊子嗡嗡。

一日之计在于晨，早晨是一天新的开始，懂得调整好最佳状态的职员为数甚少，也许是昨日加班的疲惫，也许是其他事情影响了心情，更多的是不清楚未来的方向，不明白工作是为了谁。

今天我要做的工作是：晨检，取餐拍照，检查和做好大厅地面、大厅玻璃及前台桌面卫生，管理"潜在客户"微信群，再次提醒已经邀约的家长，发短信，打印食谱后粘贴到公告墙上，整理晚上宣传用品，和同事到附近小区及宝龙广场宣传到晚上8点后。

工作细碎，还不包括临时加进去的工作，没有关系，我已经做好了充分的心理准备，清楚工作的轻重缓急，最后一定能好好完成工作，还能做到身心不累。

结果就是如此，我发现，只要调节好了心情和情绪，什么事情都难不倒我，哈哈。

★ **2017年6月25日**　　　**看电影后感想**

这一段时间，我在家里抽出一点时间看电影，基本上每次看40分钟左右的时间，本打算看上30分钟就去做自己的事情，但是，时间一到还是控制不住自己，又会接着看下去，我有些自责。

从今天开始，看电影或电视剧等不能超过35分钟，必须停止。

看《荒野猎人》感受很深，人的潜能如此之大，生存下来全部靠一个希望或者说意念。主人公在荒野中和大熊搏斗，最终杀死大熊，自己身负重伤，性命攸关，伙伴们在行进过程中抬着他步履艰难，留下来照顾他的一行三人中，那个贪财的名叫菲茨的人一直想抛弃和杀死主人公，后来儿子被菲茨杀害，主人公为了给儿子报仇，历经千难万险，勇敢活下来并最终复仇。

为什么要活下来？为了实现心中的梦想而产生巨大的动力。

勇敢，坚强，坚持，奋斗，冷静，沉着。

★ 2017 年 6 月 26 日　　　　**工作需要精益求精**

我的主要工作是接待家长，我喜欢把相对重要的信息告诉家长，并问家长还有哪方面不清楚的。

接待环节是很关键的，可以让家长通过你的介绍和他的全面观察，深入了解情况。这方面我做得没有园长好，她的讲解有步骤有节奏，每个点都讲得完美，从她的口中讲出的话令人信服。

总结一下：先讲大环境，柔和的环境大色调优势；小环境，教室的布置；教育教学特色；艺术特色……在楼梯间询问家长注重的方面，详细介绍环境、餐饮、教师、教学、特色等，到艺术区多媒体再次介绍授课方式，介绍费用。

介绍幼儿园托费高的原因，说明伙食费高的原因，包括原材料加工、手工制作、无添加剂。

虽然园长对我工作的否定听起来不顺耳，但我还是要吸取经验教训，好好地归纳总结，怀感恩之心，每天进步一点点，才能真正成长起来！

★ 2017 年 6 月 27 日　　　　**坚持不放弃**

上午 10 点，我去市场做宣传。我的口罩没有找到，为了节约时间，遮阳帽也不戴了，于是就直接走出大门。

依然挨家挨户宣传，依然微笑面对，接受和拒绝我已习以为常，我只会坚持不会放弃！

下午同样，我又"钻进"市场去宣传，也许是中午没有午休好的原因吧，不断地打哈欠。我顶着太阳，脚下的鞋磨得脚趾有些疼，状态不是很好，我努力地调整状态，让自己一进店里，一开口说话就笑，努力地这样做着做着，疲劳和不良情绪很快就消失了，我掌握了我的情绪，我的状态我自己调控。

叶武滨老师讲《时间管理》，说他的日记坚持写了七年，有三年是每天都写。今早我看了我的日记，竟然是从 1998 年开始写，尽管没有每天写，断断续续直至今日，算起来接近二十年。我完成了六篇相对较长的文章，其中有两篇回忆，分别是两个九年的母亲记录，还有一篇写父亲，一篇写保险，一篇写童话故事的。从今年开始才是每天都写，如果当天没有完成，后期一定要补上的，甚至一天可以写两三篇，有感而发，相当有用，这个习惯我要坚持下去。

★ 2017 年 6 月 28 日　　　静心规划

用心做事，不怕苦累，披荆斩棘，坚持下去就一定可以到达你想去的任何地方。

一个人的时间是有限的，在同一时间不可能做好两件事情。我想学本科的学前教育，参加函授学习，上两年半，里面有十几门课程。听说入学前要参加考试，考语文、数学、英语，而这三门课程我十几年没有学习了，交 200 元不是问题，只是基础太差，以前的知识几乎忘光了，入学考试都是一个大关。怎么办？考不考？

艳菊？你到底想要什么？你的梦想是什么？看看你定的梦想吧……纠偏摆正。

经过反复思考，在我的梦想里没有规划这一项，我也是比较冲动，想做这又想做那，结果花了时间也没有做成。听了老师讲的时间管理，我不应该再左思右想、左顾右盼，要好好做好当下，当然该学习的一定要去学习，踏踏实实地干好现在的工作，发展自己的兴趣，做好自己的专业，多看心理学知识，把诵读和写日记及锻炼身体坚持到底！

★ 2017 年 7 月 1 日　　　情绪无常的人不能掌控人生

昨天园长告诉大家今天早上 8 点到，整理教室，然后上公开课。我 7 点 50 分到单位，打卡，做自己该做的事情，也和老师们聊两句、打招呼。单老师和大班梦洁老师都是在 8 点 20 分后才来的，因为打不打卡的问题，我和单老师争论了一下，几点到几点打卡是天经地义，来单位就是上班的，要不为什么算值班可以调换休息呢？她说没有规定几点来，来了就行，离开单位前打卡就可以，你可以告诉郭老师说我迟到了，扣我工资等。

这个人不厚道，说话尖酸刻薄，是一个非常情绪化的老师，违反规定的事情她没少做。

好了，不说别人了，这样不合适。当然，在职场中什么样的人都有，喜欢和谁多聊聊就和谁多聊聊吧，我不需要讨好任何人，做好自己的工作。

上午来了七个家长参加了公开课，在结束后，我和家长们一个个地沟通，解决她们内心的疑问，实事求是地回答，耐心而谦虚谨慎，家长们都很满意地回家了。

我也非常高兴，虽然天气炎热，但我的心情一直很好，这都是需要自我调节和自我控制。如果自己控制不了自己的情绪，很容易冲动，那么你的人生就过得非常糟糕，有懊悔，有烦恼。我呢，每天写日记，把开心和不开心的事情写到纸上去发泄和排解，这样非常好，什么事情都能挺过去，就如微信里所说的情商高吧。加油，坚持，艳菊！

★ 2017 年 7 月 2 日　　　　紧急找回自己

一度找不到自己了，曾经以为自己要的是做好一名细胞检测师，耐心用心专业细致地为客户做好检查，制订健康运动计划来以此用完美的产品发展事业赚取财富。

经过一次次不断升级的培训学习，一笔笔不断增高的学费，我想尽办法套用信用卡，用保单贷款，再多办一个信用卡来贷款还贷。那几个月里我如同疯子，满脑子想着奋斗，充满信心地做未来要发生的事情，仿佛又回到在南岳做传销的状态，以为现在的付出就是未来更多的产出，钱会赚回来的，听了成功人士的激动人心的讲课，我陷入了"怪圈"，而自己还"清醒"地说我已经想好了，就走这条路。

我每天把时间安排得满满的，学习、复习、看视频、听录音、开早会、邀约新朋友、听课、做细胞检测等。我像上紧了发条的钟表，一刻不停，不论时间早晚，我都把自己泡在与工作有关的事情里，家人的话也听不进去，直到去北京参加十天的培训后，回家大病一场，到了"死亡边缘"。也许你听了觉得不可能，但这确实是真的，数据可以说话。入院的当天，肝胆化验单约七八项指标结果超出正常值上百倍，医生拿着化验单都惊呆了，很严肃地告诉我，幸亏你的体质基础较好，如果再差些，这些指标会要你的命。

医院里的日子是寂寞的，我有了充分的时间来思考，想想这近十个月的努力，找找问题的根源，这都源于自己没有规划好自己的人生，没有抵制住赚大钱的诱惑，在茫然的同时听信他人而迷失了自己。如果说投资担保的事情影响了我，不如说我的目标不够坚定，负债累累的源头在于自己，是我不够踏实和沉稳，过于盲目，过于冲动了。

时间是一个人最稀缺的资源，思考过生活和工作的人生才能称得上是没有白活一回。我在反省自己，重新找到自己的价值和自信，抚慰自己而不要抱怨自己和别人，日子需要一天一天过，财富也要一点一点积累，"急于求成"这四个字，当你身在那个旋涡的时候是察觉不出来的，容易混淆和迷失自己。不要追逐时间，不要过于追逐结果，把该做的事情做好，心态还要放平放稳。时间还长，艳菊你急什么？

★ 2017 年 7 月 3 日　　　身边处处是师父

今天幼儿园孩子正式分班了，老师也分班了，有人欢喜有人忧，整个老师团队都做了调整，大家的状态各不相同。这几天事情比较多，物品摆放，将楼下的孩子物品搬到楼上，东西凌乱而多，老师们在周六日加班整理。

该来的事情终归要来，该面对的问题就要积极解决，有意料之中的，有意料之外的，不管怎样，我都要好好的接受。

上周郭老师让我盘点仓库物品，所有的都要登记名称、数量、单位、剩余等，我做事不怕麻烦，越麻烦的事情我越能做好。我认为，天下无难事，只要认真做，问心无愧，心安理得。

工作需要动脑筋和用心，不懂就去请教懂的人，我的身边到处都是师父，没有困难的事情。

招生更需要有耐心，上个月报名十一个，看这个月了，不要急，好好做准备！

★ 2017 年 7 月 5 日　　　跑出好身体

我决定今天早晨 5 点 30 分起床跑步。这个决定，我要达成竟延迟了 5 个月，主要是决定跑步！

为什么呢？跑步我坚持了近三十年，今年中断的原因是去这家单位上班。周一到周五每天要 6 点 50 分出发，没有时间外出跑步，只在家里做六十个仰卧起坐和拉伸练习。

最近两周，颈椎和肩背不舒服，经常有酸痛感，自己要经常按揉才舒服一些。于是我就在分析，这是缺乏锻炼啊。

于是就有了今天早晨 5 点 30 分起床去跑步的决定，我坚信，每天跑步，身体的不良状态会离我远去。重拾跑步，不再找借口！

★ 2017 年 7 月 7 日　　　幸福在我左右

周五了，又是一周的最后一个工作日，每天我都让自己过得很充实，关键前提是给自己找几个希望。

人这一辈子不知道会经历什么事情，希望和祝福全部都是美好而激动的。

但实际上却不同，踏实地走好每一步，不去追寻彩虹，不去捉飞舞的蝴蝶蜻蜓，只需在每天冥想的舞台上可以有更多的他们及美妙。

孩子放假回家第二天，我正常上班，昔日的小乖乖已经不用我太多的呵护和叮咛，我们更像一对好朋友，平等相待，尊重关怀。真好，有个这样的儿子妈妈好幸福，曾经遭遇的一切苦累和未来要面对的困难都显得那么渺小，可以忽略不计了。

幸福一直在我左右，和我相处的任何人啊！我们有缘感受幸福。

★ 2017 年 7 月 8 日　　　工作和生活困难交织

听说今天上午的公开课只来了一个家长，这在我的意料之外。昨天下午的时候，打电话确定说有四个要来的。

家长来得少原因有几方面，一是天气热，人不愿意出来；二是最近两周因为园里事情多，我也没有出去收集名单；三是老师们集体出去收集名单的数量过少，上上周只有十个；四是天气热，有些孩子回老家了；等等。

联系的名单都是之前一再联系过的，名单量少自然筛选出的客户就少。怎么能进一步维护好客户并且让客户尽快来呢？一是多关心联系；二是拓宽宣传渠道和方法；三是利用活动促进家长下订单；四是客户转介绍。

上午去超市买了菜，正考虑房子的问题，就来了一家看房的；下午 2 点 30 分又来了一家。这以后还会有陆续过来看房的，我也在做更多的心理准备，大不了租房住，处理家中不用的物品，等等。还会有更多的事情和困难等着我，我害怕吗？不怕了，我们已经做好了准备，早就做好了准备。

来吧，让暴风雨来得更猛烈些吧！

★ 2017 年 7 月 9 日　　　失信无人品

一个人的诚信值多少钱？无价。

说了就要去做到，一件小事就能看出人的品质。

我在"转转"上处理物品，前几天一直有人在问，我在微信里回答，有理有节。今天有人看上了学习桌，从昨天开始就你一言我一语地说着，本来定好今天下午 5 点钟来。从不到 4 点开始就问桌子的情况，到 4 点 40 多分的时候说准备出发，我开心地等着；结果到 5 点了人还没来，后看到留言说临时有事要晚些，到 7 点来；到 7 点了，人没来电话，又过了 20 分钟，电话打来说要 8 点到。我的妈呀，为什么，你不遵守诺言呢？

我很讨厌不守信用的人，嘴上不说，但心里特瞧不起这样的人。你可以稍稍晚些，或临时有事一次，不可以一而再，再而三的改变时间，你的一句"不好意思"，把别人的时间打乱了；因为你的不遵守，让自己身边的亲人苦等一起出去办事的好心情撒上愁云。

守时遵守诺言是一个人赢得他人尊重的标准之一。你不可以拿这个看似很小的事情随意处理，它会透支你的人品，它会折价你的品德，不要以为你轻描淡写的一句托词"不好意思，我有什么什么事情，我住得远，我的朋友临时找我"等来借故改口你的承诺，不管你承诺给亲人、朋友还是陌生人，你的做法一定不会降临更多的好运。

至于我嘛，只好改变计划，完成目前重要的事情。以此为戒，不要给别人许诺后不遵守而给自己的人品减分。

★ 2017 年 7 月 10 日　　　　有目标就有精神

一早 5 点过几分就睡醒了，不再有困意。时间如果倒退一个月，我会在 6 点起床，这提前几十分钟的变化缘于我不断地修正目标，做好自己并累积向上的资本！

现在的我话不多，不是不想说或者不能说，而是认为有些话不必说。

言行一致，遵守诺言是我的作风，只要说到，哪怕亏了自己也要做到。这没什么，一天到晚都可以开心地度过每一分和每一秒。

提前起床的变化没有让我感到精神不振，反而不觉得疲惫。首先去户外活动了十几分钟，边走边听"十点读书"，回来去骑了车，到家洗脸听书、拉伸韧带、听广播，一系列事情做完后，在 6 点 50 分左右就出发到单位上班了。

挺好的，心情依旧。

★ 2017 年 7 月 11 日　　　　懂孩子要什么

孩子回来几天了，很放松自己。当然，考完试很开心，没有了紧张的课程和考试前的担忧，所以想几点睡就几点睡，想几点起就几点起。

我没必要去多多管理他的生活学习，只是在看不下去的时候和他说说心里话，昨晚就是这样。

在我小的时候和青少年时期，我多么希望我的父母能够坐下来和我谈谈学习、生活、未来和与我有关的话题。可是没有，他们意识不到这些，认为孩子就顺其自然的发展，以至我会有更多的叛逆，不想回家，和父母没有什么话题，很少和父母出去逛街，连出去买东西都会觉得不自然，自己的发言权决定权几乎没有。

所以我知道孩子要什么。

要尊重、理解、平等、自由和成为想成为的自己！

我们要珍惜时间，会管理自己，没有人要求你变成什么样，一切都是自己做出来的结果！

自信最重要！懂得感恩惜福！

★ 2017 年 7 月 12 日　　习惯成就人

喧闹等来了寂静，孩子们都在午休，即使没有进入梦乡，此时躺在床上静静地看着天花板和四周的墙壁，孩子们知道该做什么了，因为开始习惯。

习惯的力量是巨大的，它让一个人站起也可以让一个人倒下，它让一个人平步青云成为平凡中的伟人，也可以让人从耀眼的明珠变得黯淡无光。

习惯从哪里来，从日复一日、年复一年而来；从我们在周围的观看，触摸中来。他眼里的你有不认可，我眼里的他有不少肯定。殊不知，"三观"不同或不正的人各有辩论，说三道四，议论不休，我还能好好活下去吗？

那你该如何？自己决定！

★ 2017 年 7 月 14 日　　闹心的环境

老板来园里，看视频监控发现班里教课活动中的许多问题。

面无表情的老师；眼睛只顾打扫卫生的保育员，目不斜视；腿脚跷到桌子上的学生；东倒西歪的上课"POS"怪姿势。

今早，我来上班，前台上电脑和监控显示屏都没有关，垃圾桶也没有套上袋子。

事不关己高高挂起，这是责任心的问题，这是能够看出团队是否团结的细节。

说实话我不喜欢在这样的环境里工作，让我留下来的是和我有同样想法的几个老板。

★ 2017 年 7 月 15 日　　完成任务不打退堂鼓

6 月份以来，每周六都有公开课，因昨晚天气不好，老师们都没有去外面宣传和采集电话号码。因此今天上午我们去了宝龙广场继续采集名单以备邀约家长听课。

我和一个小老师结伴去，我们边走边聊。她说她上午要回家，家很远，在汝阳，需要三个小时。聊的时候我们在路上碰到家长，便迎上去，向家长们说起幼儿园的情况，说起公开课，请她们有空到时候去。当然，不是每个家长都留电话，有的不在附近住；有的爷爷奶奶带孩子也记不住电话号码；有的孩子已经去了幼儿园，一摆手走了；有的你和她说了情况，她很有兴趣，就是不留电话说要自己有空去；等等。

宝龙广场的小朋友挺多的，昨夜的一场雨，10 点半这会儿还有些清凉的气息，我和她不失时机地找到一个又一个带孩子的家长进行宣传。很快，10 点半我们就收集了 5 个名单，我说我们往车站走吧，你早点回家，不要让妈妈等得太久。

我在路上问她，你是老几，她说她是老大，下面还有两个弟弟，一个 14 岁，一个 3 岁；她说她的 14 岁的弟弟特别叛逆，给家里惹了不少事情。我说哪有那么叛逆，她说她的弟弟是继父带来的。我说那你的亲爸爸呢，她说死了。怎么这么年轻就不在了？她说他是心脏突然停止，几分钟人就没了，那年她四年级，在雪地里哭了好久好久，死的时候 30 多岁，她的 3 岁小弟弟是她亲弟弟，爸爸死的时候他还没有出生。她越说我越觉得这个小老师很坚强，很善良，我眼里热热的，和她有同感，虽没了父亲，但是她比我更早失去父爱。

帮她打听回家的车，送她上了小三轮，工作还要继续做，生活还要向前进。

11 点了，其他老师们陆续回家了，我还不甘心，目标是要达到十个名单再离开。此时，太阳很毒，行人和孩子越来越少。

我整理了思绪，拿起资料，一个人走进广场。

★ **2017 年 7 月 16 日**　　　　**放下就会心安**

收拾房间，整理物品，家里的东西看上去越发多了。

有时心情很糟，但我都会很好地调节，因为那件事情的影响，包括爱人的不懂体贴和说话，我便很多次地自我解嘲。呵呵，孩子在家有时也会向着我。

这两天来看房的人挺多的，我一直保持乐观积极的态度，和善地接待每个人。我觉得我自己非常伟大，越是挫折大越是能抗住，越是很乐观，特别是这段时间我听了很多文章之后吧，想开了，什么事情也看淡了，顺其自然。

放下就会心安。

非常感谢这一切给我带来的艰难困苦，喜怒哀乐。我觉得一个人活着，心态最重要，我任由事态起伏，心态还可以随意去拿捏，我就像一个优秀的演员，在自己的舞台上表演和经历，时不时给孩子做解说员，不动真气，不生真气，那就最好。

★ 2017 年 7 月 17 日　　　**工作中修炼自己**

这一段时间，我在整理仓库的存放物品，编目录，打印。今天又要入库一部分物品，还要出库一部分物品，因为开会规定每周一中午各班老师来我这里领东西。

中午 12 点 30 分，我刚准备吃饭，大班的老师就告诉我要来领取物品，我说 1 点再拿吧，我还没有吃饭呢。她说她们还要练钢琴，班里一共就两个老师，忙不过来。好吧，我想想也是，老师也很辛苦，没有太多的时间。过会儿，就会陆续来老师要领取物品，肚子从 12 点开始就报告"抗议"了，我要吃饭。直到 12 点 30 分还没有吃几口就要继续工作，乱了一丝的情绪让我的理智梳理了一番，没关系，这事儿算什么，早晚这工作也要我去做，稍微饿上一会儿身体不会出问题，把老师们的事情解决了，我再慢慢吃饭品尝也不迟。

库里的事情比较杂，心烦意乱的时候也有。明明安排我做宣传的工作，现在的事情又多了起来，管理库房，盘点计算，杂事一堆儿，怎么办？不干还是干？

干吧，没什么大不了的，我只要把时间安排好，什么事情都可以妥妥地完成。

自己选择的工作要好好完成，自己答应的事情要进行到底，不可以半途而废。

不管时光如何变换，我依然遵循心的方向走；不管生活是否丰裕，我只要心情好，可以不饥饿，可以穿得养自己的眼就好，不攀比，不羡慕，做真正的自己，说真话，做实事。

好好生活，好好学习，好好工作，好好放松自己；没有过不去的坎儿，没有办不到的事；心急无用，按照事情的本来方向发展，不妄想，踏实干；让心沉淀下来，让心静下来，一切就会呈现海阔天空！

★ 2017 年 7 月 18 日　　　**喜欢独处**

每天留出独处的时间和自己说说话，把想说的说出来，不让"精神垃圾"

泛滥成灾；把赞美、鼓励、力挺自己的话大声喊出来，全世界只有我一个潘艳菊，即使有许多与我重名重姓的人，那绝对不是我。

不求别人和我一样，不追别人，我就是我，想怎样就怎样。

但最基本做人的准则，做事的道理我必须做好。善良、同情、友爱、乐观、勇敢、担当、责任等，我喜欢他们，正如他们喜欢我一样！人云亦云的事我看一看听一听就罢了，不会计较他们对我的态度。为什么要听别人的话随他们去干，为什么要采纳别人的意见扭转自己的命运之路！

我不愿意！

我要自己把握我的路，向哪个方向转弯或直行我要自己决定！

别人，也包括自己的亲人。

★ 2017 年 7 月 20 日 　　　　炎热带来烦躁，对吗？

炎热的夏季会带来更多的烦躁吗？不一定。说"不"的是心智成熟的，或是略带虚伪成分；说"一定的"，是简单、直接或是没有用心经营生活工作的"直心肠"。

我想说三个字：不一定。

人不是神，况且也没神，情绪这小魔头需要我来指挥，我有降伏它的力量！心平气和，大声喊叫是我使用的"法术"，只是心不动真气罢了！

就这样罢了，就这样随心所欲了！我自心中狂笑，面不改色，面无颜色，而心中悠然自得。

之所以如此，乃经验之说和得。

★ 2017 年 7 月 21 日 　　　　不会带孩子的幼师

新入园的孩子刚离开父母哭闹不止，喊"妈妈抱抱，去妈妈那里"，反复不断地喊。他小名叫童童，刚 2 岁 2 个月，适应得很慢，老师的年龄较小，也只有十八九岁，也只是个大孩子。

孩子哭闹不停，老师也要不断地哄，不断地和他对话，有时有效，有时无功。

带孩子是细致用心的活儿，不仅有耐心，而且还要用对方法，不可以情绪激动和冲动，不可以对孩子训斥、发怒和推搡孩子；你可以顺从他，转移注意力，用成人的语言与他对话是万万不可以的。

听到孩子长时间的哭声，我的心里也在哭。

★ 2017 年 7 月 22 日　　　　**三个坚定一个坚持**

今天大暑，这几天确实很闷热，特别是回到家里，不开空调还真有些受不了。

打开手机，新闻、微信、QQ、相机等软件，这些"乱七八糟"的东西把我的时间快挤满了，时间是不可多得的资源，外面的诱惑太多，需要有更强的自控力，特别是在这样多变，物质和精神极度丰富的世界里。我觉得，没有时间安排，没有自制力和自控力，一个人会六神无主，会慢慢耗尽精力，最后一事无成。

每天都要自省，保持清醒的头脑，给自己定出长远目标；每天有计划地做事；懒散、拖延、乱花钱都是毁掉时间的杀手。

坚定自己的愿望：做一个出色的青少年儿童教育培训者。

坚定自己的爱好：诵读，写作，锻炼。

坚定自己的好品格：诚实，善良，耐心，坚忍，宽容，乐观，独立，合作。

坚持做最好的自己，不随波逐流，不人云亦云。

★ 2017 年 7 月 23 日　　　　**生活就要总结经验**

每天都有事情发生，每天都有不同的感受，并且不止一件事情。生活就是教科书，你只要用心地观察用心地去想，发生在别人身上的事情你要总结经验，不让错误发生在自己身上。

昨晚邻居妹妹遛狗，她家的狗被一辆私家车撞死了，车跑了，小区里没有摄像头，我们都非常气愤。一方面谴责物业公司三年了没有安装摄像头；另一方面谴责肇事者素质太差，追着喊着也不下车。邻居妹妹很生气很伤心，这条小狗跟着她四五年了，有了很深的感情，她一晚上都没有回家，坐在小区街道中间，愤愤不平。从这件事情上看出，物业的错误最大，管理不到位，办事拖拉，没有预见性，出事了再解释已无意义。

我在"转转"卖一张桌子，上午 10 点左右就有人打电话说中午来看看，合适了就拉走。到了中午 1 点 30 分，一个女士来了，看了桌子说，这没有凳子不好配，出价 100 元，最后我们谈好了价格 110 元，她付了钱，于是我们把桌子搬下去。可笑的是，她爱人又不同意买了，她又要退货，我当然不愿意，说价格东西你们都看好了，又反悔，她和爱人打电话解释，于是才同意了。当我们把桌子抬到她的车面前时，第二次可笑的事情发生了，装不进去后备厢，没办法，又要少给 20 元，我不同意了。我把桌子又抬上了楼，刚睡下，她来电话说，她的弟弟开车来拉走。这样折腾了一中午，终于事情了结。

这件事情告诉我，做事情要考虑周全，不可鲁莽行事。

一天 24 小时，有时感觉时间很充足，有时感觉时间很紧张，每个人的时间都是一样的，它静静地在事情中流淌，不知不觉。我呢，感受时间流过，把握现在才是对生命负责。做有意义的事情，做喜欢的事情才不白来世上一趟。

★ **2017 年 7 月 24 日　　　眼中有"沙子"也能过**

天气闷热，在单位还好有空调，到家里就没有常开了，总是开个一两个小时就关掉，也是为了省电。

这种天气我是可以受得了的，只要待在家里就行。没有什么事情是承受不住的，如果你不能承受只能怪自己抗压能力差，只能是自己经历太少，一个人活着必须坚强，必须柔软，必须眼中能"揉"沙。

今天一大早，我发现"家长入园登记表"找不到了，找了好长时间也没找到，甚至我想到是否有同事故意对我所为。直到分析到老师周五晚上去采集名单时拿走了，今天有两三个老师的采单表和袋子没有拿回。

和园长说这表没有找到，她很生气的，说这是我工作失误，我心里固然有些委屈，也告诫自己做事要更加细致一些。告诉自己，也不要有心理负担，会给自己减压也是一种人生智慧！

★ **2017 年 7 月 25 日　　　幼儿园的一次意外事故**

孩子小需要多监管，特别是幼儿园的小朋友，更需要老师的细心观察和灵活机动的对待。

今天中午的一幕让我不能忘记。二班的老师急匆匆地抱着一个小女孩过来，这个孩子才 2 岁半，她头发散乱哭着，只见一个手指已经发紫，黑色皮筋缠绕了好几圈，当即我想把皮筋拉开一点，但无从下手，需要剪刀。

两个园长闻声而来，总园长轻轻蹲下，不慌不忙用剪刀剪断其中缠绕的两根，瞬间孩子的手指有了血色，停止了哭泣。园长仔细地询问情况，叮嘱老师一定要注意。

这件事情过去了，也反映出问题来。每个老师午检要认真，每个孩子的身体要多观察、多问，老师午检不能午休，可以轮换休息，此类安全事故只有老师有充分的责任感才能杜绝。

★ 2017 年 7 月 26 日　　　　　**和上级换位思考**

在工作单位，我不愿意多说话，起初还是想和同事们聊聊天的，后来感觉没多大意义，幼师们和我的孩子年龄相仿，平时也很忙。

园长这里"打击"较大，和她说话放不开，她就像一个"演员"，特别会说能说，沟通能力极强那种，听说之前做过几年销售，有时温文尔雅，有时心机重重，让人捉摸不透。我呢，思想比较简单，想说话就说好了，什么事情讲得都比较直接，我不喜欢吹捧，适当的赞美一定要有。

如果听到对方的话我听着不顺耳，不接下去就行了，我不愿意去硬性反驳。不是说反驳就是伤了和气，而是考虑到对方的性格和"位置"，其实，我也理解她为什么这样说话。

那就好，理解对方最重要，伤心、难过、生气就没必要了。

★ 2017 年 7 月 27 日　　　　　**激活脑细胞**

不要太在意别人对你的言行，你只要明白自己要什么，能做什么，期望达成什么！

周遭的一切事物不可能影响你的心情，你已经不再是 20 岁的年龄，看透了很多，只需追自己的梦！只需做自己想做的，靠自己来得到想要的！

有时身体会受些折磨，思想会受打击，这没什么，我不会去计较。因为我一直在清醒着，反省和反思对我帮助最大。

工作中生活，生活中工作，没乐趣找乐趣。总之，别人给你带不来开心，我只需要天天时时刻刻打开自己的"快乐箱"，神秘神奇神化，感觉棒棒的！

此奥秘你知道的？来源于我的脑细胞。

★ 2017 年 7 月 28 日　　　　　**我会想你的**

和某些人说话确实感到无法共鸣，来源于理解能力、生活经历及知识素养的不同频道。

我的知识量不太多，学历也不高，自考学习的大专，只能说在体育、少儿教育上兴趣多一些，花的时间久一些，其他比较匮乏。

不过这丝毫不影响我的心情和与人交流的态度，"知之为知之，不知为不知"，别人说什么是别人的事，与我无关，我也不可能让身边所有认识我的人高兴满意和对我尊敬！我用我的方式接近接纳接触，开始和结束我们之间的关系，最后的结局，我会告诉他她，我会想你的！

★ 2017 年 7 月 29 日　　　每天进步一丝丝

践行承诺是一件必须要完成的事情。比如答应一个人做事，比如答应一群人做事，这种无形的力量最强大，从你的心底升起一定要完成、绝不退缩、绝不食言的信心。

我在 35 天前承诺要每天坚持读一篇学前教育文章，坚持 100 天。至今已有一个月零五天，我坚持着，即使在每天晚上 8 点 30 分回家的情况下，匆匆吃完晚饭就开始准备读书也要践行自己的诺言。这样的情况已经有好几次了，在后来的日子里也会有，但是，我不会影响工作，更不会落下一天，言既出行必果。

天下无难事，只怕有心人。只要你把目标定下来，一点点去完成，相信将来必达到。

首先是你不要怕，没什么大不了的，就像在喜马拉雅电台中，我听过了非常多的优秀主播，他们的声音、他们的讲课等都比我强，但是我从不自卑，从没有看不上自己的诵读。我听他们的，总结其优点想办法变成自己的就好啊。只要自己的今天比昨天进步一丝丝就行，就这样执着地坚持并改进着，你就是你，不必成为别人。

★ 2017 年 7 月 30 日　　　一蹴而就的成熟不存在

午觉醒来，有些烦躁，躺在床上睡得不稳，因为手机的缘故吧，总想看看有什么消息出现。朋友圈有个多年的老队友留言：我在家里照顾妈妈，你还在幼教机构做管理吧，有时间就来找我玩。我回：好的。还有一个电话是房地产中介打来的，这段时间，看房的人不断，许是房子要卖的事情打搅了我的心情吧。

一阵胡思乱想，想想我的人生好像在退步，其他人的人生都在前进吗？都在一步步向上走吗？我的人生到底在退步还是在前进，曾经的财富很多，它实际上是我的吗？老实地说，是我爱人创造的，我并没有赚到那么多钱。一夜之间的消失和我关系不大，我并没有犯下多大的罪行，我的心情烦躁情绪不稳定，自事件以来的跌跌撞撞，完美、细胞检测师、买产品、注销公司、销售仪器等，这些作为都来自我的心理问题，不稳定的收入让我恐慌，让我急躁，让我失去理智。

好在我每天反省，每天找出一点时间反观自己。人生的路从没有顺利顺心，失去后你总能吸取经验教训，不再莽撞作为，更加懂得事情需要一件一件处理，饭总要一口一口吃，平和心态，稳定情绪，还要为自己的过错积极埋单。

一蹴而就的成熟不存在，总要以各种形式付出。

★ 2017 年 7 月 31 日　　　　两手空空，精神满满

情绪还是情绪，生气，发怒，很多次自己会一股脑地和盘吐出心里话，但绝不会带一个脏字。

我很会平复自己的心绪，很会让自己发泄。

有时觉得走投无路，心里乱极了，设计的路是自己喜欢的但又不想重新开始，只想好好地沉下来，一步步地坚持走下去，周围的诱惑是很多，那陷阱呢？都会有的。

我是一个想做大事的人，拥有梦想振奋我心！打拼二十多年，两手空空，得到又失去，缘于自己不切实际，如今一定要好好把握当下，勇敢坚定地走下去，走出自己的人生。

★ 2017 年 8 月 1 日　　　　不诚信不深交

再一次说到诚信，无信不立，我不知道为何有些人不讲诚信，说好了却不去做，他的心是真的吗？他就是这样生活和工作的吗？他有朋友吗？

"轻飘"的言辞和"巧舌"能让他人感到什么？世故、老练、成熟和漫不经心。

昨晚一位老师借用我的充电器，我爽快地答应了，第二天她没有归还我，直到我提醒她，上午有空把我的充电器还给我。她说，我不进教室。我说，借我的东西要还。她似开玩笑地说，我没有借。呵呵，从上午 8 点 30 分我给她提醒物归原主，到中午 12 点 30 分，她还是没有主动还给我，最后，我进班里要了我的物品。

好心酸，这样的老师，这样的人，最起码的礼节都没有做到，下次谁还愿意与你交往。想到今天上午下雨，我还主动把雨披借给她用，明天我要瞧瞧她还会主动还我雨披吗？

"好借好还再借不难"这句话，自打幼童开始就学习并实践了，父母老师一定会告诉孩子的，朋友之间、亲友之间大部分知晓吧，但就是会有一部分"另类"不遵守，她们的诚信分数一定不及格，并且，别人是如何看待她们呢？

反正我是不与她们深交了，当然更不想主动伸手帮助了。

★ 2017 年 8 月 3 日　　　幼师的情绪

中午的时候，听到托班有哭闹不止的声音，两个老师的表情严肃，我望着孩子，看着老师，心里期盼着老师能抱抱孩子哄一哄。

没有，没有你希望的场景出现。我每天中午要统计班内人数，今天正好前台有几个班的班主任在，就问她们报一下人数，令我比较气愤的是托班老师竟然不理会我！问了第三遍才慢悠悠地说十几个吧，眼睛也不看我，表情冷漠，像一个叛逆的少女。要么不理会，要么对你张牙舞爪，翻着白眼嘴里说着恶毒的话，想象一下你的内心就不会平静了，真想扇她耳光！

平静，平静下来！

到班里，我到班里记录准确数字。另一个托班老师哄着一个哭闹的孩子，一边把他强行按压到床边坐下，一边呵斥孩子不许说话，孩子哭着说着。我真有些看不下去了，我对老师说，你可以让阿姨抱抱孩子，哄哄他，毕竟他才来第二天呢！那老师却说，你不用管，你忙吧。

好吧，我见此情景，只好不理会了，这些小老师什么时候才能管理好自己的情绪呢。

★ 2017 年 8 月 4 日　　　坚持立场，得罪一次"人"

为什么工作的人有负责任的，有不怎么负责任的，作为机构的宣传者我该如何是好？

如果大部分的工作者是负责任的，我会更有激情；如果大部分工作者态度消极，对待孩子和教室物品得过且过，我的工作积极性也会有所打击！

人人有所不同，从事情上看人，从说话办事上看人，人世间真有意思，我喜欢分辨思考，做事解嘲！

下午又见一奇葩男子，在门外大喊："开开门！开开门！"老师开门后，他急匆匆走进幼儿园，一边走一边打电话，声音很大，我上前问："您好，有什么事情？"他说："你们的踢脚线和门锁在哪里？"他身材魁梧，面部有点狰狞，情绪焦躁，腹部圆鼓鼓的，穿着一双拖鞋。我对他说："您好，我们入园需要穿鞋套，请您换上鞋套我带您上楼看看。"他一听，有些不耐烦，说："那我不看了，我走了，你们不要再找我修了！"还没等我解释，这人急匆匆地向外走。当时那场景，好像得罪了他什么，但是园里的规定是不可以违反的，所以，我要坚持自己的立场。

这点也可以看出人的素质，幼儿园是孩子们的活动场所，要求干净卫生，特别是中午孩子们在午休，这个人讲话声音很大，无视幼儿园规定，我行我素，一副目中无人的样子。也罢，出门的时候，我没有和他说话，也没有向他告别，对这样的人，我也有尊严。

★ 2017 年 8 月 5 日 　　　　还是气量小

怎么觉得这段时间情绪一直不好，很想发脾气，和同事说话有些压着气。

也许是工作太认真或者较真的原因吧，遇到看不惯的事情就想大声地说出来。我今天早上在 8 点 40 分到了单位门口，过了一会儿，李老师和托班老师到了，她们的年龄很小，和我的孩子年龄差不多，我和她们也没有共同语言，彼此没有说话，门卫大叔没有来。到了 8 点 50 分还没有来，于是我就给他打了电话，他说不是 9 点到吗？我在电话里告诉他是 8 点 45 分开门，我顿时有些生气和不解，昨天明明告诉他两次是 8 点 45 分要到的。

这一件小事我就有些生气了。

到了园里，这位大叔又来和我说，那我每次 8 点 30 分到吧，我说不用太早，您 8 点 45 分到了就行，我们是 8 点 50 分到单位。他的方言我听不太懂，相互解释了一会儿，另外两个老师对我的耐心解释也有些不耐烦。

这一件小事我就有些生气了。

怎么搞的？我不是一个爱生气的人，也不想生气，但是，这段时间为什么经常会不开心呢。

★ 2017 年 8 月 6 日 　　　　检讨自己吧

昨天晚上爱人和他的朋友去散步，到晚上 10 点 30 分还没有回来。过了 15 分钟他回来了，说和朋友每人喝了两瓶啤酒，他散步前说不喝酒，还说要早些回来，我有一肚子气。

今天上午 8 点多，我在电脑上写工作总结，爱人又说 9 点就开始准备走，我们去办事情，让我马上收拾好出发，我有一肚子气。为什么呢，他说走就要走，也不和我商量一下，经常催促，我很烦。

此时，我还没有洗脸，正巧，来电话说有人来看房，说是 9 点 30 分到，客户在路上了，我只好说那就再等等吧。结果到了 9 点 50 分客户和那房地产公司的人员也没有来，我们便不等他们了。

是和爱人缺少沟通，还是我的心态出了问题。

先找自己的问题吧，我太想和他好好沟通一下了，我们交流很少，和他快没有共同语言了，也许是房子的压力或许是工作的不稳定等问题吧。

不管怎么样，艳菊，你还是要调整好自己的心态，让自己开心起来。

得知好朋友们过得很好，真有些羡慕。想想自己这把年纪，还一事无成，有些懊恼是正常心理。

★ 2017 年 8 月 8 日　　　　**总结经验**

总结经验，不论在哪个单位上班，要尊重他人，文明用语，微笑说话，认真做好每件工作。先做紧急而重要的，先做大面子上的；桌面整齐有序，干净无尘；能帮助别人就伸手相扶；领导交办的事情要及时处理；多为企业着想，出点子提建议，当然要切实可行；要爱护单位每个物品，该轻拿轻放的不要大手大脚；千万不要去计较同事们的闲言碎语，千万不要与她们较真；多为小事糊涂，多赞美少批评。

★ 2017 年 8 月 9 日　　　　**郭老师买衣服**

单位旁边新开了一家服装店，是休闲女装，刚装修的时候，我就问过了。

中午 12 点 30 分的时候，我准备到楼上巡查班级情况，郭老师说让我陪她去服装店看看，我说好。一是中午事情也不多；二是郭老师和我年龄差不多，帮她参谋比较合适；三是她是这里的投资者之一，不想扫了她的兴致。我们刚要出去，见厨房大姐便招呼她一起去，于是三人一同前往。

到了店里，郭老师指着一件"秒杀50元"的彩条长袖，说要试试，挺好的就买了；来到大衣毛呢一排，又试了一件带黑白圈圈的衣服，上身挺好的便又买了，她左一件右一件地试装。我和那位厨房大姐也偶尔试衣服，最终我们俩都没有买。郭老师身材好，皮肤白，试一件就看中一件，店主一算，2000 元。我问："你今天都要买吗？改天再买不行吗？""我都很喜欢，今天不买万一被别人买了，不就没有了吗？"她回答。

她2000 元买了五件衣服，她说家里还有好多连标签都没拆掉的衣服。

生活，人各有选择，不可以雷同，不可以一模一样。消费观念不一样，没有谁对谁错。不过，我倒是觉得女人在衣服上适可而止，是购物狂的多是女士，看到漂亮的就想据为己有，贪婪是人类的天性，谁也不要说谁。

★ 2017 年 8 月 10 日　　　　为弟弟助兴

弟弟和他的两个朋友合伙开了一家饭店，在上周六 8 月 6 日开始试营业，我们一家三口都去了，为弟弟的开业助兴。

弟弟今年已经 40 岁了，我们俩都是从小练体育，长大成人后工作不稳定，各自追求自己喜欢的事情。我开幼儿园，去保险公司做讲师，现在还在和孩子打交道。他也做了很多事情，在国营单位工作了一段时间做销售，又去通信行业干了几年，又给我们家亲戚的生意帮忙做业务，后来在派出所工作了几年，因为抓小偷受伤立功，最终还是没有转为正式员工。世道上的事情他比我懂得多，朋友关系处理得好，为了朋友他可以"赴汤蹈火"，不过，话又说回来，自己的工作极不稳定，收入也受影响。父母也是为我们姐弟俩的工作担心，一直心中有愧。

不过，我们都非常理解和体谅父母，没有怨恨他们，我们自己的路是自己选择的，时好时坏，我们自己都可以承受。我们愿意走自己的路子，父母总会理解的，还一直支持我们。

那天中午，弟弟的饭店第一天开业，来了亲朋好友几十个，有六个桌子坐满了客人，弟弟忙得不亦乐乎，一会儿招呼服务员上菜，一会儿自己还到每桌前敬酒询问饭菜的口味合不合适，一会儿又帮忙给每桌送上些饮料，一会儿问问妈妈吃得如何。看着弟弟自信和娴熟的样子，我既高兴又担心。

高兴弟弟找到了自己最爱的行业，担心弟弟的身体会因此而疲劳。

今天打电话问妈妈情况，妈妈也说弟弟早出晚归，早上 6 点就出门采购，晚上忙到 1 点后才回来，弟媳和侄女有时也去饭店帮忙，一整天也不着家。

人人都知道，身体是革命的本钱，照顾自己还得靠自己，希望弟弟能够尽快处理好饭店的事务，进行有规律的生活，孩子和爱人的希望还在你身上。

★ 2017 年 8 月 12 日　　　　一日游，遇大雨

上午 9 点，我们一家人商量好去龙潭大峡谷游玩，此次出游主要是带上侄子到洛阳知名景区领略风光。

一路上自驾游的很多，天气不作美，预报有阵雨，我们当然希望是晚上下了。到新安县内的目的地大约两小时，我在副驾驶，爱人娴熟的车技让我很佩服，他也十分小心地开车，开车更需要专心。

我们到达时 11 点多了，虽说故地重游，但是时隔有近五年。这里变化也很

大，长长的人行道边一家挨一家的饭店，里面的老伯不停地招呼游人进去吃饭，门前摆满了当地特产，我们四人都很兴奋，我也不例外，好久没有出来散心了。来自洛阳周边城市的人，人来人往，带孩子的居多。一路随人流前进，大概走了一个小时，我的脚有些受不了了，来之前，我的衣服和运动鞋不搭配，只好穿了凉鞋，还好，走走停停歇歇，算是一直坚持到了山顶，可以坐观光车下来了。

戏水、栈道、小湖泊、小鱼虾、吊桥、走钢绳，这些地方聚集了好多人。炎热的夏季，清凉的旅游区也并不凉爽，人扎堆在一块儿，"热闹非凡"。

因为自己的鞋穿得不合适，我执意坐观光车下来，比他们提前一个小时下山。快到 5 点的时候，忽然大雨倾盆，瞬间街道成河，游客们纷纷躲雨不见踪影。哗哗的雨增添不少凉意，我坐在凉棚下、赏景、遐想，想着半小时后一定雨过天晴。

★ 2017 年 8 月 14 日 　　　　我要成为……

蝉鸣响彻耳边，阳光不再毒辣我的肌肤，一进入单位便进入满是孩子的世界中，迎接大宝贝小宝贝，送走宝妈宝爸或爷爷奶奶，一路迎来送往。

时而到后厨，时而召唤老师，时而去点一下库存剩余，时而在微信里回复信息……想让自己忙就忙，想让自己清闲就清闲，快乐地度过当下，不管风云如何变幻，我只能对自己的生命过程负责任，其他都是闲扯。

努力成为自己想成为的那个人，我一定要试试。

我要成为有活力，幽默，勇敢，苗条，经济独立，思想自由，讲故事一流的特立独行者。

★ 2017 年 8 月 15 日 　　　　别人给你"完美"的条件

坚持每晚在喜马拉雅电台读书已经 53 天了，我给自己定下的目标是 100 天，我一定能够达成。

目标是自己给自己定下的，只要切实可行就一定能够做到。别人给你制定的目标你只能去参考，还需要经过自己的思考，真正愿意去做才行。以前我给自己定过很多目标甚至于梦想，看起来读起来真的"飘飘然"，但是实现的计划只有三分之一。

多年前的我，是一个不切实际的人，充满了太多的期待、太多的自以为是，犯了很多错误。现在的残酷事实证明，我更要脚踏实地，不可白日做梦，一味地向前冲，只会早日"牺牲"。

不断地迎接挑战，不断地克服困难，不断地乐观进取，不断地笑对人生；不要嫌弃你的工作，不要讨厌你的同伴，不要看不起给你提意见的人，他们都在从不同角度让你完美，让你领略到不同的面和点，感谢我身边所发生的一切。

★ 2017 年 8 月 16 日　　　　一个人坚守岗位

外出的活动我一般都不会参加，园长安排我"看家"，接待家长来园参观或是应急做什么事情。

上次去梦想城，这次去科技馆，我都留在幼儿园，接下来所发生的一切都挺好的，我开心，我忙碌，我快乐，我有价值。

上午来了三个家庭参观，我放下手中的工作一一陪伴介绍，详细而全面，自然而轻松。打印资料、打电话邀约、清点课本数量、喝水等，该做什么就做什么。

不会有太多的事情把你逼死的，以前我曾有这样的想法。总是觉得事情太多，心里着急得很，会莫名其妙地烦躁，想着还有很多事情要做，怎么也做不完，脑海里就会升起他或者她的不对，也有一甩手不干离开的念头。

随着年龄增长，经验的积累，渐渐觉得没有什么事情多得让人发疯，发疯的人是想出来的，你可以继续也可以稍微休息一下，调整自己的心态再去做事。并且，在做这些事情的时候你的大脑里要想着，我是多么有耐心啊，我还可以在这方面锻炼呢，也许会有这样的潜能，此时不正是在锻炼我吗？我一定能坚持做下去，我一定能够做好，即使做不好也没有关系，第一次嘛。

★ 2017 年 8 月 18 日　　　　第一次做教具

人生中有无数个第一次，你第一次要做的事情，有的是主动去做，有的是被动去做，当然了不是指坏事，嘿嘿。

从前天开始我经历了人生中的第一次做教具。早在三个月前，我便奉命在小区里给幼儿讲故事，挑选几本绘本书，拿上两张爬爬垫，带上扩音设备便开始进行每周两次的故事宣传活动。

到了七八月招生季，需要在园里做故事延伸课程了，活动方案写出来了，当然按照领导的想法贯穿了进去。

这几天，以往的公开课内容"上演"了若干次，视觉有疲劳，加上有个老师离职，需要换个新内容，所以，我的讲故事就顺理成章地搬到课堂。谁知道，我的活动方案被推翻，80%的内容不需要，当我听懂了领导的意图后，才知道，做教具需要时间，耗费精力，并且单调乏味枯燥。没有办法，我只好接受任务，一个人邀约家长，复印图片，剪剪粘粘，只有一位老师帮我剪了一些，当然其他老师们也非常忙。我一直忙到晚上 7 点 30 分还没有做完，饥饿和疲惫袭来，我实在是不想再忍受下去了，于是任务剩了 5%，回家了，回家后我还要坚持 100 天的诵读呢。

不过还好，我心态平复得极快，路上买了一个大饼，热的甜的，好好吃，于是，边吃边骑车，到家的时候，肚子填饱了，计划如期进行。

★ 2017 年 8 月 19 日 　　　　我最大的乐趣是孩子开心

今天一早天气突变，没想到下起了大雨，今儿可是家长公开课啊，预计可以来十个孩子呢，我做教具准备了十三套。

9 点 20 分了，还没有来一个孩子，25 分钟后，来了一个宝宝和家长，她们打着伞，边进边说："要不是你打了几个电话，我们今天下雨就不来了，既然答应就不好意思不来听课了。"我连忙说："谢谢！"我一边请家长进来到园里休息，一边又请宝宝玩玩具。

雨还在下，教室已经布置好了，原定于 9 点 30 分的公开课要延迟了，我的心里期待又担心，今天是我第一次在园里给孩子和家长上绘本故事公开课，后面还有延伸内容，有些小兴奋呢。

又过了一会儿，陆续进来两位家长和宝宝，开始！

讲故事是我的强项，我的兴趣所在，和孩子们在一起我开心极了。

上午一共来了 5 个家庭，故事延伸也很顺利，小朋友在妈妈的帮助下完成了自己的作品，做一条毛毛虫，并且毛毛虫的肚子上要粘贴每天要吃的食物，很有趣。

有经验了，下次就能放得更开，我的一举一动、一笑一愁，还有一惊一乍，让孩子们开心是我最大的乐趣。

★ 2017 年 8 月 20 日 　　　　今天我值班

周日阳光灿烂，没有下雨——昨天上午还是大雨倾盆，下午凉意习习。

今天整个一晴天，我这把年纪了，什么天气也阻挡不了内心的要保持永远的"晴朗"。也许是经历了太多的电闪雷鸣、过山车似的半辈人生，留下了从容淡定、坚强善良，夺不走的还有一个目标就是野心！

我还要不断践行梦想，有机会就把握，梦想不是必须成为百万千万的"财富者"，而是能走多远就走多远！但求喜欢。

中午时分，一个人在 1000 平方米的空间里，自由自在，看书听书，想想工作和未来，没人打扰，感觉真好！

★ 2017 年 8 月 21 日　　　只求心安如愿

总要找一些希望给自己，总要找开心让自己快乐。

没有什么事不可以做到，只求心安如愿。工作上的事情做不完，一件一件来，堵心的事想明白，拔掉塞子就行，通透无物，清爽面朝天。

留下人生的痕迹莫过于对他人的帮助，对儿女的照顾，文字语言凝成我这个人。

光阴似箭，谁也不能重新来过。活出自己的本色，坚持下来，创造属于自己的那片土地！

忍辱负重，生存第一，重建资本！

★ 2017 年 8 月 22 日　　　12 个小时工作

昨晚开完会回到家已经 8 点 30 分了，骑车的路上买了两个烧饼吃掉，这样可以省出一些时间，投入每天晚上的阅读中。

在这家单位上班已有半年，正好半年，感受颇多，站在职员角度讲就是盘剥，辛苦，做不完的工作，苛刻，罚款多奖励少，加班加点，想离开；站在老板角度就是想利益最大化！

一周五天，早晨 7 点前出门，晚上 8 点到家，中午大部分时间还要补工作，值得欣慰的是中午可以午休一小时，晚上如果是园长开会，一定是到 8 点后回家。

有时真烦！不过暂时只能这样，有机会我一定离开。

★ 2017 年 8 月 23 日　　　大孩子"幼师"

要学与人沟通，要学自我减压，要学设立目标，要学工作学习方法。

如果你想活得轻松快乐，如果你愿意把自己的擅长的一面表现出来，你就要历经数不清的坎坷与捶打，敢于直面自己的人生。

每天看似一样实则不同，就在于你的观察力。

今日早操中，有一对姐弟先后送进幼儿园，姐姐在大班，弟弟在托班，年龄相差近 3 岁，弟弟哭闹不止，姐姐在跟随老师做早操。托班的班主任老师站在这两个孩子前面看着弟弟，表情异样，有严肃，有无奈，她的脚下有一个丢弃的奶盒子。我不知道老师此刻是怎么想的，没有对孩子有任何的语言和身体表示，脸上没有微笑，只是站着看长达两分钟，脚下的物品也没有捡拾起来，如果是你，你怎么做呢？

当然，托班的孩子年龄最小，2 岁到 3 岁哭闹情绪最严重，老师的年龄也不大，最大的 20 岁，最小的 17 岁，在这一群"小不点儿"面前，哭哭啼啼，围绕吃喝拉撒的大小事情天天发生，确实教育管理起来不容易；不过起码的笑脸应该有，对着哭的孩子轻声轻语，对着孩子们笑一笑，也许在早晨迎接的时候，从家长怀里抱离的时候会显得更加自信些吧。

★2017 年 8 月 24 日　　　　生日留念

还有一个月是我的生日，对于去年生日平平淡淡的度过我不甘心，主要还是想去拍照的原因吧，这周二我就联系了一家摄影店，在美团里搜了一个评分最高的，约好今天下午 2 点到那里拍照。

单位上了半天班，去市场上宣传了一个小时左右，回来又打了几个电话，邀约周六的公开课有十几人，午饭后，我便兴奋地动身了。

电动车的电量足足的，我算了一下如果正常距离约 50 分钟就可以到，果不其然，到目的地是 1 点 30 分，提前半个小时到达。我闲逛了几个商店，算好时间到了摄影店，不一会儿就开始化妆了，我有些困，因为在路上骑车时间过久，平时里午休弥补一下，也不好意思连声打哈欠，便调整状态热情地回应和攀谈着。

等待时间好长啊，今天客人还不少，几个美少女也来拍写真，她们还要拍外景，我上午已经领略了"炎热"的日光直接说在室内拍摄吧。

摄像师说什么动作我做什么动作，配合得很好，拍摄第二套时有些不上镜了，因为肚子开始咕咕叫，影响了情绪，还好过一会儿就没事了，拍摄第三套时又觉得饥饿难耐。

经过这几次的拍照，我认为自己还挺上相的，加上摄影店优秀的美工修复，照片自然美丽大方了。我想，以后到老年看看照片，那种感觉一定很自豪和惬意的。

★ 2017 年 8 月 25 日　　　　今日兴奋的年轻人

天气开始凉了，早晚风吹过来的时候不再潮热而感到烦闷。

昨晚拍完照片回家后，坚持如一去阅读和记录日记。

曾经的兴奋狂喜随时光流逝，不会因喜怒哀乐左右我的情绪，身外之物的得失算什么呢？追求简单快乐平静及精神充实才是我的真爱。

今天是发工资的日子，小老师们特别开心，不同于往常，一个个兴奋不已，有的计划买东西，有的计划存钱，还有的要还同事的钱（小老师们容易购物超支）。

我很淡然，这没有什么，该花的钱要花，该存的钱要存储，我会一股脑儿都存起来，放到卡里，然后就看自己什么东西没有了必须要买才去买，没有了购物的兴奋和存钱的秘密。

★ 2017 年 8 月 26 日　　　　周六的公开课

上午来了 7 个孩子，里面有两个是双胞胎女孩儿，我依然给孩子们讲故事。

到单位时，老师们都还没有离开，孩子们基本上都接走了，他们在幼儿园度过了一晚，由老师们陪伴，进行了"仲夏夜活动"，小老师们叽叽喳喳。我整理物品，打印签到表，到教室里看看有没有准备好，看看大厅哪里不干净可以扫一扫，要迎接家长了。

课程进行得很顺利，绘本故事讲完后，进行毛毛虫的手工制作，然后又进行非洲鼓的游戏活动，孩子们玩得很开心。

今天总结，讲故事中我忘记讲了一句话，以后要多多注意，看好再说，不要出现失误。

★ 2017 年 8 月 27 日　　　　语言令人心寒

今天上午，有家长问我老生带新生的优惠活动，有个细节我不清楚就在微信中询问园长，没想到她后来的语言很偏激，甚至否定我的工作，我听后不太舒服，也给她解释。

其实就是一个小小的问题，她给说明一下就可以了，但她不依不饶，语言上令人不快，一副领导者的架子。我听后觉得很委屈，心里萌生不想干的想法，在语言中，我说如果你觉得我工作态度不好，有懈怠，我可以离开。

在每天的工作中，我一心一意地认真工作，没有想到不仅得到的赞扬和肯定很少，而且园长的话让我听了心寒。

我问心无愧，不卑不亢，继续工作，如果还有类似情况，我只能离开了。

★ 2017 年 8 月 28 日　　　什么都可以接受

秋风习习，甚是凉爽，着短裙与长筒丝袜骑车便有些顶不住了，于是，披上一件外衣在腿上，还好，舒适前行。

一个人在世上，不管是生活和工作，还是办事或帮忙，都必须要经历风雨雷电，有时那一时或者一刻你会感到坚持不住，想要逃避，想要置之不理，想要摔东西，我用理智梳理思绪，跳出事件外，于是，时间这位大师安抚万物后，风平浪静了。

没有什么奇怪与神秘，没有什么做作与担忧，经过的每一分秒都由我的良心掌握，我主宰我的当下。

我有理由接受，有理由拒绝，有理由选择哭笑，就像张国荣的歌，我就是我。

欣赏，思考，偶尔装装傻，不要过于精明的与人对话，"伶牙俐齿"我已经不喜欢了，若一定要"如何理论正确和错误"，我也不差。

现在的我没有什么怕的了，园长安排我出去宣传啊，采集名单啊，或做任何事情啊，再难的事情，在我眼里都是小事情，只要动身动手去做就一定能慢慢达成。

★ 2017 年 8 月 30 日　　　满怀期待

孩子的变化已经越来越大了，这暑假的日子里我很少陪他，单位很忙，早出晚归，一晃儿再过一天他就要出发去郑州上大学二年级了。

因为回家的时间不巧，做饭的次数也不多，早上 6 点 50 分我就要出门，所以就换着花样买或做点。我上班的时候，孩子还没有起床，他定的是 7 点起。中午我在单位吃饭，他要么做饭要么点外卖，家里只有他一个人，午餐还是买的多，晚餐呢，我会让他熬点粥，我从下班的路上回来买些烧饼、凉菜或其他熟食，他一般都是等我回来一起吃饭，我们边吃边聊，很开心。

我和孩子什么话都说，这两个月我们相处得非常好，他很体贴和关心我，自己安排时间学习和放松，他的堂弟来洛阳的几天里，都是他带着弟弟去看风景，看电影，在家玩或谈天说地，我没怎么操心，只是下班后带回好吃的。

每个人成长的路都是需要自己感悟的，我今年已经人生过半，孩子长大成人，爱人工作比较顺利，这么多年的风风雨雨让我们家的每个成员更加紧密前行。

现在的境况一言难尽，不好也不坏，该来的来了，不该来的也来了，想想，也没什么大不了的事情，想开了，如今的生活还更加惬意呢，反而我比前几年更舍得花钱了，以前太过于省吃俭用，钱也没多赚多少，现在该用就用，反而还能存下来点。

一切都挺好，我很满意，不后悔过去，却有满怀期待的心去过好未来。

★ 2017 年 8 月 31 日　　　　没人替你休息

今天一天都没闲着，从早到晚不停地做事，这不行，人不是机器，身体是自己的。

上午的空档我给自己补充水分，中午 12 点就去吃饭，手边的工作是忙不完的，到下午两点我拿起小被子到二楼多媒体教室倒头便睡，十几分钟后精神好些，剪剪裁裁一下午准备出发出宣传，这期间来了一个家长，接待后又到了离园时间，紧接着又来了两个参观幼儿园的家长，我细致入微讲解后又和老师们布置了明天开始仪式的物品，感到饥肠辘辘，于是抓了两块玉米和两个小馒头垫垫肚子，这才又有了精气神。

再说一遍，身体是自己的，除了妈妈没有人会心疼你，并且妈妈也不会在你的身边，饿了就吃点，不要硬扛着，累了就歇一歇，生命健康无价，你一定要牢记。

★ 2017 年 9 月 1 日　　　　开学第一天

一早，我就骑车带着孩子去车站，今天他要回郑大返校了，路上一切都很顺利。

今天是幼儿园开学第一天，暑假期间没有来园的孩子都来了，幼儿园精心布置了新学期开学典礼，家长和孩子走红毯，每个孩子手里领到一枝花，家长在园外观看开园典礼，背诵《弟子规》。我呢，老样子，在门口给每个孩子做晨检。

热闹到 8 点 30 分，家长们陆续散去，园里又恢复了往常，老师们上课，小朋友们该吃饭玩耍，按照课程表继续进行，新学期孩子们有的开心，有的烦恼，还有的新宝宝哭闹。

再有四个月今年就要过去了，我还是会勤奋努力地工作，当然，还要保护好身体。

★ 2017 年 9 月 2 日　　　**一直认真工作**

又是周六公开课，昨日邀请了 5 个孩子，今早下雨，我心里没底不知会有几个孩子来。

进单位后，我就开始忙起来，打印签到表，检查大厅卫生，套上垃圾袋，检查教室的物品是否齐备，我是一个比较自觉的人。过了一会儿其他的同事也来了，老师们分成两组工作任务，一组是与我合作上课，她上非洲鼓和带着孩子做音乐游戏，另一组是帮助我们完成课程，在课程中见机行事，做辅助工作。

雨一直下着，不大，淅淅沥沥的。

9 点 28 分来了一个家长和孩子，我们开课延迟了 10 分钟，到 10 点 30 分的时候，又来了一个孩子和他的父母。

那两个辅助课程的小老师，她们在看手机，直到我去喊她们的时候，才动身做事。

我只是一名公开课老师，没有要求老师做很多事情，我要完成我的任务。

我没有灰心泄气，只要有一个孩子我也会认真细致地开展公开课，耐心而不失热情地接待家长，我说到做到，一直都是守信诚恳。

不管孩子来不来到我们的幼儿园，结果如何，我都要一视同仁，认真坦诚接待，这是我的原则。

★ 2017 年 9 月 3 日　　　**回家看老妈**

上午按照惯例，我们去了妈妈家，我的惯例是每周一次看看妈妈。

平时上班忙，早出晚归，但是到了周末，我一定要抽出时间去妈妈那里，和她聊聊天，帮帮忙。她年龄大了，爸爸又不在了，虽说妈妈开了个麻将馆，和一群上了年龄的叔叔阿姨们说话，她不会寂寞；但是，他们毕竟是外人，不是亲人。

到家后，听妈妈说弟弟要请我们回他的新家吃饭，弟弟最近和朋友经营一家饭店，生意还不错，很忙，难得在一起聚聚，这个月又搬到新家里，喜事成双，今天周日又是吉利日子，于是我们准备一下一同去。

临走前，我和妈妈去她的麻将馆做一些准备的事情，打开窗户通风，又烧了几壶水，地面清扫干净，妈妈还去把房门钥匙交给一个牌友开门，因为中午

12 点我们赶不回来。

　　妈妈做事很快，也喜欢自己干，不喜欢别人帮忙，年轻的时候生活和工作都料理得很好，只是年龄大了以后，身体不如从前，腿脚也不太好。可喜的是，这次妈妈吃的一种中成药很管用，膝盖不太疼了，心情好了很多，她还给我和孩子都买了一些，估计有好几千块呢。

　　世上只有妈妈好，这句话我很小就知道，这么多年，我做了妈妈有了自己的孩子，什么事情和好吃的都会想到孩子，我的妈妈付出更多，儿女最清楚，养育之恩报答不完，只有在妈妈还健在的时候，我要常回去看看，常打电话。

★ 2017 年 9 月 4 日　　　　地球不少你一个

　　你在别人心里不重要，不要觉得你在别人眼里是重要人物。以前，我经常会这样想自己，自以为是，了不起，是单位的焦点，是同事的靠山，是领导器重的人，直到多年的经历之后，曾经的很多以为都是瞎想，是天真的"傻子"和"执着狂"。

　　单位里没了你照常工作，一件工作也不会少做，其他人会做；聚会缺少了你，大家一样开心，其他"开心果"人物会主动表露出来，你不是本次活动的主角，你不必纠结；有时你在单位说错了话，或者不小心做了错事，我都感到大祸临头或者心里承受不住，后来，没什么，什么事情也没有发生，只要坦诚地接受领导的指导，承认自己的不小心犯错，这些事情就过去了。

　　今天，园长问老师共有多少个，我查了一下办公小群回答说是 19 个，园长计算了一下说不对，是 20 个。哦，原来我发现小群里少了一个生活老师，于是，我就直接点击她的名字邀请她加入工作微信群，没想到，她竟然把我给删了，想起那些天，她连连称赞我讲的故事她的孩子喜欢听，还和我交流家庭教育方面的话题。我就当这件事情不知道，就率直告诉她，微信加上我，我把你邀请到群里，她没有解释什么，我也不需要解释。

　　简单的思考，不在乎谁是谁非，何必花无谓的时间来考虑这些琐事呢。

　　罢罢罢。

★ 2017 年 9 月 5 日　　　　童心未泯

　　真的是岁月不饶人，多年前，我自己开着幼儿园，给老师开会培训，给家长上课，和家长侃侃而谈，好有成就感。

　　如今，时隔多年，2007 年至 2017 年，十年后，我重返幼儿园里，有不少的知识要学哩。但是，我从不气馁，从不感到后悔，喜欢孩子不分年龄，不会就学，不懂就问，别人学一遍会，我就多看几遍，多说几遍，我内心充满着天真和无邪，像个孩子一样。

这当然是好事喽。

我喜欢和孩子一起玩，喜欢看动画片、卡通片，喜欢看动漫，喜欢小动物，喜欢听故事。当然，不是整天24小时都是这样，我还是成人，不是小孩子。

童心未泯。

★ 2017 年 9 月 6 日　　　　带队做宣传

天气开始晴了，连续下了几天的雨啊，还好，我们北方没有大暴雨，没有遇到洪涝灾害，真是一方百姓的福气。

老师们都在抓紧时间备课、做PPT，因为明天晚上就要与家长见面，汇报本学期的学习内容了。

我这边的宣传也要抓紧了，园长要求每天出去宣传两次，上下午时间各一个小时，昨天，抽调了一个老师，我们一起外出宣传，下午下大雨就没法出去了。今天上午园里有三个老师请假，人员紧张，我只好一个人出去，效果还好。下午是老板家的孩子过三岁生日，从3点20分开始到4点钟才陆续结束，我奉命去取资料，外宣停止。

晚上是和同事们一起外出，兵分两队。我是一支队的队长，到集合地点时实到七人，此时已经是7点15分了，大家情绪都不好，不愿意加班宣传，虽然嘴上不说，我一看都明白，不过没有办法，死命令。

对于我来说，一切都好，我都可以理解和去执行，没什么怕的了，及时调节情绪、状态，好情绪好幸运。

★ 2017 年 9 月 7 日　　　　调休一天真快乐

今天我调休一天，真快乐！

拥有属于自己的时间，做自己想做的事情，买自己需要的物品，不必和谁商量，不必看谁脸色。

我喜欢看微信文章，喜欢和文章中的文字共鸣，喜欢在家里看电影。你知道吗，我这几天迷上了卡通动画片，看了《冰河世纪》，看了《怪物史瑞克》，挺好的，感人且有启发，打破了我以前对动画片的看法，以为那很没有趣味，是小孩儿看的，实际上成人看后也有很多触动，勇敢、善良、智慧的主人翁，难道不值得我们感动吗？

这一段时间我还听每日一禅的故事，个个有意义，教人沉稳、慈悲、坚持、忍让，从善如流，净化心灵，做个平凡的善人，用平静乐观的心态对待万事万物。

★ 2017 年 9 月 8 日　　　　做该做的事情

在可以去办私事的时间里我选择不去。

下午，园长安排我去一家公立幼儿园领取安全教材，我顺便问了一下孩子们的接送卡买了没有，郭老师说没有买，我主动说我去买吧，她同意了，并说让我买些红包回来。

下午 3 点 30 分我出发了，刚把车子推出来准备走，天下雨了，我的车里有雨披和雨伞，我想，先买小东西，再去领教材，因为教材比较多而且重。

道路我很熟悉，很快我来到了芳达市场买了接送卡和红包，时间用了十几分钟，如果我去办私事的话，也来得及，但是想想还是没有去。半月前我去拍了艺术照，为庆祝我的 44 岁生日，照片选好了，前几天那里的工作人员通知我去选照片，我是可以利用这次办公差的时间去的，而我选择不去，因为我不能占用上班时间办自己的事情，当然有人会这样做。

在这个单位，我认为开心总是有一点的，也有不如意的时候，这很正常，不管在哪里总会有不顺心的事情，经历了这么多，我想得很多，也想开了许多，不再给自己增添太多的烦恼，有些事情也要替他人考虑，并不是，我自己决定不应该这样做别人也不应该这样做，我要遵循和悟到圣贤智慧，子曰：己所不欲，勿施于人。

遵守规则，又不冒犯他人，的确很难做到，该是自己做的，用心做就对了。

★ 2017 年 9 月 9 日　　　　只要想办法，总能有收获

前几天去小区宣传的时候，就已经"放出风"（消息）来，告诉了小区的老人，我们幼儿园会在周六上午 9 点 30 分来小区里讲故事，大家听了都很开心。

一切都准备好了，今天偏偏下了雨，我们始料不及，当我们三人一起骑车去小区的时候就一直下，我们 5 分钟就到了小区，雨还没有停，只好把车停在车棚子下，准备等雨停了我们再去小区里宣传。

这里的确没有孩子，当然是下雨的缘故，讲故事活动泡汤了，这样的事情

很正常。这时，一个老师提出要去定蛋糕，说她妈妈过生日，可以坐下午 3 点左右的车回家去，另一个小老师说她妈妈也来洛阳看她，可以坐晚上 6 点的车回家，其实今天是我们这个小组外出宣传的时间，我是组长，遇到这样的事情，也是很无奈，我负责宣传，无权管理老师，如果有特别情况需要处理是要经过园长批准的，我们必须达成工作量才能回家。

我答应她们先去定蛋糕，又等了半个小时，雨还是没有停，于是，我给她们打了电话，说好 10 点 30 分一起去商场里宣传。

回到幼儿园，重新分配，两人一组到宝龙广场里采集名单，还好，我和刘姐一组收集了八九个名单，开心极了，她俩也不错，有了两个名单。

只要想办法，总能有收获。

★ 2017 年 9 月 10 日　　　　**劝劝老妈**

今天是教师节，也是周日，正好休息。

让我来说说我妈的事情。前天晚上，也就是周五，弟弟突然打来电话说，妈妈不舒服，头有点儿疼，你知道不知道。我说不知道，我都是周六或周日回家看妈妈，这次不清楚。弟弟说话有些严肃质问的口气，那你就不要给妈打电话了，周日回去看看吧。我听起来不舒服，好像在教训我。当即，我给妈妈打了电话，她说中午晒被子，好像热着了，头晕，我说明天要上班，我让爱人先回去看看吧。

周六一早我就给妈妈打电话，问情况如何，妈妈说没什么事情，好多了，我放心了一些，还是让爱人上午回家看看，我可以到周日回去。中午的时候，我联系爱人问妈妈情况，他说没什么事情，说周日回去就行。

今天我们上午约 10 点到了家，听妈妈的口气，应该没什么事情，她在家里准备午餐，说话声音也比较大，只是又说，想早点解脱，不想连累我们。这话一说，我就觉得妈妈确实想多了，她一个人住确实不容易，爸爸不在，弟弟新开个饭店也很忙，我呢，平时上班也忙，只有周六日会休息，有时确实照顾妈妈很少，我开导她，不要这样想，我们平时一休息就会回家看你，你要好好地生活，不要胡思乱想。

前几年发生的事情，我们家里正在慢慢调整，很多计划都改变了，妈妈也清楚，艰难的日子快熬过来了，每个人都在努力做好身边的事情，关键是思想要想开，不要悲观，希望妈妈能够调整好心态，好好地保养自己，开心地活好未来的日子。

★ 2017 年 9 月 11 日　　　　　**看动画片学习**

在工作中学习，在学习中进步。不要浪费一分一秒，好好安排时间，生命是由时间组成的，我需要规划，不给自己太大的压力，也不给自己太多的消遣时间，该做的事情不要拖延，该办的事情立刻去办，找准轻重缓急，适可而止才能活出自己的本性。

突然发现看动画片也能有收获，有些动画大片我这段时间在看，给自己规定看半个小时或四十分钟，到点就停止，可以吸收内容的优点，扩展自己的视野，的确，十几年来脱离孩子们的世界感到有些陌生，不过我愿意重新拾起来，把专业方向定为 2—6 岁，好好地深入研究下去，再加上我喜欢讲故事、编故事，喜欢声情并茂地表演出来，特有趣。

★ 2017 年 9 月 12 日　　　　　**加班宣传**

二班的老师还没有回来，她去外地旅游了，这几天孩子们很热闹，二班孩子最多，三个小老师都忙不过来，加上今天有两个孩子得了咽颊炎病，这种病春秋季很流行，有反复发烧症状，咽喉处会有小白点，会传染，和手足口病比较相似，因此，园长和老师们比较担心。我中午的时候抽时间去班里瞧瞧、看看，帮帮老师的忙，带带其中的小朋友，他们都很乖，不闹人，即使要哭着找妈妈，也让我哄着开心地笑和玩了。

晚上下班前，我打扫卫生，检查卫生，一看表已经 7 点了，我的工作还没有完成，还需要到市场上去宣传，于是出发到宝龙批发处，也是新区夜市。一开始，我找放电动车的地方，挺不好找的，好几处不让乱停放，之后我就放在一家店门口，等我收集了三个名单回来，找不到车了，发现一个卷闸门隔断了我的电动车，原来是这个区域需要上锁。我找到保安大哥，说明情况，他很爽快，立马通知锁门的师傅。顺利地骑上了车，世上还是好人多，只要我们心怀诚意和感恩之心，遇到任何困难都能解决。

★ 2017 年 9 月 13 日　　　　　**因我简单，所以满足**

时间消逝很快，如何才能真正把握，让自己做出一些有成就感的事情，我不想浪费任何一分一秒。

通过看书和读文章，讲的几点自己必须要明白，一个是坚定目标，一个是坚持不懈，一个是慢慢熬，一个学以致用，四个点集合起来好好地做下去，我相信自己一定可以生活工作得最幸福！

我幸福的感觉就是好好睡觉，听喜欢的音乐，读诗歌，讲故事，吃点喜欢的零食，挑选电影看看，哈哈，写到这里，想想我就是最幸福的人了。我不需要太漂亮的衣服，合适就行；不喜欢吃太贵的食物，营养就行！我的幸福要求不多，真的少见。

因我简单，所以满足。

★ 2017 年 9 月 14 日　　　　幼儿园里真热闹

这几天二班真热闹！班主任老师请假休息的日子里，二班的某些时间段乱成一锅粥，早饭、午饭等等吃饭时间，午休呢，刚进入要躺下阶段，"新生"哭闹，"老生"受了影响也哭闹，新来的小老师忙得焦头烂额。午餐时间，教室里一片狼藉，我进去后，想帮忙也不好帮啊，凭多年的经验还需要老师来管理，我最好少插手；不过，这对新老师也是很好的锻炼机会！

一人顶多人用在幼儿园里显得最明显，说忙碌真忙得没工夫休息一分钟。钢琴老师上午没课去帮忙，结果"帮"出了问题，因为她不是幼师，所以……

所以请示最重要，有些事情不是你自己想当然的，该问一定要问，自己的岗位做好的情况下，还需要听领导的安排，要不打乱了课堂秩序，并且让视频暴露在家长的眼中也不太合适，出了差错不好解释。

在其位谋其政，如果有需要调动岗位，你就应该更加认真和耐心对待一切困难麻烦，我就经常这样想，也是这样做的。

★ 2017 年 9 月 15 日　　　　查点服装

今天第一次查点服装事情，领导不在，我以前没有做过这事，不知从何入手。所有服装送来时约 80 套，几大包之多，我想在园里找个帮手也没有，只好耐着性子蹲下来，拿着笔和纸一个一个地查对。

本觉得会很麻烦，转念想一下，去做就行，海陆空三种大类的服装加上核对人数用了约一个小时的时间结束，只剩老师们的服装，等下午再次送来统一的发放。

有时是自己想事情想的过于难了，其实也没有什么太多的困难，不懂就问，排除内心的恐惧，任何事情都一样，自信就是这样炼成的。

★ 2017 年 9 月 16 日 　　　没参加明星演唱会

晚上是五月天乐队的演唱会，我在家里像往常一样读书写日志，听见远处传来一阵阵观众的呐喊声，我心平静。

上午从单位回来的时候，在大路边就看到有回收门票的人，到了家里给爱人说起来才知道是晚上的演唱会，听声音，感觉有近万人粉丝。我对此事比较淡然，对于自己该做的事情会坚持做下去，不会让其他事情去打乱我的计划，因为我的自控力很强，自省能力也不错。

每个人要有自己做事的目标，不要轻易被某些事情干扰，时间是极其宝贵的，每个人的追求不会相同，我也不会人云亦云，做事分清主次，照顾好自己才能照顾好家人。

★ 2017 年 9 月 17 日 　　　活力依旧

时间过得真快，再有十天就是我的 44 岁生日，真感觉自己好像年龄没有这么大，就像 30 岁左右。心态依旧年轻。

人人渴望年轻，但是年轻的时光都必须经过，正在年轻的人觉得自己大了，正在老去的人还觉得自己正年轻，甚至比年轻人更懂得保养自己。看，篮球场上大部分都是老年人，五六十岁了，每天都在锻炼啊。

我呢，依旧保持周一至周五每天早上的锻炼，不遗憾不能出去跑步锻炼，做几个练习照样可以活力四射！周六日休息就出去跑步，呼吸新鲜的空气，大口大口呼吸，让氧气充满我的每个细胞。

上午单位举行公开课，我的课是讲故事，只要投入进去，我异常兴奋和陶醉，看着孩子可爱的脸庞，我满心欢喜，用充满动感的声音讲述每个字和词。

午觉睡得美美的，一定要让自己好好恢复一下，不让自己太累，好好地善待自己，才能更有精力地爱身边的人。

★ 2017 年 9 月 18 日 　　　接纳并且活在当下

工作现在越来越轻松了，随着对单位流程的熟悉，我的工作渐渐有了节奏感，什么时候做什么和不做什么，有张有弛，快乐而不疲惫，比刚到单位的前几个月好多了。

面对众多事情我不再焦虑，面对领导安排的工作也会勇于承担，没有什么放不下面子的，没有什么委屈和不好意思张嘴动手的工作，一切都可以完成这前提来源于接纳，来源于活在当下。

周六举办了大型海陆空的演练，仅参加者就有一百多人，今天各班老师把收上来的衣服交给我，我一个一个地清点，一套一套地比对数量。下午，对方单位来了，我和她们圆满交接完毕。

★ 2017 年 9 月 19 日　　　　妈妈和其他妈妈

今天我调休，上周没有去妈妈家，因此上午骑车去了，约 50 分钟到。妈妈在听健康课，我旁听，老年人退休也没有什么事情做，由于身体状况普遍都不好，这类课程传播很快，讲健康，讲解产品功能，都与预防和治疗疾病有关，并且都讲得神乎其神。我告诉妈妈课程可以听，产品不要再买，以前吃的产品有效接着吃就行，我没有禁止妈妈，也没有过度放开，毕竟妈妈高兴就好。

每天都有好几件事情发生，一件事情也可以说上一篇，还是挑重点的吧。

最近几天，我辅导的那个女生在大学里又有情绪反映，听了她的情况，我觉得这些情绪是可以避免的，暑期里父母可以给孩子讲一些大学的情况，让孩子有心理准备。她的焦虑和臆想方面源于思想的不成熟，在这个方面，父母有些大意了。

孩子的问题都是父母的问题，真的没错，一个孩子从小到大，是坚强还是软弱，是自立还是需要扶持，是自信还是自卑，都源于父母的引导，带领孩子认识了解世界、文化、社会等，父母的重要性是不言而喻的。

★ 2017 年 9 月 20 日　　　　好马也吃回头草

时间过得好快啊！

转眼 2017 年已经过去了大半，想起去年这个时候我还投入完美事业里，饶有兴致地学习细胞检测，去年的 11 月底就去住院了，好多事情的发生真的是想不到。

不管怎样，选择幼教行业是我的最爱，自己干教育培训着实尝试了一把，路走不下去，就要找路子，天无绝人之路。

好马也吃回头草。这"草"能让马生存，为什么不吃。

一个人的远大抱负还是要从点滴开始做起，没有第一步怎么才能到达自己想要的终点。

人生就是一个从起点到终点的过程，这中间的漫漫路程我要开心快乐健康且潇洒地走完，不卑不亢，不管走到最后结果如何，我相信幸福一定时刻陪伴着我。

我腋窝下的淋巴有点疼痛，我要注意休息，相信慢慢会好起来的，身体的健康情况自己一定要把握好。

★ 2017 年 9 月 21 日　　　　例行晨会主持

早晨 6 点 50 分从家里出发到单位，7 点 25 分开始组织一成不变的晨会。

"向左看齐！"我发号施令，整理队伍。

"好，首先问候大家，七色光国际艺术幼儿园的优秀老师们，大家早上好！"我大声说。

"好！很好！非常好！"老师们齐声回应。

"让我们用饱满的热情齐声背诵教师宣誓！一二！"我说引导词。

"我是一名光荣的幼儿教师，肩上担负着民族的希望，心中装着祖国的未来，手中捧着孩子的明天，成为教师的这一刻，我庄严宣誓：对待孩子充满爱心，对待家长热情真心，教育教学专心尽心，生活照顾耐心细心，一视同仁没有私心，幼儿在园快乐开心，始终坚信能够为了孩子奉献一切，一切为了孩子的卓越未来，我愿意用行动和热血书写四个字：幼儿教师！"老师们异口同声。

"礼毕！接下来给大家读一段话……亲们早安！"我专注地读着，全身心投入。

周一到周五的每个早晨，每天如此，熟悉不过，只有心灵鸡汤有变化，那是我每天用更早的时间在微信里找的《人民日报三分钟语音新闻》，自己一字一句地读，心里便充满无穷的力量！

一个人工作生活是要有动力的，没有动力就没有希望，就犹如泄气的皮球。我当然不愿意当泄气的皮球，生活很长，工作时间也很长，我要一张一弛，劳逸结合，静心安心度过这珍贵的生命。

★ 2017 年 9 月 22 日　　　　一蹴而就是幻想

这天上午一连来了三位家长，一位是来交定金的，一位是带着孩子来参观，自己已经看过幼儿园比较满意，还有一位新来的家长妈妈来参观幼儿园。我一一接待着，不急不躁，按部就班，缓缓道来，如今的我不再像最初时，见到家长有些紧张，话题多且杂乱无序，语无伦次了。这是学习老师的经验结果，这是接受批评后的改变，这是时间的沉淀。

任何人不可能一步就成功，一蹴而就的事情是幻想。经过时间的沉淀，我曾经是一个做事情很急躁的人，想快点成功，想快点有效果，经过多年的教训，这些行不通，只有慢慢积累，只有慢慢等待。做好当下的事情，不要再有追逐名利的想法，磨砺自己，谦虚做人，自信做事，等待花开结果。

★ 2017 年 9 月 23 日　　　　小老师值得表扬

今天单位上班，我带领小老师们去宝龙宣传。

到外面采集名单对我来说，不是难事，我的主要工作就是宣传招生，我也非常喜欢做这样的工作，一是可以和家长谈幼儿教育，二是可以和孩子在一起相处，三是这是销售，我喜欢销售。

但是小老师们对此并不拿手，因为她们主要以教学为主，到市场上都有些放不开，不知道如何与家长沟通交流。这很正常，她们的主要工作不是这方面的，并且她们年龄尚小，很多都没有结婚成家，没有小孩，不理解为人父母的想法。

和这些小老师们在一起，合作很开心，她们的一些不合适的想法和行为，我都可以理解，原则是要遵守的，什么时候出发，任务完成情况，服从方面，她们都可以做到，只是名单的数量上还欠缺，还是老原因，不知如何沟通，擅长此项的老师不多，有一两个吧，不过，这些和我孩子同龄的小老师们也很尽力了。

★ 2017 年 9 月 24 日　　　　安排"后事"

到美容院做脸部项目和身体项目，护理脸部是我常年坚持的，每周一次。这两年，特别是去年的一次住院经历，让我越来越感觉到身体健康的重要，曾经我有过的几次晕倒，血压高，身上胳膊上出的小红痣，晚上经常做梦等，身体状况开始走下坡路了，我要好好注意了，在工作的同时，注意饮食，注意休息，注意身体变化。

岁月不饶人，年龄增大，疾病慢慢来临，我要考虑，保护好自己，爱护自己，才能爱亲人和身边人。更年期来临大约 45 岁至 50 岁，我今年 44 岁了，真没有想到，人生已过半，我的后半生该如何度过，该是需要规划的时候了。

当然身后事是无法规划的，一切顺其自然。

但是，我要说，在这里写下：如果遇到特殊情况发生脑死亡，我愿意捐献器官，死后我不开追悼会，骨灰撒到土地里，不买陵墓，不立碑；我愿意留下我的所有文字和声音给子孙做个纪念，照片选择最美丽的一张，让他们想起我最美的容颜。遗产按照国家法律规定分配。其他事宜想到再写吧。

★ 2017 年 9 月 25 日　　　今天缴费三人

天下雨了，秋季真正到来，绵绵细细的丝，滑溜溜的，不像夏天的雨点一样是大颗大颗的，中午这个时候孩子们已入睡，周围很静，到一点半我也要进行午休，此时老师们还在练琴。

街上行人很少，天阴沉沉的，空中聚拢云朵，好像随时要起风的样子，高科技的现在，天气预报相当准，说哪天刮风下雨必发生。今天就是，我就不能出去宣传了。

工作对于我来说难度不大，是已经适应和习惯了，我非常自律，面对任何事情我都可以去做，当然，不是我的我不会全部包揽。

世上无难事，只怕有心人，千真万确！

今天天气虽然不好，你一定想不到，报名交费三人，是我上班有史以来最多的一次！

我没有兴奋和激动，而是心情平静。

★ 2017 年 9 月 26 日　　　生日——母难日　　　44 周岁！生命过半！

雨下了一天，天降甘露，这是对我生日的满满祝福！

在微信里、QQ 里，一句句祝福的话语，令我感动至深。

想知道谁是给我祝福的第一个人吗？很多人猜测是我的老公，我说不是；是孩子，我当时很感动。

开完晨会，我发送图片到微信工作群后，看到孩子给我发的一条信息"祝妈妈生日快乐"，时间是 7 点 09 分，此时热泪盈眶，随即给孩子转了 60 元红包，备注写了一句话："妈妈爱你这辈子，勇敢过你的生活。"

更多人给我祝福都不及自己的孩子能够记得，并且说出生日快乐这句话。

晚上 8 点 30 分，我给妈妈打了电话：妈妈你好，这会儿在哪里？这几天身体怎样？今天是我的生日，母难日，感谢您生下了我。

"我在麻将馆儿，等会儿回家看电视，这两天身体可以，你的生日，哦，好的，到十一给你补补，家里有鸡蛋吗？我这里有三四十个了，不用来看我，我挺好的，十一放假回来给你带些。"妈妈一连串说了好多话。

妈妈没有记得我的生日，她已经 70 岁了，我告诉她，女儿感谢母亲，电话那头我听得出来，妈妈很开心。

母亲的一生为了什么，各有各的想法和说法，我的想法现在是，第一培养一个好的孩子，第二生我的妈妈晚年幸福，第三自己越活越开心。

★ 2017 年 9 月 27 日　　　活出自己想要的样子

秋雨连续下了三天了，看预报说明天是晴天，阴雨天也罢，晴朗天也行，到了我这个年龄，没有什么不好的。

最近一段时间，我过得非常开心，工作上还是老样子，努力主动，生活上我不再过得那么拘谨，该买什么就去买，不去为了使劲赚钱而内心不安焦虑。

人生就是这样，自己要活出自己想要的样子，不要在乎别人的眼光和说法，想去做什么就去做，一旦选择好了要坚持下去，稳稳地过生活，平时多储备能量和本领，机会来了自然要去把握。

做自己喜欢的工作是一个人一生中最幸福快乐的事，芸芸众生中少有人。

我最喜欢和孩子们在一起，和小宝宝们在一起，和青少年们在一起，曾经幸福开心过好多年，当然未来很长，也许还会多加若干幸福年。

不愿虚度时间，我持续不断寻觅和挖掘我的内在价值，直到离开生命的那一刻。

★ 2017 年 9 月 29 日　　　培训总结

昨天的一场老师培训持续了两个小时，原定一小时的，园长讲的内容着实有用，讲到国庆节期间值班注意事项，讲到她去北京参加培训学习，内容是：生命是一种自然现象，是宇宙中伟大的奇迹。"三重生命"指有意义、有道德、有精神的三种状态。你是如何看待生命、生存、生活？儿童是指未成熟的人。做一个满足别人需要的人你就成功了！新的教育模式是让儿童去探索儿童需要什么，需要理解、尊重、欣赏，认可（要欣赏认可行为）。要想想工作的目的，有无向上走的眼光，要让自己更值钱！

培训了，对年轻的小老师们有无效果呢？

当然，这不是我要"追问"下去的事情。在培训的现场，我看到有的老师回答问题不以为意，有很多玩笑的成分，思考的老师也有，相信很多老师会好好想想的，这关系到每个人的职业生涯。

★ 2017 年 9 月 30 日　　　　**幼师更要有爱**

中午，我在财务室午休，里面空气不是特别新鲜，放满了物品，还有一张一人宽的沙发，因为我的腰不好，经常酸痛，不能直接躺在地板上，所以我到沙发上休息了，室内我关了灯，比较黑，大约快 2 点的时候，一个班的老师抱着一个孩子，这个孩子在哭着，她把财务室的门踢开了说：你再哭就把你关进去，顿时，孩子不哭了。此时，我的心里很不好受，老师怎么还能对孩子这样说话呢？昨晚刚开了会，你好好学了吗？你听进去了吗？你伤害了孩子，孩子会怕你的。

昨天的培训园长煞费苦心，而某些老师还是我行我素，原因在于她的心里没有爱，追溯起来一定有心理问题，如果老师的心理问题没有解决，那么受伤害的孩子一定会越来越多。

★ 2017 年 10 月 2 日　　　　**失去主动就失去精气神**

今天我和小郭老师值班，上午 9 点到 12 点，下午 2 点 30 分到 5 点 30 分，如果不下雨，需要一人在园值班，一人到市场宣传，我们很幸运，今天天气很好，出了太阳。

我上午去了宝龙广场宣传。国庆期间，广场很热闹，孩子们很多，东西南北的到处都有，只要看见父母带了孩子玩耍，我都会上前去宣传的，毫不退缩，两个小时左右，我收集了七个电话号码，总之还是有收获的，于是便心情愉快地回去了。

中午回家吃饭休息后，我按时来到单位值班。下午是小郭老师外出，她刚要了外卖，到 3 点了还没有外出。我就提醒她，3 点了该出去了。此时，她两手空空地来到我面前问我要资料，（这其实都是需要自己准备的，工作需要主动，工作需要用心准备），我帮她准备好，她走了，步履沉重，极不情愿的样子。

我在单位开始抓紧时间看书，我买了一本《儿童性格心理学》，计划一天看完。看的时间久了，我就打开音乐听听，在大厅里走走，到幼儿园外看看风景。好充实啊。

★ 2017 年 10 月 3 日　　　　**接通孩子断掉的心灯**

今天又开始下雨了，一直淅沥个不停。

学生如约而至来我家里做心理咨询，她说坐过了一站，到我这里晚了半个小时，我很理解孩子，有三个月没来这里了，再说天气不好，路上会花点时间的。

一个人失去目标和理想，没有自信，无端猜疑是让人感到无可救药吗？不是的，只要重新认识自己，找到自己的优势和自信，再次确认目标和方向是有可行性的。

只要找到正确的指导老师很重要。引导孩子的明灯可以是父母也可以是老师。

每个少年都有过迷茫，认不清方向，甚至怀疑人生的意义，多希望越早清醒越好。

我们都曾经年少过，和许许多多的年轻人一样，痛苦的思索，父母们在我们的耳边絮絮叨叨，用尽词汇量，想要"点醒开导"我们。

这个女孩儿和其他年轻人一样，我都是认真对待的，没有看不起她，没有絮絮叨叨，没有惊讶的表情面对他，更没有训斥和吓唬她。我把她当作我的孩子，我的朋友，我的学生，自然而然地交流、引导、称赞鼓励她。

90分钟左右，这个女孩子笑了，举止得体，轻轻地走了。

我的心情极好，如仙子下凡播撒雨露，知足飘去。

我愿意启迪孩子们的心智，不断接通孩子断掉的心灯。

★ 2017年10月4日　　　　孝顺母亲

中秋节这天，雨还在下，团圆的日子里我们一家和弟弟一家再次回到妈妈家里。

热闹了，六个人，妈妈准备了水果，一直笑着和我们说东说西，我们也在找着各种话题和妈妈聊天。弟弟也很开心，他两个月前和朋友开了一家饭店，每天都忙忙碌碌的，今儿个是过节，他又是孝顺儿子，一定会回来看妈妈的。

妈妈最近气色挺好的，过去的艰难日子都挺下来了，腰背疼过，腿脚都痛过，她头晕不舒服，我们做子女的都很关心，买药买保健品，都让妈妈尝试用用。妈妈明白儿女的心意，这些日子，她用了几样保健品，吃过后反应很好，花钱买了不少，还给孙女外孙用，我和弟弟就不用说了，每次回去都要叮嘱，蜂胶要吃啊，五色新能每天两次不要忘了，记得每天早晚一次啊……

妈妈的爱细腻，妈妈的爱无私，我们没有理由不爱她，不疼她。

★ 2017 年 10 月 5 日　　　　和学生谈心

看书，看电影，听讲座，走路锻炼，写日志，依然是我假期中熟悉而又喜爱的活动，这几样存留在我的人生里已经足够，我很开心。

另外一个活动，我喜欢的就是和孩子聊天，谈他们的苦恼、烦心事、未来梦想目标等等话题，当然希望这是有报酬的，有价值的；当然了，如果生活中遇到这样的孩子，我也会去好好和他谈，不过要看眼下有没有重要的事情去做了。

下午，我的学生提前 30 分钟到了，我没有太多的诧异，看到、感觉到孩子一点点在进步，在成长，在觉悟，我的内心无比欣慰！

我布置给她作业，在大学的四年里，要养成的两个习惯和三个愿望是什么？她说。

锻炼身体，寻找一项自己喜欢的体育活动。

第一个愿望是，积极的行动力，不要拖延。

第二个愿望是，长高 5 厘米。

第三个愿望是，脸上的痘痘消失。

我听完之后为孩子高兴，对她的习惯和愿望我们谈论了一番后，我建议她每周或每天写日记，字数不限，写一件事情的经验或自己的想法都可以。

★ 2017 年 10 月 6 日　　　　接受打击就是成长

我和小婷老师值班，今日是晴天，一日无雨。

我发现在今年的国庆假期里，我真的好幸运，到我值班的时候总是晴天，回家的时间里总是下雨，让我劳逸结合。

上午我依然一人外出宣传到宝龙广场，刚去的时候是 9 点 30 分，这时候人比较少，孩子也就少，我看到孩子就径直上前问家长，一点儿也不畏惧；说说站站，我来到宝龙的商场里，也是走走停停，观察这里的人和事情。你的心里在想着美好，一切的景物的确会变得美好，心情极为舒畅。

小婷老师一早告诉我，她的一个朋友昨天出车祸，所以，小婷决定下午早点结束工作坐车去看她的朋友。小婷很够义气，说话算话，我支持她。

中午，她和园长请假，说明缘由要早回，园长就同意了。不料，下午 3 点左右，老板来了，从园里出来脸色不好，问我值班老师的情况，我如实回答，问我卫生情况，我如实回答。后来的结果您可想而知，小婷从车站回来了，我们共同打扫了卫生，一直到下班时间，小婷坚持要去看她的朋友，我提出送她到车站。

从今天的事情可以看出，万事万物都在变化，你能够接受变化就是成熟，接受打击就是成长，没有什么吃亏和占便宜，也没有什么痛苦和快乐，你的感知就是你的生命组合，无喜怒哀乐。

★ 2017 年 10 月 7 日　　　　喜欢思考

"百年挚友"微信群友距离上次聚会有两三个月了，上次来了五个人，这次的十一聚会我又召集，来了六个人，郭弟、金哥、世明、吴叔、爱人和我，有 229 个群友的微信群只来了六个人，是不是有些……

好了，聚会的事情不说了，没有什么可说的，当下的社会人人都有目的，自己做到就好，何必乞求完美。

发达的网络通信，让人们生活的节奏加快，一个人静下来想事情和做事情的时间越来越少，大家都忙忙碌碌，忙得不知所以然，包括我在内，我也要检讨自己。

翻看过去的照片，最让我开心和自豪的莫过于在天之骄创展国际的时光啦。那时的我心情好，皮肤更好，状态自然最佳，我做的事情是我最最喜欢的，和孩子们在一起训练，培训他们成为自信少年。

时过境迁，我有了改变，不甘服输的性格曾让我迷失了自己的方向，轻易地去选择赚钱快而不熟悉的行业，走了近一年的弯路，时间财物也投入进去，连宝贵的身体也遭了殃。

经过思考，我决定改变自己，慢慢积蓄能力和能量，重新再来。

★ 2017 年 10 月 8 日　　　　每天坚持几件事

国庆假期就这样过去了，今天上午老师们都到单位打扫卫生，到 12 点 30 分才下班，爱人和孩子下午 2 点多就从洛阳出发到郑州，天气不好，一直不停地下着毛毛雨。

年初的时候，我计划每天要坚持几件事情：一是每天早晨锻炼身体，60 个仰卧起坐，20 个向后摆腿，20 个俯卧撑；二是每天晚上读一篇好文章和一个儿童故事；三是每天坚持写日记。

我检查了日记，一篇一篇地查看，从 2 月份开始至今整整 250 天里，有 35 天没有写，也就是说完成了 86% 的目标，这个数据表明，我必须到明年的 2 月份期间，每天都要写，不能落下。

好吧，就这样。

坚持下去，不拖延，不停止，不懒惰。

★ 2017 年 10 月 9 日 　　　　挤出时间做事

总想在闲暇的时候再挤出时间来做些什么！

忙碌起来有存在感和价值性。

紧紧地盯着自己的目标不放松，在清醒的时候腾出大脑吸收些"营养"。不喜欢做一成不变的事，如拍照、如整理仓库、发放物品、打扫卫生；当然这些事情也有一点点技术含量，终归是要占用我的时间。

我还可以做些什么呢？

每天多看一篇文章，多看一些书，多和家长聊聊，多做力所能及的公益事情。

时间是最宝贵的，一去不返，我要尽自己最大的可能努力活好每一天。

★ 2017 年 10 月 10 日 　　　　如箭嗖嗖，时间而过

天气越来越冷了，昨天就感到风冷飕飕的，今天我就开始把棉袄穿上，好好保护自己，不让亲人牵挂。

温度下降了有 10 度吧，今年我要对自己好好的，去年的这个时候，我正在学习细胞检测，还去了北京，之后我就住院了，去年我一事无成。

进入这个单位以来，每天都忙忙碌碌的，至少有事情可以做。下午我打电话安排测评的孩子，要拍照餐食发图片；园长又让我去另一个幼儿园，问安全建设方面的填报情况。到了 5 点左右，她又临时让我去奥尔夫幼儿园交一份资料，谁知，到了那里，带的 U 盘的资料打印不了，后来经过老师的修改才完成结束，忙忙碌碌了一下午。

处处留心皆学问，不要认为你什么都通晓，好多东西你都不会，谦虚谨慎懂礼貌是社会交往法宝，你有了他们几个真的在世上可以事事平安的。

人生的路程看似遥远，实则如箭般嗖嗖，你若不留心生活，那么你的世界将是无趣和无味，我喜欢有滋味地度过我的一生，不想去冒什么险，但一定是自己在年轻的时光中尝试过的。

★ 2017 年 10 月 11 日 　　　　**今日种种，皆成新我**

决定你人生上限的，往往不是能力，而是做人做事的格局。你读过的书，走过的路，遇到过的人，经历过的事，都会影响你的格局。你的视野有多高，就会获得什么层次的回报。

昨日种种，成为今天的我。今日种种，成为重获新生的我！

在单位工作要少说多做，察言观色，礼貌用语多多益善，能多学就多学，多听别人讲，动脑做事。

每天每时每刻都满怀希望做事，劳逸结合，保持乐观积极的心态，笑容一直挂在脸上，并随时调整好自己的表情，我是一个有趣的人。

昨晚我读诗了，停止了几个月后又开始想读。内心的我从没有放弃我的喜好，现在越来越喜欢安静，喜欢更多的寻找自己的时间，我发现安静的好处极多，灵感都会在此时出现。

★ 2017 年 10 月 12 日 　　　　**因为面子说了谎**

忽然想学习家庭教育指导师了，前几年也有这个想法，只是没有下定决心，今早我考虑了以后的路。

我喜欢孩子，喜欢家庭教育，需要有个证明，或者说是认证书。上午我咨询了一个机构，培训 4 天，费用 3800 元，价格还不低。

我计划找一个机构，可以好好地学，有教材的，有合适的时间去听课学习。

今天要特别说一件事，单位有一个大门钥匙，平常保安叔叔在的时候他开门，遇到他不上班的时候，老师们就会经常使用，小小钥匙放在盒子里翻找起来有时比较麻烦，今天我和老师们找不到这把钥匙了，一般情况下是不会丢的，好几次是老师装在衣服兜里忘拿出来了。我今天上午为这件事问了所有老师，她们都说没见没拿，甚至还追溯到昨天，我在视频看回放，看了挺长时间的也没发现，忽然，我想起今天我换了件衣服，昨天我也用钥匙了，会不会是我？

果然，钥匙在我的衣服兜里，没有办法，我也不好意思说是我拿了，因为我问了一圈人，如果说是我拿了多丢人，我只好撒了个谎说在桌上的东西缝中夹着。这件事情过去了，我也长了经验教训，先检查自己再去询问别人。

★ 2017 年 10 月 13 日 　　　　**这样的老师不能留**

昨晚工作事情较多，在开园的时候我去交单位的资料，那里的负责人指出我们资料的问题，他非常耐心，不该加章的地方按顺序一一告诉我，并让我改完后交过来，我听后很感动，更佩服他的敬业精神。

昨晚一个家长来反映他的孩子在午休的时候，被老师按着头往被子里按压，有好几次了，孩子第一天不敢跟妈妈说，后来又发生了几次，孩子害怕就告诉妈妈了。这个事情发生在幼儿园是不光彩的，我听后也很生气。这个老师才来几天，周一才上班，不过她的表现大家都反映不好，不喜欢和老师交流，不喜欢和孩子互动。观察她上班期间的视频，她在中午不管孩子，自己看手机，在课上没有笑容，全然没有爱心来照顾孩子；这件事情到了园长的耳朵里，经过调查和谈话，园里决定让她离开。

★ 2017 年 10 月 14 日　　　　**我来安排工作**

公开课安排到今天了，园长一早打来电话说，她不舒服，有可能不到园里，让我安排好工作，我答应了。

前几天打电话邀约有 9 个家长说可以来，到 9 点 30 分的时间只来了两个，我们照常进行。

9 点 20 分我安排好老师们拿好物品，外出采集名单，我和家长在沟通，谁知，安装换气扇玻璃的师傅来了三个，我看情况他们一时半会儿还干不完，于是，就把上课的地点换到了楼上 4 班，课程进行得很顺利，老师们配合地也很好，没有什么大的不足，只是我在给孩子们讲故事的时候，小老师在旁边听着忘了给我们拍照。

今天一共来了 3 个孩子，7 个家长，耐心细致而自信地与他们交流，我还要继续跟进下去。

★ 2017 年 10 月 15 日　　　　**陪老妈，我开心**

定期去涧西看妈妈，这是不变的习惯，她一个人生活，弟弟搬了家，工作还很忙，我和爱人如果没有太多事情就回去看看妈妈，和她聊聊天说说话。

妈妈见到我们很开心，忙着给我们做饭，我也主动和妈妈说起家里的事情，也说到房子的事情要被拍卖，和家人商量着想去郑州租房子找工作，妈妈了解我们的情况，并没有反对，更加关心我们了。

那次事件之后，我们理智了很多，情绪上也不像刚开始的那样愤怒、郁闷了，我们想开了，妈妈也想开了，只要身体好，身边的一切即使都没有，我们只要有能力都还是会得到，只是时间的早晚问题。

★ 2017 年 10 月 17 日　　　　**一辈子喜欢孩子**

上周爱人说，法院让我们准备腾房子，这个消息对于我们来说不是晴天霹雳了，早已明白有这样的一天，这天早晚会到来的。我的计划是在洛阳找房子住下，还在现在的单位工作，拿着每月不足 3000 的工资，一直干下去，直到有什么变化再说。

我们为此争执过，各说其词，我们都需要冷静地考虑。

周六日爱人回来后，我们也商量，也和我的妈妈说了，这次是真的准备去郑州了，不过，要等到我们的房子卖掉或到年底再说，我可以在网上看看，郑州若有合适的机会就去应聘看看。

如果要得到更高的薪水，发展更好，我愿意做园长。

我这一生喜欢孩子，喜欢家庭教育，那就在这行业中发展下去吧，喜欢的工作如下：宣传者，园长，培训，心理咨询。

★ 2017 年 10 月 18 日　　　　**活出自己的价值**

例行每天检查卫生，我明白这个工作大家都不喜欢，因为记上一个就会扣钱，给老师们说的时候，有时我会指着地上或墙上的位置告诉是哪里不合格，她们心里是不开心的，但是，我想过许多，睁一只眼闭一只眼我不会去做，我还是要实事求是。

时间如流水，过得好快，我静静地思考，时间也不会停止等着我，人活着怎么过都是看自己的态度，好歹都是自己说了算，苟且、消极、得过且过，一直向上走、"追"钱、"追"地位等。但是我会一直向上走，不会拼命追钱，不会拼命追地位，我要我活得有价值，用自己的能力去展示和奉献出我的光和热，不会人云亦云。

我是一个有主见的人，我有自己的思想，不会被任何人奴役。我也会教我的孩子活出自己，我不会去指使他去做什么工作或学究，每个人都有自己的追求。

★ 2017 年 10 月 19 日　　　　**每个人的世界都不同**

一天忙忙碌碌，不闲着，爱人昨天说要回来，我满口答应，他也是为了工作东奔西走，做业务，客户在哪里就要拜访到哪里，他是一个对待工作认真的人，我们这点很相似。

因为每个人的不同世界才如此精彩，我看着身边的人一个个长相不同，说话不同，思维不同，我就觉得特别有趣。是因年龄大的缘故吧，越来越向往年轻人的生活，自由自在，不过，我不喜欢把大把的时间给游戏，让时间一点点消耗掉，做点有意义的事情不好吗？想想如何把工作做好？想想如何让孩子更喜欢你？想想自己能否创业做些什么？

和爱人生活快二十年了，我们也是不同的，照样该吵就吵，互不相让，我有我的想法，我会听他的建议，采纳权在我的手里。我不会让任何人主宰我，即使我的决定错了，我不后悔，做事情要心甘情愿，敢于尝试，敢于折腾人生，况且你折腾不死。

★ 2017 年 10 月 20 日　　　　**不急才能想得更周到**

越来越喜欢坚持自己想做的事情了，坚持下去，自信心更强了，我能够战胜一切，关键的一个敌人就是自己。

我把休闲的时间每周一到周五晚上定为 30 分钟，我要在 30 分钟内做好一些重要的事情，特殊情况除外，我计算了一下，读书（一篇故事，一篇文章）需要 30 分钟，写日志的话一般为 15 分钟，这样挺好，然后再外出散步 30 分钟或者活动一下，有动有静这样最好。

不过我不能逼迫自己，对自己不要过于严苛。

刚刚我读的一篇文章，讲有关孩子性格的，我看了对比自己，认为自己就是红色性格的人，不让自己闲着，也不想让别人闲着。怎么办呢？就是让自己慢下来，并且在做决定的时候，不要太着急，想得更周到些。

★ 2017 年 10 月 21 日　　　　**坚持原则，不随意更改**

今天照例上班，上午在园里做活动，邀请的家长来了两个，本来说有八个可以来的（家长说来没来，没来的 99% 不发短信，不打电话），我习惯了，家长的素质必须要提升已经不是当务之急，早在多少年前就该教育的了。

家长守信或不守信都会影响对孩子的教育，不知你是如何做的，我在孩子小时候就经常给他做榜样，答应别人的事情一定去做，如果做不到就告诉别人，这是素质问题，不是小事。

下午是带领老师们外出宣传，一共 10 名，在外出前，园长叮嘱宣传到 5 点就拍照发到群里，老师们就可以下班。到了单位，有老师说 5 点赶车来不及，说要 4 点 30 分就走,我给园长联系,还是坚持原则。在宣传过程中,她们结伴而行,采集名单的数量不佳,老师们懒懒散散的,甚至还有老师坐在商场的座位休息,还有老师问我要名单,害怕完不成任务要扣钱,这些小老师认真做事的不多,通过小事情以及工作情况就可以看出她们的人品来。

晚上学习蓝色性格的孩子特点,这类孩子的性格偏内向、谦虚、腼腆、不多话、不多事,比较乖。昨天学习红色性格,孩子的特点是自己不喜欢闲着,还不断给大人提要求,给大人找事做,脾气倔强,自己想不通的事情别人很难说服,自己认定的事情一定要完成,性格急躁,从小有主见、胆子大。

★ 2017 年 10 月 22 日　　　　放下自己的执念

今天休息,我要陪陪爱人,经过几次长谈和"唇枪舌战"后,我良心发现,不可以多想着自己了,还要多考虑他的感受。

工作认真是必须的,关心家人是必须的,照顾好自己也要顾及家人,爱人从省城每周跑回洛阳的确非常辛苦,他也很节省,不该花的钱绝不花,是一个特别会过日子的人,有时我还有些埋怨他花钱不大方,但是,自从他这几个月来,一直帮我还信用卡,我就体会到他的用心了。当然,他还是爱我的,特别爱这个家,虽然我们的这个房子名存实亡,但有爱人就有家,我也是这样想的。

现在我在他的影响下,也会理财了。其实理财不难,就是不要随便花钱,控制住购买欲望就行,若真需要就货比三家,挑选活动期间去买而已。他经常告诉我,要多存点钱,以后用钱的地方多着呢。

★ 2017 年 10 月 23 日　　　　办园不容易

检查组突然到幼儿园,他们是食药监局的工作人员,今天来检查我们幼儿园的食品卫生情况。

"带我们去厨房看看!"工作人员说。

"装吃的东西不能放在地上,垃圾桶要带盖的,把索证拿出来,看今天的肉票……"工作人员很认真,一边登记一边告诉我们注意事项。

我跟随着他们,让我拿的东西我也不知道在哪里放着,个别的资料我可以找出来,有些事情我是不能回答的,因为我确实不清楚,负责园长当时不在现场。

一通检查下来,好多项目指标都不合格,园长和老板急忙解释马上去办,该整改的整改,该添置的添置。

我带他们去看的，他们说的，我这边听得都有道理，要完成的任务可真不少，再投入至少上万元。

做成功的幼儿园确实不容易，想想我自己当时办的幼儿园，确实需要投入更多的人力、物力和财力，一个人的力量是不行的。

我所在的单位有二十多位教职工，各司其职还要团结一致，缺一不可。老板也不闲着，还要购物，还要担心孩子出事啊。

★ 2017 年 10 月 24 日　　　突然造访的人

8 点 20 分，教育部门一领导突然"造访"，他中等身材，表情严肃，戴一副眼镜，一进门就问：你们保安呢？我实话实说，正在接孩子的时间不在岗。他又问出现危险情况怎么办？

他告诉我他是到幼儿园来检查工作的，并说他是发证单位的。

又去厨房查看，又查了留样盒。

他工作认真负责，说话有理有据，入园主动登记，在发现的问题上讲透结果。我请他入园穿上鞋套，带他到厨房时经过后门步道，他告诉我鞋套是形式。

★ 2017 年 10 月 25 日　　　思想有点儿矛盾

相对来说，单位的事情你去干就会有，不干就很清闲。

不过我是不会让自己闲着的，不管在家还是在单位，我会思考做事，不可以只做不想，话还是要少说，多做一些实在的。

幼儿园的老师就像孩子的第二个妈妈，孩子们回家后都会模仿老师的言行。好的学，不好的也学，不过要改正就太难了！

最近一段时间我在网上看郑州的工作，做好去那里应聘的准备，当然也有矛盾心理。家里弟弟打来电话说可以回妈妈家住，一是照顾妈妈，二是去郑州不是长久之计。我在想，如果去郑州工作应该是好找，租房子还需要添置物品，干上几年还不知道，工作也许还会变动，我和爱人可以相互照顾；我需要重新开始，最多干五年，50 岁了，再留在洛阳和母亲同住，也可以相互照顾，母亲年龄大了，我希望母亲晚年幸福，不让她再操心我们一家，妈妈的家宽敞比较大，我可以找个附近的工作干着，不用再去租房子，只要把新区的东西放到母亲这里就够了。

这件事情给爱人说了，我们说下周见面再谈谈。

★ 2017 年 10 月 27 日　　　　**要换工作了**

　　单位新来了一位前台小姑娘，"00后"，才17岁，专业学习幼儿师范，她很懂事也很勤快，让她做的一些事情她都完成得很好，我这边的工作就轻松了许多。

　　我和一个小朋友的妈妈聊天，她本要来单位教钢琴的，因为孩子上她的课，不好好配合，哭闹不断，她妈妈就在家休息，等孩子适应了再去上班。这里的一个钢琴老师要离职去外地继续学习，我建议小朋友的妈妈主动争取上班的机会。

　　昨天，郑州有一家筹备幼儿园的老板给我打电话，我们在电话里沟通了一会儿，我想应聘园长，我有这个信心。我喜欢孩子，希望和更多的父母配合起来好好地培养这些祖国的幼苗，这是一个艰巨的任务，良好的教育要从娃娃抓起，到了上小学的年龄，若出现不良问题或品行不端，需要费很多力气来矫正，因此，教育者中重要的角色就是家长和老师，家长和老师需要继续学习，不断学习，是绝对不能放松的。

★ 2017 年 10 月 28 日　　　　**幼师必须不断培训**

　　今天是重阳节，是敬老爱老的节日。昨天下午我们在各班举办活动，邀请爷爷奶奶或姥姥姥爷参加，吃橘子、饮花茶，爷孙儿相偎依，幸福而温馨。

　　各班活动圆满结束，晚上开了会，园长总结了这段时间的工作问题，布置了11月份的工作内容，强调最多的是安全，比如排队推操、电动车碾压孩子的脚、户外活动场地里孩子骑车碰撞事件等。

　　幼儿园的安全工作是最重要的，管理人员和老师要有足够的防范意识和警惕心，特别是下课后，一定要组织孩子游戏活动，不可以无组织无纪律，家长接走时对于活跃的孩子要叮嘱好。

　　今天去单位上班，我们仍然到周边小区和宝龙广场做活动，我带娜娜和亚美出去收集名单，我一向对工作是严谨和认真的，投入工作状态也非常快，我以一个师傅的角色出现，在收集到6个名单后，我让她们俩去接触家长，攀谈和完成收集名单工作，我给她们讲如何开口、如何介绍、如何和家长拉近感情距离，经过几次锻炼，她们都积累了经验。

　　一个园里教师是最关键的因素，因为她们和孩子们直接接触，和家长直接接触，因此教师的培训必须有效，有效的前提是要激发她们的梦想，调动激情，主动去工作，被动不可取。

★ 2017 年 10 月 29 日　　　　**家长和老师绝顶重要**

回到妈妈家是 10 点 30 分了，我坐车去的，在车上有些不舒服，头有点儿晕，我想一些好的事情，尽量不把注意力放在不舒服的地方，然后就好多了。

给妈说了我要去郑州的想法，当然，我知道妈妈不舍得，怕我离家远，还要租房，生活受苦，我非常理解妈妈的心情，告诉她说，我去那里看看，不合适了就回来，等我们过不下去就来你这里住，把家里旧的家具和我家的换换，太旧的卖掉等。

计划下周五就去郑州，好久没有离开洛阳了，到郑州也不远，但毕竟是出远门，极有可能要去另外一个城市生活和工作，想想，人这一生什么事情都是在变化之中，可以留下也可以出去，我是一个不甘心的人，也是一个重情义的人，选择幼教事业是我年轻时的梦想，好种子要在刚出生时以良好的环境培育，我要把教师和家长培训在幼儿园中执行起来，科学地培养教育下一代希望。

"家庭的希望，祖国的未来！"

这句话是我在"小龙小凤幼儿园"办园时写在墙上的标语，我深深地牢记着。任重而道远，每一个孩子都可以培养成栋梁之材，要有耐心，要懂孩子，要会引导。

家长和老师的引领绝对重要。

合格的一年级学生从幼儿园走出来！

不需要用高科技，不需要为孩子高消费，只需要家长和老师用心多学习。

★ 2017 年 11 月 1 日　　　　**找工作**

进入 11 月份了，时间过得真快，一转眼 2017 年就要过去。我在这个单位也干了快一年时间了，感觉自信心在不断增长，并且感觉自己还要学习更多的知识，俨然有学生的心态，学习是不能停止的，在我的生命里我要学到老。

看了几家单位，我决定周五和周六去见面谈谈，不管成功与否，多出去走走总是好的。

大部分是幼教机构，有一家是做家庭教育讲师方面，我只选择我比较喜欢的，我不把时间浪费在不喜欢做的事情和工作上面，时间对于我们每个人都是极其宝贵的，何况我的年龄不小了，但是我愿意再干三十年。

★ 2017 年 11 月 2 日　　　　**好员工有正能量**

今天我在单位，园长和郭老师都没有过来，园里又少了几个老师，有调休的，有请假的。

小班的保育刘老师非常令我佩服，对她的为人我很认同。她是一个成熟的大姐，不仅生活知识丰富，并且工作能力强，业务擅长，责任心强，是一个难得的优秀保育老师。目前单位问题很多，她提出了一些有益于工作的好建议，对待孩子认真细心，对待工作尽心尽力。

这样的员工非常少，在单位能占到 20% 就不错了，我们要更多地去培养和招聘这样的职员，单位的正能量足足的，工作效率和团队气氛一定高效和热烈。

★ 2017 年 11 月 5 日　　　　**面试四家幼儿园**

双休日里我到郑州面试，计划周五面试三家，周六回洛阳。周五一早 5 点起床，5 点 30 分骑电动车出发，到火车站是 6 点，取出车票，坐上 6 点 41 分的火车，到站是 8 点 20 分。

约好见面的第一家是童辉幼儿园的王总，她迟到了 40 多分钟，30 多岁的样子，面容姣好，声音"软软"的，说家里有点事耽误了，她的幼儿园准备年后开，现在是筹备阶段，需要招几个老师做招生工作，幼儿园还没开始动工，预计投资 300 万元，以国学为特色，收费在 2000 元到 2700 元之间，附近约有 10 家竞争对手。她没有接触过幼教行业，但是喜欢孩子，也觉得这个行业比较赚钱，以后准备再开两所，预计今年 12 月至来年 2 月份都要以招生为主，今年 3 月份开园。

我分析她的优势，需要从头开始，建立制度理念，招聘培训员工，开业之初和教职工相处，后期的感情融洽，教学工作相对轻松顺利；劣势，幼儿园装修需要 1—2 年才能完成，重点是宣传招聘工作，家长一般都要到一年后才报名（考虑装修后的甲醛影响），投资人仅仅是喜欢孩子，但不懂园所的规划和运营，我暂时还不能马上投入工作，筹备事项会有很多，因此，我保留选择。

第二家是智慧儿童幼儿园，她以推广新教材为主，需要经常出差讲课，工资 5000 元以上加提成，没有双休日，我需要照顾家人，因此我放弃。

第三家是天启幼儿园，是去年开园的，现在有一百多名孩子，投资人之前做了十几年的高校高招，人脉资源广，幼儿园临街，地理位置好，目前是 6 个班，共 11 个班，因原来的园长年龄大，因身体原因需要再招园长。投资人很健谈，谈话之中又接了几个电话，说的是与幼儿园不相关的事情，忙着投资其他项目。对他第一印象不是很好，谈话后，我又感觉他不是真心做教育的人，不真诚，"吹牛"成分多，工资也是5000元，因此我放弃。

第四家是（周六）昨天下午在58同城网上临时看到的一家招聘，没有提前预约，抱着试试看的心情，打了电话，通过谈话，给我的感觉很好，对方说话柔和、委婉，她让我和董事长联系。晚上董事长说她要送孩子，于是约到周日见面。董事长很守时，年纪比我大一岁，为人和善，我们一见如故，谈得很成功。

分析优势，荷花幼儿园负责人孙老师（后来得知是董事长的嫂子）亲和力强，她的幼儿园位置好，交通便利，生源不错，开园十几年了，目前有两百多名孩子8个班，二十多个教职工，户外空间大，设施比较齐全；劣势，教具及室内装修老旧，有很多安全隐患，如门锁、门边容易夹手，上下楼梯地面较滑，看门保安是老阿姨，无防范工具等。吸引我的是老板人不错，善解人意，说话婉转，园里条件有进一步改善的空间，工资7500元，将来提升的空间最高可以拿到1万多，这点我很满意。

因此，综上分析，我觉得首选是孙老师的幼儿园，第二是童辉。

★ 2017年11月6日　　　　提出辞职

今天，我向园长提出离职的事情，她们都感到惊讶，没有想到我会这么快。是的，我也没有想到，但是，我还是提出来了。家里发生了重大变故，我必须向前走，必须向更好的方向、向更希望成为自己的方向走去。

我知道前路漫漫，我知道母亲不想让我离开她太远，但是我还是想出去拼一拼。

我们现在是一无所有，不可停止不前。我曾有过在这家单位享受安逸的环境，宣传招生，做着简单重复的工作，拿着不到3000元工资一直干下去的想法。可是爱人经常为我做榜样，他不甘心，一直坚持着美好的希望。

我确实要好好地做回自己，挑战一回了。

因为，生命里没有太多时间。

★ 2017年11月7日　　　　愿意做鸿鹄

今天立冬，暖暖的阳光怎么会带来寒冷呢？

四季的更迭，节气的转换，时间不停地游走，我已经确定了去的方向。

诗和远方我们都可以拥有，只要自己想要，前面的路虽然未知，不亲自实践你不知道自己的双脚是否能江湖笃定，站得稳，立得正，你的心胸如此宽广，要放在可以施展的天空。

燕雀安知鸿鹄之志。

我愿意做鸿鹄，也要甘心做燕雀、柔弱的小草和为人遮风挡雨的大树，对于处在特殊时期的我来说，我也要去做！

周遭的一切都没有什么，只有自己的心才明白——一个人为什么要活着，该怎样去活！不愧对父母、老师、亲人，不愧对自己的生命！

★ 2017 年 11 月 8 日　　　　不能停止追求

递交了离职申请，我的心里一片淡然，是的，没有什么事情是接受不了的，也没有什么事情是无法改变的，思想的改变，你的路就会变，当然要越走越好，时间不停地流走，我也可以不停止追求向上的脚步，也可以原地不动，只是，我的心愿意吗？

我的生命已经过半，没有太多的可以重来的机会，我只有认真地计划和及时把握，为自己和家人开创更好的明天。

我十几年前的愿望是一辈子办幼儿园，一辈子和孩子们在一起，可是辗转曲折的经历，让我在过去的十年里经历的不是在幼儿园中和孩子一起，但是我的内心还是希望能够用我的热情陪伴一同长大的孩子和他们年轻的父母，因为幼儿教育太重要了，它就是河流的源头，源头进了污水，将来也是废水，我不愿意让涓涓细流掺杂污物，不愿意看到父母教养方法出现太多的不科学，我愿意用我的能力尽心去做一些事情，我相信，我可以做到。

★ 2017 年 11 月 10 日　　　　遇事淡然，理解用心

快要离开我工作近一年的岗位了，虽然说业务园长更多的还是做招生宣传，不论我做什么岗位总之我要发挥自己的长处、优势，好好地踏实地干好每件事！

我做好了充分的准备，随时离开，去奔向新的地方，开始新的生活！我知道每天都是新的，每天也都会遇到问题和困难，就像今天遇到了阻止我在广场里发宣传单的事情，我和她做的都是有意义的工作，没有高低贵贱，按照规定在广场宣传说不可以，我理解并尊重规定，我后退一步，海阔天空！

★ 2017 年 11 月 11 日　　　我对消费没兴趣

今天是双十一，手机里只要有关销售的消息都和双十一的消费有关，微信、淘宝、微商，线下的商户们无不在搭载这一次的"高速列车"，好像过了这天就没有明天似的，促销促销，促销的节奏迅速而"猛烈"。

我倒是没有这种感觉，需要的东西该买就买，没有说要扎堆儿挤到这一天，听说今天淘宝的销售额达到了 15 个亿，天哪，中国人平均一人一块。

我对消费并不十分感兴趣，花钱花在刀刃上，该买的一定买，不该买的不买，货比三家，用完再买是我一贯的支出原则，不乱花钱。当然，有些衣物是要讲究些面子的，也不能穿得太"寒酸"了。形象当然是重要的。什么场合什么打扮，现在也是看脸看身材看穿着的时代。

总之一句话，不要透支，量入为出。

★ 2017 年 11 月 12 日　　　独一无二的自己做什么

我是大自然最伟大的奇迹，前一千年无我，后一千年无我，我是独一无二的自己。

想着自己是这个世界上、历史中唯一的潘艳菊，我心潮澎湃，怎能不善待自己的生命和时间，怎能不照顾好自己唯一的身体，要靠身体和宝贵的时间去面对未来，去挑战更多的困难和面对更多的问题，去创造自己的生命辉煌。

我开始有些激动了，这种激动曾经有过，并且一触即发！我要按捺自己兴奋的心情，一步一个脚印地踏踏实实走下去，不要过于急躁啊。

我要把身体慢慢锻炼好，每天健步走，坚持练习，首先是身体第一，其次是工作。

今天外出健步走三次，累计步数 2 万多步，我一边走一边听喜马拉雅讲解历史，感觉特有意义，在运动中一举两得。

路途中，听得一中年女人说脏话，脏话是说给身边的老公听，五米之内的人都可以听得清清楚楚。我很反感，稍稍仔细打量了一下她，长相还比较年轻，运动短发，运动套装，白皙的脸清瘦，显得下巴更尖了，从侧面看就像葫芦娃动画片中那个蛇精的脸，如果她不说脏话的话，我可以把她的外形比喻成健康女神；可惜，她不会好好说话，三句话有两句都不堪入耳。

★ 2017 年 11 月 14 日　　　　感受人间冷暖

自从递交辞职报告以来，我的心情很好，其实，一直都不错，因为没有什么事情让我难过和伤心了，这么多年，这么多的事情都经历了，我的心态比任何时候都好。

这几天天气逐渐变冷，还好，我不觉得有什么冷得不舒服，把自己的身体保护得好好的，才能回报我的亲人。

在当当网上买了八本书，按说该到家了，看信息已经迟到了好几天，我猜想莫非是双十一物件快递的原因，昨天打电话无人接听，今天上午又关机，下午终于联系上了，原来是快递员出了车祸，住进了医院，想想，一个人平安是最好，安全第一，钱的数量是无止境啊。

老师们的卫生打扫完了，我和她们随意唠嗑儿，无意中一位老师说我检查卫生是"糊弄"，当时我心里还真有些不舒服，因为这不是我的个性啊，我是认真地检查认真地做的，如果要挑毛病，那班级里面可就多了，老师们的工资不知要扣掉多少啊，很可能要扣掉一半工资。我淡淡地笑笑，谁人背后不说人呢，只要自己对得起自己就行。

前两天去卖鸡蛋灌饼的大姐那里，她的摊位关了灯，不见人，想着是否家里有事提前回去了。今天我还是想碰碰运气，骑车去她那里，想吃她的鸡蛋饼了，还想和她说说话。果然今晚遇到她，大姐正在收工准备回家，看到我来，她非常高兴。我本来想买一个，后来觉得大姐准备"收工"了，为了给我一个人做饼，又把收好的摊子重新铺起来，真不好意思，我就要了两个。我们互相交谈，了解到，她最近一段时间血脂稠、血压高、头晕，所以要回家早些吃药休息。今年她才刚 50 岁，看上去像 60 岁一样比较苍老。还聊起来，她有个 18 岁的孩子在上学，老伴只卖红薯赚钱，其他不会；还聊到为什么不到学校门口去卖，她说这边房租贵，说那边城管不是人，随便拿走一样东西都卖不成。她说着我听着，总有心酸的感觉。鸡蛋饼做好了，我支付她 10 元，多付了她浑然不觉。我道了谢骑车离开。

★ 2017 年 11 月 15 日　　　　一次报案

中午坐车到郑州，碰到抱着孩子的妇女在骗钱，我拨打 110，下午 2 点左右到幼儿园和园长谈。

今明两天请假来郑州见两个老板，一个是投资幼儿园的王总，一个是我即将要上任接替的荷花幼儿园何园长。

取出中午 11 点 30 分到郑州的火车票，我从容地坐火车、骑车，电话约好时间去见何园长。刚出站，我就听见耳边传来一句"请给我三块钱吧，我只要三块钱"的乞求声，我转身看，一个长相漂亮清秀的妇女抱着一个在肩头睡觉的孩子，在出站口要钱，如果她问我要，我一定会给她，因为她抱着孩子好像单亲妈妈，生活窘迫，很无助的样子。但是仔细看她面容姣好，穿一身干净的衣服，表情显露与乞讨人毫无关系，她专门向男士要钱，而且是单独出行的。我很好奇，感觉她不像真正缺钱的人，倒像一个行骗者。于是我看看时间，才 1 点多，还早，约好是 2 点，四五站的路程很快就到目的地。我来到出站口，观察那个女人。她一看出站口没几个人了，就走到较远的地方，躲在大柱子后面，好像在等待时机，过了几分钟，又一波旅客出来了，她抱着孩子走过来，找合适的男士搭讪要钱。我看得清清楚楚，好可恶。

平生我最恨骗子，我来到出站口，见到工作人员反映这个情况，她们说出站口地方不归她们管，可以打 110 报警，于是我报警了。报警前我的心跳加速，报不报的念头一直不停地上上下下，最终我选择了做对的事情。

★ 2017 年 11 月 16 日　　　　**准备租房**

上午继续看房，看了四家，下午见孩子，我们聊了几十分钟后和爱人回洛阳了。

来郑州看出租房，我也是平生第一次，20 平方米的卧室，根据装修的豪华程度不同价格不等，800～1200 元由中介小哥的嘴里托盘而出，看里面的摆设，一张大床，一个柜子，一部空调就已经可以了，共用卫生间、共用厨房等。郑州是省城，所以来往的老乡出奇得多，干得好的人会永久成为郑州人，有"变化"的人成为过客，我将会成为哪一种？我愿意永远善良下去，正直下去，把自己喜爱的事业做好做大。

住房是小事，贡献为喜事。

★ 2017 年 11 月 18 日　　　　**周末回家团圆**

周末照例回家看妈妈，她依旧在厨房忙着给我们做饭，我在厨房里不断地找话题跟妈妈说，看着妈妈开心的样子，我也同样是快乐的。

今天是十月一，是祭拜先辈的日子，我自然想起了我的父亲，在梦里我梦到了他，还有秦岭路的老房子，我回家看到父亲推着车子在前面走，走到一家饭店门口要买什么东西，身体扭动着好像在跳舞很高兴的样子，是否，父亲看到我回来了他也非常开心。在梦里，我没有看到父亲伤心，他笑容依旧，不像走时那么清瘦、眼神无助，而是在秦岭路住的那几年中幸福的时光，脸胖胖的，笑眯眯的。

中午，弟弟弟媳都回来了，我和爱人和弟弟一家吃饭，妈妈却不上桌去吃，妈妈很开心，看到儿女们其乐融融，围在一起吃饭，她竟然不知道要说什么。妈，今天我们都来了，是个团圆的日子。妈妈笑了。

★ 2017 年 11 月 19 日　　　接受变化，选择适应

清晨早起去跑步，这已经是我的习惯了，在上班的周一到周五，早上没有时间锻炼，只有放到双休日里。

我和爱人一前一后，他跑得比我快，如果不是我的膝盖做了手术，多年以来还没有完全恢复，总是在每一步跑动中有痛的感觉，我的速度是不亚于他的。

跟在他的后面跑，在前多少年里我是心理不平衡的，没有受伤之前，我一直是佼佼者，跑步不肯落在人后；现在，我已经接受了自己，接受了现实。

下小雪了，我们跑着跑着，一阵哗啦啦的声音，"是洒水车吧"，他这样说。我观察一下，不像，声音比较大，噼噼啪啪。没想到，才 11 月份就下雪了，气温达到 0℃ 了，我们跑着步，一点儿也不觉得冷，反而有更加舒适的感觉。

回家吃饭后，我们商量搬家的事情，也在一起整理物品，人生奋斗的下一站是郑州，我有些兴奋和激动。没有想到，会有这样的职业生涯变化，我最终还是选择在变化中适应了。

买了八本专业书，我准备在去单位上班前全部看一遍，虽说十几年前从事幼儿园园长工作，时隔多年后，我依然还要坚持学习，尽量让自己更加专业。

要做就要做好，我的心中已经制订了计划和愿望，在人生前进的路上，我会珍惜每寸时光。

★ 2017 年 11 月 20 日　　　读好书增长智慧

在家我自己安排该做的事情，这些已经成了习惯。

自从上周五上完洛阳幼儿园的最后一天班，这几天，我就在家里准备物品和看书。

读书真是不能缺少的，我喜欢，更把这种习惯延续到生命结束。最近两个月我喜欢上了听历史故事，一有空就听《明朝那些事儿》，虽然是小说，不过史料大部分是真实可信的，了解明朝300年的起起伏伏、争权夺利、尔虞我诈，但是正义、善良、无私等人性的光辉始终照亮现代人，指引我们看清自己前进的方向。

一个人要有理想、有抱负、有追求才不枉此生。每个人都在书写自己的人生道路，这条路曲曲折折，有时贪欲过大或思想偏激，你就会跌落于身边的悬崖，从头再来的力量必须由自己积攒，没有任何人能够代替你，即使你的父母也不能帮你太多，还要靠自己。

我走在未知的路上，我知道这条路不好走，需要付出更多心血，但是，我还是选择这样的路，不是因为它有多赚钱，因为这是我年轻时代的梦想和初心。我要去好好地完成它。

★ 2017 年 11 月 21 日　　　　迎风破浪

晨练一小时，我很轻松地回到家，接着又是做拉伸韧带练习。上午和下午我看书、洗衣服、整理家务，快到晚上的时候我去按摩肩和腰，这一天下来，好充实。

我家的房子被放到网上准备拍卖，时间是 11 月 27 日上午 10 点，这个结果我们早就知道了，房子保不住了，这件事没有击垮我和爱人，我原谅了他，对于这样的结果，我作为他的爱人，当然也负有责任。

反省反思之后，一切都那么显得不重要了。没什么，还可以从头再来，只是在前进的道路上更加曲折而已，我们可以承受，因为我们还有希望，还有孩子，还有更多的事情没有完成。

在别人面前，我是从容的，在自己心里，我是坚定乐观的，曾经的我没有变，反而更加自信和乐于接受挑战。我是海上的飞鸟，我迎着海风和海浪，冲过去，那边就是静静的港湾。

★ 2017 年 11 月 22 日　　　　开始整理做准备

今天的节气是小雪，早晨出去跑步还真有些凉风灌进脖子里呢。在外出晨练的时候，忽然想起，我和爱人的结婚纪念日是这个月的 20 日，就这样悄无声息地度过了，我们谁也没有想起来，算了，老夫老妻还要纪念什么呀。

这两天，我的收获很大，主要在于专业知识方面，我用功地读了几本书。

在未上岗之前，我要好好看看专业书籍，为走上岗位做准备。书中自有颜如玉，几十年的经验融入书中，我沉浸了，真好，边读边记录，书籍着实帮了大忙；并且，网上也有相关的知识。

下午我收到了编织袋，6 个，我在家开始整理东西，过几天要搬家了，我的心情时好时坏，但终归是好的。一定要振作精神，人往高处走，我还年轻，还可以再干 20 年，自信是我前进的力量，曾经的成绩是我迈向大路的资本，没有关系，人生不就是一场旅行吗？旅行中不可能都是阳光大道。人生的终点就是死亡，我要在死亡前做点辉煌的事情，去勇敢地追逐我的梦想。

★ 2017 年 11 月 23 日　　　　与昨天道别

今天上午，我整理了几件不穿的衣服，带上夏天的工装，骑上车子去做两件事。一是去把衣服送给卖鸡蛋饼的大姐，她见到我，愣住了，没有认出我来，因为我今天比较"时尚"，戴一顶黑色宽边帽，穿一件过膝长的橘黄色大衣，长头发散开并拢在耳边。我把衣服递给她，说了几句话，她认出我来，有些激动得说不出话。

来到单位幼儿园，遇到正要外出活动的各班孩子们，老师也差点儿没认出我来，孩子们见到我非常高兴，不停地叫着："潘老师！潘老师！"我心里好幸福啊。感谢了单位领导，和同事道别。

人生就是一场场相遇与分别，我珍惜每一个和我相遇的人，礼貌地和她们相遇相知到离开。我知道，人的一生短暂，为何要与人为敌呢，做个善良勤奋有同理心的人，谁都不亏欠不更好吗？

★ 2017 年 11 月 24 日　　　　靠自己多反思

我在洛阳生活了 44 年，除去青少年在郑州体工队训练的两年，我也算是半辈子的洛阳人了，再过几天我就要举家去外地了，说是外地，其实也不远就是郑州，高铁 40 分钟左右，火车 1 小时 30 分就可以到达。

没有那一茬大事就没有这样的变动，世事难料，真正应验到我身上……想必天下很多人都经历过吧。

我要做一个什么样的人，要以什么样的态度去面对这突如其来的变动呢？我和其他人一样是正常的表现，不愿意外出，不愿意离开父母和生活了这么多年的城市，可是，内心的愿望不断促使着我去思考和改变，我在洛阳不能靠母亲，没有居住的地方我可以去适应其他的方式，母亲当然不愿意我离开，她那里有宽敞的住房，工作呢，凭我的能力找个工资 2000 元至 3000 元的工作是没有问题的，我犹豫过，但是更多的思考还是想走出去，挑战更大的困难，实现更大的价值，为了家人、孩子，更是为了自己。人都有私心，我也如此。

我走出这一步，源于我的性格，我不甘这样碌碌无为下去，我可以忍受一切不能忍受的一切，但是我决不会去做一个没有追求和理想的人，我愿意学习，我愿意付出，我愿意为自己喜欢的事业而拼搏。

常听历史，我更要有反思，不可盲动，不可自我，不可掉以轻心，不可贪念太多，不可急躁行事。

★ 2017 年 11 月 25 日　　　　拟设梦想路程

"恶"看了几本书，着实心情澎湃，即将上阵兴奋、激动和些许的紧张，这都是难免的。

重新审视我的人生轨迹，现在的我不再是冲动的女孩儿，不再是说干就干、说走就走的女汉子，多了很多理性和思考；非常开心的是，我可以在我的人生中选择我喜欢的工作或者事业，爱情婚姻也还不错，也是我自己的选择，一个人能自主选择，坚持走自己的路，我死而无憾。

昨日和爱人去打篮球，我的兴致也很高，在小心运动的时候还是发生了意外，膝关节韧带拉伤了一下，我疼得脸变了形，过了约半分钟后才回归正常，好险啊。我意识到球类运动要排除在我的运动项目之外了，这也说明，我可以参加的运动项目只有慢跑、走路和原地的运动。

命运对于每个人来说都是公平的，不能怨天尤人，独处的时候需要好好反省，一个人所遇到的种种困难在不久的将来会以另一种方式让你成为顺利的前奏，但这并不是绝对的，因为情况都会有变化，你只要在这变化中做出自己当前认为最适合的决定就好。

放眼窗外，我在十九楼，在孩子的书桌前，极目看见一段宽阔的厚积云，那朝向阳光的一层最亮、最白，而下面与地面相交的是发青发黑的颜色，等到落日后就没有一丝光泽，一切的天上美景将不复存在，这就是时间的流逝吧，从雪白到黑暗，从我的日渐模糊的双眼。我深深地思考，后半生要做些什么，现在如果让我离开人世，我还有何遗憾？

我要好好想想，再次为自己拟定梦想路程。

★ 2017 年 11 月 26 日　　　整理心情

终于决定要去郑州了，今天我们回了妈妈家，和她说说话，是我们要前行的最后一次见面，妈妈照常给我们做好了饭菜。

我们谈得很开心，妈妈也很高兴，因为我们经常沟通，所以妈妈没有那种出远门的伤感。

下午，我们在家里又再次整理衣物，看着满屋的乱，伤心总是难免。不过很快就淹没了，我不是孩子，调整得很好，心理素质也蛮强的。

整理好心情，出发到再远的路途都不是问题，我已准备好。

★ 2017 年 11 月 27 日　　　来到新家

一大早，爱人开车带着我，还带了两个要去郑州的乘客出发了，我第一次这么早坐车奔赴即将生活的地方，阔别多年后又一次来到的大城市——郑州。

爱人已经在这里找好了房子（一个 10 平方米的主卧），这是一套四居室，确切说是四室两厅两卫，我们选择住下的是主卧，里面有一个卫生间，窗户朝南，还好，房间比较干净，家里带来的东西都有地方放，合租的房子，有客厅、厨房、燃气灶、洗衣机，几乎什么都有吧。我们还挺满意的，唯独楼层高了些，是 5 楼，需要搬运很多东西上楼，所以来来回回好多趟。不过，我们中途也根据情况休息一下，才不至于累得受不了。

中午我们煮了米，把从家里拿的菜用上了，做了一盘烧茄子，茄子裹了面，再炸了一遍，配着西红柿烧在一起，挺好吃的，在客厅的大桌子上，我和爱人美美地吃了一顿。

接下来我就要开始在这里新的生活了，我并没有过于兴奋，而是更加清醒！

★ 2017 年 11 月 28 日　　　进入新单位

按照和老板的约定我今天去上班了，虽然郑州的天气有点儿冷，虽然是刚租下的房子，"家"不成家的样子，物品还有些杂乱，虽然昨天刚刚忙碌一天，今早立马就投入工作去适应新环境，但是，我已经不计较那么多了，很快适应了。

一天下来，我对单位有了一些了解。十几年前我这个"园长"为事业忙碌，跌宕起伏，心力交瘁，十几年后，我选择了对孩子们教育的继续"热爱"，选择了全身心的投入，不管前路有多艰难，我的选择永不变。

我用心观察，用心讲话，真心、真诚地和任何人相处，我相信，融入新环境，开始创造新生活都是指日可待。

★2017年11月30日　　　计划和老师逐一沟通

进一步了解单位现状，目前这段时间，上级部门也在查，我们幼儿园必须积极改进，把存在的问题一个一个解决掉，不能留有后患。孩子是家庭的希望，祖国的未来，安全重于泰山，没有安全何谈教育，何谈发展。

教师的问题也是重中之重，做好教师的思想教育问题，沟通尤其不可忽视，走进教师心里，想教师所想，解决教师问题不能马虎。从明天开始，我的主要工作就是与她们一个个沟通、交流，争取统一战线，为明年做好基础。

★2017年12月1日　　　美好期待

12月份了，时间过得好快！还有一个月就是2018年。

年终是总结的日子，每每这个时候，我们都有很多感受，得到的、失去的已经无关紧要，重要的是明天该如何继续好好走。

今年我可以说是结结实实做了幼儿教育一年，宣传、讲故事、熟悉高档幼儿园设施、管理等，走了这么多年的路还是觉得喜欢孩子，做有关此类的行业心安。

荷花幼儿园园长是我的新岗位，多年前我在自己创办的龙凤幼儿园做管理，如今，为别人打工。但是，重要的是我重新回到了可以带领老师们和家长共同培养未来之星的岗位上，不管身份如何，我接受，我的内心无比幸福，充满力量和责任感。

我将好好对待工作中的每一件事，善待每一个人，用全身心的爱来迎接每一天，不辜负时光给我的恩泽，不辜负相遇相逢的亲朋好友同事的期待。

★2017年12月2日　　　享受甘甜

来郑州的第一个双休日，我们依然晨练，上午11点多孩子骑车找到了我们的住处，孩子真不简单，自己来了，骑了半个多小时。

他对我们的住处有些惊讶，这么小，袖珍似的，看到孩子不解的表情，我坦然地告诉他，这都是过渡，只要身体好，有自己追求的工作，苦和累、简单和麻烦都不是问题，这些我们都能克服。

我们一起吃的午餐，烧排骨、麻婆豆腐和炒青菜，一家人温馨而幸福。

午后，孩子在我们2平方米的卫生间洗了澡，水很热；下午大约3点，我们三人一起骑上共享单车出发，孩子回学校，我和爱人去二七广场。

这是我第一次参观二七纪念馆，历史的再现让我深深地感受到幸福生活来之不易，英雄生的平凡，死的伟大，一个个生命为了人民的利益和追求幸福生活的权益甘愿抛头颅，不怕牺牲，我们呢?

我们更要珍惜生命，珍惜幸福生活，更要发扬爱国爱民的光荣传统，更要努力工作，为祖国做出自己的贡献。

这段话不要以为是大话，的确为我心中所想。

★ 2017 年 12 月 4 日　　　改进工作

单位里面的事情很多，加上对幼儿园的了解越来越深，有很多可以改进的地方，老师的素质有待提高，家长对幼儿园的期望值非常高，那怎么办?

一是从我做起，尊重任何一个人，做事有始有终，对待员工有度，按原则办事，多鼓励、赞美，有同理心，诚恳待人；先调查研究再发言。

目前幼儿园里，教职工意见很多，以前是有意见不敢提，大家看似和气一团，其实怨声载道，我不希望我管理的幼儿园表面一套背地一套。

二是改进教师风貌，带领一支有精气神的队伍，会表达，会沟通，懂教学，会领导，积极上进，各有所长。

三是带动家长配合教育教学，和家长们拧成一股绳，成立家委会。

好，就这样，先干起来再说。

★ 2017 年 12 月 5 日　　　在门口迎接孩子

早上一醒来就开始进入工作状态，晨练25分钟，回家里拉韧带、做仰卧起坐等，洗脸化淡妆，7点出门到单位吃饭，然后顶着寒风迎接每一个孩子，给孩子做晨检，接连几天，从7点30分不停歇到8点30分。

上午写报告、看文件、打印东西、看监控，等等吧，一切都在围绕工作开展工作，忙忙碌碌的真充实。

幼儿园安全第一，不容忽视，老师的情绪管理更加关键，对家长的服务态度也要和和气气，这样下来，到最后的离园环节就是安全的了，孩子们只要安全回家，我们所有的教职工老师都可以放心了。

★ 2017 年 12 月 6 日　　　　**与老师们合作**

今天中午是教研会，不值班的老师参加，看到老师们，我的心情就开始兴奋和激动起来，但是我按捺住了，我知道，老师们期待什么。

工作有调整、有部署、有商量、有学习，大家的状态全"靠"我的话。所以，语言的作用相当大，我要想好才能说好，有原则的工作，有人情的处事，我知道，和老师们合作才能共赢，因此，做好思想工作调整好情绪才是重中之重。

★ 2017 年 12 月 7 日　　　　**新来的保育员**

前几天来单位应聘的一个保育员，昨天上了一天班，今天早上听到班上老师说还没来，我猜想是不想来了，受不了工作的辛苦吧。

果然，上午我在门口给孩子们做晨检，大约到了 8 点，她来了，车子放在门口没上锁，没有笑容就走过来，见到我说，腿脚感觉非常酸痛，从三楼往楼下都跑了二十趟，太累了，真不想干。

我安抚她说："你好久没有工作了，也一定有很长时间没有做体力劳动，正好又赶上月底的大扫除，事情是最多的，你要坚持，多积累经验啊。适应几天就好了，还有，这里工作不能穿高跟鞋，你穿高跟鞋很不方便的，回家一趟吧，换了鞋再来。"

她说："好吧。"

她走了，到 9 点左右，她又来了继续跟着工作。

这个保育老师四十多岁，有两个孩子，一个高中，一个小学三年级，她说："我一直带孩子，好久没有上班了，为了赚点钱，工资低的工作也要勉强干。"

保育老师的工作很琐碎，照顾孩子吃喝拉撒、打扫卫生、刷碗叠被、给孩子穿脱衣服，体力消耗很大，做老师的帮手，确实挺辛苦。但是我们想想，什么工作都辛苦，只有自己好好做，积极向上走，就一定拥有更好的生活。

★ 2017 年 12 月 8 日　　　　**新年定目标**

越了解幼儿园的情况，越有想把它做好做大的念头。

老师工资低，福利待遇比较差，根源在于收费低，周边的几个幼儿园收费都不高，都在 1000 多元；要想提高教师的工资，改善福利待遇，需要做的事情如下：

一、孩子方面。

1. 孩子的变化（塑造），性格开朗，情商高，懂得表达，懂得合作，自信，坚强，善良，讲文明，懂礼貌，懂得感恩等。

2. 学习传统文化，《弟子规》《三字经》，诵读古诗词，提高语言表达能力，唱歌、说故事等。

3. 老师多鼓励每个孩子，尽量多引导，多提示，多肯定，多让孩子表达和表现。

4. 利用午休时间，关注个别孩子，如内向、好动、单亲家庭、有家庭变故等孩子。

二、老师方面。

1. 定期开会学习，培养骨干老师，关注后起之秀。

2. 奖多罚少，设建议奖、公开课奖、阶段总结奖，不定期评选"最美老师"，每学期评选优秀班主任、优秀配班老师、优秀保育老师等，每一季度评选教师技能考核前五名奖。

3. 严抓教学质量，指导老师上好每一堂课，备好每一堂课，有要求有跟进有结果。

4. 教职工过生日，每三个月集体庆祝。

三、家长方面。

1. 设立家长意见箱，家长意见电话，园长微信公开。

2. 家委会每一季度召开一次，听取家长意见，取得家长支持，在工作上获得帮助，家长当保育员体验工作，感受老师的辛苦，家长做老师给孩子们上堂课，邀请社会上的职业人员给孩子们讲知识。

3. 给老师写表扬信，支持老师工作。

4. 家长介绍小朋友入园，有礼品相送，免收150元托儿费。

5. 开展评选"榜样父母"活动，评选"家园共育之星""家长学校客座嘉宾"。

四、园方目标。

1. 提高教师地位，获得社会尊重；培训教职工成为高素质人才，为人师表。

2. 创建安全班级红旗，无抓伤、咬伤、摔伤、碰伤、烫伤等安全事故。

3. 人人工资超过3000元，收入水平尽量不下降。

4. 突出幼儿园特色，办让家长放心的安全学校。

5. 2018 年目标，教职工基础工资涨 100 元，加入几个奖励惩罚。

等等。

★ 2017 年 12 月 9 日　　　　大风挡不住

又一个周六，因郑州限制机动车尾号，爱人今晚自己开车回洛阳了，他要拿些东西过来。

外面起风了，挺大的。我一个人在家里，在不足 10 平方米的家，黄色的灯泡挺温暖。十六年前，我也是在更小的屋里手写日志，那时我没有电脑和手机，那时我刚办起小龙小凤幼儿园，和孩子在一起住，爱人经常出差，那时我对未来充满了无尽的希望，那时我什么也没有，只有一颗热情的心，要把幼儿园办好，多挣点钱，买房子，过更好的日子。后来我的生活达到了最幸福的时刻，然而因一场灾难跌落下来，失去了所有。向往日挥挥手，从头开始，为时不晚。

一切都有希望，在天之灵的父亲，您将会看到您的女儿不会被困难打倒。

★ 2017 年 12 月 10 日　　　　不断学习，为我所用

重新看一遍稻盛和夫的《干法》，倍感信心十足。没有踏实的工作，没有耐久的坚持，没有像蜡烛一样奉献光明似的去工作，一切梦想都无从实现。

又看关于马云的文章和听他的演讲，我很欣赏马云的性格和管理方法，和团队一起携手，战胜不可能战胜的事情，他的智慧和眼光值得我学习。谦虚，大胆，有远见，敢于挑战不可能，扎实，执着。

这段时间，我抽空看管理方面的书，不断学习优秀的企业管理经验，为了我们的幼儿园。

不可战胜的是自己的信念，我这么多年走了太多的弯路，当然感谢自己选择喜欢工作，这里有 200 多个孩子、200 多个家庭、200 多个希望在我们的手中，26 个老师的团队，我们必须团结一致，完善工作，让家长满意放心。

怎么做？措施有了就开始实行，好的工作方法继续延续，耽误老师时间，影响工作效率的一律免除，营造良好园风，鼓舞团队士气。

★ 2017 年 12 月 11 日　　　　日子久想得开

还有 20 天就要进入 2018 年了，也还有 20 天，我的母亲和我的爱人过生

日，母亲70岁，爱人48岁，母亲年到古稀，爱人人生过半。次年就是2018年，纪念意义，感慨万千。

人生有多少日子值得纪念，通常是转折点或生日或重大事件，这些引起一个人的思考，或惆怅，或奋进，或茅塞顿开。

一个人没有追求、目标、理想，就感觉过得毫无意义，我不是那种得过且过的人，要活着就要自己折腾，是喜欢折腾点自己喜欢的事情。自己认为对的事情；做好事情我毫不畏惧，做好事情我无怨无悔，做好事情我宁愿受苦受累。

每个人都有自己的追求，谁也不要去看不起谁的追求，你只需要管好你自己就行。你可以给别人建议，你可以发表你的想法，但是你不能去指责他人的追求。不要认为你的追求都对，都高尚，那是你自以为是而已。

爱惜自己，善待他人，才能为他人带来更多的关爱。

理解他人，宽容他人，才能使他人更加理解你的心。

★ 2017 年 12 月 12 日　　　　制度和人情

天越来越冷了，我的心情依旧好得很。

手边的工作很多，这几天我在看老师们交来的资料，有《教学反思》《听评课记录》《幼儿行为观察》《健康安全课程安排》等五六种，有十几个老师，每个人都各有不同。

什么给人印象最深？是字体。

什么给人印象最好？是字数。

其他说起来有些太过牵强。

字体好看，我们就喜欢看。字数多代表你做事细致，分析透彻。

看过老师们的笔记资料，我提出以下要求：一是练字；二是多阅读，博览群书；三是用心，长记性。

问题不难发现，字写得不好，有错字，词汇量少，空格多。

老师们要严格要求，制度是制度，人情是人情，该硬则硬，该软则软。

★ 2017 年 12 月 13 日　　　　家长不满意的原因

每周的这一天中午是教研会，上午一直在忙着批改老师的资料，准备中午会议的内容。

没有想到的是，周一晚上一个家长在接孩子时发生的一件事情，到今天成了我们会议的主题，老师的态度和家长的说法，让我重新观看了视频，确实挺生气的。

离园了，按说家长领走孩子就和老师没有关系了，但是后来发生的事情确实有了不小的关系。孩子拉肚子拉在裤子上，家长带着孩子到班里请求帮助，我们的老师就给家长递了一个桶就不管了，视频上，家长给孩子擦拭足足有十几分钟，三个老师来来往往，视而不见，最后三个老师坐在那里看手机，聊着天，家长和孩子都还没走呢。

当然，家长很气愤，走出大门时把这情况告诉了孙老师（董事长的嫂子），第三天，又来学校要求转学，还到厨房和阿姨诉说。我们把家长请到办公室再次了解情况。

视频公布真相，果真如家长说的。

什么是师德师风，在哪里体现出来。不管家长有没有语言上过激，不管家长对老师要求多不多，只要老师为家长考虑，一定要理解他们的心，理解家长的心才能做好一切工作。

从管理角度上讲，理解老师的心，不断引导就能带好这个团队。

★ 2017 年 12 月 14 日　　　每天都是挑战

现在的工作是充满激情和挑战的，并且需要从大局出发，管理自己和管理团队不一样，自己好管理，团队就需要从每个人的角度着想了。

整个幼儿园有两百多个孩子，如果我一个人去管，一定管不过来，需要整个团队的所有人，各负其责，每个人做好自己分内的事情，搞好小团结就是大团结。

每天都有老师请假，不是这个事情就是那个事情，总之，没有几天是全员到齐的，真的很少。

每过几天都有家长提出这样或那样的建议，如吃饭、课程、抓伤、天冷不能出去等，这些都是家长关心孩子的事情，我也特别理解，我要从大方向出发，体会家长的感受，就没有什么不是的了。

我的工作是最有意义的，感谢自己在生命存在的时候选择了这样一份神圣的事业，从青春年华到如今，我没有后悔做过的每件事情——做过很多事，没有大富大贵，只有心中无悔。我的选择是凭着心去的，不接受他人的强迫，所以，吃的苦受的累，吃的亏受的罪，我都是心甘情愿。

了了，了了。

★ 2017 年 12 月 15 日　　　　**周五最后一关**

到周五了，放心了，放假了。

在幼儿园工作的一周里，每个老师都操心着孩子的安全，我也不例外。

装扮幼儿园，给老师营造舒适的工作环境，提高老师的社会地位，为老师做一切的事情，我都心甘情愿。老师们一条心，没有做不好的工作，幼儿园也会蒸蒸日上，家长们也会赞不绝口我们的努力。

学校近年来出了几次安全事故，老师们有些担惊受怕，不敢做过于开放性的活动，怕孩子受伤。其实，老师只要交代好，时刻看住几个调皮的孩子，安全是可以有保障的。

做好老师的思想工作，多沟通，多倾听她们的心声；多走进她们的工作环境去感受，去接纳；和她们交朋友，建立起信任的关系，我相信，什么事情都可以解决。

★ 2017 年 12 月 16 日　　　　**继续前进不消极**

这周没有回母亲家，给妈妈通了电话，知道她身体还好，我就放心了。我支持妈妈吃一些保健品，不会反对的，前提是她自己也觉得有效果。

到 30 日放假吧，我们一起回家过元旦。

孩子上午考试，考英语四级，我和他爸在中午 11 点 30 分出发，骑车去孩子的学校会合。

见到孩子无恙，我们很放心，毕竟离得近，交通和电话都方便；孩子也觉得虽然是在外地上大学，但可以和父母经常见面，没有想家的感觉和兴奋。谈谈学习，谈谈课余生活，谈谈与人交往的事情，和孩子在一家"大盘鸡饭店"边吃边聊，香味暖气缭绕，重温幸福。

生活的甜美和痛苦是自己去感受的，父母仍然是孩子的第一任老师，父母的人生经历和对待生命中出现的境况，该去如何看待？如何与孩子交代？这也是一种教育，我们不自暴自弃，我们面对现实，没有怨天尤人，告诉自己也告诉孩子，继续前进不消极。

★ 2017 年 12 月 17 日　　　　**感谢书籍**

自己的时间由自己支配，不由他人。

每个人都向往可以自己支配自己的时间吧，但是真正遇到什么事情必须自己亲自去解决的话，那也要花时间去处理，不能怨声载道，"某某真是的，耽误我的时间"，或者说，"我真倒霉，遇到这件烦人的事情"；时间的经历让我们每个人成熟起来，我们还要通过阅读更多的书籍，要修身养性，才能够处事不惊，临危不乱。

我随时随地都会读书，并且感到书里的知识真是太宝贵了。现在社会发展极快，书都不用一本本的携带，手机里下个软件，里面都有大量的书，你选中哪本就可以购买，随时打开学习，真是快捷方便。

有书的陪伴，我非常幸福，来了灵感就可以写到手机上，这一习惯对我的工作帮助极大。

感谢书籍，感谢奉献高科技的人们。

★ 2017 年 12 月 18 日　　　得罪二把手

今天见老板爱人，我提出了六点建议，一是增加教职工的奖罚项目，二是明年开学教职工每人提高 100 元，三是幼儿园标语牌在墙体悬挂，四是能否统一办教职工的"五险一金"，五是预留一个教室开家长会用，六是把幼儿厕所做隔断。

要想留住教职工，把幼儿园办好，必须完善软环境，让老师喜欢单位，福利待遇要差不多满意。

这几条建议，一、二、三、四条采纳，第五条是怕家长聚在一起说事，可以缓缓，另外场地也不合适；第六条的反馈是以前做过隔断但是陈旧后容易断裂。我争取了，看老板怎么说，一定会有结果，不管结果好坏，我只管去做，因为我的目标正确。

这段时间，我慢慢了解了单位同事，也知道哪些老师尽心尽力，哪些老师需要多谈心。

我和幼儿园的"二把手"孙老师说过某些改变的计划，她没有回答，我认为她是默认了。出于对幼儿园教学和环境的急迫改变，我今天自作主张买了挂图和楼梯贴纸，事后看得出"得罪"孙老师了，以后再遇到类似的情况，我应该不会去自作主张了，必须要和她商量，等她确定。因为她是董事长的嫂子。

想改变的地方，这段时间已经改变了，大家的感觉也很好，气氛很温馨快乐。经营并不是一成不变的事情，每天总有这样或那样的花费，但是，只要是合理的，去做就不后悔。

★ 2017 年 12 月 19 日 　　　　**尊重人，才能用好人**

学习和向他人学习是必须的，每个人都不是十全十美，每个人都有不足，每个人都要尊重身边的人，只有这样你才能懂得很多。

今天下午我操作了幼儿园的微信公众号，但是花了时间也没有做成，我决定找做过的老师问一下，于是晚上就给老师打了招呼，请她帮忙教一下，对方爽快地答应了。

单位里老师的事情也很多，有用的人越用越有用，我们要善用人才，多赞美，多鼓励，多肯定。这说话确实是一门艺术，不急不躁也不一定就能夺得对方的满意，争论一番也不一定是坏事。

人心虽然隔肚皮，但是，还有一句话说得好：路遥知马力，日久见人心。

所以，话说得好，不如事情做得好。

★ 2017 年 12 月 20 日 　　　　**有阳光的地方没有阴霾**

我想改变世界，必须先从改变自己开始。

有些事情不是你想象的那么简单，但是你必须还要想得简单些，如果想得太复杂，你就不知道该如何往下走和如何去交流。

我不是一个随波逐流的人，有自己的想法，有自己的见解，当然面对某些情况还是需要变通的。

我想做许多大事，有很多梦想，需要金钱，需要帮助和支持，在我 45 岁的年纪，我仍然敢想。该做的时候要冷静，低头前进，才是最好的出路。

管理一个团队，需要忍耐，我要比常人有更多的付出。在人前，我有自己独有的自信态度，在心里，我还要会隐忍。我就是这个世界，我的想法就是一切风景，我不会让自己看到"糟糕风景"，因为我的心充满阳光，有阳光的地方怎会有阴霾？

★ 2017 年 12 月 21 日 　　　　**看到了矛盾**

今天中午开了一场保育会，一是交心、交流，之后才是学习。

没有良好的沟通，自然大家不愿意学习，只有我们每个人把心扉打开，才能畅通无阻，才能真正学进去啊。

刚开始，我就和大家说，我和你们都一样，为了家庭为了孩子，只为了工作开心，找点事情做是不行的，专业知识一定要学，我们不能得过且过，有事情就提出来，不要闷着。大家听了我的话，都表示同意，这样一来，彼此之间就没有隔阂了。

敞开心扉以后，保育老师们提出了对幼儿园的一些不满，说到上个月卫生奖没有发，我说我去问问；说到厨师的脚骨折了，保育老师顶班每天才补贴5元，早上6点来上班，还不如在班里老师拿的钱多，感到分配不均；一个保育老师帮了半个月老师的工作，补贴少得可怜，她说的时候很委屈。我听后，也觉得不太公平，于是安慰老师们，以后有类似情况就提出来，我要反映一下。

每个单位都有这样或那样的矛盾问题，幼儿园教职工的问题不好好解决，她们工作起来就会不开心，工作效率就会低下，以牙还牙，甚至浪费现象严重。

★ 2017 年 12 月 22 日　　　　遇到大障碍

在这家单位，"二把手"孙老师这个人很强势，她在这里什么都管，并且她的想法及方式和我出入很大，因此，慢慢地我们有了分歧。

渐渐地，我的工作积极性降低了，与刚来的那一段时间相比，我有很多顾虑。给老师过生日、购买教学用品、家长找来质问情况、看视频、九智英才的绘本退掉等事情，她都一一插手，认为麻烦，不想多事。我没有自主权，只要花点儿钱就阻挠，她就一副不高兴的样子。

老师们反映，她很不好说话，使唤老师就如使唤仆人一样，不把老师放在眼里，用得上就适当恭维，用不上就诋毁。

怎么办？

和这样的人打交道，我必须想些办法。

一、先顺着她，她想做让她去做吧；

二、事情都和她说，让她知道，满足她的管理心，给老板也这样反映，这些事情都和二把手说了，是她让这样做的。

三、改变一个人很难，只能改变自己的处理方式。不和她计较，她想要权力就给她权力，自己暗地里积蓄力量，取得她的信任，做出几件好事情。

孙老师的责任范围是管理厨房、购买所需物品、幼儿园资料保管、仓库保管。

教研组长负责主持教研会，指导和辅导本组成员的教学教案及公开课主要点评，培训有关教学方面的相关知识，负责技能考核评分，月底收齐上交所有资料。

保育组长，除去之前的责任外，要指导讲解新上岗保育老师的工作流程，并交代好工作标准，主持保育会，学习相关知识技能。

★ 2017 年 12 月 23 日　　　　**无悔我心**

谁最了解自己，自己最了解自己。谁最清楚自己的历史，自己最清楚自己的历史。

我从哪里来？我往哪里去？我此生想得到什么？我该如何去做？

人都知道，时间就是生命，没有时间就没有生命的存在与价值，我要多争取时间。尽可能延续自己有限的生命时间，除了睡好，吃好之外，我还要做一些事情，我要改变世界，先要改变自己，不可一意孤行，不可我行我素，我要隐忍，我要宽容，我要看得远，想得远。

人的一生变数太大，真的应验计划赶不上变化。

我懂了，我会慢慢改变自己。

但是，心中的理想不会变，那就是做一个教育者。

管理好本单位，争取好口碑，不可一日无事无学，不可放松言行，无视教师品质。

★ 2017 年 12 月 24 日　　　　**一个人过平安夜**

又要开始新的一周了，今天是平安夜，爱人回洛阳要把电动车用物流运过来，我一个人在家过了双休日。

当然，在家里我也不会闲着，屋里拖了一遍地板，上午洗了澡，中午把褥子晾晒，下午 3 点 30 分左右联系了一个在郑州工作的洛阳朋友，骑单车半个小时找他聊天叙旧。

一个人是要找些事情做的，并且要衡量利弊，选择自己喜欢的事情，为了自己，为了孩子，也是为了家。

我这个年龄这些经历，依然会有这样或那样的想法，当然，越来越现实了。生存下来才能生活，才能更好地生活，这是生物界的规律，我也逃不脱，理想再丰满，再伟大，再辉煌，不接地气，不安顿下来是不行的。收敛锋芒，谦虚谨慎，不可好大喜功，扎扎实实比什么都来得快。

凭现在的处境来说，我是自卑的，无助的，什么都没有，如果哭起来，三天三夜也哭不完。但是有用吗？白白浪费时间，白白流眼泪。过去的一切都不复返，只有痛定思痛，面对现实，努力让自己乐观起来，想象自己成功的样子，只有这样，我才能渡过难关。不管这难关有多久，我不能认输，不能泄气，对前途抱有希望和梦想！

梦想一定有，希望一定在。潘艳菊，没有关系，不会什么都没有的，至少你还有好的身体，还有好的人品。

★ 2017 年 12 月 27 日　　　突破寒冷去晨练

一大早起床，从暖暖的被窝里出来，十分钟后到户外跑步，感觉是先痛苦再快乐。这种感觉每个人都有，面对战胜懒惰和不良习惯，我们总会有这样或那样的情绪，是因为被打破了舒适。

然而，我要做什么样的人，要做什么样的事情，最终会克服以上的不良习惯，会克服不良的思想。

人是思想的产物，你的现在就是你过去的想法的结果，我明白。

我要努力做到养成一个个好的想法习惯，然后执行下去。

★ 2017 年 12 月 28 日　　　教育做人知是非

脑海里一直考虑着，如何让老师们开心地工作，如何让家长认同我们的工作，如何让孩子们健康快乐地在幼儿园度过每一天。

是啊，这样的工作是何等的有意义！

每天都在希望中。

迎接孩子的时候，我的心是快乐的；和老师交流的时候，我的心是快乐的；处理每一件事情的时候我的想法是谨慎的。

因为心中有期待，心中有无限的爱，我才会这样去想和去做。

晚上和爱人去散步，在快到家的路上，我看到一个人在"哐哐"地砸着共享单车，走近看，原来是一个孩子，手里拿了半块砖，在砸车的锁部位，看到我们走来了就丢掉砖块走掉了，看到此情景，就知道这个孩子想把车骑走或据为己有，采用这样恶劣的方式实在不可，层层教育之下的社会，真不能想象是一个孩子用如此的方式去做这样的事情，他看到我，知道错跑走了，他还是有羞愧之心的，如果他看到我们没有停止，就做了一件错事，不知什么时候才能悔过。

教育不是教孩子知识，做人错了，学再多的知识也白搭，也会给社会带来灾难。

★ **2017 年 12 月 29 日**　　　　　　**联欢会后的休整**

最后一个节前的工作日，大家都很兴奋，上午孩子们在老师的主持下欢度"元旦节日"。下午，孩子们热闹地品尝食物后，家长们陆陆续续地接孩子回家，校园里逐渐回归平静。我按照爱人的计划，坐地铁到汽车站口等他，一起回洛阳。

到洛阳的时候已经是晚上 8 点 30 分了，饥肠辘辘的我们到家附近吃点面条就舒服多了。

正式放假开始了，这三天自然事情不少，整理家务、接孩子、给妈妈过寿、爱人参加长跑等。

也好，有事情做就不寂寞。一个人活着，不做点事情就觉得没意义。

2018 年日记

★ 2018 年元月 1 日　　　　元旦长跑有想法

今天爱人参加洛阳市长跑比赛，迷你马拉松 5 公里。

体育场特别热闹，元旦的长跑活动连续组织了好多年，一次比一次隆重，小学、初中直到老年都可以参加。我们家也是体育出身，喜欢运动，前几年我参加过两次，后来因身体原因不去了。

由于爱人经常锻炼身体，他跃跃欲试，提前报名，今年又是他的本命年，很兴奋。9 点开始比赛，他 8 点就来到了体育场，做热身运动，还特别安排我在比赛开始前和到终点时给他拍照，可以发到朋友圈"晒一下"。

我的运动生涯是七年，我也酷爱体育，直到现在我也经常晨练。

看到一群跑步者，随着一声发令冲出去，我的心也开始飞翔起来，想想我那时候的速度，唉，不比当年了！

人生中名次重要吗？我觉得需要看是什么时候。如果你有几个第一名，你的自信一定很强，我深有体会。

一个人还是需要有几个好名次的，最起码自己会在不开心的时候想想好成绩，还是觉得自己了不起！

★ 2018 年元月 2 日　　　　好老师是好习惯的传播者

今天是元旦假期上班的第一天，昨晚回郑州的，看天气预报说这几天有雪。

今早，天果然很冷，我 6 点 45 分出门，步行赶往单位，7 点到门口，还早，老师们都还没来。上班是舒适的，我不想让自己舒适，因为我的人生格言不允许，我认真度过每分每秒，不虚度。一个人的责任感决定他的命运，我们来到这个世界上不是为了吃喝拉撒，而是要做点事情。幼儿园里有 200 多个孩子，涉及 200 多个家庭，牵连 400 多个老人，后代的茁壮成长必须靠老师的责任，关爱少一个，影响孩子一天的心情，也许是一生啊。我们老师的责任重大，我深深感受到了。

好老师呢，社会上少之又少，我们幼儿园里有为数不多的称职的好老师，这几个老师是榜样，需要带动起来更多的榜样！我相信，一定会的。校园必须有更多的好老师，才能培养出更多的好孩子，好老师就是好习惯的传播者，我就是其中的一分子。

使命，责任，命运，我在其中，我命不凡。

★ 2018 年元月 3 日　　　　开教研会

中午，我们准时开教研会，老师们只要不值班都来到办公室，看着年轻的老师们，我心潮澎湃，是呀，这些是孩子们的榜样，像父母一样的榜样啊。凭什么我们不去好好呵护和培养她们呢。

记得二十年前，我不得不离开幼儿园去保险公司，为的是能够去学习培训，做一名优秀的讲师，等到有机会给老师们培训成才，让更多的孩子们受益。

时隔多年，我没想到自己，辗转多地，转换几个行业后又选择了幼教，看来，我的使命就是这个行业的，就是为了帮助更多的老师成为师表。我的责任重大，我坚信自己能够完成使命。

★ 2018 年元月 4 日　　　　发挥幼教老师所长

听了几位老师的课，我感受很多，老师的素质经验参差不齐，孩子们在课程中的表现都不同，感受力也有区别。

课程以谁为主？如何照顾全部与个别？如何让孩子们在课程中有收获，有发现，有兴趣，有意犹未尽的感觉，有满足感。是老师，是老师的理解、用心和不断的学习改进使然。

作为管理者，我应该是老师们的帮手，我要积极地支持老师们的工作，引导她们成为最优秀的学生榜样！

开展教师培训，以老带新，带动更多优秀上进的年轻老师，发挥自己的特长和个性。多奖励，多鼓励，多点赞，让老师自由发挥能力。

生活的有趣来源于对工作的喜欢，我喜欢我的工作，因此对我身边所有的事物我都有感恩之心，感谢之意！喜悦之心常在。

★ 2018 年元月 5 日　　　　改变不能马上实施

今天本来安排给老师们开周例会的，中午我在群里发了通知，让三位老师准备节目，晚上在会上表演，这是一种变相的惩罚措施，因为她们几个在开教研会的时候迟到了。

"二把手"老师看到我发的消息，说晚上不要开周例会了，因为路不好走，担心开完会后大家回去不安全，我考虑了一下，觉得这其实也没什么关系，因为晚上放学早，并且上周也没有开会，需要给大家讲点其他东西，一并培训。鉴于我不想和她理论，也是考虑她在园里是老板的人，不愿和她多讲，就同意改到下周一。

在单位上班，我是有雄心壮志的，有点说笑话吗？其实不是的，是心里话，我想让单位越来越好，老师们越来越能干；孩子们平安健康，培养更多好习惯；让家长们满意和放心。所以管理运营必然会有一些改变，只是这些改变不能马上实施，需要时间。

★ 2018 年元月 6 日　　　每天要找到自己的心

我要找回我自己，这个意愿无比强烈。

离开几十年生活的洛阳，我重新在郑州工作和生活，确实有些不习惯，很多事情需要开始。到了新的生活圈，不认识的人和事物都需要重新建立关系，我的一切朋友都随我而去，虽然他们在洛阳时我们也不经常见面，但是总觉得和他们很近很近的。

有段时间感觉找不到自己了，想封闭一段时间。也许是需要有个适应的过程吧，放不开，放不下的太多。没有把郑州当成家的感觉，我要尽快适应，到哪里也要认为是家，不是吗？人生在世，你能指定自己要把哪块地方作为归宿吗？一切都不是你的，你这辈子带不走。

知道了这些，很多事情都好办了，更多的事情都想明白了，该来的来，该走的走。无牵无挂，真好！

★ 2018 年元月 7 日　　　虚怀若谷，学以致用

昨天和今天我去听了课，参加学习，在郑大北校区的科学报告厅。台上老师的激情，我很有同感，因为我之前也做此行业。我是否在收敛自己，我在会场没有放开，应该说没有完全放开，我不是这样的人，我是一个热情奔放的人，积极的人，只是此时我控制了我自己。

我要吸收更多的专业知识，把自己的所学所有放空，才能装下新事物。

学习知识很有效，很必要，只是这两天的学习用到我工作上的不多，我要

好好地保存，到一定时机让它发挥作用。

机会，我还要寻找机会，发展自己，实现自己的价值，我会努力去做。

★ 2018 年元月 8 日　　　周例会

又开始新的一周，经过昨天的一次园长培训，我虽然没有听完，但我的悟性很强，看到讲师在台上如此幽默、诙谐、生动、自如的演讲，我总有一种跃跃欲试的感觉。

机会总是有的，并且我在单位也可以讲啊。我十年前去平安保险公司参加的讲师培训可不是白学的，我一定能用上，并且也用上了。

今晚我召开了周例会，每周一次这是惯例，我用了一个小时的时间做好了一个培训专题，题目是"明确你的目标"。会议上，流程一个接一个，以锻炼老师为主，发挥老师的特长，让她们多发言，多赞美；有才艺表演、元旦总结、视频欣赏、告知事项等，我讲专题，在这个节点铺垫最好，一年之始，万象更新，老师们需要定目标了，不能得过且过，需要思考自己的未来之路。

我当然也是这样想的，首先，保持好目前的状态；其次培养一批和我一样的主管——预备园长，让她们发挥自己的潜力，多多提升自己，奉献光和热；还有就是制定切实可行的目标，完成我的读书计划、健康计划、住房计划，积极向上发展。

★ 2018 年元月 10 日　　　参加园长报告会

今天我去参加郑州市公办幼儿园和一级幼儿园的业务园长报告会。

报告会共有二十五位园长的分享，每位的分享都非常精彩和受用，分享主题有教师培训方面、有园所建设方面、有特色教育方面等，真是让我大开眼界。看到一张张照片中明亮的大会议室，老师们整齐的工作服，一组组精致的区角展示架，我在想：我的幼儿园什么时候才能拥有这些呢？

我们单位过于落后，很多硬件条件不具备，和这些幼儿园都比不了。不过，我的内心有想法，我在慢慢积攒时间和机会。

★ 2018 年元月 11 日　　　我要，我要

今天是个好日子，111，不是吗？要要要。2018 年 1 月 11 日。

我要把生命中的每一天都当作好日子，都当作生命里的最后一天来过，什

么事情是重要的，就先做什么事情，什么事情是要坚持的就要坚持做下去，为别人多做些、多分担、多解忧，当然也要为自己多做些，身体、时间都宝贵。一张一弛更要用好这个方法。

昨天发工资了，加上 11 月份的 3 天和 12 月份，发了 8000 左右，真的非常开心！我的信心更足了。

看到老师们的工资不高，做的工作很辛苦，我确实想给老师们带去更多的福利。不过，这种想法虽然好，但是从目前看不现实，我必须要做出成绩来。

要让老板满意，安全必须保障，每天都安全，无一天例外，这样坚持个半年、一年、两年以至十年，我坚信，老板一定会答应我的条件。

怎么办？

关心老师，理解老师工作辛苦；尊重老师，丰富老师们的生活；感谢老师，给老师们以工作上的帮助、指点、指导，晓之以理动之以情。

给老师增加点担子，给新教师搭个梯子，结对子。

给老师的孩子们买点喝的、吃的、用的，多关心一下。

办法比困难多，加油！

★ 2018 年元月 12 日　　　　意外被辞职

在一个人的生命中到底会有多少意外的事情发生呢？事情是好事还是坏事？看起来都是坏事。

说以上的话是代表我遇到了意外之事吗？是的，没错。我被炒鱿鱼了。

其实，我早有这样的感觉，但是没有想到会这么快。在这个幼儿园里，我感到自己和某老师的确合不来，想法不一致，沟通很费劲儿。从我刚去的半个月左右，工作兴致很高，遇到几件事情后，我发现不是这样，她多疑，不信任我，和她争吵过两次，有时还真的伤了彼此，其实都是为工作。现在想想，自己确实有做的不当的地方：不该让家长看视频，不该把教研批改事情放在头等事，不该向老板提出要求给员工涨工资，不该去买玩教具，不该提给老师发福利统筹的事情。

好，我明白了，这些事情足够老板生气了，我要检讨我自己。

自己给别人打工，不是自己做老板，做好自己的事情，不管其他——我的性格还做不到。和家族式幼儿园无缘无分，他们说了算。

我对我做的工作问心无愧。不过，在做事和说话方面还是要多忍耐。

★ **2018 年元月 13 日**　　　　**顺着昌，逆者亡吗？**

一直在想我为什么不能继续工作的理由，原来这里不需要改变，需要的是听话的人，我不是一个听话的"宠物"。让我离开是必然。

塞翁失马，焉知非福。

一个人的性格决定命运。我的性格固执，喜欢和平共处，给大家带来更多的快乐和希望，不喜欢看到老师们不开心地工作。

不管以后我找什么样的工作，首先除了自己喜欢以外，也要多考虑和领导在思想上进行沟通，双方必须要互相了解，价值观相近。

★ **2018 年元月 14 日**　　　　**平常心做事**

我来到已经约好的美容院，还有一个项目没有做完，老板很年轻又能干，是两个小姐妹一起办的。

和她闲聊中知道，她的妈妈得了大病在医院，才 58 岁，我不禁感慨很多，中老年的疾病越来越多，我也走入中年，一定要好好地爱护自己的身体，不要过度透支，孩子的压力也很大，不要较真儿，多运动，多开心些。

这个妹妹手法很好，很娴熟，两个朋友一起打拼不容易。

有谁容易呢？

世上的事情你要会理顺思路，该做的去做，不该说的要闭嘴，应该多学习，多想长远的事情，还有就是什么事情都不要太乐观和太悲观，保持平常心就好。

★ **2018 年元月 15 日**　　　　**每天坚持着**

今天在家里读书，每天一次，坚持着我的计划。不管发生什么事情。

年龄越大经历的事情越多，越能想得开。你想不开又能怎样？生活仍然要继续，我不会因为感到很不公平而去抑郁。想想还是非常佩服活到百岁的老人，他们的一生一定死过多少回了，但是为什么没有倒下呢，一定是因为她们想得开的心和傻傻的坚持吧。

晨练、写日志、读书，这三件事是我坚持已久的，因为喜欢，所以持续去做。谁没有想懒惰一下的时候呢，躺在温暖的被窝比起在寒风凛冽的外面工作，看幽默搞笑剧比起坐在电脑旁一个字一个字地敲打，听音乐和朋友喝茶比起读历史读专业书和文章，选择舒适和选择坚持自己的梦想就是我们思想斗争的焦点了，我之所以能够坚持下来，还缘于我可以在众人面前大声说，我每天都是这样坚持的！拒绝懒惰。

顿时，讲台下的朋友们瞠目结舌。

★ 2018 年元月 16 日　　　我有原则

今天我又去面试了三家幼儿园，其实我不去面试也行，内心里只想等着童辉幼儿园这边，她准备 3 月份装修，我们见了好几次面，谈得也很好，只是迟迟没有消息。

对于挑选我的工作单位，我有几个看法：一是和老板能聊得来，思想同步；二是工资合适就好；三是能发展。

往往这三个条件总有一个不是让你满意的，这也非常正常，没有十全十美的单位和个人。任何事情都需要自己去调节和适应。

明后天或者以后的一段时间里，我还会见几家老板，但是我的条件不能变，我不是得过且过的人。

★ 2018 年元月 17 日　　　今天休息

今天上午我终于有时间在家里休息一下了，时间过得真快，跑跑步，吃个早餐，读一会儿书，再洗洗衣服就快到 11 点了。

今天中午，我约好去做身体项目的，主要是要推拿肝胆经络，上次美容师因有事没有来，于是时间就调到了今天中午。

这位美容师妹妹技术真好，对待客人尤其认真。我的腿部确实有不少问题，推拿的时候都是忍着疼痛，特别是按摩膝盖的时候，膝关节内储存了积液还没有吸收，有肿胀的感觉。她说我是淋巴不通，给我拔了火罐。

身体的疏通是必要的，自己平日里也要懂些知识，保养和保健都需要，好身体才有好未来，不要让工作累坏了自己。

下午见了一位女老板，姓马，是前一天在"58 同城"上认识的。她和我联系交流，而后又电话联系，感觉很好。

她温和、亲切、善解人意，我们谈了三个小时。

她和一个老板共同合作办了一家教育机构，主要是学前班和课外辅导，让我欣喜的是课程里有感统训练，我在 2006 年至 2016 年都有接触的课程。马老师之前做电子工程，有自己的服装厂股份，另一位老板在房地产担任副总。

经过几个小时的沟通，我感觉这个马老师人很好，很真诚，只是工资这块没有说好，就决定考虑一下再说。

★2018 年元月 18 日　　又一次上任

昨天晚上快 9 点了，马老师让我今天去她学校帮帮忙，听听老师的课程，提些建议，正巧我今天也没有什么安排，于是就答应了。

上午 9 点 30 分左右，我到了学校。坐了一个多小时的车，因为昨天是第一次爱人送我去的，路线不熟，下了车后走了弯路，不过还是找到了。

说真的，来到郑州，一个完全陌生的地方，我独自做了很多事情，已经不再害怕什么了，肩上虽然有沉重的担子，但是，我必须义无反顾地向前走。

★2018 年元月 19 日　　开启新道路

昨天是第一天上班，早上 7 点出门，到单位是 8 点，一路非常顺利。

走出门的路上我买了早点，匆匆在车上吃完，乘坐 4 站地铁到黄河路，乘坐 12 站公交车。

我用了半个小时的时间做了 PPT，给老师们开了晨会，之后和马老师商量购买感统教具和其他用品，谈工作开展，谈未来发展计划等。中午马老师请我吃了饭，还有她的两个双胞胎女儿。下午弟弟和孩子来看我，弟弟从洛阳来，和他的朋友来郑州听课，我其实很想去，只是今天第一天上班，工作事情多。

在这里，我看到了希望，看到我的未来是美好的，但是我不能掉以轻心，幼教事业是良心事业，来不得半点儿马虎，必须踏踏实实地一步一个脚印去做，不急不躁。

★2018 年元月 20 日　　感受状况来自性格

一个人的人生中遭遇的不满都有原因，包括后悔。追根溯源，无数的感受都来自你的性格。

你是什么样的性格就会碰到什么样的人，遇到什么样的事情，都有定数的，不过，你不要信命，不要信自己的命运不好，一切都要往好的方面去想，也要想不好的方面，做好不同三条方向的计划，这样的想法才是成熟的。

这么几年，我遇到的事情对我的历练真是好极了，多极了！我要仰天长笑，我要深思熟虑，我要从头再来，我要东山再起。

不这样去想怎么行呢？不这样去做怎么做到人往高处走呢？时间有限，我不能拖拉，我不能自暴自弃，我不能得过且过，我必须努力向前进。

我发现，性情开朗、善良、诚实的人真的非常有福气，特别是有一颗懂得感恩之心的人，我就是受益者，我不喜欢虚伪、不喜欢欺骗、不喜欢自夸和卖弄，做真正的自己，所以福气、运气就一直陪在我的左右。

★ 2018 年元月 21 日　　　人生颠簸

每天坚持自己的兴趣和爱好，真好，感觉到生命好有趣啊！

最近两天，我家的事情更多，房子已经拍卖了，这个结果在前几年早有预料，现在发生我已能够坦然接受了；当然，还有我们在郑州住的房子也要搬家，原因是我不在那个幼儿园干了。时间才过了一个多月，唉，人无远虑必有近忧啊。

任何事情都没有一帆风顺的，自己的成长中谁都不知道要经历多少坎坷的事情，我已经习惯，我要习惯把这些波折当成是我人生中最有趣和有味的调料，我为什么写日记，因为每天发生的事情都不同，给我有启发，给我有反省，给我不同的"扎心"和触动吧。

和爱人争吵过多次，一个家如此，一个单位的事情也会有不同意见而争论的，我不是一个人在走，不能一意孤行，固执的性格继续下去反而出现更多更大的问题。

所以，因人而定，审时度势。

★ 2018 年元月 22 日　　　陌生人也很温暖

去单位的时间是忙碌的，一早 7 点就从家出发，因考虑路途较远，我喜欢提前走，做好准备。

郑州人素质都挺高的，我遇到困难，求助的每一个人都非常大方和善良，告诉我路如何走，看到我不会操作地铁乘车卡就提醒我，帮我拿沉重的快递等，真的让我很感动。

陌生人很温暖。

你越是放开自己的心，打开自己，你就越是能够遇到顺利的而不是不能解决的事情，最重要的是你要真心真意地表达。

我切切实实感受到了，我的每句话发自内心地讲出来，得到的回应就是真实的，温暖的，助人的，激励的，不可战胜。

没有不可战胜的事情，只要敢想敢做。

★ 2018 年元月 23 日　　　　新工作第三天

这几天好累，要做晨会灯片、备课程、整理教室、宣传等。

早上 7 点出门，晚上回来都 8 点多了，老板对我非常好。我们有说不完的话，不管是工作还是其他。

老师的素质参差不齐，但是大家都非常努力，不怕苦和累，不怕受到拒绝，这就非常好！老板做事情也是身先士卒，不会就问，来得最早，走得最晚。我呢，看到大家如此珍惜工作，也不浪费自己的宝贵时间，主动积极做事。

今天是工作的第三天，忙忙碌碌很有意义！加油！

★ 2018 年元月 24 日　　　　一个团队三个老师

今天终于可以住在老板提供的房子里了，非常感谢马老师。

来到马老师的教育机构我很开心，开心的是能够把我的所长发挥出来，带给机构一些方向、方法和理念，有我的用武之地。

一大早，爱人和我就整理好几袋子物品，开车送我到单位，也把"家"搬过来。感谢爱人的付出，我们现在真是同甘共苦啊。

天气寒冷，有些地方已经下了雪，当我们出门宣传的时候，寒风入耳，我们三个老师依然走着笑着，虽然嘴里说好冷啊，但是没有一个打退堂鼓，更加齐心协力，并且收集的名单达到了十几个，真的比洛阳幼儿园的小老师"厉害"多了！

一个好的氛围就好有一群团结的队伍，我相信自己能行，能带好这支教师团队。

★ 2018 年元月 25 日　　　　遇到拒绝也要愈挫愈勇

距离校园公开课活动时间还有两天，我们的计划按步骤进行，今天晨会老师们发言，每个老师都说出了自己真实的感受，向更优秀的老师学习！

我的感受更多，我来此是带动团队发展的，来此是好好做教育，为了我的后半生能有个更圆满的结局。

我不会因为环境恶劣而影响我的工作态度，我不会因为需要重新开始而丧失对追求未来美好生活的积极性，我不会的，不会消极，不会怨恨，不会羡慕嫉妒恨，我知道我是谁，我要去哪里；因此，我非常坦然。因此，我非常知足；

因此，我非常珍惜所遇到的每个人和每件事。

当我得知今天打电话邀约有二十多个孩子准备来参加的时候，我的心情极好，如果在去年的洛阳幼儿园，这种情况是没有的，老师们对外出宣传和采集名单有抗拒，因为怕拒绝，因为没有好的团队氛围。我很欣慰，在马老师教育机构的团队里，每个老师都明白自己的工作目标，遇到拒绝是越挫越勇。

★ 2018 年元月 26 日　　　　要获得就要多付出

今天我们一起把明天活动要准备的东西又看了看，只剩下投影仪没有安装完毕。

安装的师傅是我们学校钢琴老师的爱人，他昨天下午开始买物品，今天上午又外出买需要的东西，听马老师说这个安装师傅，现在还生病发烧着。在我和爱人晚上从外面散步回来的时候，看到楼上的灯还亮着，时间指向 8 点 20 分。

你要获得什么就要多去付出，不要一心只想收获，先付出才能得到。

★ 2018 年元月 27 日　　　　发展必须齐心合力

今天是学校第一次举办公开课，我们 8 点就到了，看看还需要准备什么。

电话邀约要参加的家长有 18 个，到了 9 点 30 分的时候才来了 3 个孩子。天下雪了，气温很低，我在多功能厅准备灯片和音乐，静候其他家长和孩子的到来。

我的心态很好，没有一丝慌张，这样的课程我参加的实在太多了，已经成了习惯。陆陆续续，家长们到来了，孩子们很好奇，这里有大龙球和跷跷板，还有彩色的地垫，刚开始他们不愿意上来玩，在我的鼓励邀请下，他们都脱掉鞋子跳了上去。

家长看到孩子们玩起来也非常高兴，一边参观一边和老师们交流。

活动正式开始了，按照流程，我们依次进行得很顺利，只是把时间向后延迟了 10 分钟。

这次课程，孩子们来了 15 个，没想到还不少呢，很成功，老板也很高兴，当即决定中午邀请老师们吃饭。

合作共赢，一个人的力量是弱小的，发展必须要齐心合力！

★ **2018 年元月 28 日**　　　　**颈椎问题大**

这几天颈椎难受得要命，以前还说别人这不好、那不注意，现在到了自己身上了。

低头不行，抬胳膊也不行，趁着中午有点儿时间我赶快去按摩。

咬着牙，忍着疼，小师傅的手劲儿可真大。

按摩两次好多了。说句实在话，还是有点儿疼。

现在，坐在电脑前打字都不舒服，我在坚持着，每天完成自己的工作，坚持自己的习惯——写日志。

好了，今天不舒服就少写点吧。

★ **2018 年元月 30 日**　　　　**工作到晚上八点半**

任凭外界的情况如此考验我，我亦如青松不倒。也许有很多人的境况不如我，也许有很多人的条件高于我百倍，我又能怎样！

我还是要坚持我的梦想和信念，不怕不怨。房子已经卖了，现在在处理家里的家具，看着崭新的物品，我似曾相识的朋友要离我而去了，谁没有近似凄凉的感觉呢。如果我太感性，对这些物品太过于留恋和舍不得的话，我只怕是倒退着活了。

没有，我没有，而是在短时间的思考后，非常决绝。

其他的物品可以丢弃，书籍绝不可丢弃。

今天我工作到晚上 8 点 30 分了，接待两个家长，做好了微信公众号的一篇文章，到外面喝完粥回了家。

心情依旧很好，明天依旧。

★ **2018 年元月 31 日**　　　　**开始"扫楼"宣传**

广播里说今晚有月全食，呈现红月亮，哎，我对这件事情没有兴趣。为什么呢？我的脖子疼腰疼，去按摩店了。

和按摩店老板攀谈，他是个盲人，做这行已经快三十年了，喜欢做实际工作，有个好技术，为社会人民做贡献。他的话很中肯，我们年龄相仿，话题比较多，他的技术就是好，不像他的徒弟一样第一次按摩就很疼；师傅毕竟是师傅。

谈到孩子工作的选择问题，他倒想得开，给孩子找出路做思想工作，孩子不同意就挑明，创业不给资金，自己打工去，要吃吃亏，积累积累社会经验再说。

我同意他的观点，孩子必须要自己闯一闯，家人是坚强的后盾。

说说工作，我认为做自己喜欢的工作是快乐的，不会感到累，今天我们去"扫楼"，就是从高层下来，一层一层，一家一家敲门发宣传单。这个小区都是楼梯，没有电梯，那又如何？我和小老师照样上楼下楼，最后呢，她累了腿酸疼，我呢，没事儿人一样。

★ 2018 年 2 月 1 日　　　　知错就改

进入 2018 年 2 月了，转眼 31 天过去，时间不等人。

今日事今日毕。晨会的 40 分钟里，我们也是分秒必争，计划执行，再定计划，查找资料，充实专业。

拼音课要上公开课了，小老师在试讲，一遍一遍，很用功，本来她讲的拼音 "o" 是对的，我们几个老教师却给她讲错了。到底怎么读，怎么发音，我首先到网上找，看视频，仔细听后，发现是我给小老师说错了，事后我马上去找她，纠正了我的错。

事情不大，不能错上加错。我们身为老师，如果发现自己不对，不论年龄大小，身份如何，一定要实事求是地改正。

以后会遇到类似的问题，我要不断地反省自己，对自己严格要求。

★ 2018 年 2 月 2 日　　　　5 岁小朋友也需要尊重

这段时间虽然没有到处去跑动，和在洛阳的幼儿园比起来是体力上轻松多了，但是脑力上不太轻松，特别是还有这脖子疼啊。

我是一个不怕苦不怕累的人，只要心情调节好，做什么我都愿意，首先工作的前提是我喜欢。

接触到每个人，我认为都有可学之处，我不鄙视任何一位，人不可貌相，无论年龄大小，我都是尊重对方的。

因为，在工作生活实际中，你心怀打开，和孩童在一起时，你会惊喜地发现，能了解其他你不知道的东西和你能得到他们的帮助。

这是多么美好的事情啊！

我问："小雨，五六岁的小朋友都喜欢看什么动画片啊?"

他答:"《小猪佩奇》!男孩儿喜欢看小猪佩奇,女孩儿喜欢看芭比娃娃,你到网上一搜就行了。"

我问:"一一,这个老师讲课怎么样啊?"

她答:"讲得还可以,就是多点互动,老师少说点话就行。"

我问:"妮妮,这个大龙球你能帮我再打打气吗?"

她答:"没有问题。"

哈哈,你能说孩子没有用处吗?你不尊重他,你就办不成事儿。

★ 2018 年 2 月 3 日　　　　再忙也要爱自己

今天虽然是休息日,我也没有闲着。

上午到对面小区贴广告,和另外一位老师一起,不到 9 点我来到学校,我们一起贴完广告后到家已经 11 点了,还好,一切很顺利。因为我们把好处费给了负责人,所以张贴起来就顺利多了。

一个人也没什么好做的,中午要了外卖。一个鸡肉卷我就饱了,里面都是肉,很是过瘾,只是我不敢多吃;另一个汉堡包里也是鸡肉。午休后,洗了个热水澡,听到有敲门的声音,我在洗澡,并且刚搬到这里没多久,也不认识太多人,估计来看房子的,于是我没有去理会他。3 点 30 分多,我到单位,打了十几个电话,确定明天到会的人数,还看了几个招聘人员的简历,又约见了一个老师,忙活了一点事情,一看时间 6 点了,于是回家做饭。

真的,时间在忙碌中度过,要抓重要的事情去做,但是也不能忘了爱自己。

★ 2018 年 2 月 4 日　　　　我来退还家长定金

今天是立春,暖和的日子慢慢到来了,不是吗?

日子是开始温暖起来,只是今天遇到的事情让我感到有点儿心冷。原先在洛阳幼儿园工作的时候,我宣传的一位家长给孩子交了定金,但是因为对幼儿园的某些情况不了解,经过和园长沟通后又不愿意交费了,想要回定金。洛阳的园长找我联系问情况,她不想退费,并且她说让我过年的时候去和家长沟通。下午我和家长联系,知道她不愿意继续缴费的情况后,我也觉得这事情比较复杂,我夹在中间,苦恼了起来,并且我还承诺如果解决不了,我把定金退给家长,爱人听到我的话觉得不合适,既然不在原单位上班了,这事情需要她们自己解决,我不应该去答应这事情,赔偿的钱不能由我出。

我向家长承诺对定金的事负责,只是因为我是第一个接触家长的,不能失信于她。其实，沟通能解决问题，只要原单位让步，路子会更宽。

后来幼儿园让了步，退了定金。

★ 2018 年 2 月 5 日　　　　**内心的期待**

还有一周就要春节放假了，我的内心有一种期待，就是回家抓紧时间整理东西，腾出房子。这种期待是否有些不正常？没有不正常，很正常，我们要履行诺言，虽然这个诺言是对我们财产的剥夺，那也要这样去做。

谁不想过舒服的日子，居住漂亮的大房子，当然前提是房子是属于自己的，这也不仅仅是我的想法，每个人都会这样想。

我早已经接受了现实。再说一遍，我已经接受了现实，即使内心里有一万个不愿意。

我抬头挺胸，即使身着朴素的着装；我大声地说着每句话，即使我的口袋干瘪；即使我住着简陋的出租屋，我也是步履坚定自信。

我相信，我会好起来。

★ 2018 年 2 月 6 日　　　　**学前班的公开课**

上周日我们举办了第二次的家长公开课，来了 6 个孩子，加上我们学校老师的有 8 个，已经联系过的家长有两个一早给我发了短信，说孩子生病了，不能到场。

公开课流程进展得很顺利，因为有经验，老师们都知道该做什么，课程也有条不紊地进行，钢琴表演、拼音课、英语课、数学课等。我讲数学，没有安排陈老师上场，她的课程还不过关。在课堂上，我很自信，这源于多年的经验。对于孩子们，我和他们在一起有很多有趣的提问，做起课程也很熟练，我喜欢孩子：喜欢孩子勇于发言，喜欢孩子积极向上，喜欢孩子活泼可爱的样子。在我的眼中，他们就是天使，我也变成了天使。

你让我去做其他工作，我不是说不行，相比和孩子们在一起的工作，我更愿意去做后者，我已经把这行当作自己的使命。

★ 2018 年 2 月 7 日　　　　**自己买教材**

坐了一趟长长的车，有一个小时，随着路途的颠簸，我感觉自己的身体快要支持不住了，真想拿起东西到下一站直接下车。

今天我不得不坐车，要给孩子们订购教材，上次，我回程的时候也是坐车，就有些受不了，这次，还要再忍受一次。

窗外疾驰风景，大多是林立的高楼和一排排的商铺，行人、车辆来往穿梭，索性远望，看楼顶，看最远方的塔吊、最高处的商场门头，心里默念"好些了，我一切都好。快放假了，该回家了，晚上好好睡个觉"等。想一些开心的事情，呵呵，就这样挨到目的地。

经过挑选、比价后，终于快完成任务了，买了整整三包书籍。

顺利打车回府。

★ 2018 年 2 月 9 日　　　　感受时间流水过

我一个人坐公交车到图书城订购新课本，需要买几十套，名目繁多。我看了好几家，终于选定了，匆匆忙忙赶着时间回学校，结果发现重复订购了一种课程，这两套书封皮不同，自己的错自己承担，我和爱人又去调换了一次。

他去公司拿发票要送给客户，顺路带我去图书城，书城很远，需要坐一个多小时公交的，但是经过高架路就快得多了。

10 点左右，我到了书店门口，老板还没有来，于是我给她打了电话。电话那头的老板很着急，连连说不好意思，说她在医院。我听后，很理解老板，我温和地告诉她，不要急，我在门口等着。

等了约十分钟，老板来了，事情很顺利地办完了，我拿到了书，在 11 点左右回到了学校。

我这个人是不会让自己闲下来的，总想做些与工作有关的事情。

于是我就开始在办公室做学校的宣传文章，一直做到快 12 点才完成，今晚我是要回洛阳的，中午还要回去收拾东西，还要做饭。

我做事比较快，但是也有忙中出错的时候。到家时，时间为 12 点 15 分，淘米时又发现大米发霉了，赶快挑出好米泡上，又下楼买菜，忙活了一阵子，吃上饭已经 1 点了。

我感觉时间如流水一般，说话做事也是快节奏的，唉，好像时间催人老啊。

我要保持旺盛的精力，该休息也要休息啊。

★ 2018 年 2 月 10 日　　　　又一个不诚信的人

这段时间除上班外，最重要的是处理家具家电了。

半月前一位做直销的大姐就告诉我说，她要看看东西，合适了就都要。她很忙，我也只有放假才有空。

她看了，空调、沙发、电视、餐桌等，我们在微信上说好了价格，可以说价格上我根本就没有回旋余地，是她说的 7000 元，也说好了拉走的时间，一切看似非常顺利。

下午 2 点，搬家公司来了，拆装空调的师傅还未到，她的弟弟纠结于不能一起带东西回去和担心空调装拆有变化，我们等了约两小时，后来给拆空调的师傅的价钱未谈妥，她要直降到 4500 元，好黑的她！

于是，我们不同意卖给她。

★ 2018 年 2 月 11 日　　　　害怕搬家

这一天注定繁忙，大大小小的东西全部要从住了四年的屋子里搬出来，花城不再见！

生平还要再搬家吗？一定会的，从结婚至今"挪窝"有七八次了，以后一定还会搬来搬去，每搬一次感觉都不同，因为当时的希望不同。

此工作最折腾人，身心俱疲。

我掐算不出我的未来生活，但我知道我的每一步都是奔向美好，即使在别人看来是泥泞。泥泞、沙土、狂风在我这个岁月看过去就是最好的感受，与经历的过往相比，我的思想选择 beautiful……

坐上车，带上满满的物品，我给妈妈打了电话："妈，我们收拾好了，准备回家了。""好，回来吧，我做饭……"家，老家！最后的避风港。

★ 2018 年 2 月 12 日　　　　腰酸背痛也要干

回到妈妈家，本来就不是特别宽敞的房间很快被占满了。

我们家的物品粗略算了一下有十五个包裹，衣服、厨具、被褥、书籍，还有忍痛舍弃的本子、纸张等。妈妈家里也是放得满登登，母亲也是从穷日子过来的，用了几十年的物品也不少。父亲离开我们六年了，衣服还在，妈妈说如果你爸回来没衣服穿怎么办？

收拾整理，腰酸背痛，更要坚持，劳逸结合的道理很明白，只是东西多了，要收拾整齐心里才舒服！

午休之后，擦洗卫生间墙面，玻璃，阳台地面，干干停停……

生活还要继续，我仰头向前！

★ 2018 年 2 月 13 日　　　　**跑起来回到少年**

晨练是我生命中不可或缺的一部分，不跑步不锻炼不行，哪怕一个早晨停止不活动，第二天我就受不了。

自从去年 11 月底到郑州生活和工作，我需要适应不同的环境，我以前到其他地方是睡不着觉的，强迫自己适应新环境，强迫自己喜欢新环境，改变心情改变思想后我觉得更自信了！

找到我的运动装，一溜烟儿跑到大街上，又慢跑到临街的林荫步道，走起来，这里老人很多，三三两两健步走着，时不时说上几句话，看你来我往，年轻人很少，也许还不懂得健身和养生吧。年轻人的生活习惯确实要改变了，钱是赚不完的，没有尽头，不要让贪心和私欲侵蚀宝贵的身体。

想象少年时候奔跑的样子，不顾他人的眼光，45 岁的年纪继续奔跑，虽然速度慢，步幅小，但青春不减，依然坚持到尽头。

★ 2018 年 2 月 14 日　　　　**除夕前大扫除**

适逢过年，打扫卫生的工作必不可少，遇到个情人节，这心情是甚好啊。

我的胳膊肘疼得厉害，放假前就开始了，比起颈椎来不重。回到家后劳动确实多了些，睡觉也受了影响。

打扫整理，清除无用的物品，家里的空间大了亮了。

大年三十，我满屋子地打扫是为了等待全家人一起吃团圆饭这个时刻。地面、墙壁、床铺，里里外外也要擦洗一番，赶到下午 5 点左右，又包了饺子。

清静一点儿，安静一下，保持清醒的思路。

★ 2018 年 2 月 15 日　　　　**春节不停歇**

三十了，我坚持跑步、写日记、读书，当然也会有落下一次的时候。

好啊！那就抽时间补上！

今早跑了四公里，感觉还是很轻松的。照常 60 个仰卧起坐，之后是摆腿和俯卧撑。

这么多年，说起过大节，是不会影响我的正常生活习惯的，不要说我不食人间烟火，说了我也承认，别人说的该同意也同意一下，在内心深处我有自己的主张。

我是最幸福的平凡人，简单、质朴、无二心，够了，拿"大力史"的话说就是比千年历史中的几百个皇帝幸福！

★ 2018 年 2 月 17 日　　　　婆婆的"年轻态"

一直在高速上奔驰，从上午到晚上 6 点，回家，不管多远也要回！

前两年没有回婆婆家，老人一个人住，老二一家买了一套房早就搬出去了。婆婆生活规律，很会懂得照顾自己，72 岁了，身体也挺好，想法简单，善良单纯，是一个可爱的老人。

我羡慕她的性格，无忧无虑的，如果我的老年和她一样，活到百岁不成问题……

晚上到家，婆婆张罗好了饭菜，我们一家三口边吃边说，婆婆开心得不得了，嘴里不停地说着。

老人都希望孩子经常回家看看，特别是过节，孩子们回来几天，老人像孩子一样开心，像年轻人一样忙碌，更加"任劳任怨"。

我希望看到老人开心的样子，所以在家听话从不回嘴。

★ 2018 年 2 月 18 日　　　　教师职业的同学

下午爱人约了高中的同学叙旧，一个是二十年前见过的英语老师，一个是印象不深但对我有记忆的初中老师。

他们都是爱人的同学，现在都做教师这个职业，守时，讲话有条理，在我们住下的小招待所房间里，他们不吸烟，不讲脏话，值得尊重。

他们的孩子不用问，学习一定不错，知书达理。父母教养好，孩子不会差。

见到我朋友的孩子，我问到他们将来想做什么。我给孩子们的建议是当老师，崇高的职业促使自己不断进步和学习，同时这也是我自己的念想！

★ 2018 年 2 月 19 日　　　　老人的精致生活

初三一大早，婆婆就烧好饭菜，做了烙饼等我们回家。

安庆市不大，气候潮湿，经常下雨，过年回家就赶上小雨绵绵。家里，婆婆喜欢开窗通风，我就有些受不了，平时就怕冷，穿衣戴帽齐全，也许是寒性体质的原因吧。

婆婆一个人生活，她总是把时间安排得满满的，烧饭注重营养，听歌走路健身，看电视寻开心，什么事都想得开；懂得保护自己，享受生活，思想单纯，健谈率真。

一个会把自己生活安排得井井有条的人不虚假，不做作，活得精彩！

★ 2018 年 2 月 20 日　　　　**返程回家**

大年初四，我和弟弟、弟媳陪着爱人去了他的初高中学校（安庆一中）。

天很冷，刮着风，我不想扫爱人的兴，他们同学相约到母校，同学相见分外亲切。

赶巧，副校长也来了，即兴做了讲解员，讲起学校里古楼的历史变革，明代的建筑清朝损毁，现代重建，风水校貌一一夸赞到。

晚上我们一家都到弟弟家吃饭，弟媳的手艺很好，有鱼有鸡肉，豌豆青椒甜咸恰到好处！

一大家人饭后聚在一起聊天，说得最多的是孩子的学业、大人的身体！

回忆时光也总是美好的，在婆婆家的两天值得好好回味。

今天一早我们就从安庆出发了，爱人开了近十个小时的车程，晚上 8 点 30 分左右到洛阳。

一路上飘着雨，开车视线不好，高速公路上车辆也不少，大都是返乡的兄弟姐妹吧。平安是每个人的期望，特别是我们这个年龄。开快车的年纪偏小，他们追求风驰电掣的感觉，身边经过有快车，我难免会心有余悸。

在回家的高速公路上，发生了有十余起事故，我们都目睹了，珍惜生命的道理还不是人人皆知啊！

★ 2018 年 2 月 21 日　　　　**胳膊痛闹心**

回到妈妈家，真舒服！

一个是家里暖和，不再缩手缩脚；一个是喜欢妈妈做的粥，不稠不稀，喝下去口感好。

在家里最喜欢看书读书和挑选电影了，有网络和朋友们关系近多了，想和谁联系就会很快找到他们。

这一段时间胳膊很痛挺让我烦恼的，因此一回家我就赶快吃一片妈妈给我买的止痛药，还好，过半天就不太痛了，疗效还不错。

上年纪了，我更要爱护自己了，不给老人孩子增加负担，我的法宝是锻炼、喝水、护肤、营养、睡眠、音乐和笑！

★ 2018 年 2 月 22 日　　　　**家里的客人**

上午爱人的朋友来家里了，又过了半个小时我姨家的大哥来了，还带了他的孩子，很热闹。

饭桌上，他们在谈工作谈想法，我在厨房做菜。母亲把凉菜做好，我来做热菜和烩菜，没有手忙脚乱，汤菜做成后大家都挺满意的。母亲却急急忙忙地赶回来，数落我的不是，我口口答应下来，心里想辩解，想想还是不说了吧！

爱人的朋友很健谈，做材料技术研究，在外企干了七年后觉得不是自己想要的生活，于是便义无反顾地辞职，回到老家，投资自己干，一是可以照顾家人，二是可以做自己想干的事业。

他说起来，自己学习很艰苦，专业是什么工程，但自己喜欢材料方面，后就自学材料并考研。他还告诉我家孩子如何学好专业，如何处理人际关系，晚上还约了另外一个学材料专业的朋友，带上孩子，又在一起谈论工作。我认为这样的朋友可以常联系！

★ 2018 年 2 月 24 日　　　　**二孩的烦恼**

下午，我们从洛阳回郑州，车上顺路带了两个新"朋友"，一个是老太太，一个是儿媳，还有 2 岁的女儿和三个月大的婴儿。

听老太太说她晕车，中午饭没吃，手腕也很痛，都是抱孩子带孩子累的。儿媳抱着小孩子蹬蹬蹬地从楼上下来，她穿着大衣，看上去很疲惫的样子。我拿了一个杨梅递给老人吃，缓解头晕，我听她们说，得知第二天儿媳要到郑州上班，孩子小需要老人照顾，她们真不容易。

二胎政策是放开了，比我小几岁的女同胞们要二孩的想法挺多，也有不想要的，说再要养个孩子真是养不活了，干脆杀了她吧。想想，养二孩确实压力大，老人跟着受累不说，用钱用力都不敢算数。

每个人都有各自的想法，我觉得，事情没有太绝对，自有解决的方法，最好不管他人的家事，话说多了没有好处。

回到郑州的家，开始新一年的计划，当然，工作上我追求完美，我要坚持做好每一件事情，对得起经过我生命中的每分每秒。

★ 2018 年 2 月 26 日　　　　**年轻和年老的两个人**

上班的第一天，学校大扫除，我们四个老师拿起扫把、抹布开始热火朝天地干起来。

时间过了两个小时，老板看我们的工作量太大，并且清洁地不彻底，干脆把家政大姐给叫来了。这大姐确实不一般，走路像风一样，干起活儿来特别麻利，视力也好，她干活不戴胶皮手套，用手一摸，不干净的地方都被她发现了。我们聊了几句，她今年是本命年，48岁，在家政公司做保洁已经有11个年头了，一儿一女很幸福，女儿结婚后还给她送了一辆车，大姐自己的工资每月都能拿到1万左右。

岗位不分贵贱，工资多少不在年龄，只要有吃苦耐劳、勤奋认真的劲头，坚持下去，生活都会顺心如意。

下午我约了一个面试的年轻老师，原来约好3点到，快5点了人才来，不守信用这一条是找工作大忌。还有她迟到了，也不道歉；面试穿毛衣；简历没带，填写简历表也不填完整。奉劝应聘的年轻人一定要认真对待每一次面试机会，不管你能否面试成功，也要有基本素养。现在的年轻人太轻率，不知能否意识到自己的问题，希望多读书，多反省。

★ 2018年2月27日　　　　教师空缺，我来顶上

说教课问题，下午排课的时候，英语老师发现安全和礼仪课排成了两节，这是我排的，因为安全和礼仪分属于不同课程，内容都比较多，教材只有一本，因此她提出安排成一节课，节省时间和人力。

我在这里是校长，但是一直没找到合适的老师，课程没人教我就主动顶上，我和老板商量我教数学，除了英语和音乐我不擅长之外，其他都可以。

原定教语文课的是刘老师，她还没有正式从师范学院毕业，正在实习期。语文课很重要，课程较多，拼音、生字、写字还有阅读都包括，后来，老板对我说，你来教语文吧，让小刘老师教数学。我说好。

我接受一切改变，即使不会，我也要努力去适应，我喜欢语文课，只是多年不教了，算一下快二十年了。但是，我不害怕，我乐于学习，我有基础，相信我能行。

★ 2018年2月28日　　　　取长补短

每天我都订立个新的希望，每天我都怀着尊敬的心去见身边的每个人。

到单位，我就开始让自己忙碌起来，争分夺秒，我知道，我不能停留太久的时间。

写教案，自己从来没有写过。以往单位，都是老师们课前写教案、做教具，我只是看看或课后点评，现在，安排我到教师岗位，并且还是非常重要的教授语文，所以，我必须进一步学习。我要写《拼音》《认字生字》《感统训练》三种教案，没有问题，我可以到网络上找，一边学习一边工作。我相信自己的能力。

养成了工作计划提前做的习惯，对我帮助很大，我可以有条不紊地进行，我给同事讲我的工作方法，分享出去，我很愿意。

我学习马老师做事认真，不怕麻烦，始终保持好心情；我学习苗老师经常自嘲说自己不如人的谦虚态度；我学习张老师做事积极想办法，把问题说得明白和解决彻底的思维方式。

★ 2018 年 3 月 1 日　　　不要轻易发火

爱人出差三天，晚上回家，他的情绪不太好，"丢单"了，我安慰他不要紧，这种情况太正常了。夫妻之间多理解、多宽容，心情就好了很多，不为一时的失败而泄气。

工作和生活都不会顺顺利利的。不发生这事儿就发生那事儿。总之，不愉快的占比最多，而我们要继续生活下去，是不能逃避困难的，必须要想办法解决。

晚上做饭，他刚做好油炸花生米，燃气就打不着了，昨天也发生了这个情况，他冲我发火，这有什么可生气的呢？今天在他身上发生，他便语气缓和起来，我们又试了几次还是打不着火，于是就把电池取出来再放进去试还是不行，后来我们就用旧的电磁炉做了饭。饭后去买了两节新电池安上，打着了，爱人高兴起来。

这样类似的事情很多，全在于我们的心情该去如何调节，每天的每一刻都保持好的状态，遇到不顺心的事找原因、想办法，你就成功了。

★ 2018 年 3 月 2 日　　　元宵节工作

又是一年吃元宵的节日。

谁也没有想到这个日子是在郑州过的，并且是我一个人。

今天上班，下午 3 点后小区里举办"猜灯谜""发礼品""吃元宵"的活动，我们几个老师拿着宣传页来活动现场工作。这里，大人孩子无不热闹，我还看到一条长龙，原来是猜到谜语的人排成队等着领奖品呢。我和另外两个老师也趁机发了几张宣传页，告诉家长我们的学校和业务，还不敢"大张旗鼓"地宣传，因为我们看到保安和物业公司的人员有很多，他们正在维持秩序和组织这次活动。于是，我和小刘老师决定到小区的地下停车场去发，张老师则带着自己的孩子参加猜谜活动，看机会到人群里发发单子。

地下停车场真大，里面安静极了，刘老师年龄小，见到此景还有些害怕呢，我不害怕，因为我经常参加这样的工作。我们工作非常认真，一辆车也不愿放过，还进入负二楼的停车场，大约过了一个小时，我们回到地面。

过节，老板提前放假休息。

晚上，爱人出差没有回家，我一个人看了部电影，饿了，把中午的米饭和菜热热吃掉了。今天是元宵节，我也算吃元宵了——在小区的活动场地，工作人员赏给了我三个。呵呵，真甜！

★ 2018 年 3 月 3 日　　　　生活需要不断创新

上午和爱人出去买菜，原本计划买排骨和蔬菜就行，到了摊主那里看到有人在买鱼，说准备做酸菜鱼，这时爱人提议也可以做这种菜，我觉得做起来比较麻烦，但在他的劝说下也同意了。

在烧菜方面，我相对"守旧"，爱人呢，他比较喜欢冒险和尝试，这点我不如他。

回家之后，我们兴致勃勃地按照烹饪教程一步一步做下去，果然，味道极好。由此事，我想到，有些事情必须大胆地去尝试，按照老套的方法或不推陈出新，自己就不会成长，知识就会闭塞，其他方法也会受阻，当然也会影响工作效率和生活质量。

下午我们一起去散步，爱人领我去花卉市场。这里的市场真大，暖暖的气温，适宜的花香，让我每到一个点就想驻足好好欣赏，只是爱人说他太热，只好随他出门了。他爱出汗，我呢，刚好舒适，我很理解他，想着自己以后有空可以到这里好好看看。我们路过郑州海洋馆，又勾起我想去里面观看的念头，我喜欢动物，不管什么类型，喜欢看究竟，不过我们上前一看门票 130 元，作罢了，好贵啊。

一路走一路看，听爱人说郑州变化很大，我也是个"路痴"，东西南北分不太清，走过的地方居然还记不清楚，唉，人啊，要学的地方真多！我啊，要见识的东西真不少啊！

★ 2018 年 3 月 4 日　　　　　越麻烦的事越喜欢做

今天淅淅沥沥下了一天的雨，密密的雨滴。

我几乎一天没有出门，下午取了几个学校的快递回来，不料鞋子裂开一条缝，袜子湿了。回来换了一双鞋和袜又出门买菜，晚饭后，在家里实在憋不住要出门走走，于是和爱人出门了。

在家里面总是有事情要做的，现在，我越来越喜欢做事了，大事小事我都不嫌烦，越是麻烦的事情我越喜欢做，我认为，这是我在逐步更加成熟。你遇到了这事情就要真实面对它，不能逃避，要保持乐观积极开朗的心态去迎接，不要怕事，只有这样，才能慢慢变成自己想成为的那个人。

每个人的时间都是一样的，生命的历程需要自己走，你若想让生命精彩，是要独自面对更多的孤独，需要更多的耐心，舍去更多私欲。多为别人着想，也多为自己准备，让自己更有价值。

★ 2018 年 3 月 5 日　　　　　金钱不是最重要的

开学第一天，我没有特别兴奋的感觉，因为面对孩子，我太熟悉了，熟悉的有太多的东西带他们玩，可是到用时却脑子一闪，新的东西过去了，老旧的浮上来。

上午一节我的课，下午两节也是我的课，分别是语文课和感统训练课。我面对这几个孩子，有严有爱，像对待自己的孩子。他们五六岁，我四十五六岁，比他们大了四十年，而我的心，我的想法如孩童一般，我喜欢天真、烂漫、无邪、可爱的性格，我愿意把一切真善美的事物让孩子多多地接触到，感受到。

感受到痛的人是懂得生命的意义的，我愿意提前懂得，这样我就不会浪费我的时间了。我想过重新做教育自己干，想过做其他行业，但是，时光一去不返，我已经选择好了方向，喜欢孩子，就去做和孩子有关的事情吧，金钱对于我来说已不再重要，对我重要的是生命的意义和亲情，友情和责任。

★ 2018 年 3 月 6 日　　　　　我给娃娃上课

开学第二天，孩子们终于学到真东西了，也就是给学生们上课本课程了。

昨天，我们和孩子们熟悉了一天，其实也不用这么长时间，他们都很可爱，没有什么太多的陌生感，只要和他们一起玩，一起说他们的话，和他们一起喜怒哀乐，就熟悉多了。

我们这里一共有三个老师，分别教授不同的课程，除了我之外，其他的两位老师经验都很少，但她们对待工作都极其用心和认真，老师的热情感染了孩子们，听着朗朗的读书声，我的内心升起一番敬意。还有一位小老师刚毕业，但是她对孩子很有耐心，虚心学习和听取建议，我也很愿意和她交流。

我呢，自然也不能落后，除了上课之外，更多的时间是上网和看书学习，要求积极进步，不自满，不骄傲，和老师们一同合作。

老板人也很好，她不懂教学，有什么不懂的就问我们，很多事情都替学校想到了，她不怕吃亏，待人随和亲切，付出很多，不要回报，我觉得，跟着这个老板干一定行。

★ 2018 年 3 月 7 日　　　　**孩子为什么不听爸妈话**

做教育不能急躁，不能把它当作快速赚钱的方式或渠道。

老师是凭良心吃饭的，也要养活自己和一家老小。但是，作为一名真正的老师，学生们的喜怒哀乐，家长的顾虑和担忧，老师要去用心的体会，对自己的教学精益求精，不断地学习和改进才对。

不要看我教的是学前班的孩子，里面的学问大着呢。在老师面前和在家长面前，孩子的表现为什么会不一样，有的听老师的话，有的听父母的话。我观察了一下，大部分学生都听老师的话，自己的亲生母亲都叫不走自己的孩子。

今天下课后有位妈妈接孩子回家，孩子正在感统教室里玩球，妈妈怎么说孩子也不肯和她回家，妈妈显得很无奈。我跪在地垫上叫孩子的名字，告诉她她是小姐姐了，是弟弟妹妹的榜样，还问了她的愿望是当医生，给她举例当医生时病人不听话会如何等。孩子说"我不穿鞋子"，我说可以，那我数数，看我数到几你能穿上。于是，她飞快地穿鞋，14 个数就完成了。这说明什么道理，孩子是喜欢受表扬的，父母要是拿捏住他们的心理说说他们是愿意听的，或者是父母在家就制定一些规则，叫到几声后孩子必须要跟着走的，否则会有家规惩罚，但是，现在很多父母都没有这样做，这是没有教养孩子的观念。

★ 2018 年 3 月 8 日　　　　**自我批评**

今天是妇女节，我们仍然给孩子们上课，没有休息。

目前学校有八个学生，三个女孩儿五个男孩儿。

下午，有个孩子在感统训练教室被碰到头；家长来接孩子的时候，有两个孩子争玩具被抓伤。

安全第一，不让孩子去感统训练教室玩耍。

下午下班我们打扫完卫生已经快6点30分了，老师们集合到一起说说工作的事情，大家各抒己见，谈得比较晚，我有些固执了，说话有些自以为是，这样很不好，让大家不好下台，以后不能再这样。

★ 2018年3月9日　　　　"孩子丢失"风波的背后

这是开学后的一周，我们的教学在计划中进行，在进行中改变，大家都有不同程度的改变。

没有规矩不成方圆，什么事情该怎么做，该如何进行，必须有一个方法。这几天，孩子们到感统训练教室玩疯了，会出现安全危险隐患。我们随即调整了孩子们的玩耍方法。

另外和家长的接触，我也有感慨。

每个孩子都是家庭的宝贝，各不相同，有什么样的家长就有什么样的孩子。从孩子的行为中，我们可以看到孩子的未来。

父母没有好好学习教养知识，没有和孩子成为朋友，如果成为敌人，你的心该是什么感受？

今天下午2点30分一个家长给我打电话问孩子有没有到班里，我到班里看了一下告诉她没有，于是她告诉我，一路上孩子都在哭，她先到大门里了，没有见孩子进来，于是就出去找，没有找到。听到这里，我马上下楼问情况，家长说孩子管她要钱，她没有给孩子，于是孩子就一直哭个不停。然后我按照她说的去二楼的网吧看监控，发现孩子就没有进到楼里。我告诉她孩子是不是回家了，她也四处找了一下，没有发现孩子。我还到楼上告诉英语老师这件事，她一听也赶紧下楼，到学校四周走着看着。最后，她给孩子的父亲打了电话才告诉我们，孩子回家了，正好孩子爸爸回家发现了她。我们都在劝说，这样多危险啊，以后要好好教育孩子，不能这样一生气就跑回家。她也说孩子以前也发生过一次，不告诉家长就和别的孩子出去玩的事情，并且脾气很倔强。

晚上，我和这位家长微信说了很多，告诉她要给孩子立家规，要有个条条框框，要不然孩子的问题会越来越大，家长就不好管教孩子了。家长的意见是我说得严重了，她的孩子没有这样不好管，说要找经验丰富的老师。我回了话，说我们随缘，你能听我的就听，不能听就当我没说这些话。

★ 2018 年 3 月 10 日　　　　看望生病的朋友

今天休息，爱人到下午才回来，于是我上午联系了一个多年没见的朋友，就去看望她了。

骑车 30 分钟左右才找到她的家，一进门，我有点儿认不出她了，脸有些肿，眼睛也是，因为在电话里她告诉我下午要去透析的事情，我知道她的身体严重了。

家里很乱，和十年前见过她的家一样，只有客厅还整齐些，她的卧室和孩子的卧室都不整洁，孩子房间的地上、床上都乱七八糟的，我不敢仔细瞧。

我们谈了很多，到 12 点 20 分我才离开她的家。

她很坚强，是这么多年生活所迫，一个人带着孩子，先后接触了几个男士都不合适。她年轻时很漂亮，自从得病之后，身体有些变形，腿很细，身体很胖，一看就是虚胖的。这三年中她要一周三次去做透析治疗，每次要花 400 元，好在可以报销 200 多元，但根治的方法是换肾，这可不是说着玩的，光医疗费需要 50 万左右。

人的生命宝贵，健康更珍贵，没有了健康，你的愿望如何实现？孩子呢？家人呢？

好好爱自己吧。

★ 2018 年 3 月 11 日　　　　家庭教育的缺陷

今天下午，学校安排了一次书法公开课，一共有十个孩子参加，外请的孩子四个，其中包括学前班的三个和我邀请的一个。

老师讲得很用心生动，从学写字的好处开始到提升精神素养，从大书法家王羲之的练字故事讲到其子王献之如何超越父亲，从横的写法到最后写完大写的"三"，孩子们大部分听得津津有味，只有一个孩子表现"不尽如人意"。

这个孩子在上学前班，他平时上课就经常走神，不注意听课，一脸的不高兴，还经常做小动作，手里没有拿什么东西就是眼睛不看老师，回答问题不积极。和他妈妈聊起来，也说经常不高兴，心里有事不说，一点小事没有解决就不高兴。

这样的孩子依赖性强，胆小怕事，而妈妈比较强势，在家里经常训斥孩子。孩子心里有事不敢说，讲话声音也很小，表现很怯懦，他不去欺负别人，偶尔被别人欺负也不敢说，性格缺陷和家庭教育有很大关系。因此，需要好好地做孩子思想工作，还要和他妈妈谈谈。

一个孩子的成长离不开家庭教育，尤其是妈妈的影响力，妈妈是源头，孩子跟着源头出发，源头有了问题，孩子当然问题最多，会影响方方面面，有些问题老师也解决不了。

★ 2018 年 3 月 12 日　　　**利用每次机会引导孩子**

今天是植树节，本打算给孩子们放视频看的，但要给孩子们说得太多了，忘记了。

每天都有很多事情发生，很多小的细节都值得我去记忆，恐怕好长时间也讲不完，一天早晨从 7 点 30 分到学校到晚上 6 点 30 分回家，一定会有很多事情发生的，每件事情包括孩子都有说头的。

不讲太细了，说说班里的孩子吧。

轩，一个可爱活泼的胖男孩儿，人见人爱，上课最活跃，认真听讲，回答问题最积极，一回答问题就爱下座位，站到旁边眯着眼睛抬着头说话。在学校吃饭不挑食，吃完后听会儿故事就睡觉了。

硕，个子高高，胆子小小，说话声音不大，对于正确的答案不敢大声而肯定地回答，经常有心事影响听课，坐姿不好。吃饭挑食，6 岁了，吃饭还让妈妈喂，老师发愁。

娇，懂事的小姑娘，上课认真听，很乖，听话，班里有四个男孩推选她当班长，今天胜任。下午在黑板上写题的时候，因为没有标声调说忘了，这件事情我给她评了 0 分，我要让孩子懂得接受挫折和批评，孩子才能慢慢承受以后的打击。如我所料，她受不了哭了，我借机给孩子们讲了道理，一个人有梦想固然好，通往梦想的路不是一帆风顺的，需要勇敢和坚强，挺过去才能一步步接近愿望。

还好，孩子们还小，我要利用每一次机会和教学时间去引导孩子们，让他们从小就要懂得一定的做人做事道理。

★ 2018 年 3 月 13 日　　　**思想不再有负担**

每天晚上我们都有散步的习惯，不是闲着没事，而是为了健康。

到了郑州，我和爱人也没有打破这个习惯，吃过晚饭，收拾好家务，我们就出去走走。一起出去走，自然要看看周围的景物，大多是楼房、餐馆和众多的车辆。外面有很多人也在走路，公园里有跑步的年轻人，大家各自行进着，互不干涉，熟识的人边走边聊。

郑州大城市人很多，外地口音比比皆是，我们也是外地人，"被迫"来到这里。到外地的时间越久，好像自己也成了本地人，说话嗓门逐渐大了起来，算起来爱人在这里也住了十年了，再加上对工作的自信，为什么不能大声说话，自如行动呢，难道自己要给自己套起来吗？

说到我有没有害怕和担心的事情，当然有，不过，随着经历的增多，我不再像以往那样放不开自己了。比如，家长或孩子的事情没有办好，我就很自责，甚至担心会发生什么不好的事情；还有就是明明不是自己的责任或错误，却被别人"描述"得很严重，然后自己心情受到影响。现在好多了，我不再随意自责自己，而是从几个角度想问题或找他人商量，说"中庸"的话，这样我的心情就会好起来，没有太多思想负担。

★ 2018 年 3 月 14 日 　　　工作犯错及时纠正

今天我要反省自己的错误，这件事情是没想到的。我在教学中出现了低级错误，把一个字的笔画写错了。

下午第二节课是体育，我在办公室，回手机上家长的问题和布置家庭作业。马老师来电话，催促我们要尽快外出宣传，于是，我开始准备气球，吹了五六个。然后我和苗苗老师到小学门口发宣传页。在宣传的时候，马老师来电话说，我给孩子布置的作业出了错误，我开始不相信，但是，马老师的话我相信。于是我打开照片，果然，由于我的粗心着急，写错了两个。对于一个老教师，这种错误是不应该犯的，于是，我给马老师回了话，通知学校的老师改正过来。

这件事情说明，做什么事情要认真，不能着急，老师的授课出错，学生们就会照着做，这样下去就是误人子弟。

★ 2018 年 3 月 15 日 　　　力不从心

3 月过半，学校里的事情不少，虽然是几个孩子但是老师都要操心每个孩子。

说句实在话，我有二十年没有教学前班了，今年让我接任校长和班主任又带语文课，刚开始反倒压力不大，渐渐地，事情一多，有些工作难免疏忽。教学工作也有些力不从心了，今天家长反映孩子作业写得慢，是因为不会组词，词语不会写，我和家长沟通了半个小时，在电话里家长的语气听起来也不舒服。我想想，确实教学工作有不合适的地方，我要认真地考虑，不能着急，从实际出发。做好教学计划，一点点地渗透；不要和家长过多较真。

★ 2018 年 3 月 18 日　　　　**叶落要归根**

昨天我定了回郑州的火车（平常都是爱人开车带我回去的，这次他工作调换不开），我自己坐火车次数不多，下车后经常迷失方向，不知东西，是个"路痴"，但是，人不能总是靠别人，很多时候自己要去面对和解决。

上午，我在家里收拾要带走的物品，看到家里的厨房地面不干净就打扫了一遍。想到母亲一个人在家，身体也不好，腰和胳膊都痛，我的心里也是恋恋不舍。母亲回来买了韭菜，她说要给孙女包饺子，孙女经常一个人在家，吃饭都是应付着吃，饥一顿饱一顿的，母亲她也是心疼。我们一起择菜，说着话，说到人年龄太大就会变糊涂，于是就把家里房子的事情说说，房子里的家具装修都是弟弟操办的，我自然不会去和他争，户头落在弟弟名下也是理所应当，只是目前我们的现实情况，母亲和弟弟都理解，没地方住就在这个房子里住，将来再说。

这些我都理解，没有怨言的。请母亲和弟弟放心。

叶落归根。

★ 2018 年 3 月 19 日　　　　**教学与现实脱节**

这几天上课总出错，语文的教学和我现在的理解变化很大，笔画偏旁有出入，还是脱节了，并且也和自己没有时间好好备课有关。

所以说，以后再做什么事情都要认真，做完后好好检查三遍，不能松懈，都要靠自己来完成。

重新开始不晚，我要面对现实，不要好高骛远，做好眼前事情，认真细致，才能对得起每一天的工作和生活。

★ 2018 年 3 月 20 日　　　　**想考试继续学习**

今天上课没有出现问题，还好，认真对待每一件工作，考虑周全就会顺顺利利，当然心情就好些。

不过在我的心中还有很多个愿望没有实现，那就是再考心理咨询师。2011年的时候，因为父亲的缘故，我报考心理咨询师去学习，考试中有一门差三分没有通过，当时老师说可以补考，当时我的想法是做幼教行业或家庭教育，我将来不做咨询师，只是好奇去了解一下，现在我内心又萌生再去考试的念头。

在这家单位，老板对我们都很好，按时发工资，很多事情都和我们讲道理，是个儒商。只是商场如战场，我们开学以来，孩子们的数量太少，入不敷出。我也替学校着急，有什么办法呢？除了宣传、公开课，还有什么呢？

我觉得让孩子有变化，家长满意后，家长才会说我们学校好，才会帮我们宣传。

★ 2018 年 3 月 21 日　　　　全力去准备

对于学前班教学来说，我觉得有难度，但是，我是一个不服输的人，我愿意接受挑战。

备课是很艰难的，对于一个没有什么经验的人来说，确实需要思考和斟酌，面对七个孩子，我不能误人子弟，我要多虚心请教和查找资料。

工作是有趣的，特别是和孩子们在一起，你不会说谎，不会装假，给孩子带来阳光雨露，你要有丰厚的藏品才可以展示出来，教育是最难的，不是你会他就会了，而是需要耐心和办法，需要克制不良情绪，需要多动脑筋和无限宽容。

这几天我学到了，教授孩子之前要备好课程，解题有正确答案，写在黑板上必须正确，错了要及时改正，并告诉孩子，布置作业要多看几遍。你的身边有同事，老板和家长也在无时无刻"监督"你，最重要的是你自己要准备好。

★ 2018 年 3 月 22 日　　　　无愧于岗位

昨天晚上下班回来，听说爱人的同学定于周五晚上聚会，爱人的同学会每年都举办，一路走来几十年，同学情谊深厚；有的坐飞机，有的坐火车，有的自驾赶来。而爱人的"面子工程"却没有做好，于是我决定晚饭后陪他购买衣服。

回家已经快 10 点了，没有时间写日记和读书，今天补上。

养成这个习惯已经好多年了，但是我要求自己从去年开始每天都要写，如果因为特殊情况当天没有写，日后有时间就要补上，不使自己有懒惰的想法。

想想我已经 45 岁了，在工作的时间历程里最多十年到十五年的时间，我的心态还年轻，我努力让自己活得精彩，不虚度时光，不颓废；不管遇到再大的困难和坎坷也要让自己阳光和向前看，努力过好每一天。

上课下课备课，看好孩子安全，教好孩子知识和做人，只有自己做好了，才无愧于这个职业！

★ 2018 年 3 月 23 日　　　　和合伙人谈谈

坐在电脑前思绪万千，一有空闲的时间我就在想我的前半生和我的未来，前半生已经度过，收获和付出已经过去，眼前和未来才是最重要的。

昨晚学校的投资人和我谈话，他 7 点多到学校，我 5 点离开学校到小区里的幼儿园继续发宣传页，直到 6 点才回来。

我已经在这家单位干了一个月，开学前主要是宣传招生，开学后主要是教学和宣传招生，作为一个校长事情烦琐且重要，由于招聘不到合适的老师，师资力量薄弱，我兼职做班主任、语文老师、感统训练老师，还要外出宣传，因此在工作中出了不少问题，我把自己的工作向投资人做了汇报，也说出了自己的一些想法。他听了也很认可，他说，我们的目标主要是招生宣传，扩大知名度，让更多的小区居民知道我们这个学校，作业辅导班的招揽是为了以后的培训班，可以进行内部招生。当然，我明白其中的道理，知道自己的任务很艰巨，教学不能出错，营销宣传也要跟上。

现在我的教学工作是以往没有专业做过的，我必须多做准备。

只能向前走，不能回头和重来，我已经出发了。

★ 2018 年 3 月 24 日　　　　自己改变，一切都会变

今天上午，我在手机的微信朋友圈中无意看到，在荷花幼儿园工作的同事发的宣传，还看到之前的老园长回来了，在那里的经历我说不清楚，我不知道错在哪里？是个性太强，太激进了吧。

找到之前几个老同事的微信，给她们打招呼，一直到下午都没有回复，有些伤感。在那里的一个月，我付出了很多，也许是管理这么大的幼儿园我还不能胜任吧！十几年前的幼儿园和现在的幼儿园不能比，自己做老板与给别人打工有天壤之别，我必须承认自己的不足。

一个人的面子和自尊到底是什么？那么一些事情会让我自卑吗？有时候，我真有这种想法，没有面子和犯了错误感觉自己不行，被人"赶出"单位，说我不适合，生平第一次遭遇，心情受到影响。是啊，人都有这样的经历吧，我不适合这里，但是一定会适合那里，一定会有我生存的地方，我不能泄气，世界这么大，我不信我生存不下来，我不信我的生活不能改变。

我改变，一切都会变！

★ 2018 年 3 月 25 日   心情不好就找事做

你如果每天都留意的话，会有很多事情值得你回味和有感受想说出来，一天 24 小时，我们的大脑里会思考很多事情和决定做什么。

早上晨跑，见到看管停车场的阿姨，年龄大约 60 岁，她曾经对我说过这样一句话：你都这么瘦了，还跑啊！我说习惯了！再见到她时，我说阿姨，你这里这么好的条件，场地这么大，你可以四处走走，锻炼身体啊。

晨跑的 30 分钟里，我听"涂磊讲情感故事"，这是我在喜马拉雅里下载的，内容讲爱情幸福之类的，听着也有很多感受，比如幸福是自己争取的，甘愿为爱付出，不要用金钱来要求回报。

上午到中午的时候，我在家里备课，准备这一学期的拼音、生字、课本的教案安排，着实花了不少时间，但是值得，有准备不慌张。

下午 2 点的时候，我等来看房的人，还没有到，我感到有些困倦，于是我躺到床上休息了一个小时，也没有睡着。

心情不太好怎么办？找事做去！

★ 2018 年 3 月 26 日   相信自己，不自责

时间过得真快！2018 年要过去一个季度了，我是否要总结一下过往的三个月。

在上一个单位，是要准备大干一场的，没想到出局了；不甘心的我继续寻找归宿，与其说归宿，不如说是可以实现自我价值的地方，我开始更加谦虚谨慎起来。想想看，好像不是这个原因，我本身不是一个自满自大的人，说话也会讲究分寸，也许哪句话是说者无意听者有心了。

过去随风了，我会接着向前走，不趋炎附势，不骄不躁。

没有人知道一个人的下一刻会在哪里，也许这里，也许那里，不管怎么样，我努力做好该做的事情，保持真诚的心和乐观的态度就好，顺其自然。

今晚还和爱人说，中国的地方我不想去看或旅行了，什么时候我们自由了，我要出国看看，哪怕去泰国！他说好啊。我说会的，会有自由的。

是的，你只要确信，一切都会成真。

★ 2018 年 3 月 27 日   老板不和员工签合同

做好一件事情比较难，做好一个职位上的工作也是更难，大家都懂得这样的道理。

我越来越明白，有些事情你想得简单的时候，他人会想得很复杂，甚至决定彼此的职业生涯，今天下午我就遇到了这样的事情。

说起来，这件事情已经过去了快三个月。三个月前我让老师们写一篇教案，其中有个老师写的教案拿过来给我看，根本就不能称为教案，就是像几段文字，简明扼要，我看了就告诉她，你可要到百度上查一查怎么写，再重新写一份。结果那个老师的脸色很难看，不到半个小时就离开单位说不干了，过了一个小时左右，她回来了，是另一个老师给她做了思想工作，她太"个性"了。今天，她旧事重提，说话咄咄逼人。

我好难辩解。

和老板谈后，她认为目前学校的情况要稳定，必须稳住老师，不能流失，很多规则规矩都不能制定成文，也不和老师签合同。

这样的结果，我心里很清楚，老板在迁就老师，早晚会有问题的，我很无奈。

★ 2018 年 3 月 28 日   **要洒脱地活着**

知道自己的问题在哪里是多么重要的事情！我做事急躁，说话直接，不懂的还有很多，因此要缓和做事，说话要想着说，不要快语，要多学习，多虚心请教。

我要为他人做更多的事情，让自己的价值越来越大，那怎么办？

多做少说。

抽空学习，心理知识，专业知识，写字工整。

合理安排工作时间，尽最大能力照顾家人，同事和朋友。

最后要洒脱，不要悲观，失望，泄气，自卑，失落等不好的情绪，要想方法解决问题，摆脱现状，放下身段。人无完人，我何必自寻烦恼呢。

晨练、读书、日志，这三件事坚持到 60 岁。在此期间就是工作，工作以幼儿教育和家庭教育为主，心理咨询为辅。

60 岁以后，我想学书法、表演，可能的话我想写书，就这些吧，我的梦想可多了，出国生活当然也算一个，呵呵。

★ 2018 年 3 月 30 日   **看书可以放松身心**

一个人活着很累吗？有时想想怎么不是呢？

怎样才能不累，只有一个方法，就是读书。我曾经写过一篇日志，书是我终身的朋友，我已经领悟到了，因为有了书，因为有了每天的阅读，我活着不累了，思想转念，痛苦变轻松。读书使人豁然开朗，了解历史人物，悲喜交加，漫长的岁月中熬出了多少英雄豪杰，多少让世人惊叹的凡人，一个个特立独行，一个个忍辱负重，一个个最后光彩照人。我也能做到，不计较当前的冷眼旁观，不计较他人的不理解不了解和看不起，来吧，来吧，慢慢来吧，我不是为谁而活，我是为我自己而生，离开人世前，不悔不痛。

★ 2018 年 3 月 31 日　　　　各行各业都有老师

自己是要了解自己的，也是要去迎合别人的；但是都需要看情况而定，不能千篇一律。

年龄越大越怕老，年龄越大越怕病，当然更怕死。

我也有这样的想法，相信每个人都有这样的感觉，那该怎么办呢，是不去做事，做事小心翼翼吗？是不敢冒险，冒险遇到危险不知道进退吗？我不是这样想的，让我的内心变得强大的力量来自书本，来源于知识，感谢这些无穷无尽的知识，通过学习和经历，我不会害怕，不怕变老，不怕有病，不怕死。

今天下午我如约而至去做美容、刮痧，遇到一位做培训的美容养生老师，是她给我做的护肤、刮痧项目，和她接触，我受益很多。她告诉我面部的经络，我需要调理的是肝胆和甲状腺，还提醒我注意心血管方面；她的手法娴熟，在做的过程当中特别关注客户的感受，给客户讲解步骤和道理，让我觉得服务特别到位，讲话轻轻的，说话慢慢的，你可以听得很清晰，我不时会咨询她一些养生问题，她都是非常耐心地回答。做完项目后，我很关心身体情况，特别请教这位老师，她一一回答我。

遇到一个专业老师很是幸运，老师必须掌握足够的知识来回答学生的问题、客户的问题，这样你的价值就会最大化体现；老师需要不断学习，修炼心灵。我之所以喜欢老师这个职业，就是喜欢读书，喜欢面对更多的害怕乃至让自己变勇敢！

★ 2018 年 4 月 1 日　　　　性格和意志

一个人的坚强可以坚持多久？是瞬间也可以是永远。时间长短完全在于自己的性格和意志。

一个人选择开心和痛苦需要多久？是瞬间也可以是永远。时间长短完全在于自己的决定。

我能做到。你还希望谁能做到？

我希望我的亲人，我的朋友，我的学生能够做到；我愿意去帮助他们。生命宝贵，健康宝贵。怎么做才能让亲人和我希望的人坚强、开心呢？

讲故事。

我认为讲故事最能够说明问题，最能够让他人理解。

有些事情在你眼里看起来是小事，在其他人身上就是大事，需要沟通。

有些事情在你眼里看起来是大事，在其他人身上就是小事，需要沟通。

说出来，想得到。不说不知道，会被误解。

我们不要老去热闹的地方，听欢快的音乐，最最重要的一件事就是把自己的心思理清楚，目标定下来。

★ 2018 年 4 月 2 日　　　　**你可以了不起**

很喜欢看有正能量的文章，有教育指导，有养生知识及有关心理学方面，总是认为这样的文章对人有帮助，不仅可以帮助我也可以帮助他人，读书给我增长见识，扩充知识是多么令人欣喜的事啊。

现在做工作，我有了很多敬意，一是工作来之不易要珍惜，二是我的年岁已长更要稳定，三是这样的工作我很喜欢，和孩子们在一起我很开心也有动力。之前性格中的弱点我改正了，不着急了，话少了，心情坦然了，很多不开心的事情放下了。

我喜欢热闹也喜欢宁静，喜欢听音乐也喜欢孤独一人；很多的不喜欢慢慢改变成接纳，觉得自己也没有什么了不起，别人也没有什么了不起，人之所以成为成功人，只是下定决心，坚持不懈达成目标而已，每个人都能做到，每个人都能成为了不起的样子。

看似不可攀登的高山只要一点点去行进，终究能到达顶峰。

★ 2018 年 4 月 3 日　　　　**找到方法，事情好做**

找到方法，事情好做。这是我今天的收获。

做风车玩具送给小朋友后，得到一个家长电话，这是我们学校收集电话名单的一个方法，类似送东西给孩子的方法很多教育机构都在用。

做风车我是第一次，看起来六片叶子夹在中间，一根长杆支撑后在风中旋转很是好玩，样子也很简单；但是，真正动手做起来，我就迷迷糊糊不知道怎么装了，全部是零件，前后拆装，我鼓捣了半个多小时也没有做成一个正确的风车，倒是做了几个蹩脚的次品，叶子重叠在一起，根本就不引人注目，就是不成功。有次下班早，我又开始鼓捣，向马老师请教了方法，自己非要做成功，结果做成了三个，我很满意地回家了。

这次，我又开始按照之前的方法做风车，旁边的老师提醒我，你这个方法叶子会炸开，不合适。我听后觉得很有道理，在龚老师的指点下，我又学会了一种方法，这方法又快又对，很快的我做成了六七个。

通过今天这次尝试，我感觉好方法太重要，省时间！今后我要学习他人的好方法，也要自己总结一些有效方法为我所用，传播他人。

★ 2018 年 4 月 4 日　　　　爸爸看错作业

学校的一个学生名字叫吉祥，他胖胖的，喜欢仰着头直着嗓子讲话，长相可爱，笑起来大眼睛像一条缝，性格特别外向，回答问题手脚并用，举着手站起来，还蹦跳着说："老师，我！我！"

他在本周是班长，因此更积极了，老师让他向下安排工作或制止他做什么事情，他不接受时，我说吉祥啊，你是班长要以身作则，同学们才尊重你，喜欢你！听完他高兴起来，说老师我明白了，于是立即执行。

有一天布置作业，家长在群里发信息，大部分同学用时半个小时左右就完成了，而吉祥爸爸回信息说，用了 70 分钟，我以为他一定是作业写得很工整，需要花费很多时间的原因，第二天我检查他的作业，完全写错了！

经过询问才知道，是吉祥爸爸看错了，把写拼音书上的作业误认为拼音描红了。唉！家长也要认真啊！

孩子的问题也是家长的问题，孩子的作业写错了家长也要反思自己。

★ 2018 年 4 月 5 日　　　　牡丹花开

放假了都赶着回家，清明节这天多云。

这雨天，我出门见到一个卖纸钱的人；我家至今不提父亲的事情有七年的时间了，母亲应该记得最清楚，到了这个节气也不说，这个话题避开。

下午天气好一些，我们去牡丹公园看看花开得怎样了？步行二十分钟左右就进入公园，此时花季盛开，宾客满园，接下来的场景不用猜测也知道，拍照拍摄，人围着花啧啧称赞，这朵喜欢，那朵更艳丽，看来看去还是花比人"美"啊！

今天赶上好时候了，有空可以仔细欣赏，难得有这样一个惬意的时光。此时的我返乡好像成了"外人"，不盯着看一会儿就不过瘾啊！

★ 2018 年 4 月 6 日　　　敢于做自己的人

特别喜欢看一些教育或名人文章，从文字中悟出生命的意义，工作的快乐和做自己的信念支撑！

喜欢一些特立独行的人，他们都敢于做自己，不必要给人笑，不迎合别人；他们有自己的生活方式和规律，不张扬，不张狂，不追求热闹，素颜朝天仍然微笑在嘴角。他们是真，是实。

我呢，有做作的表情和表演，总有在乎他人的想法，其实我不想这样，改变自己很难，我也愿意！

不迎合，不虚荣，不羡慕，喜欢什么就去做什么！怕什么呢？

★ 2018 年 4 月 7 日　　　会见队友

清明假期的最后一天我和爱人回到了郑州，出发前，我联系上了一位断了三十多年联系的队友，约到晚上见面。

爱人开车送走了两位顺路客，我们又去孩子的学校给他带了必需品，回到租住地，到楼下吃饭不多时，队友到了。

一开车门我就叫了她的名字，她笑着答应着走下车，一头蓬松的短发，一身休闲装，哪里像 42 岁的人啊？当年运动员的干练模样依旧没变。三十年没见面了，我们一见如故，话多得如流水一般，问长问短。她的事业发展得很好，做了 16 年的音乐，是和中小学校合作，现在担任公司老总，收入可观，他老公也做生意，孩子上初一，学习和音乐方面也很出色。看到队友干得不错，心生羡慕，自己的状况一般般，我要好好珍惜现在的一切，相信会好起来的！

★ 2018 年 4 月 8 日　　　岗位不清出祸端

今天发生的事情我早有预料，那就是学校里出现安全事故了。

一个小女孩儿头皮划伤。

上午第三节是我的语文课，下课后，10 点 51 分 3 个老师下楼一起给孩子们买餐饭，我一个人在楼上看护，类似这种情况已经发生过多次，都是我一个人在学校，其实这样比较危险，今天是第一天开学，让一个老师留下看孩子也是可以的，但是我和其中一个老师的关系比较紧张，之前还有过矛盾，就在她们离开 2 分钟左右的时候，一个孩子在玩捉迷藏的时候，藏在床板地下，爬出来时头碰到床下一个突起，划伤了。

紧接着，我打了电话老师没有接，过了一会儿她们上来了，我说了情况，她们还挺委屈。我说我一个人在这里，你们三个人都下去了，我一人看管不过来。事后诸葛亮可不行。

我去带孩子看伤口，医生说要缝针，电话打通让孩子妈妈来，我们又一起去了金水区总医院，那里的医生说不用缝针，打针吃药就行，就这样，我付了钱，花了 300 多元。

从这件事情看出，安全的规定制度必须重视，不能大意；这件事情是我的错，没有严格要求老师，我做校长又做老师，分工不明，早晚会出现此情况的啊。

★ 2018 年 4 月 9 日 　　　　全力拓宽业务渠道

昨天下午放学的时候，来了一位应聘语文的老师，今天她来上班了，听了她的课，感觉到她是一位有经验的老师，会讲课，很快和孩子们混熟了，我们老师都认可她。

我的工作和她交接，她教语文，我主要负责招生，联系生源。减去语文教学，我的确比较轻松，但是我对教学依旧恋恋不舍。

上午 10 点左右，我买了礼品去看望被扎伤头皮的学生，又花了近 100 元，加上之前看病的 300 元，这件事我付出了 400 元，真不该啊。工作岗位缺人出现受伤，这个教训实在太大，花的这么多钱我不敢和爱人如实说，只说了 200 元。和孩子们打交道的确有很多风险，所以，看管工作更重要。

下午去了几家幼儿园，准备和他们谈合作的事情，结果没有一家同意，但是还好，有点儿收获，要来了四家幼儿园的电话，可以和他们先联系着，进一步再谈，让他们送生源给我们，一般是不会愿意的。我知道这条路不好走，但也要试试，不试怎么知道。

★ 2018 年 4 月 10 日 　　　　老板撑不住了

生活没有几天是顺顺利利的，风雨兼程。

这里的生活我更多的说的是工作，其实我非常喜欢工作，在工作中的我甚至忘记了生活，忘了买菜做饭，忘了和朋友闲谈，忘了去购物，忘了和爱人一起外出休闲，俨然是一个工作狂，我反倒没有觉得累啊。

语文课我不教了，接下来的主要工作就是联系幼儿园，扩大招生宣传和合作了，这样的工作我也做过，我没有害怕，也没有觉得有难度，谈成是我的目标，当然，这种事情谈成确实不容易，我是在陌生拜访的啊。

昨天和今天我去了有近十家幼儿园，看到园长开门见山，不啰唆，不掩饰，这样双方都很好相处。我们最想拿下的是阳光嘉苑和金水区实验幼儿园，因为这两家离我们最近，我要多想办法和多一些耐心。

拜访几个园长回校后，我们几个老师在打扫卫生，这是收尾工作。最后和老板谈起今天工作的收获时，她的样子很累，很多难言的话都告诉了我，她有些支撑不下去了，想到下学期不干了，我听后也不知道该如何安慰她，房租太高，给我的工资高另一个老板不愿意，他们两个意见也不统一，这样下去，势必会出现问题。

我怎么办？继续干，还是另找出路？

有几个家长已经交了秋季费用，很多变数，我不能决断啊。

★ 2018 年 4 月 11 日　　　继续找合作

去学校附近的幼儿园谈合作这件事，说起来容易做起来难，这滋味有人理解，有人不理解，我呢，不怕。

为什么我不怕难，因为只有遇到难事才可以真正考验你的耐力、耐心和勇气；但是，临阵的应变力很重要。人家凭什么要和你合作？你的资质如何？你的环境如何？你提出的条件有无诱惑力？……对你的第一印象好不好，要不要和你聊，要不要继续和你谈下去等，这就是谈判。

今天上午见了金水区实验幼儿园园长，我在门外等了快一个小时，见到她直接说明情况，她也不拖泥带水，她说，我们不和其他学前机构合作，孩子上完大班就去上一年级了。园长干脆利落，说话口齿清晰，思路敏捷，我见此情况明白不能继续谈后就离开了。之后又去了两个幼儿园，大门都不开，我只好打电话咨询，一家明确拒绝，一家还算有点希望改天再去拜访。

很多事情需要亲自去做，去尝试，不能自己想当然。

坦诚相待，大方做人，认真做事，才是每天要牢记的准则。

★ 2018 年 4 月 12 日　　　孩子被罚的原因

我写日志是想到哪里写到哪里，写下我认为当天最重要的事情，或是最有想法的事，最有意义的事，最开心或伤心的事情，因为每天都有很多事情发生，每件事情都会有我的发现和感受。

今天上午我按照昨天的约定去找两个幼儿园的园长，天降中雨，说好的事情遇到困难也要出发，我是一个讲信用的人。谈的结果还算有希望，接下来可以继续进行，给对方发学校的微信资料，争取再见见负责园长。

上午11点左右回到学校一切正常。

中午我回家做饭和爱人一起吃了饭，休息到下午1点50分我去上班，接下来发生了一件事令我不快。

一个午托的孩子从12点40分到2点都站在或蹲在男厕所门口，问了原因才知道，他想玩木块积木，这位老师说，要孩子睡觉，时间来不及了，就不让他玩，孩子就有情绪，不去睡觉，惩罚孩子蹲在厕所门口。

我向她解释，孩子说过几遍后，还不愿意睡觉，可以允许他玩一会儿，只要时间把握好，给孩子沟通好，孩子是能够听懂和理解的，这是老师对待孩子态度的问题；处理孩子的不良情绪需要疏导，而不是训斥；讲道理，要和孩子心平气和地谈。

当我看到孩子一个人蹲在门口的时候，我心里很难受，我认为老师不应该这样对待孩子，独自让孩子待这么长的时间，还说什么要冷处理，这是冷处理还是冷漠而为之呢。

一个幼儿教师首先要有爱心，其次是耐心，而不是教条和太多的规则压制孩子，这样孩子的心灵会受到打击。我真的不希望孩子在学校里不开心；孩子是可以开心的，只要老师有爱心，有耐心，有方法。

★ 2018年4月13日　　　　做一个开心的人

到周末了，我的心情还好，学校里只要没有什么烦心的事情，这个双休日会过得很愉快。

当然了，我不是那种心里有事就会长时间不开心的人，我现在已经是想得很开明的人了，我需要长期稳定的工作，想好好的工作十年、二十年，我没有太多的时间，我承认自己是工作狂，这有什么不好吗？工作是快乐的，是做自己认为有价值的事情就好，基于这几年生活的不稳定，工作单位也在变化，但是，我会善待每一个和我有缘分的人，我不和他争吵，我容忍，包容一切，也要敢于决断一些事情，不会优柔寡断。

每天花一点时间思考自己的工作目的，做重要的事情，包括善待自己。生活多变，所以，我要多准备，把能利用的时间利用起来，能多学一些就多一些，人是累不死的，更多的人是气死和病死，我学习他人长处，不和不开心交朋友。

★ 2018 年 4 月 14 日　　　　面对橄榄枝

这几天鼻炎很严重，如果不用药物感觉就要窒息。今早天不下雨，我和爱人一同出去晨练，这个习惯我们一直保留着，虽然不舒服，但是我还可以坚持。

今天下午我和王总约好时间地点，她和她的小姨来了；还没有经过介绍，我已经认出了她的小姨，我在王总的微信朋友圈里看到了她的介绍，她做老师和家长的培训，形象气质都很好。

学校的大门关着，我邀请她们到我家，在我们租的房子里聊天，经过大约一个小时的了解，我对贾云和她姨的情况有了基本认识。她们的学校规模比较大，层次较高，收费都在 3000 元左右，有情商课、蒙氏课，还有午托班和周末班，她姨是园长，也是投资人，去过几个国家学习先进的教育模式。我把我的情况也告诉她们，表示在马老师这里还要继续工作，如果有特殊情况就考虑去她那里。

我要尽心尽责地做好工作，不要这山望着那山高，没有容易的工作，没有白白捡来的工资，都需要奉献付出才对。做好眼前的事情都是对未来的积累。

★ 2018 年 4 月 15 日　　　　前去调查

下午，我和爱人午休后决定骑自行车去找找那个机构，那个王总的小姨办的机构。

下午 3 点左右，我们就骑车出发了，爱人骑共享单车，我骑着孩子的山地车，爱人说那里挺远的，我说没有关系就当出去旅游了。

骑了有半个小时左右，爱人说他有些累，于是他就步行，我呢，按照他说的路线继续骑行。

她的机构的位置很好找，到了目的地就看到了，装修比较独特，很会利用空间，四周的房间基本都是教室，有亲子托班，有男女生分开的寝室，中间的大厅是公用的教室，可以用作好几种课程。我听了引导老师的介绍，了解了学校的特点和理念，感觉挺不错的，用一个比喻来说就是儿童教育产品超市。

我们准备返程了，爱人说他坐车或者让我坐车，我的倔劲儿上来了，执意自己骑车回去，因为我总是南北方向分不清，正好这段路也能让我挑战一下。

于是，我骑车一路向北向西方向，刚开始很顺，后来到了高架桥边，我就开始摸不着头脑了，在这条路上反复了两三次，才决定从文化路方向走。本来我不想打电话给爱人，想凭自己回到家，后来忍不住给他打了个电话，也没问出个所以然，于是自己继续前行。终于，我看到几辆公交车，车身上写着自己熟悉的地名，啊，对了，我不再迷茫。

这件事情让我再次认识到，一个人只要找到了目的和方向，就不会感到茫然和不知所措，就不会感到心情失落，所以，做什么事情一定要有目的和方向，要带着思想前进。

★ 2018 年 4 月 16 日　　　　感统失调的孩子多

今天周一，我最盼望的是每周一次的感统训练课。

上午，我还是通过百度看了感统训练的理念，感统是通过外界和大脑的连接进行互相协调的过程。有很多孩子感知觉的统合失调，比如好动不安、注意力不集中、笨手笨脚、吃饭挑食，对于各种感觉失调的孩子都有相应的训练方法，有推小车、拍球、闭眼贴墙站、抛接小球等。我看了这方面的知识，还要多巩固一下，帮助孩子们调整状态，改善性格，培养积极乐观、坚韧不拔的精神，增加自信心和自控力。

现在城市的孩子在家里活动，有很多局限性，父母的教育管教多，不许这样不许那样，跪在地上担心衣服脏了，蹦蹦跳跳担心身体累着，玩水担心感冒，玩沙子担心进到眼睛里等，我们的孩子受到很多父母限制而造成感统失调。

因此我的专业要扎实些，不可一瓶不满半瓶晃荡，对待家长的感统教育普及要全面些，更要踏踏实实工作，才能对得起自己，对得起生命，对得起身边的每个人。

★ 2018 年 4 月 17 日　　　　听书学习

在单位有很多零碎时间浪费了实在可惜，我不能让这时间白白流走。

下课的休息时间、等车的时候、等厨师烧菜的时间、午休前等，一定要好好利用起来。

定下来的目标要去慢慢实现，不能拖延，时间不等人。

什么事情都要做好充分的准备，充满必胜的信心，要相信自己。

现在我发现我的脾气越来越好了，不再急躁，做事情也是考虑清楚再去做，不再那么鲁莽了。

听书也是一种学习，我要学习一些高人的做法，为我所用，用开放的心态接纳事物。

加油，艳菊。

★ 2018 年 4 月 18 日　　　　**合伙人意见不一致**

今天的日子没有什么特别，反而数字让我们觉得吉利，418，可是今天却是我人生职业生涯的又一次转折。

像往常一样去单位上班，发现走廊里有很多积水，和老师一起把问题处理完毕后，我就开始准备下一步打电话的工作，没想到，电话打不进来也打不出去，上午没有按照计划进行。

那就只好等着老板来，要么用她的电话约家长，要么就是用修好的固话联系，下午 3 点多，老板叫我到办公室谈工作，这次谈话在我的预料之内，她说："这个学校是两个人合伙投资，我们的一些想法有分歧了，周围的幼儿园里校长工资是 3500 元，还是比较成熟的学校，你再找找合适的工作吧。"

我听后，心情平静，对于这样的结果我早有准备，我和她又谈了些无关紧要的话，言语之中感到，她也是很无奈。

好吧，我离开对于她来说是减轻了一些负担和压力，并且我这个位置目前可有可无，我没有解释和刻意要求她挽留我，我相信天无绝人之路。

★ 2018 年 4 月 19 日　　　　**网上找工作**

今天我休息，哪里的应聘我也都不去了，上午到一家美容院做身体项目，下午就待在家里没有出去。

我又开始了在网上找工作，我可以选择的工作有幼儿园园长、感统训练老师、情商训练老师等这三项，我比较倾向做老师，认为老师这个职业一般不会被下岗，并且我喜欢教育行业。

我这几天的事情就是针对这三种职业去寻找合适的单位，遇到合适的老板就更好了。

找工作是不能着急的，一定要好好地比较一下，需要从几个方面来考虑，考虑工作环境，考虑相处的人，考虑自己是否擅长，考虑工资待遇等。

★ 2018 年 4 月 20 日　　　　**顺道而为**

老板说昨晚发工资，因为她有事就改到了今天上午，我见到了她，说了一些工作有关的话题，她告诉我工资没有凑齐，过几天再微信转给我，我感觉到她的艰难，就没有要，但她执意要给，我也不再勉强。

上午10点多我去了一家幼儿园，见了一位男士，了解后知道他是投资人之一。这所幼儿园开了3年，现有100多个孩子，7个班，园门口的活动场地很小，里面的空间还可以，教室也不大，孩子比较多，共有十几个老师，老板是信阳人，已经做了三个幼儿园。我谈了我的工作经历，问了相关的问题，临走时我告诉他，如果再联系他就会考虑在这里工作。

中午回家后看网上的房子，联系了两三家都不太合适，紧接着就骑车赶公交，我和王总的小姨2点30分见面谈谈。

在我等车时出了点状况，公交车很长时间没到，于是我就打车出发刚好在2点30分的时候到达目的地。在滴滴车上，我和司机加了微信成了朋友。

★ 2018 年 4 月 21 日　　　　休息也忙碌着

从周四开始我就休息了，虽说不上班，但事情也不少。

今天上午我到物业了解一下有没有业主出租房屋，一问还真有，于是我和物业的一位同志去看房子，房间朝北，一天没有阳光晒感觉不是很理想，但屋里比较干净，该有的都有了。

后来我又去了养生馆，办的体验卡我还没有用完，是店长给我推拿，她的手法很好，是我经历的这么多美容师中技术最好的。我体内的湿气较大，她给我拍了照，肝胆经上出了很多大片红色的痧。她给我讲了很多养生知识，听了很受用，从内心里感谢这位老师。

下午我办了件大事，把停滞了六年的心理咨询师课程重新捡起来学习，解决了我长期以来的一个心结，我一定要把证书拿到，好好地系统地学习这方面的知识，为以后做准备。"你是不是想得太长远了。"爱人这样说我。但是我不愿意把自己想学的东西放在后面，无限延期，随着年龄的增长，时间必定少很多，为什么能现在做的事情要拖到后期呢。

我做事有时是比较冲动，但并不是每次都是，这次我是真的愿意学习，并且不是因为以后要挣大钱。

★ 2018 年 4 月 22 日　　　　抽空学习心理咨询

继续面试，今天的天气恶劣，风大气温低，我9点多出门坐车，还好没等多久，64路车就来了。

10 点左右到曼哈顿广场，到目的地超过了 10 分钟。我一边走一边问着路，性急的我一不小心踏空摔了跤，这种情况可不是第一次了，当即我爬了起来，拍拍身上的灰尘，拿起掉在地上的眼镜，又开始大步流星地向前走，去找 5 号楼。听到旁边有人在笑，我也不理会，就当没有听见，其实心里在想：这很正常，摔一跤不会干扰和影响我的情绪。

面试的时候，我很坦然，对方满足不了我的工资需要，并且周六日还要上班，于是我们就攀谈了一会儿，我离开了。

昨天我报考了心理咨询师，所以一有空我就听老师讲课，抓住一切闲暇时间做有意义的事情，这是我对待人生的方法。

下午我午休起来已经 3 点了，于是又开始听课。

★ 2018 年 4 月 23 日　　　　接连面试

在家休息的几天也是过得很快，半天去面试，半天在家学习听课或联系面试。

昨晚去了一家幼儿园面试，老板很急躁的样子，说了许多让我重新把幼儿园振作起来的话。他的园内装修一般，教室比较大，办公室和桌上很凌乱，一种没有人打理的样子。我的感觉不好，不太喜欢这种风格，于是给老板说我需要考虑一下再说。

今天上午又去了一所大型幼儿园，是昨天联系过的，坐车一个小时才到，在车上摇摇晃晃挺不舒服的。和园长谈了谈，了解到她是因为孩子才准备离开，园里有 270 个孩子，有保教主任和后勤园长，说老板能力很强，有四个幼儿园，她希望我留下。出门后我给老板打了电话，从电话里我听出老板不太高兴，好像是我做错了什么事情似的，不应该和园长说我是来应聘的，等等。我感觉这个老板不太好相处，心思比较多。

下午 2 点我和马荣教育集团的老师约好视频面试，不巧我要坐车回家，因为路途远，估计回到家里接近 3 点了，于是，我到了一个合适的站牌处下车，找了一个学校进去，又找了一个安静的地方，正好赶上时间和面试老师视频。整个过程挺顺利的，那边老师也比较满意，我需要耐心的等待。

找工作很不容易，特别是找到一个合适自己的，这几个月我已经换了两个地方了，这第三个我需要慎重选择。

★ 2018 年 4 月 24 日　　　　　**盘点自己的工作经历**

停下来休息也是在补充能量。之前，我很不愿意休息，最多歇上两三天就很想上班去，现在我的想法有了改变，不要急于下决定，适当地多休息一段时间也许是我生命旅途中必经之路。

多年前的我和现在的我有个特点一直没有变，就是自己心太急，心急缘于不想浪费时间和生命，看到差不多的事情马上投身去做，但是，往往会收到"悲惨"的下场。

运动员 7 年，幼儿园 6 年，最早经营的感统训练馆，断断续续地进行了 7 个年头。从事保险 5 年，也是和客户聊教育，后来为了陪伴孩子而放弃。演讲口才课程风风火火地进行了 3 年。作业辅导机构只干了半年多，因和天之骄互相拉扯，精力有限也停办了。天之骄文化公司在 2014 年注册，因发生变故于 2017 年注销。

完美的细胞检测师也是信誓旦旦去学去考试，花了近 2 万元，因身体住院而终止。

我应该好好想一想了，自己到底要干什么，不要无谓地浪费时间了；选好一个行业一种职业踏踏实实地干下去，我的时光目前已经很稀缺了。

一直以来，最喜欢的还是和孩子们有关的教育，在幼儿园工作，那就走这条道路吧，至于学习的心理咨询师也是对工作有帮助，可以学习。

★ 2018 年 4 月 25 日　　　　　**面试官不诚信**

审查自己的问题需要严厉，我有做事不专心的坏习惯，常常会犯错，就是爱看手机信息，从今天开始，我决定改掉这个不好的习惯，做一件事情或听课的时候，不要再查阅手机了。

今天上午有件事情我很有感慨：昨天中午约好的去面试，等我坐上车十几分钟后，那边的老师告诉我到了跟他联系，还告诉我位置方向，说实话，当时我对这份热情挺感动的；结果过了没有 10 分钟，那边老师又打电话过来，说老总要出去让我改天再去面试，当时我心里就不舒服，刚刚还告诉我到楼下打他电话面试呢，怎么这么快老总要出去，并且我应聘的是园长岗位啊，怎么看都像忽悠人。

于是我打道回府，到家后就开始听课，下午也听课，这一天过得很充实。

我认为诚信是一个人、一个单位立足社会的基本条件，我遇到一些面试者不讲诚信，说好来面试没来；这次，面试单位不讲诚信，拒接见面试者，我还是第一次遇到，我对他们的印象能有多好呢。

★ 2018 年 4 月 27 日　　　**面临选择**

从 19 日开始，我就失业在家了，一有空就翻看"58 同城"，这好像成了习惯，在我选择的职业中，前一段时间我只看幼儿园园长，过了几天我又把目光关注到情商培训。面试了几个幼儿园，我从内心满满的自信到现在的不自信，管理经验确实不足，我似乎更擅长做教师及家长培训一些，毕竟脱离这个行业十年了。

人在郁闷的时候，需要调整自己的情绪和心情，我也在不断地调整，虽然说自己从内心里是非常喜欢孩子的，更重要的是愿意帮助更多的父母，在孩子小的时候就要有培养孩子好品行习惯的想法和措施；成人的观念不好转变，需要花费大量的时间和精力，那么在幼儿园里园长做的工作不是去教育和培训家长，而是管理整个幼儿园有秩序的运转，协调和家长之间的关系，协调和老师之间的关系，从细节上去管理各环节的安全，于是，产生了这个想法之后，我向往幼儿园园长工作的想法渐渐就淡了下来。

再说一下情商培训老师，这种工作在周六和周日是必须上班的，教授孩子的老师年龄一般都比较小，而我的年龄至少是她们父母的年龄了，工资相对比较少，提升的空间也不大，因此，我面试了一家后就打消这个念头了。

今天，我坐车去好友家，和最要好的朋友聊了工作，大部分的时间还是谈孩子的教育问题，她情绪比较激动，在大街上和我说话的时候，声音很大，我感觉得出来，她有很多感悟需要倾诉。我的话不多，耐心地倾听。她还谈起了她的工作单位以及同事，坐在车上，我们一同欣赏她和同事去旅游的照片，兴致勃勃。

夜已经很深了，我没有困意，11 点了，我强迫自己要睡觉休息，想开一些，不要着急工作的事情，耐心一点，一定会有适合我的。

★ 2018 年 5 月 1 日　　　**主动学习劲儿头足**

自从报名学习心理咨询师以来，我的生活充满了希望，在我 45 岁的年龄再次学习，这不是被逼，而是发自内心的愿望。

很想再充实自己，很想在自己有限的生命里多积累知识去帮助别人，我想我能做到。

回到妈妈家里，不时会想起父亲；晚上散步时还遇到了父亲生前最常来往的小谢叔叔，他一时没有想起我是谁，但是我一眼就认出了他，当时我记不得他姓什么了，不过面容声音没有变，只是比我印象中的胖了，衰老了许多。在回家的路上，我努力再回忆他的姓名，爱人也想不起来，他说想起来有什么用呢，我说我一定会记起来的。

父亲生前的好朋友不多，和小谢叔叔经常在一起聊天，因为妈妈脾气性格要强，父亲受了很多委屈，我经常在心里为父亲鸣不平，过去7年了，想起了我也挺难受的，只是没有任何办法，只好在自己的家庭里和给他人做咨询的时候希望不要发生这样的悲剧。

★ 2018 年 5 月 2 日　　　时刻准备着

世间真是意外多，在我身上又发生了一件意料之外的事情。

这三天五一假期我一直憧憬去幼儿园上班后的美好愿景，偏偏在上午 10 点时候收到一家幼儿园老板的回复：很抱歉，我们已经找到了合适的园长，希望我们以后有机会合作。我很震惊，一分钟后内心平静下来，接受了现实，并且心情极好。妈妈问我，我如实回答，什么也不用解释，接下来就是再去面试，我不难过和委屈。

我是一个乐观的人，一个受过各种苦难的人，大言不惭了，请见谅。我不能在妈妈面前沮丧和悲观，家庭遗传，我的妈妈也是特别坚强的人。

我相信自己一定能够找到合适的工作，坚信天生我材必有用。

★ 2018 年 5 月 3 日　　　面试三家是一个系统

特大喜事，并不是我今天找到了好工作，而是我今天去了三家面试单位，并且都是同一个系统的。

上午 8 点多出门，坐了一个多小时的车来到一家早教机构，环境很好，只是没有见到里面负责人和其他老师的笑容，我们谈得也挺好的，临走时我也是习惯性地回了话：我考虑一下给高老师回复。从楼上下来，一看时间都已经快12 点了，我计算了一下时间，如果回家下午接着坐车赶往高铁站的面试机构，恐怕来不及了，于是我就直接坐车去下午将要面试的地方。

上午在和早教机构谈的时候，另一家早教机构也联系我，我想多去一家就多一个选择的机会，我便在电话里答应下午去她那里谈谈。

真爱幼幼是一家新加坡全日制早教集团，她创办十年来，全国有 300 个加盟商，郑州有几十家，主要托管 1 岁到 4 岁的儿童，并且理念非常先进等。我去了总部，填了应聘表，和主要负责人谈了近一个小时，他的直营店和加盟店都需要园长，负责人建议我选择加盟店，这样双方以后关系会好相处，我很理解。

★ 2018 年 5 月 4 日　　　半个月面试十家

盘点这段时间去面试的几家单位，感慨颇多，一生的面试在这半个多月里都经历了吧。

第一个斯威特幼儿园，老板认为我管理经验不足，我自己感觉挺好，失败。第二个威斯顿幼儿园，我感觉老板功利性太强，失败。第三个是朋友介绍的玛咖机器人，我不懂这个项目，对此不感兴趣，失败。第四个感统训练机构，给的工资太低，2500 到 3000 元，老师大部分都是"90 后"了，失败。第五个是一家做近视眼矫正的，我应聘讲师，工资待遇很好，这家企业的规划也很有发展潜力，只是需要经常出差，失败。第六个景蓝天幼儿园，4 月 28 日面试，老板和我感觉都不错，工资待遇也挺好，结果到 5 月 1 日我给老板说要去上班时，她回复已经找到园长了，失败。第七个是鸿蒙绘画机构，我感觉工资待遇不高，3000 元加提成，并且周六日要上班，每天晚上 6 点到 8 点还有美术课，这样的工作我不习惯，失败。第八个是真爱幼幼商容早教中心，工资 6000 元，环境还可以，可容纳 60 个孩子，就是离家太远，失败。第九个是真爱幼幼集团，和负责人谈得很好，培训督导需要经常出差，我不能坐高铁飞机，失败。第十个是真爱幼幼索爱路早教中心，工资 5000 元，室内环境小巧但比较干净，可容纳最多 30 个孩子，刚装修不久。

总体来说，我这段时间很疲惫，搬了几次家；工作也换了两个地方，下一个还不知道在哪里，想找一个离住处不远的单位，好好地稳定下来。我太疲惫了，不想再折腾。从目前看，就是索爱路这家比较合适，离家近些，十几分钟可以走到，就是内部的环境场地有点小，听说需要全部换老师。不管怎么样，没有哪一家没有问题，这是很正常的，适应着改变着前进着吧。

★ 2018 年 5 月 5 日　　　确定了

工作的事情终于确定下来了，这真是件好事，步行 20 分钟就到，我选择的还是幼教，和老板谈谈挺好的，祝福自己顺利吧。

今天我们一家团聚去吃牛排了，孩子的生日提前一天过，因为他明天要补课一天。孩子很懂事，提前到达学校门口等着我们，吃饭的时候，礼貌礼节方面都做得很好，他说他现在学习充实紧凑，和高中不一样，这一段时间要参加一个航模比赛，是和三个同学一起合作的。孩子说话很稳重，我和他爸爸喜欢听。前几天我听说，孩子主动去锻炼身体跑步了，我从心里感到高兴，主动去做事情比被动强迫要好得多，明白道理为自己未来着想。孩子已经19岁了，想想我自己那时去参加工作了，走进社会和成人打交道，纯真而又努力，我希望孩子多经历事情，总结而后进步，走自己的路，活出自己的幸福。

★ 2018 年 5 月 6 日　　　　又要准备搬家

今天上午我哪里也没有去，在家里听心理咨询课程，下午去看了几家房子，早晚我们要搬家。

说起搬家，我比较烦心，但是没有办法，来到郑州找合适的工作挺不容易，我觉得行，对方认为不行，这和我自己做确实不同，不过，我坚信，只要好好工作，一切为老板着想，多为他人考虑，终究会有合适的收获。

租房的情况我也打听了好几家，在网上多为中介公司，想租到合适的房子也很不容易，位置、停车、购物、楼层、朝向都是必须考虑的。我和爱人商量着等工作稳定几天后再说，可以和马老师商量一下这边的房子能否便宜些，如何不行，我们找合租房也不难。

★ 2018 年 5 月 7 日　　　　交接早教中心园长

今天是上班第一天，和上一任园长交接的事情确实很多，千头万绪需要慢慢整理。

客户资源、老师情况、园区问题、近期活动等，我一天都没有闲着，只有中午回家赶快做了饭菜休息一会儿。

不要慌乱，好好整理，不说大话空话，尊敬尊重每个人，拿出气势来，好好驾驭全局，你能行。

★ 2018 年 5 月 8 日　　　　刚接手事情多

这一天的脑子里填的都是满满的事情，生活规律也被打乱了，晚上散步的习惯暂停。

真爱幼幼早教中心在全国有很多加盟店，老板投资后，招聘各个岗位人选。

我接手的这家店规模不大，200 平方米左右，每个教室最多容纳 10 个孩子，装修够豪华，三个班，最多 40 个孩子。老板说，老师不合适全部换掉等。

刚接手杂事很多，不过我要好好处理，不要过于劳累，按照事情的轻重缓急来办。

等稍微稳定一些，老师备齐，筹备活动做好后就会恢复规律了。

★ 2018 年 5 月 9 日　　　工作是快乐源头

工作对于我来说就是更加充实的生活，生活就是工作，工作就是生活，我的一切快乐都来源于此。

我选择我不后悔，工作和我所做的一切都是我心甘情愿。这一点我可以保证，我不会说谎。

非常庆幸自己可以选择自己喜欢的事情去工作，来生活，我就是这样的人，为什么要戴着面具去面对他人呢，岂不是太累了。我不想过别人想要的生活，我是我自己，我有权利选择一切，我是我人生的主宰，我做到了，至少在我这个 45 岁的年纪了，有几十年由我自己说了算，以后我还会这样，不欺骗自己的内心，对得起自己的一生。

我最喜欢孩子，我愿意把我这一生奉献在孩子身上，围绕他们度过以后的每天每夜。

★ 2018 年 5 月 10 日　　　不用换掉老师

新到的这家机构设备齐全，装修豪华，可以说什么都不缺。我和老板谈了，彼此感觉都不错。

刚开始和老园长谈的时候，她说这里的员工都不行，都需要换掉，我的想法是先见见这些老师们，如果品德不行就必须换人，如果仅仅是因为这样或那样的问题，就没有必要一刀裁，小毛病谁都会有，人无完人。

我认为试用期一个月就会发现此人如何了，不行就及时解除合同，不留遗憾。

这几天里，我整理了需要工作的很多方面，慢慢理清了思路，和员工们进行了几次会议之后，感情也慢慢建立起来，总体感觉挺好的。每个老师都有自己擅长的方面，工作认真仔细，做事负责任，任劳任怨，主动留下了值班，真的是非常好的一支团队，欠缺的是专业素质方面，这方面需要培训，在教学中进步成长。

团队有凝聚力，一切都有希望。

★ 2018 年 5 月 11 日　　　　先做家长工作

周五依然忙到很晚，虽然觉得有些累，但是值得！

不断和家长沟通，不断面试老师，不断在购买物品，我积极地适应环境，不怕辛苦不怕麻烦，就像很多人说的累并快乐着，哈哈哈。

有些事情经历了，会了，就不胆怯，向前走；有些事情没有经历，不会，不要怕，勇敢去尝试，向前走，天生我材必有用。

和园里的宝宝接触了几天，发现孩子一个人一个样，有问题比较大的是大臭臭，妈妈的教育方法不合适，我和她谈了一次，因为时间原因和我当时有事情，所以没有好好聊。

先做好家长工作，孩子工作比较好做。

★ 2018 年 5 月 12 日　　　　我和老板去招聘

上午我和老板去郑州市师范学院参加招聘会，比平时起的都早，走的也早，说好 7 点 40 分见面，她开车一起带我去。

到达会场时间是 8 点 25 分了，这里搭上了一个连一个的遮阳棚，综合楼门前学生们正在参加开幕仪式，我和老板找好位置，填好招聘信息，等着学生们上来咨询。我们周围有很多招聘单位，各种单位都有，但主要是培训学校。

主席台上几位领导各自发言，表示祝福和期许，大约过了 10 分钟，学生们呼啦啦地散开了，走向各个招聘点咨询。

我和老板看到有同学走过来，就招揽她们说，我们是国际幼教集团，招聘早教老师，工资是 2000—8000 元。一波又一波的学生从我们面前走过，有的驻足，问着工作性质和介绍自己特点，很快，一个小时左右，我的微信上加了十几个同学信息。

天气很热，老板非常敬业，把一个多月的孩子托给爷爷带，耐心细致地给应聘者们讲解。我很受感动。

★ 2018 年 5 月 13 日　　　　举办两场活动

今天我们举办了两场感恩母亲节亲子活动，一共来了十二个家庭，场面热闹，流程还算顺利。

我没有组织过这么小年龄的活动，但是总体来说，感觉非常顺手，因为都有父母带着孩子。在介绍过程中，我的用词还要更专业，集团的背景理念还要讲得更清晰；对于婴幼儿的知识我还要加强学习，这样才能更专业地和家长沟通，让家长和老师信服。

我需要学习和做的事情很多，当然，这几天生活都不太规律，躺在床上就不想起来，我知道，身体和大脑有些累了，我要调整一下，注意工作方式。

★ 2018 年 5 月 14 日　　　眼光要长远

从上周一上班到现在一共八天，在这段时间里，我很忙。

工作单上，大大小小要办的事情罗列了近六十项，买东西也有 1000 元了，我努力工作着，付出着，只要是对的，就要做下去。要达成的目标是教职工团结，稳定，环境干净优美，课程达到 80 分满意就行。先定一个小目标，慢慢达成，不要好高骛远。

还记得我自己在管城区的一家美容院做的项目，换工作前办了 1000 多元的美容卡，只做了两次，今天我和那边的老板沟通了一下，我确实因为距离远要求退款，她那边坚决说不退，说是产品贵，并且解释了很多道理。

客户的心理，老板应该明白，不要太执着某个观念，任何条件都是人定的，完全可以灵活一些，满足客户的要求，对老板总归有好处。

★ 2018 年 5 月 15 日　　　流水的兵

事情多是接二连三，单位的职员离开再来，再离开再接着来，真是"铁打的营盘流水的兵"。

任何一个单位都想要可以直接"上手"工作的人，这样的人才可遇不可求。前期刚成立的机构，人员频繁更迭的现象经常有，很正常。

昨天来面试的男老师很内向，不主动和孩子交流，很多时候他站在那里像个木头人，笑容也很少，看着孩子们玩，这样的老师不能胜任，他也觉得不合适，试了一天就走了，我不觉得可惜。

今天我的助理提出不适合这个环境，她已经试岗五天了，人虽然比较腼腆，但是工作起来很积极，交代的工作都做得挺好的，话不多，很随和。我觉得放她走有些可惜，只好尽力去劝她，并安排她明天休息一天。

工作呢，都是忙忙碌碌的，但是我很喜欢，有熟悉的流程，有兴奋的教学，面对孩子，我身体累但精神很快乐。

★ 2018 年 5 月 16 日　　　　妈妈溺爱的孩子

我好似找到了自己最喜欢的工作，已经不知道疲倦了，只有中午才去休息。

现在园里一共三个孩子，一个交了一个月学费，一个交了半年学费，还有一个孩子快 3 岁了，他每天到园里都会哭闹一段时间；其中一岁半多的宝宝，爸妈上班很忙，上午送孩子入园，陪伴一会儿就离开了，所以这个宝宝不黏人，适应力很强。

快 3 岁的孩子让老师头疼，一直让老师抱着，情绪稍微好一些就玩起来，过了一会儿发现妈妈不见了，就哭喊找妈妈，玩玩具呢，手里摆弄两分钟不到就随手扔在地上，老师和妈妈让他捡起来，他也不听，满不在乎地跑来跑去，在家里父母都带不了他。

今天我和他妈妈谈了家庭教育之后，发现他的妈妈不以为意，一点儿也听不进去，口口声声说我家孩子还小，要求那么多干什么，童年不好好玩，上学就玩不了，不自由啦。她对于孩子的坏习惯只是说说而已，并不想改掉自己教育的错误习惯，溺爱孩子，依然是孩子要什么就买什么。

在这里，妈妈一直陪着孩子玩，准备要离开时，孩子不高兴了，哭着要和妈妈回去，孩子妈妈说那就走吧，她抱起孩子的时候看到孩子的袜子有点儿脏，直接脱掉扔进大门口对面的花池里。我看得出那双袜子至少不低于 10 元，带回家洗洗也能穿，但是……

我见过很多家长，他们的一言一行都会影响孩子的发展，但是也有很多家长不以为意，认为我们和她谈改变，还太早，孩子小，不需要大人改变思想。她们不承认自己有问题，那么将来的苦只有自己承担和承受了。

★ 2018 年 5 月 17 日　　　　要读懂孩子

给孩子上课是我最幸福和兴奋的事情，我见到孩子就喜欢和他们在一起玩耍，实际上是有目的地引导他们做一些有意义的事情。

昨天和今天我分别给两个孩子上感统训练课，一切都是比较轻车熟路的。一个孩子 1 岁 8 个月，大大的眼睛亮亮有神，有些内向和胆小，说话不清楚，只会简单的字，不过带她做练习很配合。另一个孩子 2 岁 7 个月，做动作很快，反应灵敏，比较好动，注意力时间很短，他的妈妈说他上过半年的感统课程。

经过我的观察发现，每个孩子都不一样，真正出现什么问题也不必担心，孩子都会有改变和进步的过程，妈妈有时担心是多余的。每个孩子都是不同的小树，都会好好地长大，适当的干预是有必要，陪伴的科学更有必要，与孩子相处是技术活，用心体会，读懂孩子才是良方。

★ 2018 年 5 月 18 日 　　　　没有规矩的结果

到哪个单位，你作为一个职员首要的是努力工作，踏实做事，把工作做细致到位，争取不出任何问题。

我不断要求自己精益求精，并且对家长和孩子都尽量做到用心，喜欢付出，喜欢奉献，责任做到位。也源于早些年的时候看到的一本书，《把信送给加西亚》。

这个星期我忙着安排课程，也考虑着搬家。

明天我的课排满了，一对一上五个孩子。

和马老师的缘分也快要到头了，她也在学前班忙着，昨晚我们在一起说话，说到我们把房子腾出来，给她房门钥匙她给我 2000 元工资的事情，我们彼此好像断了感情，源于没有规则的合作，我们还能做朋友吗？我看有些难，我坚持遵守规则，而她不同意，因此到如今，双方交流起来不如以前那样自然了。

所以，古人的话是真理，没有规矩不成方圆，要想让机构正常运转，大家必须依据规则做事，否则会不欢而散。

★ 2018 年 5 月 19 日 　　　　孩子没有问题，家长有问题

给孩子上一对一感统课是我擅长的，今天我给三个孩子分别上感统课程，妈妈在旁边辅助，课后我给妈妈们一一交流，她们都认可我的话。

孩子形成不同的特点来源于母亲对孩子的引导教育，引导方法不科学，孩子会产生这样或那样的问题，没有一个孩子没有问题的，家长不必过于焦虑。其实，我也有过这样的焦虑，不过，我会很快消失，因为我喜欢观察孩子，能够感知孩子的心理，遵循孩子的生理和心理发展，真的像有篇文章所讲述的陪着蜗牛去散步。

家长问到了感统训练的好处是什么？如何讲绘本故事？孩子不和其他小朋友玩怎么办？孩子出现这样或那样的问题是怎么回事等？我都向家长做了解答。

知识必须要多储备，多看书，然后大胆地和家长讲出来，专业的形象必须有专业的从业经历，这样才能让家长信服。

★ 2018 年 5 月 20 日 　　　　再搬家

这一天是 520，我爱你，表达爱的日子。

我上午上班，中午快 1 点才到家，忙了半天，连这个特殊的日子都忘得干干净净。给四个孩子上了一对一课程，一个接一个，连水都没有时间喝，还好，我的精神状态特别好，自己很满意。

爱人上午去看房，中午做饭，然后等着我回来，我吃饭后，他就告诉我看房后的结果。

又要搬家了，当然这次是我们第二次搬家，是来到郑州的第二次，爱人算起来是第三次搬家了，这滋味可不好受。我来郑州换了两个工作地方，马老师这里不让我继续工作是没有想到的，她提供给我们住处，我从心里感谢她。即将搬到的住处离单位不远，骑车需要 20 分钟，房间还比较大，屋内设施简陋，床，半个衣柜，一个老板沙发，好旧好旧的，一个大大的茶几，一个双开门的电视柜也是有几十年历史了。这间朝北，选中它的原因是房间较大，房租便宜，只要 550 元，是我们迄今为止遇到的最便宜的大房间。我没什么可挑剔的，因为是我的工作变动导致搬家，这麻烦是我找的，不能责怪爱人。再说，我们在郑州工作也是暂时的，少则五六年，多则十年吧，这是我目前的想法，也许将来有什么变动，只能再做打算。

之后，在早教中心的日子里，每天非常忙碌，没有时间记录我的行程和我的内心世界，但是，我始终受到良心的指引做事说话，我问心无愧，无怨无悔。

2020 年日记

★ **2020 年 3 月 31 日**　　　**敢问路在何方**

窗外鸟鸣，此起彼伏，欢快地交谈着。啾啾和喳喳，它们没有思想烦恼和追求更多的享受，就一念，吃东西让自己活，全然无其他。

它们在几棵树间穿梭，回应伙伴，灵动着小身体和小脑袋，高低枝头处偶尔停留，但还没看清它们的模样便一飞而去。

回到郑州的居住地，一直等待上班的我终于实现了愿望，报到单位的起点成了终点，受疫情影响，业务项目调整为销售茶叶和不限于客户群体的文化传播。我当天就辞了职，此时的我又站到了下个驿站的起点，还是在人生旅途之中等待上车的那个人。

时光不会倒流，可思想会回忆。

我工作的轨迹总是脱离不了教育，孩子和父母，丝丝森森的白昼和黑夜啊？那一束一捧，光和耀眼的尤物啊？是不是我内心的渴望？

敢问路在何方？

★ **2020 年 5 月 17 日**　　　**365 天的问心无愧**

整整有一年半没有坚持每天写日记了，心里想过多次要拾起来继续，但是总会被这样或那样的事情耽误。

2018 年 5 月份之后，我在真爱幼幼早教中心做园长，从每天不断地招聘面试，到上一对一的亲子课，还要组织定期宣传、购买物品、定食谱、和家长老师沟通等，每天都很忙，很充实，似乎整个人都"埋"了进去，和老板沟通得也很好。渐渐地，天冷了，新入园的宝宝少了，当然收入也减少了，老板又拉进来一个投资人，也着手管理中心的事务，并且期间发生了一次不愉快，她们降低了我的工资，从 8000 元一下子降到 4000 元，若不是我真的喜欢孩子，热爱我的工作，我会立刻离开。我选择留下来到春暖花开，等待更多的宝宝入园，也是希望老板早日可以合理制定我的工资制度，冬季，很少有家庭愿意送2岁左右的孩子到园里，一般都选择次年3月份春暖花开时送。

在12月，我偶然认识了一位做水分子湿巾的女士，通过她认识了陈老师，这位陈老师不是一般人物，他讲的家庭教育课风趣幽默，有思想，有意义，我到他的机构学习工作，还把中心老板介绍给陈老师，她也很有兴趣，让我联系小学生家长听陈老师的公开课，组织了一场，参加的家长有二十多个。这一次之后，老板也认为陈老师讲得很好，于是，我就每天抽时间宣传家庭教育跟进小学生的家长，一边对中心做进一步的规划和宣传。事情偏偏进行得不顺利，我认为自己工作做得很好，很努力，在处理每件事上都拿捏到位，家长对我的管理也很满意，包括老师们。老师们比较稳定，晨会夕会周例会都持续不断进行着。老板为了扩大经营，增加收入，自己想要开设右脑开发课程，她征求我的意见时，我提出最好把主业做好后，再做其他，因为她是老板，比较强势，她就自己办起来右脑开发课程，我也不提什么建议了。就是这个另外的右脑开发课程，影响了中心老师的调配，使用了早教中心的两个老师去上课，正常的工作打乱，最大的原因是老板插手老师工作，没有和我商量就批准老师请假，这样下去，一定会出问题的。果然，在4月里，由于园里小孩子增多，老师人手不够，我又当保育老师又要管理园所，又是需要抱孩子喂孩子，忙里忙外，腰疼病犯了，两个膝关节积液，蹲不下去。我请了两天假休息，要去看病，结果第二天就接到老板电话让我回园所，我回去后，她就不让我工作，要求把园里的手机及工作后事交代清楚……这一切我都预料到了，当时我的心已经碎了，脑海里只有四个字——问心无愧。

★ **2020年7月5日**　　　　**支教招聘的二十五天（杂记一篇）**

听说"支教"这一名词是在2013年，我听大学生们说的，那时，支教就是义务去落后的地区给中小学生教学，如今，我碰上了招聘支教老师的好事，把这件事情做下来，源于我对留守儿童的情怀，也是年纪见长的一种寄托。

2020年疫情过后的5月份，怀着坚定的做老师的信念被一则招聘吸引，是去高校做职业规划师，我曾经在八年前办的大学生梦想训练营就是这个类型的，我觉得胜任没问题。没过几天，听说高校直接放假，学生们在家里上网课，在手机和电脑上考试，于是，去学校上课的事情就搁浅，转瞬间，我的角色变成了人力资源的招聘专员。

一个偶然的机会，我得到一个消息，要招聘100个支教老师。

6月13日，我开始行动了。

去哪里找老师呢？招聘平台很多，我选择BOSS，缴费198元可以招一个月的人才。从与用人单位签约的前一周，我非常兴奋同时也有很多担忧，不知道自己能不能完成任务——招到100个老师。我是一个不甘服输的人，只要定了目标就一定要想办法完成。

做法是，我要在招聘平台上沟通，然后在微信上沟通，还要亲自面试，介绍给用人单位直接签约，这一系列的工作我之前从来没有做过，但是我并不害怕，认为自己的工作高尚而有价值，不懂问不就行了。我编辑沟通语言文字，收集图片，想好如何回答应聘者的问题，沟通了10个、20个，面试每天从3个，增加到8个、12个。

支教，支教，如果年轻，我一定会去。那里有可爱的孩子们，虽然说条件比较艰苦，也许睡地板，被蚊虫叮咬，但是，如果你真正喜欢孩子，喜欢教育，真正想让自己得到成长，能力经验不断积累的话，想那么多干什么呢，直接就去啊。

从6月14日正式开始工作到7月4日招聘结束，我在BOSS上数据显示沟通1609人。在手机微信上视频面试115人，成功签约不到60人。

哦，二十多天，围绕这件事，什么样的情况都有发生，我也是感慨万千。

总结如下：

自己怕吃苦受累占比20%；

自己想去，受到父母阻挠占比30%；

想在本地找工作，怕麻烦，不愿外出占比40%；

临时家里有事，学校有事，自己身体出问题占比7%；

全然不顾，真正为了锻炼，什么都不怕的占比3%；

男孩勇敢者居多，一般吃住用问题咨询很少，只要有空调，可以洗澡，去哪里支教都可以。

女孩儿不然，询问工资多少、住宿条件、距离多远、班级怎么带班等，90%女孩儿会问很多，10%的女孩儿信心坚定，都可以接受安排。

支教真正的含义是义务，可是近年来，劳动力成本加大了，免费去服务奉献的人越来越少，纯粹做爱心奉献几乎为零。很多从农村出来的大学生自己要交学费，勤工俭学，要高工资付学费也是合情合理，毕竟现在的生活压力太大。此次招聘99%的支教老师都是来自农村，我真的为他们感到欣慰和尊重。

至于那些想去支教而受到父母阻挠的大学生们，我悲哀于父母的想法，没有什么实践活动能让孩子们得到这样更好的锻炼了！家庭教育就是父母思想的引导，孩子们读了十几年的书，该闯就要让他们出去闯，拦下他们是你的权力，但是你拖住孩子们的翅膀，不让飞翔，他们早晚会受伤。不要让孩子们成为只会读书，只想考高分的成年人吧！社会实践才是真正的考试，类似支教工作的意义这么大，你们不明白吗？

只想说，莘莘学子临战场，策马奔腾意风发；唯有自我多壮志，方能跨步走天涯。

★ 2020 年 7 月 6 日　　　　**公交车一瞥有感**

今早，手机微信提示"盛夏始"，得知炎热袭来。

我骑了单车，走到车站，不一会儿 301 车到了，我走上去，看到车上人不多，零星有两三个空座，左右边的双人座上分别坐了一男一女，男的小五十，瘦高身材，女的微胖，短发齐耳四十多岁，那我自然选择做到女士旁边啦。

"请让我坐一下。"

她稍稍往里挪了一点点，嘴里吐出一句，声音不大，但听得很清楚：

"这座位小，两个人坐不下。"

我收起裙子坐下，感到肌肤紧挨着，确实有点挤，但是这明明是两人座位，我看她没有再往里挪的意思，"好吧，我不坐了。"

于是我下了座位，走了几步，站到距离车门比较近的地方。

从我离开座位，这个微胖的女人眼睛始终看着窗外。

明明是你太胖，说座位小，你能一直占用双人座吗？

公交车到了一站，一个比我更瘦的女子上了车，她也相中了刚才那个位置，于是就坐了上去，旁边那个微胖女始终没有动，瘦女子歪着身子坐了一会儿，等公交车到站就下去了。

一幕让人愤怒的场景出现了。

一个抱着一岁多孩子的父亲上了车，他个子不高一米六左右，身材瘦小，孩子很乖，瘦瘦的，车子的惯性，他抱着孩子紧走了几步，看后排没有座位，于是掉转头看到了微胖女人的座位，父亲抱着孩子坐到她旁边，她不起身让座，对着父亲说了话，我听不到，那个父亲看了她一眼，没言语，抱着孩子到对面的另一个双人座坐了下来，座旁边的瘦男人往旁边靠了靠，父亲和孩子舒服多了。

微胖的女人独自坐着，她的身体看上去更"肥"了，眼睛离开车上的人，一直看着窗外。

你在想什么呢？一个座位而已，你拒绝了三个人、四个人、五个人。

"微胖姐"，你的言行被看见。

光线热烈，照着人睁不开眼，路面、车子、大树的叶子闪闪发亮，着实出行不方便，让我们每个人都能体会到对方的不容易吧，赠人玫瑰，手留余香。

★ 2020 年 7 月 12 日　　　　做一次"主播梦"

有梦就有新鲜，人生绚烂，舞姿亦可自赏。

不知哪根弦松了，我打算紧一紧，拨动一回也无妨吧。

上小学的时候，写作文是我又激动又挠头的事情。

强调一下原因吧，我特喜欢动笔写东西，因为感情丰富，嘴上说不出的感受可以用文字表达，一直想找到那些个能代表我真实想法的词汇，于是我会大量地找各种素材，当时，不知道什么是素材——上大学的时候才从大学老师的口中知道这个词——小学时候就是找其他范文吧，看到别人的文章或故事会忘记时间，沉浸其中任时间溜走，匆匆天快黑时，急忙提笔填字。

每次写完文章，我就会读上若干遍，斟酌字句，不行重来，难过的是，我大量的训练时间占据了读书的时间，你们知道一个运动员主要是做什么，就是在运动场上在教练员的指导下练习技术，提高跑跳投的成绩啊。

从小到现在，我的文章一直挺不错的，自认为吧，也有几次上过报纸，我作文的第一个听众，也是最支持我的，是我的父亲，每当我读完作文，他就竖起大拇指说好，写得不错。

最让我自豪的是，班主任老师读我的作文，现在回忆起来就是一个美，闭上眼，回到偌大的教室里，打开耳朵听着老师朗朗的声音。

我的声音甜美，会掌握节奏，时而疾风暴雨，时而暖风徐徐，这些都是我看前辈学来的，呵呵。

说起我的声音，想起来有些后怕，在 2001 年办幼儿园的时候，我太过敬业，太过负责，太像一个演播员，不厌其烦和家长讲解家庭教育，上课的时候总是有奇思妙想的故事讲给孩子们听，于是，嗓子"破"了，有一天，自己张口说话却听不见声音。

我吓坏了！

失声！失声了！

时间是良药，我没有吃任何药，休息了一段时间，不知道是三天还是五天，当我听见自己声音的时候，发现——

我的声音更好听了，音量更大了！

我越来越喜欢我的声音，在手机下载的软件里，我参加了《为你朗读》和《喜马拉雅》，听说招聘声音主播，那我就试试吧。

★ 2020 年 7 月 17 日　　　　教官的短训

夏日的风，说来就来，雨水也是的；多云的天气，时间不早 10 点 30 分了，我出门带上雨伞，步行到"胖孩蔬菜店"买菜。

凉爽的感觉一阵扑面，我抬头看天空，淡蓝色蒙着一片云，缓缓移动，柳枝摆动无忧无虑，随它的样子，我也是这样的心情。

一辆公交车停在路边，车上坐了不少人，看样子像是一个单位包的车。宽敞的人行道上站着一排人，这个路段是我买菜的必经地，正好走近过去满足好奇心。

"立正！稍息！向右——看！"哦，原来是教官在整队啊。

我放慢脚步停下来，看他们的举动，欣赏和揣摩着。我心里暗想，这套我最擅长了，我小学的时候就是体育委员，经常带班级喊口令"立正、稍息，向左看齐，向右看齐"等。

十几个年轻人站成一排穿着保安服，看上去不到 20 岁样子，还有十六七的，大部分都比较瘦，稚嫩的脸上三三两两戴着口罩，他们的表情麻木，看上去不太开心。

"站好！手放下！"一个高个子教官喊着，他皱着眉头，方方的脸上写着"不满意"三个字，狭长的眼睛瞟着这些"不合格"的兵们。

你好凶啊，我心里想，咋呼多了，没人听。不大个官儿，气儿还不小。

"向左转！"他喊了一嗓子。这声喊，有三四个小保安都转错了，好像被吓住了，中间的队伍乱了，教官有些恼怒，脸型变得更长了。他不作声，眼睛"扫射"了那几个转错方向的保安。有个穿便服的保安站出了队形，没有排整齐，这个教官快步走上前，用肩膀使劲扛了他，便服保安趔趄了一下。

嗯——这是什么意思？你想打人吗？我心里想，这教官有暴力倾向吧。

这时，公交车里面传出一声"上车！"的声音。教官马上命令说："上车！"队伍刚要挪动准备从后门上。教官又说："从前门上！"其实这些小保安们向左转的时候离后门最近，但教官的一个口令，他们只能绕 S 形到前门。

我不想再停留看他们了，我盯着教官看了一会儿，他的脸上还是那副表情，一丝笑容也没有，表情木木的，如果是冬天，我感觉会更寒冷。

人与人之间是需要温度的，没有生命的东西是冰冷的。教官，你离开岗位什么也不是，也许朋友会离你远去，倒不如对保安好一些，温和一些，微笑足矣，拍拍兄弟肩头就更像有爱的大哥了，何必一脸凶相呢。

我走过这段路，若有所思。

相信路过的行人，也若有所思吧。

★ 2020 年 7 月 18 日　　　　一次特别的会谈

来军校做心理咨询是第二天了，第一天谈了五个孩子，这次全天是四个。

今天要讲的是一个已经在军校训练七个月的 15 岁男孩儿，利用周末回到家后，四天没见父母，外出和其他同学在一起，夜不归宿，说好的回家度过周六日两天返回军校，再进行四天训练就举行结业典礼可以正式回家了；没想到，孩子回去后和父母格格不入，一连十九天不和父母沟通，几天夜不归宿，没钱才和妈说，要了钱就不见人，父母很焦虑，不知哪里出了问题。

我今天下午见了这个孩子，给我的印象挺好，个子修长，宽额头，瘦脸庞，戴着一副黑边眼镜，看上去很斯文，不像是不通情理、铁石心肠的孩子。

他说，我妈对我很好，就是有时要求我太多，我喜欢和我妈沟通，爱好运动，但是我妈不让，怕影响我学习；我爸抽烟，很少沟通。

他的话语不多，显然不想提起父母，总是在我的引导问话中回答，很少笑，看上去很不开心。

这种情况大部分都是父母的问题，出在语言沟通上，天下没有一个父母不爱自己的孩子，没有一个孩子不想爱父母，问题是想接近却被"火"灼伤。

我见了他的父母，妈妈说话很激动，挺直了腰，急切地讲述和孩子之间发生的事情；爸爸是个严肃的人，脸上没有表情，从见面到离开，一直没有笑容，忧心忡忡的样子。我告诉他们一些熟知的家庭教育知识，爸妈连连点头，家里有温暖、尊重、赞美和夸奖，孩子哪有不喜欢的道理？

他们说很少夸孩子，大都教条，谈学习等，确实意识到自己错了，说自己要学习做好父母，希望孩子能够回到家庭的怀抱。

他们一家三口见了面，我主持了这次难得的相逢。气氛刚开始很安静，大家都不说话，说到父母双方给孩子讲讲心里话，让妈妈先说的时候，妈妈忍不住哭了，眼泪一直流淌，妈妈想要伸手抚摸一下孩子的手，被孩子挡开了。房间外面孩子们在大声地喊着口号，声音很大，但是妈妈仍然没有停下来，一直不停哭着地解释着。我在旁边听得断断续续，不忍心打断妈妈的话，我意识到，妈妈有太多的心里话想给儿子说，八个多月了，太久没有这样，有个时间可以让自己痛快淋漓地表达了。

儿子默默地听着，微微地点头，眼睛还是不看妈妈的眼睛，他低着头表情冷漠。

该爸爸说了，儿子说，他不听，爸爸很尴尬，表情很不自然，还一直跷着二郎腿，爸爸的身体语言还是不诚恳，老子就是老子，嘴上认错，心里不服，态度固执。

离开的时候，我站起来说，妈妈抱抱儿子或者握握手吧，此时，妈妈很快站起身来立刻抱住儿子，把头贴在孩子胸前，笑着喃喃说，妈妈在家等着你，我会好好学习，会学做一个好妈妈的。

爸爸这边，不让抱也没有握手。

人人都说，亲情血浓于水，父母生养了孩子，孩子就是一辈子和你是相亲相爱的，我看了太多的亲情如陌路，真的很痛心！

其实孩子的心从来就很暖，希望父母不要去冰冻他们，不要去刻意"尝试"，因为双方都伤不起，这种代价无法估计。

★2020 年 7 月 20 日　　　　你的青春有颜色（记录军校中的孩子）

这个孩子不知道为什么爸妈给他送到这里来，说是让他体验一下军人的生活，锻炼一下能力。

眼前的孩子外表像个成人，个子很高，脸上有很多青春痘，身体结实，语速不紧不慢、不轻不重，端正地坐着，身体前倾，很难想象出这个孩子打架。

"我的爸妈对我很好，我姐上高二，我的学习成绩不好，她还买了一块黑板在家里给我讲题。"

"我回家经常很晚，都是出去和朋友玩，家人给我打了好几次电话，我没回，想着很快就到家了就不用回电话了。"

他回答我的问话能听得出来很诚恳，当我问到你回家想和爸妈说什么话时，他沉默下来，低着头，我看到他的眼睛里渐渐充满泪水，之前流畅的语言停止了，他抽泣地说："爸妈我很想你们，我想回家，以后好好学习，我做得不对，我做错了。"

另一个孩子说："我在家是独生女，在学校里受到欺凌，给老师和父母说，他们都说没事。我特别害怕去学校，那些同学让我做我不喜欢的事情，他们很厉害，我不敢反抗，受不了，我就不上学了。"

"我的一个好朋友很难过，我很想帮他，害怕别人说我虚伪。"

"我有件遗憾的心愿没有完成，在来这里之前，我最喜欢的一个朋友是我的小狗，它两年前死了，我想给它送点东西，和它说说话，但是，就在这个时候我家人就把我送到这里来了。"

这个女孩儿，一进门笑吟吟的，说话声音比较大，普通话很标准，扎着一个马尾辫，戴着一副黑边眼镜，说话的时候眼睛一直看着我，像是要在我这里急于寻求答案。她的几个问题在之后的半个小时里得到了解释，她一次比一次开心，我看见她的眼睛里充满欢笑。

第三个孩子说："我今年18岁，在12岁之前都是在爷爷奶奶家长大的。我的爸妈做生意，每天很忙，回到家经常吵架，我很烦，不喜欢回家经常在外面玩，经常打架，很冲动的那种。来到这里的头几天里，很想逃离，但是没办法，慢慢就适应了，这里生活规律，要求守规则，和小伙伴们玩得很好，就想着回家后，好好学习考大学，学广告专业，帮我父母做事，减轻他们的压力。"

这个一米八的年轻人，边说边笑，流利地表达着自己的感受，清秀的脸庞充满了自信，他的困惑是，回家之后和父母如何相处，父母经常吵架怎么办？

我说，你参与到父母争吵中是无济于事的，需要跳出来看问题，做个调解员，双方都是亲人，帮哪一边都不可取，有时暴风骤雨后即是晴天，保持沉默有时比说教更容易让事情大事化小。你做好你的事情，不要受到父母负面情绪的影响就好，事态有时没有你想象的那么糟。

青春期是一个激荡起伏的阶段，很多孩子的迷失不是自己的原因，都是父母的问题，而父母的引导沟通太重要了，不幸的是，父母的思想意识往往简单粗暴，简单地应付，一味地满足物质需要，从孩子儿时起没有和孩子心灵深处交流，深信树大自然直或棍棒教育等育儿歪理。

青春是五彩斑斓的，是欣欣向荣的。孩子，你提前遇到了黑色，不要怕，不要忧伤，不要蜷缩着，把你带出黑暗时光的一定有你内心渴望的五彩色，众多里，包括我一个！

★ 2020 年 7 月 22 日　　　　引领的变形

不知道该如何描述我的心情，见到的每个孩子和父母，我都是那么希望他们可以改变，其实是可以改变得越来越好的，也许若干年前多看一本书，多说一句"你是妈妈的好孩子"，多拥抱一次，多回头温和地看一眼，就不必这么伤心欲绝了。

一个人生命的河流朝向哪里，一定有几个转折点，或者说关键点，这些点之所以有人看不到它的重要，取决于看它的人思想是不是有先见之明，这和受教育程度不无关系，和人的价值观息息相关。

物体的美与丑，人的善与恶，在一个人的世界里做出判断是容易的，一旦结果偏离了主线，比如该上学的年纪辍学了，偷东西了，玩游戏忘记了回家，忘记了吃饭，忘记了洗衣刷鞋，平时不打架骂人的孩子打人了，骂人了，凶狠得可怕，好了，成年人的思维紧张、焦虑，失眠，哭泣，世界的规律开始混乱，陷进去，两者都不能自拔。

自古以来，书籍是人类最好的朋友，也是人类最不可或缺的粮食，但是，还是会有很多很多人，特别是成年人自以为是，认为自己比先贤、科学家以及研究者更聪明而不去学习提升自己，让自己拥有智慧，他们不惜时间和金钱去挑战自然规则规律，一心做自己认为正确的事情，捂住耳朵不听老人言，举起手打掉递过来的温暖，推掉面前的书，直接地不假思索地，没有做到在太阳落山之后的时间中找到十分钟或更短的时间里，好好问问自己的心，认真地反省自己做过的事情和说过的话，合不合适。

一滴水从液体变成固体冷冻起来，按照春夏秋冬自然顺序的话，需要一年365天；加快速度用时也要几分钟，水是柔和的，软软滋润，冰块是坚硬的，触及即刻离开，无念想再触碰。冰融化要等，你愿意等吗？愿意给冰块加温吗？

花落到花开，也是需要一年；再加快速度也要等待365天，花的盛开每个人都愿意观看，闭眼闻其味，心情怡然轻松，遇见快乐，但是花落了再开，你愿意等吗？愿意怀揣希望日日盼望吗？

只要你愿意就能得到美好；一丝念想，一个改变，回归就在不远处。

写给迷茫痛苦的爸妈们。

★ 2020 年 8 月 4 日　　　　暗色少年

小虎队、草蜢，还有那一首《青春修炼手册》，诸多优秀的少年取得骄人的成绩令人艳羡，刚刚在百度找到了 TFBOYS 介绍，一个个专辑、影片、公益活动，在他们小小的年纪里"光环"就已经超越了我们无数成人，更让年轻的少男少女追逐近似疯狂。

不是每一个少年时代都过得如此光鲜亮丽，也不是每个少年的命运都会顺风顺水，发展自己的天赋。

在另一群少年的眼中，他们的生活里，很多时候是痛苦压抑的心情，不想面对现实，不愿接受父母，一直在等待，漫无目的地度日，内心的焦虑增加着，挣扎着，想寻找出路，但不知出口在哪里。

这样的少年也是青春，和明星少年比起来，就像天堂和地狱，明亮耀眼和黯淡无光，一边是甜甜的梦，一边是夜晚睁大的双眼，命运到底是不公还是公正，这该如何解释？烦心又折磨人。

成人们该如何与这群少年述说。

他们漠然的表情，把父母老师推到了自己的对立面。

是捉弄人吗？是演电影吗？这些暗色少年怎么也想不明白，为什么会这样的生活，自己的日子如此难过。

其实，少年的心是一样的，一样地努力过，一样地澎湃过，一样地思考过，一样地改变过，只是现状让我痛心了些，他们努力还不够，痛苦还不够，还没有遇到良师益友，时间稍稍晚了些，晚了几年。

我看到，这些处在黑暗中的少年，他们也会有开心的笑容，笑起来也和少年明星一般灿烂，他们也会有轻盈的步伐，走起来也和少年明星一般风度翩翩，他们也能写出一笔好字，看起来是那么工整和养眼。

少年们不无差别。

只是教育的差别，呈现出两个世界。

他们都会说，在小时候是多么无忧无虑，开心玩耍，被爷爷奶奶宠爱着，爸爸不打妈妈不凶，为什么上了初中，长高了长大了，之前的开心全部消失了，一个个亲人对自己是那么无情、严厉，不经过自己同意随意转学，他们都不听解释，还说自己不听话，不懂事，达不到他们的标准，就限制和同学玩耍，限制零花钱，限制思想的表达，说什么他们都反对！

两个世界两片天，正在承受暗色的少年们啊，我站在你们这边，请你们一定要相信，自己的天空会迎来亮丽，风雨会过去，阴霾也会消散，也许此时是命运对你们的考验，此刻我们的任务就是要经受打击，相信父母是爱你们的，父母此时的天空和你们一样，他们的心情也需要平复，他们的思想也需要过滤，也需要度过阴雨天气。

每个人的一生都不会总是坎坷，只要我们心存善良，追求美好，心存勇敢，追求智慧，会有那么一天，那么一刻，阳光来临，暗色漂移。少年们，我们的人生旅途风景别样！

继续努力，方法会有的。

★ 2020 年 9 月 9 日　　　　**我的工作在军校**

　　和一家军校签订了合作协议之后，我目前是每周二和周四去上班，对那里的孩子做心理辅导沟通。

　　今日周二，我安排两组孩子集训和一个一对一做沟通的孩子，一共二十个，这些集训的孩子们全部都是进行过当面一对一沟通交流的，大约一个小时，最多一个半小时。

　　见到他们的每一个，我都认为是好孩子，不管他们之前犯了多少错误，辍学了多长时间，这都不是问题，因为他们还不懂事。

　　是的，不懂事，不懂"时间、生命、学习、人性"的命题，不懂得古圣先贤都做了什么，他们和我们有什么区别，不懂得民族、社会、国家和我们到底有多远，不懂得做人处事，或者说是大道理吧，孩子们所表现出来的一切问题都是因为大道理不懂，没人告诉他们。

　　父母和老师没有告诉，为什么没有告诉孩子，因为他们不懂大道理，育人而没有教人，授之以渔的渔是大智慧，其他某些家长或老师传授的是"小渔"，小智慧。

　　我感谢自己，鼓励支撑自己要孜孜不倦地做下去，从事这份有意义的工作。

　　我感谢智慧老师，因此坚定一个目标，孩子没有问题，错在家长和老师的观念中。

　　在军校里，我每见到一个学生，内心开始澎湃，深谙不可误人子弟；我告诉他们人生命题，讲故事举例子说明时间宝贵、生命宝贵，自己的肉身是独一无二的，百年之后不再重来；学习是为自己的，为自己宝贵的人生而学，怎样才是一个有意义的人生，怎样才能过一个无悔的人生，做最好的自己，为国家为人民为社会做出自己应有的贡献，自利利他，自助助人，直到生命终点。

★ 2020 年 9 月 11 日　　　　**今日检讨**

　　前几天订立了每日规划和目标，决心要执行的，我要努力去做。

　　今日做检讨。昨天没有录音朗读，昨日周四上了一天班，回来比较晚；在9 月初和一家教育咨询机构签了合同，因自己粗心，失去两次沟通孩子的机会，一是手机静音，中午午休没有听到，二是周四在军校没有拿另一部工作手机。

　　今日我到台商大厦办社保，骑单车回来的路上，看到一个年轻人在向陌生人推销洗洁用品，这种场面我见过很多，他们不厌其烦地介绍，给陌生人擦拭皮包或擦拭鞋子，真诚展示产品，不怕拒绝，不怕丢面子，辛苦游说演示，这种精神值得赞叹。

晚上和老公外出散步，他又提及我工作的事情，说费力拿钱少，还给我算账等，我一听，内心就开始抵触，随着他说话强势，我越听越生气，两人声音越来越大，争吵不休，本来一次好好的外出散步，结果是彼此都不愉快。我和他观点不同，心里不痛快，坐在这里想想，是否自己心胸不够宽广，说就让他说吧，和他对着争辩没有意义，两人争论不就是想证明自己是对的吗？人就是不肯低头，好像很难很难。

改变观念，点个头，通个意，换个说法转换心境。

心本来是可以静的，我自己被面子打败，心就开始翻云覆雨了，还要修炼啊。

★ 2020 年 9 月 12 日　　　　一念萌生：学四书五经

我读初中的时候，背诵过《黔驴技穷》《陋室铭》《木兰诗》等，听老师讲过四书五经等片段，对古文产生了兴趣，但因为要训练和比赛的原因，文化课落下很多。成家之后，我对古人的文章名著依然神往，买来《论语》《菜根谭》、四书五经来看，虽然晦涩难懂，但是看了翻译后，悟出的道理对我的人生启发很大。接下来，在老师的引领下，深入《道德经》，让我内心开始下了一个决定，我要学习四书五经，看古圣先贤的书籍，通读一遍，再逐步理解。有了这个念想之后，今天我便开始读和理解《中庸》，一边抄写，一边理解。虽然我的年龄有些大了，不能过目不忘，记忆力减退，但我还是计划每天抽空学习一点，学以致用。

我相信自己可以的，不怕慢，就怕站。

★ 2020 年 9 月 13 日　　　　两个孩子

一个家庭里孩子是所有的中心，一个班里老师是中心，孩子经历了匆匆时光，经历了自己的儿童和少年，再也没有谁比得上一个母亲对自己孩子的牵肠挂肚和良苦用心。

孩子不遂母亲心愿，不喜欢随波逐流，母亲就着急上火，吃不下，睡不好，不得安心。孩子病了，花大钱看病，不论身体还是心理都要付出很多代价。

今天和两个孩子分别打电话聊天，家长交了不少钱给机构。

14 岁男孩儿，家里条件优越，母亲一人带孩子生活，父亲和哥哥在外地。

孩子做作业慢，比较懒散，在家里除了学习，什么都不做，母亲全包。孩子的高尔夫是母亲报的，一对一的三门补习课是母亲报的，孩子的时间全部被功课占满，没有自己自由的时间，"学习机器"一词很合适他，这样的孩子有真正的开心和快乐吗？他没有梦想，不知道未来做什么，每天过着充实的生活，母亲照顾得太周到，这种情况不改变，他将来一定是巨婴啊。

11岁男孩儿，脑部动了手术，第一次打电话不说话，第二次打电话和妈妈一起听，后来就比较自如地回答了，语言简单，声音清脆，有很多不喜欢，有抵触情绪，有强烈的自尊心，缺少人情味，很少发出笑声。

孩子们的快乐呢？礼貌、微笑和应有的活泼开朗呢？

这两个孩子未曾谋面，对话过后，我的心情不是滋味，是妈妈们的问题啊！

★ 2020年9月14日　　　　**真假判断谁来决定**

今天上午11点左右，我学习《中庸》第八章，一边抄写一边理解，然后接到王老师微信说要联系一个家长；安排好之后，我接到孙老师的电话，她说这几天来了几个家长，问了孩子们的情况，认为做心理辅导效果不好。听到这里我比较诧异，我的工作态度一直很认真，回想起孩子们上课的状态也都非常开心，怎么会出现家长不满意的情况呢？孙老师继续说，由原本的一周两次改为一周一次。我听后说，可以听听孩子们的意见，如果孩子们不喜欢，这样的课程我就不去了。

电话放下后，我内心很坦然，不管孙老师说的是否是真实情况我都接受。

如果因为我的课程不好，有建议可以提，可以在群里提出，没有必要遮掩；另外，军校的孩子们全部一对一沟通过，没有必要多增加一天。

到底是我的课程不好，还是学校经济情况不佳，是真是假，已经不重要。

我相信我自己，工作无怨无悔。

★ 2020年9月17日　　　　**又一个受伤的孩子**

视频那头，我看到了一个英俊小男生，大眼睛，皮肤比较白，挺直的鼻梁，一口四川口音。今天晚上我们约好电话聊。

他今年11岁，由于脑部动了手术，休学两次，最近一段时间不喜欢上学，跟不上课程，因此她的妈妈找我给孩子做工作。

孩子说他很喜欢数学，长大后想做医生，他的想法很单纯，医生赚钱很有钱。

　　和他聊了两次，今天说起不上学的原因，他没有爽快地回答，支吾着，做错题，老师让抄写 50 遍，当我听到这个数字的时候，我惊呆了，又一个受伤的孩子，受了老师的伤害啊！

　　至于吗？抄 50 遍，老师以为抄写 50 遍孩子就记住了，是的，记住了这个老师一辈子，是恨啊！会恨一辈子。

　　在班里，学习比较好的同学欺负他，打他，他告诉老师无济于事。

　　于是，孩子失望了，不喜欢语文课，不喜欢英语课，只喜欢数学，我想他一定是比较喜欢数学老师吧。

　　不知道有多少孩子受到老师教课本知识的伤害而厌学；

　　不知道有多少孩子受到校园欺凌而逃课。

　　这个数字一定很多，数字之下，多少孩子迷茫了；多少家长焦虑了，多少家庭有了更多麻烦。

　　错在哪里？某些父母不注意培养孩子强大的内心，没有成为孩子的朋友和支持者。某些老师只懂得灌输知识，要求孩子取得高分，利用权力"惩罚"孩子，无视孩子的自尊，用讽刺挖苦贬低的语言伤害了孩子，孩子不是机器，独特个性有天分的孩子是不会逆来顺受的。

　　唯独孩子没有做错什么，即使有错，父母首先需要反省自己。

　　打开了孩子的心结，他们豁然开朗，孩子们的心声是要成为伟大的梦想家、数学家、发明家及各类行业精英。

　　然而父母不知道。

　　我要让孩子们成为自己的英雄！

★ 2020 年 9 月 18 日　　　　体验幸福

　　六年来的心有了归宿。

　　一个使用面积 60 平方米的家，一份自己喜欢了二十多年的工作，一个踏实勤奋的老公，一个自觉自律的儿子，一条幽静的小区林荫步道，一池十几米宽的袖珍水景，一处三三两两的梅花鹿雕塑，还有很多很多，细数出来，简单细致，温馨而不奢华，这就是我想要的。

　　我想往的生活就是这样简单、素雅，感觉上心境里都是无限的精美幸福。

　　晚上和老公在楼下的步道走着，忽听一阵说话声：

　　"你每天都在喋喋不休，我快烦死了，还要等到 10 月份，那么长的时间，我受不了！咱们赶紧断绝关系！"

"你还要怎样，啊！"

一个光着膀子的男人，边走边打电话，声音传出十几米。此时，我在看微信读书，听着他的话，为他感到不安。

不须仔细追究，缘由不过一二，夫妻之间是私利，是怨恨，何必苦苦相争？

在如此美的环境里，能够寻得一片心静的人真少。

幸福是简单的，宽容的，理解的，两人，一半一半，退一步，幸福即可体验，这感觉居陋室，着朴素的衣裳也是富翁。

★2020 年 9 月 19 日　　　　交警给我上一课

我素来见到交警都不害怕，因为我喜欢笑和倾听。

今天上午我去一家机构谈合作，准备回家的时候，通常我会计算一下时间，坐公交需要 1 小时 20 分钟，骑单车是 49 分钟，骑车的时候我可以听书，可以一举两得，因此我计划骑自行车回家。

途中经过一个十字路口，这个路口曾经走过两次，我印象很深。这个路口的交警非常严格，发现违规随时拦下违规者进行教育，我第一次路过时就因车轮压了一点斑马线，被执勤的交警指出来。所以，我格外小心。

这时，我看到前方有左转绿灯，于是我就骑车从人行道过去，猛然听到交警大声叫喊："哎，哎！"

他好像是在叫我，因为旁边没有其他人动，这时对面红灯亮了，我赶紧骑过去，不敢停下来。

我刚过斑马线下了单车，停下来等对面的绿灯，那个交警快步走过来，步伐大而急，他一边走一边说："喊你听到没？"

我很诧异，疑惑地看着交警同志，他又说："喊你听见没？"

面前的这个交警，个子比我高快一个头，脸上晒得黝黑，声音粗亮，眼睛炯炯有神。

"哦，我听见了，但是，红灯，我不能停啊，我没有错啊，我是看到绿灯走的"我解释说，还是一脸迷惑。

"我看你真是不懂，来来，我给你讲啊。"交警同志看着我的样子，笑起来说。

"你违反道路规则了，你看这是人行道，这是自行车道，什么灯亮，就是要怎么走，看到走路灯亮要推着走，看到自行车灯亮要骑车走……"交警同志耐心地说。

"哦，对不起，我这么多年就是这么过的……"我恍然大悟。

"那你就错了好多年了，要改正！"交警同志说。

"看你态度很好，不是明知故犯，就不罚款了。走吧，看好红绿灯啊，不能逆行了。"交警同志像个老师，很宽容和理解人，又交代一遍。

"好的，好的，谢谢交警老师。"我回答着，心里充满感动。

骑在回家的路上，我的心情很好，不是因为交警没有惩罚，而是我上了生动的一课，几十年来我的行车方式是错误的，我坦然接受，今天得到了改正。

和大多数人的心理一样，没有交警的时候，我们经常违规，有交警在就学乖一点，这也许就是世俗吧。

我要检点自己的言行，自觉遵守，内心有方正。

★ 2020 年 9 月 20 日　　　　不和你走在一起

"不和你走在一起！"这句话是我说的，说给我的爱人听，当时的我很生气，语气很重！

这里的"你"，是我老公，我的知心爱人。

年少时，我性格倔强，自认为什么事情我都能够做得很好，当然也自卑过，多年以后，在经历了几个大起大落后，性格也逐渐圆润了许多，只是，还有一个倔强，就是不和你走在一起，半路我离开。

心是柔软的同时也是坚硬的。

每天晚上和你一起散步基本上是我们的必修课，散步一定要说点什么，因为你很爱讲话，我成全你，但是你讲着讲着就开始干涉我的工作，或者要求我必须这样或那样做，我当然不愿意，和你理论起来，于是，你的一招就把我惹急了，说了脏字，让我这个老师生气了，我不和你走一起！一摸裤兜，家门钥匙带了，于是掉转方向，大步流星走人了，任凭你打手机也不接，一副决绝的样子。

一次、两次、三次、四次……

不知道我决绝了几次，这么多年，不超过二十次吧，仔细想想二十次已经不少了，我不希望是这个结果，当然爱人也不希望。

好好反省自己，其实我是可以认同他的话的，他的话不一定全错，我太较真了。

我不应该太较真儿，家不是讲理的地方，不是你输我赢，而是互相理解和包容；我错了，我不该赌气转身，虽然他的话我听后不同意，但是这又何妨呢？每个人观点都不会一模一样的，我不能要求他必须同意我的观点啊。

老公，我要和你一起走。

一直走下去。不会有第二十一次了，结束了。

★ **2020 年 9 月 21 日**　　　　**一个三十岁的老板**

我搬到了新家，楼层比较高，自然要封阳台，要不然呼呼的风和炎热的高温确实不好受。

接到物业管理小妹妹的邀请进入小区楼栋的微信群里，大家接二连三地进来后，相关问题接踵而来，问什么时候通燃气的，各个房间的面积尺寸的，买沙发柜子去哪里买划算的，还有要去别人家参观的，推荐家具、家电名片的，当天群里的信息不到两个小时都已经有一百多条，叽叽喳喳的，好不热闹，邻里之间兴奋的表情层出不穷。

我家里当然要封阳台了，这是一笔不小的开支，其他的大件基本上备齐了。

微信群里有个封阳台老板，他发了阳台门的视频，还发了通知说价格实惠、证件齐全等，随即我就加了他的微信聊上了。

"你是几号？小号面积的是 2200 元，中号面积的是 2400 元，大号面积的是 2800 元。要做提前定，大概半个月装上。"

他说话直爽，不拐弯抹角。

我说："行，要做跟你联系。"

这几天，我抽空外出问了几家，那几家虽然便宜，但是证件不全，不敢冒险进入小区施工。

于是，我又找到封阳台老板，

我问："老板贵姓啊？我家应该是中号面积的。"

他说："姓李名叫晓杰。那我们就定下来做吧，你家是中号 2400 元，定金 400 元，阳台封好再付 2000 元。

我说："好，没问题。"

大概等了十天，晓杰说给我家安排，先装阳台框架，我欣喜若狂，真快啊！

阳台框架安上之后，没安玻璃，小伙子说，玻璃要等几天才来。我想那也行，等等吧。又过了几天，我见晓杰，问他玻璃到了吗？他说，不好意思，把你家的尺寸量错了，需要重新裁玻璃。我说好吧，那就再等等。

等了二十天，我实在等不下去了，打电话问晓杰，他说，到下周一，我说好，我让孩子在家等着；到了下周一，他又说周三，又没来，哎呀呀，就这样，又拖了几天，好不容易装上了，纱窗出了问题，缝隙很大，又找他换。

做事看人，说话判断人，晓杰这老板心不细啊！粗心问题严重。

我们聊起来，他说自己小学毕业，初中没有上完，十五六岁就开始干封阳台的工作，五年前做老板联系封阳台业务，带了几个人到各个小区找活儿，安装阳台、维修服务等，一直到现在，今年 30 岁，还没找女朋友，说自己最大的兴趣就是赚钱，如果找了女朋友，也不会陪她散步，不陪她出去旅游，耽误一天两天，自己的生意就会影响和耽误事儿。

我劝解说，你得看看书，不断学习啊，做领导要发展，不学习怎么壮大呢？他说，学不会，也没时间学啊！

我无奈地笑了笑，没说什么。

人啊，钱是赚不完的。老板啊，改改思想吧，不然会更累的。

★ 2020 年 9 月 22 日　　　　"睁眼瞎"的妈妈

生命的可贵亦不必赘述，但是在某些人的心里存在侥幸，可悲的是有这样一位妈妈。

今日秋分，天气凉爽，身体舒适，特别是骑上电动车，那种感觉一定更凉爽。我骑单车去超市买肉馅，计划中午做饺子。

从家到超市需要经过四个红绿灯，其中有三个红绿灯车辆极少，最后一个是比较大的路口，来往行人和车辆在上午 8 点左右比较多，上班送孩子的不少。

此时，遇到最后一个红灯，我停下车等待，就在这时，一辆电动车闯红灯而过，我看到是一个妈妈带着一个六七岁的男孩子旁若无人地骑行而去，还扭头左右看看，那个孩子在后面呆呆地坐着，丝毫不知妈妈做了什么。

我的心里一惊，万一……

"妈妈"这个词是温暖的，妈妈这个角色是重大关键的，不管你是来自农村还是城市，你生育了儿女就要负起养育和教育的责任，妈妈是孩子的镜子，你怎么做孩子就会照着学，今天，你闯了红灯，侥幸活了没事了，但不知哪一天、哪一次，假如违规了，惩罚的最大代价就是失去生命，后悔莫及；更何况，你是带着孩子一起啊！

幸亏没有遇到车辆，假如遇到了，悲剧会上演，悲惨命运会降临！

我是一名帮助问题孩子走出困境的老师，那么家长呢，妈妈们呢？思虑长远些啊，为什么不早一些给自己的思想里安上警钟呢？

切不要抱有自以为是，我是对的，我是幸运儿，没事，没关系的念头吧！

不要做一个睁眼瞎的妈妈！

遵守法则，谦虚做人，谨慎做事，以身作则，榜样孩子。

★ 2020 年 9 月 23 日　　　　充实充电才能释放能量

自从离开洛阳四年里，我不断地审视自己，调整状态，时至今日，满满的幸福。

一路颠沛流离，居无定所，今年的 8 月 23 日才真正有了"家"。虽是公租房，但我们非常知足。

2017 年 10 月份以来，先后搬过三次家，一边努力工作，一边充实精神；幼儿园园长、校长、早教中心负责人、哲学教育推广人、课程推广销售、职业规划师、青少年心理咨询师，虽然是不同的工作，但都是与教育相关，我终身的梦想，我最初的发心，都是我喜欢的事业。我把工作当作事业，把每天当成生命中最后一天，把每个当下都活好。

因此，每天我都是幸福的，不辞劳苦，无怨无悔。

我不断地学习，吸收能量，大量的阅读，特别是阅读专业书籍，还喜欢上了四书五经、励志书等，如饥似渴，那种贪婪的状态想象不到，眼睛都看酸了，就改用耳朵听书。另外还喜欢看电影，有老师推荐的大片，其实都是能够学习和领悟人生的。

我减少了很多不必要的聚会，微信上很少闲聊、刷朋友圈，还把抖音卸载了，把时间充分利用起来，除一周四天的外出工作及线上指导家长外，做得最多的是，读书听书、朗读录音、写作、锻炼身体等有意义的活动。这样，我感觉生活工作简单了，丰富多彩，有价值有意义，每天都有满满的动力和能量。

一个人的生命时间很短暂，必须进行严密规划，清空思想，吸纳精华，排除杂念，专注当下。

现在的我，很享受每天的活动，不管来什么事情都可以从容应对，不再急躁，不再生气，经常反省才能心静如水，笑容满面。

★ 2020 年 9 月 24 日　　　　再想母亲教育

这也是老话题了，在我的日记里多次提到教育问题，说一个人有问题，不管是心理疾病，还是身体疾病，都和思想念头有关，孩子是不是身心健康，和父母的教育有关。最近每天接打母亲的电话，谈孩子问题，说来说去都是母亲自己的思想观念不对。

有的是小学期间对孩子严加管教，叫孩子吃饭和起床，上学送下学接，回家做好吃的，做作业辅导功课，要求作业写完、好好听课、少玩等，孩子就是小绵羊，乖乖兔；青春期爆发，判若两人，不听话，不上学，不写作业，睡懒觉，玩手机上瘾等。

检验教育成败的时间出现了，10 岁到 18 岁。

出了问题的孩子厌学，有网瘾，自卑内向，外出玩不归家，其实就是父母急功近利、急于求成，望子成龙、望女成凤，在压力下孩子反抗，在压力下孩子颓废，在压力下孩子和父母势不两立……

今日再想母亲教育，不学则退，不变则失；不谦虚则希望破灭，不顺应天性天道则满脸悔恨泪。错了就要改，对的就坚持。

母亲的教育在于思想的改变，改变专制，改变执拗、偏激等性格，改变好面子、虚荣的心态，孩子就是天性的展现，孩子就是自然的真、纯，如果不顺天性，不近自然，孩子就是枯萎的花儿、低头的向日葵，一派秋风萧瑟的景象。

母亲必须要承认在教育孩子的过程中，自己错了，改邪归正，才能感受到幸福和安宁。

★ 2020 年 9 月 25 日　　　　因此开心

提到开心，我会想到很多：看到美景，花开的样子，一片绿绿的草地；听到小鸟鸣叫，哗哗的流水和动听的音乐；读到一篇故事文章，悟道明理；深情朗诵一首诗歌……最令我开心的是妈妈们因听从了我的话而改变，不再责备孩子，不再愁眉苦脸，不再夫妇不和，不再和孩子怒目圆睁了。

今天，刚和一位妈妈打了电话，她已经有一周没有和我联系。她的孩子 8 岁，不上学，脾气古怪，问什么说不知道，请他做什么事说不行，抵抗反对，和他沟通起来会有吃力感。分析情况后得出结论，是妈妈过于强势，做错事不向孩子认错，讲话声音如吵架，那孩子自然心肠坚硬，不懂得变通，说话的声音也是和他妈妈一样，冷冰冰的。于是，经过三次和孩子沟通和视频，孩子开始慢慢话多了起来，愿意参与活动了，我称赞他字写得工整，数学题做得对，鼓励他去做自己喜欢的事情，支持他的梦想（做医生），孩子情绪好了许多。后来，谈到上学的事情，孩子说，不喜欢上学，我说问什么，他慢吞吞地说，老师曾经让他写 50 遍题，只因为错了一道题；还有几个学习成绩好的同学打他，告诉老师也没用。我听后，心里很不舒服，有想直接见到老师质问他的冲动，做错一道题写 50 遍，你要毁掉一个未来的优秀医生吗?! 学习好的同学打学习成绩差的同学，老师视而不管吗？学习好就是人才吗？学习好就可以无法无天吗?

学校老师也有做得不对的地方,我们的妈妈要去支撑孩子的信心,让孩子看到希望,勇敢去面对一切,和他人交朋友,不应该知难而退,这是妈妈的功课。

我给这位妈妈讲了这样的道理,她听进去了,于是这几天她的思想有了改变,说话温柔了,语气不再那么强硬,还主动向孩子承认错误。

今天通话的电话那头,妈妈很开心,感谢了我对她的帮助指导;说到自己和孩子改变的事情,我感动得含着眼泪,声音有些哽咽,因此开心。

★2020 年 9 月 26 日　　　　地铁上的一幕"风景"

人间处处是风景,除了草木风,房路桥,我还最喜欢看人这"风景"。

每个人你若仔细观察,就可以从衣着,神态动作上对他的职业,性格有点了解,以此教育程度,心理特点大致有个判断,这种习惯源于我的职业吧。

最近两个月我经常坐地铁,上班地方比较远,从家出发需要骑单车 18 分钟,再乘坐 12 站地铁 1 号线,后转 2 号线乘坐 8 站,每天有 2 个小时可以在地铁上观察所遇的风景。

98% 的乘客一进地铁,坐着站着都看手机,大多是看"抖音"、新闻、小说、电视剧、电影或网络游戏,一个个全神贯注的样子,有些乘客闭目养神,有结伴同行的偶尔聊聊天。

车厢里每个人都戴着口罩,看不到面部表情,只露出两只眼睛,感受不到笑容。

上来一对男女,两人都很年轻,像大学生。女孩长发披肩,穿一条质地较厚的蓝色连衣裙,一上车就坐在座位上用手机看着自己的脸,把手机当作镜子,她的刘海儿很长,垂下来到鼻尖,眼睛藏在刘海儿里若隐若现,她一边用手拨弄着头发,一边睁大眼睛,左右摆弄,好像在拍照;她旁若无人,身边的男孩子在她耳边说话,她像没听见似的,依然拿着手机照来照去。说实话,这个女孩长相一般,单眼皮小眼睛,低鼻梁,优点是皮肤白皙,长发飘散。她拿着两部手机,拍照手机放下后,瞬间拿起另一部手机看起电视剧,不愿浪费一点儿时间。

男孩子很帅,瓜子脸,五官清秀,长长的睫毛,他穿着休闲牛仔服,一只袖子黑色,一只袖子淡蓝色,他看看女孩儿,看看车站表,几次想和女孩说话,又感觉没什么必要,欲言又止。

龙子湖站到了，他们起身下了车，女孩儿走在前面，男孩子步伐紧跟，衣服宽大，飘逸出门。

龙子湖周边有近十所大学，很多学生经常出入地铁，不加收敛地在地铁上矫揉造作摆弄姿势拍照的学生很少，这两个月我只见到一次，但我相信一定还有，这是受到网络的不良影响啊。

女孩子们的纯洁可爱沾染了颜色，追求美丽的外表和卖萌不是女大学生的功课，偏离了正确价值观的年轻人，你的行为是你内心的镜子，希望早日回归。

★ 2020 年 9 月 27 日　　　　还要好好修行

国庆假期是欢乐的日子，应该开心地度过，我也认为自己各方面都做得很好，不会出现不愉快，但是，自己却高估了自己。

爱人今天从外地回母亲家，说大概 12 点左右到家。我张罗着准备午餐，心情一直很愉悦，母亲和孩子也高高兴兴的，上午 9 点 30 分多，家里亲戚来看望母亲，寒暄一段时间后，他们有事情就走了。

下午爱人提出带我们出去散散心，看看洛阳的变化，妈妈说自己在家休息。

一路上车水马龙，出发时已经 4 点多了，如果兜一圈看风景，自然回家会稍晚些。爱人提出顺路去一个朋友那里拿个票据，我说可以，到那里拿了票据，小坐一会儿就回家，我想回家给母亲做晚饭，她腿脚不方便，爱人答应了。

大约过了十几分钟，我们到爱人朋友那里，见到朋友和另一客人在闲聊，我的想法是既然朋友有客人，我们聊一会儿就走，那位客人见我们一家来，准备起身离开，我急忙上前解释说我们是来这里拿东西，经常联系，你远道而来多坐一会儿，谁知在我和朋友的客人解释的时候，爱人大声呵斥我："你过来，坐下！"

我听了，心里很不舒服，感到爱人的语言声音很不恰当，一种大男子主义，没有尊重我和理解我。我顾全爱人的面子坐了回去，没有和他理论，也没有生气，当时空气有些凝固……朋友的客人却当面指出了爱人的不当之言，言辞委婉而坚定，看到爱人的表情有些尴尬。

在路上，爱人和我理论此事，我感到是他的错，他不承认，我的语气由柔和到强硬，声音很大，心中有一股气……

晚上回家，自己做个反省：我的想法不合适，爱人就是错了，也不要必须让他承认，任何人都不愿意承认自己做得不对，并且孩子也在场；自己还是过于刚强，心直口快，在自己家人面前，口无遮掩；孩子说得有道理，自己也要好好聆听，多一句不如少一句。

修身养性，不能怠慢和自以为是。

★ 2020 年 9 月 28 日 　　　　见闻二三事

每天我们都能遇到很多事，有自己的事，有别人的事，有新闻上报道的，每件事如果都评价的话，估计几万字也写不完，几个小时也说不完，时间悄悄溜走，感觉是自己做了无意义的事而浪费时间。

我们需要做个有心人，透过现象看本质，发现问题的根源，增长自己的分析判断能力，锻炼思维，引以为戒。

早上我骑车准备买早餐，准备右转的时候，有一辆轿车缓缓开到我前面，停在十字路口，我是准备右转的，我判断他的车要么转弯等绿灯，要么停车；轿车停下来，我骑车比较慢，想从车右边骑过去转弯，不料，车门突然打开，我差点儿撞到车门上，吓得我赶紧停下，从车里走出来一个 60 岁左右的大姐和一个 2 岁的孩子，驾驶室里也走出一个年龄比较大的男士，按照行车停车规则，打开车门时要看看后面有无自行车或电动车，如果没有才可以打开车门，这个司机显然没有这个常识，我对司机大哥说："下车时要看看后面有人没有，你再开车门。"我说话声音也比较大，他们两个是可以听见的，但是都没有回应。我想，也许他们没有听到吧，或者听到了也不以为然，因为我们是陌生人。还有，这里的车流量不大，遵不遵守规则都无所谓。

新区这边的红绿灯下，有不少车辆不按照红绿灯的指示行驶，闯红灯现象常见，司机的大脑里警钟是"休眠状态"，这里没有交警，没有安装摄像头，没有很多车辆行人，所以，他们认为可以为所欲为。

常人就是这样，管了就遵守，不管了就不遵守，美其名曰见机行事，其实这是很不对的，很多事故的发生就是自己掉以轻心。有些人敢于冒险，也许侥幸逃脱，良知紧闭，殊不知是自己的思想意识松懈、懒惰、随意，自己的修为不够啊。假如出了事故，或者带着孩子闯红灯，你的不良行为会影响孩子，他会学会无视规则，将来孩子的人生路会受到很多挫折。

每个人心中都要有规则意识，特别是开车过马路、开门下车，要想想万一，要遵守规则，不可麻痹大意。

★ 2020 年 9 月 29 日 　　　　父与子

疫情以来，回家坐火车的次数多了起来，一是母亲年龄大了，身体不适，这两年住院了几次，一段时间不回家，家里就需要打扫和整理，因此只要节假日，我就回娘家。

车上的乘客比较多，每人一个座位，大都在看手机，而我的性格比较外向，喜欢和陌生人搭讪，也是做了几年保险和老师的缘故吧，自来熟。不过现状的情况不同，每人戴着口罩，与人聊天寒暄都不太方便，我也改变了以往的特点，能够控制住与人谈话的欲望了，喜欢观察人，推测和判断对方。

我面前座位是一对父子，上车时他们已经在车上。儿子十七八岁，英俊帅气，说话声音小，不时地往父亲身上靠，头枕着父亲的肩膀。父亲五十岁上下，个子高大，声音响亮，河南口音，怀里抱着个小背包。他们一直在说话，儿子说自己长了胡子，到底要不要刮掉。父亲说不用，你长不了几根，也不明显。儿子又说，咱们玩个什么吧？父亲说，扑克牌不是在兜里放着吗？他们找了一会儿，从衣服兜里摸出一副新扑克牌，于是玩了起来。

我看到他们玩的是"摆火车"，每人各出一张牌，摆成火车的样子，长长的像龙一样，谁拿出一张和上面摆的牌中有数字完全一样的时候，就把上面的那张和这次摆的一张连同中间的几张归为己有，以此类推，一直玩下去，最后谁手里的牌最多，谁就是赢家。

这张扑克牌游戏适合三四岁的孩子，纯粹打发时间。后来，他们玩"跑得快"，父亲赢了好几次，每次赢了一局后，他眼睛一眯，眼角皱纹都聚到一起，自豪得咧嘴笑，口罩下一副得意的样子。儿子不吭声，说话的声音又低了一度。

打了几局，父亲说不玩了，说没有意思，儿子说那我自己玩，父亲说可以，你想赢就赢。陆陆续续的聊天里，父亲一边告诉儿子如何猜牌，一边拿起瓜子磕了起来，悠然自得。

忽听见儿子，叽里呱啦背英语段落，父亲哈哈笑着，拍拍儿子肩头。

我旁边的男乘客见他们玩得尽兴，也有一句没一句地搭着话，他一直在玩手机里的游戏"斗地主"。

又听父亲说，自己曾经去了很多地方，一次到四川去干活，坐了七天汽车，哎呀，晃晃荡荡烦死人了，下了车腰板都是硬的。

男乘客问儿子在哪里上学，洛阳新安县，大二，老家哪里的，伊川的，他说哦，不远嘛……

火车到洛阳站了，父与子起身排队走下车，父亲高达健壮，儿子身材修长；父亲走南闯北，体力活是行家，擅长扑克游戏消遣，儿子稚气未脱，受父亲影响，会玩会学，相得益彰。一分钟左右，他们就消失在人群中。

★ 2020 年 9 月 30 日　　　　遇见纯净水厂的刘叔

文化广场里像热闹的操场，一片一片的区域被老人们占据，此起彼伏的音乐歌曲掺杂在一起，好似一个个戏台，粗略数了大致有六场呢。

我有晨练的习惯，喜欢早起到大街上走走、慢跑，这文化广场也是周边的老人常来的地方，随音乐摇扇子的，跳广场舞的，踢毽球的，拉伸韧带的，打太极的，活动项目众多，各式各样。

我沿着步道小跑，耳边听着微信读书，一圈一圈地跑，忽然见一位老人面熟，啊，是纯净水厂制水的刘叔啊。

他听见我叫他，过了半分钟左右才认出我来，我们特别高兴，有 20 年没见了，刘叔的声音没变，有些嘶哑，只是右腿边多了一副拐杖——三年前脑梗。

我们寒暄着，刘叔和我唠着旧事，开心地聊着，他的眼里有了光彩，瞬间年轻了许多，谈到单位两位领导先他而去时，一阵惆怅一阵无奈。

人啊，变了，时光一晃都病了，老了。

★ 2020 年 10 月 1 日　　　　过节回家感受

今年的国庆和中秋在同一天，双喜临门，全国人民开心之情可想而知，国家，商家，大家，小家，喜气洋洋，所见所听的外在景象是一片祥和吉祥。

殊不知，还有悲伤的阴郁隐藏着。

这次放假时间比较长，我提前两天回家，去年和前年的这个时候，母亲因脑梗住院，我是在医院里度过的，今年母亲身体较好，只是双腿走路蹒跚，很不方便，一不小心就有跌倒的危险。

每逢过节我都要去亲戚家走走，看望我的舅舅一家和大姨一家。舅舅今年 68 岁，比我大二十岁，50 岁左右椎间盘突出，痛苦了几年，现在好些了，目前天天上班挣工资，他们没有退休工资，只要还能干，就要养活自己和舅妈。

我舅妈和舅舅基本同岁，特别是舅妈的身体大不如前几年，听说两年前在家里从卫生间出来，地滑摔倒，在医院病床上直挺挺躺了 12 天，做了微创手术，她的胸椎和颈椎、髋关节受到影响，现在腰背和腿经常莫名疼痛。舅妈还提起村里的某某不在了，某某生病了，某某搬家没联系了等。

大姨比我大十岁，年轻时特别能干，和我姨父一起创业，养活三个孩子，如今膝下儿孙满堂，自己的身体却一天不如一天，鼻炎有快三十年，不间断治疗；这三年又做了两个手术，元气大伤，听着大姨讲着生病的经历，我的心情突然沉重起来。

生命如此艰辛，伤病与人生并肩前进，每个人都一样，不仅是身体，还有心理。

有人说，年龄越大，越想得开。其实我认为，这不是正确答案，想开的时候已年迈，这是伤悲的结局。为什么不早些明白此道理？

怎么明白？做个好父母。怎么做个好父母？爱学习，爱思考，自己有目标有梦想，有正确的人生观价值观，给孩子做榜样就可以！如此，就可以不后悔，少悲伤。

★ 2020 年 10 月 2 日　　　　人的思想

在人的发展变化生活工作中，起到决定作用的就是一个人的思想，大脑的运作，这是非常有趣的事情。

一个人小时候，受到他人的指挥、命令、邀请或要求去做某某事情，顺心就去做，不顺心就抗拒，因此经历快乐、痛苦、愉悦、悲伤等情绪体验。随着年龄长大，知识面增长，听到、看到的事情经过自己的思考，有些人就显现出不同的性格特点，人们是多么的有趣！

我喜欢看这类的书籍，有关思想与言论；喜欢顺应天地之道，用心的感应去和他人谈话，希望看到对方开心，希望对方能从我这里得到开悟和方法。因此，我不停止学习，不停止改变，不停止认错和反省。

人人都需要理解和尊重，人人都希望得到支持和赞同，我要懂得这些道理，更好地审视自己言行，知错就改，知难而进，相信自己能够完成来此人世间的使命！

人的思想是自己可以掌控的，若违背规律，使人不快，则应立即改正。

人的思想是可以改变的，要相信没有一成不变的人和事物，改变就在一念之间！

工作的经历让我感受到错误思想所带来的家破人亡，让我感受到妻离子散；让我感受到家庭的关系紧张，思念儿女度日如年；让我感受到孩子长大后的冷漠无情和父母的可怜。

思想，情绪，信念，品质，习惯均是幡然醒悟，均是持续学习和改变的一念之间；一念之间天堂和地狱，一念之间快乐和痛苦，一念之间懒惰和勤奋，一念之间的执着和变通，人啊，思考学习吧，向榜样看齐。

★ 2020 年 10 月 3 日　　　　孩子不懂父母心

随着心理咨询工作的不断深入，对心的认识更多了。

谈心，有人会，有人不会；谈心就是聊天，那么有人会聊天，一聊就是几个小时，有人不会聊天，谈话不到几分钟，情绪爆发或不欢而散，这是怎么回事？

说家庭教育，亲子关系吧，是孩子不懂父母心还是父母不懂孩子的心，我这局外人看得非常清楚，就是父母不懂孩子的心。

生养好难，也许会搭上一条命，也许会来一场病，也许要花上几年的时间才孕育得来一个孩子，也许要花好多钱才有了一个"宝贝"；各种各样的"取"，最终的得到，这是道，这是自然。孩子的真正"出事"发生在 8 岁到 18 岁之间，我在其中做调节，和妈妈聊，和爸爸谈，当然还要和孩子说说，其中滋味其中感受颇多。

今天和孩子聊，感受到他很想让父母知道他的心情，但就是达不到这个目的啊。他很苦恼，很窝火，无处发泄，感到无助无奈。我很理解这个孩子，于是给他讲故事，由浅入深，不厌其烦，电话那头的声音从弱小无力到音量渐大，咯咯的笑声不断，我很享受，这就是我懂他的心了，我可以带着他的心走遍四方，领略风光，时而发生在赛场，时而出现在明朝，时而展现贺龙的两把菜刀闹革命……

所以，我要说，如果家长要懂得孩子的心，要到达和孩子长时间聊天，聊得带劲，那需要学习人性，了解人性，有实战经历，能上能下，能文能武才行啊。

★ 2020 年 10 月 4 日　　　　纠结病

遇到一个 18 岁的高三学生，诊断是抑郁症，根源来自父母不合。前几天，父亲念子心切，急于把孩子接回自己的住处，要通过自己去调理孩子的病，安排孩子生活和学习，结果，接回家一天后，第二天孩子跑了，说早上起床没睡醒，父亲打电话的声音吵醒了，于是骂父亲，骂完后夺门而出。

万事皆有因，孩子在 14 岁的时候，父亲出轨，在没有离婚的情况下和另一个女士有孩子，被孩子发现，告知母亲后，两人离婚。离婚后，判决的一辆汽车被母亲卖掉。父亲生气打孩子一顿，爷爷奶奶也对孙子斥责不止。从此，孩子变了一个人，闷闷不乐，郁郁寡欢，直到孩子参加高考后没有考入理想大学，孩子选择复读再考。此时，父母两个分别与孩子的沟通发生问题，过激的语言，争夺孩子管理权，互相争吵争宠，各执一词，孩子抑郁了，用刀割胳膊，血痕道道，哪个父母不心疼，不焦虑。

有因必有果，父母两人性格刚烈，互不相让，生活中也争吵不断，孩子不得安宁；父母的错误给孩子无尽的忧愁和自责。18 岁的青春里，这个孩子遭遇了多少风雨啊！心里的苦无法诉说！……

★ 2020 年 10 月 5 日　　　　纪念干妈

干妈是我初中班主任刘老师，她教数学，个子不高，说话利落，从不拖泥带水，就连板书也秀丽优美。

我是体育生，初一上了两年，第一年数学考了 45 分，我觉得丢人，就自愿留级，刘老师就是我第二年初一的班主任。我是一个好学生，也是一个好体育苗子，上课遵守纪律，认真完成作业；训练刻苦，不偷懒，听话，老师们都挺喜欢我的。逢年过节，我自己牵头，组织队友同学去看望尊敬的刘老师。

一次一次的，倒不知是哪一次，刘老师说，你做我的干女儿吧，我高兴地说好，激动了老半天；天生怕数学的我，竟然有了一个教数学的干妈老师。但是干妈这两个字到现在我也没有说出口，直到今天。

今天，我给干妈写封信。

干妈，您走得匆忙，我没有任何思想准备。国庆放假我回来了，休息时间比较宽裕，早就计划好去看您的，昨天我打了您的电话，电话那头通了，您没有接听，我想，平时您喜欢看电视也许是电视声音大没听到；今天早上我送妈妈去做理疗，8 点左右我又给您打电话，您还是没有接，我想是不是过节，您去儿子家住了，没带手机；我还是要联系上您的，我的性格您了解，一旦决定做什么事情就一定要做到，于是我就和李佳联系问您在哪里，谁知道……

我真的不敢相信，去年过年因为疫情我没能看您，给您打了电话，您在电话里的声音洪亮，还关心我的妈妈和我的身体，哪里像一个病人啊！可是，今年二三月份您就说自己身上疼，到医院检查确诊是癌症，生命如此脆弱，不到三个月您就离开了我们。干妈啊，刘老师啊，您的音容笑貌还在我的脑海里，我怎么也不相信这是事实。

我给您儿子说，让他发几张您的照片，其实是不必的，您的脸庞声音性格早已烙印在我的心里，要照片其实是在缓和我的情绪。

记得我在班里听您讲课，总是那么津津有味，响亮的声音、挥舞教鞭的神态历历在目；

记得我们几个体育生去看望您，您总是热情招待，瓜果点心摆满小桌；

记得一次比赛，我的队友同学脚踝受伤，您用自行车推着她放学回家；

记得 1998 年我开办学前机构，您还送给我一块大黑板，支持我办学做教育；

记得我儿出生后不满一个月，您还到我家里送来礼金，鼓励我养好身体，照顾好孩子；

记得八年来您无微不至照顾躺在病床上的爱人，买菜做饭，跑前跑后，还无数次背着叔叔坐轮椅，人瘦了老了，直至叔叔安详离开；

记得最后一次，我们去探望您，您说去海南旅游生活了半个多月，兴致勃勃讲那里的趣闻和风景，看到照片里的您心情舒畅，脸上红润，那一刻，我觉得您是世界上最幸福的妈妈。

您告诉我们晚辈很多做人做事的道理，言传身教，先人后己，奉献多于索取，您的坚强、勇敢、乐观积极、吃苦耐劳的好品德永远留在我的心里。

干妈啊，天堂里没有痛苦，没有孤独，一片祥和。

书上说，人生的死亡不是终点而是到天堂生活的开始，仅限好人通行。

★ 2020 年 10 月 6 日　　　这真是一个好机会

国庆回家看老妈，每天都把她侍奉得很开心，当然我是主导因素啦。

在家半个多月，在要回学校培训的前一天，我订了下午 3 点 30 分的车票准备坐火车回家。

弟弟开车把我送到洛阳火车站，提前半个小时到车站，结果预报列车要晚点 35 分钟，那么这个时间，我是不会浪费的，看电影学知识或读书是我的选择，于是我就开始我的计划。快 4 点时，一个学生家长说孩子想和我沟通，我很开心，因为这个孩子已经不上学，在 QQ 里我们聊了起来，不知不觉，过了半个小时，我也没有听到预报列车的情况。我有点坐不住了，见一个列车员问，她说车走了。

在和孩子的聊天中，我过于专注错过了，于是我又在网上定了 5 点 49 分的列车，时间还早，我又开始看书和想工作的事情，当然，注意力在预报列车的信息上，在快到开车的前 20 分钟，我排队等车，快到检票时间，还有 10 分钟的时候，列车预报要晚点 25 分钟，哎呀呀，我真是幸运儿啊！

又让我可以有时间读书了！

很多人抱怨，我不抱怨，我感谢书籍，让我心灵慰藉，度过每分每秒！感谢不如意，感谢不顺利！

★ **2020 年 10 月 8 日**　　　　**抬眼"生机勃勃"**

晴朗的早晨，空气格外清新，周四了，我启程骑单车到地铁站，准备到军校给孩子们上课。

微风徐徐，温暖的阳光柔和多彩，天空透彻，几片白云飘移着，随意游动。

地铁站上的乘客不多，年轻人一个个拿着手机低头看着等着地铁进站，地铁里明亮干净，让人觉得舒服。

我坐在座位上，利用时间学英语，大约 20 分钟就完成了今天的词汇量，工作手机发出信息，我一看是家长问孩子的"治疗方法"的，这位父亲口气尖锐，再三说孩子的问题要怎么办，并且说我给出的方案是其他千万家长的大道理，对他孩子没用，还说我说的那几个方法他们都做到了，很显然这位父亲敌对情绪严重，很急躁，于是，我回信息耐心解释，表示理解家长的心情，沟通了有十几分钟，此时抬头看，不好，我错过了下车的站台。

于是换乘地铁。

军校里，一排孩子整齐地站军姿，纹丝不动，墙体标语"成为优秀的少年"醒目刺眼。

"郭老师，我看学习的孩子不少啊？"我问。

"是的，现在有 30 个了。"她回答。

听到这句话，我的心里无比欣慰和骄傲，想起这两个月来，我和孩子一个个谈心，谈如何与人沟通，谈生命是什么，谈为什么学习，谈如何让自己的生命意义和价值最大化，等等。

心打开，世界一片生机勃勃，这些孩子们没有错，错的是家长和学校的某些老师，他们堵住孩子们的倾诉通道。

★ **2020 年 10 月 28 日**　　　　**我知我心**

繁华落地，一叶枯；飘飘欲洒的天空里，望到尽头是水平线上的几点高楼顶。时而急迫，时而舒缓，时而心静似水，时而了无牵挂，我的心啊，我知道。

当一个人想通的时候，丑陋也是美景；看世间万物一切都是那么自然和理所当然。

四周林立着的建筑物，在阴冷的天气里没有生机，那么就是一转眼，葱绿上心头；万物无情，人心联通万物，天空艳阳照，心中冰雪清。人的感觉从哪里来？明朝圣人王阳明说，心即理，感觉从心而来。心是什么感觉，感觉就是什么？不受外界风雨雷电影响，不受暖风朝阳影响，能够控制心掌握心支配心的人才是轻松自在的神仙。

雨雾缭绕，山风悠悠，空旷河谷，缓缓清流，脑海里浮现种种意境，不由心中忘我，随境心转，心无牵挂，柳暗花明，无他无她。

人是如何修得这样的境界啊？需要精进，自省，读圣贤书，上天入地，检验真身才能得道。

我知我心吗？

我知我心。

我从无中来，到无中去。

★ **2020 年 11 月 12 日**　　**最后一篇，半月心声**

有半个月没有写下心情了。

今晚不忙，我的心终于安静了下来，打开电脑，敲击键盘。其实我的每天24 小时心态都是稳稳的，只是遇到家长父母急切的电话和微信时，触动而发。

2017 年拿到国际注册心理咨询师证书的时候，我就已经下决心做这个行业了，还是来源于对孩子的喜欢。有人说你这么大了，还喜欢孩子，简直可笑。这难道可笑吗？笑话我的人他们不了解我，我也不需要他们了解，为什么要让每个人了解和信服我呢，我的人生由自己做主，无谓身外。

进入这个行业是 2020 年的 9 月，预示着新学期的开始，我信心满满，至今信心满满，虽然才工作了两个月，看似初出茅庐，其实这二十年来哪一天不是做和说与孩子有关的事情啊？只不过由原先的身边的孩子扩展到了全国各地。

这些孩子啊！可怜啊！"罪魁祸首"是父母，他们不把孩子逼到不上学才慌忙松开紧握的双手，他们不曾未雨绸缪，那些早该警惕和小心的时光已经过去，那时光是多么美好！是孩子的婴幼儿和儿童期啊，那些宝贵的"塑脑时光"啊！

今天我想说，这半个月分秒穿梭的时光里，我都在忙着回复信息和打电话，确实很累，喉咙几次发炎，早上 6 点就有家长发信息求助，晚上 11 点 30 分还有父母心乱如麻地联系我，我像"救火队员"和医生；每个家长都要做思想工作，有些话说了一遍又一遍，还要重复，于是，我想了办法，布置父母作业，写出自己的作息时间与计划，列出与孩子的奖励惩罚制度，指导父母说话，修改父母给孩子的信，帮助父母给孩子一条一条发微信等，手把手教。

慢慢地，夫妻关系好了，父子关系好了，母女关系好了，一个一个家庭幸福了。当然，不会再出现早晨 6 点和晚上 11 点 30 分发信息了。

值得，一切努力都值得，心是万物之根源，思想是言行之母。没有人生跌宕起伏，怎能感受温暖和幸福。我希望天下父母能够早日明白其中道理，从孩子婴幼儿开始就着手正确教育引导，父母本身修好德行才能培养出良才。

附　录

迷途奇境（科幻小说）

（此篇献给青少年儿童）

第一节　爸爸在动物馆失踪

凡星今年 8 岁了，可他的妈妈在四年前就得了一种怪病。白天，身体总是不停地抖动，到了夜晚就昏昏沉沉地睡觉，至今，她还在医院接受治疗。

天刚蒙蒙亮，大地还没有完全苏醒。凡星揉揉酸困的眼睛，一骨碌下床跑向爸爸的卧室，"爸爸……爸爸……"没人答应。

爸爸，还没有回家？他已经失踪两天了。

凡星无心上学，这两天，他不是给爸爸的朋友打电话就是上街寻找，但一点消息也没有。爸爸是动物园的爬行动物馆饲料员，专门配制食物。失踪那天，恰巧蛇类区的饲养员请假，爸爸替他到蛇类区送食物，当天晚上就没有回家。

凡星第三天就报了案，派出所的侦查组调查后也是一无所获，同时传回消息说，眼镜王蛇也在当日失踪。

第四天，凡星再也坐不住了，他决定自己寻找。凡星从家中取出早已准备好的工具，有手电筒、锤子、螺丝刀等，一同装进书包，又顺手拿了几包快餐面，趁着明亮的月光走出家门。

他直奔动物园，这儿太熟悉了，凡星翻过后墙，穿过几栋展区，来到爬行动物展览区；他按下大门的密码，门开了：几盏昏暗的灯泡，举着混浊的光。

凡星拿着手电筒熟练地在展览室绕行，不一会儿就来到了"眼镜王蛇室"门前，他取出一张金属片，在门缝中上下划了一下，门上开了一个大口字形洞，凡星弯着腰爬了进去，室内黑漆漆的，冰凉的地板散发着刺鼻的腥味儿；凡星借着手电筒的光看看这儿有什么异常。爸爸和眼镜王蛇都是在这里不见的，一定有暗室。

凡星小心翼翼地向前走，脚下踏着凌乱的碎骨，这个房间，凡星很熟悉，他经常缠着爸爸到这儿来给眼镜王蛇送食物。

眼镜王蛇是上个月才送到这里来的，它的体长近五米，与众不同的是，它粗大的蛇颈上并排嵌着七颗黑亮的斑点，头顶上还有一颗鲜红色的斑块；眼镜王蛇的食量很大，一天需要进食八次，一次就能吞下二十斤左右的小猪。

凡星的脚下突然被一条软软的东西绊住，他的身体向前一倾，"哎呀！"趔趄了几步，双手扑到对面的墙壁上。忽然，这面墙壁缓缓地向后打开，露出了一个黑洞，凡星向洞内挪动了几步，又听到"轰"的一声，地面塌了！凡星失去重心，落入一个地道，"啊！……"地道内漆黑一片，凡星顿时觉得头晕目眩，飕飕的凉气掠过手指、脸颊，瞪大眼睛什么也看不见，没有一点光亮。

大约过了一分钟，凡星掉在一个小水潭里，清澈的水底蓝莹莹，凡星爬出水潭，看到四周散落着大大小小的石块儿，大片的石头地望不见边，凡星向上空望去，发现头顶上有一根悬挂在半空的"天梯"，他使劲地向上跳，想抓住天梯，谁知梯子越升越高，若隐若现，怎么也抓不到。

第二节　蛇群之王指路

凡星只好顺着小水潭的上游走，想找找是否有回去的路。霎时，他耳边传来"咝咝"的声音；而且声音越来越大，越来越嘈杂。凡星赶紧靠在一块大石头上，这时，他的周围逐渐冒出了上千条大大小小的蛇，石块没有了，是蛇群！它们竖起身子，吐着长长的芯儿，注视着凡星，可是谁也没有上前攻击。

过了一会儿，凡星的左边"哗啦"一声开出了一条道，只见一条硕大无比的眼镜蛇向凡星迅速游移过来，近了！近了！大蛇立在凡星面前，它的颈上有黑斑，一、二、三、四、五、六、七，"眼镜王蛇？莫非它就是失踪的那条蛇？"凡星的心中一阵狂跳，它要做什么，凡星紧紧贴在大石头上，眼睛盯着这条大蛇，藏到石头后面，只露出眼睛，手心渗出汗来。

不行，我要问问！

"您好，请问您见到我的爸爸了吗？"凡星镇静下来，大声地说。

眼镜王蛇低下头，黑斑渐渐变成了鲜红，蛇芯子轻轻缠绕住凡星的身体，凡星缩紧脖子，不由自主地扭动了一下身子，眼镜王蛇慢慢收回长芯。

"孩子，你的胆量可真大！我很佩服你。要见到你的爸爸不难，你要答应我一个条件！"眼镜王蛇说。

"什么条件？"凡星问。

"你到戈娜丛林找一个野怪人，取回七珠圈后再来找我。另外，我还想告诉你的是，你的妈妈——"眼镜王蛇刚说到这里，一道突如其来的蓝光照射在它的眼睛上，蛇群涌上来立刻淹没了王蛇，它们全部神秘消失了。

凡星回味着王蛇的话，戈娜丛林、七珠圈、妈妈，哦，想起来了，爸爸曾讲起过戈娜丛林，在东边，翻过一个好像叫"武翁"的山头就到了，那里有没有野怪人呢？七珠圈是什么？它有什么用？王蛇还说到我的妈妈，难道妈妈……凡星的疑问越来越多，他决定先去找找野怪人再说。

天色渐渐黑了下来，不能再等下去了，我要去戈娜丛林。凡星整理了书包，吃了点快餐面，开始寻找"出口"，他辨别了方向，连夜朝东方跑去。

日升日落，日落又升，不知跑了多久，凡星的眼前终于出现了一片茂密的丛林，他的嘴唇已经干裂，渗出几道殷红的血迹，双腿又酸又沉；凡星轻轻吐出两个字"戈娜"，眼前猛地一黑倒在地上。

不知过了多久，凡星醒了，松暖的干草垫子，枯枝混合草编屋顶，浓浓的草叶味道，身上还盖着一张大树叶，我这是在哪里呀？他动动身子，想坐起来，噢，浑身一阵阵说不出的疼痛，"我没有力量转头，没有力量抬手，更没有力气抬腿和脚，我好累啊！"想着想着他又睡过去了。

第三节　树洞中的蓝色通道

"呃呃，呃呃呃"，凡星听到声音睁开眼，看到一张长相丑陋的脸正面对他，啊！好怕！一双混浊的眼睛埋在深陷的眼眶中，淡黄色的瞳孔亮出一点白光儿，宽大的耳朵，厚厚的嘴唇，头发乱蓬蓬的，身上披着脏兮兮的衣服。凡星抓起树叶盖在脸上，只露出两只眼睛盯着这个不知道是不是人的人。

"怪物"对他咧开嘴呵呵呵笑了笑，拍拍胸脯，手背到身后在凡星面前绕了几圈，一瘸一拐的。凡星舒了一口气，对他也笑了笑，做了一个握手的动作，怪人伸出手，缓缓地递过去，又咧开嘴笑。

他是不是眼镜王蛇说的野怪人？他的腿好像受伤了，还是个哑巴。哎呀！

我太饿了，想吃东西。

　　凡星向野怪人打着手势，指指自己的嘴巴，拍拍肚子说："请问叔叔，我饿，有吃的吗？"野怪人听了凡星的话，猛地抱起他，一头钻进丛林，跑到另一个草棚子里，从篝火架上取下一块烧熟的肉递给凡星，凡星接过去就大口撕咬起来。野怪人转身走出棚子，不一会儿又端了半瓢水，凡星捧住水瓢咕咚咕咚地喝个精光，一股清凉、惬意的感受涌上来。

　　凡星仰起头问："叔叔，你为什么会在这里？你的家呢？你会写字吗？要不，你写到我的本子上吧？"凡星说完就要掏书包里的本子。

　　野怪人的眼睛里闪出一丝光亮，随即又暗了下去，他似乎听懂了凡星的话，仍"啊啊"地叫着，摇摇头。

　　"这个野怪人也许有什么难言的事情吧？我还是问问七珠圈的事情。可能他知道一点儿。"凡星自言自语。

　　凡星向野怪人询问七珠圈，他摇摇头，凡星很失望，七珠圈你在哪里？怎样才能找到你？爸爸，你在哪里？我好想你呀！凡星的鼻子一酸，忍不住呜呜哭起来。这时，野怪人好像想起什么，连忙走到凡星身旁，拍拍他的肩膀，招手示意跟他走。

　　野怪人走出草棚，一瘸一拐地向东方跑，凡星紧紧跟着他。大约过了七八分钟，野怪人停在一棵巨树下，这棵树的主干异常宽大圆粗，浓密的枝干交错生长，奇怪的是，生长的叶子形状各异，根本不是一种形状，更离奇的是从树底部到树冠一半干枯，一半枝繁叶茂；野怪人围着巨树绕了几圈，熟练地把手伸进树干中发出浅蓝色光的缝隙。

　　突然，树身打开了，露出了一个洞，野怪人拉着凡星猫着腰走了进去。这时，洞门"嘎吱"关上了，只见洞里有一束蓝光向前延伸望不到头，洞穴里很宽，前后左右分别有四条不同方向的通道，每条通道有不同的光束闪烁，红、黄、紫、蓝。野怪人和凡星站在通道口，不知应该走进哪条通道，野怪人原地跺着步，双手不停地搓着。

　　进树洞前，野怪人的手是放进蓝光缝隙里才打开树身的，应该走蓝光通道才对！凡星拉拉野怪人的手，踮起脚对着野怪人的耳朵轻声说："我们走蓝色通道！"指指蓝色通道，野怪人半信半疑地点了点头。

第四节　围困巨蚁河

　　他们沿着蓝色光束，紧贴着树干的内壁爬行。到了蓝光消失的地方，出现了一个圆形门，门上刻着一条蛇的图案，蛇颈上的七个黑斑特别亮，"眼镜王蛇！"哇，这里是不是眼镜王蛇的藏身之处呢，如果是的话，七珠圈是不是可以找到？爸爸会不会有了消息？凡星想着想着，不禁欣喜若狂……凡星推了推门，门很重，冰凉而潮湿；这时候，他们的到来好像惊动了什么，那个图案中的黑斑开始闪烁，常亮约五秒钟后熄灭，然后交替闪烁，先是红色光，接着是黄色光、紫色光，最后蓝色光。

门板上，那条蛇芯子忽长忽短，忽粗忽细，两颗锋利的毒牙影影绰绰。野怪人好像不害怕，伸出手去摸蛇头，想试着打开这个门或找到什么机关，霎时间，蛇头伸出图案变成一颗活的蛇头，猛地咬住野怪人的胳膊，野怪人疼地大叫一声："啊！"凡星见状急忙从书包里取出水果刀去刺，没有想到蛇头前后躲避，刀刀落空，都戳在门板上。凡星继续刺向蛇头，忽然刀子刺在了一块黑斑上，顿时，蛇头松开了嘴，门开了。

凡星迅速从包里拿出几颗在家准备好的蛇毒丸，塞进野怪人嘴里，掏出打火机，点燃给水果刀消毒，然后用水果刀在野怪人的伤口处熟练地做十字形切口，毒液慢慢渗出，然后又拿出白布条在伤口的三厘米处包扎好，大约过了十分钟，野怪人握住凡星的手，咧开嘴感激地对凡星笑了笑。

他们进了门，门里好像一个大洞，阴森恐怖，头顶上是黄土色，迎着昏黄的光，脚下又干又涩，像田间的小道，凸凹不平，混着一股酸酸的草浆味儿，好几次凡星差点跌倒。他们慢慢前行，小心翼翼，不知不觉来到洞厅中央，一声咔啦啦啦的声音响起来，洞内忽然冒出七条黑色的"河流"，向一个"伞顶"缓缓流动，凡星仔细一看，原来是巨型蚂蚁，"七条巨蚁群"，每条大约有半米宽，每只蚂蚁的体形足有一个成人的手掌般大，它们各自衔着不同的食物，有叶片，有肢解的昆虫，有草根，一个跟着一个，每条蚁群间隔四五米，像一把张开的"大伞"。

凡星和野怪人看呆了，紧紧靠在一起，怎么办呢？还是躲开它们！看看它们去哪里？他俩蹑手蹑脚地从它们中间跨过，又向前走了约二十米，到达了巨蚁汇集的"伞顶"，啊！这是一个地洞口呀，七条"巨蚁河"流下去看不见了，凡星看看野怪人问："我们怎么办？下不下洞里？"

野怪人赶快摇摇头，又摆摆手。

凡星沿着洞口向下望了望，里面黑压压的一片，根本无从下脚，有谁知道下一步是什么。凡星左右为难，他抱着胳膊刚想蹲下去想办法，这时地面剧烈地震动起来，不一会儿，地洞里缓慢地升上一条庞大的白色长虫——蚁后，它足有三米长，肥胖雪白的身躯封住了洞口。七条"巨蚁河"合并成一条，排着队有秩序地将食物填入蚁后一开一合的口中；在蚁后的尾部，不停地产出一颗颗椭圆形的白色蚁蛋。第七条巨蚁河队伍在一个接一个地搬运，送食物和搬蚁蛋的巨蚁绕到蚁后的背面就不见了。

第五节　蚁后之死

凡星惊奇地看到，蚁后的身体分成七节，每一节中有一颗黑珠，它的身躯变得雪白透明，珠子之间有一根金属物连接，黑珠交替辉映，轻轻地跳动，"七颗是——七珠！"凡星瞪大了眼。

拿到七珠就能找到爸爸！杀死蚁后！杀死蚁后！凡星顿时感到浑身充满了力量。

书上讲，蚁后没有眼睛，但它的触觉灵敏。如果它停止进食就会在六十秒内饿死，我必须在这段时间内切断食物源，取出七珠！

凡星再次借着昏黄的光环视四周，原来这里是巨蚁的巢穴，干涩的地面上，没有发现能够利用的东西。凡星想起自己的文具盒中有一张广告纸，还有一点双面胶，他拿出纸和双面胶，抽出螺丝刀塞进裤兜儿，递给野怪人一把水果刀，对野怪人轻轻说："叔叔，我们要挑破蚁后的身体，拿出七颗珠子！"野怪人好像听懂了，扬起眉毛，兴奋地点点头！

凡星看着蚁后还在悠然自得地进食和产卵，丝毫没有察觉"对手"的到来。凡星老练地把广告纸粘成一个喇叭漏斗，然后躲避开脚下的巨蚁，悄无声息地走进蚁后的头部，在前一只巨蚁送完食物转身的"空档"，立即把漏斗插到蚁后的口器旁边，后面的一只巨蚁上来了，它稍稍停顿了一下，放下食物，没有感觉什么异常就离开了；接着是第三只、第四只，蚁后吞咽了几次，口器触到了纸，它停下来了！

"叔叔，快刺！"凡星冲着野怪人大声喊。

野怪人会意地使劲点了点头。

两人举起武器向蚁后身上戳去，挑着蚁后的外壳，一下！两下！三下！蚁后痛苦地扭动着身躯，从体内散发出一股股苦苦的味道，它上下剧烈摆动，摔打的声音震耳欲聋！七条"巨蚁河"中不断发出噼噼啪啪的声音，一只只巨蚁的身体瞬间炸裂，四处弥漫焦煳味儿；一支烟的工夫，蚁后的身体渐渐瘪了下去，像泄气的皮球，七颗黑珠在体内不断地闪着晶亮的光。野怪人拉着凡星快速离开蚁群，静静地看着蚁后的变化。

　　过了一会儿，四周一片寂静，巨蚁群烧焦的气味儿淡了。蚁后一动不动，"蚁后死了，蚁后死了！"野怪人蓦然丢下凡星快速跑到蚁后旁边，伸手去抓它体内的黑珠，刚碰到黑珠，正在这时，蚁后的尾部突然膨胀弓起，张开口朝野怪人的背部吸下去，"啊——"野怪人大叫一声，身体被尾部吸到空中上下晃动；凡星冲上去，一把抱住蚁后，拔出螺丝刀使劲捅，"窟窿"越来越大，越来越大！凡星顺势抓住一颗黑珠向外拉，尾部就像抽去筋似的软了下去。野怪人"嗙"的一声摔倒在地上，蜷缩着，痛苦的呻吟。

　　"叔叔，叔叔！你怎么样？"凡星扔下螺丝刀跑过去，急切地问。

　　野怪人转过身，微微抬起头，有气无力地看了看凡星，突然，他惊恐地瞪大眼睛，扬起手指指凡星背后，凡星扭头一看，只见蚁后体内的黑珠开始急速闪烁，身体在慢慢地膨胀，糟糕！蚁后要复活！划破的口子也在一点点愈合！

　　"不行！不能让蚁后活过来！我要阻止它！我必须阻止它！"

　　凡星立刻捡起螺丝刀，跑到蚁后的头部后面，"嗨！嗨！嗨！……"凡星发疯一样捅向蚁后的身体，终于黑珠露了出来，圆润晶亮，凡星双手抱起一颗黑珠，用尽全身的力气，向后躺下，"呀——"七珠终于呼啦啦地抽出来了！

　　瞬间，蚁后的外壳化成了一堆白灰。

　　七珠在凡星的手臂上开始缩短缩小，他喜出望外，这下拿起来可方便多了。

　　七珠缩短半米左右停下来，"眼镜王蛇讲过，是拿回七珠圈的，我应该把七珠对接起来变成一个圈"！想到这儿，凡星握住七珠的两端对接，突然，七珠头尾相连，在相连的一瞬间，七珠挣脱凡星的手，升到空中旋转起来！

　　最后停在野怪人的头上，越转越快，黑色光环发出"嗡嗡"的鸣声。野怪人突然睁大眼睛，原先混浊的瞳孔发黑发亮，有了光彩，他一下翻身站起来，开口说："我刚才做了个梦，梦见我飞起来了。凡星，谢谢你救了我！谢谢你！"

　　凡星惊呆了，不敢相信自己的耳朵："叔叔，你不是哑巴？你可以讲话了！"他拉着野怪人的手左蹦右跳。

　　"叔叔，我们有了七珠圈，去找眼镜王蛇吧？"

　　"好！我们先回草棚休息一下，明天早上出发，好吗？"

　　"OK！"

第六节　奇迹出现

一抹晚霞飘了过来，落日的余晖尽情地洒在武翁山头，几只喜鹊盘旋在树梢，"喳喳！喳喳！"叫声伴随它们的身影罩向温暖的窝，三四张小嘴伸了出来，拼命地咧着，遮盖住黑亮的眼睛。

野怪人和凡星顺着原路找到了眼镜王蛇出现的地方，他找到那块大石头，没有任何动静，四周依然是静悄悄的，静得能够听见彼此的心跳，还有一阵阵嗡嗡的耳鸣声。

突然，他们感到有什么东西要来，静得可怕，空气好似凝固起来。

霎时，无数条蛇从他们身边的地里一条条冒出来，顶出潮湿的泥土，摇晃着细细的身体，五颜六色的蛇身光刺得他们睁不开眼，群蛇蜂拥而上，把野怪人和凡星紧紧围在中间，动弹不得。

巨大的"咝咝"声音灌进他们的耳朵，一条条上下蹿动；凡星闭上眼紧紧靠着野怪人。忽然，周围又是死一般的沉寂，他们睁开眼，看见前方五米的地方有一盏红光慢慢地移过来，近了，更近了！啊，果然是眼镜王蛇！

王蛇接近凡星停下，头颈高高仰起，尾巴尖挺立在地上，像根竖直的电线杆。王蛇站直的瞬间，只听"哗啦"一声，蛇群瞬间没了，只留下王蛇自己，它缓缓地俯下身体，褐色的眼珠里露出柔和的光，一个声音像从天际飘来："你的确是一个聪明勇敢的孩子！请把七珠圈拿出来吧！"

凡星很听话，顺从地把腰上的七珠圈退出来，举过头顶给王蛇，七珠圈挣脱了他的手，"噌"地升到空中，绕着凡星、野怪人和王蛇从上至下旋转起来。

七颗黑珠开始变色了，先是白色，然后是黄色，接着是绿色、紫色、蓝色，当七珠圈变成红色的时候，眼镜王蛇不见了，凡星的面前站着一个人。

他揉揉眼睛，再搓搓脸，这不是妈妈吗？真的是自己的妈妈吗？温暖的目光，齐耳的短发，红色小夹克上衣，笔挺的深蓝色牛仔裤，是妈妈！千真万确！是我的妈妈！

"妈——"凡星扑到妈妈的怀里，眼泪扑簌簌掉落下来，妈妈紧紧抱着凡星，许久许久，哽咽着："好孩子，妈妈很想你，特别想你。"妈妈蹲下身子，温柔地看着凡星说："谢谢你好孩子，你治好了我的病！"

爸爸，爸爸在哪里呢？

凡星和妈妈相拥着，看到七珠圈飞转得越来越快，红色的光急剧闪烁，突然，七颗红珠又分别变成了七种颜色，黑、白、黄、绿、紫、蓝、红，七珠圈飞到了野怪人头上碰触一下，野怪人的腿一软昏倒在地。七珠圈飞腾到空中，一个声音传了出来："凡星，快叫爸爸，大声地叫！大声地叫！"凡星茫然地看看妈妈，妈妈微笑地点点头。凡星赶忙蹲下，双手扶住野怪人的肩膀："爸爸！爸爸！你快醒醒！我是凡星——"

野怪人慢慢地，慢慢地苏醒了，一切都在变，爸爸的脸、头发、衣服、鞋子，一切的一切全恢复了。

太阳升起来，武翁山中传来喜鹊的叫声，清脆、嘹亮；漫山的野花开了，花瓣上散落的露珠像人们的眼泪，晶莹透亮，又像一张张小嘴诉说刚刚看到的情景；小嫩草摇摆细长的手臂，随风靠在身边的伙伴上，左右摇摆不停；山边的城市街道，车水马龙。

七珠圈飘向太阳，闪着七彩光！

从校长到保险推销员

（回忆录文学）

一、风马牛不相及的事情偏偏让我遇到

自己真没有想到会走上保险这条路，偶然与保险公司结缘，从幼教行业转到销售一切好像是命运安排，又像是凭直觉撞击。

个人曾经的喜好在一次次挫折中走到了不可反复的尽头，不能回头了！多少次在思考，多少次在文中倾诉，多少次要公开自己不是愿望的愿望！

做保险的日子里，抬眼看到"目标写在钢板上，方法写在沙滩上！""不抛弃，不放弃！"的墙体标语，开会听到"有些人是来创造奇迹的，有些人是来看别人创造奇迹的！"……太多的豪言壮语，我不得不为之振奋和激动。每天开早会，每天拜访客户，每天有计划的工作，每天总结工作，每个时间那么紧张，那么充满挑战，那么充实。

日子过得很快，自己的心灵和能力在不知不觉中成长！要惜时如金，要做点什么，名言警句成了我的口头禅，成了我对家人对孩子对朋友的口头禅；受益，享用……我相信自己的能力，尽力而为的能量会在我的朋友间客户中有所释放，不为功名，不为荣誉，只为追求心中的平静和一份责任。

从做教育到走上保险这条路，风马牛不相及，怎么会呢？

然而，真的就是这样。

二、那是2007年的冬天，很冷

我在经历了两所幼儿园的关闭、洛阳感统训练馆的解体和偃师镇中心幼儿园亲子训练的合约到期之后，我受托到天天向上学校担任副校长和学前班班主任职务。很多人一定觉得我的福气到了。常言道，福祸是一对孪生子，喜忧参半。

天天向上学校的校长在三年前我们就认识，她叫王美，三十多岁，长脸，高个，一双扁长的眼睛里总透着阴气。

有一天，接到她的电话："是潘老师吧？"一个声音从耳边响起，似曾

熟悉。

"你好，我是，你是哪位？"我问。

"我是王美，你现在做什么呢？还开办幼儿园吗？"她自报家门。

"哦，是王美啊！"我觉得诧异，好久没有联系了，她怎么想起找我呢，一定是有什么事情？

"你好啊，我的幼儿园不干了，现在没什么太多的事情。"电话里我没有告诉她很多事情，觉得没有必要。

"那你来帮帮我吧？"她又提出邀请。

一问一答之后，我们约了时间见面。

王美和她的妹妹办了一所学校，刚刚租下一栋国营大厂职工活动楼四楼的半层，准备开设学前班、美术班等，缺人手，就想到让我来做副校长，帮助招生和管理学校。我当然欣喜若狂！

啊，我终于有用武之地了，刚好与偃师幼儿园的合作6月份到期，我也会教学，我也会管理，王美的出现就是救我出山啊！

我越想越兴奋，真是天助我也！困境总算可以解脱了。

我们谈到了工资，我说副校长1500元就行，她同意了，不过要9月份开学开始算，这段时间在宣传，给我800元。我想，她说的也有道理，还没有学生报名，800元就800元，比我自己在偃师一个月分不到300元强太多了，何况离家近，还可以照顾孩子，不用来回奔波，再说了，以后学校发展好的话……

就这样，我就当起了副校长，什么都做，好像有使不完的劲儿：在崭新的教室里看了看，于是开始扫地拖地，收拾不停；忙着招生宣传，忙着招聘老师，忙着学前班布置和备课备教材。

紧张而又充实的一天天开始了，编写管理方案，面试老师，到街头路口摆放桌凳宣传咨询，气温一天天升高，汗水滑落在地，倒像雨水升腾丝丝凉意，舒服！爽啊！

5月份开始宣传至8月份期间，最后组成学校的成员除了我和王美之外，还有四人。

王乐（王美的表妹），扎着一个长长的马尾，黄脸庞尖下巴，小眼睛，大嘴巴，我在她的脸上看不到精彩和值得留恋的地方，就是鼻梁比我高些。她天生一副大嗓门，和孩子说话像吵架，感觉不到一点女人味儿，更不像做教育的人。她没有固定工作，听说做过很多临时工，现在负责学校杂事，买物品、记账。

　　江茹（王美的同学），二十出头，幼教毕业，长相白净，齐腰的辫子，身材匀称，乍一看像舞蹈专业，说话声音清亮，是我喜欢的那种音色音调，若不是后来她对待我的一副"骂相"，在我的心中，我对她的美好回忆会长存一些。她在学校负责文体教学，美术课、音乐课。

　　李玲，王美的朋友，她从郑州回老家洛阳工作，漂泊了几年想带着孩子安定几年，在郑州的幼儿园教过大班，自己的孩子刚好五岁半，也该上学前班了，到王美这里又可以教学前班，又能带自己的孩子，还领着工资，生活、工作、孩子都不耽误。

　　下棋需要一步步来，做事也不会一蹴而就。我之前的经历惨痛，和她们相处没遇到什么难事，反而有了更多的自信。

　　与偃师实验幼儿园的合作是 6 月底到期，我在这签订的一年里，信守承诺，风雨无阻，每周两次给那里的孩子们上课。在王美的学校里我有了更强的自我，做事爽快坚决，讲话游刃有余，不管前面的路有多艰难，我说话算数一定坚持到底！

　　信念接受考验的时候快到了。五六月份里，我去偃师上课 16 次，王美给我工资的时候给我按 800 元的基本工资算，外出上课她扣掉我 16 个全天，其实是16 个半天！我忍了认了！不计较，吃亏有福报。继续干！

　　教师队伍齐了，报名的孩子也有 20 个左右，万事俱备，分班顺利，教师培训到位，课程排课合理；计划和目标也在一步步实现！9 月 1 日终于开课了！

　　一张张稚嫩的脸庞，一双双好奇的眼睛呈现在我的面前，我又可以做老师了！笑容，在看到孩子们的这一刻从来没有消失过，甜美的声音在和孩子们的交流中从来不愿意改变！

　　我是多么喜欢孩子啊！可想而知，课堂上当然笑声不断，放学时间家长接上自己的宝贝点头不断。

　　9 月 15 日，天有不测风云，意想不到的消息总会把你搞得措手不及。还是社会经验太少了，凭感觉做事太幼稚，34 岁不成熟，现在想起来是还要继续交学费的年龄。

　　说说王美，个子高挑的她，表情严肃，很少看到她的笑容，但很会讲话。

　　认识她时，她在一个国企小学任美术课老师，上班之余办了一个美术班，2002 年，我和她合作，招收园里的孩子和小区里的孩子上课，合作分成办法是给她六成，我四成，约一年后她家中有事，我们就没有再合作。现在，她是老板，我是员工；我的自带项目感统训练分成比例是五五分，是她的决定，我没有反驳，因为我懂得让人。

七八两个月，感统训练项目里招收的学员达到了近十名，每周六和周日上午八点半开始训练，我除了中午休息两个小时直到下午 6 点结束，每个孩子训练一个小时，训练费是 20 元；两个月里我们平均分了 2000 多元，这真是我的天文数字啊！好久都没有领过这么多钱了！我对自己的信心越来越强！

三、天有不测风云

可惜我只当了半个月的"孩子王"，9 月 15 日，她的妹妹王乐说学校的凳子少了十几个，我并不在意，只是对她说，你再找找吧，是不是放在其他地方了。

第二天下午我上完感统训练课，回到办公室，王美一见我态度很冷："你明天不要干了，搬走吧?"

"什么? 你说什么呀?"我一头雾水。怎么回事?

"你给我学校打电话举报我在外面办班了! 你说这个事情干什么?"王美的声音很大，尖而刺耳。

"我给你学校打电话?"我一头雾水，没有的事儿!

"我为什么要给你学校打电话? 我没有打呀?"我解释说。

"我真的没有打! 我们在一起办学，我为什么去举报你呢?"我继续解释。

"就是你打的，我听到了，就是你的声音!"她大声说。

"我们在一起干得好好的，我为什么要举报你啊?"我很委屈地说。

"你嫉妒我，你嫉妒我比你干得好!"王美狠狠地说。

"学校的凳子也是你偷的!"她声嘶力竭。

"啊! 我嫉妒你? 我是那样的人吗?"我辩解着，心里很难受，她怎么会这样评价我，我很冤枉! 还无缘无故又被扣上了"小偷"的罪名。

一定是王美误会了!

我无法解释，解释不清楚，一定是她凭空想象的捏造! 我生气地甩门要出去，这时她的妹妹王乐用身体堵住门，使劲靠在门上，冲着我大声说："想走，没门! 把事情说清楚!"

"你们怎么这样啊! 我真的没有打电话……"我没办法。遇到这样的事情，有理说不清。

王美说给我弟弟打个电话，让他来说说，还让我把爱人叫来。

哇呜! 这一切发生得太突然，战友变成了敌人。我的心里很清楚，这是个误会，但是如何解释呢？王美的疑心太重，而且脾气倔强，妹妹王乐听从姐姐的话，说什么信什么。

等了大约十几分钟，弟弟和我爱人来了，这时，王美就开始带着哭腔和她们说我"举报和偷凳子的事"，边说边手叉腰走来走去，弟弟解释说："王美，这个事情我觉得我姐不会做，你们再问问？"

"老公，我肯定不会去打电话举报，我举报这事干什么？"我向爱人解释。

"就是你打电话举报我，那个声音我能听出来就是你的！你还死不承认！做这种过河拆桥的事情！"王美尖叫着说。

"你明天就搬出去！我再也不想看到你！"她在赶我走，她坚信是我举报了她，一丝也不怀疑。几个月辛苦地筹办学校，难道她没有看出我是一个怎样的人？

反目成仇，落井下石。我的亲身经历诠释其中含义。

那天夜里，我一晚没睡，很生气，这个王美到底怎么回事？是用杜撰的事情栽赃到我头上，赶我走吗？宋朝岳飞被"莫须有"的事情定罪，我们穿越时空，性质雷同。

我感觉自己的名誉受到了极大的玷污，自尊受到伤害，想着想着，我提笔写了一篇诉状，想告王美诽谤……之后，次日凌晨，思来想去，我忍了，和她们这样的人没时间纠缠，子虚乌有讲不清，我还有更重要的事去做。

第二天上午，我让妈妈和弟弟帮忙搬教具，（那些我喜爱的教具是应该放在一百五十平方米的教室里的，此时必须要挤在十几平方米），王美她们坐在大厅长凳上，看着我们搬，一副幸灾乐祸的样子，嘴里还喋喋一些脏话，我对她们说："你们说话干净点儿！我不会骂人，我妈没有教过我！"

我在一楼临时租了间教室继续给孩子们上课，这里不是长久之处，最好能找到合适的训练场地，因为我和王美从同一个大门进入，难免会碰面，见了她，我已经不再计较我们之间的事情了，可她偏偏见到我心里不舒服，第一次她和表妹见我就脏话连篇，说："你出门要遭雷劈！孩子上学被车撞！你不得好死！赶快搬走，搬得越远越好。"并扬言说，见我一次就骂一次……我不还口，不值得还口，默默地做我该做的事情。

那个表妹在我心中美好的印象荡然无存。

我告诉自己要忍耐！善有善报，恶有恶报。

楼下的小教室，是一家学前机构，负责老师听说了我的事，好心租给我用的，我打算临时用，有空余时间去找房子，也在打听有无合适的工作。人生路就在你有想法的时候发生了转折，无一例外。

四、命运中的转折点来了

我的孩子 7 岁，身体有点弱，经常会感冒发烧，我想给他补充点保险。说来也巧，在 5 月份，我的感统训练班里，有个学生家长的联系电话是平安保险公司的彩铃，我问了情况，见了两次面，就给孩子办了平安的保险。

业务员晓强二十七八岁，讲话细声细气，不急不躁，他已经做了三年保险，挺专业的，我从楼上搬到楼下的事情也和他说了，他很同情我，帮我不少忙，帮我搬东西，发宣传页。在患难的时候，我真的很感谢他。

几次聊天之后，他知道了我的情况。忽然有一天，他问我："潘姐，我觉得你的人很特别！"

"是吗，哪个地方特别？"我回答。

"说不上，总之和别人不太一样。这样吧，我们公司有一套性格测评题，我拿来你做做。"他笑着说，眼睛一眯，露出雪白的牙齿。和晓强在一起感觉很轻松，他的话很少，但每句话都讲得很有道理，他总是听我说，而且不住地点头，微笑和适当赞美。后来到保险公司才知道，这是培训内容，销售人员必须懂得聊天技术。

听晓强说到我这个人"特别"，我很好奇，因为"被别人欣赏和重视"是人的天性，知道这个人际关系秘密的人不多。我对这个说秘密的人有了兴趣，他大学毕业两年，大学期间和到保险公司这段时间，从打工做起，人很实在，父母年迈，找工作也没有优越的关系，晓强的口才和专业技术一般，做的是快递方面工作。

"好啊，有空你拿来吧！"我不假思索地说，其实我挺感兴趣的，我告诉他，如果合适的教室找不到，我决定去找工作，但一定要做讲师，其他的工作我不想做，没兴趣。

保险单是今年 5 月份给孩子买的，我压根儿就没有想到会和保险结缘，只是做消费者而已，保险合同条款也没有多看，密密麻麻，读起来费劲，我是凭对销售者的印象好坏和只要保费能够承受，合适就行，我是个快人快语的"顾客"，不计较更多，没有去比较公司、比较产品、比较价格、索要礼品等。以前对这样的工作没有任何兴趣，如今境况改变，生存成了问题，我的能力价值在短短的半年后暂停，我在人生的交叉路口徘徊、思索、向哪里走啊？去学校当老师吧，没学历；去幼儿园当老师吧，没有学过吹拉弹唱；再办个幼儿园吧，至少需要十万资金，没钱。唉，是否真的要离开教育行业……

思来想去，不行，我不能离开教育行业，那就做培训，我的经历足可以当培训老师了，保险公司需要讲师吗？何况晓强这个人能力也一般，都做了三年，工资每月还拿过几千块呢！如果我再努力一些，那么我也可以先生存下来！

三天后晓强拿来性格测评卷子，给我打电话。

"潘姐，你好，说话方便吗？"晓强问。

"方便你说吧。"我说。

"我把你的性格测试拿给公司测评了，你得了 9 分，最高是 10 分，你太优秀了！"晓强高兴地告诉我。

"是吗，我得了 9 分！谢谢你啊。"我平静礼貌地回答，此时的我状态还是不好。

"是这样的，我们经理还想见见你，认为你很有能力，看你什么时候有空？"他接着问。

"哦，你们经理想见我？"我诧异地问。晓强的几句话，我的好奇心被调动起来，我知道我自己挺棒的，性格习惯都还好，得分高在我的意料之中。

见经理，当然可以，多个朋友多条路，人家经理一定见识多广，还可以看看有无我想做的工作。我这样想着，于是说："好，那就明天上午吧。"

电话约访这个环节，晓强完成得非常漂亮。我在无意中成了晓强的"准客户""客户""准增员"，在我进入保险公司之后，这些词语耳熟能详，晓强给我说的一些话"套路"都是经过公司培训的，打个比方，我就是筛选出的"猎物"，培训洗脑成功后就是强的"下线"，我做过传销，接下来要发生什么都差不多。

这边的训练依旧进行，还是那么顺手，孩子们在我的训练之下进步很快，家长很满意；只是听我说做不下去后都很遗憾，让我看看还有没有合适的地方。

房租快到期了，我东奔西跑后终于在联盟路上找到了一家学校，和负责人谈了合作的事情，她们也是因为场地的原因而不能展开训练，但是我们谈的结果是等到次年开学的时候再把这样的课程安排进去；我也和她们说，有几个学校在谈合作（其实我是编了个理由，就是想让她们早下决定，时间机会不等人）。

给学校的孩子们上了几次免费培训课后，孩子们非常喜欢，所以她们学校就答应把教具暂时放在学校仓库，来年若有空，感统训练课程就可以直接安排到学生们的日常课程中，就这样，在一楼的房租到期之前，我雇了一辆小飞虎货车，让晓强帮忙把教具搬到了凯东外语学校。

与此同时的当月时间里，我见了保险公司的经理，顺利通过初次面试。

和经理的见面改变了我的人生轨迹。

平安，多么温暖的词语，《祝你平安》这首歌有多少儿女感动和翻唱。

工会大厦的二三四楼是洛阳平安分公司，整洁的办公大厅窗明几净，身着职业装的工作人员忙碌着，顾不得抬头说话，只是微笑一直挂在脸上。

我见到的每一个人都是职业装，而且个个神采飞扬，左右房间传出的笑声和讲话声此起彼伏，那么自然，那么无拘无束。

和经理见面在三楼联合部的经理办公室，晓强领我来到了门口，敲敲门，

"经理！"晓强大声叫了一声。

"请进。"一个浑厚而有磁性的声音从里面传出来，晓强推开门。

"经理，您好，这位就是我给你介绍的潘老师。"晓强介绍说。

"哦，潘老师您好，我是吴达！请坐！"经理的声音像播音员，发音标准，感性而有节奏，我很喜欢听。

"谢谢。"我笑着回答，打量这间办公室。

宽大的办公桌上放着一本台历、一部电话、一台崭新的笔记本电脑，还有一个本子和笔，桌面干净整齐，反射的油漆光亮闪闪，就算是腊月的阳光洒下，斜照生成的几个亮点也不敢直视，很刺眼。

"经理，那我出去了，你们聊。"晓强礼貌地轻轻掩上门。

"好的。"经理微微点头。

我坐着，心中有很多疑问，不知如何开口，想听听这位经理是如何沟通的。

他很魁梧，着一身笔挺的西服，蓝色条纹领带配雪白的衬衫很是显眼（威严），他，圆圆的微胖的脸，宽眉大眼，嘴角总是上扬，让人觉得他总在微笑（亲和力）。

"潘老师，我听主任说你很能干，以前办过两个幼儿园，带过上百个孩子，你真不简单啊！"经理声音洪亮。

"哦，那是几年前的事情了。"我说。

"你喜欢做老师，可以到公司来做培训。"他发出邀请。

"是吗，这里需要我吗？我讲的是家庭教育啊？"我回答，心里直打鼓。

"我们公司的业务员百分之八十都是家庭妇女，洛阳分公司有四个营销部，大概有近千人，她们都有孩子，很需要了解家庭教育知识，孩子好了工作更顺利，并且我们的客户很多也是父母，我们也可以举办知识讲座，到时候请您来

主讲！……"经理的一席话说得我心里激动万分，特别是听到他赞同家庭教育的事情和对我的信任。

哇！在公司做发展前途这么大！发挥我的专长和爱好，干起来才有劲呢！我心里这样想着，暗暗高兴起来。

"那我该如何做呢？"我问经理。

"你先参加创业说明会，了解什么是保险，了解公司，要做讲师先从业务员做起，慢慢有了成绩，就可以走出去讲课了。"经理告诉我。

就这样在经理的交谈指导后，我下决心做保险，暂时离开教育培训行业。

参加了创业说明会，公司面试和三个半天的保险资格学习及考试，我顺利地进入平安保险公司，成为试用业务员，也就是保险推销员。

创业说明会是经理讲的，讲到工作收入的分配不均，讲到从事传统行业的投资和风险，讲到平安公司的创立发展，讲到健康的重要性和保险的保障功能。

经理在讲台上表现让我惊呆了，语言流畅，声音浑厚而有磁性，感情丰富，举手投足令人钦佩！特别是讲到自己的经历，大家都有同感；讲到有关公司的地址数字也准确无误，他基本不看幻灯片，每一张他都很熟悉，我心里想，我要学习的讲师就是这个样儿。

我的感统训练教具暂时放到凯西外语学校了，还有几个孩子的课程没有上完，我把余下的费用退给家长，全力投入保险工作。就在准备参加保险资格考试的前三天，孩子发烧住院了，我上午在医院看护孩子，下午到公司学习，晚上做题，接连几天都做到晚上12点，直到提不起精神才睡觉。功夫不负有心人，考试通过，不多不少正好六十分。

那时的我，为了扬眉吐气，就像是种子二次发芽，精力充沛；每天如同获得新生命一样拥有无穷力量！

五、心安路顺

无路可走的时候，自然力会让你选择一条，它需要你耐心地等待并继续走下去，我就是这样从风马牛不相及的教育岗位走上保险推销的路，没有人相信的事情也会发生。回首观望，我的路没有错，万物生长的道路是自然的选择，一切都有可能。

"世界给你关闭一扇门的同时会给你打开一扇窗"，我相信这句话。

最后我用坚持的力量在人寿保险路上走了五年。

我的父亲不要命

写在前面的一段话

2015 年的 12 月，我再次考虑修改和增添我所写的这篇我的父亲文章，是因为我想告诉读者，我原谅和理解了我的母亲，之前的日记文字中我对我的母亲在心底是有怨恨的，那是一种无法说出的痛，平铺的语言代表我的内心。母亲文化水平不高，在她的年代和她的原生家庭里就会形成她的性格。我理解并接纳。

写我的父亲是用我这个做女儿的眼睛来看和想的。

2011 年 6 月 10 日，我的父亲找不到了。这样的结局我已有所预料，果真应验。

从 2010 年到父亲找不到的时间里，他吃了三次安眠药，被救了三次，第四次找不到了，没有人找到他，也救不了他。

父亲得了抑郁症，从轻微到严重。

父亲年轻时一表人才，尤其字写得漂亮，至今父亲的手迹在我家里放着，我想父亲的时候就会拿出来看看。父亲有一副好嗓子，看到谱子就能唱起歌，父亲会下棋，我成年以后每次和父亲下象棋，他都让我两个子——车和炮，最后还是父亲赢了。父亲年轻时不怎么爱说话，属于内秀的一种，在兄弟中排行老五，还有两个妹妹，因此，奶奶家里很多大事都不用父亲去操心和操办。母亲在家里排行老大，有四个弟妹，什么事情都要由母亲做主和做事，所以，在我父母的家庭里，他们经常会因性格差异出现矛盾。

母亲坚强能干，父亲懦弱善良。母亲在单位工作出色，经常得奖，会领导人做事，自己带徒弟，在家里"居高临下"；父亲在单位老老实实，任劳任怨，在家里也说不过母亲。就是这样，父亲最后，唉……

我夹在中间好难受哇，我能说父亲什么呢，我能说母亲什么呢？

我长大了，我了解父亲的想法，还深有体会，因为我是为了父亲的病才去学了心理咨询师。

　　在别人眼中，父亲是一个老实诚实幽默乐观的人；在我的眼中，父亲是可爱的，容易亲近的，活泼开朗的，有爱心的，最喜欢我的人；在妈妈的眼里，父亲是一个"榆木疙瘩"，胆小，自私，啥也干不好的人；在弟弟的眼里，他和我妈妈的看法差不多。

　　四年里度过的清明节，过春节或是双休日，我父亲的事情，母亲都不提起，不知是母亲不愿说出她对父亲的思念还是一直在怨恨父亲，总之在一个个纪念亲人的日子里，母亲在父亲的事情上说得很少，若提起也总说父亲的不是。

　　我回母亲家一般都会和母亲提起父亲，但不敢说父亲的好，因为母亲的观念里是不赞同父亲的。父亲走的时间越长就越不敢提起他了，难道我的父亲就这么不讨母亲的喜欢吗？如果不喜欢不爱，为什么两人还能生活几十年，还有了我和弟弟？

　　不在我身边的这几年里，我经常思念您。有很多时候我会一个人哭，一个人想念您，我哭得很痛，哭得忘记了时间。

　　别家的亲人离世后人们都会在固定的时候纪念和祭奠，我的父亲呢？他不明不白地走了，没有带任何物品，不曾留下只字片语，孤单地离开了我们……

　　在2006年11月27日，在父亲第一次服下药被救的医院里，我的大伯父去看望他，对他说，你看你家里生活条件多好，儿女成家立业，孙女外孙双全，你的退休金一千多，好好活着！

　　父亲唉声叹气说，我心里难受啊，我不想活，活着没意思。

　　我在旁边听到这样的话，心里很清楚，父亲是痛苦的，好多年了，儿女大了，没什么盼头了！父亲在意的是母亲对他的态度，对他晚年以后的生活态度。

　　父亲感到心灰意懒，前途渺茫，我感到无力挽回。

　　父亲，你可曾知道，你的未来是你来掌握的，你可曾知道，你的快乐权利掌握在你的手里！你可曾知道，逃避不是你唯一的选择！你可曾知道，儿女需要你！

　　是啊，你不知道，你是应该知道的，如果知道你就不会离开我们了……

　　把这篇文字写给自己，写给我亲爱的父亲，让快乐时光留下回忆，希望父亲在你喜欢的天地里住着，听到女儿为你记录的点滴日子！我要告诉父亲，我永远爱你！

　　清楚地记得，小时候我和弟弟经常围在你的身边，让你抓我们的小膝盖，这个游戏带给我童年的快乐很多！

夏天里，我们坐在床边，你说，我们来玩"一抓抓金"吧？

好啊！我们把小膝盖露出来，游戏还没有开始，我和弟弟就已经开始相互看着哈哈笑起来……

你把手掌展开，轻轻地贴在弟弟的膝盖上，笑眯眯地看着弟弟水灵灵的大眼睛说："一抓抓金……二抓抓银……三抓抓不够……是好人。"你一字一句用家乡话说着，逗着我们开心。

哈哈，哈哈！咯咯，咯咯！我和弟弟笑起来。

随着你的大手掌颤颤巍巍地"抖动"，从大缩小抓的范围，痒痒酥酥的感觉，引得我和弟弟又笑起来。

"一抓抓金……二抓抓银……三抓抓不够……是坏人。"又一句颤巍巍的声音，引得我们又笑起来。

哈哈，哈哈哈！父亲边抓我们的膝盖边说，边故意拉长声音，还故意变声，让我和弟弟听了好恐怖和搞笑啊！笑得我们肚子痛。

耳边依然是父亲和我们的笑声。

清楚地记得，小时候吃甘蔗，粗粗的甘蔗让我和弟弟的小嘴很难咬破，我们围在父亲身旁，两双小眼睛直勾勾地盯着父亲的嘴巴。

父亲用雪白的牙齿劈开甘蔗皮，一圈一圈由上到下，雪白的甘蔗露出来，弟弟就迫不及待地伸出手拿过来往嘴里放，父亲乐呵呵地看着我们，等着我们吃完一节，再给我们俩劈开下一节。父亲吃的都是两节之间的那口，很硬、甜水不多，父亲把最好的都留给我们。

清楚地记得，我家不远有一个小足球场，六七岁时觉得这个地方很大，哇，好大的广场啊！眼睛的尽头看东西好小好小；父亲经常带我和弟弟来这个地方玩倒立，双手撑地，头在下脚在上，身体不能依靠着墙，也不能依靠着树，我的胆子很大总是第一个来，因为有父亲有力的双手抓着我的脚脖子，从来没有摔倒过。

父亲数数，让我坚持到实在不能坚持为止，他会轻轻地放下我的脚，扶着我站起来，并且竖起大拇指，大声说，好，艳菊真勇敢！

清楚地记得，我三年级时参加了一次洛阳市小学生长跑比赛，上千人的孩子潮中我跑了第三百二十六名，这次比赛点燃了我的爱好体育运动的兴趣，这种兴趣最终成了我生命中的一部分。那之后的几乎每个早晨我开始训练了，天不亮，在路边电线杆上一排排灯光关照下，父亲骑着二八自行车陪在我的身边，我跟着他的自行车跑，他一边骑车一边不停地说：

"加油，快到终点了！""坚持到底，就是胜利！""注意后面的车！"

清楚地记得，父亲的力气很大，他喜欢看书，自学了一种气功，双脚屈膝站立，双手伸平就像怀中抱着一个大球。我放学回家一看到父亲在练站桩功，就很开心，上前推他的手，父亲说："来，看你有没有劲儿，使劲推，我的'球'不会破。"我当然要接受挑战了，我一次又一次地冲上去，使劲推父亲的双手，他怀中的"球"根本不会瘪下去，反而把我弹出很远，父亲开心地说："哈哈哈，哈哈哈，再来再来，还敢不敢来啦？"

清楚地记得，小学六年级的时候，每次上晚自习前，我就早早地坐在桌边喝着稀饭，等着父亲上菜，炒青菜！一缕清香味儿升腾出来。父亲做的菜至今依旧散发着猪油的香味，父亲在我身后，我没有看到他的脸，但感觉出父亲的自豪。

清楚地记得，去牡丹公园照相，那时我比赛受伤回家已经有半年了，心情刚刚恢复平静。父母带着我，与母亲的同事一家到公园散心。照片定格在我靠在父亲身边，挎着他的胳膊，坐在花池护栏边，一脸暖暖的幸福，我们都在笑着。

清楚地记得，在家附近的一个小花园里，一个春光明媚的上午，父亲给我拍照，我站在桃花树下，手扶开满粉色桃花的枝丫，歪着头对着父亲抿嘴笑，这张照片依旧清晰，仿佛发生在昨天。

清楚地记得，母亲过生日，我们全家八口，父亲清唱了一支军歌《娘》，声音洪亮，表情丰富，随着悠扬的节奏，父亲的手臂在挥舞，身体也不知不觉配合起来，像在舞台中央一般。我看着父亲想：爸爸，我想年年听你这样唱。

清楚地记得，你去海边旅游回来，特地给我捎了一副玛瑙珠子手链，它晶莹剔透，每颗珠子都闪闪发亮。虽然我有好几个手链，但你给我的这串一次也没有戴过，它最珍贵！

这篇文章写给自己，让痛苦留在回忆里。

我母亲快人快语，脾气急躁，嘴不饶人，我从小就不愿意在家里长待也是因为母亲，她经常训我，上学时梳小辫的时候，母亲着急，拽得头发很痛。和父亲的感受一样，我们都不想回家，不喜欢在家里，我会经常躲在自己的小房间里看书、听歌。

可父亲没地方去啊，他受的煎熬比我多。

不想回忆揪心的一幕，还是忍不住去想。

在湖南南岳，我和弟弟先后被骗到这个地方做传销，你和母亲也被我们叫过来了，从洛阳坐火车颠簸而来。当你得知我们在这里的工作是销售摇摆机，并且要把朋友从老家叫过来，工作得很辛苦，日子过得很艰难，房子是租的，吃饭有一顿没一顿的，在和老乡谈论起来的时候，你诉说了这些，隔墙的我听到了父亲的哭泣，那是我第一次听到父亲哭，也是最后一次，你抽泣着，像个孩子似的，隐隐听到你说：

"哎呀……孩子的工作没有了，来到这里生活这么苦，我们老的也没啥本事，不能给孩子安稳日子，我在哪里都帮不上忙啊！"

父亲在自责，我一阵阵难过。

"坚强的父亲哭过"这件事我至今也没有告诉妈妈，不能告诉她。

不想回忆揪心的一幕，还是忍不住去想。

一次，父亲和母亲争吵起来，原因是你回家晚了，过了大家一起要吃晚饭的点儿，你一到家就径直向你的小房间走去，同时母亲的气就来了，一句接一句埋怨："怎么回来这么晚，不知道要吃饭吗？"

"到处瞎转，不着家！"

"孩子都听话，就你不配合，让我心烦！"

……

听了母亲的话，我心里非常不舒服。母亲老这样说，这么多年了，学生时代我经常不在家，不清楚。此时，我很替父亲难受。五六十岁的人了，当着子女的面说，父亲的脸面何在啊！

那天你反抗了，你和母亲吵起来，母亲接二连三骂了你，句句难听，你抓起一个碗狠狠摔在地上，58岁的父亲，心碎了！

母亲哭了，我不知道要劝劝谁，明明是母亲说话难听激怒了父亲的。想想父亲一直是坚强的，我就去了母亲身边，陪在她的身旁，过了好久，父亲来到母亲这里说："都是我不好，别哭了；艳菊，你劝劝你妈啊！"然后就默默地离开了房间。

不想回忆揪心的一幕，还是忍不住去想。

一次，母亲抱着一岁的孙女到我办的幼儿园帮忙做饭，父亲也来了，应该是母亲让来的。在厨房里，你们又争吵了，原因是父亲没有及时抱着孙女，母亲腾不出手做饭。母亲又骂了父亲，你抱着孙女原地蹦跳和转圈，嘴里"啊啊"叫着，小孙女在你的怀中哇哇哭起来，母亲赶紧把孩子抱住，我回来刚好看到这场面，惊呆了！

父亲，你怎么了，我很害怕；那时我不敢去你们那边，就这样惶恐无助地站着。父亲停止了异常的举动，头也不回地离开了幼儿园。我走进厨房，母亲开始数落你的不是，我默默地听，一言不发，我说什么呢，我又能说什么。

不想回忆揪心的一幕，还是忍不住去想。

2006年11月27日一个寒冷的夜晚，母亲急促的电话打来告诉我，父亲不见了，晚饭时就没有回来，一直到12点，家附近都找了也没有。我赶回母亲家，陪着母亲在电话机旁等着，等到快1点父亲还没回家，于是我就回自己家了（因为孩子一个人在家里，第二天要上学）。次日上午9点左右，家里来了电话，父亲被120送到了医院。

医院检查出父亲吃了安眠药，就给他洗了胃。

父亲还没有完全清醒，我焦急地坐在他的床边，父亲软软地躺在床上，颧骨突出，眼眶深陷，全然没有了胖乎乎的脸庞。这两年父亲瘦得厉害，心里的痛苦折磨着他。"爸……爸……""爸……爸……"我一声一声叫着父亲，哽咽着抽泣着，父亲慢慢睁开混浊的眼睛，我就凑过去，问：

"爸爸你吃了什么药？"

"阿普唑仑。"父亲轻声说。

"你吃了多少片？"我问。

"80。"父亲说。

（阿普唑仑是抗抑郁，失眠和焦虑的药，正常成年人极量4毫克/日，也就是0.4毫克剂量的一片。一次吃10片以上就有生命危险。）

我小声地哭了，很伤心，无法求救的伤心。

我一直看着父亲，他的眼睛无神无助，对着我喃喃地说：

"菊儿，不哭，菊儿，不哭。"

就只有这样几个字的话。

从医院回来以后，父亲的话越来越少。他经常坐在沙发上一动不动地看着电视，电视的声音很大，父亲的脸上没有喜怒哀乐的表情，只是坐着。

不想回忆揪心的一幕，还是忍不住去想。

父亲第二次住院也是因为吃安眠药。他从救护车上转移到担架床，身体蜷缩，我看到他的胳膊和腿有很多擦伤，髋骨和大腿骨明显凸凹出来，身上几乎没什么肌肉了，父亲更瘦了。

大家在父亲的身旁忙碌着，医生指挥工作人员安排床位，安排办理入院手续。我一直在木木地听着，站着，不知道自己还能做些什么。

听说，父亲独自上了龙门山，几个民工发现他的时候，他躺在一块大石头旁边一直在睡，昏迷不醒。父亲再一次被好心人救了。

在医院里，我和妈妈轮换陪着父亲，他还是很少说话，眼睛里看不到光，机械地吃饭，坐着，只回答简单的问题，再深入交流就不行，他不想说话。

母亲看到父亲成了这样也非常着急，四处打听办法，让父亲能够尽快地好起来，不再做出"傻事"，也对父亲的"管教"少了很多。以前，父亲的工资全部让母亲拿着，每月只发200元零花钱，现在，给父亲500元或600元尽着他花；以前，父亲用零花钱买自己想穿的鞋或请老朋友出去吃饭，母亲都要算算，现在母亲也不说了；以前，父亲的老朋友打电话约父亲出去或者让父亲接个电话，母亲就会接过电话说对方几句难听的话或者不让父亲和朋友出去，现在母亲也不再提起父亲老朋友的不好了。

不想回忆揪心的一幕，还是忍不住去想。

在医生的建议下，母亲同意送父亲到精神病院治疗。

两个月后，我和母亲、爱人开车去医院看望父亲。家离医院有一个小时的路程，车里，我很焦急，盼望能早点见到他，更希望医生能给我带回来原来的父亲。老年病房有一栋小三层楼，是个独立的院落，院子里种了一排高大的杨树，三四把长条椅围在栅栏里面，我见到了父亲。

他穿一身青色的病服，多日不见，父亲的气色看上去很好，一双眼睛有了光彩，他径直向我和母亲走来，我跑上前抓住父亲的手问：

"爸，在这里咋样？"

"可以。"父亲回答。

"吃的咋样?"我又问。

"挺好的。"父亲回答。

"在这里都干啥事啊?"我好奇地问,想让父亲多表达一些。

"吃饭统一时间,有人看着,有时还做些事情,生活有规律……"父亲的话多了一些。

父亲没有多少笑容,问一句,答一句,说话声音挺大,比较有力量。

父亲问到了外孙和孙女,我们都说去上学了。

我看母亲和父亲坐在长椅上说话,自己来到医生办公室询问父亲的情况,医生说:"你父亲的病情不算重,主要是要得到家人的理解和关心,不能受太多语言上的刺激,药物还是要用。"我问:"多久才能好?"医生说:"要看他自己的恢复和家人的照顾情况了。"

这次我还比较开心,父亲在这里得到治疗,只要心情好起来就会慢慢正常起来。

2011年春节前,父亲已经去医院住了快一年了,母亲想让父亲回家过年,就给他打了电话,父亲说不想回来。

母亲想让父亲回来的其中一个原因是,母亲在两年前开了一个麻将馆,每天中午12点去一直忙到晚上10点左右才回来,弟弟的孩子还要去上学前班,父亲在家可以接送孩子。

父亲没有答应春节回来,我们走亲戚的时候,母亲为了不想让其他人知道父亲的情况,就告诉我们和孩子们,哪个亲戚问起来就说爷爷到外地旅游过年了。

春节过后,医院那里说父亲的医保报不了多少,母亲就想让父亲回家住,当时我心里也有这样的想法。但如果让父亲回来,母亲仍然和以往一样说话不注意,父亲会受不了,病情估计还会反复;我也拿不定主意,很矛盾。到4月份时,母亲还是把父亲接回来了。

谁知道,这次回来就再也回不去医院治疗了;

谁知道,这次回来竟是父亲最后的时光;

谁知道,这次回来父亲已经知道再也无法回去了。

父亲回来了,我们一家人自然是高高兴兴,父亲看上去改变了不少。你做饭,洗碗;你去接送小孙女;你主动和我们说话,像以往一样,其乐融融。

从全家团圆到6月10日的日子里,我每次中午回家,父亲就已经做好了午饭,吃过以后,父亲就开始收拾桌子,整理厨房。

我的心里不知道有多开心，快乐得像一只小鸟，不断找话题和父亲说话，我告诉你我的工作成绩，告诉你我的客户情况，还给父亲演唱公司的司歌。

想起我小时候不太喜欢写作文，第一、二次总是找文章来模仿，看着写，东拼西凑出来后，你说给爸爸读读，我像一个演员站在舞台上朗读，你耐心地听，笑着面对我听，最后，你拍手说好，写得好！慢慢地我越来越喜欢写作文了，因为父亲一直是我忠实的听众和粉丝。父亲啊，女儿爱你，我这样做就是让你开心和放心，你坐在凳子上听，向我点头，你还关心我说中午休息一下吧，温暖的感觉上了心头。

我以为父亲重回旧日的好性情；

我以为父亲会越来越好，心里暗暗高兴；

我以为父亲没有病了，一切不安都会过去；

我以为我们还会有不断地下棋，外出拍照和参加寿宴唱歌的机会。

不想回忆揪心的一幕，还是忍不住去想。

父亲在 2011 年 6 月 11 日那天没有回家，母亲告诉我这个消息，我惊呆了。

怎么可能？

再一次不见了！

这一次是真的不见了！

走的突然，没有任何征兆；走的突然，没有留下任何一字一句；走的突然，没有带走任何东西，哪怕是身份证、钱包。

我和母亲、弟弟、爱人开始寻找你，去你到过的地方，问亲戚，依旧没有你的消息。

一天、两天、三天、一周了。我印了 100 张寻人启事，骑着电动车沿途张贴，询问村里的住户，他们都说没有见到。

一年、两年，今年是第四年了，你的 68 岁。

父亲，你在哪里？他们说你去寺庙住了，好吧，那里也挺好，吃斋念佛，平安心静。

父亲，你在哪里？炎炎烈日酷暑，如果你不在寺庙，你会很热的，家里有空调和蒲扇，你那时教我说的歌谣：扇子有风拿在手中，别人来借，不中不中，要想来借，等到秋冬。

父亲，你在哪里？茫茫冬雪之日，你如果不在寺庙，你会很冷的，家里有棉衣和暖气，有软软的沙发等你回来享用。

　　父亲在人世间不见了，而我总能天天看到……

　　因为你是我的唯一。

　　我想念你，爸爸。愿你在你喜欢的地方住着，没有忧伤，只有歌声和欢笑。

　　"一抓抓金，二抓抓银，三抓抓不笑是好人……"

　　"一抓抓金，二抓抓银，三抓抓不笑是好人……"

　　"一抓抓金，二抓抓银，三抓抓不笑是好人……"